Der Franke
~ Ewig in Stein ~

Kreuzritterroman

von Klaus Haidukiewitz

Inhaltsangabe

Jerusalem 1118. Zwanzig Jahre sind seit dem ersten Kreuzzug und der blutigen Eroberung Jerusalems vergangen. Jesco von Hohengreif, geboren im Heiligen Land und Nachkomme eines fränkischen Ritters, wächst als Waise in Jerusalem auf und wird zum Ritter. Überzeugt in seinem Glauben an Gott, bekämpft er viele Jahre die Ungläubigen und übersteht blutige Schlachten. Doch bald beschleichen ihn Zweifel an seinem Handeln, den Mächtigen und der Kirche. Er beschließt, sein Erbe im fernen Frankenland anzutreten, welches er nur aus Erzählungen kennt. Nach einer gefahrvollen und langen Reise erreicht er schließlich die Burg seiner Vorfahren. Doch auch dort erwarten ihn Kämpfe - und eine Frau.

Impressum

1. Auflage

Fotos: Klaus Haidukiewitz

Klaus Haidukiewitz
c/o BJ–Autorenservice
Gildehauser Weg 140a
48529 Nordhorn

ewiginstein@gmx.de

Der Franke

~ Ewig in Stein ~

Kreuzritterroman

von Klaus Haidukiewitz

Inhaltsverzeichnis

Danksagung

Zunächst vielen Dank an alle, die mein Buch lesen.
Ich danke meinen Probelesern und all jenen, denen ich während der Zeit des Schreibens den Nerv raubte. Ich bedanke mich bei Gerhard Waste für seine Mühe bei der Covergestaltung, sowie meinem Korrekturleser, dem Journalist Uwe Wagner. Mehr als hilfreich beim Umwandeln und Hochladen der Dateien, war mir der bekannte Autor Matthias Czarnetzki.

Besonderer Dank gilt meiner langjährigen Lebensgefährtin für ihre Geduld und Unterstützung, und meinen Freunden für ihre Aufmunterung, wenn ich mal wieder am Zweifeln war. Und nicht zuletzt meinem Computer, obwohl ich diesen des öfteren verfluchte.

Wand in der Grabeskirche zu Jerusalem mit eingeritzten Kreuzen der Ritter des ersten Kreuzzugs im Jahre 1099.

Prolog

Jerusalem 1099 – Erster Kreuzzug

Eine lähmende Stille liegt über der Stadt, die sich lange gegen die christlichen Eroberer gewehrt hatte. Einer blutenden Wunde gleich, liegt die einst so erhabene Krone des Morgenlandes in der untergehenden Sonne.

Mit unvorstellbarer Gewalt und Brutalität haben die Kreuzritter gewütet und keinen einzigen Einwohner Jerusalems am Leben gelassen. Tausende Tote säumen die Straßen, ein unerträglicher Gestank nach Blut und Verwesung zeugen von der unerbittlichen Grausamkeit der Ritter Christi.

Im Jahre 1095 hatte Papst Urban mit einer flammenden Rede in Clermont zum ersten Kreuzzug aufgerufen. Achtzigtausend fränkische Kreuzfahrer folgten seinem Aufruf. Nach drei Jahren voller Leid, Tod und Hunger gelangten sie bis vor die Tore Jerusalems und eroberten die Stadt. Im Namen Gottes und seines Stellvertreters, Papst Urban, töteten die Kreuzfahrer an die zwanzigtausend Einwohner.

Und noch bis heute hallt ihr Schlachtruf durch die Epochen der Geschichte.

»Deus lo vult - Gott will es!«

Jerusalem 1118

Etwas rüttelte an meinem Fuß, ich drehte mich zur Seite und versank wieder in einen wohligen Schlummer. Als ich meine Augen erneut öffnete, fiel ein sanfter Sonnenstrahl durch das einzige Fenster unseres Knappenquartiers und wärmte mein Gesicht.

Aus der nahegelegenen Hufschmiede erklang das gewohnte, gleichmäßige Hämmern auf den Amboss. Ich streckte meine müden Glieder und wunderte mich, dass von den anderen kein Schnarchen zu hören war. Gähnend erhob ich mich langsam und blieb auf der Bettkante sitzen. Der lange Kratzer über meinem Knie erinnerte mich schmerzhaft an die Waffenübungen vom Vortag.

Noch schlaftrunken, bemerkte ich die leeren Betten meiner Kameraden und kratzte mich am Nacken. Es erschien mir ein wenig seltsam, dass alle schon fort waren.

Ich neigte meinen Kopf zur Seite und sah zum vergitterten Fenster hinaus, selbst die Sonne stand schon ziemlich hoch für diese frühe Tageszeit, es versprach ein schöner Tag zu werden.

»Allmächtiger!« Mit einem Mal war ich hellwach. Im selben Moment wurde die Tür aufgerissen und Bero platzte herein. Er war völlig außer Atem und seine Wangen gerötet.

»Jesco, steh auf und beweg deinen faulen Hintern, Borchweis Geduld ist sonst zu Ende!« Ich sah erschrocken zu ihm rüber. Es war leider nicht das erste Mal, dass ich verschlafen hatte.

»Warum zum Teufel hat mich keiner von euch geweckt?!«

»Weil es alle leid sind, dich ständig zu wecken! Darf ich dir vielleicht noch dein Frühstück ans Bett bringen?!«

Unter Beros zornigem Blick rappelte ich mich auf und zog mir eilig Leinenbeinlinge, Stiefel und Tunika an. »Verdammt Jesco, jeden Morgen das Gleiche mit dir. Hast du auch nur eine vage Vorstellung davon, was Borchwei mit uns macht, wenn wir schon wieder zu spät kommen!?«

»Reg dich ab, wir nehmen die Abkürzung an den Ställen vorbei. Aber deine Idee mit dem Frühstück wäre gar nicht so verkehrt gewesen.«

Mit vor Wut zusammengepressten Lippen erwiderte Bero meinen Blick. »Ich glaub, deine Amme hat dich zu lange gestillt!« Dann drehte er sich um und eilte davon. Meine Stiefel erst halb angezogen, stolperte ich Bero hinterher.

Wir hetzten durch die Gassen, vorbei an der Davidszitadelle und entlang der Stadtmauer in Richtung unseres Übungsplatzes. Wir nutzten jeden kleinen Winkel und jede Abkürzung, um schneller voranzukommen. Von einem Kirchturm erklang ein einzelner lauter Glockenschlag, als wolle er mich für meine Unpünktlichkeit tadeln.

In den Straßen herrschte bereits geschäftiges Treiben, Marktstände wurden aufgebaut und die Gassen vom Unrat befreit. In meiner Eile rempelte ich einen Händler an, er fluchte und rief mir lauthals Beschimpfungen hinterher. Für eine Entschuldigung blieb mir keine Zeit, da ich große Mühe hatte, Bero zu folgen, der unbeirrt weiterrannte.

Nach der verregneten Nacht hatten sich auf den Pflastersteinen große Pfützen gebildet, und jetzt, da die Sonne schien, war die Luft schwül und stickig, sodass meine Tunika schon nach wenigen Schritten völlig durchgeschwitzt war. Außer Atem erreichten wir schließlich den schattigen Übungsplatz an der nördlichen Stadtmauer. Rund zwei Dutzend Knappen waren anwesend und hantierten bereits mit ihren schweren

Übungsschwertern, von einigen erntete ich unfreundliche Blicke.

Mitten unter den Knappen stand Borchwei, der seine Schützlinge aufmerksam beobachtete. Er war unser Ausbilder und es erfüllte uns mit Stolz, von solch einem erfahrenen Recken ausgebildet zu werden. Borchwei war hochgewachsen, fast einen Kopf größer als ich. Er strahlte eine Unerschütterlichkeit aus, die mich zutiefst beeindruckte. Über seiner rechten Wange prangte eine lange tiefe Narbe, die sich jedes Mal dunkel verfärbte, wenn er wütend wurde. Schulterlange blonde Locken zeugten von seiner nordischen Herkunft; die blauen Augen hatte er von seiner dänischen Mutter geerbt. Selbst durch die Ledertunika erkannte man seinen muskulösen Oberkörper.

Als ich vor ihm zum Stehen kommen wollte, rutschte ich auf dem sandigen Boden aus und landete auf meinem Hinterteil. Mit hochgezogener Augenbraue sah er zu mir herunter, dann reichte er mir seine Hand und half mir auf. Obwohl er mich missmutig ansah, blieben seine Augen dennoch freundlich.

»Guten Morgen die Herren Knappen. Wenn die Herren dann die Güte hätten und sich die Schwerter nehmen würden.«

Leise, sodass es die anderen nicht hören konnten, sprach er an mich gewandt weiter. »Und Jesco, betrachte dies als letzte Warnung!«

Ich wollte ihm gestehen, dass unsere Verspätung meine Schuld war, doch er hatte sich schon wieder den anderen Knappen zugewandt. Eilig schnappten wir uns jeder ein Schwert und droschen damit auf die seilumwickelten Holzpfähle ein. Unsere Übungsschwerter waren schwerer als herkömmliche Klingen, es diente dazu, unsere Armmuskeln zu stärken.

Nach einiger Zeit wurde Bero müde, denn seine Bewegungen wurden immer schwerfälliger. Auch mir schmerzten bereits die Arme von den schweren Waffen, mein schlechtes Gewissen trieb mich jedoch weiter an. Uns lief der Schweiß ins Gesicht und wir stöhnten bei jedem Schlag. Zur Strafe plagte uns Borchwei ein wenig länger als den Rest der Knappen. Nachdem unser Ausbilder endlich ein Einsehen mit uns hatte und uns eine Pause gönnte, ließ Bero dankbar seine Waffe sinken und sah mich erbost an. »Das nächste Mal erwürg ich dich, statt dich zu wecken!«

Sein Blick war zwar zornig, aber er konnte das Lächeln seiner Augen nicht verbergen. Reumütig erwiderte ich seinen Blick und entschuldigte mich bei ihm. Er konnte manchmal jähzornig sein, doch seine Wut verflog meistens so schnell, wie sie entstanden war.

Bero war mein bester Freund, wir wuchsen gemeinsam in Jerusalem auf und waren fast gleichaltrig. Mit unseren 15 Jahren hatten wir schon manch kleines Abenteuer erlebt. Aber was uns noch mehr zusammenschweißte, war die traurige Tatsache, dass wir beide Waisen waren. Die ersten Jahre meines Lebens wuchs ich bei einer Amme auf, doch meine Erinnerungen an sie sind bereits verblasst. Danach nahm mich Borchwei unter seine Obhut. Alles, was ich über meine Eltern wusste, hatte ich von ihm erfahren. Er hatte mich erzogen und sich um mich gekümmert, seit ich denken kann.

Mein Vater, Annulf von Hohengreif, war bei der Eroberung Jerusalems im Jahre 1099 mit dabei. Er und Borchwei waren damals enge Freunde und Waffenbrüder gewesen. Mein Vater stammte aus einem niederen Adelsgeschlecht im Rheinland, das ständig in kleinere Scharmützel mit Nachbarn verwickelt war. Als Zweitgeborener und ohne Aussicht auf ein Erbe, hatte er die elterliche Burg verlassen, um im Heiligen Land sein Glück zu finden. Er starb einige Monate nach meiner Geburt an einem Fieber, das diesen einst so großen Krieger heimgesucht hatte. Dennoch vermachte er mir eine nicht unbeträchtliche Summe an Geld, über das Borchwei mit strenger Hand wachte. Dies sollte mir meine Ausbildung und Erziehung ermöglichen. Mein Vater hatte sich dieses kleine Vermögen auf unzähligen Kriegszügen im Heiligen Land erkämpft. Wie viel es genau war, verschwieg mir Borchwei jedoch eisern.

Meine Mutter starb bei meiner Geburt. Sie stammte aus Lothringen und war wohl, so wurde mir berichtet, eine außergewöhnliche Schönheit. Sie hatte meinen Vater erst in Jerusalem kennengelernt und da sie die Tochter eines wohlhabenden Tuchhändlers war, führten sie ein sorgenfreies Leben, wenn man von den ständigen Kriegsunruhen einmal absah.

Sie liebten sich sehr und waren wie füreinander geschaffen, umso schlimmer traf meinen Vater ihr Tod. Danach war er wohl nie wieder so richtig glücklich gewesen. Borchwei glaubt, er sei am Gram um den Tod seiner großen Liebe gestorben. Obwohl ich meine Eltern nicht kannte, empfinde ich in manchen Momenten eine tiefe Traurigkeit.

Schon seit früher Kindheit war es mein großer Traum, eines Tages gegen die Ungläubigen in die Schlacht zu ziehen. Ich wollte es meinem Vater und Borchwei gleichtun, dies war für mich so unumstößlich wie der Lauf der Gezeiten, daher sah ich dem Tag meiner Schwertleite mit Sehnsucht entgegen.

Bero und ich waren inzwischen nass geschwitzt, die Sonne hatte ihren höchsten Stand erreicht und brannte unerbittlich herab. Immer wieder suchte ich Blickkontakt mit Borchwei, doch er ließ mich außer Acht, als wäre ich gar nicht da. Nach einer kurzen Pause, in der wir uns mit kühlem Wasser aus dem Brunnen erfrischten, ließ uns Borchwei immer wieder die ausgetretene Steintreppe hoch zum Wehrgang der Stadtmauer laufen. Allerdings hatten wir dabei schwere Sandsäcke auf den Schultern. Es war die reinste Qual für uns, doch es sollte unsere Muskeln stählen, wie Borchwei immer wieder betonte. Im Stillen verfluchten wir ihn dafür. Nachdem wir uns völlig verausgabt hatten, nickte er zufrieden und beendete unsere Übungen für diesen Tag.

«Nun geht und zieht euch trockene Kleidung an, Bruder

Philippe erwartet euch bereits«, grinste er süffisant. »Ich weiß, dies ist nicht eure liebste Beschäftigung, doch es muss sein.«

Leise murrend gingen wir in Richtung unseres Quartiers, um uns saubere und trockene Kleidung anzuziehen. Nach den stets kräftezehrenden Leibesübungen, war der geistige Unterricht für mich nicht mehr, als ein notwendiges Übel.

Bruder Philippe war ein italienischer Mönch, der uns Schreiben und Lesen in lateinischer Sprache beizubringen versuchte. Was ihm aber, mangels unseres Talents, nur schwerlich gelang.

Unser Lehrer war schon alt, dafür umso geduldiger mit uns. Er war ein Mönch der Armen Ritterschaft Christi vom salomonischen Tempel zu Jerusalem. Hugo von Payns hatte diesen Orden vor zehn Monaten gegründet. Die Ordensritter sollten in erster Linie die Pilgerwege schützen, da Gläubige des öfteren von Seldschuken überfallen wurden.

Wir konnten Philippe gut leiden, da er kein strenger, sondern ein gutmütiger Lehrmeister war. Oft erschöpft von den Waffenübungen, schlief nicht selten einer von uns während seiner Lehrstunden ein. Und selbst dann fand er keine tadelnden Worte für uns, sondern schenkte uns nur sein mildes Lächeln. Auf die Fortschritte unseres Unterrichts möchte ich nicht näher eingehen, da sie doch eher bescheiden ausfielen.

Wie fast jeden Abend, fielen mein Freund und ich todmüde auf unsere Strohsäcke. Bero zog seine abgenutzte Tunika aus und warf sie in die Ecke des Zimmers. Auch seine Eltern waren früh verstorben, seither kam sein Onkel für das Nötigste an Kleidung und alltäglichen Dingen auf, auch hatte er finanziell für seine Ausbildung gesorgt. Doch Beros Verhältnis zu ihm war eher kühlerer Natur, was daran lag, dass sein Onkel in erster Linie seine eigenen Interessen verfolgte und Beros Ausbildung für ihn nur eine lästige Pflichterfüllung darstellte. Dies war wohl auch der Grund, weshalb mein Freund nur ganz selten über ihn sprach.

Bero hingegen hatte ein sonniges Gemüt und war stets gut gelaunt. Mit seinen vielen Sommersprossen und seinen unbezähmbaren roten Haaren erweckte er manchmal einen fast tollpatschigen Eindruck. Bei den Kampfübungen hingegen widerlegte er dies eindrucksvoll, da sein Äußeres den Gegner dazu verleitete, ihn zu unterschätzen - was dieser dann oft schmerzhaft zu spüren bekam. Seine Wahrhaftigkeit und Treue machten ihn zu meinem besten Freund.

Mit müdem Gesichtsausdruck lag Bero in seinem Bett, hatte seinen Kopf auf eine Hand gestützt und sah zu mir rüber.

»Was denkst du, wann wir unsere Ausbildung abgeschlossen haben?«

»Ich weiß es nicht, Borchwei erwähnte mal, dass Jerusalem dringend neue Krieger benötigt, um die Stellungen zu sichern«, antwortete ich.

»Denkst du, dass wir dann früher zu Rittern werden, als geplant?«

»Möglich, die älteren Knappen munkeln, dass wir vor dem Winter noch unsere Pferde zugewiesen bekommen.«

Bero kratzte sich gedankenverloren an seinem bartlosen Kinn.

»Die Pferde, das wäre dann die letzte Übungseinheit unserer Ausbildung. Das heißt, wir könnten bereits im Frühjahr unseren Ritterschlag erhalten.«

Auch ich hegte diese Hoffnung, blieb dennoch zurückhaltend.

»Wäre möglich, aber es sind eben nur Gerüchte. Wir werden es erfahren, wenn es soweit ist.«

Nach kurzem Schweigen sah mich mein Freund stirnrunzelnd an. »Glaubst du, wir müssen dann getrennte Wege gehen, jeder bei einem anderen Kriegsherrn?«

Auch in mir erweckte diese Vorstellung ein mulmiges Gefühl, doch ich warf sie schnell beiseite. »Das hoffe ich nicht. Ich vertraue auf Borchwei, denn er bestimmt, welche Knappen für welche Einheiten eingeteilt werden. Ich glaube nicht, dass er uns trennen wird.«

»Das wünsche ich mir auch«, gähnte Bero. Mit diesen Gedanken schliefen wir ein.

Am nächsten Morgen hatten wir etwas freie Zeit zur Verfügung. Bero und mich zog es dann meistens zum Damaskustor, dem Hauptportal der Stadt. Täglich strömten dort Hunderte von Menschen aus aller Herren Länder hindurch. Man sah Händler aus Venedig und Kairo, neu ankommende Krieger und Pilger aus dem fernen Abendland. Es war eine bunte Mischung aus Sprachen und Kulturen, die mich jedes Mal von Neuem in ihren Bann zog.

Außerhalb der Stadtmauer, südlich des Damaskustores, standen einfache Hütten. Dort hatten sich die Armen, aber auch Kranke und Bettelmönche niedergelassen. Zerlumpte und heruntergekommene Huren boten hier ihre Dienste an, wurden aber meistens von den Wachsoldaten vertrieben.

Weiter nördlich hatte sich ein kleines Dörfchen aus besseren Holzhütten und orientalischen Zelten angesiedelt. Hier hatte sich eine Handvoll ägyptischer Heiler aus Kairo niedergelassen. Sie galten als die Besten ihrer Zeit und waren erfolgreicher als die Bader oder sogenannten Wunderheiler. Ihre Heilmethoden erfreuten sich auch unter den christlichen Einwohnern immer größer werdender Beliebtheit.

Einer von ihnen war Ali. Wir suchten ihn oft auf, um Salben oder Kräuter für Kranke oder Verletzte zu holen. In letzter Zeit wurde er immer öfter zu Rate gezogen, meist wenn es um komplizierte Behandlungen bei schlimmen Verletzungen ging. Ali hatte sogar schon offene Wunden mit silbernen, gebogenen Nadeln und Pferdehaar zugenäht, wo die europäischen Heiler die Gliedmaßen einfach abtrennten, oder die Wunden nur ausbrannten. Der Heilungserfolg gab Ali jedoch recht, in dem was er tat.

Durch das Damaskustor zwängte sich an diesem Tag wieder eine große Menschenmenge. Die Wachmannschaft hatte alle Hände voll zu tun, um jeden am Durchlass zu kontrollieren. Die Kaufleute wurden in Richtung Händlerviertel durchgeschleust, die anderen Ankömmlinge in Richtung Davidstor, so vermied man größere Verstopfungen in den Gassen der Stadt. Um sich eine Mahlzeit zu verdienen, sammelten die Kinder der Ärmsten in den Straßen den Kot der Kamele, Esel und Pferde auf. Sie brachten ihn dann vor die Mauern der Stadt, wo der Kot getrocknet und dann als Dung oder Brennmaterial verkauft wurde.

Bero und ich passierten das große Tor durch die kleinen Seitentüren daneben. Außerhalb der Mauer angekommen, wühlten wir uns durch das entgegenkommende Gedränge. Ein stechender Geruch von Schweiß und anderen menschlichen Ausdünstungen stieg uns in die Nase und begleitete uns, bis wir den nördlichen Teil erreichten. Hier befanden sich die etwas besseren Behausungen, auch die von Ali. Schon von Weitem winkte er uns zu, vor seinem Zelt hatte sich eine kleine Menschentraube von Gebrechlichen und Kranken gebildet. Wie so oft, wirkte Ali sehr beansprucht, trotzdem kümmerte er sich warmherzig um jeden seiner Patienten. Wir winkten ihm freundlich zurück, wollten ihn aber nicht weiter bei seiner Arbeit stören und zogen weiter.

Eine Flut von Gerüchen empfing uns wenig später an den Händlerzelten. Aus uns unbekannten Ländern wurden erlesene Gewürze und Kräuter angeboten, deren Duft unsere Nasen verwöhnte. Dazwischen gab es Stände mit frischem Gemüse, Früchten und Nüssen. Die Händler priesen lauthals ihre Waren feil, um die Gunst und Aufmerksamkeit der Käufer zu gewinnen. Ein Sprachgemisch aus arabischen, französischen und lateinischen Wortfetzen drang an unsere Ohren. Einen

Teil davon konnte ich verstehen, da man täglich mit der Vielfalt der Sprachen konfrontiert wurde. In meinem kurzen Leben hatte ich es geschafft, mich in mehreren Sprachen zumindest verständigen zu können.

Auf einer Holzkiste zwischen zwei Händlern stand ein selbst ernannter Prediger und verkündete das Wort Gottes. Seine Kutte war verschlissen und dreckig, mit zahnlosem Mund forderte er seine Zuhörer auf, die Heiden von den christlichen Stätten zu vertreiben und sie ins Höllenfeuer zu stoßen. Wir hörten ihm nur kurz zu und gingen dann weiter zu den nächsten Ständen.

Ich genoss jedes Mal aufs Neue das lebendige Markttreiben, war es doch eine willkommene Abwechslung zu unserem Alltag. Bero erstand bei einem Tuchhändler ein Stück fein gewebtes Leinen, mit dem er seine Tunika ausbessern wollte. Ich kostete von einem roten Gewürz, das mir vor lauter Schärfe die Tränen in die Augen trieb, worauf Bero vor Lachen ebenfalls die Augen tränten. Wir schlenderten weiter und ließen die Hütten und Marktstände hinter uns. Ein Araber trieb sein blökendes Kamel mit einem Stock an uns vorbei. Er kam aus dem Bereich, wo Kamele und Pferde verkauft oder eingetauscht wurden. Uns interessierten dort hauptsächlich die Pferde.

In einer mit Seil umgebenen Koppel befanden sich herrliche weiße Araberhengste. Die schlanken und kleineren Tiere waren eher für einen längeren Ritt geeignet, wie etwa für Boten- oder Jagdausritte, da diese Pferde über eine größere Ausdauer verfügten. Auf der anderen Seite standen große und kräftig gebaute Streitrösser aus europäischer Zucht. Die meisten der Ritter bevorzugten diese stämmigen Schlachtrösser von meist französischer Herkunft. Die feindlichen Reihen der Heiden hatten dem Angriffsgalopp dieser schweren Kriegspferde meist nicht viel entgegenzusetzen, da ihre Pferde kleiner und leichter waren. Ich war jedes Mal beeindruckt von der unbändigen

Kraft und der stolzen Körperhaltung dieser wuchtigen Streitrösser. Jeder einzelne Muskel zeichnete sich unter ihrem glänzenden Fell ab. Ich träumte davon, eines Tages so ein Pferd zu besitzen.

Es war bereits um die Mittagszeit, als wir uns wieder auf den Heimweg machten. Starker Wind war aufgekommen und bedeckte die Marktstände mit sandigem Puder aus der Wüste. Zum Schutz bedeckten wir mit den Händen unsere Augen, als wir uns allmählich dem Damaskustor näherten. Der Andrang an Menschen hatte um diese Tageszeit ein wenig nachgelassen. An der Pforte zeigten wir den Wächtern unser kleines Ledersiegel, das uns den Durchlass ermöglichte. Ein untersetzter Wachsoldat winkte uns mürrisch weiter.

Als wir das Tor schon beinahe hinter uns gelassen hatten, kam mit einem Mal Bewegung in die Menge. Die gereizten Stadtwachen brüllten ihre Befehle. Ein Händler mit seinem störrischen Esel wurde zum Tor hinausgetrieben, um so den Durchgang freizuhalten. Gleichzeitig drangen von außerhalb der Stadtmauer laute Rufe zu uns durch. Tumult brach am Tor aus, Bero und ich wurden durch die aufgewühlte Menschenmenge an die Mauer zurückgedrängt. Die Wachposten teilten die Menge, um eine breite Gasse zu schaffen und schoben dabei die Leute mit ihren langen Lanzen grob zurück. Wir reckten neugierig unsere Hälse: »Weißt du, was das alles soll?«, fragte mich Bero.

»Keine Ahnung, jedenfalls sind es keine Sarazenen, sonst würde es hier anders zugehen.«

Die Soldaten drängten uns nun immer weiter zurück, einige zischten den Wächtern ihren Unmut entgegen, während andere sich widerstandslos fügten. Unter dem hohen Torbogen hallten die lauten Kommandos der Wachposten von den Wänden wider. Wie durch einen dichten Nebel wurden die Menschen von einer knisternden Spannung umhüllt, die auch mich erfasste. Achselzuckend sah ich zu Bero, doch dessen rätselnde Miene gab mir auch keine Antwort.

Durch die Enge der Menschen wurde die Luft immer stickiger und erschwerte einem selbst das Atmen. Eine dicke Händlerin mit prallen Brüsten drückte sich seitlich an mich. Ich konnte ihren Schweiß und ihren schlechten Atem riechen, als sie mich dümmlich angrinste. Sie war nicht gerade das, wovon ein Junge in meinem Alter träumte. Ich rückte von ihr ab und drängte Bero unauffällig neben sie.

In der Ferne konnte man das Wiehern von Pferden hören. Als ich mich auf die Zehenspitzen stellte, sah ich über die vielen Köpfe hinweg vor dem Stadttor eine Staubwolke, in deren Dunst ich flatternde Kreuzritterfahnen und Lanzen erkennen konnte. Kurz danach hörten wir die ersten Rufe. Zunächst vereinzelt, dann wurden es immer mehr Stimmen, bis sie sich zu einem gemeinsamen, ohrenbetäubenden Jubel vereinten: »Balduin!«

Wir standen da wie angewurzelt, Bero rammte mir seinen Ellbogen in die Rippen: »Der König ist zurückgekehrt!«, dann hielt er sich wieder die Nase zu, denn die dicke Händlerin lehnte immer noch an seiner Seite.

König Balduin würde gleich wenige Schritte entfernt von uns vorbeiziehen. Man bekam den König nicht alle Tage so hautnah zu sehen. Wir hatten Balduin einige Male aus der Ferne bewundern dürfen, bei Prozessionen oder wenn das Heer sich sammelte, konnten sein Gesicht dann aber nur verschwommen erahnen.

Ich spürte ein Frösteln in meinem Nacken, während wir voller Erwartung zum Tor starrten. Von der Stadtmauer über uns erklangen laute Fanfaren zur Begrüßung des Königs. Dann konnten wir das Klappern der Pferdehufe hören, auf dem Sand vor der Stadtmauer noch etwas gedämpft, doch auf der steingepflasterten Straße unter dem Tor nun immer lauter werdend.

Die ersten Reiter ritten an uns vorüber, sie trugen Standarten und Fahnen, auf denen das rote Jerusalemkreuz leuchtete. Danach folgten schwer gepanzerte Ritter in Eisenhemden und hellbraunen Waffenröcken. Die Hufe der schweren Rösser übertönten die aufgeregten Zurufe aus der Menge.

Im Anschluss folgten ein Dutzend Ritter in Dreierreihen. Danach ein einzelner Reiter, er hielt ein großes, goldenes Kreuz hoch über seinem Kopf, hinter ihm schritten einige kirchliche Würdenträger in weißen Ordensgewändern.

Und dann kannte der Jubel keine Grenzen mehr. Umringt von seiner Leibeskorte, näherte sich König Balduin auf seinem weißen Ross. Einige Frauen warfen ihm Blumen entgegen und riefen verzückt seinen Namen.

Um sich vor der Sonne zu schützen, hatte der König ein helles Leinentuch um sein Haupt gewickelt, darüber funkelte ein fingerbreiter Goldreif an seiner Stirn. Ein schwarzer Bart umrandete sein edles Gesicht, ein goldenes Kettenhemd und ein langer weißer Umhang vollendeten seine erhabene Erscheinung. Mit seinen dunklen, jedoch einnehmenden Augen lächelte er in die Menge und winkte den Menschen zu. Sein Antlitz strahlte eine Würde aus, wie ich es noch nie zuvor bei einem Menschen erlebt hatte. Es kam mir fast vor, als sei mir soeben ein Heiliger erschienen.

Danach folgten wieder einige Dutzend gepanzerter Reiter, den Schluss bildete der Tross mit seinen großen Holzkarren. Die Fanfaren verstummten, der letzte Wagen bog um die Ecke.

Die Menge verstreute sich jetzt langsam und es kehrte eine gespenstische Ruhe ein. Wie mein Freund, war auch ich von den Geschehnissen stark beeindruckt, wir hätten unseren Herrscher fast berühren können.

Balduin II. war Teilnehmer des ersten Kreuzzuges und erst kürzlich zum König von Jerusalem gekrönt worden. Er folgte seinem Vetter Balduin I. auf den Thron. Bei den christlichen Einwohnern war er äußerst beliebt, er galt als weise und gerecht, aber auch als kluger Kriegsstratege. Ich hoffte, eines Tages an seiner Seite kämpfen zu dürfen, um zu Ruhm und Ehre zu gelangen, doch gleichzeitig schalt ich mich für meine einfältigen und kindischen Träumereien. Die Zeit war schnell verflogen und wir machten uns wieder auf den Heimweg.

Voller Erstaunen lauschten die anderen Knappen unserem Bericht, als wir wieder in unserem Quartier waren. In einigen Gesichtern bemerkte ich ein wenig Neid, andere löcherten uns mit Fragen nach dem König, seinem Aussehen, seiner Rüstung oder gar seinem Pferd. Natürlich schmückten wir unsere Erzählungen aus, um es noch spannender darzustellen, als es ohnehin schon war. Wenn ich ehrlich bin, genossen wir es, mit unseren kleinen Prahlereien im Mittelpunkt zu stehen.

Nach dem aufregenden Nachmittag standen wir alle ein wenig später wieder auf dem Übungsplatz. Der Abend dämmerte bereits, sodass jetzt eine angenehme Kühle einsetzte. Die leuchtend rote Sonne war nur noch zur Hälfte am Horizont zu sehen und tauchte Jerusalem in ein sanftes, goldenes Licht. Ich mochte diese Tageszeit, da sie etwas Friedvolles ausstrahlte.

Wir trugen unsere schweren Ledergambesons als Polsterung gegen die harten Schwerttreffer. Mit richtigen Schwertern aus der Rüstkammer hieben wir aufeinander ein. Bero und ich führten einen ausgeglichenen und verbissenen Kampf. Wir übten einige neue Varianten ein und freuten uns über jeden Treffer. Mein Rücken war bereits durchnässt, meine Arme wurden mir schwer und ich war müde. Plötzlich stand Borchwei neben uns. Mit vor der Brust verschränkten Armen sah er uns eine Weile zu. Ich konnte an seinem Blick nicht deuten, ob er mit uns zufrieden war oder nicht. Als Bero und ich unsere Waffen sinken ließen, tippte mir Borchwei auf die Schulter. »Jesco, du gegen mich. Ich will sehen, ob du Fortschritte gemacht hast.«

Ich musste schlucken, denn die blauen Flecken von meinem letzten Duell mit Borchwei waren immer noch schmerzhaft zu spüren. Ich ließ mir aber nichts anmerken und so trat ich ihm mutig, aber voller Respekt entgegen.

Wir gingen in unsere übliche Ausgangsposition, drei Schritte voneinander entfernt. Im Vorbeigehen gab mir Bero noch einen aufmunternden Klaps auf den Rücken und grinste mich schief an, er wusste, was auf mich zukam. Die anderen Knappen sahen neugierig zu uns herüber. In manchen Gesichtern erkannte ich Schadenfreude, denn sich mit Borchwei im Schwertkampf zu messen, war wahrhaftig kein Honigschlecken. Mit seinen blauen Augen sah mich Borchwei durchdringend an.

»Wir eröffnen mit der Hut.«

Die Hut ist eine Kampfhaltung, bei der man das Schwert über dem Kopf hält, mit dem Knauf in Richtung seines Gegners. Wir standen uns belauernd gegenüber, mein Atem ging schwer. Ich bemühte mich, nicht zu verkrampfen oder nervös zu werden. Mit schwitzenden Händen umklammerte ich den Griff meines Schwertes. Mein Schwachpunkt war meine Abwehr, ich versuchte mich darauf zu konzentrieren, trotz meiner Nervosität. Ich suchte meinen Vorteil in der Überraschung und griff schnell und entschlossen an.

Mit geschmeidigen Bewegungen parierte dieser erfahrene Recke jeden meiner Schläge. Der laute Klang der Waffen erfüllte den Übungsplatz, Funken stoben durch die abendliche Luft. Meine Muskeln schmerzten bereits bei jeder meiner Bewegungen. Borchweis Schläge waren so hart, dass jedes Mal, wenn sich unsere Klingen kreuzten, ich die Hiebe in meinem gesamten Oberkörper spürte. Ich schlug ebenfalls hart zu und brachte Borchwei sogar für kurze Zeit in Bedrängnis und wurde übermütig. Als er jedoch einen Ausfallschritt machte und mich mit ein paar fürchterlichen Hieben an die Mauer zurückdrängte, war ich ihm nicht mehr gewachsen. Ich konnte noch einige seiner Schläge abwehren, aber ehe ich mich versah, hatte ich seine Klinge an meiner Kehle. Ich ließ zum Zeichen der Aufgabe mein Schwert fallen und keuchte. »Ich gebe auf, die Sonne hat mich geblendet.«

Borchwei grinste nur. »Ich glaube eher, dein allzu großer Übermut hat dich geblendet, mein Junge.« Er reichte mir seinen Wasserschlauch, dessen Inhalt wir gierig leerten.

Borchwei wischte sich mit dem Handrücken seinen Mund ab.

»Jesco, in der Schlacht gibt es keinen ritterlichen und ehrenhaften Zweikampf. Es ist ein grausames Abschlachten und Töten, bei dem du auf alles gefasst sein musst!«

Er tupfte sich mit einem Tuch den Schweiß von der Stirn.

»Deine Angriffstechnik ist schon ganz passabel. Ich gebe zu, du hast viel dazu gelernt, einige deiner Schläge sind überraschend und schnell. Allerdings an deiner Verteidigung musst du noch etwas feilen.«

»Ich weiß. Ich habe wieder nicht auf deinen Rat gehört«, erwiderte ich zerknirscht.

Borchwei legte mir seine Hand auf die Schulter. »In der Tat, das hast du nicht, drum sag ich es dir nochmals: Achte immer auf die Schulter deines Gegners, denn noch bevor er zum Schlag ausholt, bewegt sich seine Schulter. Das kann dir eines Tages das Leben retten und dir den Sieg schenken.«

Ich nickte und versprach ihm, in Zukunft darauf zu achten. Borchwei brummte zustimmend und wandte sich ab, um die anderen Knappen wieder zu ihren Übungen zu scheuchen.

Müde und mit blauen Flecken am ganzen Körper, schleppten wir uns nach Hause. Eine angenehme Brise durchzog jetzt die Gassen, die Händler packten ihre Waren zusammen und die Nacht brach herein. Vereinzelt vernahm man noch Stimmen aus den Fenstern der Häuser. Die Fackeln an den Straßenecken warfen lange Schatten auf die Mauern, der Tag neigte sich friedvoll dem Ende zu.

Auf dem Heimweg betrachtete ich die hohen Torbögen und Deckengewölbe über den Gassen. Sie waren allesamt so angelegt, dass ein Reiter mühelos aufrecht hindurch reiten konnte, so gelangten die Ritter schnell von einem Ende der Stadt zum anderen. In den engeren Gassen durften daher keine Fässer, Karren oder andere sperrige Hindernisse stehen, die das Weiterkommen der Reiter erschwert hätten.

Ich hatte zweimal in meinem Leben eine Alarmbereitschaft miterlebt, als Späher feindliche Reitertrupps meldeten. Sobald die Jerusalemglocke läutete, entstand hektische Unruhe. Die vielen Menschen, die sich außerhalb der Stadt angesiedelt hatten, suchten dann den Schutz innerhalb der Mauern. Soldaten eilten zu den Wehrgängen und Ritter sprengten auf ihren Rössern durch die Straßen. Laute Befehle wurden gerufen und die Stadttore verschlossen. Ich war damals fasziniert von der Genauigkeit und Schnelligkeit der reibungslosen Abläufe, obwohl es zugleich ein flaues Gefühl in meiner Magengegend hinterlassen hatte.

Am nächsten Morgen mussten wir zum Gebet in eine kleine Kapelle neben der Grabeskirche, in der unser Jesus Christi für uns allgegenwärtig war. Täglich strömten Pilger in Massen an diesen Ort, um Erlösung zu finden und Gott nahe zu sein. Für mich war es jedoch eine zumeist ermüdende Angelegenheit, denn die monotonen lateinischen Gesänge empfand ich auf Dauer sehr anstrengend, zumal man stundenlang auf kaltem Stein knien musste.

Anschließend fanden wir uns wieder bei Bruder Philippe zum Unterricht ein, der in einem Nebentrakt des Gebäudes der Ritter des Tempels stattfand. Ich konnte dem Lesen und Schreiben nicht viel abgewinnen, außerdem bezweifle ich noch heute, dass sich diese Art der Kommunikation auf Dauer wirklich durchsetzen wird. Wo das gesprochene Wort doch um vieles einfacher ist.

Wir warteten in dem von hellem Sonnenlicht durchfluteten Schreibsaal auf unseren Lehrer. Ich rieb mir meine schmerzenden Muskeln und sehnte mich nach meinem Bett. Als Bruder Philippe gut gelaunt den Saal betrat, begrüßte er uns freundlich. Doch anstatt mit dem Unterricht zu beginnen, bat er die Älteren unter uns, ihm schweigend zu folgen. Er wählte zehn von uns aus. Leicht verwundert erhoben wir uns und trotteten ihm hinterher. Wir durchquerten den schattigen Innenhof, dann ging es durch einen dunklen und langen Gang, der mir unbekannt war. Dieser führte uns eine Steintreppe empor in einen weiteren langen Gang, der von dicken Mauern umgeben und nur durch Fackeln an den Wänden erhellt wurde. Schließlich standen wir vor einer großen Tür.

Philippe öffnete die schwere, knarrende Eichentür und wir betraten einen großen, fensterlosen Rittersaal. Bero sah mich stirnrunzelnd an. Ich zuckte mit den Schultern, da auch ich nicht wusste, was wir hier sollten. An den Steinwänden unter dem Gewölbe hingen zwölf große Wappenschilder, darauf ein rotes Kreuz auf weißem Grund. Quer über jedem Schild hing ein prachtvolles Breitschwert. Auf schweren Eisenleuchtern brannten Kerzen und erhellten den Raum gespenstisch. Tief beeindruckt sahen wir uns alles genau an. Philippe bat uns, an der langen Holztafel in der Mitte des Raumes Platz zu nehmen. Er selbst blieb an der Stirnseite des Tisches stehen und gab uns etwas Zeit, um uns umzublicken.

Aus einem mir unerklärlichen Grund verspürte ich hier eine gewisse Demut. Der Saal vermittelte etwas Kriegerisches und zugleich Erhabenes. Keiner von uns traute sich etwas zu sagen, nicht einmal ein Räuspern war zu hören, so Respekt gebietend waren diese Mauern. Ich fühlte mich mit einem Mal unbedeutend und klein. Schließlich bat Philippe uns um

Aufmerksamkeit. »Ihr seht hier an den Wänden zwölf Wappenschilder, wie auch die Apostel des Herrn zwölf waren!«

Andächtig lauschten wir den Worten unseres Lehrers. »Ihr befindet euch im Rittersaal des Ordens der Armen Ritter Christi. Das Volk nennt sie auch Ritter des Tempels. Sie leben nach besonders strengen Regeln und haben, wie ihr wisst, ihr Leben ganz Gott geweiht. Auch ich gehöre diesem Orden an, wenngleich in etwas anderer Weise, denn ich unterrichte euch und gehöre somit nicht der kämpfenden Einheit an.« Er machte eine Pause, um seine Worte bei uns ankommen zu lassen. »Diese Mönchsritter tragen ihr Haar kurz geschoren und ihre Bärte lang. Daran werden sie vom Feind erkannt und im gesamten Heiligen Land gefürchtet. Sie besitzen nichts, außer ihrer Rüstung und ihrer Waffen. Die Elitekämpfer Jerusalems führen ein frommes Leben in Bescheidenheit.«

Mit den letzten Worten war Philippes Stimme immer lauter und eindringlicher geworden. Er wies auf das mannshohe, rote Holzkreuz hinter sich an der Wand. »Das rote Kreuz auf weißem Grund ist unser Wappen, so auch auf unseren Waffenröcken. Das Symbol unseres Glaubens, denn unser Leben gehört Gott dem Herrn!«

Er sah wieder zu uns und lächelte. »Ich sehe fragende Gesichter vor mir. Nun, warum ich euch das erzähle, kann euch ein Anderer besser erklären.«

Mit diesem Satz wies er hinter uns. Wir drehten uns um und erblickten einen hochgewachsenen Mann an der Eingangstür. Keiner von uns wusste, wie lange er schon dort stand. Mit kraftvollen Schritten bewegte er sich an der Tafel vorbei und blieb neben Bruder Philippe stehen. Sein weißer Waffenrock mit einem roten Kreuz darauf, verriet uns, dass er ein Ritter des Tempels war. Die Ritter dieses Ordens waren im ganzen Land berüchtigt für ihre Kriegstaten und verfolgten ihre Ziele unbeirrt. Den einfachen Leuten waren sie jedoch unheimlich.

Er nickte Philippe kurz zu und wandte sein Gesicht dann zu uns. Sein Haar war kurz, sein Kinn verdeckte ein langer schwarzer und gepflegter Bart. An seiner Hand fehlte ihm ein Finger und eine tiefe Narbe verlief über seinem rechten Handrücken. Auch oberhalb seines Ohres konnte man eine Verletzung erkennen, die noch nicht sehr alt sein konnte. Dunkle Augen sahen uns einen nach dem anderen an, sein Blick war stechend und gebieterisch. »Ich grüße euch Männer, mein Name ist Guiscard und ich bin ein Ritter Christi.« Seine Stimme hatte einen angenehmen, tiefen Klang. Und es schmeichelte uns sehr, dass er uns Männer nannte.

»Ich sehe hier kräftige, junge Männer voller Tatendrang vor mir. Bald ist die Zeit gekommen, da ihr zu Rittern werdet. Doch nicht alle unter euch haben die nötigen Geldmittel, um sich dann Waffen, Rüstung und Ross leisten zu können.«

Wieder fixierten seine Augen jeden Einzelnen von uns, als könnte er in unsere Gedanken schauen. »Daher stelle ich euch in Aussicht, unserem Orden beizutreten. Wer sich dazu entscheidet, muss jedoch die Gelöbnisse der Keuschheit, Armut und des Gehorsams ablegen. Unser Orden wird euch dafür mit Verpflegung und allem was ein Krieger benötigt ausrüsten. Der Orden wächst von Tag zu Tag, weil stetig neue gläubige Männer zu uns stoßen. Wer sich uns anschließt, wird dreimal die Woche die Messe besuchen. Ihr müsst schwören, bis zum Tod für die heiligen Stätten der Christenheit zu kämpfen. Unser Hauptanliegen ist der Schutz der Pilgerwege, aber auch der Kampf gegen die ungläubigen Heiden. Wir sind ursprünglich Mönche, inbrünstig im Gebet, aber genauso unerbittlich den Feinden Gottes gegenüber.«

Nach einer kurzen Pause fuhr er milde lächelnd fort. »Der Orden wird eure Familie ersetzen. Dafür müsst ihr euch dem Orden verpflichten, bis zu eurem Lebensende! Doch nun genug der Worte. Überlegt euch mein Angebot in Ruhe, ihr müsst euch nicht sofort entscheiden. Aber bedenkt, Gottes strenger Blick ist auf euch gerichtet.«

Wir waren noch ganz im Bann seiner Worte, als er Philippe zum Abschied die Hand reichte. Dann drehte sich Guiscard noch einmal zu uns um, reckte die Faust in die Höhe und rief:

»Für Gott und Jerusalem!«

Als Antwort erwiderten wir brüllend seinen Schlachtruf.
Ich bemerkte so manch leuchtendes Augenpaar unter den anderen und auch an mir gingen die Worte des Mönchsritters nicht spurlos vorüber. Es konnte zumindest nicht schaden, über das Angebot Guiscards nachzudenken.

Auf dem Heimweg plapperten einige der Knappen aufgeregt durcheinander. Man hatte schon aufregende Geschichten über die Ritter des Tempels gehört, sie seien unbesiegbar und ihre Truhen voller Gold. Ich war bei solchen Gerüchten eher skeptisch, denn die Leute erzählten viel, wenn der Tag lang war. So mancher hielt sie für arrogant und machtbesessen, doch König Balduin griff gerne auf ihre Kampfkraft zurück, wenn er es für nötig hielt.

Als wir in unserem Quartier angekommen waren, nahmen wir das Nachtmahl zu uns. Wir ließen uns frisches Brot und Käse schmecken und bekamen noch einen Nachschlag. Bero, mir gegenüber auf einer schlichten Holzbank sitzend, hatte wie immer einen unersättlichen Appetit. Doch irgendwie wirkte er heute Abend in sich gekehrt.

»Was ist los mit dir?«, fragte ich ihn.

»Ich weiß auch nicht, mein Onkel bezahlt mir zwar meine Ausbildung, aber was dann? Ich werde mir niemals ein Kettenhemd oder ein eigenes Schwert leisten können.«

»Du denkst über das Angebot von Guiscard nach?«

»Na ja, verlockend wäre es schon. Auf der anderen Seite ...«

»Lebenslange Keuschheit und Gebete, und das bis zu unserem Tod!«, kam ich ihm zuvor. Bero lächelte mich mit vollem Mund an.

»Wenn ich an die Kleine vom Hufschmied denke und dann an das Keuschheitsgelübde ...«

Nichts für uns, beschlossen wir. Dennoch konnte ich die Worte des stolzen Tempelritters nicht so einfach vergessen und machte mir weiter meine Gedanken.

Nur wenig später saß ich auf einer Steinbank neben dem Eingang zu unserem Schlafraum. Ich streckte meine Beine aus, beobachtete die untergehende Sonne und dachte über meine Zukunft nach. Was würde wohl aus mir werden, nach meiner Zeit als Knappe?

Bisher war alles so sorglos und leicht gewesen, doch bald würde ich erwachsen sein und müsste auf eigenen Füßen stehen. Die Worte des Tempelritters wollten mir nicht mehr aus dem Kopf. Auf einmal stand Borchwei neben mir, dessen Stube direkt über unserem Quartier lag.

»Na, mein junger Freund, so nachdenklich?«

Er setzte sich neben mich und stellte einen großen Krug Wein mit zwei Bechern zwischen uns. Er schenkte ein und wir tranken gemeinsam. Nach dem ersten Schluck schloss Borchwei voller Wonne seine Augen. »Wein aus meiner Lothringer Heimat.«

Auch ich genoss den ungewohnten und vollmundigen Geschmack des Weins, der so anders war als die einheimischen säuerlichen Gebräue.

Trotz seiner vierzig Jahre wirkte Borchwei jugendlich und drahtig. Er war sonnengebräunt und hatte ein gepflegtes Äußeres. Seine Finger spielten mit dem Becher, während er versonnen zum Abendhimmel blickte. Ich fasste mir ein Herz und erzählte ihm von Guiscards verlockendem Angebot, dem Orden beizutreten und so einer gesicherten Zukunft entgegenzusehen. Aber auch von meinen Zweifeln, solch ein Leben als

Mönchsritter zu führen. Mein väterlicher Freund hörte mir geduldig zu. Als ich geendet hatte, dachte er kurz nach.

»Es ist gut, dass du dir darüber Gedanken machst. Denn würdest du es nicht tun, würdest du blindlings eine Entscheidung treffen, die du vielleicht später bereuen würdest, wie so manch anderer vor dir.« Nach einem weiteren Schluck Wein fuhr er fort. »Ich kenne Guiscard, wenn auch nicht näher. Sie leben nach den strengen Regeln des heiligen Augustinus, nehmen meist nur Wasser und Brot zu sich und haben ihr Dasein ganz Gott gewidmet. Im Kampf fürchten sie den Tod nicht, sie lassen sich vom Feind nicht gefangen nehmen, eher sterben sie. Dies alles macht sie zu so furchtlosen Kriegern, selbst wenn der Feind in noch so großer Überzahl ist.«

»Woher kennst du Guiscard?«

»Es ist einige Monate her, bei einer Schlacht nördlich von Ascalon. Wir hatten drei Dutzend Ritter des Tempels zur Unterstützung dabei. Als wir dem Feind gegenüber standen, erkannten wir, dass wir dessen Anzahl unterschätzt hatten. Wir waren zweihundert, die Seldschuken mindestens doppelt so viel. Die Ordensritter hatten den Befehl, die rechte Flanke des Feindes abzulenken, während wir in der Mitte vorstoßen sollten. Nun, sie zerstörten die Feindesflanke komplett, bis hin zur Mitte. Sie wüteten wie die Teufel, bis der Feind die Flucht ergriff. Nie zuvor hatte ich Männer so entfesselt kämpfen sehen. Selbst wenn ihre Gegner in der dreifachen Überzahl sind, siegen sie. Und so eilt ihnen ihr gefürchteter Ruf voraus.«

Das mussten wirklich außergewöhnliche Streiter sein, dachte ich für mich. In meiner Erinnerung sah ich, wie die siegreichen Krieger damals umjubelt heimgekehrt waren, an ihrer Spitze die Ritter des Tempels. Ich fragte wissbegierig weiter. »Die Leute halten sie für geheimnisvoll und nicht wenige behaupten, dass der Orden große Schätze angehäuft hat. Aber wenn dem so wäre, warum leben sie dann in solcher Bescheidenheit?«

»Nun, irdische Güter bedeuten ihnen nichts. Sie leben ganz für Gott und ihren Glauben. Beten und Schweigegelübde, aber ebenso der Kampf, bestimmen das Leben der Ordensmitglieder. Und somit der Verzicht auf die Freuden des Lebens.«

Wir tranken wieder. »Borchwei, ganz ehrlich, ich glaube so ein Leben als Mönch, dafür bin ich wohl nicht geeignet.«

Borchwei schmunzelte und sah mich von der Seite an. »Jesco, das glaube ich auch nicht, du kriegst ja morgens schon nicht deinen Arsch aus dem Bett.«

Wir mussten beide lachen, doch dann wurde Borchwei wieder ernst. »Weißt du mein Junge, ich bin der festen Ansicht, einen gottgefälligen Mann erkennt man nicht unbedingt an seinen Gebeten, sondern an seinen Taten!«

Ich dachte lange über seine Worte nach und nahm mir vor, sie nicht mehr aus dem Gedächtnis zu verlieren. »Die Taten eines Mannes«, das gefiel mir, musste ich zugeben.

Erneut füllten wir unsere Becher, inzwischen war die Nacht hereingebrochen. Wir schauten in den klaren Sternenhimmel, vor dem sich die dunkle Silhouette des Davidsturms abhob.

Entschlossen sah ich Borchwei an. »Ich werde dem Orden nicht beitreten, ich möchte ein Krieger werden, so wie du.«

Er sah mich an und wirkte dabei fast erleichtert. »Das wirst du, Jesco, und noch dazu ein Besserer als ich, das verspreche ich dir.«

Ich wusste nicht, was ich darauf sagen sollte und blickte verlegen zu Boden. Nach kurzem Schweigen bat ich ihn, aus seiner Heimat zu erzählen. Sein Blick schweifte sehnsüchtig in die Ferne. »Da wo ich herkomme, aus Lothringen, meines Vaters Heimat, sind die Wiesen grün und saftig, nicht so trocken wie hier. Die Wälder sind dort feucht und dicht bewachsen. Üppige Weinberge und sanfte Hügel durchziehen die Landschaft, es gibt viele kleine Bäche und Seen voller Fische. Man kann auf der Jagd Tiere erlegen, die du gar nicht kennst. Ich liebte es, zu Hause zur Jagd zu gehen. Im Winter schneit es, die Seen gefrieren zu, sodass man über das gefrorene Wasser laufen kann. Die Feuerstellen in den Häusern und Burgen brennen tags wie nachts, als Kleidung trägt man dann dicke Wollsachen und Fellumhänge. Die Burgen haben dunkle und feuchte Wände, nicht so helle Steinquader, wie du sie von hier kennst. Das tägliche Leben ist oft mühsam und hart, aber keiner lässt sich unterkriegen. Die Menschen sind dort anders, sie sind einfach. Es gibt nur eine Kultur und nur eine Sprache, nicht so eine Vielfalt von Menschen und Sprachen aus der ganzen Welt, wie im Heiligen Land. Manchmal regnet es tagelang und die Sonne versteckt sich hinter dicken, grauen Wolken. Im Herbst wechseln die Blätter der Bäume ihre Farbe und fallen als Laub zu Boden. Im Frühjahr jedoch erblüht das ganze Land und alles erwacht zu neuem Leben - dann gibt es für mich kein schöneres Land auf der Welt. Das, Jesco, ist meine Heimat!«

Verzaubert hatte ich ihm zugehört. »Und wo hast du meinen Vater kennengelernt?«

»In Mainz, einer Stadt, die nur einige Tagesritte von meiner väterlichen Burg entfernt liegt. Ein Teil des großen Frankenheeres sammelte sich dort und schloss sich später Gottfried von Bouillon an, um Jerusalem aus der Hand der Heiden zu befreien. Wir ritten beide in der Heeresmitte und mochten uns von Anfang an. Wir teilten uns die Verpflegung und halfen uns gegenseitig. Im Laufe des jahrelangen Feldzugs wurde daraus eine enge Freundschaft.«

Borchwei hatte mir schon oft von all diesen Dingen erzählt, doch ich wurde nicht satt, es immer wieder zu hören. Also fragte ich weiter: »War die Eroberung Jerusalems wirklich so grausam, wie man sich erzählt?«

Sein Gesichtsausdruck wurde kalt und er zögerte etwas mit seiner Antwort. »Es war das Schrecklichste, was ich je gesehen habe. Dein Vater und ich hatten in unserem Leben so manche

Schlacht erlebt. Doch dies war ein Gemetzel, ein Abschlachten von Frauen und Kindern, Alten und Wehrlosen.«

Er sah vor sich auf den Boden, sein Blick war leer, fast abwesend. »Als wir die Mauern der Stadt überwanden, waren wir noch voller Kampfeslust. Doch was dann geschah, war der reinste Blutrausch. An die zwanzigtausend Einwohner wurden getötet. Sie hackten und stachen auf alles ein, was sich bewegte. Die Frauen wurden geschändet und anschließend aufgeschlitzt, als wären sie Wasserschläuche. Wir sahen viele Pfaffen und Mönche, die Menschen mit Holzknüppeln erschlugen. Dein Vater und ich wandten uns mit Ekel und Entsetzen ab. Danach stank es tagelang nach Verwesung und Blut, die Hitze machte es noch schlimmer. Berge von Toten wurden vor der Stadtmauer aufgehäuft und dann verbrannt.«

Borchwei schnaufte hörbar aus und schloss kurz seine Augen.

»Gott kann so etwas nicht gewollt haben«, sagte er traurig.

Ich sah Borchwei nie beten, jetzt glaubte ich zu wissen warum.

Wir schwiegen beide und ich stellte mir die Gräueltaten von damals vor, in dieser Stadt, die jetzt so friedlich vor mir lag. Ich hatte aber noch mehr Fragen, vor allem eine beschäftigte mich. »Borchwei, manche berichten, die Krieger hätten in Antiochia heilige Reiter am Himmel gesehen und das hätte sie zum Sieg angespornt. Hast du sie auch gesehen?«

»Nein, ich selber nicht. Aber viele behaupteten, sie gesehen zu haben.« Er sah mir an, dass mit seiner Antwort mein Wissensdurst nicht gestillt war und fuhr fort: »Wir hungerten damals tagelang, viele starben fast vor Hunger. Wenn man zu lange nichts gegessen hat, dann sieht man Dinge, die es gar nicht gibt. Ich glaube, es waren einfach nur Hungervisionen, aber sie verhalfen uns zumindest zum Sieg.«

Borchweis Erklärung erschien mir einleuchtend, obwohl mir die andere Version besser gefiel. Der Wein hatte meine Zunge inzwischen gelockert und ich wollte mehr wissen. Ich fragte ihn nach der Heiligen Lanze. Er trank wieder einen Schluck, bevor er mir antwortete. »Ein Mann namens Peter Bartholomäus hatte die Vision, dass die heilige Lanze, mit der Jesus in die Rippen gestoßen wurde, in einer Kirche in Antiochia vergraben wäre. Nach Tagen fand man auch eine alte rostige Lanze.« Er sah mich an und zog seine Augenbraue nach oben. »Man findet hier alte römische Lanzen zuhauf. Ich möchte nichts behaupten, jeder soll das glauben, was er für richtig hält. Jedenfalls hat die Lanze uns bis heute von Sieg zu Sieg getragen. Eines habe ich daraus gelernt: Glaube versetzt Berge.«

Ich war erstaunt, nicht nur über diese Geschichten, sondern auch über Borchweis Ansichten. Denn sie bewiesen mir, dass er alles andere als leichtgläubig war. Ich nippte nachdenklich an meinem Becher. Mir war von dem schweren Wein schon gehörig schwummrig, als Borchwei uns den letzten Rest einschenkte. Er zwinkerte mir zu und wir tranken unsere Becher leer. Rülpsend lehnte ich mich zurück an die Wand, deren Steine noch von der Sonne erwärmt waren. Mir drehte sich alles! Ich war nur Wein mit viel Wasser verdünnt gewohnt, von dem ich meist nicht viel trank. Ich sah alles nur noch verschwommen.

»Halleluja, mir is ...«

Borchwei sah mich verdutzt an und musste dann laut lachen.

»Ich denke, du gehst besser ins Bett.«

Sein Ratschlag schien mir äußerst vernünftig zu sein. Doch leider sahen meine Beine das etwas anders, denn sie wollten mir nicht mehr gehorchen, als ich versuchte aufzustehen. Und so zog mich Borchwei unter den Achseln hoch, schleppte mich ins Haus und legte mich auf mein Bett, wo ich sofort einschlief.

Ich erwachte am nächsten Morgen und dachte, eine Herde von Kamelen wäre über mich hinweg getrampelt. Mein Schädel dröhnte und mein Mund war wie ausgetrocknet. Die Zunge klebte mir am Gaumen und ich verspürte großen Durst.

Ich stand wackelig auf und torkelte hinaus zum Brunnen, wo ein mit Wasser gefüllter Holzeimer stand. Die grelle Sonne blendete mich erbarmungslos und verstärkte meine pochenden Kopfschmerzen und meinen Schwindel. Bei jedem Schritt drohte sich mir der Magen umzudrehen. Wie ein Verdurstender erreichte ich schließlich den rettenden Brunnen im Schatten.

Ich tauchte meinen Kopf in das wohltuend kühle Wasser des Eimers. Die Erfrischung tat mir gut und ich fühlte mich etwas besser. Dann kotzte ich mir die Seele aus dem Leib.

Von Weitem war Gelächter zu hören. Borchwei stand mit zwei Rittern einige Schritte entfernt und sie schauten amüsiert zu mir herüber. »Leg dich noch mal hin, für was anderes bist du heute sowieso nicht zu gebrauchen«, hörte ich Borchweis Stimme.

Wieder ertönte schadenfrohes Gelächter, aber ich war ihm dankbar und schleppte mich wieder stöhnend in mein Bett. Ich schwor mir damals hoch und heilig, so schnell keinen Wein mehr anzurühren. Noch nie zuvor in meinem Leben ging es mir so hundeelend. Den übrigen Tagesverlauf möchte ich an dieser Stelle nicht näher ausführen.

Eines Morgens beauftragte mich Borchwei mit einem Botengang zu Ali, dem Medikus vor der Stadt. Es war ein sonniger Tag, doch im Süden brauten sich einige dunkle Wolken zusammen und verhießen nichts Gutes.

Als ich mich seinem großen Zelt näherte, dessen helle Wände mit Holz verstärkt waren, befanden sich schon die ersten Patienten vor Ort. Er trat aus dem Zelt und begutachtete einen Kranken. Ali war schon sehr alt, sein Haupt schmückte ein weißer Turban und um seine Augen kräuselten sich kleine Lachfältchen. Ein braunes, wettergegerbtes Gesicht und ein langer weißer Vollbart verliehen ihm einen weisen Ausdruck.

Als er mich sah, kam er gebückt auf mich zu, nahm meine beiden Hände in die seinen und begrüßte mich warmherzig.

»Was führt dich zu mir mein junger Freund, ich hoffe du bist nicht krank?«

Beruhigend lächelte ich ihn an. »Nein, mir fehlt nichts. Borchwei schickt mich, um dir dies zu überreichen und richtet dir seinen Dank aus für deine Dienste.« Mit diesen Worten überreichte ich ihm einen kleinen Lederbeutel, gefüllt mit Münzen. Dankbar und zugleich bescheiden, nahm er ihn entgegen.

Ali hatte sich schon des Öfteren um uns Knappen gekümmert, wenn wir kleinere Blessuren vom täglichen Üben mit den Waffen davontrugen. Borchwei vertraute voll und ganz auf Alis heilerische Fähigkeiten.

Er forderte mich freundlich auf, mich hinzusetzen. Auf einem kleinen Holzschemel vor seinem Zelt ließ ich mich nieder, während er in seinem Zelt verschwand, um kurz darauf mit einem bronzenen Becher zurückzukehren. Er reichte ihn mir. »Trink, das wird deine Lebensgeister wecken.«

Ich bedankte mich und nahm einen Schluck. Der Trunk war heiß und schmeckte seltsam, irgendwie süßlich und bitter zugleich. Wohlwollend sah er mich an und lächelte. »Richte Borchwei meinen tiefsten Dank aus.«

Ali hatte gerade ausgesprochen, als ein Normanne in gestrecktem Galopp auf uns zukam und sein Pferd jäh vor uns zügelte. Sein Waffenrock war stark verstaubt vom Wüstensand, sein Gesicht verschwitzt und sein Pferd blutete an der Flanke. Auch auf dem Kettenhemd des Ritters waren mehrere Blutflecken zu sehen. Er sprang vor uns aus dem Sattel.

»Schnell, wir brauchen deine Hilfe - ein Hinterhalt bei den Hügeln.« Schon folgten seine beiden Gefährten, der eine hatte einen Verletzten quer vor sich über dem Sattel hängen.

Hastig eilte Ali zu dem Verwundeten. Ich stand ebenfalls auf, um zu helfen. Vorsichtig zogen einer der Normannen und ich den stark blutenden Ritter vom Pferd. Er war noch jung und schrie auf, während wir ihn auf eine Pritsche legten, die Ali uns anwies. Vorsichtig legten wir ihn ab und trugen ihn dann in Alis Zelt.

Stöhnend vor Schmerzen lag er da, an seiner Hüfte war das Kettenhemd zerfetzt und eine tiefe, blutende Wunde klaffte darunter. Das Blut schoss daraus hervor wie Wasser aus einer Quelle. Behutsam öffneten Ali und zwei seiner Helfer die Schnürung an seinem Kettenpanzer. Dann richteten sie seinen Oberkörper langsam auf und zogen ihm seine schwere Last aus. Wieder furchtbare Schreie.

Alis Miene war mehr als besorgt. »Ich weiß nicht, ob ich ihn retten kann, ich muss seine Wunde säubern und zunähen.«

Die drei Normannen starrten ihn zunächst erschrocken an, bis schließlich einer nickte, es war wohl ihr Anführer. »Tut, was Ihr für richtig haltet, aber lasst meinen Bruder nicht sterben!« Darauf schickte Ali die Normannen und mich aus dem Zelt. Sichtlich besorgt standen die drei nun bei ihren Pferden.

Wieder drangen gurgelnde Schmerzensschreie aus dem Zelt an unsere Ohren. Noch nie hatte ich jemanden so unmenschlich schreien hören. Mit wutverzerrtem Gesicht starrte der Bruder des Schreienden zu Alis Zelt hinüber. »Ich schwöre bei Gott, wenn mein Bruder stirbt, dann werde ich die Hölle über diese verfluchten Heiden hereinbrechen lassen!«

Er sprach es mit so einer Entschlossenheit aus, dass kein Zweifel daran bestand, dass er seine Worte in die Tat umsetzen würde. Denn jeder wusste, wenn hasserfüllte Normannen in die Schlacht zogen, dann gnade Gott ihrem Feind.

Einer der Ritter nahm die Zügel der Pferde und brachte sie fort. Die anderen beiden stellten sich unter einen braunen Baldachin, um sich vor der Sonne zu schützen. Sie mussten schon sehr lange in der sengenden Hitze ausgeharrt haben. Ich griff nach einem Wasserkrug, der vor Alis Zelt auf einer Kiste stand und brachte ihn den Beiden. Sie sahen mich dankbar an und tranken gierig. Wassertropfen liefen an ihrem staubigen Kinn herunter und tropften auf ihre Brust. Ihre Gesichter waren von der Sonne stark gerötet und die Haut löste sich an vereinzelten Stellen. Die Blutflecken auf ihren Waffenröcken waren bereits angetrocknet; auch an ihren Kettenhemden waren deutliche Kampfspuren zu erkennen. Sie wirkten beide sehr erschöpft.

»Danke, auch für deine Hilfe vorhin.«

Ich nickte verlegen und wusste nicht, wo ich hinschauen sollte.

»Wurdet ihr von Sarazenen angegriffen?«

Die Augen des Normannen funkelten wütend. »Ja, hinterrücks und feige, wie es ihre Art ist!«

Nachdem er erneut getrunken hatte, sah mich der Bruder des Verletzten traurig an. Sein Blick wirkte gequält, als er voller Wehmut weitersprach. »Mein Bruder und ich wollten in ein paar Wochen nach Sizilien heimkehren. Ich habe die Heimat zum letzten Mal vor acht Jahren gesehen, mein Bruder sah sie noch nie, er ist hier geboren.« Seine Augen waren feucht geworden. »Und vielleicht wird er hier begraben.«

Ich sah ihn mitfühlend an. »Ali ist der beste Heiler den ich kenne, er wird ihn nicht sterben lassen.«

Woher ich meine Zuversicht nahm, wusste ich nicht, denn es sah nicht gut aus für seinen Bruder.

Der Normanne fuhr sich mit der Hand durch seine langen, schwarzen Haare, die verschwitzt in sein Gesicht hingen. Voller Sorge blickte er immer wieder zu Alis Zelt, in dem sein Bruder gegen den Tod kämpfte. Dann drehte er sich zu mir um. »Wie alt bist du?«

»Fünfzehn Jahre und noch Knappe.«

Er sah mich an, doch es war, als würde sein Blick durch mich hindurchgehen. »Mein Bruder ist nur drei Jahre älter als du. Er hat wenig Kampferfahrung, aber einen tiefen Glauben. Geholfen hat es ihm nicht.«

»Wir sollten für ihn beten«, schlug ich vor.

Der Normanne schnaubte nur höhnisch. »Beten? Ich habe früher einmal viel gebetet. Aber wenn man lange genug hier ist, und lange genug getötet hat, dann verlernt man das Beten, glaube mir!«

Ich starrte ihn erschrocken an. Wenn man so etwas in der Öffentlichkeit aussprach, konnte es gefährlich für einen werden. Mit wutunterdrückter Stimme sprach er weiter. »Verrat und Lügen, Krieg und Tod. Wenn das hier das Heilige Land sein soll, wo angeblich Milch und Honig fließen, dann will ich hier nicht mehr sein. Denn ich fühle keinen Gott mehr!«

Ich schwieg jetzt, ich wollte nicht noch mehr solcher Worte hören, denn Gott zu leugnen war eine schwere Sünde.

Der Wind wurde stärker und blies den Sand durch die Zeltstadt. Die Schreie aus dem Zelt waren schon eine ganze Weile verklungen, hoffentlich kein schlechtes Zeichen, dachte ich für mich. Die Zeit verstrich und die Normannen wurden immer unruhiger. Ich traute mich nicht mehr etwas zu sagen und füllte erneut den Krug mit frischem Wasser aus einem Eimer.

Blutbesudelt und verschwitzt trat Ali nach einiger Zeit aus seinem Behandlungszelt. Sofort gingen die beiden Ritter auf ihn zu. »Lebt er?«

»Ja, er lebt.«

Erleichtert atmeten die beiden durch. Doch Alis Miene blieb besorgt. »Er hat sehr viel Blut verloren, die Wunde ist tief, ich habe sie sorgfältig gesäubert und zugenäht, einen Kräuterbrei aufgetragen und verbunden. Er hat das Bewusstsein verloren, aber sein Atem ist ruhig und gleichmäßig. Sein Zustand ist jedoch weiterhin kritisch.«

»Ich danke dir, Medikus, ich werde dich gut entlohnen«, sprach der Normanne.

»Ich habe nur meine Arbeit verrichtet, dankt lieber eurem Gott«, entgegnete ihm Ali, worauf der Ritter verächtlich zu Boden spuckte. »Wir kommen morgen wieder und sehen nach ihm.«

Der Normannenführer sah mich noch kurz an, dann schritten sie davon. Wir sahen ihnen noch nach, bis sie die Menschenmenge schließlich verschluckte.

Ali schüttelte betrübt seinen Kopf. »Wenn ein Mann seinen Glauben verliert, was hat er dann noch?«

Ich wusste ihm darauf keine Antwort und schwieg. Kurz danach verabschiedete ich mich von Ali und machte mich auf den Heimweg.

Tief in Gedanken versunken, ging ich durch die schattigen und windgeschützten Gassen der Stadt. Würde ich vielleicht auch eines Tages halb tot in Alis Zelt liegen?

Die blasphemischen Worte des Normannen gingen mir durch den Kopf und ließen mich nicht mehr los. Wie viel Leid und Tod musste er gesehen haben, um so zu sprechen.

Das abendliche Üben mit den Waffen verscheuchte meine Gedanken an die Normannen jedoch schnell. Bero hieb wie besessen mit einer Streitkeule in der einen und Schild in der anderen Hand, auf einen Baumstumpf ein. Er konnte mit der Holzkeule, an deren Ende lange Eisenspitzen steckten, verdammt gut umgehen.

Ich hatte Schild und Morgenstern, eine Waffe, die es in dieser Form noch nicht lange gab. An einem Holzgriff hing eine unterarmlange Eisenkette, an der eine schwere Eisenkugel mit Eisenspitzen daran, befestigt war. Wenn man damit ausholte und seinen Gegner traf, hatte es eine verheerende Wirkung. Borchwei legte sehr großen Wert darauf, dass wir mit allen Waffen gleich gut umzugehen verstanden.

Durch die körperlich harten Übungen an den Waffen und das Schleppen der schweren Sandsäcke, waren meine Muskeln stärker geworden. Auch war ich in letzter Zeit gewachsen, was ich an meinen zu kurzen Hosen feststellte. Mein Haar hatte ich schulterlang wachsen lassen, wie die meisten Ritter es trugen. Dadurch fühlte ich mich erwachsener. Jedenfalls fiel mir auf, dass mich in letzter Zeit die Mädchen auf dem Markt immer öfter anlächelten, was mich zwar stets verlegen machte, mir aber dennoch gefiel.

Bevor wir uns schlafen legten, aßen Bero und ich noch Speck und frisch gebackenes Brot. Auch an Bero stellte ich immer häufiger Veränderungen fest. Ein leichter Flaum kräuselte sich an seinem Kinn und er war an den Schultern breiter geworden. Er wirkte seit einiger Zeit nicht mehr so jungenhaft. Wurden wir jetzt zu Männern?

In dieser Nacht schlief ich unruhig und wälzte mich in meinem Bett. Ich träumte von einem Meer aus Blut, auf dessen Wogen Schiffe trieben, ihre Segel schmückte ein großes rotes Kreuz. Aus dem rot gefärbten Wasser wollten Hände nach mir greifen. Es waren die Hände von Toten. Ich sah mich selbst im Blut schwimmen und schrie, als mich etwas an den Füßen packte. Schweißgebadet wachte ich auf und sah Beros Gesicht über mir. »Du hast geträumt, Jesco.«

Ich musste wohl im Schlaf geschrien und Bero geweckt haben. Kopfschüttelnd ging er wieder zu Bett. Die restliche Nacht verfiel ich in einen unruhigen Schlaf.

Es war einige Tage vor dem Weihnachtsfest, als Borchwei die älteren Knappen zusammenrief. Wir versammelten uns im Kleinen Saal in der Davidszitadelle und waren gespannt darauf, was Borchwei uns mitzuteilen hatte.

Durch zwei schmale Fenster drang die morgendliche Sonne in den nur spärlich eingerichteten Raum. Wir saßen auf einfachen, dunklen Holzbänken und warteten ungeduldig auf unseren Ausbilder. Schließlich betrat Borchwei den Saal, er baute sich vor uns in der Mitte auf und sah uns nur an. Entweder wollte er so die Wichtigkeit seiner Worte unterstreichen, oder wir mussten eine Strafpredigt befürchten.

»Ich habe euch heute alle hierher gebeten, um euch etwas mitzuteilen. Ihr alle habt mir während eurer Ausbildung große Freude bereitet, ihr wart gehorsam und fleißig. Eure Lernerfolge im Lesen und Schreiben bei Bruder Philippe sind, sagen wir mal, ausreichend bis ausbaufähig. Das Königreich Jerusalem braucht neue, militärisch gut ausgebildete Kämpfer.«

Er machte eine Pause und sah zu Boden, dann verschränkte er seine Arme vor der Brust und fuhr fort. »Daher haben wir beschlossen, dass euch morgen eure Pferde zugeteilt werden, um die letzte Einheit eurer Ausbildung anzugehen.«

Bero, der neben mir saß, stieß mir mit seinem Fuß an mein Schienbein. Wir sahen uns gegenseitig an - endlich war es soweit! Wir Knappen flüsterten alle aufgeregt durcheinander, bis Borchwei wieder seine Stimme erhob. »Die Tiere sind schon fertig ausgebildet, einige haben bereits Kampferfahrung. Aber wichtig ist, dass ihr Eins werdet mit eurem Ross, es soll euer Leben schützen und ihr das seine. Die Kosten für eure Pferde übernimmt das Königreich, dafür werdet ihr im Gegenzug später für Jerusalem kämpfen ... einige vielleicht sogar sterben. Das ist die Abmachung und dafür werdet ihr vereidigt werden, wenn die Zeit dafür gekommen ist.«

Ein Frösteln durchlief mich, auch Bero war sichtlich aufgewühlt. Dann wurde die Versammlung aufgelöst und Borchwei gab uns den ganzen Tag frei.

Einige der anderen Knappen gingen beten, doch Bero und ich waren aufgrund der Neuigkeiten viel zu aufgeregt und so zogen wir es vor, durch das arabische Viertel zu ziehen.

In diesem Stadtteil lebten einst Juden, die aber von den Eroberern vertrieben wurden. Seit kurzem hatten sich dann in dem Viertel einige arabische Siedler niedergelassen, mussten sich aber den strengen Regeln der Christen unterwerfen.

Wir nahmen das geschäftige Treiben um uns herum kaum wahr, viel zu aufgekratzt waren wir noch. »Mein eigenes Pferd, ich kann es noch gar nicht glauben«, schwärmte Bero. Ich neckte ihn: »Vielleicht kriegst du auch nur eine alte, klapprige Mähre, auf der du dann in die Schlacht hoppelst.«

»Und du einen trächtigen Esel!«

Wir mussten beide lachen, aber ein Gefühl der Nervosität vor dem morgigen Tag blieb dennoch hängen.

Zum Frühmahl bekamen wir Milchbrei, den wir hastig verschlangen, zu groß war unsere Ungeduld. Danach warteten wir vor unserem Quartier auf Borchwei. Der Himmel war von grauen Wolken verhangen und weigerte sich, den Tag mit uns zu feiern.

Als es schon zu tröpfeln begann, kam Borchwei endlich. Er ging zielstrebig voran und wir folgten ihm wortlos zu den nahegelegenen Ställen. Als wir dort ankamen, wartete bereits der Stallmeister auf uns. Seine Miene hatte etwas Strenges und er schien schlecht gelaunt zu sein. Ich war ihm schon ein paar Mal über den Weg gelaufen und mochte ihn nicht sonderlich.

Als wir vor ihm stehen blieben, murrte er uns ohne Begrüßung herrisch an. »Dass ihr mir ja nicht die Pferde scheu macht, ihr tut genau das, was wir euch sagen!«

Er trat einen Schritt zurück und überließ Borchwei das Wort.

»Der Stallmeister und ich haben uns lange Gedanken darüber gemacht, wer von euch welches Pferd bekommt. Der Charakter und Körper des Reiters soll zu dem seines Pferdes passen.«

Wir hörten seinen Worten aufmerksam zu, während aus dem steingemauerten Stall leises Wiehern zu uns drang. »Wir haben an jedem Holzverschlag eines Pferdes eine kleine Holztafel mit euren jeweiligen Namen angebracht, insgesamt zehn. So kann jeder sein Pferd erkennen. Lesen könnt ihr ja, zumindest dafür müsste es reichen. Geht nun langsam dem Stallmeister nach und verhaltet euch ruhig.«

Das schwere Holztor wurde von einem Knecht geöffnet. Pferdegeruch kam uns entgegen, als der Stallmeister voranschritt und wir anderen ihm folgten. Bero drängelte sich gleich nach vorne und ich wollte ihm schon folgen, als sich mir plötzlich Borchwei in den Weg stellte. Er lächelte mich an. »Komm mit mir.« Dabei legte er mir seinen Arm um meine Schulter und wir gingen gemeinsam ins Stallinnere.

Durch sehr kleine Lichtschlitze in den Wänden drang gedämpftes Licht in den Stall, was dem Ganzen etwas Magisches verlieh. Jeder der Knappen suchte sein Namensschild. Hier und da war ein leiser Ausruf der Freude zu hören, wenn einer sein Pferd gefunden hatte, der Stallmeister mahnte jedoch immer wieder zur Ruhe. Borchwei zog mich mit sich, bis fast zum Ende des Stalls. Dann entdeckte ich an einer Bretterwand meinen Namen auf einer Tafel, Borchwei blieb dicht hinter mir stehen. Mit bedächtigen Schritten ging ich langsam um die Holzabtrennung und blieb mit gebührendem Abstand stehen.

Ein großer dunkelbrauner Hengst stand vor mir, stolz und anmutig. Er begrüßte mich mit einem leisen Schnauben und wippte seinen Kopf hoch und runter, mit seinem kräftigen Vorderhuf scharrte er im Stroh.

»Nun geh schon und begrüße deinen neuen vierbeinigen Gefährten.« Ich vernahm Borchweis Stimme nur wie durch einen Nebel. Mit Respekt ging ich langsam auf mein Pferd zu und tätschelte es am Hals, während der Hengst mit seinen Nüstern neugierig an mir schnupperte. Er war kräftig gebaut und trotzdem schlank und muskelbepackt. Die langen Haare seiner pechschwarzen Mähne wirbelten umher, als er seinen Kopf nach oben warf.

Ich streichelte ihn beruhigend und sprach leise auf ihn ein. Mehrere gut verheilte Narben an seiner Bauchseite zeugten von Kampfeinsätzen. Sein Fell war weich und glänzte seidig, man konnte seine Muskeln darunter zucken sehen. Ich konnte mein Glück kaum fassen, so ein wundervolles Pferd zu besitzen.

»Danke Borchwei.«

»Schon gut, Junge. Ich fand er passt zu dir, jung und wild wie du. An seinen Zähnen erkennt man sein junges Alter und seine Kampfnarben zeugen von Mut. Er entstammt einer noch neuen Zucht und ist eine Mischung aus Zelter und schwerem Streitross. Das macht ihn kräftig, beweglich und schnell. Freunde dich mit ihm an, aber habe auch eine strenge Hand. Und gib ihm einen Namen.« Mit diesen Worten verließ er den Stall.

Ich setzte mich ins Stroh und widmete mich wieder meinem Pferd. Lange Zeit beobachtete ich den Hengst und überlegte mir einen passenden Namen für ihn. Plötzlich stampfte er wild auf und wie einer Eingebung folgend, flüsterte ich: »Ashir«, ein arabisches Wort für „wild". Er wieherte leise, als würde er seinem Namen zustimmen. Ich hatte Bero hinter mir nicht bemerkt.

»Na ja, einen trächtigen Esel, sagte ich doch«, flachste er. Ich stellte ihm voller Stolz meinen Ashir vor, bewundernd nickte er mir zu und streichelte ihn. Dann zeigte er mir sein Pferd, einen hellbraunen Hengst, ebenfalls ein schönes Tier. Aber ich hatte nur noch Augen für Ashir. Trotzdem zollte ich ihm meine Anerkennung für sein Pferd, auf das er genauso stolz war, wie ich auf meines. Ab diesem Tag waren wir täglich zweimal im Stall, um unsere Pferde zu füttern und zu striegeln. Vor allem aber, um das gegenseitige Vertrauen zu gewinnen.

Allerdings ahnte ich damals noch nicht, dass ich gemeinsam mit Ashir dem Tod noch oft ins Angesicht blicken würde.

✠

Am Weihnachtstag standen wir vor Sonnenaufgang auf und gingen zur nahegelegenen Gihonquelle, um uns gründlich zu waschen. In einem Steinbecken stehend, schrubbten wir uns gegenseitig mit dem kalten Wasser ab. Gereinigt und in saubere Tuniken gekleidet, nahmen wir danach unser Frühmahl zu uns.

Anschließend machten wir uns zum weihnachtlichen Gebet in die Kirche St. Maria Latina auf. In den Straßen herrschte schon am frühen Morgen dichtes Gedränge. Am wichtigsten Feiertag des Jahres strömten nicht nur Pilger aus fremden Ländern, sondern auch Christen aus anderen Kreuzfahrerstaaten wie Antiochia oder Tripolis in die Stadt.

In der von Gläubigen überfüllten Kirche quetschten Bero und ich uns in das Seitenschiff des großen Gotteshauses. Durch die schmalen, hohen Säulenfenster konnte man den strahlend blauen Himmel sehen. Das eindringende Sonnenlicht paarte sich mit dem Kerzenschein und verzauberte das Innere der Kirche in einen festlichen Glanz.

Den lateinischen Gebeten der Priester lauschend, beobachtete ich die anderen Gläubigen um mich herum. Einige waren tief im Gebet versunken. Fast schon einer Ekstase gleich, wiegten sie im Knien ihre Oberkörper vor und zurück. Ich hatte ähnliches Verhalten schon bei Tieren festgestellt, wenn sie zu lange eingesperrt waren.

Den langen Gebeten schnell überdrüssig, fragte ich mich nach meiner eigenen Frömmigkeit, war ich vielleicht nicht gläubig genug? Ich hatte schon so manche Zweifel in mir festgestellt, wenn es um meinen Glauben ging; denn ich war stets grenzenlos erleichtert, wenn die Gebete nach endloser Zeit beendet waren. Meist schmerzten mir dann die Knie und ich hatte große Mühe, meine Augen offenzuhalten.

Wenn ich allerdings Bero neben mir gähnend gegen die Langeweile ankämpfen sah, war ich jedes Mal beruhigt, dass es mir wohl nicht allein so ging. So war ich auch an diesem Tag erleichtert, als wir die Kirche nach Stunden wieder verließen. Gott möge mir verzeihen.

Mein Ashir schnaubte mir freudig entgegen, als wir nach dem Kirchgang den Stall betraten. Ich fütterte und bürstete ihn und bildete mir ein, dass er mich jetzt schon von Weitem erkannte und sich freute, mich zu sehen. Länger als sonst verweilte ich heute bei meinem Pferd und redete viel mit ihm, er sollte sich so an meine Stimme und meinen Geruch gewöhnen.

Gegen Abend machten wir uns mit knurrenden Mägen auf den Heimweg. Die Stadt schien jetzt aus allen Nähten zu platzen; man hatte die Stadttore zwischenzeitlich immer wieder geschlossen, um dem großen Andrang an Menschen vor und in der Stadt Herr zu werden. Vor dem Refektorium des Klosters wurden den Armen und Bettlern Speisen gereicht, die sie an diesem heiligsten Tag des Jahres dankbar entgegennahmen.

Bei unserem Quartier angekommen, duftete es schon köstlich nach knusprig gebackenem Brot. Kurz darauf standen auf den Tischen die herrlichsten Speisen: in Honig und Gewürzen gebratenes Fleisch und Gemüse, Fisch und allerlei Früchte. Nach einem Dankgebet fielen wir über das Dargebotene her. Müde und satt gegessen fielen wir später auf unsere Strohsäcke und schliefen umgehend ein.

Nach den feierlichen Tagen des Weihnachtsfestes kehrte wieder etwas mehr Ruhe in Jerusalem ein und das Arbeiten mit unseren Pferden begann. Zu Anfang durften wir unsere gesattelten Tiere nur gehend am Zügel führen, zwei erfahrene Ritter beaufsichtigten uns dabei. Brav trottete Ashir stets hinter mir her. Auf leichten Zeltern konnten wir zwar schon reiten, aber so ein schweres Streitross zu beherrschen, war eine weitaus schwierigere Aufgabe; daher bereitete man uns behutsam darauf vor.

An einem verregneten Tag gingen wir wie üblich zum Stall, um die Pferde zu versorgen. Nachdem wir unsere Rösser gesattelt hatten, wollten wir sie wie immer am Zügel ins Freie führen. Der Stallmeister und drei Ritter, die uns unbekannt waren, standen uns am Stalltor jedoch breitbeinig im Weg.

Langsamen Schrittes ging der Stallmeister zwischen uns und unseren Pferden umher. Kritisch begutachtete er die Sattelriemen und kontrollierte die Steigbügel. Unter seiner strengen Fuchtel hatten wir viel über Pferde gelernt, dennoch mochte ich ihn nicht, was wohl an seiner mürrischen Art lag.

Nachdem er sich überzeugt hatte, dass wir alles zu seiner Zufriedenheit erledigt hatten, flüsterte er einem der drei Ritter etwas zu, worauf dieser nickte und vortrat. Man sah diesem Recken an, dass mit ihm nicht zu spaßen war. Seine rechte Gesichtshälfte bedeckte eine Brandnarbe und seine Augen wirkten kalt. Ich fühlte mich unter seinem Blick nicht wohl, es war der Blick eines Kriegers, der keine Gnade mit seinen Feinden kannte.

Plötzlich brüllte er. »Aufsitzen!« Wir trauten zuerst unseren Ohren nicht, doch sein Befehl war unmissverständlich. Die beiden anderen Ritter traten zwischen uns, um eingreifen zu können, falls ein Pferd scheute.

Bero biss sich nervös auf die Lippen und ich umfasste mit schweißnassen Händen den Sattelwulst. Den linken Fuß im Steigbügel, nahm ich mir ein Herz und schwang mich in den Sattel. Kaum dass ich saß, tänzelte Ashir auch schon nervös. Sofort sprach ich beruhigend auf ihn ein und streichelte ihn am Hals, worauf er zu meiner Freude ganz ruhig wurde. Ich konnte spüren, wie sich seine mächtigen Muskeln unter mir bewegten. Endlich saß ich auf meinem Pferd.

Auch die anderen waren aufgesessen, ein Tier scheute ein wenig, doch einer der Ritter war zur Stelle und beruhigte es. Bero saß mühelos im Sattel und grinste mich schelmisch an, ich zwinkerte ihm erleichtert zurück.

Auch der narbige Ritter bestieg nun sein Pferd. »Wir reiten in langsamen Gang die Ausfallstraße entlang und dann hinaus zur Stadt. Ihr folgt genau meinen Befehlen!«

Er ritt voraus, während die anderen beiden Ritter sich unter uns mischten. Mit leichtem Schenkeldruck brachte ich mein Pferd in Gang. Bereits der kleinste Ruck am Zügel reichte aus, um dieses mächtige Ross in die gewünschte Richtung zu lenken.

Ich fühlte mich bereits wie ein erfahrener Ritter, als die Menschen auf der Straße mir respektvoll Platz machten und zu mir hoch sahen. Mit stolzgeschwellter Brust ritten wir unter dem hohen Torbogen des Davidsturms hindurch.

Etwa fünfhundert Schritte außerhalb der Stadtmauern trabte unser Anführer an. Wir folgten mühelos und Ashir gehorchte jedem meiner Kommandos. In der großen Ebene vor der Stadt angekommen, hielt der Narbige an und wendete sich uns zu.

»Seht ihr an den Hügeln dort die Bäume, dorthin reiten wir jetzt im Galopp und wieder zurück!«

Kaum hatte er gesprochen, gab er seinem Pferd die Sporen. Wir schauten uns noch ungläubig an, als die ersten ihm schon folgten, auch Bero preschte bereits davon. Ich gab mit meinen Fersen Druck und verlagerte mein Gewicht nach vorn, sofort jagte Ashir wie entfesselt den anderen nach.

Ich fühlte mich wie in einem Rausch, wir flogen förmlich dahin. Die Muskelmasse dieses großen und schweren Pferdes in immer schneller werdender Geschwindigkeit zu erleben, war einfach nur atemberaubend. Sein Schweif wehte im Wind und sein Atem ging kraftvoll. An den Bäumen machten wir kehrt und ich war beeindruckt von der Beweglichkeit und Wendigkeit Ashirs. Nach der Kehrtwende hatten wir schon einige der anderen eingeholt. Als wir unseren Galopp beendeten, hatte sich Ashir als eines der schnellsten Pferde behauptet.

Der Narbige ließ sich sogar zu einem Lob an uns alle herab. Danach ritten wir wieder in gemütlicher Gangart in die Stadt zurück. Ich genoss jeden Schritt auf meinem Pferd. Wieder im Stall, rieb ich Ashir trocken und belohnte ihn mit ein paar Nüssen und frischem Futter. Dies war der bislang glücklichste Tag in meinem Leben.

In den darauffolgenden Wochen erlernten wir die verschiedenen Schlachtenformationen zu Pferde. Wir mussten in Keilform reiten oder in geschlossener Reihe, um uns dann in Flankenangriffe nach links und rechts zu teilen. Auch hier bewies mir Ashir seine bereits gewonnenen Erfahrungen.

Im beginnenden Frühjahr begannen dann die Waffenübungen zu Pferde, bei denen Bero und ich miteinander wetteiferten, was uns aber letztendlich nur zugute kam.

Besonders stolz war ich auf mein Pferd, als uns die Kampfkraft unserer Tiere demonstriert wurde. Ich saß auf und ein Knecht schlug mit einem langen Palmenzweig von hinten auf Ashir ein. Er reizte ihn gehörig, sofort schlug mein Pferd mit den Hinterhufen wütend aus und versuchte den Knecht mit seinem Hinterteil umzuwerfen. Ich wäre fast aus dem Sattel gefallen, hätte ich mich nicht im letzten Moment an seinen Hals geklammert.

Wurden wir von vorne angegriffen, bäumte sich Ashir auf und trat mit den Vorderhufen nach seinem Gegner. Auch hierbei machte sich seine vorherige Ausbildung bemerkbar.

Mein Pferd war mir nicht nur ein Gefährte, sondern auch eine wirkungsvolle Waffe, die man im Kampf einsetzten konnte.

Irgendwann gingen mir Ashirs Bewegungen und Reaktionen in Fleisch und Blut über. Reiter und Pferd waren jetzt Eins.

Es war der sechzehnte Jahrestag meiner Geburt, Borchwei, Bero und ich saßen in einer Schenke. Borchwei lud uns ein, der Wirt trug uns Fleisch, Gemüse und Wein auf. Inzwischen hatte ich mich an den Genuss des gegorenen Traubensaftes gewöhnt.

Die Taverne war gut gefüllt und wir mussten unseren Tisch mit drei Handwerkern teilen. Die Luft in der Gaststube war stickig und es roch nach Männerschweiß. Nach dem Mahl beschlossen wir, uns draußen vor der Schenke an einem Tisch niederzulassen. Die Nacht war klar und der Vollmond erhellte die Straßen; nur eine Kerze auf dem Tisch spendete noch zusätzlich Licht.

Wir erzählten Borchwei von unseren Pferden und unseren Fortschritten bei den Reitübungen. Anerkennend hob er seinen Becher, mahnte uns aber zugleich, nicht nachzulassen oder selbstgefällig zu werden.

Es war ein ausgelassener Abend und ich fand es schön, mit meinen liebsten Menschen zusammen zu sein. Als Bero zu lallen begann, entschied sich Borchwei zu Bett zu gehen.

»Ihr seid alt genug, um den Abend auch ohne mich zu verbringen, gebt gut auf euch acht.« Er warf einige Münzen für die Zeche auf den Tisch und ging dann.

Kurz darauf war Bero mit dem Kopf auf dem Tisch eingeschlafen. Ich schickte mich gerade an, meinen Freund zu wecken und nach Hause zu bringen, als sich ein Fremder zu uns ans Tischende setzte. Seinen Kopf und Schultern umhüllte ein Tuch, so dass ich sein Gesicht nicht erkennen konnte. Ich stand auf und wollte Bero aufwecken, der Fremde sah zu mir herüber. Ich konnte jetzt sein Gesicht sehen, er war kaum älter als ich, und er kam mir irgendwie bekannt vor.

Er hustete und spuckte auf den Boden, er wirkte ein wenig angeschlagen. Plötzlich hatte ich die Erinnerung wieder vor Augen. Es war der verletzte junge Ritter, den Ali verarztet und dem ich vom Pferd geholfen hatte. Ich war neugierig geworden, also ließ ich Bero weiterschlafen und setzte mich dem jungen Normannen gegenüber.

»Verzeih, aber erkennst du mich?«, sprach ich ihn vorsichtig an. Er blickte auf und sah mich stirnrunzelnd an.

»Es tut mir leid, aber ich wüsste nicht, woher ich dich kennen sollte.«

»Du warst schwer verwundet, dein Bruder und ich haben dich damals in Alis Zelt getragen.«

Sein Blick war verwundert und überrascht zugleich. »Vergib mir, aber ich weiß nur noch, wie ich in seinem Zelt aufgewacht bin. Wie ich dort hinkam, weiß ich nur von meinem Bruder.«

»Sei's drum. Es freut mich jedenfalls, dass du noch lebst.«

Ich räusperte mich verlegen. »Ich meinte natürlich, dass es dir wieder besser geht.«

Er lächelte mich offen an. »Schon gut. Ich muss mich bei dir entschuldigen und bedanke mich im Nachhinein für deine Hilfe. Wie heißt du?«

»Jesco.«

»Mein Name ist Gilbert.«

Er nahm seinen Krug und füllte unsere Becher mit Wein. Ich sah ihn mir genauer an. Er hatte lange, glatte und dunkle Haare. Sein markantes Kinn war unrasiert und seine blauen Augen wirkten ehrlich auf mich.

»Es geht dir also wieder gut?«, fragte ich.

»Na ja, manchmal fühlt es sich an, als hätte ich glühende Nadeln in meiner Hüfte. Lange Zeit hatte ich Fieber.«

Er hustete wieder und spuckte aus. »Es ging mir schon besser, aber nichtsdestotrotz hat Ali mir das Leben gerettet.«

»Ja, er ist ein hervorragender Heiler. Darf ich dich fragen, wie es zu deiner Verletzung kam?«

Bei meiner Frage verhärteten sich seine Gesichtszüge.

»Wir waren mit sechzig Mann, alles erfahrene Normannen, in Antiochia. Der Befehl lautete, dort die Grenzen zu sichern, da es oft zu Überfällen von Seldschuken kam. Es blieb aber die gesamte Zeit über ruhig, keine Überfälle, keine Rebellen, rein gar nichts. Nach zwei Monaten hatten wir die Order, wieder nach Jerusalem zurückzukehren. Wenige Meilen von hier, in dem Tal zwischen den Hügeln, dann der Hinterhalt. Erst beschossen sie uns mit Pfeilen, dann griffen sie uns von den Hügeln herab an. Es war ein kurzer Kampf, wir hatten sie schon fast in die Flucht geschlagen, als mir ein verfluchter Heide seine Lanze in die Seite bohrte. Mein Bruder spaltete ihm mit seinem Schwert den Schädel samt Helm. Dann verlor ich das Bewusstsein. Den Rest kennst du ja.«

Erschüttert sah ich ihn an, ein Wunder, dass er noch lebte.

»Dein Bruder ist sicherlich froh, dass du wieder wohlauf bist.«

»So ist es. Aber er ist wieder nach Sizilien heimgekehrt. Er wollte mich mitnehmen, ich war jedoch zu geschwächt für die lange Reise. Also versprach ich ihm nachzukommen, sobald es mir besser ginge.«

Ich hatte schon oft von diesem Sizilien gehört. Der berühmte Heerführer der italienischen Normannen des ersten Kreuzzugs, der große Bohemund, stammte von dort. »Dann wirst du deinem Bruder bald folgen?«

Ein Hauch von Traurigkeit lag in seinen Augen. »Wohl eher nicht. Ich habe zwei ältere Brüder in Sizilien und werde nichts erben. Mich als Söldner zu verdingen kommt auch nicht in Frage. Also werde ich wohl hierbleiben und mich den französischen Normannen anschließen.«

Wir schwiegen eine Weile, dann bat mich Gilbert, von mir zu erzählen. »Ich bin noch Knappe, aber so Gott will, bald ein Ritter Jerusalems. Meine Eltern sind gestorben, ich komme aber gut zurecht. Mein Ritter Borchwei kümmert sich um mich und ich kann es kaum erwarten in den Kampf zu ziehen. Aber bis zu meinem Ritterschlag muss ich mich eben noch gedulden.«

Er trank einen Schluck Wein und sah mich nachdenklich an.

»Das kann schneller geschehen als du denkst.« Er bemerkte meinen fragenden Blick. »Jesco, wenn man abends an den Lagerfeuern sitzt, dann hört man so allerlei. Die Seldschukenstämme und ihre Fürsten sind untereinander zerstritten, daher gelingt es ihnen nicht, ein gemeinsames großes Heer aufzustellen. Doch in den letzten Wochen sollen sich einzelne Stämme zu Hundertschaften zusammengerottet haben. So erzählt man jedenfalls.«

»Wenn dem so wäre, dann hätten die Späher doch unsere Heerführer schon längst benachrichtigt, meinst du nicht?«

»Ich weiß es nicht, diese Heiden sind unberechenbar in ihren Wüstenlöchern.«

Wir leerten unsere Becher und standen auf. Gemeinsam zerrten wir Bero auf die Füße und nahmen ihn in unsere Mitte. Gilbert war so freundlich und half mir noch, ihn heimzubringen. Als wir Bero später in unserem Quartier auf sein Bett geschleppt hatten, bedankte ich mich nochmals für seine Hilfe. Doch er winkte nur lächelnd ab. »Gern geschehen.«

Wir verabschiedeten uns und Gilbert reichte mir seine Hand.

»Es hat mich gefreut dich kennenzulernen, Jesco. Und es würde mich freuen, wenn du mich mal besuchen kämst. Ich werde die nächste Zeit im Normannenlager vor der Stadtmauer zu finden sein, frag dort einfach nach mir.«

»Das werde ich gerne tun.«

Wir lächelten uns freundlich an, dann ging jeder seines Weges. Es war eine warme Nacht und der Wein hatte mich müde gemacht, daher freute ich mich auf mein Bett.

Als ich auf meinem Strohsack lag, dachte ich über den Abend nach. Gilberts vereinnehmende und warmherzige Art hatte es mir angetan. Ich nahm mir fest vor, ihn bei nächster Gelegenheit mit einem Krug Wein zu besuchen.

Ashir war mir inzwischen so ans Herz gewachsen und vertraut geworden, dass ich ihn abends nur ungern im Stall zurückließ. Ich hatte mich eben von ihm verabschiedet, als Borchwei den Stall betrat. »Ich dachte mir schon, dass ich dich hier finde. Es freut mich, dass ich wohl die richtige Auswahl traf, bezüglich deines Pferdes.«

»Oh ja, das hast du. Ich könnte mir wirklich kein besseres Ross wünschen, ich danke dir nochmals dafür.«

»Nicht der Rede wert.« Er streichelte Ashir und nickte anerkennend. »Wahrlich, ein prächtiges Tier.«

»Manchmal denke ich, Ashir kann meine Gedanken lesen. Bei den Kampfübungen handelt er wie von selbst, noch bevor ich ihm ein Kommando gebe«, antwortete ich voller Stolz.

»Ja, das macht ein gutes Streitross aus, Klugheit und Instinkt. Beides besitzt dein Pferd.«

Er sah mich eine Weile nachdenklich an und atmete dann hörbar aus. Ich hatte das Gefühl, dass ihm etwas auf dem Herzen lag. »Jesco, ich möchte dir etwas zeigen, weil ich glaube, dass heute der richtige Tag dafür ist.«

Ich sah ihn fragend an. Wenn Borchwei so sprach, dann lag meistens etwas in der Luft. Auffordernd deutete er mit dem Kopf in Richtung der Stalltür. »Komm einfach mit.«

Ich folgte ihm, mehr als erwartungsvoll. Wir gingen durch die abendlichen, belebten Straßen am Tempelberg vorbei und dann bergauf durch lang gezogene und überdachte Gassen. Die letzten Händler packten ihre Waren zusammen und Fackeln wurden angezündet.

Aus dem Gerberviertel drang ein beißender Geruch zu uns herüber, die Hinterhöfe zwischen den Häusern waren voller Unrat, der in der Hitze schon zu faulen begann. Nach weiteren

Abzweigungen wurde die Luft wieder klarer, dafür strömten uns jetzt viele betende Pilger entgegen.

Schließlich standen wir vor der Grabeskirche. Borchwei blieb stehen und wir bekreuzigten uns. Dann sah er mich an.

»Das Kirchentor wird demnächst geschlossen, wie jeden Abend. Ich habe diesen Zeitpunkt bewusst gewählt, um mit dir ungestört zu sein, ohne all die Pilger.«

Er wollte mit mir beten? Wenn Borchwei mal betete, dann musste wirklich Unheil in der Luft liegen!

Die mächtige Holztür stand noch offen, als wir durch das große Eingangsportal ins Innere der Grabeskirche schritten. Hier war unser Herr Jesus Christus gestorben und begraben worden. Tiefe Ehrfurcht ergriff mich, wie auch die wenigen Male zuvor, die ich schon hier gewesen war.

Die alte Kirche überdeckt in der Mitte eine runde Kuppel, an den Außenwänden führen Treppen hinab zu mehreren Gebetsnischen. Direkt unter der Kuppel befindet sich der Felsen, auf dem unser Jesus Christus gekreuzigt wurde, daneben ist der Eingang zu seinem Grab zu sehen, in dem sich ein wunderschöner goldener Schrein befindet. Es brannten nur noch wenige Kerzen, die düsteren Steinwände flackerten in ihrem Lichtschein. Die Stille roch modrig und nach Weihrauch.

Wir stiegen einige Treppen in eines der Gewölbe hinab. Neugierig folgte ich Borchwei. An den geschwärzten Steinwänden waren tausende kleine Kreuze eingeritzt. Einst hatten sich dort die ersten Eroberer im Jahre 1099 verewigt.

Borchwei nahm mich an der Schulter und führte mich zu einem alten Steinaltar in einer dunklen Nische, die nur von einer kleinen Kerze dürftig erhellt war.

Als er vor dem Altar stehen blieb, sah er mich durchdringend an. »Jesco, mein Junge. Du wirst bald ein Streiter Jerusalems sein, wie all die Männer vor dir.« Er wies weitausholend mit seinen Armen auf die vielen Kreuze an der Wand. Dann zeigte er auf zwei eingekratzte Kreuze, die sich in Kniehöhe hinter dem Steinaltar befanden. »Diese beiden stammen von deinem Vater und mir, das rechte von deinem Vater Annulf!«

Ich starrte Borchwei mit offenem Mund an und war sprachlos. Dann schritt ich etwas zögerlich um den Altar herum zur Wand. Ich kniete mich hin und strich ehrfurchtsvoll mit den Fingerspitzen über das Kreuz meines Vaters. Es war, als würde ich an seinem Grab stehen. Eine Träne kullerte über meine Wange.

Ich hatte nie ein Grab meines Vaters besuchen können, da die Toten damals hinter der Stadt in einer riesigen Grube vergraben oder verbrannt wurden, denn zu groß war ihre Anzahl. Nur ein schlichtes großes Holzkreuz erinnerte noch an sie.

Lange betrachtete ich das kleine Kreuz. Ich weiß nicht, wie viel Zeit verstrichen war, als ich Borchweis Hand irgendwann auf meiner Schulter spürte. »Verzeih mir, dass ich dir das erst heute zeige. Aber ich war der Ansicht, du wärest noch zu jung und zu umtriebig. Jetzt besitzt du die nötige Reife, um es in dein Herz und deinen Geist zu lassen.«

Ich vernahm seine Worte und wusste, was er meinte. Die Würde dieses Augenblickes erfüllte mich und es schien, als wäre ich für immer mit dem alten Gemäuer der Grabeskirche verbunden. Es war nur ein kleines, eingeritztes Kreuz in der Wand, und doch bedeutete es mir so viel. Für mich war es ein Andenken an meinen Vater - auf ewig in Stein gemeißelt.

Mehr als nur dankbar sah ich Borchwei an. »Ich bin froh, jetzt einen Ort zu haben, an dem ich meinem Vater nahe sein kann.«

Ich besuchte diesen Ort noch viele Male. Immer dann, wenn ich verzweifelt war, wenn ich Angst hatte oder einsam war.

Heute weiß ich, dass kein anderer Ort dieser Welt mir jemals so viel Kraft verlieh.

Frühsommer 1119

»Es ist in Stein gemeißelt!«

Immer häufiger verwendete ich diesen Spruch, die eingemeißelten Kreuze an den Wänden der Grabeskirche waren wahrscheinlich der Grund dafür. Freudig umarmte ich Bero.

Wir älteren Knappen hatten soeben von Borchwei erfahren, dass wir in zwei Wochen den Ritterschlag erhalten sollten. Freudetrunken verließen wir den Kleinen Saal des Davidsturms, wo uns Borchwei diese gute Nachricht mitgeteilt hatte.

Er erzählte uns auch von der Knappenausbildung im fernen Frankenland. Denn dort mussten die Knappen oft mit in die Kämpfe ziehen, um ihren Herren zu dienen und in der hintersten Reihe zu kämpfen.

In Jerusalem hatte man aber beschlossen, die Knappen erst nach ihrer Ausbildung in den Kampf zu schicken. Der Grund dafür sei, so erklärte uns Borchwei, dass die Heiden nur militärisch gut ausgebildete Ritter zum Gegner haben sollten und nicht Kinder. Dies erschien auch mir einleuchtend und klug. Danach hatte er uns noch den Ablauf des Zeremoniells geschildert, was uns noch ungeduldiger werden ließ.

Am Abend wollten wir feiern. So beschloss ich, mit Bero zusammen ins Normannenlager zu gehen, ich wollte ihm Gilbert vorstellen. Bero willigte sofort ein und wir kauften unterwegs noch ein kleines Fässchen Wein.

In den vergangenen Wochen hatte ich Gilbert zweimal besucht, er war inzwischen vollständig genesen und wir hatten viele Stunden miteinander geredet. Ich mochte ihn und ich denke, er mich auch.

Schon von Weitem konnte man die Gesänge und das Gegröle aus dem Normannenlager hören. Es war eine ganz andere Welt, als innerhalb der Mauern.

Bero wirkte leicht eingeschüchtert, als wir durch das Zeltlager schritten. Ich hatte mich schon durch meine vorherigen Besuche an die ungehobelten und betrunkenen Krieger gewöhnt. Ich muss gestehen, dass einige dieser Burschen Furcht einflößend aussahen. Sie waren hochgewachsen und ihre Haare und Bärte meist ungepflegt und verfilzt. Manch einer war am Kopf sogar kahl geschoren. Und sie stanken!

Abschätzige und argwöhnische Blicke empfingen uns, sie benahmen sich Fremden gegenüber eher misstrauisch. Wir versuchten, uns unser Unbehagen nicht anmerken zu lassen, als plötzlich ein sprechender Baumstamm vor uns stand.

»Die feinen Herren haben sich wohl verlaufen. He?«

Bero neben mir wich einen Schritt zurück, doch ich blickte dem Hünen unerschrocken in die Augen. »Wir wollen zu Gilbert. Weißt du wo er ist?«

Er grunzte etwas Unverständliches und wies mit seiner Pranke zu einem großen Lagerfeuer. Ich nickte ihm dankend zu und wir zwängten uns an ihm vorbei. Im letzten halben Jahr war ich gehörig gewachsen und hatte fast Borchweis Körpergröße erreicht, aber dieser Normanne hier war wirklich ein Riese.

Am Feuer saßen viele Männer und tranken, es roch nach gebratenem Fleisch und Rauch. Bero fragte mich, was die Normannen feierten, ich klärte ihn auf, dass es hier jeden Abend so zuging, zumindest immer wenn ich da war.

Aus der Dunkelheit trat Gilbert hervor und umarmte mich freundschaftlich. Ich stellte ihm Bero vor, der sich nicht mehr daran erinnern konnte, wie Gilbert und ich ihn heimgebracht hatten. Gilbert reichte ihm lächelnd die Hand.

»Jesco hat mir schon viel von dir erzählt, es freut mich dich jetzt persönlich kennenzulernen - und nüchtern.«

»Ganz meinerseits«, erwiderte Bero ein wenig steif. Er war, im Gegensatz zu mir, bei Fremden immer etwas zurückhaltend.

Gilbert lud uns ein, am Lagerfeuer Platz zu nehmen. Wir setzten uns und öffneten unser Fässchen, Gilbert hatte uns inzwischen Holzbecher besorgt. Wir tranken und ich erzählte ihm voller Stolz von unserem baldigen Ritterschlag. Bero sah sich immer noch etwas verunsichert um. Es erging ihm wie mir bei meinem ersten Besuch hier, aber ich war mir sicher, er würde sich schnell daran gewöhnen.

Während wir uns so unterhielten, beobachtete ich die grobschlächtigen Männer um uns herum. Zotige Witze wurden gerissen und Geschichten aus ihrer Heimat erzählt, die meisten davon hielt ich aber für stark übertrieben. Vor dem Feuer wurde ein Kampfschild auf einen Baumstumpf gelegt, darauf kam ein großes Stück gebratenes Fleisch. Einige rissen sich mit den Händen einen Fetzen davon ab und stopften es sich gierig in den Mund, das Fett tropfte dabei an ihren Bärten herab. Sie waren barbarisch, aber ich gewann den Eindruck, dass ein starker Zusammenhalt zwischen ihnen herrschte.

Im Laufe des Abends wurde auch Bero redseliger und es stimmte mich froh, als ich sah, wie er sich mit Gilbert immer besser verstand.

Ich wusste nicht weshalb, aber ich fühlte mich unter diesen normannischen Kriegern irgendwie wohl. Trotz ihrer rauen Art waren sie fröhlich und sehr stolz auf ihre Herkunft. Vor allem waren sie gefürchtete Krieger, von deren Erfahrungen man nur lernen konnte.

Die Luft war noch erwärmt vom Tag und die Nähe des Feuers trieb mir den Schweiß aus allen Poren. Der Wein zeigte langsam seine Wirkung, mit voller Blase entfernte ich mich eilig vom Lager und erleichterte mich an einer Dattelpalme. Leicht säuselnd und schwankend kehrte ich zum Lagerfeuer zurück und setzte mich wieder zu den anderen in den warmen Sand. Im Sitzen fühlte ich mich sicherer. Bero füllte unsere Becher auf und wir leerten den Inhalt in einem Zug. Meine Sinne waren bereits gehörig vernebelt. Gilbert hatte sich ein Mädchen auf den Schoß gezogen und flüsterte ihr etwas ins Ohr, worauf sie errötete und laut lachte. Bero zwinkerte mir zu und füllte erneut unsere Becher, wobei wir ausgiebig das Hinterteil des Mädchens begutachteten.

Ich streckte meine Beine aus und lauschte den Liedern, die gesungen wurden, als wie aus dem Nichts plötzlich ein älterer Normanne vor mir stand. Breitbeinig und seine Arme provozierend in die Hüften gestemmt, blickte er verächtlich auf mich herab. Er stellte sich mir vor, nämlich mit einem lauten Rülpsen.

Ich starrte ihn an. Auch Bero und Gilbert waren jetzt aufmerksam geworden. Der Kerl hatte nur noch ein Auge, über dem anderen war die Haut zu einer hässlichen Narbe zusammengewachsen. Er war zweifelsohne auf Streit aus und wollte sich vor den anderen wichtig machen. Mit zahnlosem Mund blaffte er mich an. »Und wer bist du, Bürschchen?«

Ich stand auf und schwankte leicht, wir waren gleichgroß.

»Mein Name ist Jesco, und bald werde ich ein Ritter sein!«

Der Einäugige sah mich kurz ungläubig an, dann prustete er vor Lachen. »Habt ihr das gehört? Ein edler Ritter will er sein!«

Auch seine Kameraden stimmten lauthals in sein höhnisches Gelächter ein. Keiner sang mehr, alle sahen jetzt zu uns herüber. Von hinten zischte mich Bero an. »Jesco, setz dich wieder hin und lass es gut sein!«

Doch der Wein hatte mich mutig gemacht und ich sah dem Normannen trotzig in sein einziges Auge. Ich wollte mir von diesem einfältigen Kerl nichts gefallen lassen, schon gar nicht vor meinen Freunden. Also trat ich ein Stück auf ihn zu und schnaubte ihn trotzig an. »Jawohl, ein Ritter werde ich sein. Allemal besser, als so ein Barbar wie du einer bist.«

Gilbert und Bero wollten mich am Ärmel zurückziehen, aber ich riss mich los und schnauzte den vierschrötigen Kerl an.

»Und falls du lesen kannst, kann ich dir das auch schriftlich geben - und zwar in Stein gemeißelt, du Schwachkopf!«

Sein noch verbliebenes Auge zuckte plötzlich gefährlich und er presste seine Kiefer zusammen. Und dann fühlte es sich an, als hätte einer ein Hufeisen an meinen Schädel geworfen. Ich fühlte einen dumpfen Schmerz an meiner Schläfe, alles drehte sich und ich sah grelle Lichtblitze, bevor mich nur noch tiefe schwarze Dunkelheit umgab.

Ich erwachte auf dem Boden liegend in Alis Zelt. Die Morgensonne schien bereits unbarmherzig durch die hellen Zeltwände. Mein Kopf schmerzte grauenvoll, ich wusste nicht, ob durch den vielen Wein, oder den Faustschlag, der mich so unvermittelt traf.

Borchweis Rat schoss mir durch den Kopf - achte immer auf die Schulter deines Gegners! Bei allen Heiligen, ich hatte zu viel Wein getrunken! Meine linke Wange und mein Kiefer schmerzten höllisch und es fühlte sich alles angeschwollen an.

Langsam richtete ich meinen Oberkörper auf und versuchte vorsichtig meinen Kiefer zu bewegen. Zumindest fehlte mir kein Zahn. Ich tastete mit den Fingern behutsam an meinem Wangenknochen, der sich anfühlte, als würde er nicht zu mir gehören. Schließlich ging die Zeltplane auf und Ali trat herein. Kopfschüttelnd sah er zu mir herunter und grinste breit. »Ein herrlicher Morgen! Wie geht es dir?«

Ich stöhnte und rieb mir den Nacken. Flehend blickte ich zu ihm hoch. »Ali, du hast doch bestimmt eine Arznei, die meine Kopfschmerzen vertreibt.«

»Oh ja, ich habe schon etwas vorbereitet, das dir helfen wird.«

Milde lächelnd drehte er sich um und kramte hinter einer Kiste. Ich verschloss meine Augen vor der unangenehmen Helligkeit und versuchte meine wenigen Gedanken zu ordnen. Der pochende Schmerz in meinem Kopf wurde immer schlimmer.

Ich erschrak fast zu Tode, als ich einen Schwall kaltes Wasser ins Gesicht bekam. Den leeren Krug noch in seiner Hand, beugte sich Ali lachend über mich. »Eine spezielle Arznei aus Kairo, für solche Fälle bestens geeignet.«

Fluchend schüttelte ich mich und stand auf, aber wenigstens war ich jetzt wach. Mein behandelnder Arzt lachte immer noch und setzte sich auf einen Hocker. »Bero und ein anderer junger Mann haben dich heute Nacht hierher geschleppt, du solltest dich bei ihnen bedanken.«

»Ja, das sollte ich. Aber jetzt werde ich mich zuerst mal unter Borchweis Augen trauen müssen.« Der Gedanke daran verursachte mir noch mehr Übelkeit, als ich ohnehin schon verspürte. Während ich mir mein nasses Gesicht abtrocknete, verschränkte Ali seine Arme vor der Brust und sah mich wohlwollend an. »Du solltest dir eines merken: Wer durch ein Zwiebelfeld geht, riecht danach. Und nun geh besser, Borchwei wird dir schon nicht den Kopf abreißen.«

Gerne hätte ich seine Zuversicht geteilt, aber meine Reue belehrte mich eines Besseren. Ich verabschiedete mich von ihm und bedankte mich für seine umfangreiche ärztliche Versorgung.

Kaum war ich in unserem Quartier, ließ mich Borchwei auch schon zu sich rufen. Um ansehnlicher zu erscheinen, zog ich mir schnell noch eine saubere Tunika an. Dann stieg ich die Treppen hoch, klopfte an die Tür zu Borchweis Stube und betrat mit unsicheren Schritten den Raum.

Er saß in Schriftrollen vertieft an seinem Tisch. Bei meinem Eintreten hatte er mich nur kurz mit einem Seitenblick gestreift und sich dann wieder seinen Pergamenten gewidmet. Wie bedröppelt stand ich da und wartete, bis mir Borchwei seine Aufmerksamkeit schenkte. Nach einer gefühlten Ewigkeit richtete er sich schließlich auf und musterte mich eingehend.

»Du siehst ein wenig mitgenommen aus. Bist du gegen einen Rammbock gelaufen?«

»Nein, wir waren nur im Normannenlager.«

Seine Augenbraue ging nach oben. »Soso, nur im Normannenlager.« Er schüttelte den Kopf und sah mich missmutig an. Am liebsten wäre ich im Boden versunken, so schämte ich mich.

Borchwei kratzte sich lange an seinem Kinn, dann seufzte er.

»Wenn dein Vater dich so sehen könnte, ich bin mir sicher, er wäre stolz auf dich gewesen!« Das saß!

Voller Reue bat ich ihn um Verzeihung. Noch nie hatte Borchwei böse oder wütend mit mir gesprochen, er konnte vielmehr mit gezielten und wohlgewählten Worten mein Ehrgefühl treffen, so auch dieses Mal.

Er forderte mich schroff auf, mich zu setzen. Etwas milder gestimmt fuhr er fort. »Jesco, du hast jetzt das Mannesalter erreicht, aber dann verhalte dich auch so. Du wirst bald deinen Eid ablegen und in den Kampf ziehen, aber wenn du dich weiterhin so verhältst, wirst du nicht lange überleben, und das möchte ich nicht erleben.«

Er sah mich eine Weile an, dann atmete er tief durch. »Ich zürne dir nicht, aber versprich mir, endlich erwachsen zu werden und auch mal ab und zu dein Hirn zu benutzen. Und nun geh und kümmere dich um deine Arbeit ... und halte Abstand zu den Normannen und ihrem Lager!«

Ich versprach ihm, mich daran zu halten und schlich mit schlechtem Gewissen davon.

In den darauffolgenden Tagen war ich sehr bemüht, meinen Plichten nachzukommen, um Borchweis Wohlwollen wiederzuerlangen. Mit feinem Sand entfernte ich den Rost von seinem Kettenhemd und fettete es anschließend ein. Ich putzte unser Quartier jeden Tag, räumte auch Borchweis Kleidung ordentlich auf und kehrte den lästigen Sand aus seiner Stube. Ich tadelte jeden, der auch nur ein Fitzelchen Dreck verursachte.

Borchwei entgingen meine Bemühungen wohl nicht, denn eines Tages ließ er mich zu sich rufen. In der Hoffnung, er möge mir nicht mehr böse sein, eilte ich zu seiner Stube.

Zu meiner großen Erleichterung war er ausgesprochen gut gelaunt und begrüßte mich freundlich. »Jesco, bevor du uns mit deinem Putzeifer noch alle in den Wahnsinn treibst, habe ich eine kleine Aufgabe für dich.«

Froh über jede Abwechslung, hörte ich ihm aufmerksam zu.

»Geh bitte in die Zeltstadt. Etwa hundert Schritte hinter Alis Zelt befindet sich ein kleiner Palmenhain, auf dem zwei Zelte stehen. Frage nach Shamsa und überbringe dieses Kästchen.«

Ich nahm ein kleines verziertes Kistchen entgegen und blickte Borchwei fragend an. »Und wer ist dieser Shamsa?«

»Neugier ist eine Untugend, die du schnell ablegen solltest. Und nun geh schon«, mahnte er mich lächelnd und schickte mich dann los.

Auf dem Weg zur Zeltstadt machte ich mir meine Gedanken. Wenn Borchwei so heimlich tat, dann hatte er seine Gründe. Vermutlich war dieser Shamsa ein Spion, der für Borchwei Informationen bereithielt. Ich fühlte mich geehrt, einen so wichtigen Auftrag erhalten zu haben.

Der Abend war lau und in der Zeltstadt wehte mir ein angenehmer, sanfter Wind entgegen. Das rötliche Licht der Abenddämmerung wich langsam der einsetzenden Nacht, die nun durch Fackeln und Feuerschalen erhellt wurde. Alis Zelt war verschlossen, wahrscheinlich schlief er bereits. Ich ging weiter und folgte Borchweis Wegbeschreibung. In geringer Entfernung erkannte ich ein kleines Lagerfeuer, dessen schwacher Lichtschein einen kleinen Palmenhain erkennen ließ.

Ich näherte mich mit leisen Schritten und der Gewissheit, dass Borchwei mich keiner Gefahr aussetzen würde. Dennoch fühlte ich eine gewisse Anspannung in mir, je näher ich der Feuerstelle kam.

Zwei arabische Zelte standen zwischen den Bäumen; es waren keinerlei Geräusche zu hören. Ich hatte das Feuer bereits erreicht, als aus dem größeren Zelt ein dunkelhäutiger Mann trat. Ein blauer, langer Umhang umhüllte seine kräftige Gestalt. Auf seinen Händen befanden sich seltsame Bemalungen. Er musterte mich mit finsterem Blick aus dunklen Augen.

»Wer bist du?«, fragte er mich mit starkem arabischem Akzent und baute sich vor mir auf. Ich streckte meinen Rücken durch und gab mich selbstbewusst. »Mein Name ist Jesco und ich möchte zu Shamsa. Borchwei schickt mich.«

Er nickte wissend, so als hätte er bereits mit mir gerechnet.

»Du warten.«

Dann drehte er sich um und ging in das Zelt zurück, ich blieb nervös an der Feuerstelle stehen und wartete. Schlagartig wurde mir klar, dass ich von Borchwei einen wichtigen Auftrag erhalten hatte und ihn nicht enttäuschen durfte. Ich hielt das kleine Kistchen fest umklammert und blieb weiter angespannt.

Der Zelteingang öffnete sich wieder und der Dunkelhäutige trat hervor, hinter ihm erschien eine verschleierte Frau, die mit leichtfüßigen und grazilen Bewegungen auf mich zukam. Als sie vor mir stehen blieb, nahm sie ihren Gesichtsschleier ab und ich sah mich einer wunderschönen Frau gegenüber. Ihre dunklen Augen musterten mich neugierig. »Du bist Jesco, ich habe dich bereits erwartet.« Sie sprach fließend fränkisch, mit nur leichtem arabischen Akzent.

»Dann bist du Shamsa?«, fragte ich verwundert. Sie nickte und ließ mich dabei nicht aus den Augen.

»Borchwei beauftragte mich, dir dies zu übergeben.«

Ich reichte ihr das Kästchen, sie sah es liebevoll an, nahm es entgegen und stellte es behutsam auf einen kleinen Tisch vor dem Zelt. Dann wandte sie sich wieder mir zu und fasste mich an der Hand. »Auch mir trug Borchwei etwas auf, es betrifft dich.«

Verwirrt erwiderte ich ihren Blick, doch sie zog mich sanft an der Hand mit. Ich war so fasziniert von ihrer Schönheit, dass ich ihr fast willenlos zu dem anderen Zelt folgte, vor dessen Eingang sie stehen blieb. Lächelnd forderte sie mich auf einzutreten und schloss dann hinter mir den Zelteingang.

Ein süßlicher Blumenduft wehte mir entgegen, überall lagen bunte Kissen zwischen Fellen auf dem Boden. Kleine Öllampen verbreiteten ein weiches, schummriges Licht. Den hinteren Teil des Zeltes trennte ein farbenfroh gemusterter Vorhang. Ein leises Rascheln hinter der Stoffabtrennung ließ mich aufhorchen.

Eine Frau trat hinter dem Vorhang hervor, ihr Gesicht war verschleiert, ihren Körper umhüllte ein hauchdünnes orientalisches Tuch, das ihre weiblichen Formen zum Ausdruck brachte.

Sie blieb dicht vor mir stehen und reichte mir bis zur Schulter. Dann nahm auch sie ihren Schleier ab. Sie war fast genauso schön wie Shamsa, hatte dunkle Augen und einen sinnlichen Mund, der mich verlockend anlächelte. Ich schätzte sie um wenige Jahre älter als ich es war. Sie stand jetzt ganz nah bei mir und ich konnte ihren Atem spüren.

»Ich verstehe nicht, was ...« Weiter kam ich nicht. Sie legte ihren Finger auf meinen Mund und schnürte meine Tunika auf. Verführerisch strich sie mit ihren Fingerspitzen über meine Brust, ihre Augen beobachteten mich dabei genau. Mir drohte mein Gemächt zu platzen! Ich hatte schon oft pochende Lenden, wenn ein Mädchen mir gefiel und sie mich anlächelte, doch dies hier übertraf alles. Ich konnte nicht mehr klar denken.

»Bist du eine käufliche Liebesfrau?«, fragte ich stotternd.

Kaum hatte ich es ausgesprochen, bereute ich auch schon meine Unverschämtheit. Wie konnte ich sie so etwas nur fragen. Doch anstatt mir böse zu sein, lächelte sie mich nur an und küsste mich. »Niemand kauft mich, ich bestimme, wer mich bekommt. Ich bin kein billiges fränkisches Freudenmädchen. Shamsa und ich schenken denjenigen Liebe, denen wir es gestatten«, sprach sie ebenfalls akzentfrei.

Wenn sich irgendetwas in mir bisher gegen sie gewehrt hatte, so brach mein Widerstand jetzt völlig zusammen. Mit ihren dunklen Augen sah sie mich an und fragte: »Es ist dein erstes Mal, nicht wahr?«

Ich nickte verlegen und merkte, wie ich errötete. Sie nahm mich an der Hand und zog mich auf ein weiches Schafsfell auf dem Boden. Betörend flüsterte sie mir ins Ohr. »Vertrau mir, Jesco.«

Sie entkleidete mich langsam, ich ließ es geschehen und legte meine anfängliche Schüchternheit allmählich ab. Ihre zärtlichen Berührungen und Liebkosungen brachten mich um den Verstand. Und als sie sich entblößte und meine Hand in die ihre nahm, um ihre Brüste zu streicheln, war es endgültig um mich geschehen und ich ergoss mich.

Sie lächelte mich verständnisvoll an. »Schäme dich nicht, das ist ganz normal, glaube mir.« Dann beugte sie sich über mich, küsste mich und tauchte mit mir in bis dahin unvorstellbare Wonnen. Sie leitete und führte mich und ich war ihr gelehriger Schüler. Sie brachte mir bei, wie man eine Frau zärtlich an den richtigen Körperstellen verwöhnt, sie zwischendurch zu Atem kommen lässt, um sie dann wieder wild zu nehmen.

Ich streichelte sie sanft, sodass sich die feinen Härchen an ihren Armen vor Erregung aufstellten. Sie juchzte und stöhnte unter meinen Berührungen und wir tanzten unseren Reigen von Neuem. Sie zeigte mir die Liebe und ich wurde in dieser Nacht endgültig zum Mann.

Wir erwachten am Morgen eng umschlungen und ich roch ihren betörenden Duft. Mich durchströmte ein wohliges Gefühl. Ein einzelner Sonnenstrahl schien zum Zelteingang herein. Zärtlich strich sie mir durch meine Haare und sah mich lächelnd an. »Du wirst ein wundervoller Liebhaber werden, denn du besitzt Geist, Zärtlichkeit und Kraft in einem vereint. Ich beneide deine zukünftige Ehefrau.«

Ich wurde verlegen und wusste nicht was ich sagen sollte, hatte ich mich doch mit solchen Dingen bisher nicht sonderlich beschäftigt. Ich war ja schließlich auch kein Minnesänger, der sich mit solchen Worten auskannte. Nach einer Weile drehte sie sich auf ihren Rücken und blickte etwas wehmütig zum Zeltdach hoch. »Die meisten Männer rammeln nur wie Böcke und scheren sich einen Dreck darum, was einer Frau gefällt. Sie befriedigen nur ihr eigenes Verlangen und schlafen anschließend grunzend ein.« Der traurige Klang ihrer Stimme berührte mich. »Jesco, die Liebe ist etwas Gegenseitiges, für Mann und Frau. Das musste ich dir nicht zeigen, du hattest es bereits in dir!«

Sie streifte sich ein dünnes Leinengewand über und stand auf, mein Gemächt ebenfalls. Widerstrebend erhob ich mich und zog mir meine Hosen an, was kein leichtes Unterfangen war. Als ich mich angekleidet hatte, umarmten wir uns zum Abschied und ich fragte sie nach ihrem Namen.

»Ich heiße Faizah.«

»Und was bedeutet dein Name?«

Vielsagend lächelte sie mich an. »Die Siegreiche. Jetzt musst du aber gehen, mein junger schöner Held.« Ich nickte ihr verschmitzt zu, dann verließ ich ihr Zelt.

Draußen saß Shamsa am Feuer und rührte in einem kleinen dampfenden Kessel. Als sie mich sah, forderte sie mich freundlich auf, neben ihr Platz zu nehmen. Sie füllte einen Becher mit heißem Kräutersud und reichte ihn mir. »Borchwei hat mir schon viel von dir erzählt, Jesco. Er hält große Stücke auf dich.«

Ich nippte betreten an meinem Becher, während sie mich warmherzig anlächelte. Sie war schon etwas älter, aber dennoch die schönste Frau, die ich je gesehen hatte. Ich wollte wissen, wem ich das Glück der letzten Nacht zu verdanken hatte.

»Shamsa, hat Borchwei dich bezahlt, also ich meine ...?«

Sie schaute mich ernst an. »Er muss mich nicht bezahlen, er steht nicht in meiner Schuld, sondern ich in seiner.«

Sie bemerkte mein Stirnrunzeln. »Borchwei hat mir vor vielen Jahren das Leben gerettet. Ich war damals mit einer Händlerkarawane meines Vaters in der Wüste unterwegs. Wir kamen von Kairo und wollten hier neu anfangen. Dann wurden wir von Sarazenen überfallen.«

Ihr Blick schweifte in die Vergangenheit und mir schien, es fiel ihr nicht leicht darüber zu reden. Zögernd und traurig fuhr sie fort. »Es war grauenvoll. Die Sarazenen kannten kein Erbarmen oder gar Mitleid. Mein Vater und viele andere wurden getötet. Doch dann kam Borchwei mit einigen Rittern und sie töteten die feindlichen Angreifer. Ich war allein und hatte niemanden mehr, also nahm er mich mit hierher. Er kümmerte sich um mich, trotz vieler Anfeindungen. Irgendwann ging ich dann meinen eigenen Weg.«

Räuspernd sprach ich ihr mein Mitgefühl aus. »Das tut mir leid für dich, du musstest vieles durchmachen.«

»Ja, aber es gehört der Vergangenheit an. Ich weiß nur, dass Borchwei ein guter und außergewöhnlicher Mann ist, aber das weißt du ja auch selbst.«

»Ja, das ist er. Du magst ihn sicherlich.«

Sie sah mich stolzerhobenen Hauptes an. »Nein, ich mag ihn nicht - ich liebe ihn!«

Ich stand da wie vom Donner gerührt und starrte sie mit offenem Mund an. Sie lachte nur und umarmte mich.

»Eines Tages werde ich es dir erklären, oder Borchwei. Aber nicht heute.«

Ich bedankte mich für den Kräutersud und alles andere, dann verabschiedete ich mich und ging.

Nein, ich ging nicht, ich stolzierte wie ein Schwan. Nach der letzten Nacht war ich so voller Selbstvertrauen und Kraft, dass ich nicht wusste wohin damit. Nach kurzem Nachdenken entschied ich mich dann, ins Normannenlager zu gehen, um dort Gilbert zu sehen, trotz Borchweis Warnungen.

Ein hauchdünner Tau überzog noch die Blätter, tief atmete ich die frische, kühle Morgenluft ein. Viele der normannischen Zelte waren verschlossen, denn die meisten schliefen noch. An der Feuerstelle standen zwei Frauen und entfachten die Glut.

Ich hatte mich darauf eingestellt, Gilbert wecken zu müssen, doch zu meiner Überraschung war er schon wach. Vor seinem Zelt stand ein Holzbottich, an dem er sich gerade wusch. Er hatte seinen Kopf darin eingetaucht und schüttelte sich nun das triefende Wasser aus seinen Haaren.

In freudiger Erwartung auf einen Becher Wein, schritt ich auf ihn zu. Ich ging an einem großen Zelt vorbei und wollte ihm auf die Schulter klopfen, da sah ich ihn: den Einäugigen. Er stand mit einem anderen Krieger zusammen und unterhielt sich gerade mit ihm.

Ich weiß bis heute noch nicht, welcher Teufel mich damals ritt. Vielleicht war es der gedankenlose Leichtsinn meiner Jugend, der mich damals umtrieb, vielleicht lag es auch an der Nacht, die ich hinter mir hatte. Ich hielt jedenfalls kurz inne, dann ging ich zu ihm hin.

Er stand jetzt mit dem Rücken zu mir und hatte mich noch nicht bemerkt. Ich tippte ihm auf die Schulter und er drehte sich zu mir um.

»Erinnerst du dich an mich? Mein Name ist Jesco.«

Er sah mich dämlich an und grinste dabei überheblich. »Ha, der edle Ritter, ich erinnere mich.«

»Genau, und hier hast du noch einen Grund, dich an mich zu erinnern!«

Meine rechte Faust schlug in seinem Gesicht ein, er flog rückwärts auf einen Tisch, der unter ihm zerkrachte. Dort blieb er halb ohnmächtig liegen und blutete aus seiner Nase. Ich wartete noch ein wenig ab, ob er wieder aufstehen würde, doch er war dazu nicht mehr ganz in der Lage. Ich rieb mir meine Faust und war selbst etwas verwundert über die Wirkung meines Hiebes.

»Mon Dieu! Hast du einen Amboss in deiner Faust?«, lachte Gilbert neben mir und sah mich anerkennend an. »Ich denke, er wird sich besser an dich erinnern, als ihm lieb ist!«

Zwei andere Krieger halfen dem Einäugigen schließlich auf. Doch dieser war so benommen, dass er nicht mehr selbstständig laufen konnte und so schleiften sie ihn in sein Zelt.

Ich ließ mich neben Gilbert auf einer Holzbank nieder und er schenkte uns aus einem Tonkrug Wein ein. Ich nahm einen ordentlichen Schluck und füllte unsere Becher nach. Meine Faust schmerzte und ich hielt sie in den Wasserbottich, um sie zu kühlen. Gilbert schaute mich immer noch ungläubig an und klopfte sich dann lachend auf seinen Schenkel.

»Was ist dir denn widerfahren, hattest du eine schlechte Nacht?«

Ich sah versonnen in den klaren, blauen Himmel. »Ganz im Gegenteil, eher eine siegreiche!«

Bero und ich hatten die ganze Nacht kaum geschlafen und warteten ungeduldig auf den Sonnenaufgang. Heute war der große Tag, auf den wir so lange gewartet hatten: unser Ritterschlag. Als der Morgen endlich graute und die ersten Sonnenstrahlen Jerusalem in ein weiches Licht hüllten, begaben wir uns zur Gihonquelle, um uns gründlich zu reinigen, so wie wir es bei allen festlichen Anlässen taten. Doch anders als sonst, waren Bero und ich heute nicht sehr gesprächig.

Wir hatten diesem Tag so ungeduldig entgegengefiebert und nun kam es mir vor, als würde mir die Luft zum Atmen genommen. Zwei Tage zuvor hatten wir stundenlang in der Kirche St. Maria Latina ausgeharrt, um zu beten und unsere Sünden zu bereuen. Auf dem Bauch liegend und die Arme weit von uns gestreckt, hatten wir danach die halbe Nacht auf dem kalten Steinboden der Kirche verbracht.

Die Knappen aus den anderen vier Einheiten der Stadt würden später zu uns stoßen; der Treffpunkt war vor der Grabeskirche. Mit uns zehn waren wir insgesamt sechzig junge Männer, die den Ritterschlag erhalten sollten. Innerlich etwas unruhig, saßen wir auf unseren Betten und warteten auf Borchwei. Unsere Mägen knurrten bereits um die Wette, da wir den heutigen Tag fastend verbringen mussten. Ich kratzte mich an meinen juckenden Haarstoppeln, denn wir hatten uns alle die Haare kurz scheren müssen. Die Gewissheit, dass meine Haare wieder wachsen würden, tröstete mich nur wenig.

In einem strahlend weißen Waffenrock erschien Borchwei an der Tür, sogar seinen Bart hatte er sich gestutzt. Auf dem Arm trug er einen Stapel mit weißem Tuch. Er begrüßte uns gut gelaunt, dann gab er jedem ein Leinengewand. Wir halfen uns gegenseitig in die knöchellangen Gewänder, deren Ärmel am Ende weit geschnitten waren. Um die Hüften knoteten wir uns als Gürtel nur eine einfache fingerdicke Schnur. In Demut und Bescheidenheit sollten wir unseren Ritterschlag erhalten, unsere einfache Kleidung brachte dies zum Ausdruck.

Als wir fertig waren, reichte er jedem ein schlichtes kleines Holzkreuz, das wir in den Händen halten sollten. So standen wir alle fertig gekleidet im Kreis, ähnlich wie früher bei unseren Waffenübungen. Borchwei musterte uns schmunzelnd.

»Na ja, es war nicht immer einfach mit euch, aber heute erfüllt ihr mich mit Freude und Stolz. Ihr habt euch eure Sporen redlich verdient. Doch bevor ihr da draußen euren eigentlichen Ritterschlag erhaltet, noch ein Wort von mir. Es ist ein alter Brauch unserer Väter.« Er machte eine Pause bevor er weitersprach. »Nehmt nun diesen letzten Schlag wehrlos hin und danach nie wieder!«

Immer noch lächelnd, verpasste er jedem von uns eine Ohrfeige. Wir rieben uns verwundert die Wangen, denn er hatte nicht gerade zimperlich zugeschlagen. Borchwei grinste immer noch, doch dann wurde seine Miene ernst und er sah uns eindringlich an. »Als Knappen werdet ihr diesen Raum verlassen, als Ritter werdet ihr ihn wieder betreten!« Dann umarmte er jeden Einzelnen von uns, es war ein schöner und erhebender Augenblick. Danach verließen wir unser Quartier.

Barfuß und schweigend schritten wir zur Grabeskirche, um uns dort den anderen Knappen anzuschließen. Wir wurden von einem Dutzend Mönchen und Priestern empfangen und reihten uns bei den anderen fünfzig Knappen ein. Ein Priester sprach ein kurzes Gebet, anschließend gingen wir langsam und andächtig in einer Prozession in Richtung Felsendom. Ich fragte mich, wie viele diesen Weg wohl schon vor mir gegangen waren und wie viele ihm noch folgen würden?

Je näher wir dem Felsendom kamen, umso nervöser wurde ich. Für mich fühlte es sich an, als verließe ich ein altes Leben und beträte ein neues. Der wunderschöne, himmlische Klang der singenden Mönche geleitete unseren Weg und versetzte mich in eine Hochstimmung. Wir erreichten die Treppe, die hoch zum Felsendom führte. Als wir die letzten Stufen hinaufstiegen, sah ich auf dem großräumigen Platz zwischen der

Al-Aqsa Moschee und dem Felsendom eine große Menschenmenge, die uns bereits erwartete. Ein großes Holzpodest war errichtet worden, darauf stand ein herrlich verzierter Thron mit funkelnden, bunten Steinen besetzt, dahinter ein mannshohes goldenes Kreuz.

Im Halbkreis um das Podest standen ungefähr zwanzig kirchliche Würdenträger. Etwas davor ein Dutzend Mönche, die jetzt in den Gesang ihrer Glaubensbrüder einstimmten. Rund um den Platz standen noch unzählige Gläubige und Angehörige der Knappen. Sanfter Wind ließ die großen kirchlichen Banner flattern, während wir Knappen uns geordnet aufstellten. In sechs Reihen knieten wir uns nebeneinander nieder. Bero und ich, in zweiter Reihe, hielten unsere Köpfe demütig gesenkt. Ich schloss meine Augen und dankte Gott für diesen Tag, meinen letzten als Knappe.

Hinter dem Thron bildete sich eine kleine Gasse und lauter Jubel brandete auf, als der lateinische Patriarch von Jerusalem, Daimbert von Pisa, und sein Legat sich würdevoll dem Thron näherten. Der Patriarch war schon alt und eine gebieterische Kühle ging von ihm aus. Er trug eine kostbare dunkelrote Robe, die mit kleinen funkelnden Edelsteinen bestickt war. Als er seine knochige goldberingte Hand hob, durften wir uns erheben und sein Legat trat mit würdevollen Schritten vor. Im Gegensatz zu seinem Patriarchen war er mit einem schwarzen, schlichten Gewand bekleidet, doch auch er strahlte die gleiche Strenge aus. Ich frage mich noch heute, warum die meisten Männer des Klerus stets so verhärmt und verbittert aussehen, wo sie doch eigentlich Güte und Barmherzigkeit predigen.

Der Legat hob beide Arme in die Höhe und sprach mit lauter Stimme, die über den ganzen Platz hallte: »Gottes Augen sind auf euch gerichtet, die ihr da als Knappen in Demut vor ihm steht. Beweist durch euren Schwur, dass ihr würdig seid, den Ritterschlag zu erhalten.«

Etliche Priester gingen zwischen unseren Reihen umher und besprenkelten uns mit Weihwasser, dann knieten wir wieder nieder. Nun erklangen wieder die wunderschönen, lateinischen Gesänge der Mönche, gefolgt von langen und monotonen Gebeten. Dann erhob sich der Patriarch. »Schwöret nun im Namen Gottes, König Balduin und die christlichen Stätten zu verteidigen, und sei es mit eurem Leben!» Wie aus einer Kehle antworteten wir. »Nos iurare, Amen.«

Vor dem Holzpodest erschien nun ein alter Recke mit langem Bart und bekleidet mit dem hellbraunen Jerusalemwaffenrock mit aufgesticktem rotem Kreuz. Der Ausdruck seiner Augen verriet Erfahrung und Besonnenheit, aber auch Mut und Entschlossenheit. Er breitete seine Arme aus und sprach mit lauter Stimme. »Schwöret, die Wehrlosen und Schwachen zu beschützen und niemals vor dem Feind zu weichen!«

»Wir schwören!«

Der Recke hob ein riesiges Breitschwert über sein Haupt und sprach bedeutungsvoll weiter. »So nehmt nun symbolisch dies Schwert entgegen und erhebt euch als Ritter Jerusalems, milites de Hierusalem!« Wir reckten unsere Fäuste in die Höhe und riefen gemeinsam. »Für Gott und Jerusalem!«

Hiermit entließ man uns, in unser neues Leben als Ritter. Mich durchlief ein Schauer des Glücks, ich sah in Beros Augen das gleiche Empfinden - es war vollbracht. Die anderen Knappen begaben sich jetzt zu ihren Familienangehörigen und wurden beglückwünscht. In diesem Moment sehnte auch ich mich nach einer Familie, die mich jetzt ebenso stolz empfangen hätte. Doch an jenem Tag wollte ich keine traurigen Gedanken zulassen, sondern mich einfach nur von der Welle des Glücks tragen lassen. Ich sah Bero suchend umherblicken, doch sein Onkel war nicht mal an diesem wichtigen Tag erschienen. »Mach dir nichts draus, dein Onkel hat sich bisher nicht bei dir blicken lassen, dann kannst du auch in Zukunft auf ihn verzichten!« Bero gab sich trotzig.

»Du hast recht, Mein Onkel kann mir gestohlen bleiben, aber der Wein heute Abend nicht!« Obwohl er lächelte, blieb mir seine innere Zerrissenheit nicht verborgen.

Die Menschenmenge zerstreute sich jetzt langsam, die Würdenträger zogen sich zufrieden zurück und der große Platz leerte sich allmählich. Die ersten Handwerker erschienen, um das Podest wieder abzubauen. Der offizielle Teil war nun beendet und es durfte ausgiebig gefeiert werden.

Auch Bero und ich wollten uns gerade auf den Heimweg begeben, als uns plötzlich Borchwei freudestrahlend entgegeneilte und mich und Bero herzlich umarmte. Er sah uns voller Stolz an und schlug uns dabei kräftig auf die Schultern. Zu meinem großen Erstaunen schimmerte ein feuchter Glanz in seinen Augen. Diesen großen Krieger so zu sehen, erwärmte mein Herz und verlieh mir eine innere Zufriedenheit.

Man schrieb das Jahr 1119. Es war ein sonniger, wolkenloser Tag - und ich war ein Ritter Jerusalems.

Drei Tage später packten wir die wenigen Habseligkeiten in unserem Quartier. Neue Knappen sollten jetzt hier einziehen, während wir in die Kriegerunterkunft, das Garnisonshaus, umsiedelten. Von uns zehn Knappen waren noch sechs übrig, die anderen vier hatten sich entschieden, den Rittern des Tempels beizutreten. Wir erfuhren von Borchwei, dass sich von den sechzig Knappen, insgesamt dreißig dazu entschieden hatten.

Im Garnisonsgebäude war genügend Platz für uns, denn immer wieder starben Krieger bei Kämpfen oder verließen nach vielen Jahren Jerusalem, um in ihre Heimat zurückzukehren, wozu jedoch eine Erlaubnis nötig war. Man musste sie sich durch herausragende Kampfeinsätze verdienen oder man war ganz einfach zu alt zum Kämpfen.

Das Garnisonshaus war ein großes, dreistöckiges Steingebäude mit einer Außentreppe aus Holz, die in jede Etage führte. Von den Säulengängen an der Vorderseite gelangte man in die Schlafräume. Im Erdgeschoss befand sich der Speisesaal und eine Waffenkammer. Beeindruckt von diesem gewaltigen Gebäude, bekamen Bero und ich einen Schlafraum im ersten Stock zugewiesen. Wir teilten uns die Unterkunft mit vier anderen Rittern. Sechs Holzbetten mit Strohsäcken und ein Tisch am Fenster waren die einzigen Möbelstücke. Das Zimmer war jedoch geräumig und wir hatten genügend Platz für die Kisten mit unseren persönlichen Dingen.

Im Norden der Stadt gab es noch zwei Herbergen von ähnlicher Größe. Unsere befand sich im südlichen Teil Jerusalems und hatte einen Stall als Anbau, in dem wir unsere Pferde untergebracht hatten.

Zu unserer großen Erleichterung hatte Borchwei seinen Einfluss geltend gemacht und dafür gesorgt, dass Bero und ich weiterhin zusammenbleiben konnten. Wir beide waren ihm dafür unendlich dankbar und zu unserer weiteren Freude blieben wir unter Borchweis Befehl. Die Ritter eines jeden Gebäudes unterstanden einem Anführer, und wie der wundersame Zufall es so wollte, war dies für unser Haus Borchwei.

Die anderen Ritter in unserem Zimmer waren alle Franzosen, zwei von ihnen nur wenig älter als wir, die anderen wesentlich älter und nicht sehr gesprächig. Sie waren in sich zurückgezogen und wirkten verbittert. Die beiden jüngeren Ritter waren im Heiligen Land geboren, wie viele andere junge Männer europäischer Abstammung.

Für mich war es nichts Außergewöhnliches, Männer verschiedener Nationen kennenzulernen, die noch nie das Land ihrer Väter gesehen hatten. Franzosen, die noch nie Frankreich gesehen hatten, ebenso Italiener, Franken, Engländer und viele andere, so wie auch ich. Jerusalem war meine Heimat und Geburtsort, ich konnte damals nie verstehen, wenn ältere Krieger oft über Heimweh klagten oder das Heilige Land verließen.

In der Waffenkammer erhielten wir unsere Waffenröcke, hellbraun mit dem roten Jerusalemkreuz auf der Brust, einen Ledergambeson und einen Helm mit Nasenschutz. Gambeson und Helm waren bereits benutzt worden und wir probierten sie mit gemischten Gefühlen an. Wir wollten gar nicht wissen, was mit den vorherigen Trägern dieser Sachen geschehen war. Als Bero und ich fertig angezogen waren und wir uns gegenseitig betrachteten, erfüllte es uns dennoch mit Stolz. Endlich sahen wir aus wie Krieger, ob wir auch wirklich welche sein würden, konnte nur die Zukunft beantworten.

Wir hatten soeben unsere neue Ausrüstung in unserem Zimmer verstaut, als ein junger Knappe eintrat und nach mir fragte. »Verzeiht, ich suche Ritter Jesco.«

An die neue Anrede musste ich mich erst gewöhnen.

»Das bin ich, was willst du?«

»Herr Borchwei wünscht Euch zu sehen.«

Aufplusternd erhob ich mich und bedankte mich bei dem Knappen, der sich wieder eilig davonmachte. Als ich schon Richtung Tür ging, hörte ich noch Beros Gelächter hinter mir.

»Du Pfau!«

Ich schmiss ihm meine Tunika an den Kopf und machte mich auf den Weg zu Borchweis Stube.

Wie so oft, saß Borchwei grübelnd über einigen Pergamenten und Plänen. Als ich in seine Stube eintrat, sah er lächelnd auf.

»Jesco, schön dich zu sehen. Na, hast du dich im neuen Heim schon eingelebt?«

»Ja, habe ich. Unsere Zimmergenossen sind zwar etwas eigenbrötlerisch und schweigsam, aber es geht schon.«

Borchwei nickte verstehend. »Daran wirst du dich gewöhnen. Es sind Krieger und ein jeder geht mit seinen Kampferfahrungen anders um. Manche werden schweigsam, andere verbittert und hasserfüllt, nur die wenigsten bleiben sie selbst.«

Ich verstand, zog es aber vor, Letzteres zu bleiben.

»Du hast mich rufen lassen?«

»Ja, das habe ich. Denn es ist an der Zeit, dir etwas zu geben, das dir jetzt zusteht.«

Ich sah ihn verblüfft an, dann stand er auf und bat mich, ihm zu folgen. Wir gingen die Treppe hinunter, vorbei an meinem ehemaligen Quartier. Nach zwei Straßenbiegungen standen wir vor einem eingeschossigen Steingebäude mit Gittern vor den Fenstern. Vor einer schweren Eisentür standen mehrere Wachposten.

Borchwei nahm mich zur Seite und sah mich geheimnisvoll an. Dann öffnete er seine Hand, darin lag ein silberner Ring. Auf der Oberseite des Schmuckstücks war ein runenähnliches Zeichen eingraviert. »Stecke dir bitte diesen Ring an und verliere ihn niemals, denn er bevollmächtigt dich, dieses

Gebäude zu betreten, da hier nur berechtigte Personen Zutritt haben.«

Daraufhin drehte er sich um und ging auf die Wächter zu, leicht irritiert folgte ich ihm. Borchwei wies mich an, den Wachsoldaten meinen Ring zu zeigen. Der Ältere unter ihnen nickte mir bestätigend zu und zog einen großen Schlüssel aus seinem Gürtel hervor, mit dem er dann die Eisentür aufschloss. Ein anderer reichte Borchwei eine brennende Fackel und wir gingen in das dunkle Innere des Steinhauses.

Die Fackel erleuchtete mehrere kleine Räume, es erinnerte an ein Gefängnis, was es wahrscheinlich auch mal gewesen war. Durch die vergitterten Fenster drang der Lärm von der Straße herein, ich blickte mich neugierig um.

Überall standen Holztruhen und Säcke, manchmal bis hoch zur Decke gestapelt. Schließlich blieben wir in der hinteren Ecke eines Raumes stehen und Borchwei deutete auf zwei Truhen. Auf ihrem Deckel war jeweils ein großes „A“ eingeschnitzt. Borchwei drehte sich zu mir um.

»Jesco, vor dir stehen die beiden Truhen deines Vaters!«

Ich war wie in Schockstarre und schaute auf die beiden Kisten.

»Du bist jetzt erwachsen und ein Ritter, sie gehören jetzt dir.«

Wie benommen kniete ich mich hin und strich mit meinen Händen über die Deckel der Kisten, dann öffnete ich die eine.

Mir stockte fast der Atem, als ich ein wundervoll gearbeitetes Schwert sah. Es musste über all die Jahre gut gepflegt worden sein, denn es war keine Spur von Rost darauf zu erkennen.

Ich sah ungläubig zu Borchwei hoch, doch er machte nur eine auffordernde Handbewegung. Mit zittriger Hand nahm ich das Schwert meines Vaters heraus. Es hatte einen Holzgriff, der mit Leder umwickelt war und lag herrlich ausgewogen in meiner Hand. Die Klinge war, nach hiesiger Machart, mehrfach gefaltet und eine vorzügliche Schmiedearbeit, ähnlich der von Borchweis Schwert. Ich hielt es lange in meiner Hand, bis mich Borchwei aus meinen Gedanken riss.

»Jesco, da ist noch mehr in den Kisten, sieh es dir an.«

In derselben Truhe lag noch ein schweres Tuch, ich wickelte es vorsichtig auf. Ich traute meinen Augen nicht, darin lag ein Kettenhemd.

»Dein Vater hatte die ähnliche Statur wie du heute, es müsste dir passen, zieh es an, bevor du hier vor lauter Staunen noch Wurzeln schlägst.«

Ich zog es heraus, es war sehr schwer. Borchwei half mir es überzustülpen. Es war langärmlig und vorne zum Zuschnüren; es passte wie angegossen. Ich kam mir vor wie in einem Traum.

»Borchwei, ich weiß nicht mehr was ich sagen soll, es ist ...«

»Schon gut. Ich kann mir vorstellen, wie du fühlst, du brauchst nichts zu sagen.«

Er langte in die Kiste und zog ein rundes Amulett heraus, darauf war ein Fels mit einem Turm eingraviert, darunter der Name meines Vaters. ~ Annulf von Hohengreif ~.

»Dies Amulett bezeugt deine Herkunft, es ist wie eine Urkunde, die bestätigt, dass du der Sohn Annulfs bist. Ebenso dieser Ring deines Vaters.« Er reichte mir einen silbernen Ring mit den Initialen meines Vaters. Ich nahm ihn in meine Hände und steckte ihn mir an den Ringfinger der rechten Hand. Mein Mund war staubtrocken und ich konnte kaum schlucken. Mir war, als würde ich von all den Eindrücken erschlagen.

Als nächstes kam eine dunkelgrüne, edle Tunika zum Vorschein, mit wunderschönen bestickten Borten an den Rändern.

»Die hat deine Mutter einst für deinen Vater genäht, und diese Halskette war ein Geschenk deines Vaters an deine Mutter.« Er reichte mir eine dünne Goldkette mit einem Kreuz als Anhänger. In der Mitte des Kreuzes war ein kleiner roter Rubin eingearbeitet. Jetzt konnte ich meine Tränen kaum mehr zurückhalten, doch dafür schämte ich mich nicht. »Jetzt habe ich auch etwas von meiner Mutter.«

Borchwei legte mir sanft seine Hand auf die Schulter. »Sie war eine wunderschöne und stolze Frau. Und du bist ihr Sohn. Sie wäre stolz auf dich, Jesco.«

Es war, als würde mir der Boden unter den Füßen weggezogen.

Worte reichten nicht mehr aus, um dieses Gefühl, das mich übermannte, auszudrücken.

Dann öffnete Borchwei die zweite Kiste. Darin lagen viele Leinensäckchen unterschiedlichster Größe. »In diesen Säcken ist deine Zukunft, verwalte sie gut.«

Ich öffnete eines nach dem anderen und mit jedem Säckchen wurde ich noch staunender, ich war überwältigt. Denn bunte Edelsteine, Gold- und Silbermünzen, einzigartige Schmuckstücke und Goldstaub befanden sich darin.

»Dies alles ist die Kriegsbeute deines Vaters. Er wollte, dass deine Zukunft gesichert ist.«

Ich war wie versteinert und es dauerte seine Zeit, bis ich wieder ein klares Wort zustande brachte. »Borchwei, ich kann das nicht annehmen. Ich meine ... ich habe nichts getan, um all dies zu verdienen. Es fliegt mir einfach so zu, ich bin nicht würdig es zu besitzen ...«, stammelte ich immer noch kniend.

Borchwei beugte sich zu mir herunter und sah mir in die Augen. »Oh doch, das bist du. Wenn nicht du, wer sonst? Du bist der Erbe deines Vaters, so wollte er es. Und du bist würdig, denn ich sehe in dir deinen Vater und deine Mutter, und die Erinnerung an sie schmerzt mich.«

Nach seinen Worten umarmten wir uns, er war mehr als ein väterlicher Freund und so akzeptierte ich was er gesagt hatte. Dennoch war ich immer noch so überwältigt, dass ich mich erst sammeln musste. »Danke Borchwei, dass du all die Jahre mein Erbe für mich gehütet, und die Erinnerung an meine Eltern bewahrt hast. Danke.«

»Es war mir eine Ehre. Es macht mich zu einem glücklichen Mann, deine Eltern gekannt zu haben.«

Wir verschlossen die Kisten wieder und gingen nach draußen. Das Kettenhemd behielt ich an, das Schwert steckte ich mir in den Gürtel. Wir schlossen uns noch einmal in die Arme, dann verabschiedeten wir uns voneinander.

Ich ging durch die Straßen und spürte das Gewicht des Eisenhemdes auf meinem Körper, so als würde die Last meines Erbes auf meine Schultern drücken. Ich beschloss, in den Stall zu gehen und Ashir zu satteln; ich wollte alleine sein.

Als ob ich vor etwas fliehen wollte, ritt ich auf meinem Pferd zur Stadt hinaus. Ich nahm nichts um mich herum wahr, als würde ein Schleier mich umhüllen. Ohne festes Ziel galoppierte ich immer weiter, bis ich auf einer kleinen sandigen Anhöhe zum Stehen kam.

Ashir schnaubte übermütig, stand aber ganz ruhig da. Und ich saß im Sattel und blickte einfach nur in die Ferne, sehr, sehr lange. Erst als der glutrote Sonnenball langsam hinter dem Horizont verschwand, machte ich mich auf den Heimweg. Meine Gedanken überschlugen sich und drohten mir zu entgleiten. Mir wurde jetzt erst so richtig klar, dass aus dem jungen Knappen ein vermögender Ritter geworden war. Aber das war für mich zweitrangig. Was mir wirklich die Sinne zu rauben schien, waren die persönlichen Vermächtnisse meiner Eltern. Es war, als hätte Gottes Hand mich berührt.

»Bero, stimmt was nicht?«

Missmutig saß mein Freund auf seinem Bett. Ich hatte zuvor lange gewartet bis wir alleine waren und ihm dann von meinem plötzlichen Reichtum erzählt. Stolz zeigte ich ihm auch mein Kettenhemd und Schwert, doch seine Reaktion war anders als ich erwartet hatte.

»Dir fällt alles vor die Füße, und ich? Ich besitze nichts, mein elender Onkel schert sich einen Dreck um mich. Ich bin kein Ritter, ich bin nur ein einfacher, mittelloser Krieger!«

»Bero, du bist genauso ein Ritter wie ich ... «

Er stand auf und seine Augen funkelten mich wütend an.

»Einen Dreck bin ich!«

Dann ging er und schlug die Tür zu. Was war nur in ihn gefahren, gönnte er mir mein Glück etwa nicht? Ich gebe zu, ich hatte alles und er nichts, aber deshalb musste er sich nicht wie ein trotziges Kind aufführen.

Ich spielte mit dem Gedanken, Bero beim Schmied ein bereits getragenes Kettenhemd zu kaufen. Es gab zuhauf Eisenhemden von Gefallenen oder Heimkehrern, die sie verkauften, um das Geld für die Heimreise zu erlangen. Aber Bero wäre viel zu stolz gewesen, um es anzunehmen, also verwarf ich den Gedanken wieder. Er würde sich schon wieder beruhigen, früher oder später. Wir hatten nur selten Streit und wenn, dann nie sehr lange.

Ich gab dem Stuhl einen Tritt, zog mir dann entnervt meine Stiefel an und ging raus auf die Straße. Ziellos schlenderte ich durch die Stadt. Ich wusste nichts mit mir anzufangen und hatte wegen Bero schlechte Laune. Nach einer Weile entschied ich, dass Wein eine hervorragende Idee war, um auf andere Gedanken zu kommen.

Ich saß im leeren Wirtshaus und hatte meinen ersten Becher geleert. Die dicke Köchin mit ihrem Doppelkinn machte mir schöne Augen. Als sie mir wieder einschenkte, beugte sie sich tief zu mir runter und streckte mir ihren Ausschnitt entgegen.

Ihre fettige, unreine Haut glänzte im Kerzenschein und ihre verschwitzten Haare klebten ihr im Gesicht. Mit ihren kleinen Äuglein grinste sie mich dümmlich an.

»Na, mein Schöner, so allein?«

Sie roch widerlich und ich rückte ein Stück von ihr weg.

»Ich bin gern allein.«

»Na komm schon, keiner ist doch gern allein ...«

»ICH SCHON !«

Sie sah mich erschrocken an und walzte dann beleidigt davon.

Der Wein war sauer und warm und ich wollte gerade gehen, als mir plötzlich Bero gegenübersaß und mich schuldbewusst ansah. »Du Mistkerl, es tut mir leid ... ich bin nicht neidisch, es ist nur ...«

»Ist schon gut, ich bin dir nicht böse. Lass es uns einfach vergessen.«

Er lächelte mich erleichtert an. »Ich war bei Gilbert, ich hab mit ihm darüber geredet und ich sehe ein, dass ich mich dämlich benommen habe.«

»Es freut mich, dass ihr euch versteht, Gilbert und du.«

»Ja, ich denke, er ist ein guter Freund.«

Ich bezahlte bei der ungepflegten Wirtin und war froh, ihren Anblick nicht länger ertragen zu müssen.

Als wir spät in der Nacht heimkehrten, bemerkten wir, dass ein Bett leer war. Am nächsten Tag erfuhren wir, dass einer der beiden jüngeren Krieger tot war, ehrenhaft gestorben im Kampf. Es geschah auf einem Patrouillenritt, sechs Ritter wurden von Sarazenen überfallen. Er starb durch einen Schwerthieb.

Nachdem sich unsere Betroffenheit etwas gelegt hatte, kam mir ein Gedanke. Ich eilte zu Borchwei, um ihn ihm zu unterbreiten.

Er runzelte zuerst skeptisch seine Stirn, doch dann hellten sich seine Gesichtszüge auf. »Nun ja, nach deinen Schilderungen scheint er ja ein redlicher Bursche zu sein. Also schön, so soll es sein.«

»Danke Borchwei, er wird dich nicht enttäuschen.«

Ich hatte ihm den Vorschlag gemacht, dass den freien Platz in unserem Zimmer doch Gilbert einnehmen könnte. Nach kurzem Überlegen hatte Borchwei eingewilligt. Und so zog noch am gleichen Tag Gilbert bei uns ein. Er war mir sehr dankbar, denn das Leben im Normannenlager wäre auf Dauer nichts für ihn gewesen. So entwickelte sich in den Wochen danach eine ehrliche und tiefe Freundschaft zwischen Bero, Gilbert und mir.

✠

Ich hörte laute Schreie, sie kamen aus dem Abort. Es war Simon, einer der älteren Ritter, der mit uns das Zimmer teilte.

Im Garnisonshaus waren es alle schon gewohnt, dass Simon bei seiner Notdurft vor Schmerzen schrie, doch diesmal war es besonders schlimm.

Als Simon unser Zimmer betrat, stöhnte er immer noch. Nur Gilbert und ich waren anwesend, ich wollte ihm helfen.

»Simon, du hast große Schmerzen. Was plagt dich?«

Er krümmte sich auf seinem Bett zusammen und sah mich abweisend an. »Du willst wissen, was mich plagt? Ich pisse Blut und es fühlt sich an, als würde mir jemand ein glühendes Eisen auf den Unterleib drücken.«

»Wir könnten dich zu Ali bringen, er kann dich von deinen Qualen befreien.«

Simon stöhnte wieder schmerzhaft auf. »Ihr werdet mich zu keinem gottverdammten Heiden bringen, vorher verrecke ich lieber. Gott wird mir helfen.«

Gilbert und ich schüttelten verständnislos unsere Köpfe, trotzdem ging ich zu Ali und schilderte ihm Simons Leiden. Er gab mir ein Säckchen getrockneter Kräuter mit, die wir in heißem Wasser aufkochen sollten und wovon Simon reichlich trinken sollte. Ali war sich sicher, dass sie Simons Schmerzen schon nach wenigen Tagen lindern würde.

In seiner Sturheit weigerte sich Simon jedoch, sich von Ali helfen zu lassen und rührte keinen Tropfen des Kräutersuds an.

»Teufelszeug eines Ungläubigen, bleibt mir damit vom Leib! Ich sagte euch doch, ich vertraue auf Gottes Hilfe! Und nun schert euch raus!«

Schließlich gaben wir es irgendwann auf und hielten uns jedes mal die Ohren zu, wenn Simon im Abort war. Obwohl seine Schmerzen täglich schlimmer wurden, ließ er sich von Ali nicht helfen. Doch Gott half ihm auch nicht, denn er lag drei Tage später tot in der Latrine. Ich war mir sicher, hätte dieser

Narr auf Ali vertraut, er wäre am Leben geblieben. So konnten wir nichts weiter tun, als für ihn beten. Simons Bett blieb unbesetzt und erinnerte uns stets an seine Einfalt.

Die Tage strichen ereignislos dahin, wir kümmerten uns um unsere Ausrüstung und unsere Pferde. Wenigstens waren meine Haare wieder gewachsen und bedeckten schon zur Hälfte meine Ohren. Ab und zu übten wir uns im Schwertkampf, um nicht einzurosten, aber langsam begannen wir Trübsal zu blasen. Borchwei schien dies nicht zu entgehen, denn eines Abends kam er in unsere Stube. Er sah sich zuerst unsere Bleibe gedankenverloren an, dann verschränkte er seine Arme vor der Brust und zog wie so oft eine Augenbraue nach oben.

»Mir scheint, ihr braucht ein wenig Zerstreuung.«

Mit ernster Miene sah er uns an. »Morgen zum Sonnenaufgang, vollgerüstet vor dem Stall. Wir reiten Patrouille. Zwanzig Mann!« Ohne ein weiteres Wort war er wieder verschwunden und wir sahen uns mit offenen Mündern an.

Für Gilbert war es nichts Besonderes, aber Bero und ich hatten unseren ersten Einsatz vor uns. Natürlich hatten wir damit gerechnet, dass es bald soweit sein würde. Aber es war jetzt doch etwas überraschend für uns, was unsere Freude darüber aber nicht schmälerte.

Gilbert bemerkte unsere innere Unruhe. »Haltet euch an die älteren Krieger und tut was sie tun! Und jetzt versucht zu schlafen.«

Seinem Rat folgend gingen wir zu Bett. Doch ich war zu aufgeregt, um gleich einschlafen zu können. Von draußen drang die warme Luft zum Fenster herein und ließ mich schwitzen. Ich wälzte mich auf meinem Strohsack und hatte eine unruhige Nacht mit nur wenig Schlaf. Und wenn mir die Augen zufielen, dann träumte ich wieder von meinem Meer aus Blut. Freude und Angst rangen in dieser Nacht um die Oberhand in meiner Seele.

Vor Sonnenaufgang sattelten wir unsere Pferde. Ashir stupste mich frech an, als ich ihm das Zaumzeug anlegte. Dann saß ich auf und stellte die Lanze aufrecht in eine Lederschlaufe am Steigbügel. Besorgt beobachtete ich Bero, der als einziger von uns kein Kettenhemd trug, sondern nur seinen Ledergambeson.

Den Kampfschild auf dem Rücken, warteten wir vor dem Stall auf Borchwei. Wir gaben einen beeindruckenden Anblick ab, in unserer Rüstung, den hellbraunen Waffenröcken und den Streitrössern. Schließlich kam Borchwei auf seinem Pferd angeritten. Er sah prächtig aus in voller Kampfmontur. Ich zog mir meine Kettenkapuze über den Kopf und setzte mir meinen Helm auf, den ich mir am Kinnriemen festzog.

Borchwei zügelte sein Pferd vor uns, musterte uns zufrieden und zählte die Männer durch.

»Wir reiten einen halben Tagesritt in Richtung Massada, dort füllen wir unsere Wasserschläuche und kehren wieder um. Seid wachsam!«

Wir ritten durch die noch verschlafenen Gassen Jerusalems, dann verließen wir am Damaskustor die sicheren Mauern der Stadt. Als wir die Wüste erreichten, brannte die Sonne bereits erbarmungslos auf uns herab. Ich teilte mir die Ration in meinem Wasserschlauch gut ein und nahm immer nur einen kleinen Schluck zu mir.

An unserer rechten Seite erstreckte sich eine lange, sandige Hügelkette, durchzogen von karstigen braunen Sandsteinfelsen. Meine Anspannung wuchs, denn hinter den zerklüfteten Felsen boten sich gute Versteckmöglichkeiten für etwaige Angreifer.

Je länger der Ritt jedoch andauerte, desto entspannter wurde ich, zumal die Landschaft jetzt flacher wurde und weit und breit niemand zu sehen war. Als die Sonne ihren höchsten Stand erreicht hatte, legten wir an einem Wasserloch eine kurze Rast ein. Wir stiegen ab, füllten unsere Wasserschläuche und tränkten die Pferde. Borchwei warf mir einen aufmunternden Blick zu und reichte mir seinen Wasserschlauch. Ich schwitzte unter meinem Helm, aber meines Vaters Kettenhemd war trotz des Gewichts angenehm zu tragen.

Wir kontrollierten noch die Sattelgurte und nach Borchweis Befehl zum Aufsitzen, ging es wieder weiter. Nach einigen weiteren Meilen wendeten wir und machten uns auf den Rückweg. Borchwei zog das Tempo nun etwas an, was mein Ashir sichtlich begrüßte. Der durch die Hufe aufgewirbelte Sand fegte mir ins Gesicht, ich kniff meine Augen schützend zusammen. Durch den leichten Galopp wehte mir jetzt wenigstens kühlender Wind ins Gesicht.

Ich war ein wenig erleichtert, meinen ersten Einsatz ohne kriegerische Auseinandersetzung hinter mich gebracht zu haben. Ich wischte mir mit der Hand den Schweiß und Sand aus den Augen. Doch plötzlich riss Borchwei sein Pferd jäh zur Seite, erschrocken riss auch ich den Zügel zurück. Aufgrund des abrupten Anhaltens bäumte sich manch Pferd auf und scheute leicht.

Nachdem wir die Pferde wieder unter Kontrolle hatten, folgten wir Borchweis Blick zur Hügelkette. Dann sahen wir sie. Erst drei, dann vier, schließlich ein Dutzend. Da mich die Sonne blendete, konnte ich sie nur undeutlich erkennen. Sie saßen auf Pferden und waren schwarz gekleidet, ihre Köpfe mit Tuch umhüllt. Mit der Sonne in ihrem Rücken, verschmolzen ihre Körper zu einer konturlosen, flimmernden Masse.

»In Reihe und Lanzen einlegen!«

Borchwei brüllte den Befehl, ohne den Feind aus den Augen zu lassen. Wir formierten uns in breitgefächerter Reihe, die

Lanze hatte ich unter dem rechten Arm, links den Schild und die Zügel.

Borchwei war in der Mitte vor uns und fixierte den Feind. Ich hörte mein Herz bis unter meinen Helm pochen. Es war ein abwartendes Belauern. Das einzige was ich wahrnahm, war Borchweis behandschuhter Arm, den er nach oben streckte. Würde er den Arm langsam senken, dann könnten wir aufatmen. Würde er seinen Arm in Richtung des Feindes strecken, hieße es: frontaler Angriff!

An diesen Augenblick muss ich noch bis heute immer wieder denken. Ich hatte alles um mich herum ausgeblendet und sah nur noch Borchweis Lederhandschuh als schwarze Silhouette vor dem gleißenden Sonnenball. Dann endlich, nach einer gefühlten Ewigkeit, ließ er seinen Arm langsam sinken. Ich atmete aus und lockerte meine Schultern. Ashir schnaubte leise und stampfte immer wieder mit seinem Vorderhuf in den Sand.

Der Feind schien sich zu beraten, und langsam, ohne uns aus den Augen zu lassen, zogen sie sich zurück und verschwanden hinter dem Hügel.

»Position und Reihe halten!«

Ich fühlte mich sicher unter Borchweis Führung. Bero und Gilbert sahen zu mir, auch in ihren Gesichtern lag erkennbare Erleichterung. Borchwei fixierte immer noch konzentriert die nahe Hügelkette. »Späher zum Hügel, es könnte ein Hinterhalt sein!«

Ein älterer Reiter löste sich langsam aus unserer Reihe und ritt auf den Hügel zu, hinter dessen Anhöhe er dann verschwand.

Der Wind war etwas stärker geworden und wehte feine Sandschwaden über den Boden. Meine rechte Hand krampfte sich um die Lanze, während wir warteten.

Dann tauchte unser Späher wieder auf, doch als er näher kam und nicht mehr die Sonne in seinem Rücken hatte, erkannten wir, dass es einer der schwarzgekleideten Heiden war, und er hielt etwas in der Hand. Er ritt einige Schritte in unsere Richtung, blieb aber in sicherem Abstand. Dann warf er den Gegenstand mit einem kräftigen Schwung zu uns herunter. Er kullerte durch den Sand bis fast vor die Hufe unserer Pferde. Es war der Kopf unseres Kameraden, der eine blutige Spur im Sand hinterließ. Seine toten Augen starrten uns aus seinem sandverkrusteten Gesicht anklagend an.

Borchwei blickte auf den abgetrennten Schädel, der vor ihm auf dem Boden lag, dann schnellte er herum. Sein Blick sagte mehr als Worte: Seine Augen schrien nach Rache.

»Angriff!«

Mit eingelegter Lanze sprengte er los. Während ich ihm noch nachsah, geschah etwas Sonderbares in mir, all meine Angst war wie weggeblasen. Wut und Kampfeshunger überkamen mich stattdessen wie eine Welle. Ich preschte Borchwei und den anderen hinterher. Ashir wieherte wütend, er witterte wohl den Kampf. Ich sah Borchwei hinter dem Hügelkamm verschwinden. Als ich auch dort ankam, sah ich ihn hinter dem Feind hergaloppieren. Ich gab Ashir die Sporen, die anderen folgten. Nach einiger Zeit war der Feind jedoch zu weit entflohen, sodass wir unsere Pferde anhielten. Wir konnten nur noch der Staubwolke der Ungläubigen hinterherschauen.

Borchwei sah ihnen hasserfüllt nach: »Merde!«

Die anderen hatten ebenfalls aufgeschlossen, es war jedoch zwecklos den Feinden noch zu folgen, zu groß war ihr Abstand. Langsam wendete Borchwei sein Pferd und sprach mit wutunterdrückter, kalter Stimme. »Lasst uns Armand begraben.« Schweigend folgten wir seinem Befehl und ritten zu dem Leichnam unseres Spähers zurück.

In einer riesigen Blutlache lag der kopflose Körper unseres Kameraden. In seiner Brust steckten zwei Pfeile und aus seinem

Halsstumpf tropfte das Blut und versickerte im Sand. Wir stiegen ab und Borchwei rief Bero und mich zu sich.

»Zieht ihm Waffenrock und Kettenhemd aus.«

Voller Schreck starrten wir ihn ungläubig an, aber er wies nur mit der Hand auf den Toten. »Tut, was ich euch sage. Ihr müsst euch an den Tod gewöhnen, er wird ab jetzt euer treuer Wegbegleiter sein.«

Gehorsam befolgten wir Borchweis Befehl. Wir stiegen von unseren Pferden ab und knieten uns neben den Leichnam.

Zuerst versuchten wir, dem Toten die Pfeile aus seinem Brustkorb zu ziehen, doch die Widerhaken an den Pfeilspitzen erschwerten es uns. Mit einem heftigen Ruck zog ich schließlich einen Pfeil heraus, begleitet durch ein knirschendes Geräusch von zerreißendem Fleisch und brechenden Knochen. Mir drehte sich fast der Magen um. Der zweite Pfeil ließ sich nicht herausziehen, er musste sich in seinen Rippen verhakt haben, wir brachen nur den Schaft ab.

Nachdem wir ihm den blutigen Waffenrock ausgezogen hatten, schnürten wir sein Kettenhemd auf und zerrten es von ihm ab. Bero musste sich übergeben und auch ich kämpfte gegen meinen aufsteigenden Mageninhalt an.

Borchwei sah uns die ganze Zeit über nur ungerührt zu, der Ausdruck in Gilberts Gesicht war das blanke Mitleid. Einige der anderen gruben ein tiefes Loch in den sandigen Boden, um den kopflosen Leichnam vor Aasfressern zu schützen.

Als Bero das blutbesudelte Eisenhemd Borchwei reichen wollte, schüttelte dieser nur abweisend seinen Kopf.

»Es gehört jetzt dir, Bero.«

Mit blankem Entsetzen starrte Bero ihn an.

»Aber ich kann doch nicht ... von einem Toten ...«

Bero konnte nur noch stammeln, angesichts dieses makaber wirkenden Geschenks. Doch Borchweis strenger und zugleich kalter Gesichtsausdruck ließ keinen Widerspruch zu.

»Es ist gang und gäbe von Gefallenen, ob Feind oder Kamerad, Waffen und Rüstung an sich zu nehmen. Also nimm es!«

Kreidebleich gehorchte Bero und legte das Ringhemd vor sich auf den Sattel. Anschließend begruben wir den armen Kerl und sprachen ein Gebet für ihn.

Der Heimritt verlief schweigend. Ich kannte Borchwei gut genug, um zu wissen, dass dieser Vorfall an ihm nagte.

Als wir wieder zuhause waren, entledigten wir uns unserer Rüstung und der Waffen. Anschließend schrubbten Gilbert und ich mit kaltem Wasser und Sand die Blutflecken von Beros neuem Kettenhemd. Dann rieben wir es mit Fett ein und überreichten es Bero, der immer noch sichtlich mitgenommen wirkte.

»Ich danke euch, aber ich kann es nicht anziehen, es widerstrebt mir.« Ich konnte ihn verstehen, dennoch gab ich nicht nach. »Bero, bitte, du wolltest immer ein Kettenhemd. Und auch wenn es von einem Toten stammt, es würde mich beruhigen, wenn auch du im Kampf besser geschützt wärst. Du weißt, so ein Hemd kostet ein Vermögen. Die Löcher werden wir beim Schmied mit neuen Ringen flicken lassen und nun tue uns den Gefallen und probier es an.«

Bero zauderte immer noch. »Ich komme mir dabei vor wie ein Leichenfledderer.«

Doch nach einigem Zögern willigte er ein und zog es sich mit angeekelter Miene an. Es passte ihm ausgezeichnet und nach und nach huschte sogar ein zaghaftes Lächeln über sein Gesicht. Ich war mir sicher, er würde sich an sein neues Eisenhemd gewöhnen, auch wenn es von einem Toten stammte. Erleichtert tranken wir einen Becher Wein und gingen uns dann waschen.

Seit unserem Patrouillenritt war Borchwei in sich zurückgezogen, er sprach nicht mehr mit uns und wirkte abweisend.

Nachdem er mir tagelang aus dem Weg gegangen war, traf ich ihn eines Morgens im Stall. Sein Gesichtsausdruck war wie versteinert, dennoch fasste ich mir ein Herz.

»Borchwei, du gehst uns seit Tagen aus dem Weg. Was ist los, haben wir etwas falsch gemacht?«

Er blickte mich an und schwieg, erst nach einer Weile rang er sich zu einer Antwort durch.

»Nicht ihr, sondern ich!«, brummte er.

Ich verstand nicht und bat ihn um eine Erklärung. Sein Blick ging durch mich hindurch, als er zögerlich antwortete. »Ich habe ohne Verstand gehandelt.« Er sammelte sich, denn es fiel ihm sichtlich schwer darüber zu reden. »Als ich den Angriff befahl, war ich blind vor Hass. Wenn der Feind hinter dem Hügel einen Hinterhalt vorbereitet hätte, wären wir alle in den Tod geritten!« Er atmete tief durch, dann fuhr er fort. »Ich habe euch großer Gefahr ausgeliefert, weil ich mich von meinen Gefühlen habe leiten lassen. Ich hätte überlegter handeln müssen. Doch das habe ich nicht.«

»Bitte, gräme dich nicht. Es ist ja gut gegangen«, sagte ich.

»Reines Glück, Jesco, einfach nur reines Glück! Es hätte anders ausgehen können. Nimm dir ein Beispiel daran, behalte immer einen kühlen Kopf, auch wenn deine Wut noch so groß ist. Lasse dich nicht verleiten, denn genau das will der Feind!«

Er verließ den Stall, erst jetzt machten seine Worte einen Sinn für mich. Dennoch tat es meinem Vertrauen zu ihm keinen Abbruch, er war unser Anführer und Freund, ganz gleich was geschah!

In den Nächten dachte ich oft an Faizah, wie ich deutlich in meinen Lenden spürte. Ich suchte sie jedoch nicht mehr auf, denn ich wollte selbst ein Mädchen erobern. Meine stümperhaften Bemühungen waren jedoch nicht von Erfolg gekrönt. So blieb mir nichts anderes übrig, als eines Abends mit Gilbert ins Normannenlager zu gehen. Bero war ausgeritten und so gingen wir nur zu zweit.

Gilbert begrüßte einige seiner Bekannten und ich ging zum Feuer, um mir einen Becher Wein zu gönnen. Die Nacht war warm und die Stimmung im Lager ausgelassen wie immer.

Die normannischen Krieger waren mir ein Mysterium, sie waren in der Lage, Tag und Nacht zu saufen und am nächsten Morgen mit Todesverachtung in die Schlacht zu ziehen. Es waren Krieger, die keiner unbedingt zum Feind haben wollte.

Ich saß am Feuer und nippte an meinem Wein. Eine junge Magd, die den Männern immer wieder Wein nachschenkte, lächelte mich unverblümt an, blieb aber am anderen Ende des Feuerplatzes. Doch immer wenn ich in ihre Richtung blickte, bemerkte ich, dass sie mich beobachtete, dann aber ertappt wieder wegsah.

Gilbert trank und unterhielt sich mit den anderen Normannen. Ich beschloss, meine Blase zu erleichtern und dann schlafen zu gehen. Ich stand auf und ging ins Dunkel außerhalb des Lagers, dort pinkelte ich an meine Dattelpalme. Als ich fertig war, drehte ich mich um und die junge Magd stand vor mir. Sie sah mich keck an, dann öffnete sie ihren Haarschleier und trat auf mich zu.

Sie war blond, keine Schönheit, aber sie hatte eine anziehende Art. Wir hatten noch nicht ein Wort gewechselt, als sie mich plötzlich stürmisch küsste.

Nachdem sich meine anfängliche Überraschung gelegt hatte, schob ich ihren Rock hoch und wir trieben es leidenschaftlich im noch warmen Sand. Ich war ausgehungert und ihr schien es gelegen zu kommen. Als wir fertig waren, ging sie wieder, ohne ein Wort zu sagen.

Erst später erfuhr ich, dass sie stumm war. Wir trafen uns danach noch einige Male an der Dattelpalme. Es war jedoch keine Liebe, wir befriedigten nur unser gegenseitiges körperliches Verlangen. Danach ging ich jedes Mal zur Beichte.

Meine Haare waren inzwischen gewachsen und reichten mir wieder bis zu den Schultern. Ich hatte noch an drei Patrouillenritten teilgenommen, jedoch ohne nennenswerte Geschehnisse.

Nach dem Gottesdienst saßen Borchwei, Gilbert, Bero und ich gemeinsam im Speisesaal des Garnisonshauses und aßen etwas. Als wir unser Mahl beendet hatten, sprach ich etwas an, was mich schon seit Wochen beschäftigte.

»Wisst ihr was seltsam war? Als wir bei unserer Patrouille damals den Angriff ritten, war meine Angst plötzlich wie weggewischt.« Meine Kameraden hörten mir ein wenig verwundert zu. »Ich war wie angestachelt, voller Mut. Ashirs Hitze spornte mich noch zusätzlich an.«

Jetzt starrten die drei mich stumm an, plötzlich fing Gilbert laut zu lachen an. Borchwei hatte sich beim Trinken verschluckt und Bero sah mich an, als wäre ich verwirrt. »Jesco, wie viele Becher hattest du heute schon?«

»Das ist mein erster, verdammt was soll das!?«

Gilbert musste sich zusammenreißen, um nicht gleich wieder loszuprusten. »Jesco, wir wussten ja nicht, dass du auf einem ralligen Ross in den Kampf gezogen bist!« Ich stutzte, doch dann fiel mir meine Wortwahl selbst auf. Ich ließ den Spott über mich ergehen, vermied aber in Zukunft diese Wörter, zumindest in Bezug auf mein Pferd.

Wir saßen noch eine Weile fröhlich zusammen, als von draußen plötzlich Rufe zu hören waren:

»Borchwei, ich suche Ritter Borchwei!«

Ein gehetzt wirkender Bote betrat den Speisesaal und kam eilig auf unseren Tisch zu. Seine Miene verhieß nichts Gutes.

»Borchwei, endlich finde ich Euch.«

Mit besorgter Miene erhob sich Borchwei. »Sprich Mann, was ist geschehen?«

Der Bote sah kurz verunsichert zu uns, dann wieder zu Borchwei. »Die Normannen sind überfallen worden, auf dem Weg nach Antiochia. Einige Überlebende sind zurückgekehrt, sie konnten gerade noch fliehen.«

»Wie viele?«, fragte Borchwei.

»Von einhundert Normannen sind noch etwa zwanzig am Leben.«

Borchweis Gesichtszüge verhärteten sich. »Anzahl der Feinde?«

»Man berichtet von ungefähr dreihundert!«

Borchwei schlug mit seiner Faust wütend auf die Tischplatte.

»Bote, begleite mich ins Normannenlager, unterwegs erzähle mir Genaueres!«

Wir erhoben uns und wollten ihm folgen, doch er zischte uns nur an. »Ihr bleibt hier und wartet.«

An der Tür drehte er sich noch einmal zu uns um und in seinen Worten lag Eiseshärte. »Wenn die Heiden den Kampf suchen, dann sollen sie ihn bekommen!«

Gilbert kochte vor Wut, viele seiner Kameraden waren gefallen. Er war deshalb zwei Tage im Lager der Normannen gewesen, hatte Trost gespendet und geholfen, die Verletzten zu versorgen.

Auch Ali war nicht zu sprechen, er hatte alle Hände voll zu tun. Nur einmal hatte ich ihn mit blutbesudeltem Gewand in sein Zelt eilen sehen.

Die Nervosität und Anspannung der Krieger konnte man förmlich greifen. Die Normannen wären am liebsten sofort losgezogen, um ihre Kameraden zu rächen. Im Königspalast beriet man sich seit Stunden, auch Borchwei war geladen und ebenso Leofwin, der Heerführer der Normannen. Die Ritter des Tempels waren in Alarmbereitschaft und sicherten bereits die nähere Umgebung der Stadt. Und wir drei warteten auf Nachricht von Borchwei und den hohen Herren, doch es tat sich lange nichts.

Die Sonne stand schon tief, als Borchwei uns endlich rufen ließ. Sofort eilten wir zu seiner Stube. Als wir sie betraten, stand er über seinen Tisch gebeugt und studierte konzentriert einen Plan auf Pergament. Seine vernarbte rechte Wange zuckte ganz leicht, was nie ein gutes Zeichen war.

Er schaute kurz auf als wir eintraten, dann rollte er das Pergament zusammen und schleuderte es wütend in die Ecke.

»Unbemerkt von unseren Spionen haben sich einige Sarazenenstämme zusammengetan. Der Befehl des Königs lautet: Einhundert Normannen, fünfzig Tempelritter und einhundert Ritter der Garnison. Alle beritten. Mehr Krieger kann uns der König nicht zur Verfügung stellen, er will die Stellungen nicht schwächen.« Borchwei zwang sich, seine Wut zu unterdrücken.

»Wir werden diese Wüstensöhne aufspüren und ich schwöre bei Gott, wir werden sie unsere Rache spüren lassen. In drei Tagen rücken wir aus. Ich soll entscheiden wer von unseren Männern dabei ist!«

Wir drei schauten uns gegenseitig an, dann nickten wir alle einstimmig. »Wir wollen dabei sein!«

Er überlegte und schritt auf und ab, keiner von uns wagte etwas zu sagen, denn sein Gebaren wirkte mehr als nur gereizt.

»Ich schätze euren Mut, aber ich weiß nicht, ob es richtig wäre. Bero und Jesco sind noch unerfahren. Auf der anderen Seite müssen die Jüngeren beweisen, dass sie Krieger sind.«

Noch immer wagten wir nichts zu sagen und hofften auf Borchweis Gunst. »Na schön, zwanzig der Jüngeren, achtzig Veteranen. Ihr drei seid dabei. Einmal muss es das erste Mal sein!«

Erleichtert atmete ich aus. Wir dankten ihm für sein Vertrauen und versprachen ihm, ihn nicht zu enttäuschen. Er nickte nur leicht und ging dann wieder zu seinem Tisch.

Es war endlich soweit, ich würde in die Schlacht ziehen!

Die Vorbereitungen liefen auf Hochtouren, Waffen und Rüstungen wurden überprüft und ausgebessert. Unsere Pferde bekamen noch einmal reichlich Futter und Wasser. Täglich trafen Späher ein, um über die genaue Lage des Feindes zu berichten. Fast stündlich erhielten wir neue Nachrichten, der Feind war wohl in ständiger Bewegung, um uns zu irritieren.

Hassprediger und Bettelmönche predigten auf den Märkten das Wort Gottes. Darunter waren einige, die den Weltuntergang prophezeiten, verursacht durch die schwere Schuld unserer Sünden. Sie wiegelten und hetzten ihre Zuhörer auf, die Ungläubigen zu töten und in den tiefen Schlund der Hölle zu stoßen. Sie drohten denjenigen, die nicht ihr Schwert gegen die Heiden erheben würden, mit dem ewigen Fegefeuer. Ihre Hasstiraden zeigten bei den Menschen Wirkung, was man an ihren wütenden Zurufen hören konnte.

Ich für meinen Teil gab nicht viel auf die Worte dieser selbst ernannten Prediger. Sie schürten den Hass und die Angst unter den Menschen. Sie verkündeten nicht das Wort Gottes, sondern das Wort des Krieges.

Am Abend vor dem Abmarsch begab ich mich in die Grabeskirche. Die Luft war noch erwärmt vom Tag, obwohl sich seit Stunden Wolken vor die Sonne geschoben hatten.

Ich kniete vor dem kleinen eingemeißelten Kreuz meines Vaters und betete. Ich bat Gott um Kraft und Mut und dass er mir meine Angst nehme, die in den letzten zwei Tagen Besitz von mir ergriffen hatte. Ich küsste den Ring meines Vaters, den ich an meinem Finger trug, bekreuzigte mich und ging.

Bero und Gilbert redeten am Abend nicht viel. Jeder hing seinen eigenen Gedanken nach, bis Bero schließlich den unsichtbaren Bann brach. »Freunde, ich will nicht viel Worte verlieren. Aber tut mir einen Gefallen und passt während der Schlacht auf eure Ärsche auf.«

Gilbert grinste breit. »Und pass du auf deinen Kopf auf, unterscheidet sich ja nicht sonderlich von unseren Ärschen.«

Zwischen Beros Augen bildeten sich für einen kurzen Moment Zornesfalten, doch dann musste auch er schmunzeln. Ich lag bereits auf meinem Bett und hatte die Augen geschlossen.

»Lasst uns einfach mit allen unseren Körperteilen wieder heimkehren, wenn möglich lebend. Jetzt sollten wir schlafen.«

Doch ich schlief in dieser Nacht so gut wie gar nicht und wenn, dann träumte ich wieder von den Toten im Blut, die ihre Hände nach mir ausstrecken. Wie ein treuer Freund suchte mich dieser elende Traum manchmal nächtens auf.

Schweißgebadet erwachte ich vor Sonnenaufgang. Gilbert und Bero zogen sich bereits ihre Lederhosen und Stiefel an. Gerädert und müde erhob auch ich mich und kleidete mich an.

Zum Frühstück gab es Olivenbrei mit Brot, von dem wir aber kaum etwas anrührten. In der Küche holten wir dann unseren Proviant ab.

Anschließend zogen wir unsere Rüstungen an, füllten am Brunnen unsere Wasserschläuche und gingen in die Waffenkammer zur Lanzenausgabe. Ich wählte eine lange Lanze mit schmaler Eisenspitze, die mir gut in der Hand lag. Danach gingen wir zu unseren Pferden. Im Stall erwartete mich Ashir freudig wie immer. Ich sattelte ihn und streichelte über seinen Widerrist. Im Gegensatz zu mir schien er ganz ruhig und entspannt zu sein, was sich auch ein wenig auf mich übertrug.

»Mein guter Ashir, gib gut auf uns beide acht, möge Gott auch dich schützen.« Als hätte er meine Worte verstanden, schnaubte er leise und warf seinen Kopf zurück, wobei er mich mit seinen Nüstern frech anstupste.

Gilbert und Bero hatten ihre Pferde ebenfalls gesattelt. Wir drei Freunde saßen auf, noch ein letzter aufmunternder Blick zueinander, dann ritten wir los.

Der Treffpunkt unserer Krieger war vor der Stadtmauer am Damaskustor. Dutzende von Rittern zu Pferde waren dort bereits versammelt. Durch den aufgewirbelten Sandstaub lag die Luft wie eine hellbraune Dunstglocke über den vielen Reitern. Wir fanden Borchwei inmitten dieses kleinen Heeres. Er begrüßte uns mit verwegenem Gesichtsausdruck. »Guten Morgen! Ein herrlicher Tag zum Kämpfen, nicht wahr?«

Wir versuchten uns ebenso selbstsicher zu geben und erwiderten seinen Gruß. Doch ich bemerkte an seinem grinsenden Blick, dass er uns durchschaut hatte. »Späher haben gemeldet, dass der Feind in der Nähe von Jericho lagert, ein guter Tagesritt entfernt. Wir werden unterwegs ein Nachtlager aufschlagen und morgen auf den Feind treffen.«

Er sprach es so selbstverständlich aus, als wäre es eine Nichtigkeit. Mein anfänglicher Eifer, endlich in eine Schlacht ziehen zu dürfen, schmolz dahin wie Wachs in der Sonne. Im Geiste redete ich mir selbst Mut zu, es half zumindest nach außen gelassener zu wirken.

Viele Bürger und Ritter Jerusalems waren gekommen, um uns zu verabschieden. Einige Geistliche segneten uns und unsere Pferde. Nach einem gemeinsamen Gebet saßen alle auf. Zweihundertfünfzig Reiter zogen langsam, aber noch ungeordnet los. Die Menschen winkten uns zuversichtlich und hoffnungsvoll zu, viele spendeten uns durch ihre Zurufe Mut. Doch einige schrien uns ihren Groll gegen die Heiden unverblümt entgegen, so als wollten sie uns ihren Hass mit auf den Weg geben, um uns noch zusätzlich anzustacheln.

Aus der jubelnden Menge kam plötzlich Ali auf uns zu und nahm meine Hand. »Möge dein Gott und mein Gott dich und deine Freunde schützen, Jesco!«

»Ich danke dir Ali, wenn gleich zwei Götter mich schützen, dann kann mir ja nichts geschehen«, scherzte ich zurück, dann verschluckte ihn die Menge.

Kurz darauf sah ich zu meiner Überraschung Shamsa. Sie eilte zu Borchwei, der vor mir ritt. Er beugte sich zu ihr herunter und sie flüsterte ihm etwas zu. Dann reichte sie ihm ein kleines Medaillon. Ihre Blicke trafen sich zärtlich und sprachen stumme, liebevolle Worte. Dann ritt Borchwei weiter. Auch mich lächelte Shamsa an; es war ein mütterliches und warmes Lächeln, das sie mir schenkte.

Schließlich zogen unsere Heerführer das Tempo an und wir folgten in geordneter Formation. Ich blickte noch einmal zurück zum Felsendom, der durch den Staubdunst nur schemenhaft zu erkennen war. Seine Kuppel thronte erhaben über den Dächern Jerusalems, als wollte sie mir noch einmal zuwinken. Wir entfernten uns allmählich von der friedlich daliegenden Stadt und ritten dem Kampf entgegen.

Die Ritter des Tempels führten die Spitze an, danach kamen wir und die Nachhut bildeten die Normannen mit ihrem Führer, Fürst Leofwin. Er war ein gewaltiger Recke, dessen Seele nach Rache brannte. Mit langgeflochtenem blondem Haar und breiten Schultern saß er stolz auf seinem schwarzen Ross. Es beruhigte mich sehr, solche Männer an meiner Seite zu haben.

Gegen Mittag rasteten wir. Ich nutzte die Gelegenheit, um mir die anderen Krieger näher anzuschauen. Die Tempelritter beäugten die Normannen skeptisch, waren es für sie doch nur Barbaren. Die Normannen hingegen blieben lieber unter sich, sie kämpften weniger zum Ruhm Gottes, eher um Grundbesitz und Beute. Und wir, die Ritter der Garnison, kämpften für die Heilige Stadt und unseren König. Dennoch hatten wir alle ein gemeinsames Ziel, die Ungläubigen zu vernichten.

Nach unserer Rast wurde das Gelände hügeliger und somit stieg auch unsere Wachsamkeit. Leofwin schickte immer wieder neue Späher voraus, um uns vor bösen Überraschungen zu bewahren, aber sie berichteten nichts Nennenswertes.

Die Sonne ging langsam unter und Borchwei sah sich nach einem geeigneten Lagerplatz für die Nacht um. Er fand ihn auf einem Hügelplateau, von wo aus wir Sicht über die ganze Ebene hatten. Einen Angriff der Feinde hätten wir frühzeitig bemerkt.

Wir sattelten unsere Pferde ab und gaben ihnen zu trinken, sie sollten morgen gut ausgeruht sein. Durch den leuchtenden Mond war die Nacht hell, so konnten wir auf ein Feuer verzichten, das man bis in die Ferne gesehen hätte. Wir legten unsere Sättel als Kopfkissen auf den Boden, unsere Kettenhemden behielten wir aber vorsichtshalber an. Ich saß mit

Gilbert und Bero auf dem Boden, doch keiner von uns sprach etwas.

Nachdem sich Borchwei mit den anderen Führern beratschlagt hatte, kam auch er zu uns. Er setzte sich neben uns auf einen Stein und stocherte mit einem dünnen Zweig im Sand.

»Es wurden feindliche Späher gesichtet.«

Ich wurde hellhörig. »Was bedeutet das für uns?«

Auch Bero und Gilbert wurden aufmerksam, man merkte uns unsere Anspannung an. Doch Borchwei sprach ganz ruhig weiter. »Kein Grund zur Sorge, das ist völlig normal. Wir haben damit gerechnet. Beide Parteien sind nun gewarnt. Es wird keinen Hinterhalt geben, sondern eine offene Feldschlacht. Das kommt unseren schweren Panzerreitern zugute.«

Seine Worte hätten wohl beruhigend klingen sollen, doch sie wühlten mich eher auf. Gilbert gab auch noch seinen Kommentar dazu ab. »Na, wenn es weiter nichts ist, dann sind wir ja wieder früh zuhause.«

Wir mussten schmunzeln, was unsere Stimmung ein wenig auflockerte. Doch dann wurde Borchwei wieder ernst.

»Und denkt daran was ihr gelernt habt. Wenn ihr bei der ersten Angriffswelle mit euren Lanzen zustoßt, dann schaut nicht wen oder was ihr getroffen habt, denn in diesem Augenblick seid ihr am verletzlichsten, eure rechte Seite ist dann ungeschützt. Wenn ihr die Lanze loslasst, dann zieht sofort euer Schwert. Habt ihr verstanden!«

»Das wurde uns in der Ausbildung gründlich eingebläut«, erwiderte Bero.

»Ich weiß, aber das Üben und die Schlacht sind zwei Paar Stiefel, glaubt mir. Also bleibt besonnen und verfallt nicht in unkontrolliertes Handeln. So, und jetzt versucht zu schlafen.«

An Schlaf war jedoch wieder nicht zu denken, die älteren Krieger schnarchten, wir jüngeren taten kein Auge zu. Ich würde morgen in den Kampf ziehen, das wurde mir nun zur untrüglichen Gewissheit. Die Nacht kam mir endlos vor, ich betete und sprach in Gedanken mit meinem Vater. Würde ich morgen sterben und die irdische Welt verlassen, träfe ich ihn im Paradies. Das war mir zumindest ein Trost.

Endlich graute der Morgen. Zermürbt und müde erhoben wir uns. Wir aßen Trockenfleisch und tranken verdünnten Wein, der mich wenigstens wachrüttelte. Die Pferde wurden gesattelt und wir saßen auf. Die Nacht war kühl gewesen und ich genoss die ersten wärmenden Sonnenstrahlen des beginnenden Tages. Ich nahm die Zügel in meine rechte Hand und bemerkte, dass diese ganz leicht zitterte. Ich schloss sie zur Faust und versuchte es zu ignorieren.

Als wir unseren sicheren Hügel verlassen hatten und uns in der weiten Ebene befanden, kam der erste Späher zurück. Er sprach mit unseren Heerführern und es wurde lange diskutiert. Da sie zu weit entfernt waren, konnten wir nicht hören was gesprochen wurde und so warteten wir ungeduldig. Schließlich wendete Borchwei abrupt sein Pferd und sprach mit entschlossener und lauter Stimme zu unserem Heer. »Der Feind wartet hinter dem nächsten Hügelkamm auf uns. Sie sind in leichter Überzahl und wirken wohl recht siegessicher.«

Er machte eine kurze Pause und sein Blick schweifte über das gesamte Heer. Sein Pferd tänzelte nervös, mit einem Ruck am Zügel hielt er es wieder still. Seine Augen loderten wie die Glut eines Feuers, um seine Mundwinkel zog sich ein hämisches Grinsen. Dann brüllte er. »Nun Männer, dann lassen wir sie nicht länger warten!«

Raue Männerkehlen antworteten mit lautem, kampfeshungrigem Jubel. Die Banner wurden in die Höhe gerissen, während die Pferde wütend wieherten. Auch ich wurde von einer Euphorie angesteckt, die ich bis dahin nicht an mir kannte. Doch für mich fühlte es sich an, als würde ich nicht dazugehören, denn die Freude der erfahrenen Recken konnte ich weiß Gott nicht teilen.

Erneut erhob Borchwei seine Stimme. »Die Ritter des Tempels bilden den Keil in der Mitte. Die Normannen nehmen die linke Flanke und die Garnisonsritter die rechte Flanke. Möge Gott uns den Sieg schenken!«

Während ich Borchweis Worten lauschte, überkam mich ein Gefühl von Stolz, von diesem großen Krieger erzogen und ausgebildet worden zu sein.

Nochmals stiegen wir ab und zurrten unsere Sattelgurte nach, setzten unsere Helme auf und hängten die Schilde an die Sättel. Ich streichelte Ashir kurz am Kopf und sprach mit beruhigenden Worten auf ihn ein. Das Zittern meiner Hand wurde stärker.

Borchwei kam auf uns zugeritten und hielt vor uns an. Er tätschelte den Hals seines Pferdes und sah uns drei Freunde noch einmal durchdringend an. »Entleert eure Blasen!«

Irritiert erwiderten wir seinen Blick. »Wir sollen was ...?«, fragte ich.

»Tut es einfach! Und möge Gott euch schützen.«

Er zwinkerte mir zu, dann preschte er zurück zur Heerspitze.

Wir befolgten kopfschüttelnd seinen Rat und gingen pinkeln. Zu meiner Verwunderung taten es uns einige andere Ritter nach.

Kurz danach ritten wir langsam auf den Hügelkamm zu, hinter dem der Feind uns erwartete. Die Späher waren bereits auf der Anhöhe und beobachteten die gegnerischen Truppen, sie gaben uns das Zeichen zum Anrücken.

Langsam erklommen wir den Hügel. Mit jedem Schritt wurde ich aufgeregter und nervöser. Ich hielt die Zügel mit schweißnassen Händen fest. Bisher konnte ich nur den Hügel und den blauen Himmel dahinter sehen. Der sandige Untergrund erschwerte unser Weiterkommen. Dennoch ging es unaufhaltsam Stück für Stück hinauf und meinem Schicksal entgegen. Keiner der Ritter gab einen Ton von sich, jeder sah nur grimmig vor sich hin. Einzig das Schnaufen der Pferde war zu hören.

Als ich schließlich auf der Anhöhe ankam, konnte ich den Feind zum ersten Mal sehen und traute meinen Augen nicht. Mir gefror das Blut in den Adern. Mit so großer Anzahl an Gegnern hatte ich nicht gerechnet, sie waren erheblich mehr als wir. Bero hielt neben mir an und folgte versteinert meinem Blick. Er sprach mehr zu sich selbst als zu mir. »Heilige Mutter Gottes, wie viele mögen das sein?«

»Ich schätze doppelt so viele wie wir«, antwortete ich.

Gilbert drängte sich auf seinem Pferd zwischen uns und sah ebenfalls zum Feind. »Wenn jeder von uns zwei tötet, dann haben wir gewonnen!«

Ich sah ihn an, doch ich wusste nicht, ob er es im Spaß oder im Ernst gemeint hatte. Dann wendete ich meinen Blick wieder auf das feindliche Heer. In breiter, geschlossener Reihe standen sie weit hinten in der Ebene und erwarteten uns. Sie nahmen uns so den Vorteil, vom Hügel herab mit voller Wucht anzugreifen. Der Wüstenwind trug ihr lautes Kriegsgebrüll zu uns herüber. Wir ritten langsam die Anhöhe hinab und nahmen wie befohlen unsere Angriffsformation ein.

Gilbert, Bero und ich blieben zusammen. Am linken Arm den Schild, in der rechten die Lanze, sahen wir uns noch einmal an. »Passt auf euch auf, möge der Herr seine schützende Hand über uns halten«, sprach Bero. Gilbert war die Ruhe selbst, als er unseren Blick erwiderte. »Falls wir uns im Himmel wiedersehen, dann haltet einen Becher Wein für mich bereit!«

Ich versuchte zu lächeln, konnte es aber nicht.

Unsere Führer trafen sich vor unserer Mitte und redeten miteinander. Solange musterte ich die Ritter in meiner Nähe:

Die erfahrenen Krieger sahen kampfentschlossen und mutig aus, in den Mienen der jüngeren spiegelten sich Angst und Besorgnis wider. Betroffen stellte ich fest, dass sich einige wenige eingenässt hatten. Dunkle, feuchte Flecken auf ihren Waffenröcken verrieten es. Jetzt verstand ich Borchweis Rat, doch auch mein Magen zog sich zusehends zusammen.

Je länger wir warteten, umso unruhiger wurde ich. Mein Atem ging ruckartig, als würde mir jemand die Luft abdrücken. Ich schloss meine Augen und versuchte ganz ruhig zu atmen. Ich wünschte mir jetzt sogar, es würde endlich losgehen, nur um dieses lästige Gefühl endlich loszuwerden.

Meine innere Unruhe übertrug sich auf Ashir, der nervös tänzelte und leise drohend wieherte. Doch dann kam plötzlich Bewegung in unsere Anführer. Borchwei nahm seine Position an der Spitze unserer Flanke ein. Der Hauptmann der Tempelritter ritt vor unserem gesamten Heer in die Mitte. Er sah zuerst zum Feind, dann drehte er sich um und schrie mit erhobenem Schwert: »Für Gott und Jerusalem!«

Alle zogen jetzt ihre Schwerter und wiederholten brüllend seine Worte. Als Antwort ertönte von den Heiden laut und herausfordernd: »Allahu akbar, Allahu akbar!«

Für einen kurzen Augenblick herrschte lähmende Stille, nur der leise Wüstenwind war zu hören, der uns sanft und mild entgegenwehte. Ich versuchte zu schlucken, aber mein Mund war zu trocken. Wenigstens hatte meine Hand aufgehört zu zittern.

Dann kam unser Befehl: »Lanzen einlegen!«

Sämtliche Lanzen wurden nach vorne geneigt und zeigten auf die Feinde, die ihrerseits brüllend ihre Schilde hochhoben.

Unsere Führer warteten noch einige Atemzüge lang, dann legten auch sie ihre Lanzen ein und unser Schlachtruf ertönte.

»Gott will es! Angriff!«

Die Tempelritter setzten sich als erste in Bewegung, auch ich drückte Ashir die Fersen in die Seiten. Aus schnellem Trab wechselten wir bald in den Galopp. Kraftvoll sprengte Ashir über den sandigen Boden auf die feindliche Linie zu. Mein Herz klopfte mir bis zum Hals. Ich schrie meine Angst heraus.

Und da war es wieder, dieses seltsame Gefühl: Eine innere Ruhe durchflutete mich und gab mir plötzlich Mut und Kraft. Meine ganze Konzentration richtete ich auf Ashir, den Feind und meine Lanzenspitze. Ich hörte nur noch das dröhnende Donnern der Pferdehufe. Wir flogen förmlich auf den Feind zu.

Die ersten Pfeile schossen uns entgegen, ich hob den Schild schützend vor mich. Krachend schlugen einige Geschosse darin ein, doch ich ritt zielstrebig weiter. Die Sarazenen kamen uns mit lautem Gebrüll entgegen, nicht alle von ihnen waren beritten. Sie kamen immer näher und näher!

Ich konnte jetzt bereits ihre hasserfüllten, dunklen Gesichter erkennen. Sie waren in Lederrüstung und schwarzes Tuch gekleidet, ihre Krummschwerter hatten sie drohend auf uns gerichtet. Ich hielt meine Lanze fest umschlossen und nahm einen Reiter ins Visier.

Ein dumpfes und lautes Krachen begleitete den Aufprall auf den Feind. Ich hörte splitterndes Holz und Schreie, Eisen prallte auf Eisen, überall wiehernde und sich aufbäumende Pferde. Aufspritzender Sand und Blut wirbelten durch die Luft und mischten sich ineinander. Im letzten Moment riss ich meine Lanze hoch. Ich stieß in irgend etwas Weiches und hörte einen Schrei. Sofort ließ ich meine Lanze los und zog mein Schwert, so wie ich es gelernt hatte. Keinen Augenblick zu spät, denn ein Sarazene holte mit seinem Krummsäbel nach mir aus. Ich bohrte ihm mein Schwert in die Achsel seines erhobenen Armes, an seinem Halsansatz trat die blutige Spitze meiner Klinge wieder hervor, er sackte sofort zusammen.

Im fast gleichen Moment schlug etwas auf meinen Schild. Ich riss meinen Kopf herum, ein Speer steckte in meinem Schild.

Mit meinem Schwert schlug ich den Schaft ab, um wieder Bewegungsfreiheit zu erlangen.

Aus dem Augenwinkel sah ich noch, wie Gilberts Klinge einem Gegner die Schädeldecke aufschlug und sein Gehirn freilegte, zappelnd und zuckend fiel er vom Pferd. Von allen Seiten drangen gurgelnde Schmerzschreie an mein Ohr, ich befand mich inmitten einer tobenden Hölle.

Ashir schlug mit den Vorderhufen aus und traf einen Angreifer an der Hüfte. Im gleichen Augenblick spürte ich einen Schlag auf meinem Helm, oberhalb meiner linken Augenbraue.

Warmes Blut lief mir ins Auge, ich verspürte aber keinen Schmerz. Jedoch war mein linkes Sichtfeld nun eingeschränkt. Instinktiv sprang ich von meinem Pferd und versuchte mit dem Unterarm das Blut aus meinem Auge zu wischen.

Plötzlich hörte ich Bero warnend aufbrüllen. Ich drehte mich um, aber zu spät. Ein Krummschwert traf mich auf den Unterarm, glühender Schmerz durchfuhr mich. Ich stieß meinem Gegner die Schildspitze mitten in seine Visage. Sein Blut spritzte mir ins Gesicht, er torkelte zurück und kippte um. Mit meinem linken Auge konnte ich nichts mehr sehen, ein roter Schleier bedeckte es.

Sofort bedrängte mich erneut ein Sarazene mit seinem Säbel. Ich konnte seine Schläge abwehren, doch er war schnell und wendig. Als er abermals auf mich einschlug, rammte ihn ein Ross von der Seite nieder, sein Reiter stieß ihm seine Lanze mit voller Wucht in den Brustkorb. Ein Blutschwall schwappte aus seinem Mund, dann starrten seine Augen leblos zum Himmel.

In meinem Umfeld hatten sich die Reihen nun etwas gelichtet, so konnte ich zum ersten Mal kurz durchschnaufen.

Die Tempelritter hatten in der Mitte des feindlichen Heeres schon eine breite Schneise geschlagen. Weit vor mir wütete Borchwei, er mähte die Feinde um wie lästige Grashalme, gleich einem Kriegsgott.

Mein Überlebenswille war mir Ansporn, ich rappelte mich auf und rannte zu meinen Freunden. Auch Bero war von seinem Pferd gesprungen, wurde aber von zwei Sarazenen gleichzeitig bedrängt. Er ging in geduckte Haltung und schlug von unten mit seinem Schwert gezielt zu. Dem einen schlitzte er den Bauch auf, worauf die Gedärme aus seinem Unterleib quollen. Dem zweiten schlug ich meinen Schild auf den Schädel. Als er zu Boden ging, stieß ich ihm mein Schwert in den Hals.

Es war ein grauenvolles Hauen und Stechen. Gilbert saß immer noch auf seinem Pferd und schlug mit seiner Streitaxt nach einem Ungläubigen, der den Schlag aber mit seinem Schild abfangen konnte. Mit dem nächsten Hieb schlug ihm Gilbert die Axt tief in seine Schulter. Es war ein Geräusch, als würde man einen trockenen Ast zerbrechen.

Mein Schwertarm schmerzte bereits so sehr, dass ich ihn kaum noch hochbekam. Ich steckte mir daher mein Schwert in den Gürtel und schnappte mir einen am Boden liegenden Speer. Meine Schildhand umklammerte zusätzlich den Griff eines Morgensterns.

Ein junger Ritter, nicht weit von mir, kämpfte verzweifelt und mit letzter Kraft gegen einen Heiden. Er strauchelte und fiel zu Boden, mit seinem Krummschwert schlug ihm sein Gegner mitten in sein vor Angst erstarrtes Gesicht. Er zappelte noch kurz, dann wich das Leben aus ihm.

Der Heide kam nun mit wütendem Gebrüll auf mich zugerannt. Er schlug mit seinem Schwert auf mich ein, ich konnte seine Schläge mit dem Schild abwehren, aber meine Kraft schwand immer mehr. Mein Gegner errang nach und nach die Oberhand über mich. Als er erneut zuschlug, rammte ich ihm meinen Speer in seinen Schenkel. Er schrie auf und starrte erschrocken auf sein Bein. Ich nutzte seine kurze Unachtsamkeit und nahm den Morgenstern in die rechte Hand. Ein kurzer Schwung und die eiserne Stachelkugel zertrümmerte seine linke Gesichtshälfte. Als er zu Boden fiel, schlug ich ihm damit auf sein Rückgrat. Nur mit Mühe konnte ich den Morgenstern wieder aus ihm herausziehen. Keuchend und erschöpft stand ich gebeugt da, dann erbrach ich mich.

»Jesco, bist du in Ordnung?« Bero schleppte sich zu mir, auch er war am Ende seiner Kräfte. Um uns herum lagen überall Tote. »Ja, und du?«

Er nickte stöhnend, dennoch war sein Blick seltsam leer.

Es stank auf einmal unerträglich nach Blut und Urin. Einige Normannen schlugen mit ihren Streitäxten auf verletzte, am Boden liegende Sarazenen ein. Ich hatte jegliches Zeitgefühl verloren, hatte keine Ahnung, wie lange der Kampf schon tobte. Aber zu meiner Erleichterung konnte ich keine Feinde mehr um mich herum ausmachen. Plötzlich eilte Gilbert auf uns zu und rief triumphierend. »Seht nur, sie flüchten!«

Wir sahen nach vorne und tatsächlich: sie flohen. Lautes Siegesgebrüll erhob sich von unseren Kriegern, auch wir schrien unsere Freude heraus und umarmten uns gegenseitig. Wir hatten unsere erste Schlacht geschlagen und überlebt!

Unsere Waffenröcke waren blutdurchtränkt, überall lagen grauenvoll zugerichtete Leichen und Pferde. Die ersten Aasgeier kreisten bereits über dem Schlachtfeld. Bero sah sich besorgt die Wunde an meiner Stirn an. »Nichts, was Ali nicht wieder hinbekommen würde.« Ich erwiderte sein Grinsen. Kurz darauf kam Borchwei angeritten, er zügelte sein Pferd vor uns. An seiner Klinge tropfte immer noch das Blut herunter und in seinen Augen glimmte noch das Feuer des Kampfes.

»Gott sei Dank, ihr seid wohlauf.« Voller Stolz sah er uns an. »Gut gemacht!« Dann ritt er wieder davon.

Erst jetzt merkte ich, wie erschöpft ich war. Mein Unterarm pochte, obwohl mein Kettenhemd den Schwerthieb abgefangen hatte. Meine Stirn schmerzte und das Blut lief mir immer noch ins Gesicht. Bero und Gilbert waren bis auf ein paar Kratzer unverletzt. Die Tempelritter verfolgten die flüchtenden Feinde und erschlugen jeden, den sie noch erwischten. Sie hatten ihrem Ruf alle Ehre gemacht, denn sie hatten maßgeblich zu unserem Sieg beigetragen. Die Normannen plünderten die toten Heiden aus und jeden der noch lebte, erstachen sie. Auch ihr Rachedurst war nun gestillt.

Freudig kam Ashir zu mir getrabt, ich hatte ihn völlig aus den Augen verloren. Er rempelte mich frech an, ich erschrak als ich an seiner hinteren Flanke Blut entdeckte, aber zu meiner Erleichterung war es nicht seines. Mein Blick schweifte noch einmal über das Schlachtfeld mit all seinen Toten und abgeschlagenen Gliedmaßen. Im Geiste dankte ich Gott dafür, dass wir nicht auch dort lagen.

Borchwei befahl, die Waffen der Feinde einzusammeln und unsere Toten zu begraben. Viele der jüngeren Ritter waren tot, ein Dutzend Normannen ebenfalls. Bei den Tempelrittern gab es nur drei Tote. Nachdem wir die gefallenen Ritter begraben hatten, sprachen wir ein Gebet für sie. Die toten Heiden überließen wir den Aasfressern. Gegen Nachmittag machten wir uns müde auf den Heimweg. Die Feinde der Christenheit hatten unsere Rache zu spüren bekommen. Wir hatten den Tod gesät und den Sieg geerntet, wir waren dem Willen Gottes gefolgt.

Als stolze Sieger kehrten wir nach Jerusalem zurück. Die Bewohner empfingen uns jubelnd, denn die Nachricht unseres Sieges war uns bereits vorausgeeilt. Wir versorgten die Verletzten, die stärker verwundeten Krieger brachten wir zu Ali. Einige bevorzugten jedoch die Behandlung durch christliche Wundärzte.

Die Stallburschen kümmerten sich um unsere Pferde und wir gingen uns gründlich waschen. Auf unserer Stube zogen wir als erstes unsere blutigen Eisenhemden und Waffenröcke aus, danach reinigten wir unsere Haut von all dem fremden und eigenen Blut. Beim Waschen meines Gesichts floss wieder neues Blut aus meiner Wunde an der Stirn. Mein Unterarm war dick angeschwollen und blau, es schmerzte sehr.

»Du gehst besser gleich zu Ali«, riet mir Gilbert, auch Bero forderte mich dazu auf. Ich versprach es ihnen, aber zuerst wollten wir unsere Mägen füllen. Da gerade Beginn der Fastenzeit war, mussten wir uns mit Fisch und Gemüse begnügen. Aber es machte uns zumindest satt.

Nach einem großen Becher Wein machte ich mich auf zu Ali. Als ich wenig später auf sein Zelt zuging, begrüßte er mich freudestrahlend. »Jesco, ich bin froh, dass du einigermaßen unbeschadet bist. Ich habe dich bereits bei eurer Heimkehr gesehen und war erleichtert, dass ihr alle wohlauf seid.«

»Ja, aber einige hatten nicht unser Glück«, entgegnete ich.

»Ich weiß, ich habe ihre Wunden versorgt, manche waren schlimm zugerichtet. Aber nun lass mich nach dir sehen.«

Er nahm den Leinenstreifen ab, den ich mir selbst um den Kopf gebunden hatte. Ausgiebig betrachtete er meine Verletzung, dann schnalzte er mit der Zunge. »Es hat sich am Rand schon eine kleine Kruste gebildet, ein gutes Zeichen. Jedoch zum Nähen ist es zu spät, ich werde die Wunde säubern und ein Gemisch aus Minze und Akazie auftragen. Aber eine unschöne Narbe wirst du zum Andenken gewiss behalten.«

Ich tat gleichmütig und zuckte mit den Schultern. »Sei's drum, Hauptsache mein Auge hat nichts abbekommen.«

»Du wärst auch der erste Krieger ohne Narben«, scherzte Ali, dann tastete er meinen Unterarm vorsichtig ab. Ich verzog schmerzverzerrt mein Gesicht. Er forderte mich auf, verschiedene Bewegungen mit dem Arm zu vollführen, dann nickte er zufrieden. »Gut, der Arm ist nicht gebrochen, aber schone ihn die nächsten Tage und kühle die geschwollene Stelle mit kalten Umschlägen. Komm morgen wieder.»

Nachdem er mir den Kräuterbrei auf der Stirn aufgetragen hatte, verband er mir den Kopf mit einem sauberen Tuch. Ich bedankte mich bei ihm und beschloss in die Kirche zu gehen, um zu beten.

Die anschließende Stille im Gotteshaus tat mir gut. Die untergehende Sonne schickte ihr letztes Licht des Tages durch die spitzbogigen Fenster herein. Feiner Sandpuder kräuselte sich in den Sonnenstrahlen und ließ ihn wie Goldstaub erscheinen. Ich entzündete eine Kerze und dankte Gott, dass er seine schützende Hand über mich und meine Freunde gehalten hatte. Nach meinem Gebet blieb ich noch eine Zeit lang sitzen, nur um diesen friedvollen Moment in mich aufzunehmen. Nach dem grauenhaften Schlachtenlärm empfand ich die Ruhe in der Kirche als wohltuende und schützende Geborgenheit. Erst als die letzten Kerzen gelöscht wurden, erhob ich mich und ging.

Zuhause angekommen, fiel ich todmüde in mein Bett, die anderen schliefen bereits fest. Schnell verfiel auch ich in einen traumlosen und tiefen Schlaf.

Wie verabredet saß ich am nächsten Tag wieder in Alis Zelt. Er schien äußerst zufrieden mit dem Heilungsverlauf meiner

Wunde. Trotzdem beäugte er mich skeptisch, während er meinen Verband wechselte. »Du wirkst trübsinnig, bedrückt dich etwas?«

Ich hatte eigentlich kein Bedürfnis über meine Gedanken zu reden, deshalb druckste ich um eine Antwort herum.

»Es geht mir gut ...«

Alis skeptischer Miene konnte ich jedoch ansehen, dass meine Antwort nicht überzeugend war. »Jesco, manchmal hilft es zu reden. Es kann dein Gemüt wieder erhellen. Also, was bewegt dich?«

Er würde mir ohnehin keine Ruhe lassen, also suchte ich nach den richtigen Worten.

»Nun, ich weiß nicht, wie ich es erklären soll ... Ich war im Kampf über mich selbst erstaunt, wie leicht mir das Töten fiel. Es war wie ein Blutrausch, ich hatte es mir schwerer vorgestellt jemand zu töten. Bin ich jetzt ein gewissenloser Schlächter?«

Ali sah mich sanftmütig an. »Du bist nicht gewissenlos. Du hast zum ersten Mal in deinem Leben getötet. Das geht an keinem spurlos vorüber. Es war ein Kampf und du hast dich verteidigt. Und wenn das Töten dir leicht fiel, lag es daran, dass der menschliche Körper in Todesgefahr anders reagiert als üblicherweise. Erst danach kommt das schlechte Gewissen, das einen plagt.«

Ich ließ mir seine Worte durch den Kopf gehen. »Du magst recht haben, aber ein schlechtes Gewissen habe ich nicht, es waren nur Heiden!«

Ali richtete sich auf und sah mich ernst an. »Nur Heiden, aha, und das macht es für dich rechtens?«

»Natürlich, die Kirche lehrt uns, Ungläubige zu töten sei keine Sünde, es führt uns ins Paradies!«

Betroffen schüttelte Ali seinen Kopf und sah mir tief in die Augen. Sein Lächeln war einem traurigen Gesichtsausdruck gewichen. »Jesco, es sind Menschen wie du und ich. Auch sie haben eine Seele, gleich welcher Religion sie angehören. Sie kämpfen genau wie du für ihren Glauben.«

»Pah, es sind gottlose Heiden ohne Seele. Wir werden sie aus dem Heiligen Land vertreiben wie räudige Köter!«, widersprach ich ihm aufbrausend, doch Ali schien davon unbeeindruckt und sprach besonnen weiter.

»Es gibt so viele verschiedene Religionen auf dieser Welt, wer kann schon behaupten, welcher der einzig wahre Glauben ist? Ich glaube an Allah, bin ich also auch ein Heide für dich? Dann müsstest du auch mich töten.«

Ich blickte Ali entgeistert an und wusste keine Antwort. Er hatte mich mit seinen Worten in die Enge getrieben. Ich sah beschämt zu Boden, während Ali weitersprach.

»Ich bin ein Heiler, Jesco. Ich helfe jedem, egal welchen Glaubens er ist. Wenn alle Menschen so denken würden, gäbe es keine Kriege. Lebe deinen Glauben, aber sei nicht blind vor Hass. Denke über meine Worte nach.«

»Wenn ich mal Zeit dazu finde!«, schnaubte ich verständnislos, dann stand ich auf und ging grußlos. Beleidigt stapfte ich nach Hause. Wie konnte er so etwas nur behaupten, es gab für mich nur einen Gott – unseren Gott!

Ich verdrängte Alis Worte, sollte er doch glauben was er wollte.

Unser Gespräch behielt ich allerdings für mich.

In den Wochen danach wurden die Patrouillenritte verstärkt, man wollte dadurch verhindern, von Sarazenenangriffen erneut überrascht zu werden. Auch die Handelskarawanen und Pilgerrouten wurden besser bewacht, was zum größten Teil die Ritter des Tempels übernahmen. Die Ungläubigen hatten aus ihrer empfindlichen Niederlage wohl gelernt, denn es blieb weitestgehend ruhig. Dennoch war die Wachsamkeit eines jeden erhöht.

Meine Wunde war gut verheilt. Eine Narbe auf meiner linken Stirnseite, die meine Augenbraue in der Mitte teilte, blieb allerdings zurück. Dies störte mich jedoch nur wenig, zumal mir mancher jetzt mit mehr Respekt entgegentrat, da ich dadurch wohl verwegener aussah.

Es gab unter den Rittern ohnehin nur wenige, die narbenlos waren. Einige hatten weniger Glück, manchen fehlten nach einer Schlacht ganze Gliedmaßen und sie blieben ihr restliches Leben verkrüppelt. Ich hoffte inständig, dass mir so etwas erspart bleiben möge.

Im Spätsommer begleiteten wir als Geleitschutz eine Händlerfamilie nach Jericho. Es war eine italienische Großfamilie, mit einem Großvater, seinen Enkeln, Männern und Frauen.

Borchwei, ich und noch sechs weitere Ritter, waren dazu eingeteilt worden, sie sicher an ihr Ziel zu bringen.

Am Abend wurde ein Nachtlager aufgeschlagen, wir saßen alle gemeinsam an einem kleinen Feuer. Die Kinder spielten fröhlich miteinander, während die restlichen Familienmitglieder das Essen vorbereiteten. Ich mochte das sonnige Gemüt dieser Leute und bewunderte die Leichtigkeit, mit der sie ihr Leben meisterten. Selbst beim Essen wurde pausenlos geschnattert und gelacht. Ich sog diese ausgelassene und heitere Atmosphäre in mich auf. Ein Familienleben hatte ich ja nie kennengelernt. Erst jetzt begriff ich, wie schön solch ein Gefühl der familiären Geborgenheit doch sein musste.

Nach dem Essen sang die junge Mutter der Kinder noch ein italienisches Volkslied für uns, sie trug es warmherzig und leidenschaftlich vor. Ihr Lächeln und ihr Körper gefielen mir, weitere Gedanken verbot ich mir, denn sie war verheiratet. Dennoch war meine Fleischeslust geweckt, je länger ich sie beobachtete. Ich trank noch zwei Becher italienischen Wein, um mich abzulenken. Da ich keinerlei Müdigkeit verspürte, übernahm ich freiwillig einen Teil der Nachtwache.

Am nächsten Tag zogen wir weiter. Ich genoss die gemeinsame Zeit mit diesen lieben Menschen. Umso schwerer fiel mir der Abschied von ihnen, als wir Jericho erreichten. Die junge Mutter winkte mir noch einmal lächelnd zu, dann trennten sich unsere Wege. Wir blieben noch eine Nacht in einer Herberge und stärkten uns, bevor wir uns am nächsten Tag wieder auf den Heimweg machten.

Nach der netten Gesellschaft der unbeschwerten Italiener machte es uns ein wenig bedrückt, jetzt wieder allein unter Rittern zu sein. Unsere Stimmung wurde durch die Eintönigkeit der steinigen Wüstenlandschaft nicht gerade besser.

Einzig die Begegnung mit einer Kamelkarawane sorgte für willkommene Abwechslung. Wir bewunderten die gewebten Teppiche, die die Händler mit sich führten und unterhielten uns kurz mit den vier Ordensrittern, die in ihrer Begleitung waren. Da es bereits dämmerte, zogen wir danach zügig weiter, um vor Einbruch der Nacht zu Hause zu sein. An einem Wasserloch tränkten wir die Pferde, bevor wir den letzten Rest der Strecke zurücklegten.

Ich hatte zu Borchwei aufgeschlossen und ritt schweigend neben ihm. Ich wusste nicht was mich bewog, als ich Borchwei unverblümt eine Frage stellte. »Was hat es eigentlich mit dir und Shamsa auf sich?«

Borchwei runzelte verblüfft seine Stirn und sah mich seufzend an. »Wundert mich, dass du mir diese Frage erst jetzt stellst, bei deiner Neugier!« Ich räusperte mich ein wenig verlegen, es lag mir fern ihn auszufragen, dennoch hätte ich es gerne gewusst.

»Verzeih, es geht mich ja auch nichts an.«

Borchwei schwieg zunächst, und als ich schon dachte, ich bekäme keine Antwort, sprach er plötzlich.

»Ich habe Shamsa vor langer Zeit einmal das Leben gerettet. Unsere Wege trennten sich danach aber nicht. Aus ihrer Dankbarkeit wurde Zuneigung, gegenseitige Zuneigung. Wir kamen uns immer näher. Ich wollte für ihren Lebensunterhalt aufkommen, doch sie weigerte sich, ihr Stolz ließ es nicht zu. Sie sorgte für sich selbst, auf welche Art, weißt du ja.«

Ich war beschämt, ihm meine Frage gestellt zu haben. Doch Borchwei sprach offen weiter. »Anfangs hatte ich Probleme damit, ich zog mich von ihr zurück. Eine lange Zeit sahen wir uns nicht mehr. Doch unsere Zuneigung war zu tief und so fanden wir wieder zueinander. Sie ist die faszinierendste Frau, die ich je kennenlernte. Unsere beiden Seelen sind wie zwei Bäche, die aufeinander treffen und dann als Fluss gemeinsam weiterfließen.«

Seine Worte hinterließen tiefen Eindruck bei mir. Wir schwiegen wieder eine Weile, bis ich ihm erneut eine Frage stellte.

»Und warum hast du mich damals zu ihr geschickt ...?«

»Ich habe es in Shamsas Hände gelegt, weil ich wollte, dass du lernst eine Frau zu respektieren, körperlich wie geistig«, er schmunzelte, »und da Faizah oft nach dir fragt, beweist es mir, dass es die richtige Entscheidung war.«

Er wischte sich mit einem Tuch den Schweiß vom Gesicht. »Es ist nicht nur die Fleischeslust, es ist Shamsas Geist und meiner, die sich vereint haben.« Als hätte er meine fragenden Gedanken erraten, fuhr er fort. »Wenn sie und ich nicht anderen Glaubens wären, ich hätte sie geheiratet, trotz aller Widrigkeiten und Anfeindungen von außen. Und bevor du weiter fragst: Ja, ich liebe sie!«

Soviel Offenheit hatte ich nicht erwartet. Mir imponierte die Bestimmtheit seiner Worte, aber vor allem sein Mut, denn für die Kirche war die Liebe zu einer Ungläubigen Sünde. Ich sprach ihn darauf an, sein Gesichtsausdruck verfinsterte sich.

»Die Kirche erzählt und verbietet uns vieles. Was wird wohl eines Tages lauter zu hören sein, die Stimme der Macht und Politik, oder die Stimme Gottes?«

Er sprach es nicht verächtlich aus, vielmehr bestachen seine Worte durch eine Klarheit, die auch mir zu denken gab. Borchwei nahm einen Schluck aus seinem Wasserschlauch und reichte ihn mir rüber.

»Wir kämpfen und sterben für den Klerus, während ihre Bäuche immer praller und ihre Schatztruhen immer voller werden. Meine Liebe zu Shamsa wird mir keine Kirche dieser Welt verbieten!«

Ich war sprachlos und verblüfft über seine Worte, wagte aber nicht zu widersprechen. Er sah mir meine Zweifel wohl an, sein Blick war nach vorne gerichtet, als er weitersprach.

»Weißt du, wie oft ich Gottesglauben in den Augen von gewissenlosen Mördern gesehen habe? Ich glaube fest an Gott, aber schon lange nicht mehr an die Kirche!«

Ich glaubte seine Sicht auf die Dinge zu verstehen, wollte aber seine Überzeugung nicht teilen. War doch die Kirche immer ein Teil meines Lebens gewesen. Ich wollte mir darüber auch keine Gedanken mehr machen, dennoch hatte mein Bild von der Unerschütterlichkeit der Kirche kleine Risse bekommen.

Wochen später erfuhr ich durch Zufall von einem unserer Kundschafter, dass unsere italienische Familie auf ihrer Weiterreise von Seldschuken überfallen wurde. Trotz einer Schutzeskorte hatten die Heiden alle getötet, selbst die wehrlosen Kinder und Alten.

Meine Wut auf die Heiden verwandelte sich in glühenden Hass, der in den darauffolgenden Jahren noch eine blutige Spur hinterlassen sollte.

Jerusalem 1123

»Bero, bist du dir sicher?« Ich stutzte mir gerade meinen Bart am Brunnen, als Bero unerwartet auftauchte und mir die schlechte Nachricht mitteilte.

»So sicher, wie man sich nur sein kann! Ich habe es soeben von Arnaud erfahren.«

Arnaud war ein junger Hauptmann der Normannen, wir hatten ihn im Sommer kennengelernt, er war verlässlich. Ich starrte Bero immer noch fassungslos an. »Verflucht, wie konnte das nur geschehen?«

Bero zuckte nur mit seinen Schultern. »König Balduin war mit großem Gefolge unterwegs, keiner weiß genau, wie es dazu kam. Vielleicht Verrat, jedenfalls haben die Heiden ihn gefangengenommen. Mehr weiß ich auch nicht.«

Unser König in Gefangenschaft, es war für mich immer unvorstellbar gewesen, dass so etwas geschehen konnte. Balduin war für uns eine leuchtende Gestalt, unangreifbar und unverletzlich, so jedenfalls schien es mir.

Die Nachricht würde sich in Jerusalem verbreiten wie ein Lauffeuer, wohl bald auch im ganzen Heiligen Land. »Ich gehe zu Borchwei, ich will Näheres wissen. Kommst du mit?«

Bero strich sich nachdenklich mit der Hand über seinen Vollbart und schüttelte dann den Kopf. »Nein, ich denke er hat jetzt genug um die Ohren, geh besser allein.«

Ich nickte ihm zu und machte mich auf den Weg. Unterwegs sah ich in ratlose und besorgte Gesichter, schon jetzt eilten die ersten Gerüchte durch die Straßen.

Als ich in Borchweis Stube trat, stützte er sich nachdenklich mit den Armen auf dem Tisch auf. Tiefe Sorgenfalten kräuselten sich auf seiner Stirn. »Borchwei, ist es wahr?«

Er fuhr hoch, schlug mit beiden Fäusten auf die Tischplatte und sah mich finster an. »Ja, leider. Dieser verdammte Narr, wir hatten ihn noch gewarnt, er solle mehr Männer mitnehmen!«

»Und wo ist er jetzt?«

»In der Nähe von Edessa, in Gefangenschaft. Sie haben Boten zu unserem Patriarchen entsendet um zu verhandeln. Wir können nur abwarten.«

Ich wollte nicht tatenlos warten, Geduld war nie eine meiner Stärken gewesen. »Können wir denn gar nichts tun, um ihn zu befreien?«

»Wenn wir jetzt unüberlegt handeln, gefährden wir nur das Leben des Königs. Wir können nur eines tun, geduldig sein.«

Seine Miene verdüsterte sich zusehends, als er weitersprach.

»Es ist gut möglich, dass wir uns auf einen großen Krieg vorbereiten müssen – den vielleicht größten, den du je erlebt hast!«

In Jerusalem machte sich in den Tagen danach hektische Unruhe breit. Die Gefangennahme König Balduins war ein empfindlicher Schlag gegen die christliche Vorherrschaft und die Kreuzfahrerfürsten wollten diese Scharte schnellstens auswetzen. Man war für alle Fälle vorbereitet, das Heer war in ständiger Kriegsbereitschaft und Boten wurden in alle Kreuzfahrerstaaten entsendet.

Schon bald erhielten wir Nachricht, dass es dem König gut ging. Den Berichten zufolge, wurde er wohl behandelt wie ein

Gast. Die Verhandlungen zogen sich jedoch über Wochen, bald Monate hin. Täglich wurde in den Kirchen für den König gebetet. Der Papst in Rom ließ zur Unterstützung eine venezianische Flotte mit Kriegern ins Heilige Land auslaufen. Der Patriarch von Jerusalem hielt die Bevölkerung an, zu fasten und um Vergebung ihrer Sünden zu beten. Ich hatte jedoch meine Zweifel, ob das dem König zur Freiheit verhelfen würde.

Gilbert hatte einen langen Brief an seine Familie in Sizilien geschrieben, es konnte nicht schaden, von den sizilianischen Normannen unterstützt zu werden. Borchwei jedoch schätzte die Chance, von den Sizilianern Hilfe zu erlangen, eher als gering ein, denn zu oft hatte es in der Vergangenheit Zwistigkeiten zwischen Balduin und den süditalienischen Normannen gegeben.

Unterdessen stritten sich die Kreuzfahrerfürsten um Territorialzuweisungen und Steuerabgaben, einige von ihnen wollten die Abwesenheit des Königs für ihren politischen Vorteil nutzen. Die Ränkespiele der Mächtigen verunsicherten die christlichen Einwohner noch zusätzlich. So blieb uns nichts anderes übrig, als zu warten und zu beten. Doch es sollten noch viele Wochen der Ungewissheit vergehen.

Die Narbe an meiner Stirn machte sich an manchen Tagen unangenehm bemerkbar, meistens in kühlen Nächten oder bei Regen. Es war nicht schmerzhaft, eher ein lästiges Pochen, das mir aber oft starke Kopfschmerzen bereitete. Auch Gilbert hatte inzwischen eine lange Narbe im Gesicht, sie zog sich von seinem rechten Ohr quer über seine Wange. Ein Andenken an ein kleines Gefecht, als wir eine Karawane begleiteten. Mit den Angreifern hatten wir kein Erbarmen, wir töteten die Ungläubigen in einem kurzen Kampf.

Die Narbe tat seinem guten Aussehen jedoch keinen Abbruch, was seine vielen Frauenabenteuer stets bewiesen. Etwas weniger Glück beim weiblichen Geschlecht hatte Bero, was ihn aber nicht daran hinderte, jeglichem Weiberrock hinterherzurennen. Seine Liebesmüh trug leider keine Früchte, was er vermutlich seiner aufbrausenden Art zu verdanken hatte. Und was mich betraf, so war ich mit meiner Ausbeute ganz zufrieden. Dem Pfad der Liebe blieb mein Geist jedoch fern.

An einem heißen Nachmittag saßen Gilbert und ich im Schatten eines Olivenbaums. Er streckte seine Beine von sich und stöhnte. »Es sind jetzt schon Monate, die der König in Gefangenschaft ist, es ist wirklich zermürbend.«

»Das ist es in der Tat. In Aleppo haben sich die Seldschuken in großer Schar gesammelt, und wir können rein gar nichts dagegen tun, solange sie Balduin haben«, ärgerte ich mich.

»Verfluchte Bastarde!«, stieß Gilbert hervor und spuckte in den Sand. Ich nickte nur grimmig, je mehr ich darüber nachdachte, umso wütender wurde ich. Also schwieg ich, denn ich hatte mich in den letzten Tagen oft genug in Rage geredet. Von Tag zu Tag wuchs unser Unmut, denn wir waren zur Tatenlosigkeit verdammt. Vor ein paar Wochen waren wir mit achtzig Rittern nach Askalon aufgebrochen, es hatte dort vermehrt Überfälle von Sarazenen gegeben. Die Mächtigen wollten eine Instabilität im Süden des Heiligen Landes unter allen Umständen vermeiden. Vielmehr konzentrierte man sich auf den Norden, wo der König in Gefangenschaft saß.

Als wir in Askalon eintrafen, hatten sich die Heiden jedoch schon wieder zurückgezogen. Wir blieben einige Tage, um das Grenzgebiet zu sichern, ließen fünfzig Mann dort und ritten dann unverrichteter Dinge wieder zurück. Dies war unsere einzige Abwechslung gewesen, seither waren unsere Tage wieder von trister Eintönigkeit geprägt.

Da wir keine Aufgabe hatten, langweilten wir uns. Was uns fehlte, war der Kampf und das Abenteuer. Doch schon bald sollte uns mehr davon zuteilwerden, als uns lieb gewesen wäre.

Gegen Ende des Sommers erfuhren wir, dass König Balduin für seine Freilassung hochrangige Geiseln angeboten hatte, darunter auch seine vierjährige Tochter. Die Venezianer stellten zusätzliche Lösegelder zur Verfügung und erneut begann ein zähes Verhandeln. Wieder vergingen endlose Wochen des Wartens.

Im Herbst kam dann endlich die Nachricht, auf die wir so lange gehofft hatten - der König kam frei. Man beschloss, Balduin mit dreihundert Rittern in Edessa abzuholen und nach Jerusalem zu geleiten, ich war nicht darunter.

Zwei Wochen später traf der König in Jerusalem ein. Es war ein rauschender Empfang. Die Stadt verwandelte sich bei seiner Ankunft in ein Blumenmeer, über dem sämtliche Kirchenglocken läuteten. Unzählige Menschen säumten die Straßen, um den König willkommen zu heißen. Als wäre ein Schleier der Glückseligkeit über der Stadt ausgebreitet worden, erwachte Jerusalem wieder zu neuem Leben.

Die Menschen liebten Balduin II., denn er war ein gerechter und umsichtiger Herrscher und so wurde seine Heimkehr zwei Tage lang gefeiert. Über diese zwei Tage kann ich leider nur wenig berichten, da ich aufgrund des übermäßigen Weingenusses ganz einfach nichts mehr davon weiß. Auch Gilbert und Bero erging es nicht besser. Selbst Borchwei hatte sich nicht zurückgehalten, was unübersehbar an seinen dunklen Augenrändern zu erkennen war. Man kann mit Fug und Recht behaupten, dass in diesen Tagen unser ritterliches Benehmen deutlich zu wünschen übrig ließ. Als wir wieder klar denken und selbstständig stehen konnten, schnitten wir unsere Bärte auf angemessene Länge. Uns allen war bewusst, dass unsere Tage jetzt wieder anders verlaufen würden, denn die Gefangennahme Balduins würde mit Sicherheit Konsequenzen nach sich ziehen. Nur welche, wussten wir noch nicht.

König Balduin gönnte sich ein paar Tage der Ruhe und des Nachdenkens, dann rief er seinen engsten Kriegsrat zusammen. Auch Borchwei nahm daran teil und wir warteten ungeduldig auf seine Nachricht.

Am frühen Abend ließ er alle Garnisonsritter im Speisesaal zusammenrufen. Der Saal war zum Bersten gefüllt und die Luft stickig. Alle Ritter standen, die Stimmung unter den Männern war aufgeheizt. Es wurde heftig darüber diskutiert, wie nun am besten vorzugehen sei. Hier und da flammten bereits Streitigkeiten auf, die immer lauter wurden. Den meisten war die Wut gegenüber den Heiden deutlich ins Gesicht geschrieben. Nur einige Wenige behielten einen kühlen Kopf und versuchten zwischen den Parteien zu vermitteln. Ich hielt mich mit meiner Meinung zurück, da ich zu wenig Kenntnis von der Lage hatte. Die Ritter wurden nun immer ungeduldiger und wollten endlich Antworten auf ihre Fragen. Ich war froh, als Borchwei endlich erschien.

Er betrat mit schnellen Schritten den Raum und bat um Ruhe. Sofort drehten sich alle zu ihm um, denn jeder wollte hören, was er zu berichten hatte. Borchweis Blick schweifte über die Männer hinweg und blieb an einigen Kriegern hängen, die er näher kannte. Dann dröhnte seine Stimme tief und laut durch den Saal. »Männer, Balduin hat eine Entscheidung getroffen. Der König brennt auf Vergeltung. Wir ziehen in den Krieg und werden im Norden Aleppo angreifen!«

Die Männer brüllten ihre Begeisterung heraus, aber ich sah auch einige skeptische Mienen. Borchwei verschaffte sich erneut Gehör. »Es bleiben uns drei Wochen für die Vorbereitungen. Der König drängt zur Eile, denn er will die Geiseln freikaufen, doch dazu benötigt er Kriegsbeute. Mit Rittern aus den anderen Kreuzfahrerstaaten werden wir ein Heer von dreitausend Mann sein.«

Ein Raunen ging durch die Männer. Denjenigen, die gerade eben noch begeistert wirkten, sah man nun ihre Verunsicherung an. Wenn unser Heer dreitausend Mann zählte, dann musste die Anzahl der Feinde ebenso gewaltig sein. Die ersten Zweifler erhoben jetzt ihre Stimme und es wurde wild durcheinander geredet. Borchwei versuchte die Männer zu beschwichtigen. »Ich kann euch verstehen, keiner weiß die genaue Anzahl des Gegners. Die Seldschuken rotten sich vor Aleppo zusammen und täglich werden es mehr. Ihr Anführer Bursuqi vereint die Stämme und auch deshalb mahnt der König zur Eile.«

Gilbert sprach mehr an sich selbst gewandt, als zu Bero und mir: »Dreitausend Mann, das wird wahrlich ein Krieg. Gott stehe uns bei!«

»Mir soll es recht sein, je mehr wir von diesen Hurensöhnen erledigen, umso besser ist es«, entgegnete ich ihm.

Borchwei ergriff noch einmal des Wort. »Und noch etwas, der König zieht mit in den Kampf!« Das hörten die Männer gern und tosender Jubel brach aus. Balduin galt bei Kriegsschlachten als kluger Stratege und leidenschaftlicher Anführer. Der Kampfgeist der Männer war nun endgültig entfacht, und genau das war Borchweis Absicht gewesen.

Nach der Versammlung diskutierte Borchwei noch mit einigen Rittern, danach gesellte er sich zu uns, wobei er meine Freunde und mich etwas beiseite zog. Er wirkte angespannt und sprach so leise, dass es keiner der anderen hören konnte.

»Ich bin mir noch unschlüssig, was ich von dem Ganzen halten soll. Aleppo ist ein Bollwerk, riesige Mauern thronen auf einem hohen, steilen Felskegel. Die Festung ist nahezu uneinnehmbar.«

»Wir haben bisher noch jede Festung eingenommen, die wir belagert haben. Auch Aleppo wird fallen, denn Gott ist mit uns«, antwortete ich ihm voller Zuversicht, vielleicht auch etwas zu voreingenommen.

»Jesco, immer nur auf Gott zu vertrauen wird nicht reichen. Wenn wir diesen Krieg verlieren, dann laufen wir Gefahr, das gesamte Heilige Land zu verlieren!«, entgegnete Borchwei scharf.

Jetzt mischte sich auch Bero ein und wischte sämtliche Bedenken beiseite. »Ich vertraue auf Balduins Kriegslist, die hat er schon des öfteren bewiesen, er wird uns auch diesmal zum Sieg führen!«

Borchweis Blick war unergründlich ins Leere gerichtet. »Das hoffe ich ... das hoffe ich!«

Drei Wochen später standen große Holzkarren mit Proviant und Wasser beladen vor der Stadtmauer. Dichter Staub erschwerte die Sicht, sodass man nur die Umrisse der vielen Reiter erkennen konnte. Hunderte von Pferden wirbelten den Sand auf, die Sonne drang nur leicht durch den braunen Dunst. Aus Jerusalem waren eintausendfünfhundert Krieger bereit, in den Krieg zu ziehen. Die restliche Streitmacht würde unterwegs zu uns stoßen, die meisten aus Antiochia.

Tagelang wurden die Ritter in den Kirchen gesegnet und ihnen der Erlass ihrer Sünden versprochen. Auch jetzt standen Dutzende von Priestern zwischen den Männern und sprachen ihnen ihren Segen aus. Selbst der Legat des Patriarchen zog mit in die Schlacht, er trug ein Kettenhemd und eine Holzkeule steckte an seinem Gürtel. Als Mann der Kirche durfte er keine Hieb- oder Stichwaffe benutzen, um kein Blut zu vergießen. Nur mit einer Keule durfte er seine Gegner erschlagen. Ich empfand manche Kirchengesetze schon damals als sehr befremdlich.

Ein großes, schweres Holzkreuz, das mit Gold überzogen war, wurde auf einem Holzkarren aufgestellt und mit Seilen festgezurrt. Im Inneren dieses Kreuzes befand sich die heiligste Reliquie der Christenheit, ein Holzsplitter vom Kreuze Jesu.

Die meisten in unserem Heer waren fest davon überzeugt, mit diesem Kreuz unbesiegbar zu sein. Auch ich neigte dazu, daran zu glauben, aber noch mehr vertraute ich auf die Schärfe meines Schwertes.

Ich streichelte Ashir am Hals, mein treues Tier und ich hatten schon so manchen Kampf überstanden. Er hatte, wie ich auch, einige neue Narben hinzubekommen, doch Alis Wundersalbe hatte auch Ashir geholfen. Ich saß auf und schaute mich suchend nach meinen Gefährten um.

Bero und mir hatte man zwei Dutzend junge Krieger zugewiesen, einige von ihnen ritten zum ersten Mal in den Kampf. Als ich nach kurzem Suchen meine Jungritter fand, verneigten sie sich kurz ehrerbietig vor mir. Ich nickte ihnen freundlich zu und versuchte Optimismus zu verbreiten. Als ich allerdings in ihre bangen Mienen sah, wusste ich, dass es mir misslungen war.

Borchwei hatte die Nacht bei Shamsa verbracht, er kam aus der Richtung ihres Zeltes galoppiert. Als er mich sah, ritt er auf mich zu. Er zügelte sein Pferd vor mir, wir sahen uns an und nickten nur, wir brauchten keine Worte. Dann ritt er vor zur Heeresspitze.

Kurz danach brandete Jubel auf, der König war erschienen. Er war voll gerüstet und ließ sein Pferd kriegerisch aufbäumen. Die Krieger reckten ihre Fäuste nach oben und huldigten ihm, indem sie seinen Namen riefen. Balduin zog sein Schwert und hielt es triumphierend in die Höhe. Er wusste, wie er Krieger beeindrucken konnte und mit ihnen umzugehen hatte - war er doch selbst einer.

Gilbert und Bero waren inzwischen auch eingetroffen, sie waren voller Tatendrang und saßen gut gelaunt und siegessicher auf ihren Pferden, wohl auch um die Jüngeren zu beeindrucken. Mit einem Augenzwinkern sah Bero zu ihnen rüber.

»Euch sabbert ja noch die Muttermilch aus dem Mund.« Er lachte verwegen über seine eigenen Worte und schlug mir kräftig auf die Schulter. »Jetzt geht's Köpfe einschlagen!«

Die jungen Ritter sahen uns an, als wären wir geisteskrank, während Gilbert sein Pferd langsam an uns vorbei lenkte und grinste. »Nun, dann wollen wir die Heiden nicht länger auf uns warten lassen!«, was Bero ein boshaftes Grinsen ins Gesicht zauberte. »Ich bin mir sicher, sie werden bereits auf uns warten. Und ich denke, sie werden uns einen netten Empfang bereiten.«

Ich schnalzte mit der Zunge und folgte Gilbert. »Dann sollten wir unsere Gastgeber nicht enttäuschen, deshalb haben wir Geschenke dabei!« Dabei tätschelte ich liebevoll den Griff meines Schwertes. Es waren die üblichen Wortgeplänkel, wenn wir in eine Schlacht zogen. Auf diese Weise spornten wir uns gegenseitig an, zugleich untermauerte es unsere Siegesgewissheit.

Überall wurden jetzt laute Befehle gerufen, die Marschordnung wurde nach und nach eingenommen; der Heerwurm setzte sich langsam in Bewegung. Zwischen unzähligen Lanzen flatterten Fahnen und Banner im Wind, deren Wappen man durch die schlechte Sicht aber nur unscharf erkennen konnte. Die Tempelritter bildeten die Nachhut, wir ritten in der Mitte hinter den Normannen.

Von den Mauern wurde uns ein letztes Mal zugejubelt. Mir wurde bewusst, dass wir für die Hoffnung und Zukunft dieser Menschen in den Kampf zogen. Bei einer Niederlage wäre das Heilige Land für die Christen so gut wie verloren, wir waren zum Siegen verdammt. Und wie so oft, sah ich noch ein letztes Mal hoch zur gewölbten Kuppel des Felsendoms. Doch in dem undurchdringlichen Staubdunst konnte ich sie diesmal nicht sehen. Ich wertete dies aber nicht als schlechtes Zeichen, sondern musste stattdessen an die Worte eines alten Kriegers denken: »Im Krieg gibt es nur ein Gesetz, entweder du überlebst oder du stirbst!«

Bis nach Aleppo waren es ungefähr fünfzehn Tagesritte, unterwegs stießen von Caesarea und Tripolis immer wieder zusätzliche Truppen zu uns. Mit jetzt über zweitausend Mann zog unser gewaltiges Heer unaufhaltsam in den Norden.

Tagsüber brannte die Sonne auf uns und in den Nächten wurde es kalt. Von stärkeren Regenfällen blieben wir verschont. Immer wieder wurde unsere Nachhut von kleineren Seldschukenhorden mit Pfeilen beschossen, was aber ohne Wirkung blieb. Sie wollten uns mit diesen kleinen Attacken zermürben, scheiterten aber damit.

Je näher wir Aleppo kamen, desto öfter sichteten wir feindliche Spähertrupps in großer Entfernung. Auch unsere eigenen Kundschafter brachten laufend neue Berichte und informierten uns über die feindlichen Bewegungen. Das Heer aus Antiochia würde erst kurz vor Aleppo zu uns stoßen, man sprach von weiteren eintausend Rittern.

Plünderungen von Dörfern hatte der König unter schwere Strafe gestellt, wir ernährten uns von Trockenfleisch und Brot. Manchmal kauften wir auch den Bauern Vieh und Eier ab, doch die Preise waren so unverschämt, dass wir bald davon Abstand nahmen.

Wir waren noch einen Tagesritt von Aleppo entfernt, als die Männer begannen, die kleinen Katapulte zusammenzubauen. Die Formation des Heeres wurde geändert, die Tempelritter bildeten jetzt die Spitze, der König mit seiner Eskorte wurde in die Mitte genommen und die Flanken besonders gesichert.

Gegen Mittag war am Horizont eine riesige Staubwolke zu sehen, das Heer aus Antiochia kam uns entgegen. Als sie später bei uns eintrafen, waren wir überwältigt. Wir zählten jetzt an die dreitausend Mann - noch nie zuvor hatte ich eine so gewaltige Streitmacht gesehen. Angesichts dieses großen Heeres war die Stimmung unter den Kriegern siegessicher.

Am frühen Abend überwanden wir schließlich den letzten Hügelkamm und sahen zum ersten Mal die Festung von Aleppo. Ich war äußerst beeindruckt von diesem gewaltigen Bollwerk. »Borchwei hatte recht, wie sollen wir diese Mauern je überwinden?«

Auch Gilbert und Bero schüttelten ungläubig ihre Köpfe. Die Burg mit ihren gewaltigen Türmen und Mauern lag auf einem glatten, hohen und steilen Felskegel. Es war fast unmöglich, überhaupt nur in die Nähe der Mauern zu gelangen.

Die jungen Ritter, die uns unterstellt waren, sahen sich gegenseitig verunsichert an. Ich versuchte, sie mit einem schiefen Lächeln aufzumuntern, was mir abermals gehörig misslang. Bero goss noch zusätzlich Öl ins Feuer. »Diese Festung anzugreifen ist der reinste Selbstmord!«

In seiner Stimme schwang Resignation mit. Im ganzen Heer machte sich Ernüchterung breit. Die vor Tagen noch so optimistische Stimmung war plötzlich wie weggeblasen.

Der König befahl, außerhalb der Reichweite der feindlichen Geschütze einen Belagerungsring um den Bergkegel zu ziehen.

Unter wüsten Verwünschungen und Beschimpfungen der Besatzer bauten wir unsere Zelte auf. Vor dem langen, steilen Zugang zum Tor der Burg wurde ein Palisadenzaun errichtet, als Schutzwall vor Ausfällen der Belagerten. Während der Arbeiten wurde kein einziger Pfeil auf uns geschossen. Ich vermutete, dass die Besatzungsmacht ihre Pfeile lieber für unsere Angriffe aufsparte, als sie jetzt schon sinnlos ins Leere zu schießen.

Spät in der Nacht war die Festung ringsherum von uns umschlossen. Fackeln und Feuer wurden auf beiden Seiten entzündet, um den Feind auch in der Nacht unter Beobachtung zu haben.

Gilbert, Bero und mir diente ein Leinensegel als Unterschlupf. Wir bereiteten unsere Waffen vor und gingen dann zu einem Sammelpunkt, den ein großes Feuer markierte. Dort trafen wir auch Borchwei. Er kam gerade von einer Beratung der Heerführer, die im Zelt des Königs stattgefunden hatte. Seine besorgte Miene verhieß jedoch nichts Gutes.

»Der König ist fest entschlossen, wir greifen morgen an. Ein Scheinangriff auf das Burgtor soll sie ablenken, während wir im Süden die Mauern stürmen!«

Ich hatte meine Zweifel an dem Vorhaben, auch Borchwei schien mir skeptisch zu sein. Also sprach ich offen aus, was sowieso alle dachten. »Borchwei, du weißt so gut wie ich, dass wir diese Mauern nicht überwinden werden, die Männer werden schon auf dem steilen Felshang getötet!«

»Ich teile Jescos Meinung, es scheint mir aussichtslos«, warf auch Bero seine Bedenken ein. Gilbert brummte nur zustimmend. Borchwei widersprach uns nicht, aber seine Augen spiegelten seinen inneren Zwiespalt wider. Ich kannte ihn schon lange genug, um seine Gedanken zu erraten. Er schätzte die Sachlage ähnlich ein wie wir. Aber er war dem Befehl des Königs unterstellt und musste sich diesem fügen, ob er wollte oder nicht. »Die gleichen Bedenken äußerten wir Heerführer auch, aber der König beharrt auf seinem Plan. Er ist klug und kriegserfahren, also wird er sich schon etwas dabei gedacht haben ... glaube ich.«

Borchweis Worte klangen schon mal überzeugender, aber wir hatten keine Wahl, König Balduin hatte entschieden. Gemeinsam tranken wir noch einen Krug Wein, an viel Schlaf war sowieso nicht zu denken. Die Heiden konnten jederzeit einen Ausfallangriff wagen, daher blieben wir die ganze Nacht wachsam und ich verfiel nur kurz in einen Schlummer.

Die Nacht war klar und mild, nur ab und zu verdeckten kleine Wölkchen den Vollmond. Ich sah nach Ashir, die Pferde waren nur unweit hinter dem Belagerungsring untergebracht. Er stupste mich mit seiner Schnauze freudig an, wenigstens würde er in Sicherheit sein. Pferde wären bei den Angriffen nutzlos gewesen, zu steil war der Burgwall.

Beim ersten Sonnenstrahl nahmen wir ein karges Frühstück zu uns, Brot und verdünnten Wein. Danach wurden unsere Katapulte ausgerichtet, wir rüsteten uns und erwarteten unsere Befehle. Die jungen Ritter wirkten mutig und tapfer, was kein Wunder war, sie mussten auch nicht Mann gegen Mann kämpfen, sondern gegen Mauern anrennen!

Drei Ritter unserer Garnison ritten an diesem Morgen mit weißem Friedensbanner langsam auf das Burgtor zu. Es war ein letzter Versuch, die Belagerten zur Aufgabe zu bewegen. Die Wehrmauern waren dicht besetzt von Ungläubigen, die jetzt wüste Schmählaute zu uns herunterriefen. Die drei Reiter hatten gerade den Fuß des Toraufgangs erreicht, da flogen die Pfeile auf sie herab. Zwei fielen tödlich getroffen von ihren Pferden, der dritte konnte gerade noch entkommen. Angesichts dieses frevelhaften Verhaltens, schrien nun wir empört die übelsten Beschimpfungen gegen die Heiden.

Die Katapulte wurden mit Steinen beladen, unsere Krieger gingen in Stellung. Die Normannen sollten den Scheinangriff auf das Tor unternehmen. Wir Ritter der Garnison bewegten uns hinter einem Hügel unauffällig zur hinteren Seite der Festung, um dort gleichzeitig anzugreifen.

Ein letztes Mal wurde es still, die übliche trügerische Ruhe vor dem Angriff. Aus unseren Reihen ertönten laute Hornsignale, dann brach die Hölle aus! Die Katapulte schossen ihre Steine gegen die Mauern, aus unseren Reihen erklang wütendes Kriegsgebrüll. Die Normannen, mit ihren Schilden über den

Köpfen, rannten unerschrocken auf das Burgtor zu. Die Heiden gossen brennendes Öl von den Zinnen herab, hunderte Pfeile surrten durch die Luft.

Ohrenbetäubender Lärm begleitete uns, als wir die Rückseite der Burg erreichten. In regelmäßigen Abständen hörten wir das dumpfe Aufprallen der Steingeschosse, wenn sie gegen die vorderen Mauern krachten. Es wurden lange, leiterähnliche Gestänge auf die steile Felsrampe gelegt, auf der die ersten Angreifer hochkrabbelten. Wir hatten lange Enterhaken, die an Seilen befestigt waren, über unsere Schultern gelegt.

Unseren jungen Rittern befahlen wir, hinter uns zu bleiben. Gilbert war schon an den Leitern angekommen, Bero und ich schauten uns noch einmal an, dann rannten auch wir los.

Hunderte von Kriegern erklommen nach und nach den Wall. Von den Verteidigern wurden Steine heruntergeworfen und pausenlos wurden wir mit Pfeilen beschossen. Uns mit den Schilden schützend, kamen wir der Mauer immer näher.

Ein Ritter neben mir richtete sich auf, um den Enterhaken zu werfen. Im gleichen Moment traf ihn ein Pfeil ins Auge, schreiend rutschte er den Hang hinunter.

Ich erreichte unbeschadet den Fuß der Wehrmauer, meinen Schild hielt ich mir über den Kopf. Die Verteidiger gossen jetzt kochendes Wasser auf uns herab, worauf ich von allen Seiten gellende Schreie hörte. Ein Jüngling mit Flaum am Kinn kauerte neben mir, er zitterte am ganzen Körper. Ich half ihm auf und schickte ihn wieder runter, um bei den Leitern zu helfen. Er sah mich dankbar und erleichtert an und machte sich davon.

Unsere größte Sorge galt dem griechischen Feuer, das die Belagerten jetzt einsetzten. Es bestand aus einer brennenden Flüssigkeit, die man mit Wasser nicht löschen konnte. Im Gegenteil, kippte man Wasser darauf, brannte es noch schlimmer und verteilte sich umso mehr.

Die ersten Leitern wurden an die Mauer gelehnt, unsere Männer stiegen an ihnen hoch und fielen tödlich getroffen herunter. Immer wieder versuchte ich, an dem steilen Hang Halt zu finden, bis auch ich an den Leitern angelangt war. Ich kletterte die ersten Sprossen rauf und warf meinen Enterhaken. Er verfing sich an einem kleinen Erker unterhalb der Zinnen. Oberhalb von mir ergriff ein Krieger das Seil und hangelte sich hoch. Er schaffte es bis fast ganz nach oben, doch dann wurde er mit heißem Öl übergossen. Entsetzlich schreiend stürzte er in die Tiefe.

Unsere Bogenschützen unterstützten unseren Angriff von unten mit einem Pfeilhagel. Meine Leiter wurde schließlich mit einer langen Holzstange von den Verteidigern umgestoßen. Ich konnte noch rechtzeitig abspringen. Die weiter oben waren, hatten weniger Glück und brachen sich sämtliche Knochen als sie unten aufschlugen.

Mir brannten meine Augen von dem dichten Rauch, als ich blinzelnd nach oben zu den Zinnen schaute. In dem Moment flog eine Art brennender Sack in meine Richtung. Ich ahnte nichts Gutes, schrie meinen Kameraden einen lauten Warnruf zu und sprang mit einem langen Satz zur Seite. Dann warf ich mich auf den Boden. Aus dem Augenwinkel sah ich noch einen riesigen Feuerschwall, der nach allen Seiten spritzte. Mein Waffenrock hatte an ein paar Stellen Feuer gefangen, ich konnte es aber mit meinen Lederhandschuhen ausklopfen.

Brennende Männer lagen auf dem Boden und kreischten vor Schmerzen, für die meisten kam jede Hilfe zu spät. Die Heiden hatten einen brennenden Ledersack heruntergeworfen, der mit dem flüssigen griechischen Feuer gefüllt war. Bei seinem Aufprall war er aufgeplatzt und hatte die brennende Flüssigkeit über die Männer verteilt. Es roch nach verbranntem Fleisch und Tod, trotzdem rannten wir erneut gegen die Mauern an.

Irgendwann hörten wir das Rückzugsignal, ich rutschte den Hang hinunter, der mit verkohlten Leichen übersät war. Meine

Lungen schmerzten von dem eingeatmeten Qualm und ich hatte höllischen Durst. Der laute Jubel der Verteidiger begleitete uns bei unserem Rückzug.

Unten erwarteten mich schon meine Freunde, Zorn stand in ihren Gesichtern. Gilbert fluchte erbärmlich. »So ein Irrsinn, hier werden Männer sinnlos getötet!«

»Bei Gott! Welch eine Vergeudung von guten Kriegern!«, stimmte ich ihm zu. Bero sah nur stumm und grimmig zu den Mauern, aber ich kannte ihn, er schäumte vor Wut.

Erschöpft und mit rußgeschwärzten Gesichtern kamen wir an unserem Lagerplatz an. Wir warfen unsere Waffen wütend zu Boden, ich trat mit dem Fuß gegen einen Holzstapel und fluchte sämtliche Verwünschungen. Dies war ganz und gar nicht meine Art von Kampf. Gegen Mauern anzurennen empfand ich als erniedrigend. Der Feind kippte seinen Unrat über uns herunter und lachte dabei noch höhnisch.

Die Stimmung im Lager wurde immer düsterer, dennoch gingen unsere Angriffe weiter, Tag für Tag und Woche für Woche. Jedoch ohne nennenswerten Erfolg.

Das Wetter schlug nun um und es regnete tagelang, was unsere Stimmung noch zusätzlich verschlechterte. Der Boden wurde durch den Regen schlammig und machte es uns noch schwerer, auf dem steilen Hang anzurennen. Dann wurden unsere Vorräte knapp. Zuerst wurden die Rationen gekürzt, und als gar nichts mehr da war, wurden die Transportesel geschlachtet. Und wie so oft, wenn die Nahrung knapp wurde, befahlen uns die Geistlichen zu fasten und auf Gott zu vertrauen. Doch auch das half nicht.

Eines Tages brachten unsere Späher auch noch schlechte Nachrichten. Bursuqi, der seldschukische Atabeg von Mosul, war mit einem Entsatzungsheer vier Tagesritte entfernt gesichtet worden. Jetzt brach offene Unruhe in unserem Heer aus. Wenn Bursuqis Heer einträfe, dann säßen wir eingeklemmt zwischen den Heiden in der Falle. Angesichts der bedrohlichen Lage rief Balduin sofort alle Heerführer zusammen. Sie trafen sich im königlichen Zelt, um zu beraten.

Ungeduldig warteten wir auf den Ausgang der Besprechungen, die sich schon viel zu lange hinzogen. Zu allem Überfluss wurde der Regen immer stärker. Nach schier endlosem Warten kehrte Borchwei von der Beratung zurück und rief unsere Einheit zusammen. Als alle versammelt waren, sprach er mit bestimmter, aber ruhiger Stimme: »Unser König hat beschlossen, bis morgen nur noch leichte Scheinangriffe zu führen und dann die Belagerung aufzuheben. Wir ziehen nach Norden, um dort neue Kräfte zu sammeln.«

Wir nahmen die Nachricht alle mit Erleichterung auf, trotzdem bemerkte Borchwei einige stutzige Mienen. »Der König will zuerst das Heer mit Nahrung versorgen und dann über das weitere Vorgehen entscheiden.« Mehr wollten wir gar nicht wissen, denn jeder war froh diesen Ort zu verlassen.

Am nächsten Vormittag begannen wir mit dem Rückzug. Die Katapulte wurden zerlegt, die Zelte abgebaut und alles verstaut.

Als die Belagerten mitbekamen, dass wir abziehen, brach lauter Jubel innerhalb der Mauern aus. Wir wurden höhnisch ausgelacht und feixendem Spott ausgesetzt. Die Heiden feierten ihren Sieg und beleidigten uns, indem sie Exkremente nach uns schleuderten. Wir schluckten unseren Zorn hinunter, was vor allem Bero nicht leichtfiel und hofften auf Vergeltung.

Erschöpft und hungrig zogen wir in Richtung Norden. In der Nacht wurde nur eine kurze Rast eingelegt, bevor sich unser Heerwurm wieder in Bewegung setzte. In meiner Satteltasche hatte ich noch einen Kanten schimmliges Brot, den ich mir mit Gilbert und Bero teilte. Am nächsten Morgen hatte der Regen endlich aufgehört und die dunklen Wolken wichen der

Sonne. Seit langer Zeit hatten wir zum ersten Mal wieder trockene Kleidung.

Gegen Mittag schlugen wir in einem weitläufigen Tal unser Heerlager auf. Wir konnten jetzt ein wenig ausruhen, während Kundschafter die nähere Umgebung in Augenschein nahmen. Wasser hatten wir unterwegs an einem See nachgefüllt, an einem kleinen Feuer erhitzten wir es und warfen Rinde und Lederfetzen hinein, um es dann als Sud zu trinken.

Die Fürsten hatten inzwischen mehrere Trupps ausgeschickt, um Vieh und andere Nahrung zu beschaffen. Da hier im Norden das Gras spross, hatten wenigstens unsere Pferde genügend zu fressen.

Unsere Freude war grenzenlos, als am Abend die ersten Truppen mit Schafen und Ochsen zurückkehrten. Noch in der Nacht wurden die Tiere geschlachtet und das Fleisch gebraten. Jeder bekam eine kleine Ration, die uns zumindest bei Kräften hielt. König Balduin hatte mehrere Boten nach Antiochia geschickt, um von dort Versorgungsnachschub anzufordern.

Schon einige Tage später trafen voll beladene Karren mit Nahrung ein. Satt wurden wir davon nicht, aber wir mussten wenigstens keinen Hunger mehr leiden.

Die Zeit verstrich und keiner wusste, was Balduin plante. Im Zelt des Königs fand wieder mal eine Beratung der Fürsten und Heerführer statt. Ich saß an einem kleinen Feuer und schärfte lustlos meine Klinge, während meine Freunde gedankenverloren in die züngelnden Flammen schauten.

»Ich hoffe nur, dass wir nicht nochmal gegen Aleppo anrennen müssen«, stöhnte ich und erntete von Gilbert nur ein humorloses Schnauben. »Bisher haben wir nichts erreicht, ich denke nicht, dass Balduin das auf sich sitzen lässt. Zu tief sitzt die Schmach seiner Gefangennahme.« Er hatte gerade ausgesprochen, als Borchwei zu uns kam. Er war kurz zuvor bei der Beratung gewesen und setzte sich jetzt neben uns.

»Spione haben berichtet, dass Bursuqi mit seinem Heer nach Azaz zurückgekehrt ist. Der König hat beschlossen, ihn dort anzugreifen.« Er stocherte mit einem dünnen Zweig im Feuer, »wir werden morgen aufbrechen.«

Ich schüttelte den Kopf, denn meine Begeisterung hielt sich wahrlich in Grenzen. »Eine Stadt mit Festungsmauern, dann rennen wir wieder gegen gottverdammte Mauern an!«

Borchweis Miene verriet, dass auch er von dem Vorhaben alles andere als angetan war. »So ist es. Es ist des Königs Befehl.«

Bero erhob sich und brummte: »Ich habe die Schmährufe der Heiden noch in den Ohren. Ich hoffe, sie in Azaz nicht ein weiteres Mal hören zu müssen!«

✠

Azaz lag auf ebener Fläche, hatte jedoch nach allen Seiten gewaltige Mauern. Unsere Katapulte beschossen seit zwei Tagen die Festung, einen Angriff mit Leitern hatte Balduin bisher untersagt. Die Steingeschosse hatten an den Mauern bislang keine große Wirkung erzielt, denn die Verteidigungsanlage bestand aus mehreren Schichten dicker Steinquader; ihre Baumeister hatten ganze Arbeit geleistet. Meine Aufgabe war es, beim Beladen der Katapulte mitzuhelfen, es war für mich zwar ungefährlich, aber ich empfand auch dies als erniedrigend.

Am dritten Tag befahl der König eine Beschusspause und die Heerführer in sein Zelt. Unterdessen schleppten wir ohne Unterlass neue Steine zu den Katapulten, ich fluchte dabei unaufhörlich. Der kleine, hagere Baumeister trieb uns immer wieder an. Ich trug gerade mühevoll einen schweren Steinbrocken an ihm vorbei, als er uns erneut anraunzte. »Na los, bewegt euch, meine Schwester macht das ja noch schneller als ihr.«

Mir reichte es! Ich blieb stehen und sah ihn kalt lächelnd an, dann ließ ich den Stein fallen. Er landete eine Handbreit neben seinem Fuß, hätte er ihn getroffen, wären seine Zehen zerschmettert gewesen. Er sah mich erschrocken an und wich einen Schritt vor mir zurück, während ich drohend auf ihn hinabsah. »Ich rate dir, deine Wortwahl zu überdenken, sonst mache ich dich zur Schwester!« Ich ließ den Steinbrocken liegen und ging ohne ein weiteres Wort zurück zum Lager.

Am frühen Abend erschien Borchwei, doch sein Gesichtsausdruck war diesmal optimistischer als die Tage zuvor. Er ließ die Männer unsere Einheit zusammenrufen, mir schenkte er nur ein kurzes Nicken, dann sprach er zu allen. »Wir werden noch heute unsere Zelte abbrechen und nach Süden ziehen. Aus zuverlässiger Quelle wissen wir, dass Bursuqi bald Unterstützung erhalten wird. Sein Verbündeter Tugtakin ist mit einem Truppenkontingent auf dem Weg hierher, sie dürften in zwei Tagen eintreffen.« Einige bekundeten leise ihren Unmut, doch Borchwei sprach unbeirrt weiter. »Balduin plant, Bursuqi aus seiner Festung herauszulocken. Wenn die beiden Seldschukenheere sich vereint haben, spekuliert Balduin darauf, dass sie uns verfolgen werden. Aufgrund ihrer großen Anzahl werden sie sich überlegen fühlen. In einem geeigneten Gelände werden wir dann dem Feind in einer offenen Schlacht entgegentreten. Die Seldschuken sind uns zwar zahlenmäßig weit überlegen, aber unsere schwere Reiterei wird sie niedertrampeln wie Gras!«

Die Männer schienen von dem Plan angetan, was ihr zustimmendes Geraune bewies. Auch in mir wuchs die Hoffnung, dass unser Kriegszug doch noch zu einem Sieg führen würde, aber ein ungutes Bauchgefühl blieb in mir bestehen.

Als ich anschließend mit Borchwei unter vier Augen war, fragte ich ihn vorsichtig. »Wie schätzt du die Kräfteverhältnisse ein?«

»Nun ja, wir sind noch etwa zweitausendfünfhundert Mann. Die Seldschuken, wenn sie sich vereint haben, ungefähr viertausend. Aber wir haben mehr Reiterei als sie, das verschafft uns einen Vorteil. Ich denke, der Plan des Königs könnte aufgehen.«

«Du sprichst von einem Plan, ich denke uns bleibt auch gar nichts anderes übrig ... aber es wird ein harter Kampf für uns werden«, antwortete ich.

»Das wird es, Jesco. Aber das wäre ja nicht das erste Mal.«

Er lächelte mich verwegen an, dann gingen wir in unsere Lager und packten unsere Sachen.

Wir waren noch in der Nacht aufgebrochen und schnell vorangekommen. Als wir bereits einen Tagesritt von Azaz entfernt waren, machten wir uns auf die Suche nach einem für uns vorteilhaften Gelände. In einer weiten, trockenen Ebene, im Osten flankiert von einer Hügelkette, wurden wir fündig. Unseren Heerführern schien dieser Ort geradezu ideal.

Die Verpflegung war inzwischen wieder knapp geworden und die Essensvorräte wurden streng rationiert. Ein Kanten Brot am Tag war das Einzige, was uns zugeteilt wurde.

Wir drei saßen auf dem Boden und verspeisten unser kärgliches Mahl. Die Sonne war gnädig mit uns an diesem bewölkten Tag. Die östliche Hügelkette war durch den vom Wind aufgewirbelten Sand nur schemenhaft zu erkennen.

Der Boden in der flachen Landschaft war fest, nur eine hauchdünne Sandschicht bedeckte den Untergrund. Für unsere schweren Streitrösser die perfekte Beschaffenheit. Jetzt fehlte nur noch der Feind.

Borchwei hatte uns erzählt, der König sei sich sicher, dass die Heiden uns folgen würden. Bursuqi galt wohl als rachsüchtiger Fürst, der keinen Kampf scheute. Er würde sich die günstige Gelegenheit, solch ein großes christliches Heer vernichten zu können, nicht entgehen lassen.

Es wurde nur ein provisorisches Lager errichtet, um sofort die Kampfformation einnehmen zu können. Wir waren bereits einige Stunden hier und kämpften nach der letzten Nacht ohne Schlaf, nun gegen die aufkommende Müdigkeit an. Meinen Kopf auf die Satteldecke gebettet, lag ich da und wünschte mir nichts sehnlicher, als ein Stück Fleisch und einen Becher Wein. Ich hatte schon schwere Augenlider, als ich jemand meinen Namen rufen hörte: »Jesco von Hohengreif!?«

Ich rieb mir meine Augen, um wach zu werden. »Das bin ich!«, rief ich zurück. Ein junger Krieger drehte sich nach mir um und eilte dann auf mich zu. »Der König wünscht Euch zu sehen, jetzt gleich!«

Ich sah ihn unschlüssig an, auch Bero und Gilbert waren nicht minder erstaunt. Achselzuckend sah ich zu meinen Gefährten und erhob mich, dabei sah ich den jungen Boten fragend an.

»Ich verstehe nicht ganz ...?«

»Mein Befehl lautet Euch zum König zu bringen, mehr kann ich Euch auch nicht sagen.«

Nichts Gutes ahnend, folgte ich dem jungen Ritter. Was konnte der König ausgerechnet von mir wollen? Ich überlegte fieberhaft, kam aber zu keiner Lösung.

Unterwegs blickte ich in teilnahmslose und entmutigte Gesichter. Die meisten saßen einfach nur da und starrten vor sich ins Leere. Unsere Krieger benötigten dringend einen Ansporn, um ihren Kampfeseifer wieder zu entfachen, vor allem brauchten wir dringend mehr zu essen.

Unser Weg führte uns inmitten des Heeres, wo ein großer Baldachin für den König errichtet war. Davor standen einige hochrangige Ritter, die sich stets in der Nähe des Königs aufhielten. Vor den Wachsoldaten hielten wir an und ich nannte meinen Namen. Daraufhin führte mich einer der Wächter unter die Zeltplane.

Ein Dutzend Männer standen um einen Tisch, an dem König Balduin saß, Pläne und Karten lagen ausgebreitet vor ihm.

Zunächst nahm keiner Notiz von mir, erst als die Wache meinen Namen laut aussprach, drehten sich alle zu mir um. Ich erkannte als erstes Borchwei, der mir zuzwinkerte. Dann den stolzen Normannenführer Leofwin und den Hauptmann der Tempelritter, Guiscard. Auch der Legat des Patriarchen von Jerusalem war anwesend. Die anderen waren mir mit Namen unbekannt, ich kannte lediglich ihre Gesichter.

Ich straffte meinen Rücken und schritt aufrecht und selbstbewusst zwischen den Reihen der Anwesenden hindurch. Mit einem kurzen Räuspern versuchte ich die Nervosität in meiner Stimme zu verbergen. Vor dem Tisch des Königs blieb ich stehen und verbeugte mich ehrerbietig. »Mein König, Jesco von Hohengreif ist mein Name.«

Der König wendete seinen Blick von den Pergamenten ab und sah mich freundlich an, seine dunklen Augen durchdrangen mich. Ich hatte sein Gesicht noch gut in Erinnerung, nur sein dunkler Bart war etwas länger geworden. Trotz der Entbehrungen machte er einen gepflegten und würdevollen Eindruck.

»Jesco von Hohengreif, es freut mich Euch kennenzulernen.«

Sein Blick schweifte in die Runde, in den Gesichtern einiger Männer bemerkte ich Skepsis und Feindseligkeit. Besonders der Legat wog mich mit missbilligendem Blick ab. Mein Mund wurde trocken - verflucht, was ging hier vor sich?

Balduin sah mich wieder an, seine Erhabenheit war beeindruckend. »Jesco, Ihr seid auf Anraten von Borchwei hier. Er vertraut Euch und versicherte mir, ihr wäret der richtige Mann. Und da ich Borchwei vertraue, erteile ich Euch einen Befehl.«

Ich stand zum ersten Mal vor dem König, was schon ausreichte, um nervös zu werden. Doch nun hatte Borchwei mit Balduin auch noch etwas ausgeheckt, ohne mich vorher davon zu unterrichten. Großartig, wirklich großartig! Das würde für Borchwei Konsequenzen haben, schwor ich mir, ich dachte da an einen großen Krug Wein.

Leichtes Unbehagen beschlich mich, als der König mit angenehmer, dennoch befehlsgewohnter Stimme weiter sprach. »Die Bogenschützen der Ungläubigen stellen uns vor ein Problem. Wir müssen sie im Augenblick unseres Angriffs attackieren, denn ihre Pfeile sind eine todbringende Gefahr für unsere Reiterei.« Er machte eine kurze Pause und strich sich über seinen Bart. »Daher werdet Ihr von den Hügeln herab in die Flanke des Feindes stoßen. Anhand unserer bisherigen Erfahrungen stehen die Reihen ihrer Bogenschützen hinter ihrer Reiterei, dort müsst Ihr sie unschädlich machen. Denn nur dann können unsere schweren Reiter ungehindert vordringen.«

Balduin musterte mich aufmerksam, so als wolle er prüfen, ob ich dieser schwierigen Aufgabe auch gewachsen sei. Ich gab mich unerschrocken, obwohl meine Zweifel überwogen.

»Euer Befehl ehrt mich, mein König.«

Er nickte nur leicht, bevor er fortfuhr. »Ihr bekommt zweihundert Mann, wählt sie zusammen mit Borchwei aus. Dann versteckt ihr euch auf den Hügeln, kurz vor unserem Angriff wird in unserem Heer eine rote Fahne geschwenkt. Das ist Euer Zeichen zum Vorstoß.« Er blickte mir tief in die Augen, bevor er weitersprach. »Ich weiß, ich verlange viel von Euch, umso mehr schätze ich Euren Mut und Eure Treue zu mir.«

Der König erhob sich, sein Blick wanderte über die Anwesenden und blieb bei mir hängen. »Viel Glück, Jesco von Hohengreif. Gott schütze Euch.«

Ich verbeugte mich. »Und Gott schütze auch Euch, mon roi.« Dann verließ ich den Baldachin.

Auf dem Rückweg überschlugen sich meine Gedanken. Ich würde zweihundert Mann anführen und mit ihnen in ein Heer von viertausend Heiden stoßen. Erst jetzt wurde mir die Schwere meiner Aufgabe bewusst, doch ich wollte mich nicht der Hoffnungslosigkeit unterwerfen, die sich langsam in meine Gedanken fraß. Auf schnellstem Wege ging ich zurück zu meinen Gefährten. Ich würde ihre Hilfe benötigen und wir mussten auf ein Wunder hoffen, mehr denn je.

Nachdem ich die beiden von dem Plan des Königs unterrichtet hatte, pfiff Gilbert durch die Zähne. Bero lehnte nur aufreizend gelangweilt auf seinem Schwert und spottete.

»Aber das ist doch gar kein Problem. Wir reiten eben mal so in viertausend Mann, töten kurz ihre Bogenschützen, wünschen dem Rest einen schönen Tag und verabschieden uns wieder. Bist du eigentlich von allen Heiligen verlassen!?«

»Es ist der Befehl des Königs. Ich weiß, es gibt fürwahr leichtere Aufgaben. Ihr müsst nicht mit mir reiten, es ist eure Entscheidung.« Ich sagte es so leichthin, hoffte aber innerlich, dass meine Freunde mir zur Seite stehen würden.

Mein Blick schweifte zu Gilbert, der auf einem Grashalm kaute und sein Gesicht nun zu mir richtete. »In meiner Kindheit griff ich als Mutprobe mit der Hand in ein Wespennest. Tat höllisch weh - jetzt ist es eben ein Heidennest, wird auch höllisch weh tun. Also was soll's, ich bin dabei!«

Ich schenkte ihm ein dankbares Lächeln. Bero hob seine Arme und senkte sie wieder, gequält blickte er hoch zum Himmel und stöhnte. »Bei euch brennen wirklich nicht mehr alle Kerzen, aber ich lasse euch nicht allein. Wann?«

Es war Borchweis Stimme die hinter mir erklang. »Sofort!«

Auf Borchweis Stirn zeigten sich tiefe Sorgenfalten, als wir gemeinsam durch das Heereslager schritten. Seine linke Wange zuckte leicht, es brodelte in ihm. »Der Legat besteht darauf, dass du alle Jungritter mitnimmst. Dieser arrogante Sack, für ihn sind es nur Bauernopfer. Da siehst du wieder mal die Güte unserer Kirche! Aber das werde ich nicht zulassen. Ich komme nicht umhin, dir zehn der Jüngeren mitzugeben. Beim Rest deiner Männer werde ich dir jedoch die kampferprobtesten und härtesten Recken zur Seite stellen. Die Ritter des Tempels werden sich aber leider nicht unter deinen Befehl begeben.«

Ich klopfte ihm freundschaftlich auf die Schulter. »Hab Dank dafür, Borchwei. Auch dafür, dass du mich beim König vorgeschlagen hast und du mir diese Aufgabe zutraust. Aber dafür schuldest du mir mindestens ein Fass Wein.«

Er lächelte kurz, um dann wieder ernst zu werden. »Jesco, du bist zu einem der besten Kämpfer gereift, die ich kenne. Du hast jetzt die Gelegenheit, dich fest in das Gedächtnis des Königs einzubrennen. Nutze sie!«

»Ich werde mein Bestes geben, was anderes bleibt mir ja auch gar nicht übrig.«

Borchwei hatte sein Versprechen gehalten. Denn der Großteil meiner Truppe bestand aus erfahrenen Normannen, kampferprobten und todesverachtenden Haudegen. Dazu kamen noch kriegserfahrene Veteranen der Garnison. An ihren Gesichtern und ihrem Gebaren konnte ich schon erkennen, dass es sich hier um hartgesottene und erbarmungslose Krieger handelte.

Zu meiner Erleichterung hatte keiner dieser Männer ein Problem damit, meinem Befehl zu folgen. Wir rüsteten uns eilig und zogen noch am gleichen Tag los. Es war keine Zeit zu verlieren; falls uns Bursuqis Heer wirklich folgen sollte, musste alles vorbereitet sein.

Ich schickte einen Späher voraus, dann ritten wir in weitem Bogen um die Hügelkette in Richtung Norden. So wollte ich verhindern, von feindlichen Kundschaftern frühzeitig entdeckt zu werden. Bevor wir die Anhöhe anritten, gab unser Späher das Zeichen, dass keine Feinde in Sicht waren. Zwischen Sträuchern und Geröll suchte sich Ashir den Weg hinauf.

Als wir oben ankamen, befanden wir uns in einem kleinen Wäldchen, was unserem Vorhaben zugute kam. Hier konnten wir uns gut verstecken, hatten aber trotzdem Sicht auf unser Heer und die gesamte Ebene davor. Von unserem Standpunkt führte ein sanft abfallender Hang hinunter zum Flachland. Unsere Pferde würden bei unserem Angriff hier mühelos Geschwindigkeit aufnehmen können, was für unseren Plan ein großer Vorteil war. Die Staubwolke, die so ein riesiges Heer aufwirbelt, würden wir jedenfalls schon von Weitem erkennen können. Nun hieß es warten.

Die Nacht brach herein und wir gönnten uns etwas Schlaf. Ich befahl den Wachposten, mich bei der geringsten Kleinigkeit zu wecken. Wir hüllten uns in Decken und versuchten unseren Hunger zu ignorieren. Ich verfiel in einen kurzen aber tiefen Schlaf.

Nach der feuchten und kalten Nacht ging das Warten weiter. Ich zog meinen klammen Umhang enger um mich und suchte mit meinen Augen den Horizont ab. Doch außer den morgendlichen Nebelschwaden konnte ich nichts entdecken. Hatte sich König Balduin doch geirrt?

Wir teilten mit den Pferden unser letztes Wasser. Von Süden zogen graue Wolken auf und bedeckten die Landschaft mit ihren Schatten. Neben mir stand ein älterer Normanne und schaute in die Ferne. Eine kleine Lederkappe verdeckte seine wohl fehlende Nase, daneben verlief eine lange Narbe über seiner Wange. Ich bemerkte wie seine Augen plötzlich wachsam wurden und folgte seinem Blick. Am Horizont waren große, dichte Staubschwaden aufgetaucht. Wir blickten angestrengt in ihre Richtung und waren uns nicht sicher, ob es eine Staubwolke war, da sie sich kaum von den anderen dunklen Wolken abhob. Nach einer Weile waren wir uns jedoch sicher - der Feind war gekommen.

In unser Heer in der Ebene kam hektische Bewegung, was bestätigte, dass auch sie die gleiche Beobachtung gemacht hatten. Ich schätzte die Entfernung zum feindlichen Heer auf etwas weniger als einen halben Tagesritt.

Meine Männer bereiteten sich routiniert vor, die Waffen wurden angelegt, die Rüstungen nochmals überprüft und sich gegenseitig Mut zugesprochen. Hier und da gab es noch derbe Sprüche und dreckiges Gelächter. Es war die unerschrockene Kühnheit dieser Männer, die auch in mir ein Feuer entfachte und meine letzten Zweifel vertrieb.

Gegen Mittag sahen wir die Vorhut der Heiden anrücken. Ich ging zu unseren Jungrittern, die nun sichtlich eingeschüchtert und ein wenig blass um die Nase wirkten. Als ich sie ansprach, versuchte ich mich so gelassen wie möglich zu geben.

»Männer, ein wunderschöner Tag, nicht wahr?«

Ehrfürchtig blickten sie mich an und grüßten mich. Einer unter ihnen wirkte fast knabenhaft. Sie taten mir leid, denn das Ende des Tages würden die meisten von ihnen nicht mehr erleben - vielleicht keiner von uns. Ich musste an meinen ersten Kampf denken und wie die Älteren mich damals ermutigt hatten. Nun lag es an mir, den Jüngeren einen Rat mit auf den Weg zu geben. »Seid standhaft und bleibt in hinterer Reihe beim Angriff. Macht, was die Älteren euch sagen. Und entleert eure Blasen, fragt nicht, tut es einfach. Gott schütze euch!«

Bero grinste zu mir rüber, als er meine Worte vernahm und auch ich musste schmunzeln.

Der Vorhut folgte jetzt das Hauptheer. Es waren fast doppelt so viele Krieger wie in unserem Heer. Hunderte von Fahnen flatterten über den Köpfen der Feinde, dazwischen ein Wald aus Lanzen, deren Spitzen zum Himmel zeigten. Ein gewaltiger Anblick, der uns erschaudern ließ und von dem ich mich erst losreißen musste.

Ich beriet mich mit Gilbert und Bero etwas abseits von den anderen. »Sie werden mit Sicherheit ihre Späher vorausschicken, vor allem auf unsere Anhöhe«, spekulierte ich.

»Das werden sie so sicher wie das Amen in der Kirche, und wir werden sie gebührend empfangen«, erwiderte mir Bero und grinste boshaft hinter seinem struppigen Bart.

So wie ich es vorausgesagt hatte, ritt kurze Zeit später ein Spähertrupp von sechs Sarazenen auf unseren Hügel zu. Sie ritten die Anhöhe etwa fünfhundert Schritt nördlich von uns hinauf. Während ich sie noch beobachtete, nickte ich Bero zu.

»Nimm dir zehn Mann, lasst keinen entkommen. Und bringt ihre Umhänge mit!«

Er sah mich stirnrunzelnd an, schwang sich dann aber auf sein Pferd und machte sich mit einigen Männern davon. Wir anderen zogen uns ein Stück weiter hinter die schützenden Bäume zurück.

In der Ebene war Bursuqis Heer nun vollständig eingetroffen, es mochten an die viertausend Mann sein. Gegenüber, am anderen Ende der Ebene, stand unser Heer mit ungefähr zweitausendfünfhundert Mann, einschließlich uns. Das christliche Heer stand bereits in Kampfformation, das feindliche sammelte sich noch. Unsere schweren Panzerreiter standen längst angriffsbereit in einer Linie vor dem restlichen Heer. Davor ritten einzelne Reiter die Reihen ab, um letzte Befehle weiterzugeben. Ich konnte die königliche Standarte erkennen, die sich jetzt langsam aus der Heeresmitte nach vorne bewegte. Der König würde gleich mit einem glühenden Appell den Kampfeshunger unserer Krieger entflammen. Kurz darauf brandete auch schon lauter Jubel in unseren Heeresreihen auf, was mir meine Vermutung bestätigte. Das königliche Banner bewegte sich jetzt wieder zurück zur schützenden Heeresmitte.

Verhandlungen würde es keine mehr geben. Der Feind trat an, um uns zu vernichten, Worte würden daran nichts mehr ändern.

Ich kratzte mich an meinem Bart, der unaufhörlich juckte und spürte wieder die aufkeimenden Zweifel in mir. Unser geplanter Angriff in ihre Flanke kam mir vor, als würde ein Sandkorn gegen die Wüste anrollen. Ich versuchte, mir vor meinen Männern nichts von meinen Bedenken anmerken zu lassen. Dennoch war jedem klar, dass dort unten der Tod seine gierigen Klauen nach uns ausstreckte.

Gigantische Staubschwaden bedeckten beide Heere, das wütende Wiehern der Pferde war bis hier oben zu hören. Der König hatte mit seiner Vermutung richtig gelegen, denn die Bogenschützen der Ungläubigen formierten sich jetzt erwartungsgemäß hinter ihrer Reiterei.

Verdammt, wo blieb nur Bero? Er war schon länger weg als geplant - zu lange. Es war nur noch ein Frage der Zeit, bis der Feind nach seinen Spähern Ausschau halten würde. Kleine Schweißperlen bildeten sich auf meiner Stirn. Ich wurde nervös und biss mir auf die Lippen, vielleicht hätte ich Bero mehr Männer mitgeben sollen. Wenn die Späher uns entdeckten, dann wäre unser ganzes Unterfangen aussichtslos.

Vor uns erstreckte sich eine felsige, zerklüftete Wand, sodass wir bei unserem Vorstoß erst spät von den Heiden zu entdecken wären. Ich malte mir unseren Weg den Hang hinunter genau aus, es musste schnell und überraschend geschehen, das war unsere einzige Chance. Wir mussten sie überrumpeln, je später sie uns wahrnehmen würden, desto höher war unsere Aussicht zu überleben.

Ein leises Knacken im Unterholz ließ Gilbert und mich herumfahren. Zwischen den Bäumen tauchten Reiter auf, es war Bero mit seinen Begleitern. Gilbert und ich erhoben uns aus unserer Deckung und gingen ihm entgegen. Bero zwinkerte mir nur zu und schmiss mir die schwarzen Umhänge hin.

»Wir haben sie zu ihrem Allah geschickt, allesamt«, grinste er finster, in seinem Gesicht befanden sich Blutspritzer. Erleichtert klopfte ich ihm auf seine Schulter und rief sechs der Jungritter zu mir.

»Rasch, zieht euch die Umhänge an, dann reitet ein Stück vor, sodass Bursuqi euch deutlich sehen kann, er darf keine Gefahr wittern.« Hastig folgten sie meinem Befehl, während wir uns wieder auf die Lauer legten und den Feind weiter aufmerksam beobachteten. Nach einer Weile stieß ich erleichtert den Atem aus. Anscheinend hatte mein Trick mit unseren verkleideten Spähern geklappt, denn wir konnten unter den Seldschuken keinerlei Anzeichen von Misstrauen entdecken.

In den beiden Heeren hatte sich die so typische Ruhe vor dem Sturm ausgebreitet. Ein untrügliches Anzeichen dafür, dass die Hölle gleich ausbrechen würde. Ich bekreuzigte mich, viele taten es mir gleich. Dann atmete ich noch einmal tief durch. Bevor ich mir meine Lederhandschuhe überstreifte, blickte ich auf den Ring meines Vaters und küsste ihn. Ich saß auf und wir lösten uns vorsichtig aus unserem Versteck.

Wir ritten langsam und so geräuschlos wie möglich bergab hinter die Felswand. Dies war der steilste Teil unseres Weges.

Ashir rutschte mit seinen Hinterläufen immer wieder weg, brachte uns aber dennoch sicher in den Schatten des hoch aufragenden Gesteins. Zwischen einem schmalen Felsspalt hindurch konnte ich unser Heer sehen. Gilbert und Bero zwängten sich auf ihren Pferden neben mich, um auch etwas sehen zu können.

Mein Blick suchte angestrengt unsere Reihen ab, ich konnte aber in unserem gesamten Heer keine rote Fahne entdecken. Zu viele Banner und Lanzen wurden in die Höhe gehalten. Es war uns unmöglich, unser Zeichen zu erkennen.

»Verfluchte Scheiße, was jetzt?!«, zischte Bero neben mir. Gilbert war wieder mal die Ruhe selbst, während er auf einem kleinen Zweig zwischen seinen Lippen kaute. »Dann greifen wir trotzdem an, ist doch ganz einfach.«

Ich entschied, noch zu warten. Meine Nerven waren bis zum Zerreißen gespannt. Ich blickte weiter konzentriert auf unser Heer, immer noch auf der Suche nach dem verabredeten Zeichen. Meine Gedanken drehten sich fieberhaft im Kreis. Wenn wir zu früh oder zu spät angriffen, dann könnte das für den Ausgang der Schlacht fatale Folgen haben.

Doch dann, nach nur wenigen Atemzügen, gingen in unserem Heer plötzlich sämtliche Banner und Lanzen nieder. Es wurde nur noch eine einzige Fahne geschwungen, eine rote!

Ich sah zu Gilbert und Bero: »Lassen wir die Höllenhunde von der Leine!« Dann riss ich meine Hand nach oben, mit zweihundert Kriegern in meinem Rücken schrie ich zum Angriff!

Ohne auf die anderen zu achten, ritt ich entschlossen los. Ashir preschte den Abhang hinunter, ich hörte das wütende Kriegsgebrüll meiner Kameraden hinter mir. Wir erreichten den Fuß der Anhöhe, ich konnte aus dem Augenwinkel noch sehen, wie unser Heer sich in Bewegung setzte und ebenfalls angriff. Unsere Schwerter auf den Gegner gerichtet, jagten wir auf die Bogenschützen der Ungläubigen zu. Ihr Hauptheer bewegte sich derweil in Richtung des christlichen Heeres.

Ihre hintere Reihe hatte uns erst spät bemerkt und beschoss uns jetzt mit Pfeilen. Wir sprengten dennoch unbeeindruckt weiter. Viele Reiter neben mir wurden von Pfeilen getroffen. Ein Pferd kam ins Straucheln und überschlug sich samt Reiter.

Ich duckte mich über Ashirs Kopf und hielt uns den Schild schützend voraus. Ein Pfeil surrte haarscharf an meinem Kopf vorbei, sodass ich den Windzug des Geschosses in meinem Gesicht spüren konnte.

Ich atmete wieder ganz ruhig, mein Schwert hielt ich fest umschlossen. Tausende Pferdehufe ließen die Ebene erbeben.

Dann fegte ich in die ersten Fußsoldaten, Ashir trampelte sie förmlich nieder. Ich schwang mein Schwert wie eine Sense über den Köpfen der Heiden.

Die anderen rissen einen breiten Keil in die Flanke des Feindes. Links und rechts von mir sah ich meine Männer immer weiter vordringen. Ich holte mit meinem Schwertarm kräftig aus und schlug einem unbehelmten Heiden den Schädel ein.

Nach kürzester Zeit waren wir schon tief in ihre Flanke vorgedrungen und kämpften uns immer weiter vor. Doch plötzlich verspürte ich einen dumpfen Schmerz in meiner Schulter. Ein Pfeil hatte mich getroffen, war aber am Kettengeflecht meines Eisenhemdes abgeprallt. Ich konnte meine Schulter jedoch weiterhin bewegen. Unser Angriffsschwung verebbte langsam und wir steckten im feindlichen Heer fest.

Mit dem Schild parierte ich einen Säbelhieb, zugleich bohrte ich meine Klinge von oben in den Nacken eines Gegners. Der Schlachtenlärm stieg an. Die mir so gewohnten Schreie und das Waffenklirren verschmolzen zu einem mir vertrauten Lied des Todes. Hier kämpften gottesfürchtige und gläubige Ritter, doch wir wüteten wie gottlose Bestien ohne Erbarmen. Die zu

Fuß kämpfenden Feinde um uns herum wurden jetzt immer mehr und drängten uns zur Mitte des Schlachtfelds.

Mit Erschrecken sah ich, wie Gilbert von seinem Pferd gerissen wurde. Als er zu Boden fiel, stürzte sich eine ganze Horde Heiden auf ihn. Es war mir unmöglich, ihm zu Hilfe zu eilen, denn auch ich wurde pausenlos angegriffen. Und wenn ein Heide durch meinen Schwertstreich fiel, war sofort der nächste da, der mir nach meinem Leben trachtete.

Wir wurden jetzt von allen Seiten bedrängt. Ashir bäumte sich auf und teilte mit seinen Vorderhufen gewaltige Hiebe aus, das verschaffte uns etwas Platz. Ich konnte mich jetzt endlich zu Gilbert vorkämpfen. Auch zwei ältere Normannen waren inzwischen zu ihm vorgedrungen. Der eine schlug mit seinem Streithammer einem Feind ins Genick, worauf dieser steif umknickte. Ich sah Gilbert auf dem Boden liegen und sich verzweifelt wehren, er war voller Blut. Blanker Hass packte mich, wie ein Rasender hieb ich auf meine Gegner ein, um Gilbert zu Hilfe zu kommen. Doch plötzlich zerrten viele Hände auch an meinen Füßen und Beinen und ich wurde ebenfalls vom Pferd gerissen. Ich schlug hart auf dem Boden auf. Ashir verteidigte mich, indem er wild um sich schlug. Auch ich musste aufpassen, um nicht von den Hufen meines eigenen Pferdes erschlagen zu werden.

Ich kam wieder auf die Füße und stieß mein Schwert in die Brust eines Heiden zu meiner Linken, dann zog ich es mit einem schmatzenden Geräusch wieder heraus und schlug mit dem Schwertknauf in das Gesicht eines anderen zu meiner Rechten. Ich hörte seine Zähne splittern und holte nochmal aus, diesmal zog ich ihm meine Klinge quer durch seinen Wangenknochen.

Unzählige Schläge prasselten auf mich ein, mein dicker Lederwams und das Kettenhemd darüber, schützten mich jedoch zuverlässig. Mein Schild hatte aber inzwischen schon große Risse, als erneut ein Seldschuke auf mich einschlug. Ich war erschöpft und konnte mich nur noch verteidigen. Immer wieder hob ich ihm meinen Schild entgegen, um seine Angriffe abzuwehren. Er hieb mit wuchtigen Schlägen unermüdlich auf mich ein, bis schließlich mein Schild splitterte und zerbarst. Ich warf ihm die Reste meines Schildes entgegen und zog meinen Dolch.

In den Augen meines Gegners blitzte ein triumphales Funkeln auf. Fast schien es, als wäre inmitten dieses Schlachtgetümmels plötzlich ein Zweikampf entstanden. Als er wieder mit seinem Krummsäbel zuschlug, wehrte ich seinen Schlag mit meinem Schwert ab, zugleich rammte ich ihm meinen Dolch in seine Hoden. Er ging brüllend in die Knie, dann wurde sein Hals von hinten mit einem Schwert durchbohrt.

Gilbert stand hinter ihm und zog seine Klinge wieder aus dem Hals meines Gegners, der leblos nach vorne kippte und vor mir liegen blieb. Gilbert sah mich kurz an, sein Gesicht war blutverschmiert, ein grausames Lächeln durchzog seine Miene.

Heftiger Regen hatte inzwischen eingesetzt, ein Gemisch aus Schweiß und Wasser lief mir in die Augen. Nach kürzester Zeit waren mein Gambeson unter dem Kettenhemd und mein Waffenrock völlig durchnässt, was meine gesamte Rüstung noch schwerer werden ließ.

Wo war nur Bero? Immer wieder sah ich mich nach ihm um, doch mir blieb keine Zeit zum Suchen. Die Heiden schienen immer mehr zu werden und griffen uns von allen Seiten an. Die Schneise, die wir anfangs in die feindlichen Reihen gerissen hatten, hatte sich hinter uns wieder vollkommen geschlossen. Die Gegner hatten uns nun vollständig umkreist, ein Rückzug war nicht mehr möglich. Mit unseren Kräften schwand auch langsam unsere Hoffnung. Meine Bewegungen waren jahrelang eingeübt, aber meine Reaktionen wurden jetzt immer langsamer.

Unsere Verluste waren hoch, wir waren nur noch ein kleiner Haufen von vielleicht zwanzig Männern. Wir wehrten uns nach Leibeskräften, aber unsere Lage wurde immer auswegloser. Jeder von uns kämpfte verzweifelt und auf sich alleine gestellt. Der Widerstand, den wir anfangs noch so wagemutig leisteten, schmolz immer mehr dahin.

Unsere tapferen Kameraden um uns herum fielen einer nach dem anderen. Es waren gute und aufrechte Krieger, die nun ihr Ende fanden. Die Seldschuken trampelten achtlos über ihre toten Körper, und wenn noch einer lebte, dann stießen sie ihre Lanzen in denjenigen.

Ich hörte alles nur noch gedämpft, selbst die Schreie der Sterbenden drangen nur dumpf getönt zu mir durch. Ich hatte den Tod schon in vielen Kämpfen herausgefordert, doch nun stand er mir gegenüber, bereit mich mit offenen Armen zu empfangen. Ich beschloss, dies ehrenhaft zu tun! Gilbert und ich standen Rücken an Rücken und wehrten die unzähligen Schläge ab. Ich blutete aus mehreren Wunden und keuchte nur noch. Ein letztes Mal zückte ich mein Schwert, das Schwert meines Vaters, und stieß es einem Heiden mit letzter Kraft in sein Auge.

Gilbert schwankte vor Erschöpfung, auch ich konnte nicht mehr. Ich hörte mein Blut in den Ohren rauschen, unser Ende schien nah. Der Boden hatte sich inzwischen zu einem schlammigen und blutigen Morast verwandelt. Ich konnte alles nur noch verschwommen wahrnehmen. An Gilberts Stöhnen in meinem Rücken erkannte ich, dass auch er am Ende seiner Kräfte war. Doch wenn ich hier sterben sollte, dann wollte ich wenigstens so viele Heiden wie nur möglich mit mir mitnehmen.

Ein kräftiger Schlag traf mich an der Hüfte, dadurch blieb mir die Luft weg und ich sank atemringend auf meine Knie. Mit meinem Leben bereits abgeschlossen, wartete ich auf den todbringenden Hieb, der mich gleich treffen würde. Ich hob meinen Kopf, um dem Tod offen ins Angesicht zu sehen.

Doch vor meinen halbgeschlossenen Augenlidern offenbarte sich mir plötzlich eine göttliche Vision. Das also sah man als letztes, wenn man starb. Durch einen roten Schleier hindurch erschien mir ein leuchtend rotes Kreuz auf weißem Grund. Erst eins, dann immer mehr. Es wirkte auf mich wie eine erlösende Erscheinung, die uns aus unserem finsteren Tal befreit. Doch dann stellte ich fest, dass es keine Vision war, sondern Realität.

Die Ritter des Tempels drangen immer weiter zu uns vor. Unaufhaltsam, wie ein todbringender Sturm, fegten sie durch die Reihen der Heiden.

Auch meine verbliebenen Mitstreiter sahen sie jetzt und die nahende Rettung stachelte uns noch einmal an. Wir konnten nochmals neue Kräfte mobilisieren und schlugen auf unsere Feinde ein. Eine Hand, die noch ein Krummschwert umklammert hielt, flog in hohem Bogen durch die Luft. Ich hackte mein Schwert einem Heiden in die Kniekehle, als er einknickte, rammte ich ihm meinen Dolch ins Herz. Von den Feinden, die uns unmittelbar bedrängten, wichen die ersten nun zurück. Die Tempelritter waren jetzt nur noch wenige Schritte entfernt von uns.

Die Reihen der Ungläubigen lichteten sich immer mehr, einige flohen bereits. Ich konnte in vielen heidnischen Gesichtern plötzlich Angst und Schrecken erkennen, das Blatt hatte sich zu unseren Gunsten gewendet!

Jetzt konnte ich auch die anderen Ritter unseres Heeres sehen, die Normannen und Garnisonsritter trieben ihre fliehenden Feinde vor sich her. Ihre gesamte Kriegsschar rannte nun davon, während der laute Jubel unserer Männer ihre Flucht begleitete. Gilbert und ich sanken entkräftet auf unsere Knie, wir japsten nach Luft wie Erstickende. Meine Rüstung lastete mit ihrem ganzen Gewicht auf mir, so schwer wie nie zuvor. Wir konnten nur noch keuchen und schnaufen und waren zu erschöpft, um auch nur ein Wort herauszubringen.

Und wie durch ein Wunder, drang plötzlich ein einzelner Sonnenstrahl durch den wolkenverhangenen Himmel, als wäre es ein Zeichen Gottes, der uns zulächelte. Ich stützte mich mit meinen Händen auf den blutigen Boden, als ein Reiter sein Pferd direkt vor mir zügelte, so dass Dreck und Blut in unsere Gesichter spritzte. »Jesco, Gott sei Dank!« Borchwei sprang von seinem Pferd und umarmte mich und Gilbert innig.

»Borchwei, bitte such nach Bero«, stöhnte ich kraftlos. Er nickte mir nur zu und machte sich sogleich auf die Suche.

Gilbert und ich halfen uns gegenseitig auf die Füße. Vor uns lag ein Meer von Toten, aufgeschlitzten Pferdekadavern und abgeschlagenen Gliedmaßen. Der Gestank von offenem Gedärm und Blut schlug uns entgegen, vereinzelt konnte man immer noch Schmerzensschreie hören. Wir sahen uns suchend nach Bero um, während die nackte Angst um meinen Freund sich bohrend in mich fraß.

Wir schrien verzweifelt seinen Namen. Ich flehte zu Gott, er möge noch am Leben sein. Auch unter den Toten suchten wir nach ihm, aber es waren hunderte von Leichen, die manchmal auch übereinander lagen. Wir wateten über das blutige Schlachtfeld und riefen ununterbrochen Beros Namen. Doch je länger wir suchten, umso hoffnungsloser wurde ich.

Irgendwann sah ich Borchwei angeritten kommen. Als er näher kam, erkannte ich eine kraftlose Gestalt, die hinter ihm auf dem Pferd saß und an Borchweis Rücken lehnte - es war Bero!

Er fiel mehr vom Pferd, als dass er abstieg. Dann schwankte er auf uns zu und wir schlossen ihn freudetrunken in die Arme. Auf Beros Stirn leuchtete eine gewaltige blutige Beule und er wirkte stark benommen. Borchwei schüttelte grinsend seinen Kopf. »Er hatte mehr Glück als Verstand. Er lag ohnmächtig unter den anderen Gefallenen, die Heiden haben ihn wohl für tot gehalten.«

Bero versuchte krampfhaft zu lächeln, er wirkte dabei aber eher wie ein Schwachsinniger. Mit seinem Zeigefinger deutete er auf seine Beule. »Mit Streitkolben ... direkt aufs Hirn ...« Dann kotzte er uns vor die Füße. Wir hielten ihn fest, damit er nicht umkippte. Bero war ziemlich mitgenommen, aber er lebte! Wir hatten alle drei verdammtes Glück, dass wir noch lebten. Mir wurde in diesem Moment deutlich bewusst, wie nur ein winziger Augenblick über das Leben und Schicksal eines Menschen entscheiden kann. Wären die Ritter des Heeres nur wenig später aufgetaucht, dann lägen auch wir unter all den Toten.

Von meinen zweihundert Männern konnte ich nur noch ein Dutzend Überlebender ausmachen. Auch sämtliche Jungritter waren gefallen. Einer von ihnen lag vor mir, seine Augen starr zum Himmel gerichtet. Ich beugte mich zu ihm runter, schloss ihm seine Augenlider und sprach ein Gebet für ihn.

Wir hatten gesiegt, gegen ein Heer, das fast doppelt so groß war wie unseres. Ich war mir sicher, darüber würden Chronisten noch in vielen Jahren schreiben.

Ich pfiff mehrmals nach meinem Pferd, dann kam Ashir angetrottet. Überschwänglich streichelte ich ihn an seinem Hals, er war durchnässt von Schweiß und Regen. Es kam einem Wunder gleich, dass er nahezu unverletzt war, nur einige blutende Kratzer hatte er abbekommen. Er bebte am ganzen Körper und schnaubte leise. Ich redete besänftigend auf ihn ein, worauf er sich schnell beruhigte.

Borchwei saß wieder auf und lächelte uns glücklich zu, auch er war erschöpft und voller Blut. Er blickte über das Schlachtfeld mit all den Toten und wandte sich noch einmal zu uns um. »Ihr habt wahrlich wacker gekämpft, ihr Teufel! Wir sehen uns später.«

Ich erwiderte matt lächelnd seinen Blick. »Ja, und vergiss ja nicht, uns einen großen Krug Wein zu bringen, den schuldest du uns.«

»Den habt ihr euch mehr als verdient, wir verdanken euch diesen großartigen Sieg.« Borchwei strahlte bei seinen Worten und streichelte den Hals von Artax. Dann griff er nach den Zügeln und ließ sein Pferd langsam wenden. Ich hörte nur dieses leise Zischen, dann einen gedämpften Aufprall. Entsetzt sah ich, wie in Borchweis Rücken ein langer Pfeil steckte. Er sah uns nur erstaunt an, dann krümmte er sich zusammen.

Wir drehten unseren Blick in die Richtung, aus welcher der Pfeil kam, dort schlug gerade ein Normanne einem feindlichen Bogenschützen den Kopf ab. Der feige Schütze musste sich unter den Toten versteckt haben.

Borchwei kippte langsam nach vorne. Er versuchte, sich auf seinem Pferd zu halten, doch dann rutschte er seitlich herunter und fiel zu Boden. Mit zwei Sätzen war ich bei ihm, er lag mit dem Gesicht nach unten im Dreck. Wir drehten ihn vorsichtig zur Seite, wobei er vor Schmerzen aufstöhnte. Seine Augen waren nur noch halb geöffnet, meine Stimme zitterte.

»Borchwei ... atme ... du musst atmen!«

»Verflucht ... was?« Mehr zu sagen war er nicht im Stande. Der Pfeil hatte sein Kettenhemd zerfetzt, ein Bogenschuss aus so kurzer Distanz war verheerend. Verzweifelt schrie ich die anderen an. »Haltet ihn fest, ich muss den Pfeil herausziehen!«

Bero bettete Borchweis Kopf auf seinen Schoß und Gilbert hielt ihn fest. Den beiden war der Schreck, ebenso wie mir, in ihren Gesichtern abzulesen. Der Pfeil steckte ungewöhnlich tief, hoffentlich hatte seine Lunge nichts abbekommen.

Ich legte meine Hand um den Pfeilschaft und zögerte, denn der Schmerz beim Herausziehen würde unmenschlich sein. Dieser verfluchte Pfeil steckte so tief, dass ich achtgeben musste, ihn beim Entfernen nicht abzubrechen. Die langen Widerhaken der Pfeilspitze würden die Wunde zweifelsohne noch weiter aufreißen, doch wir hatten keine Wahl, es musste sein!

Die anderen sahen mich angespannt an, schließlich nickte mir Gilbert zu und ich fasste mir ein Herz. Ich zog mit aller Kraft, der Widerstand war deutlich zu spüren. Ich musste nachfassen und zog ein zweites Mal. Borchwei brüllte vor Schmerz, aber der Pfeil war draußen. Wie ich es geahnt hatte, war die Wunde jetzt weit ausgerissen. Ich nahm mein Halstuch und drückte es fest auf die blutende Öffnung. Borchwei stöhnte erneut laut auf, dann wurde er ohnmächtig.

Aus dem Tross des heidnischen Heeres hatte Gilbert einen zweispännigen Pferdewagen mit Pritsche besorgt. Wir hatten Borchwei seines Kettenhemdes entledigt und seinen Brustkorb mit Leinenstreifen fest umwickelt. Danach betteten wir ihn auf die Pritsche, die wir mit dicken Fellen ausgelegt hatten. Er war immer noch ohnmächtig, aber er atmete gleichmäßig und ruhig.

Erst nach und nach nahm ich meine eigenen Schmerzen wahr. Der Pfeil, der mich in meine Schulter getroffen hatte, verursachte glücklicherweise nur eine oberflächliche Fleischwunde. Jedoch schmerzten mir sämtliche Knochen und Muskeln von den vielen Schlägen, die ich abbekommen hatte. Auch Bero war angeschlagen. Nach dem heftigen Hieb auf seinen Kopf packte Bero öfters der Schwindel und er musste sich häufig übergeben.

Gilbert ließ sich von seinen Wunden nichts anmerken, aber ich wusste, dass er ebenfalls Schmerzen verspürte. Doch unsere ganze Sorge galt einzig und allein Borchwei, um den wir uns so gut wie nur möglich kümmerten.

Die Truhen und Kisten voller Schätze, die Bursuqis Heer im Tross mitgeführt hatte, waren schnell verladen. Unser König nahm hochrangige Gefangene als Geiseln mit, um sie später gegen hohe Lösegelder einzutauschen. Doch von all dem bekam ich nichts mit, denn mein ganzes Bestreben galt ausschließlich Borchweis Überleben.

Obwohl die Männer sehr erschöpft waren, ließ der König noch am selben Tag unser Heer aufbrechen. Balduin wollte so schnell wie möglich nach Jerusalem zurückkehren, was auch Borchwei zugute käme, denn er wäre dann in Alis Obhut. Aber es waren noch zehn lange Tage bis nach Hause.

In der ersten Nacht wurden viele Pferde der Feinde geschlachtet und so konnten wir uns zum ersten Mal seit Tagen satt essen. Da ich nicht von Borchweis Seite wich, brachte uns Gilbert ein riesiges Stück Fleisch und frisches Wasser. Wir aßen einen Teil davon, aber das meiste verstauten wir für unterwegs, vor allem für Borchwei, der immer noch ohnmächtig war.

Am nächsten Tag ging es früh weiter, an einem Fluss füllten wir unsere Wasservorräte auf und tränkten die Pferde. Bero lag inzwischen neben Borchwei auf der Kutsche und schlief fast den ganzen Tag. Als er abends erwachte, ging es ihm besser, zumindest musste er sich nicht mehr übergeben und ihm war nicht mehr so oft schwindelig.

Am frühen Abend erwachte Borchwei, aber er war zu benommen, um zu sprechen. Ich flößte ihm etwas Wasser ein, er hatte großen Durst, essen konnte er nichts. In der Nacht wachte er erneut auf und ich gab ihm in Wasser aufgeweichtes Brot und kleine Stücke Fleisch, die er unzerkaut schlucken konnte. Dann schlief er wieder ein.

Meine Sorge wuchs, als er am vierten Tag hohes Fieber bekam. Wir wechselten regelmäßig seinen Verband, die Wunde war eitrig und nässte. Ich versuchte ihm vergebens Wasser einzuflößen, aber er war jetzt in einer Art Dämmerzustand, aus dem er kaum noch erwachte. Ich betete zu Gott, er möge ihm helfen. Aber auch dadurch wurde Borchweis Zustand nicht besser. Im Gegenteil, sein Fieber wurde immer schlimmer. Ich fluchte innerlich, weil Ali nicht hier war, um ihm helfen zu können. Die Angst um Borchweis Leben umklammerte mein Herz mit eiserner Klaue und ließ es nicht mehr los. Gilbert und Bero waren nicht minder besorgt. Auch sie taten alles, um Borchwei auf jegliche Art zu helfen. Aber unsere ganzen Bemühungen schienen nicht zu fruchten, denn Borchweis Zustand wurde immer elender.

Gegen Mittag kam ein Bote zu uns geritten, er hatte wohl recht lange nach mir gesucht und wirkte missmutig. Als er mich sah, lenkte er sein Pferd zu mir und sprach mich ruppig an: »Ritter Jesco, der König wünscht Euch zu sehen!«

Er war noch jung, dafür umso selbstverliebter und hochnäsiger. Ich sah ihn mit zusammengebissenen Zähnen drohend an. »Ich kann jetzt nicht.«

»Aber ... der König befiehlt es!«

»Dann sag ihm, dass mich keiner von Borchweis Seite wegbringt, nicht einmal dein König!«, fiel ich ihm barsch ins Wort. Er sah mich erschrocken an, seine Arroganz war wie weggeblasen. »Verflucht, du hast meine Antwort, verschwinde jetzt!«

Fassungslos sah der Bote von einem zum anderen von uns, bis sich Bero einmischte. »Bote, du hast seine Antwort doch gehört, oder nicht!?«

»Troll dich, Mann!«, gab Gilbert ihm schließlich den Rest. Als der Bote entrüstet sein Pferd wendete und sich davonmachte, zischte Gilbert ihm noch hinterher: »Speichelleckender Geck!«

Ob er die Beleidigung noch hörte, vermag ich nicht zu sagen. Aber mit Sicherheit kann ich behaupten, dass es mit unseren Nerven nicht mehr zum Besten bestellt war.

Die Dämmerung brach herein und Borchweis Gesundheitszustand war unverändert schlecht. Ich kühlte seine Stirn immer wieder mit nassen Tüchern, so hatte es Ali mir mal an einem Fieberkranken gezeigt. Ob ihm dies jedoch wirklich half, wusste ich nicht, denn sein gesamter Körper schien innerlich zu brennen. Zum Fieber kamen jetzt noch Krämpfe hinzu, die seinen Körper heftig schüttelten. Aus seinem Mund quoll gelblicher Schaum, den ich ihm immer wieder abwischte, aus Angst er könnte daran ersticken. Ich saß nur noch macht- und hilflos neben ihm. Meine ganzen Gedanken kreisten nur noch um Borchwei, er durfte nicht sterben, alles andere war mir egal.

Etwas später hörte ich hinter meinem Rücken mehrere Pferdehufe. Ich drehte mich aber nicht mal um, weil es mich nicht im Geringsten interessierte, wer da hinter uns war. Mit dem nassen Tuch tupfte ich weiter Borchweis glühend heiße Stirn ab. Plötzlich erklang eine tiefe, sanfte Stimme in meinem Rücken. »Wenn Ihr nicht zum König kommen wollt, dann kommt der König eben zu Euch.«

Jetzt drehte ich mich doch um. König Balduin saß vor mir auf seinem Pferd und lächelte mich freundlich an. »Ich habe von Borchweis Verwundung gehört, wie geht es ihm?«

Ich räusperte mich und vergaß dabei, den König zu grüßen.

»Nicht gut, eher beschissen.«

Die Begleiter des Königs zeigten lauthals Bestürzung über meine respektlosen Worte. Doch ihr aufgebrachtes Getue beeindruckte mich nur wenig. Nach den letzten Tagen konnte mich nichts mehr erschüttern, außer Borchwei würde sterben.

Eine Leibwache aus der Eskorte riss sein Pferd zu mir herum und brüllte mich an. »Ihr erweist dem König gefälligst Respekt, auf die Knie mit Euch.«

Ich sah den Burschen nur gelangweilt an, aber ich musste an mich halten, um ihm keine zu verpassen. Stattdessen hob der

König seine Hand und gebot seiner Leibwache Einhalt. Er lenkte sein Pferd ein Stück näher zu mir heran. »Nein, ich bin es, der Ritter Jesco von Hohengreif Respekt schuldet. Euch und Euren Männern haben wir den Sieg zu verdanken, ihr habt wahrlich gekämpft wie Helden, das vergesse ich Euch nicht.«

Besorgt sah er zu Borchwei in den Wagen und winkte seine Leibwache zu sich. »Schickt sofort meinen Leibarzt her, er soll sich um den Verletzten kümmern. Es soll ihm an nichts mangeln, denn er ist einer meiner besten Ritter und einer der wenigen, denen ich vertraue!«

Dankbar sah ich den König an. »Mein König, wir danken Euch, Gott schütze Euch.«

»Er möge auch meinen Boten schützen, wenn ich ihn das nächste Mal zu Euch schicke, er wirkte doch recht irritiert auf mich«, erwiderte Balduin süffisant. Er lächelte mich offen an, wir drei verbeugten uns jetzt, so, wie es sich vor einem König geziemt. Dann ritt er mit seiner Eskorte davon. Ich sah ihm noch kurz nach – was für ein wahrhaft großer König er doch war. Gilbert und Bero waren nicht minder beeindruckt. Verdutzt warf mir Bero einen Seitenblick zu. »Der König sprach als wäre er einer von uns. Das hätte ich nicht erwartet.«

»Sein Bote bleibt trotzdem ein aufgeblasener Geck!«, raunzte Gilbert, der keinen Hehl daraus machte, wenn er jemanden nicht leiden konnte.

Es dauerte nicht lange und der königliche Leibarzt tauchte mit seinem Helfer bei uns auf. Er war alt, sein Gesicht bleich und voller Falten, die Strapazen des Kriegszugs waren ihm deutlich anzusehen. Er führte eine kleine Kiste mit sich, die sein Helfer jetzt öffnete. Darin befanden sich einige kleine Fläschchen, mehrere Messer, eine Säge und ein Beil. Wieder wünschte ich mir sehnlichst Ali herbei.

Der Helfer löste behutsam Borchweis Verband, fauliger Geruch schlug uns entgegen. Der Arzt beugte sich über die Verletzung und betrachtete sie kritisch. »Die Wunde eitert und nässt, schlechte Säfte treten aus.« Er überlegte eine Weile und tastete Borchweis Rücken ab. »Möglicherweise war Gift an dem Pfeil, nicht unüblich bei diesen ehrlosen Heiden.«

Da es Nacht wurde, leuchtete Gilbert dem Arzt mit einer Fackel, Bero entzündete eine zweite und hielt sie hoch. Der Heiler grübelte und rieb sich nachdenklich sein Kinn. »Nun gut, ich muss die Wunde durch Ausbrennen verschließen und den Körper mit einem Aderlass von den schlechten Säften befreien.«

Ich wechselte einen skeptischen Blick mit meinen Freunden, dann bat ich den Heiler um einen kurzen Moment Geduld. Ich ging mit Gilbert und Bero ein paar Schritte zur Seite und flüsterte: »Was haltet ihr davon, ist er ein Quacksalber?«

»Er ist immerhin des Königs Leibarzt, ich denke wir können ihm vertrauen«, antwortete mir Bero leise und auch Gilbert nickte zustimmend.

Der Arzt blickte griesgrämig zu mir rüber, denn mein Misstrauen war ihm nicht entgangen. »Ich habe weiß Gott nicht den ganzen Tag Zeit, es warten noch andere Verletzte auf mich. Soll ich ihm nun helfen, oder nicht?«

»Verzeiht bitte mein Zögern, tut was Ihr für richtig haltet«, besänftigte ich ihn.

Mit einem mürrischen Stöhnen streifte er sich seine Ärmel zurück. »Ich benötige ein glühendes Eisen, saubere Leinenstreifen und frisches Wasser.«

Sofort machten sich Bero und Gilbert daran, die Sachen zu besorgen. In der Zwischenzeit flößten wir Borchwei etwas Wein ein, wovon das meiste jedoch daneben lief, denn er war mehr ohnmächtig als wach.

Als alles vorbereitet war, nahm ich Borchweis Oberkörper in meine Arme und hielt ihn fest. Bero unterstützte mich dabei, während Gilbert die Fackel hielt. Ähnlich wie in einer Esse, brachte der Helfer die Glut mit einem Blasebalg auf die richtige Temperatur. Das Brenneisen lag im Feuer und glühte an einem Ende leicht, der Arzt befand es als ausreichend.

Er zog sich einen dicken Lederhandschuh über und griff nach dem heißen Eisen. Ohne Zögern drückte er es tief in Borchweis Wunde. Der langgezogene, unmenschliche Schrei, der aus Borchweis Kehle drang, ließ mich erschaudern. Ich hielt ihn noch fester, als könnte ich so seine höllischen Qualen lindern. Es stank nach verbranntem Fleisch und qualmte. Der Arzt zog das Eisen wieder zurück und Borchwei stöhnte nur noch gurgelnd.

Der Helfer des Leibarztes säuberte die Wunde von Brandüberresten, dann legten sie ihm einen neuen Verband an. Borchwei verfiel erneut in eine tiefe Ohnmacht. Danach wurde er noch zur Ader gelassen.

»Ich werde morgen wieder nach ihm sehen. Wenn er erwacht, dann gebt ihm zu trinken.« Mit diesen Worten verabschiedete sich der Arzt. In der Nacht betete ich für Borchwei und hoffte, dass die Behandlung ihm helfen möge. Danach übermannte mich die Müdigkeit und ich schlief ein.

Ich wurde erst wach, als die Sonne schon hoch stand. Der Schlaf hatte mir gut getan, zum ersten Mal seit Tagen fühlte ich mich ausgeruht. Borchwei war immer noch bewusstlos, sein Fieber war allerdings ein wenig gesunken, seine Stirn war nicht mehr ganz so heiß. Ich dankte Gott dafür.

Je südlicher wir kamen, umso wärmer und trockener wurde es. Wir hatten noch zwei Tagesritte vor uns, aber diese Zeit erschien mir endlos. Borchweis Zustand hatte sich für kurze Zeit gebessert, aber dann war das Fieber wieder zurückgekehrt, schlimmer denn je. Er fantasierte und stöhnte, wir kamen uns abermals hilflos vor und schickten noch einmal nach dem Leibarzt, der dann bei Einbruch der Dämmerung endlich kam.

Nachdem er den Verband entfernt hatte, inspizierte er Borchweis Körper mit besorgter Miene, dann sah er mich mitfühlend an. »Ihr solltet einen Priester kommen lassen. Es tut mir leid, aber ich kann nichts mehr für ihn tun.«

Noch heute kann ich nicht die richtigen Worte finden, um zu beschreiben, was ich damals empfand.

Ich kniete mich neben Borchwei und konnte meine Tränen nicht mehr zurückhalten. Auch meine beiden Freunde vermochten mir keinen Trost zu spenden. Es fühlte sich an, als würde mir jemand das Herz aus der Brust reißen. Ich konnte es einfach nicht wahrhaben, Borchwei zu verlieren. Seine Gesichtshaut war inzwischen bleich und wächsern, so wie ich es schon bei vielen sterbenden Männern gesehen hatte. Sein Atem rasselte, während wieder gelber Schaum aus seinem Mund austrat. Ich konnte bereits seine dunkle und finstere Anwesenheit spüren – die Nähe des Todes.

Die ganze Nacht hielt ich Borchweis Kopf auf meinem Schoß, mein Zustand war apathisch. Ich wollte niemanden sehen oder sprechen. Nicht einmal Bero oder Gilbert ließ ich in meine Nähe. Ich weigerte mich auch, einen Priester kommen zu lassen, wusste ich doch um Borchweis Meinung über die Pfaffen der Kirche. Ich betete auch nicht mehr, im Gegenteil, ich verfluchte Gott dafür, dass er Borchwei sterben ließ!

Gemeinsam mit meinen Freunden blieb ich die ganze Nacht wach und hielt Borchweis Hand. Ich war nicht fähig, klar zu denken, ich fühlte mich unendlich leer. Immer wieder hob ich mein Ohr über Borchweis Gesicht, um zu hören, ob er noch atmete. Und jedes Mal war ich erleichtert, dass er es noch tat.

Als der Morgen graute, erwachte ich aus meiner Starre. Verzweifelte Wut ergriff mich, ich trotzte Gott und wollte ihm Borchwei nicht überlassen. Ich rief meine Freunde zu mir.

»Holt ein paar Jungritter, vier frische Pferde und mehrere Wasserschläuche!«

Die zwei sahen mich fragend an, es war ein letzter verzweifelter Versuch. »Es ist noch ein Tagesritt bis Jerusalem, bis zu Ali. Wir wechseln unterwegs die Pferde, vielleicht schaffen wir es noch rechtzeitig. Lasst es uns versuchen!« Beide nickten nur, ohne zu zögern sprangen sie auf ihre Pferde und ritten davon, um alles Nötige zu veranlassen.

Wir galoppierten durch die steinige Wüste. Zwei Jungritter hielten Borchweis geschwächten Körper auf der Pritsche fest. Ich saß vorne auf dem Kutschbock und gab den Pferden die Peitsche. Bero, Gilbert und zwei weitere Jungritter, führten die Ersatzpferde und Ashir mit sich. Immer wieder sah ich besorgt hinter mich. Borchweis Körper wurde durchgerüttelt, doch das Nicken eines der jungen Ritter bestätigte mir, dass er noch lebte. Wir schonten die Pferde nicht und trieben sie immer weiter an, selbst auf die Gefahr hin, dass sie tot unter uns zusammenbrechen könnten.

Gegen Mittag wechselten wir die Pferde und hetzten ohne Rast weiter. Als sich in der Nähe von Massada schon Schaum auf den Nüstern der Zugpferde bildete, hielten wir an.

»Los, legt Borchwei vor mir über den Sattel. Den restlichen Weg nehmen wir ohne Kutsche!«, forderte ich die anderen auf. Auch mein Ashir war erschöpft und verschwitzt, aber er besaß noch am meisten Kraft von allen Pferden. Behutsam legten Bero und Gilbert Borchweis kraftlosen Körper vor mir über den Sattel. Ich ritt los, Borchweis Atem ging nur noch ganz schwach. Ich musste es einfach versuchen! Beros und Gilberts Pferde konnten noch ein Stück des Weges mithalten, doch dann waren ihre Pferde zu erschöpft und sie blieben zurück. Ich hielt noch einmal kurz an, um Ashir das letzte Wasser zu geben, den Felsendom konnte ich schon von Weitem erkennen. Mit letzter Kraft schleppte uns Ashir nach Jerusalem.

Vor Alis Zelt sprang ich aus dem Sattel und brüllte nach ihm. Ich zog Borchweis halb toten Körper von Ashir runter, Ali war bereits neben mir. Sein erschrockener Blick streifte mich nur kurz, dann rief er nach seinen beiden Helfern. Sie trugen Borchwei sofort in sein Zelt, ich folgte Ali und schilderte ihm in kurzen Sätzen, was geschehen war.

Er entfernte eilig den Verband und stieß dann einen kurzen Fluch aus. Seine düstere Miene verhieß nichts Gutes.

Ich beschrieb ihm ausführlich die Behandlung des königlichen Leibarztes. Ali schüttelte nur verständnislos den Kopf. »Diese Behandlung hat alles nur noch verschlimmert, sein Körper wurde dadurch noch mehr geschwächt, diese ahnungslosen Barbaren! «

Fassungslos starrte ich Ali an und zugleich kroch kalte Wut in mir hoch. Doch Ali fasste mich an der Schulter und sah mich ernst an. »Es steht sehr, sehr schlecht um ihn. Ich bezweifle, dass er überleben wird. Aber ich werde alles versuchen, was in meiner Macht steht. Geh jetzt und warte, und du solltest beten!«

Ich verließ sein Zelt und musste an die Worte von Gilberts Bruder denken, die er einst an genau dieser Stelle gesprochen hatte: Wenn du lange genug hier bist und lange genug getötet hast, dann verlernt man das Beten.

Zwei Knappen kümmerten sich um Ashir und brachten ihn in den Stall. Ich saß vor Alis Zelt und starrte lange Zeit nur vor mich hin. Irgendwann trafen auch Bero und Gilbert ein, sie ließen sich neben mir auf dem Boden nieder und wir warteten gemeinsam, wortlos und in uns gekehrt.

Sehr lange Zeit geschah nichts, bis sich der Zelteingang endlich öffnete und Ali aus dem Zelt trat. Seine Miene war jedoch mehr als besorgt. »Er lebt, aber sein Leben hängt an einem seidenen Faden.«

Wir sprangen sofort auf. »Kannst du ihn retten?«, fragte ich bangend. Ali neigte seinen Kopf leicht zur Seite und war sehr bedacht auf seine Antwort. »Ich habe ihm Rikonosöl verabreicht, um seinen Magen zu leeren und seinen Körper gekühlt. Wenn sein Fieber sinkt und er die Nacht überlebt, besteht Hoffnung. Alle Anzeichen sprechen für eine Vergiftung.«

»Dann war der Pfeil also doch vergiftet, diese verdammten Hurensöhne!«, erwiderte ich.

»Die Verletzung selbst ist nicht das Problem, aber das Gift hat sich in seinem ganzen Körper ausgebreitet. Wenn er die Nacht übersteht, werde ich ihn mit Alkuhl behandeln, ein altes Rezept aus Ägypten. Es besteht aus einem eisenähnlichen Pulver, das man bei Vergiftungen anwendet.«

»Kann ich zu ihm?«, fragte ich. Er nickte und wir gingen ins Zeltinnere, auch Bero und Gilbert kamen mit, hielten sich aber hinter mir.

Ich kniete mich neben Borchwei und nahm seine Hand. Er war in kühlende, feuchte Tücher gewickelt, die nach Minze rochen. Seine Wangen waren stark eingefallen und unter seinen Augen hatten sich dunkle Ränder gebildet. Aber sein Schlaf glich jetzt keinem Todeskampf mehr, sondern schien ihm neue Kraft zu spenden.

Plötzlich hörte ich ein Schluchzen hinter mir, ich drehte mich um und sah Shamsa am Zelteingang stehen. Sie kam langsam näher, Tränen liefen über ihre Wangen. Ich machte ihr Platz und sie ließ sich wortlos neben Borchwei nieder. Wir ließen sie allein und gingen aus dem Zelt.

Draußen stand Ali und wusch sich seine Hände, auch er war bedrückt, denn er kannte und schätzte Borchwei seit vielen Jahren. »Ich werde abwechselnd mit meiner Nichte die Nacht über ihn wachen. Ich habe ihr mein ganzes Wissen weitergegeben, du kannst auch ihr vertrauen. Ich werde alles tun, um ihn zu retten.« Ich umarmte ihn dankend: »Das weiß ich Ali, danke.«

Bero und Gilbert überredete ich, ins Bett zu gehen. Ich nahm mir vor, die Nacht vor Alis Zelt zu verbringen.

Spät in der Nacht erschien Alis Nichte, ich kannte sie nur flüchtig, ihr Name war Alia. Sie trug ein orientalisches, aber schlichtes Gewand und war sehr hübsch. Ihre Augen strahlten die gleiche Wärme aus, wie die ihres Onkels. Sie war in meinem Alter und war Ali eine große Hilfe, hatte er doch keine eigenen Kinder.

Sie grüßte mich kurz und brachte mir dann eine Decke. Sie musste meinen besorgten Gesichtsausdruck bemerkt haben, denn sie setzte sich neben mich, ihre Stimme war sanft und tröstend: »Sein Zustand hat sich zumindest nicht verschlechtert, ein gutes Zeichen. Sein Körper ist stark, er kann es schaffen.«

»Wenn wir nur früher hätten hier sein können und dieser Leibarzt Alis Wissen gehabt hätte, dann wäre Borchwei wohlauf«, entgegnete ich etwas aufbrausender, als ich eigentlich wollte. Alia sah mich an und antwortete mir akzentfrei: »Du solltest diesem Heiler keine Vorwürfe machen. Jede Kultur hat ihre eigenen Heilmethoden. Auch mein Onkel kann nicht alle Behandlungen durchführen, die er gerne möchte. Unser Glaube verbietet es manchmal.« Verschmitzt flüsternd fügte sie hinzu:

»Was ihn aber nicht davon abhält, sie ab und zu trotzdem anzuwenden.« Sie legte den Zeigefinger verschwörerisch auf ihre verschlossenen Lippen, dann ging sie ins Zelt, um Ali abzulösen.

Ich versuchte wach zu bleiben, aber irgendwann tief in der Nacht nickte ich ein. Als eine Hand mich leicht an der Schulter berührte, erwachte ich. Es war Shamsa, die Sonne schien bereits und die Zeltstadt erwachte zu neuem Leben.

»Er hat die Nacht überlebt, Ali kann seine Behandlung fortsetzen.« Erleichtert stieß ich den Atem aus, ein Funken Hoffnung keimte in mir auf.

»Jesco, erzähl mir was geschehen ist.«

Ich setzte mich auf und berichtete ihr alles. Als ich geendet hatte, sah sie mich wehmütig an und nahm mich in ihre Arme.

»Hab tausend Dank, du und deine Freunde habt ihm das Leben gerettet. Das werde ich dir nie vergessen, nie!«

»Borchwei hätte das gleiche für mich getan ...«

Sie legte ihren Finger auf meinen Mund und lächelte mich an, dann ging sie wieder zu Borchwei.

Später schickte mich Ali dann nach Hause, da ich hier sowieso nichts tun konnte. Er versicherte mir, mich sofort zu benachrichtigen, falls sich an Borchweis Zustand etwas verändern sollte.

Unser Heer traf am späten Nachmittag unter lautem Jubel in Jerusalem ein, doch außer dem Glockenläuten bekam ich davon fast nichts mit. Erst jetzt merkte ich, wie erschöpft und hungrig ich war. Ich aß etwas, nach nur wenigen Bissen würgte ich alles wieder hervor. Dennoch verfiel ich danach in einen tiefen Schlaf, aus dem ich erst abends wieder erwachte.

In den darauffolgenden zwei Tagen wechselte ich mich mit Gilbert und Bero immer wieder ab, um nach Borchwei zu sehen. Er war immer noch ohne Bewusstsein und stark abgemagert, aber das Fieber war verschwunden und er atmete wieder ruhig.

Die Ungewissheit, ob Borchwei wieder gesund würde, ohne bleibende Schäden davonzutragen, zehrte an unseren Nerven. Wir konnten nur abwarten und hoffen. Wenn Ali es nicht schaffte Borchwei zu heilen, dann auch kein anderer Heiler auf dieser Welt, dessen war ich mir sicher.

Am dritten Tag ließ uns Ali durch einen seiner Helfer rufen. Wir stürmten durch die Gassen bis hin zu Alis Zelt, der freudig strahlend auf uns wartete. »Er ist erwacht und konnte schon ein wenig essen und trinken. Ihr könnt zu ihm, aber bitte nur kurz, er ist noch sehr geschwächt.«

Die ganze Anspannung der letzten Tage fiel von mir ab, überglücklich umarmte ich Ali, den ich dabei fast erdrückte.

»Wenn es einen Heiler gibt, der Tote zum Leben erwecken kann, dann du!« Er lachte jungenhaft und hielt uns die Eingangsplane auf. Wir traten ein und gingen an Borchweis Bett.

Fast nur noch Haut umspannte seine Knochen und er war nur bei schwachem Bewusstsein, aber in seine Augen war wieder das Leben zurückgekehrt. Als er uns wahrnahm, zuckte ein leichtes Lächeln um seine Mundwinkel. Er war noch zu geschwächt, um zu sprechen. Aber das war auch nicht nötig, unsere Blicke ersetzten wiedermal alle Worte. Nach seinem kurzen Wachzustand schlief er wieder ein. Erst jetzt bemerkte ich Shamsa, die in der Ecke des Zeltes stand. Auch ihre Augen verrieten mir, wie glücklich und erleichtert sie war. Wir alle konnten aufatmen und mussten uns nicht mehr um Borchwei sorgen. In unser aller Gemüter war nach den dunklen Schatten wieder die Sonne zurückgekehrt. Ali bat seine Nichte, uns heißes Kräuterwasser zu reichen, das wir dankend annahmen. Wir setzten uns und tranken den köstlichen Sud.

Vielleicht täuschte ich mich damals auch, aber als sich Beros und Alias Blicke trafen, bemerkte ich etwas Sonderbares. Etwas, das ich an meinem Freund noch nie zuvor beobachtet hatte: ein leichtes Augenflattern!

Borchwei ging es mit jedem Tag besser, denn Shamsa und Alia kümmerten sich aufopferungsvoll um ihn. Wir konnten unsere Aufmerksamkeit jetzt wieder mehr den Dingen des Alltags widmen. Rüstungen und Waffen mussten wieder auf Vordermann gebracht und die Pferde versorgt werden. Wir stutzten die Bärte und schnitten unsere Haare, die inzwischen unerträglich juckten.

Noch vor wenigen Tagen in der Wüste, als Borchwei dem Tod so nahe stand, hatte ich Gott verflucht. Jetzt wollte ich in die Kirche gehen und Gott um Vergebung bitten, aber aus einem mir unerklärlichen Grund brachte ich es nicht über mich. Ich verdrängte diesen Gedanken wieder und lenkte mich mit anderen Dingen ab.

Da wir alle in den letzten Tagen keinen allzu großen Appetit verspürt hatten, trafen wir uns abends in unserem Speisesaal und schlugen uns die Bäuche voll. Erst jetzt bemerkten wir die Entbehrungen der letzten Tage und wie groß unser Hunger war. Während des Essens machte uns Gilbert, mit vollem Mund schmatzend, einen Vorschlag: »Die ganze Stadt hat unseren Sieg gefeiert, nur wir nicht. Ich finde, das sollten wir heute Abend gebührend nachholen.«

»Wein, viel Wein,« freute sich Bero.

Ich grinste augenzwinkernd. »Normannenlager!«

Am nächsten Morgen erwachte ich in einem Futtertrog. Ich hatte keine Ahnung, wie ich dort hingekommen war. Mir drohte der Schädel zu platzen und die Sonne brannte, als wollte sie mich bestrafen.

Ich vernahm das leise Kichern von vorbeilaufenden Menschen. Mit leichtem Schwindelgefühl erhob ich mich und rülpste.

Als ich auf beiden Beinen stand, drehten sich die Häuser um mich herum. Nur langsam gewann mein Geist die Oberhand über meinen Körper. Mein Mund war ausgetrocknet und ich hatte einen schalen Geschmack auf der Zunge. Mein Magen hatte wahrlich auch schon bessere Tage erlebt. Seltsam, ich hatte blaue Hände.

Nicht weit von mir sah ich Bero unter einem Olivenbaum liegen, er hatte alle Viere weit von sich gestreckt und schnarchte laut. Auf noch etwas unsicheren Beinen wackelte ich zu ihm und stieß ihn mit meiner Stiefelspitze unsanft an. Er stöhnte laut auf. Auch er hatte blaue Hände. Wir waren wahrscheinlich durch das Färberviertel gelaufen und hatten wohl in irgendwelchen Farbbottichen rumgestöbert, ich wusste es einfach nicht mehr - seis drum.

Gilbert war nicht zu sehen, ich vermutete ihn immer noch im Normannenlager bei irgendeinem Mädchen. Er hatte gestern eine Wette gewonnen, indem er einbeinig stehend einen Krug Wein in einem Zug leerte, allerdings auf dem Höcker eines Kamels.

Nachdem ich Bero durch heftiges Schütteln endlich wach bekommen hatte, gingen wir uns waschen, was unseren Zustand aber nicht merklich verbesserte. Anschließend gingen wir in unserem jämmerlichen Zustand zu Borchwei.

Er lag jetzt nicht mehr in Alis Behandlungszelt, sondern in einem Nebenzelt. Shamsa und Alia umsorgten ihn, was ihm sichtlich gut tat.

»Guten Morgen Borchwei,« begrüßte ich ihn.

Er richtete sich in seinem Bett auf und grinste nur. »Ihr zwei stinkt wie ein Weinfass. Ein Wunder, dass ihr noch keine Fliegen hinter euch herzieht«

Zumindest war sein Geruchssinn wieder intakt, und er hatte wieder Farbe im Gesicht. Auch Alias Wangen röteten sich, als sie Bero begrüßte, der dabei etwas verlegen wirkte. Dann sah ich wieder zu Borchwei, dessen Miene nun ernst wurde.

»Jesco, ich möchte mich bei euch bedanken. Ihr alle habt mir das Leben gerettet.«

»Du hättest das gleiche für uns getan«, antwortete ich.

»Ali ist derjenige, der dich gerettet hat«, mischte sich jetzt Bero ein. Borchwei wirkte fast ein wenig beschämt. »Euch allen gehört mein Dank, meine Freunde.«

»Werde lieber schnell gesund, denn du wirst noch benötigt«, entgegnete ich ihm, worauf Borchwei mit seinen Augen rollte.

»Ja, ich würde am liebsten gleich aufstehen, mein Arsch ist schon wund gelegen!«

Sofort tadelte ihn Shamsa. »Du weißt doch, dass Ali dir noch mindestens eine Woche Bettruhe verordnet hat. Du musst zu Kräften kommen.« Borchwei winkte murrend ab, lächelte dabei aber Shamsa an. »Herr im Himmel, gib mir Kraft, denn kein feindliches Heer kann grausamer sein, als eine einzelne Frau!«

Wir lachten und unterhielten uns noch ein wenig. Ich berichtete ihm, dass die Kriegsbeute und die Lösegelder für die Gefangenen des Königs Schatztruhen wieder gut gefüllt hatten. Unser Heer hatte aber einige hunderte Tote zu beklagen, was diesen großen Sieg jedoch trübte.

Es tat gut, wieder mit Borchwei reden zu können. Und Shamsa war einfach nur glücklich, jeden Tag bei ihm sein zu können. Es war schön für mich, die beiden so vertraut miteinander zu sehen. Und zum ersten Mal in meinem Leben überkam mich der Wunsch, mich ebenfalls zu einem weiblichen Wesen so hingezogen zu fühlen. Ich verabschiedete mich und versprach Borchwei, das nächste Mal einen Krug Wein mitzubringen.

Bero war schon vor einer geraumen Weile aus dem Zelt gegangen, ich hatte mich darüber gewundert, doch bald wusste ich den Grund. Denn als auch ich das Krankenzelt verließ, ertappte ich Bero dabei, wie er sich angeregt mit Alia unterhielt. Sie standen etwas abseits unter einer Palme und kicherten. Ich wollte die beiden nicht stören, und da mein Kopf noch immer schmerzte und ich müde war, begab ich mich auf den Heimweg. Ich spielte noch kurz mit dem

Gedanken, im Normannenlager nach Gilbert zu sehen, aber ich kannte Gilbert und ich kannte mich. Noch eine Nacht wie die letzte, dann würde man mir aus Versehen die letzte Ölung verpassen. Also entschied ich mich doch nach Hause zu gehen.

Unterwegs kam ich beim Schmied vorbei, schon von Weitem war dort eine kleine Menschentraube zu sehen und lautes Gelächter zu hören. Immer mehr Schaulustige gesellten sich zu den bereits Anwesenden, auch ich näherte mich neugierig der Schmiede.

Ich kannte unseren Schmied bereits von Kindesbeinen an, er war ein kräftiger, aber gutmütiger Bursche. Wer ihn jedoch zu sehr reizte, der musste sich vor seinen Fäusten in Acht nehmen.

Wütend und laut schimpfend verjagte der Hufschmied die lachende Meute. »Macht gefälligst, dass ihr wegkommt und geht eures Weges, ihr schadenfrohes Gesindel!«

Neugierig geworden, wollte ich wissen, über was die Leute da lachten. Ich drängte mich durch die gaffende Menge, bis ich schließlich vor dem Schmied stand, dessen Gesicht inzwischen puterrot war. »Cunrad, welche Laus hat dich denn gebissen?«

»Das fragst du noch? Sieh nur mal hinter den Bretterverschlag!«

Ich ging zu der Holzwand hinter seiner Schmiede und schaute dahinter. Zuerst dachte ich, meine Augen würden mir einen Streich spielen. Ich sah wieder weg und ein zweites Mal wieder hin. Bei allen Heiligen! So etwas hatte ich noch nicht gesehen. Dann dämmerte es mir langsam. Cunrad fluchte unaufhörlich weiter: »Irgendwelche verfluchten Witzbolde haben in der letzten Nacht meinen Esel blau angemalt!«

Ich tat unwissend und drückte ihm mein Mitgefühl aus, zog es dann aber vor, mich vom Acker zu machen.

Nach zwei Wochen war Borchwei wieder fast der Alte. Er übte sich täglich im Schwertkampf, um wieder seine alte Körperkraft zu erlangen. Ich war oft mit Gilbert zusammen und wir erprobten uns an den Waffen. Ich war auch dabei, als er sich ein neues Pferd zulegte und half ihm dabei, es für den Kampf auszubilden. Bero hingegen verschwand immer häufiger und traf sich heimlich mit Alia. Er dachte immer, wir würden es nicht mitbekommen, aber er stellte sich dabei so ungeschickt an, dass es selbst der Dümmste bemerkt hätte. Eines Abends bat er mich um ein Gespräch, als wir beiden alleine in unserer Stube waren. Nachdem er lange herumgedruckst hatte, platzte es dann aus ihm heraus: »Ich habe mich in Alia verliebt.«

Ich schaute ihn an, ohne eine Miene zu verziehen. »Soll ich Kuriere aussenden?!«

»Ich wollte einfach nur, dass du es weißt«, antwortete er.

»Du bist dir aber schon darüber im Klaren, dass ihr Probleme bekommen könnt. Warum ausgerechnet eine Araberin?«

»Ich bin mir dessen bewusst. Aber ihre Eltern leben nicht mehr und ich denke, Ali wird es akzeptieren.«

»Ali vielleicht schon, aber einige werden das anders sehen.«

Bero schnaubte nur gereizt. »Das schert mich einen Dreck.«

»Du musst es wissen, wenn sie es wert ist.«

»Oh ja, sie ist es wert!«

Dabei beließen wir es – ändern konnte ich es sowieso nicht. Jedenfalls schien sie ihm gut zu tun, denn er wirkte ausgeglichen und glücklich. Vermutlich war es auch nur eine kurze Schwärmerei, die bald vorübergehen würde – das hoffte ich jedenfalls.

Es war an einem verregneten Tag, ich war gerade im Stall und sattelte Ashir. Seine Wunden aus der Schlacht waren gut verheilt und ich streichelte ihn. »Mein tapferer Freund, du bist wirklich ein zäher Bursche.«

Er war mir inzwischen so ans Herz gewachsen, dass ich es mir ohne ihn nicht mehr vorstellen konnte. Bedingungslos stand er mir zur Seite, selbst wenn wir in den Abgrund der Hölle reiten würden.

Ich zog gerade die Sattelriemen fest, als mit einem Mal ein junger Knappe an der Stalltür auftauchte. Er kam respektvoll auf mich zu, verbeugte sich kurz und schaute mich schüchtern an. »Ritter Jesco, Ihr möget bitte zu Bruder Philippe kommen.«

Ich lächelte ihm zu und legte meine Hand auf seine schmale Schulter. »Ich danke dir Junge, du kannst mein Pferd wieder absatteln.« Der Knabe sah mich ungläubig an, doch dann strahlte er über das ganze Gesicht. »Wie Ihr wünscht, Herr.«

Ehrfürchtig und voller Stolz trat er neben Ashir und befolgte meine Bitte. Ich grinste in mich hinein und musste daran denken, als ich in seinem Alter war. Genau wie er, hatte ich damals mit Bewunderung zu den Rittern aufgesehen. Doch ich war mir sicher, auch seine Träume würden eines Tages der Ernüchterung weichen.

Ich machte mich auf den Weg und freute mich, meinen alten Lehrmeister nach langer Zeit wiederzusehen.

Ich betrat das Nebengebäude der Tempelritter und ging die Treppen hoch zu unserem alten Lehrsaal. Es sah hier alles noch aus wie früher, selbst der Geruch war noch der gleiche. Erinnerungen an meine Knappenzeit kamen in mir hoch. Ich klopfte an die Tür und trat ein.

Lächelnd begrüßte mich Philippe in der sonnendurchfluteten Schreibstube. Es roch nach Pergament und alten Büchern, auf einen Stock gestützt stand mein ehemaliger Lehrer vor mir. Er war gealtert und sein Augenlicht hatte nachgelassen. Doch seine Hände waren ruhig, ohne das geringste Zittern. Genau wie früher, waren seine Fingerkuppen von der Dornrindentinte dunkel verfärbt. Er hatte immer noch seinen gutmütigen Gesichtsausdruck und die unverändert milde Stimme.

»Jesco, wie schön dich zu sehen. Deine Taten eilen dir voraus. Man hat mir von deinem mutigen Kampf berichtet und dem daraus resultierenden Sieg.«

»Das war ich nicht allein, der Ruhm gebührt allen Männern an jenem Tag.«

»Deine Bescheidenheit ehrt dich.«

»Du hast mich rufen lassen?«

Ernst und nachdenklich sah er mich aus seinen klugen Augen an. »Ja, denn ich habe einen Brief, er betrifft dich.«

Ich sah ihn erstaunt an. »Wer sollte mir schreiben?«

Er lehnte seinen Stock gegen die Wand und blieb auf unsicheren Beinen stehen. Dann zog er aus dem Ärmel seiner Kutte einen Lederumschlag, den er mir reichte.

»Der Brief ist bei den Johannitern abgegeben worden. Er ist an die Komturei gerichtet, daher ist das Siegel geöffnet. Er hat eine lange Reise hinter sich. Doch nun lies selbst.«

Stirnrunzelnd nahm ich die umwickelte Rolle entgegen. Das Leder war stark abgegriffen, es musste wirklich schon lange unterwegs gewesen sein. Doch was konnte so wichtig sein, dass mir jemand schrieb? Und vor allem wer?

Ich wickelte die Lederhülle vorsichtig auf und entnahm eine zusammengerollte Pergamentrolle. Das Wachssiegel war bereits gebrochen. Die Schrift war makellos und gleichmäßig geschrieben. In der Hoffnung, dass meine Lesekenntnisse ausreichen mögen, begann ich zu lesen.

~

Idus Iulii MCXXIV

Von Erzbischof Adalbert I. von Mainz
an die Johanniterkomturei zu Jerusalem

Nach dem Tod von Aigolf von Hohengreif, dessen Länderei
und Burg nun ohne Erbe sei. Sollte der einzige Verwandte,
genannt Jesco von Hohengreif, so er noch am Leben sei,
binnen eines Jahres de dato nicht sein Erbe antreten,
so gehe der gesamte Besitz derer von Hohengreif,
an das Erzbischofstum Mainz über.
Bis dahin sei Burgvogt Linhardt als Verwalter genannt.

datum die nativitatis S. Ioannis A.D. MCXXIV

~

Lesen bereitete mir immer noch Mühe, doch es hatte gereicht, den Text zu verstehen. Verwirrt und nach einer Antwort suchend, blickte ich zu Bruder Philippe. »Ich habe die Burg meines Onkels und meines Vaters geerbt?«

»Ja, und das dazugehörige Land.«

Philippe nahm den Brief wieder zu sich und wickelte ihn behutsam in die Lederhülle. »Ich werde eine Abschrift des Briefes machen, zu wichtig ist dieses Dokument für dich.«

Ich nickte ihm nur geistesabwesend zu. Er sah mir wohl meine Fassungslosigkeit an und sprach mit ruhiger Stimme zu mir.

»Jesco, mein Sohn, der Brief wurde im Juli verfasst und abgeschickt. Also war er ungefähr drei Monate unterwegs, zu Schiff und zu Land. Solltest du dein Erbe antreten, wärst du ungefähr vier Monate unterwegs. Das heißt, wenn man Verzögerungen einkalkuliert, hast du noch über vier Monate Bedenkzeit.«

Ich war immer noch gedankenversunken. »Du hast recht, ich habe genügend Zeit, darüber nachzudenken.«

»Gott wird dir deinen Weg weisen, Jesco.«

Er machte segnend das Kreuzzeichen und ich verließ grübelnd die Komturei der Tempelritter.

Während meines Heimwegs betrachtete ich versonnen den Ring meines Vaters an meiner Hand, doch auch hier fand ich keine Antwort. War mein Erbe nun ein Fluch oder ein Segen? Ich empfand es eher als eine Bürde, die mich von nun an begleiten würde.

Als ich abends wieder in unserem Schlafquartier war, erzählte ich Bero und Gilbert von dem Brief. Sie wirkten genauso überrascht, wie auch ich es gewesen war. Beide sahen mich zunächst ungläubig an, bis Bero das Schweigen brach:

»Jeder andere würde sich darüber freuen, doch du bist zerknirscht. Weshalb?«

Er kannte mich nur zu gut, um ihm irgendwas vorzumachen.

»Meine Heimat ist hier. Im Frankenland ist zwar meine väterliche Burg, aber was soll ich dort? Bauern um Abgaben auspressen und Vieh züchten? Oder ein Weib ehelichen, das ich nicht liebe und mit ihr Kinder zeugen?«

»Tja, so sind wohl die Regeln. Und wenn ich mir dich mit einem schreienden Balg auf dem Schoß vorstelle ... ich stells mir besser nicht vor«, frotzelte Bero. »Aber im Ernst, ich gönne dir dein Erbe, doch um ehrlich zu sein, wünsche ich mir, dass du bleibst.«

Jetzt mischte sich auch Gilbert mit ein. »Ich würde dich auch vermissen, aber letztlich ist es deine Entscheidung und diese solltest du nicht übereilen.«

Ich warf den beiden einen dankbaren Blick zu, obwohl meine Entscheidung bereits feststand. »Ich bin nicht zum Burgherrn geboren. Das einzige Handwerk, das ich beherrsche, ist das Kriegshandwerk. Weib und Herd haben da keinen Platz! Hier ist mein Zuhause und damit ist alles gesagt!«

Meine Freunde schwiegen und ich bemerkte die Erleichterung in ihren Gesichtern, dass ich ihnen erhalten blieb. Doch ich konnte hinter ihre Augen sehen, und ich meinte, dort einen Anflug von Argwohn zu erkennen.

Borchwei hatte die Waffenübungen der Knappen soeben beendet. Einige liefen verschwitzt und erschöpft an mir vorbei und grüßten mich ehrerboten. Ich sah grinsend zu Borchwei:

»Alter Sklaventreiber, hast du die Knappen für heute genug geschunden?«

Wir umarmten uns lachend, er war vollständig genesen und seine Muskeln und der stechende Blick seiner Augen waren wieder zurückgekehrt. Er wischte sich den Schweiß von der

Stirn und sah mich dabei an. »So wie du damals, werden auch sie es überleben. Lass uns einen Schluck Wasser trinken.«

Wir gingen zum Brunnen und genossen das frische, kühle Wasser an diesem warmen Tag. Seit Wochen blieb der Regen aus und die Luft die man einatmete war trocken und heiß. Die zu dieser Jahreszeit üblichen Wüstenwinde hatten eine feine Staubschicht über die Stadt gelegt. Die meisten Einwohner hatten sich deshalb Tücher um Mund und Nase gebunden, um nicht ständig husten zu müssen. Um der Sonne zu entgehen, gingen wir in Borchweis Stube. In dem alten Steinbau war es wesentlich erträglicher als draußen. Während er zwei Becher mit Wein füllte, erzählte ich ihm von der Nachricht um mein Erbe.

Er lauschte meinen Worten, während er grübelnd seinen Becher zwischen den Fingern drehte. Nachdem ich geendet hatte, sah er mich verbittert an. »Das sieht der Kirche wieder einmal ähnlich, sich an Erbländereien zu bereichern, sobald sie nur die kleinste Gelegenheit dazu haben.«

»So wird der Klerus auch mein Erbe bekommen, denn ich werde hierbleiben.«

Borchwei nickte nachdenklich, bevor er mir antwortete. »Du hast dich also schon entschieden, aber dann bedenke auch, was du dabei verlierst. Es ist immerhin dein Erbe, dein väterliches Erbe. Du bist ein Hohengreifer, aber mit dir wird die Linie sterben, du bist der Letzte deines Namens.«

Zugegeben, darüber hatte ich mir noch keine Gedanken gemacht, dennoch stand mein Entschluss fest. »Das mag sein, aber ich habe mich entschieden. Ich bin stolz auf meinen Namen, aber ich kann auch hier Kinder zeugen und so die Linie der Hohengreifer fortsetzen, so Gott will. Ich danke dir trotzdem für deinen Rat.«

»Überlege es dir gründlich«, antwortete Borchwei.

»Das habe ich bereits.«

Wir leerten schweigend unsere Becher, dann verabschiedete ich mich. Borchweis gedankenverlorener Blick begleitete mich, als ich ihn verließ.

Danach ging ich in die Kirche um zu beten, was ich schon seit Langem nicht mehr getan hatte. Was ich dort fand, war jedoch mehr die angenehme Kühle innerhalb der dicken Kirchenmauern. Denn die Anwesenheit Gottes hatte ich schon seit Wochen nicht mehr empfunden.

Bero und Alia kamen sich immer näher und er erzählte mir oft von ihren Gesprächen. Alia war sehr wissbegierig und wollte alles über unseren Glauben, unsere Kämpfe und unsere Kultur erfahren. Auch ich unterhielt mich oft mit ihr, wenn ich sie zufällig bei Ali antraf. Sie war eine aufmerksame Zuhörerin und diskutierte mit mir auch über unsere unterschiedlichen Glaubensauffassungen.

Nicht selten kamen wir zu dem Schluss, dass sich unsere Religionen in vielen Dingen nicht unähnlich waren. Sie erzählte mir auch aus ihrem heiligen Buch, dem Quran.

Darin steht unter anderem, dass der Mann die Frau respektvoll und rücksichtsvoll behandeln soll, was ich von vielen meiner Glaubensbrüder nicht gerade behaupten konnte.

Wenn wir jedoch über Bero sprachen, dann bekamen ihre Augen einen sanften Glanz. Einen Glanz, wie ich ihn schon in Shamsas und Borchweis Augen sah. Dies war mir Beweis genug, um zu wissen, dass Bero das Richtige tat. Auch wenn die Geistlichen unserer beiden Religionen solch eine Verbindung nicht gut hießen, was konnte daran falsch sein, wenn zwei Menschen sich liebten? Alis Toleranz und Weitsichtigkeit ließ die beiden ebenso gewähren, war Alia doch erwachsen genug, um ihre eigenen Entscheidungen zu treffen. Genauso wie Borchwei und Shamsa, verbargen auch Bero und Alia ihre Zuneigung weitestgehend in der Öffentlichkeit. Man hätte es vielleicht widerwillig geduldet, aber es sollte niemand unnötig provoziert werden. Ich mochte Alias Art und Offenheit und freute mich jedes Mal, wenn ich sie traf und wir uns unterhielten.

Den heißen und trockenen Tagen folgten nun wieder angenehmere und mildere Tage, mit kühlenden Nächten. Der seltene Regen erfreute Mensch und Tier und brachte die Pflanzen zum Erblühen. Der König ließ weitere Häfen an der Küste bauen, um den Handel auf dem Seeweg zu verstärken, was dem Heiligen Land und den Kaufleuten bald großen Reichtum bescherte.

Nach ihrer verheerenden Niederlage gegen uns, zogen sich die Seldschuken in die Berge zurück und verstreuten sich. So erlebten wir eine entspannte Zeit, frei von Kämpfen und Krieg. Viel mehr waren es nun die eigenen Kreuzfahrer, die sich ständig in Territorialstreitigkeiten gegenseitig aufrieben.

König Balduin musste in schwierigen Verhandlungen als Schlichter zwischen den Fürstentümern auftreten und oft mit Geldmitteln andere Kreuzfahrerstaaten unterstützen, nur um die Einigkeit der christlichen Herrschaft weiterhin zu sichern.

Plünderungen und Überfälle von Christen auf Händlerkarawanen und Dörfer mehrten sich, und so mussten wir die Pilgerwege und Kaufmannsrouten schon bald auch vor den eigenen Glaubensbrüdern beschützen.

Jerusalem 1125

Ich war auf dem Weg zum Schmied, als ich zufällig Bruder Philippe vor der Komturei traf, er hatte mehrere Schriftrollen unter seinem Arm.

»Guten Morgen Philippe, das sind hoffentlich nicht noch mehr Briefe für mich?«, begrüßte ich ihn lachend

»Du kannst beruhigt sein, es sind nur Auflistungen, die ich nach Hebron schicke. Ich wollte sie gerade einem Boten übergeben.« Er stand gebückt da und war auf seinen Stock gestützt, er tat mir leid und ich wollte ihm etwas Gutes tun.

»Weißt du was, ich übernehme das. Ashir braucht ohnehin etwas Auslauf und ich muss auch mal wieder raus.«

Philippe zog erfreut die Augenbrauen hoch und überreichte mir die Rollen.

»Du tust mir einen großen Gefallen, Jesco. Die Briefe sind für Bruder Elias bestimmt. Du findest ihn in der Komturei von St. Abraham, direkt neben der gleichnamigen Kirche. Grüße ihn bitte und er möge die Verspätung entschuldigen, ich bin eben nicht mehr der Jüngste.«

Ich legte meine Hand mitfühlend auf seinen Arm. »Das werde ich gerne für dich tun, und du solltest dir vielleicht mehr Ruhe gönnen.« Er lächelte versonnen über meine Worte. »Wenn der Herr mich zu sich ruft, dann werde ich genügend Zeit haben, um mich auszuruhen. Aber nun verrate mir, hast du schon eine Entscheidung getroffen, bezüglich deines Erbes?«

Ich hatte seit damals keinen Gedanken mehr daran verschwendet und so antwortete ich, wenngleich auch etwas sarkastisch.

»Ja, ich werde hierbleiben. Der Erzbischof kann sich über seinen neuen Besitz freuen und seinen Reichtum vermehren.«

Philippe nickte nur leicht, aber er schien mit meiner Antwort nicht ganz einverstanden.

Ich schnappte mir zwei Jungritter, die sichtlich begeistert waren, mich begleiten zu dürfen. Wir füllten unsere Wasserschläuche und packten etwas Proviant ein. Ashir streckte mir seinen Kopf entgegen und schnaubte freudig, als er merkte, dass ich den Sattel in Händen hielt und es zum Ausritt ging.

Kurze Zeit später ritten wir durch das Davidstor und ließen Jerusalem hinter uns.

Das Wetter war herrlich, nur kleine Wolkenfetzen zogen vor dem strahlend blauen Himmel dahin. Die flirrende Hitze ließ den Sand in der Ferne wie Wasser erscheinen. Wir ritten ein Stück der alten Händlerstraße entlang in Richtung Süden und kamen gut voran. Meine beiden jungen Gefährten waren Brüder, sie hießen Pascal und Antoine und stammten aus Toulouse in Frankreich. Vor zehn Jahren waren sie mit ihren Eltern nach Jerusalem gekommen. Ihr Wesen war freundlich und umgänglich, allerdings hatten sie noch keine Kämpfe bestritten. Ich gab ihnen einige meiner Erfahrungen mit, die sie auch dankend annahmen.

Da wir erst spät aufgebrochen waren, übernachteten wir an einem Wasserloch, auf ein Feuer verzichteten wir. In der letzten Zeit hatte es zwar keine Sarazenenüberfälle gegeben, dennoch wollten wir kein unnötiges Risiko eingehen. Die Nacht verlief ruhig, nur in der Weite vernahmen wir ein Donnergrollen und sahen zuckende Lichtblitze am nächtlichen Himmel, doch wir blieben von dem Unwetter verschont.

Am nächsten Tag erreichten wir zügig Hebron, das von einer hohen Schutzmauer umringt war. Ich war bereits einige Male dort gewesen, Pascal und Antoine noch nie. Sie waren recht beeindruckt von der großen St. Abrahamskirche, denn solch einen prachtvollen Bau hatten sie nicht erwartet. Um das Gotteshaus hatten sich mehrere Steinhäuser angesiedelt, die Komturei befand sich unmittelbar daneben. Der ganze Ort war geprägt von christlichem Glauben und Friedlichkeit, denn unter dem Schutz einer Rittergarnison lebten hier fast nur Augustinermönche und Priester.

Ich erklärte meinen Begleitern, dass sich in der Kirche ein Reliquienschrein befindet, in dem die Gebeine der Erzväter Abraham, Isaak und Jacob ruhen. Sie entschlossen sich, die Stätte zu besuchen, während ich die Komturei aufsuchte und die Briefe bei Bruder Elias abgab. Nach einem ausgiebigen Mahl und etwas Wein, verbrachten wir die Nacht in einer kleinen und sauberen Herberge. Begleitet von den abendlichen Gesängen der Mönche, verfiel ich bald in einen wohltuenden Schlaf.

Um abends wieder in Jerusalem zu sein, brachen wir vor Morgengrauen auf. Das Wetter hatte inzwischen umgeschlagen und aufkommender Wind blies uns ständig feinen Sandstaub ins Gesicht, was unser Weiterkommen erschwerte. Wir banden uns Tücher um Mund und Nase, um uns vor dem sandigen Wüstenwind zu schützen. Die Araber nannten ihn liebevoll Chamsin.

Der leichte Sturm hatte sich etwas gelegt, als wir uns mittags wieder dem Wasserloch vom Vortag näherten. Schon aus der Ferne erkannten wir, dass wir nicht die Einzigen waren, die sich dort mit Wasser versorgen wollten. Ich konnte einige Personen und Pferde ausmachen, allerdings nur schemenhaft. Wachsam ritten wir langsam auf sie zu. Die letzten Jahre hatten mich gelehrt, auf meine Instinkte zu hören. Es hatte mir oft das Leben gerettet, für bestimmte Situationen ein Gespür entwickelt zu haben. Auch jetzt überkam mich dieses Gefühl und verstärkte sich, je näher wir dem Wasserloch kamen.

Als die Entfernung nur noch gering war, konnte ich zwei berittene Christen erkennen, ein dritter war von seinem Pferd abgestiegen und stand vor einer Frau und ihren Kindern. Dahinter befanden sich noch eine handvoll Araber und ihre Kamele. Aus einer Intuition heraus gab ich Ashir die Sporen, meine Begleiter folgten mir umgehend. Wir zügelten unsere Pferde erst kurz hinter den zwei Berittenen, die sich jetzt zu uns umdrehten. Durch das Heulen des Windes hatten sie uns erst spät gehört.

Es waren drei bewaffnete abendländische Krieger in Kettenhemden, und sie schienen die Araber zu bedrohen, die ängstlich vor ihnen zurückwichen. Die orientalische Karawane bestand aus zwei Männern, einigen Frauen und ihren Kindern. Der Krieger, der vor der Frau stand, drehte sich zu mir um. Eine pockenvernarbte Fratze mit hinterlistigen kleinen Augen und einer hakigen Nase starrte mich an.

Im gleichen Moment kauerte sich eine zahnlose Greisin unterwürfig wimmernd vor seine Füße. Er sah verächtlich auf sie hinab und gab ihr dann mit seinem Stiefel einen Tritt.

»Fass mich nicht an, du heidnische Hexe!«

Die alte Frau fiel zu Boden und stöhnte vor Schmerzen, doch keiner ihrer Sippe wagte ihr zu helfen. Der Fremde wandte sich nun wieder zu mir und sah mich mit zusammengekniffenen Augen an. So ziemlich alles an dem Kerl widerte mich an, ich begegnete seinem Blick mit Kälte. »Wenn ihr nicht gerade alte Frauen tretet, hättet ihr dann vielleicht die Güte uns aufzuklären, was hier vor sich geht?«

Der Pockennarbige starrte mich feindselig an. »Was geht's dich an, das hier ist unsere Beute, also reitet eures Weges!«

Die Krieger waren in Waffenröcke gekleidet, ein schlichtes Stoffkreuz war darauf genäht. Es waren jedoch keine Ritter aus Jerusalem, denn sie trugen andere Farben. Ihre Gesichtshaut war von der Sonne stark gerötet, ein untrügliches Zeichen, dass sie noch nicht lange im Heiligen Land verweilten. Vermutlich waren sie Neuankömmlinge, die für sich das Recht beanspruchten, sich zu nehmen was sie wollten. Schließlich hatte die Kirche ihnen die Absolution dafür erteilt.

Er wandte sich wieder drohend der jungen Frau zu, die sich schützend vor ihre weinenden kleinen Kinder stellte. Ich nickte meinen Begleitern warnend zu, sie verstanden meine Geste sofort und richteten ihre Aufmerksamkeit auf die anderen beiden im Sattel. Einer der zwei wehrlosen arabischen Männer blutete im Gesicht, sie wirkten stark eingeschüchtert und sahen mich hilfesuchend an.

Ich sprach erneut das Pockengesicht an, während meine Hand unauffällig den Griff meines Schwertes umschloss.

»Ich verneige mich vor solch ritterlichem Mut, von armen Frauen und Kindern Beute zu machen.«

Sein Blick wirkte gereizt, gleichzeitig versuchte er mich einzuschätzen. Er sah kurz zu seinen Kumpanen, dann zückte er mit einer schnellen Bewegung sein Schwert. Meine Jungritter reagierten sofort und zogen blitzschnell auch ihre Klingen und hielten damit die anderen beiden in Schach. Diese konnten nur noch ihre Waffen fallen lassen und blickten ratlos zu ihrem Anführer. Das Pockengesicht wirkte unbeeindruckt und grinste boshaft. Doch plötzlich hob er mit einer flinken Drehung die Spitze seines Schwertes an den Hals der Mutter. Als sie das kalte Metall an ihrer Kehle wahrnahm, zuckte sie erschrocken zusammen und schluchzte angstvoll auf. Ihr flehender Blick traf mich. Ich sah die junge, verängstigte Frau an, dann sprach ich leise und gefasst zu ihr: »Ana usaidkum.[1]«

---

1 ~ Ana usaidkum – ich helfe euch ~

»Was faselst du da?! Entweder ihr verschwindet, oder ich werde ihren Hals durchbohren, hast du das kapiert?!«, drohte mir der Pockige. Ich lehnte mich aufreizend lässig über meinen Sattel. »Wenn du das tust, sind deine beiden Kumpane tot«, dabei sah ich ihn herausfordernd an. »Oder aber, du und ich könnten um das Leben der Frau kämpfen ... dann wärst nur du tot!«

Er sah gehetzt zu seinen Kameraden und versuchte seine Lage abzuwägen. Ich ließ nicht locker: »Oder ist dir dein Mut abhanden gekommen?«

»Na schön, dann töte ich erst dich, dann diese stinkenden Heiden!«, schrie er mir entgegen. Ich sah ihm spöttisch in seine kalten Augen und grinste dabei düster. »Wenn ich mit dir fertig bin, wirst du den Arsch meines Pferdes küssen!«

Er ließ jetzt von der Frau ab und ich stieg vom Pferd. Breitbeinig stand er mir einige Schritte entfernt gegenüber, er war etwas kleiner als ich, aber er wirkte selbstbewusst.

Wir hatten beide unsere Schwerter in der Hand und belauerten uns. Um seiner siegessicheren Arroganz noch mehr Nachdruck zu verleihen, stand der Kerl jetzt noch breitbeiniger da als zuvor und sah mich überheblich an. Ich ging zwei Schritte auf ihn zu und führte einen überraschenden Schlag gegen seine Klinge aus, fast zugleich trat ich ihm mit meinem Stiefel in die Eier. Er ging in die Knie und jaulte auf, hielt mir aber trotz allem die Spitze seines Schwertes entgegen.

In diesem Moment hätte ich ihn mühelos entwaffnen können, tat es aber nicht, denn ich wollte ihn vor seinen beiden Kumpanen und den Arabern demütigen.

Als er wieder auf die Füße kam, loderte der Hass in seinem narbigen Gesicht. Er fletschte mordlüstern seine wenigen Zähne. Dann griff er an und schlug mit seinem Schwert auf mich ein. Seine Schläge waren hart, aber seine Bewegungen plump und vorhersehbar. Schnell erkannte ich, dass es ihm an seiner Waffe an ritterlicher Ausbildung mangelte. Ich ließ seine unpräzisen Schläge über mich hereinprasseln, dadurch wurde er schnell müde. Er war trotzdem nicht zu unterschätzen.

Ich wartete auf den richtigen Moment, dann griff ich an. Ich schlug ein paar Mal mit meiner Klinge auf ihn ein. Als er wieder einen Hieb von mir erwartete, rammte ich ihm stattdessen meinen Schwertknauf ins Gesicht. Er torkelte und fiel rückwärts zu Boden, Blut lief aus seinem Mund und er spuckte einen Zahn aus. Dennoch rappelte er sich wieder auf und griff mich erneut an. Doch diesmal verhakte ich meine Parierstange in seiner Klinge, verdrehte seinen Arm und sein Schwert flog durch die Luft.

Von seiner schnellen Entwaffnung immer noch überrascht, blieb ihm nichts anderes übrig, als mich wutentbrannt anzustarren. Ich stützte mich herablassend auf mein Schwert. »Ich wünsche euch eine gute Reise, und jetzt macht euch davon!«

Die junge Mutter sah mich dankbar an, ich erwiderte ihren Blick lächelnd. Auf meinen Pfiff hin, kam Ashir zu mir und ich stieg in den Sattel, jedoch ohne den Pockennarbigen aus den Augen zu lassen. Meine beiden Wegbegleiter steckten ihre Schwerter wieder in ihre Gürtel und nickten mir zu.

Es war nur ein kurzer, unachtsamer Augenblick, ein Wimpernschlag lang. Ich sah noch die blitzende Sonnenreflexion auf der Klinge, als der Narbige seinen Dolch zog. Er sprang auf die Mutter zu und stieß ihr sein langes Messer in den Unterleib. Sie schrie erschrocken auf, während er ihr das Messer wieder aus dem Bauch zog. Als sie auf ihre Knie fiel, starrte sie ungläubig auf den Blutfleck, der sich auf dem Stoff ihres Kleides ausbreitete. Dann sah sie wieder auf. Ihr Blick traf mich und ging mir durch Mark und Bein, er glich einem stummen Flehen. Mit einem letzten Atemausstoß, der die Flamme ihres Lebens aushauchte, schlossen sich langsam ihre Augenlider und ihr lebloser Körper fiel seitlich in den Wüstensand.

Ich war immer noch gefangen von diesem Anblick, als der Narbige jetzt eines der Kinder an den Haaren schnappte und es zu sich zog. Blitzschnell legte er sein Messer an dessen Kehle und grinste triumphierend zu mir rüber, während die Augen des Knaben mich entsetzt anstarrten.

»Das hast du jetzt davon, du Heidenfreund!«, giftete er und spuckte dem Kind ins Gesicht. Als sein Blick wieder zu mir ging, verengten sich seine Augen unheilverheißend. Dann zog er seine Klinge durch die Kehle des Kindes. Ein langer Blutstrahl spritzte aus seinem Hals, als der Pockige das sterbende Kind achtlos zu Boden fallen ließ.

»Nein ...!«, brüllte ich wie von Sinnen, aber es war alles so schnell gegangen, dass ich nicht reagieren konnte.

Ich zog meine Klinge und drückte Ashir die Stiefel in die Seiten. Das Narbengesicht wollte sich noch rechtzeitig ducken, aber seine Bewegung war zu langsam. Mit einem einzigen Schlag, in den ich all meine Wut legte, trennte ich ihm den Kopf vom Rumpf.

Die anderen hatten ebenfalls den Kampf aufgenommen, einer der Halunken wollte fliehen und ritt nun davon. Ich jagte ihm hinterher. Als ich auf gleicher Höhe mit ihm war, zückte ich meinen Morgenstern und schlug ihn ihm in den Nacken. Sein Pferd galoppierte mit dem toten Reiter weiter.

Ich wendete Ashir und kehrte zurück zu dem unglückseligen Ort. Schon von Weitem vernahm ich das laute Wehklagen und Weinen. In mir zog sich alles zusammen.

Meine Ritter hielten den letzten der drei auf dem Boden fest und warteten auf meinen Befehl. Ich sah zu den Arabern, die Mutter lag tot in einer Blutlache, ihr kleines Kind ebenso. Die Greisin gab schrille Töne tiefster Trauer von sich, die Kinder heulten erbärmlich. Ich ging zu einem der Männer, der sich weinend über die tote junge Frau beugte, vermutlich ihr Ehemann. Tröstend half ich ihm hoch, auf meinen Wink brachten mir Pascal und Antoine den Gefangenen und hielten ihn fest in ihrem Griff.

Ich gab dem Ehemann mein Schwert in die Hand und sah ihm tief in seine verweinten Augen. Er verstand und nahm mein Schwert in beide Hände und betrachtete es eine Weile, ich trat beiseite. Der Gefangene grinste nur gehässig, während der Ehemann einen Schritt auf ihn zuging und ihn wütend ansah.

»Ibn Jahannam, Sohn der Hölle!«

Mit diesen Worten stieß er ihm mein Schwert in den Leib. Blut quoll aus seinem Mund, dann sackte er zusammen. Er lag noch eine Weile röchelnd am Boden, dann tat er seinen letzten Atemzug.

Die blutige Klinge meines Schwertes streifte ich achtlos am Waffenrock des Toten ab, ich hatte kein Mitleid mit ihm.

Traurig sah ich zu den Arabern. Ein unendliches Mitgefühl überkam mich und ich suchte nach einer Lösung, um diesen armen Menschen ihr Leid zu erleichtern. In meiner Hilflosigkeit zog ich eine Goldmünze aus meinem Beutel und reichte sie dem Ehemann, doch der schüttelte den Kopf und lehnte ab. »Allah Maakum, Allah sei mit dir.«

Ich legte ihm meine Hand auf die Schulter. »Und Gott sei mit dir.«

Er sah mich verbittert an und kniete sich wieder zu seiner toten Frau und seinem toten Kind, deren leblose Körper er zärtlich und weinend in seinen Armen wiegte. Mein Herz drohte vor Mitleid zu zerbersten. Auch meine beiden jungen Begleiter konnten nicht glauben, was geschehen war. Ihnen stand die Fassungslosigkeit ins Gesicht geschrieben.

Wir stiegen auf unsere Pferde, ich warf einen letzten Blick auf die weinenden Trauernden. Ein leichter Sturm braute sich unweit zusammen und schickte bereits seine ersten Vorboten. Chamsin, der Wüstenwind, heulte wie ein anklagender Richter, als wolle er diese ungeheuerliche Tat rächen.

Ich wandte mich ab, denn ich konnte diesen Anblick nicht mehr länger ertragen. Wütend riss ich mir meine Kettenkapuze vom Kopf und sah zum Himmel hoch. Mir kam auf einmal alles so unwirklich, ungerecht und sinnlos vor. Wie konnte unser Herr, der Allmächtige, so etwas nur zulassen.

Vater unser, der du bist im Himmel, dein Wille geschehe ...

Innerlich zerrüttet und meinen Blick leer nach vorne gerichtet, sprachen meine Gedanken stumme Worte.

»Gott! Wenn dies dein Wille war, dann will ich nicht mehr dein Diener sein!«

Nach dem schändlichen Vorfall am Wasserloch, war ich über Tage hinweg in mich zurückgezogen. Ich mied jegliche Gesellschaft, auch derer die mir nahe standen. Ich baute dicke Mauern um mich auf und befand mich in einer Art geistigem Gefängnis, in das ich niemand hinein ließ.

Ich verspürte auch kein Bedürfnis zu beten, vielmehr zog ich die Einsamkeit vor. Gemeinsam mit Ashir verschwand ich tagelang in die Abgeschiedenheit der Wüste, mein Pferd konnte mir wenigstens keine Fragen stellen.

Warum ich mich in diesem Zustand befand, konnte ich mir selbst nicht richtig erklären. Ich wusste nur, dass etwas nicht mehr so war wie vorher. Etwas, das mir nicht mehr richtig und sinnvoll erschien. Obwohl das Töten für mich allgegenwärtig war, konnte ich die Gesichter der jungen Mutter und ihres Kindes nicht mehr vergessen. Sie erschienen mir in meinen Träumen und ließen mich nicht mehr los.

Ich hatte Ungläubige verteidigt und dafür Glaubensbrüder getötet, auch wenn es niederträchtige waren. Für mich stellten sich die Heiden plötzlich nicht mehr als Feinde dar, sondern einfach nur noch als Menschen eines anderen Glaubens. Viele Male wurde ich Zeuge, wie Christen gegen Heiden in den Kampf zogen. Doch was ist daran religiös, wenn eine Schlacht über den stärkeren Glauben entscheidet?

Mit einem Mal hatte sich meine Sicht auf die Dinge völlig verändert. Selbstzweifel nagten an meiner Seele wie ein gefräßiges Tier.

Ich grübelte tagelang nach der Ursache meines Umdenkens. Es waren hauptsächlich die Kirchenmänner, die mir ihren Hass auf die Heiden eingepflanzt hatten. Jahrelang wurde mir eingetrichtert, die Ungläubigen zu töten oder zu vertreiben wäre Gottes Wille. Nie stellte sich mir die Frage, ob ich etwas Falsches oder Unrechtes tue. Bis jetzt.

Gewiss, ich hatte in meinem Leben viele Feinde getötet, aber eben weil es Feinde waren, die mir nach meinem Leben trachteten. Ich hatte getötet, um nicht getötet zu werden. Ich tat dies, um am Leben zu bleiben und nicht aus einer religiösen Überzeugung heraus. Vielleicht war es nur an der Zeit, die Augen zu öffnen und der Wahrheit ins Gesicht zu sehen. Doch es war nicht einfach, sein ganzes bisheriges Leben in Frage zu stellen und darauf eine Antwort zu finden.

Ich erinnerte mich an die vielen Gespräche mit Ali und Alia, kultivierte Menschen, die keinen Groll gegen uns Christen hegten. Ihre Ansichten waren friedlich und versöhnend. Konnten solche Menschen schlecht sein?

Die Einsamkeit der Wüste half mir dabei, tief in mein Innerstes zu horchen. Dabei wurde mir einiges bewusst, ich sah die Dinge jetzt klarer und eine Erkenntnis erschloss sich mir.

Ich war des Tötens überdrüssig, dies war nicht mein Krieg, sondern der Krieg der Kirche. Ein Krieg um Macht und Besitz. Ob dies Gottes Wille war, wage ich zu bezweifeln.

Als ich nach Tagen wieder nach Jerusalem zurückkehrte, konnte ich auch mit meinen Freunden über meine Zweifel reden. Borchwei verstand meine Gedanken nur zu gut, dachte er doch ähnlich, jetzt wusste ich auch warum. Gilbert und Bero versuchten zu verstehen, ich glaube aber, sie taten es eher aus Freundschaft zu mir.

Und noch etwas musste ich jetzt tun. Ich musste den Vorfall beim Hauptquartier melden, obwohl meine Freunde mir davon abrieten. Da wir die Toten einfach liegen gelassen hatten, würde man sie finden und einem Seldschukenüberfall zuschreiben.

Ich wollte nicht noch mehr Hass streuen, sondern zu meinem Handeln stehen. Ich entschied mich zu diesem Schritt, weil ich es als richtig empfand, was ich getan hatte.

Im Hauptquartier erstattete ich dem Hauptmann der Stadtwache Bericht; ein junger Schreiberling brachte alles ordnungsgemäß zu Papier. Da ich Christen getötet hatte, würde man über mein Handeln urteilen. Ich wurde gebeten, die Stadt nicht zu verlassen und man würde mich zu gegebener Zeit befragen. Ich schwor auf die Bibel, Jerusalem nicht zu verlassen.

Nachdem ich auch mit Borchwei darüber gesprochen hatte, bot mir dieser an, beim König für mich vorzusprechen. Ich lehnte jedoch ab, weil ich diese Sache selbst regeln wollte. Borchwei akzeptierte es und fand auch mein Handeln rechtens. Er sicherte mir dennoch seine Unterstützung zu, falls ich sie benötigen würde.

Bero fand meine Entscheidung, den Vorfall zu melden, nicht richtig. Er hatte keinerlei Verständnis für mein Handeln, es machte ihn wütend, sogar sehr wütend. Abends in unserem Zimmer, als wir alleine waren, redete er auf mich ein.

»Du hast doch nur irgendwelche Halunken und Räuber getötet, sie hatten es verdient. Sollten wir nicht die Karawanen schützen, auch vor christlichen Räubern?!«

»Schon, aber sie trugen das Kreuz auf ihren Röcken, also waren es keine Räuber, sondern Kreuzfahrer.«

»Jesco, erzähl mir jetzt nicht, dass du das zu Protokoll gegeben hast!«

»Oh doch, das habe ich. Ich wollte ehrlich sein und ich stehe dazu, was ich getan habe.«

Er sah mich zuerst entgeistert an. Dann raufte er sich seine zerzausten Haare und schrie mich mit hochrotem Gesicht an.

»Bei allen Heiligen! Wie kann man so bescheuert sein. Da brauchst du auf kein Urteil zu warten, da kannst du dir auch gleich selbst den Kopf abhacken!«

»Ich bin mir keiner Schuld bewusst, es waren niederträchtige Halunken und keine Kreuzritter, man wird mich verstehen. Du kannst dich wieder beruhigen.«

Doch Beros Halsschlagader schwoll an und er tobte weiter.

»Ich soll mich was?! Hat dir die Wüstensonne das Hirn verbrannt!? Wer denkst du wird dir glauben? Sie haben schon Männer wegen weitaus weniger aufgeknüpft!«

Jetzt wurde auch ich laut und blaffte ihn an. »Es reicht jetzt, außerdem ist es meine Angelegenheit!«

Die Tür ging auf und Gilbert trat ein. »Was ist hier denn los? Gibt's was zu feiern?«

Wir sahen beide ruckartig zu Gilbert. Bero giftete zu ihm gewandt weiter: »Es gibt alles andere als einen Grund zu feiern. Denn der Herr von Hohengreif glaubt von sich, er hätte die Unschuld und Weisheit gleich schaufelweise gefressen!«

Gilbert sah erst erstaunt Bero an, dann drehte er sich grinsend zu mir um. »Na ja, da bin ich mir nicht so sicher – vielleicht doch eher löffelchenweise. Aber es gibt doch nichts, was ein guter Tropfen Wein nicht wieder ins Lot bringt«, zwinkerte er mir zu, »los wir gehen in die Taverne!«

Ich verdrehte stöhnend meine Augen und gab auf.

»Der Teufel steh mir bei, denn bei solchen Freunden muss ich die Hölle nicht mehr fürchten!«

Zwei Tage später saßen wir im Speisesaal und frühstückten. Die Straßen Jerusalems erwachten und der geschäftige Lärm von draußen drang zu uns herein. Wir hatten die letzten Bissen gerade verschlungen, als ein gut gekleideter Bote an unseren Tisch trat. Er verbeugte sich kurz und sprach uns freundlich an. »Ihr Herren, verzeiht wenn ich Euer Mahl störe, aber Jesco von Hohengreif soll umgehend in den königlichen Palast kommen. Der Patriarch wünscht ihn zu sehen.«

Meinen Freunden wich die Farbe aus ihren Gesichtern, sorgenvoll sahen sie mich an. Ich blieb gefasst, erhob mich langsam und antwortete dem Boten mit ruhigen Worten. »Gebt mir einen kurzen Augenblick, um mich angemessen zu kleiden.«

Er wartete bei meinen Kameraden, während ich in unserer Stube ging und mich umkleidete. In Tunika und sauberem Wappenrock erschien ich wieder im Speisesaal. Bero und Gilbert waren aufgestanden und hatten sich entschieden, mich bis zum Palast zu begleiten. Schweigend hielten wir mit dem Boten Schritt und überquerten den Platz am Felsendom, wo wir damals zu Rittern geschlagen wurden.

Als wir am Königspalast eintrafen, blieben die beiden an der Eingangspforte zurück und Bero sah mir in die Augen. »Jesco, wenn wir dir helfen können, dann ...«

Ich ließ ihn nicht ausreden. »Lasst nur, ich habe nichts Verwerfliches getan, sorgt euch nicht.«

Ich konnte ihr Unbehagen erkennen, als sie mir auf die Schulter klopften, dennoch folgte ich guten Mutes dem Boten in den Palast des Königs, der Al-Aqsa Moschee.

Der Bote führte mich an mehreren Wachen vorbei durch das Eingangsgewölbe. Innen, unter der großen Kuppel, hatte man neue Wände hochgezogen, was ich am noch frischen Putz erkennen konnte. Im Inneren der Al-Aqsa konnte man immer noch muslimische Einflüsse entdecken. Wunderschöne bunte Mosaiken und geschwungene Steinbögen zeugten noch von der Zeit vor der christlichen Eroberung. Der erste König von Jerusalem, Gottfried von Bouillon und anschließend Balduin I., hatten die ehemalige Moschee im Laufe der Jahre zu einem christlichen Palast umbauen lassen. In einem großen Seitenflügel des Gebäudes hatte Balduin II. den Tempelrittern vor kurzem gestattet, ihr neues Hauptquartier einzurichten.

Ich war zum ersten Mal hier und sehr beeindruckt von der Bauweise dieses prächtigen Gebäudes. Aus vielen kleinen Fenstern in den Wänden fielen die Sonnenstrahlen genau in die Mitte unterhalb der Kuppel. Der Bote wies mich an, auf einer verzierten Steinbank Platz zu nehmen und zu warten, bis ich gerufen werde. Ein Wachsoldat war uns gefolgt und stand nun schweigend neben mir.

Ich hatte keine Ahnung, was nun auf mich zukommen würde. Immer wieder gingen Mönche mit Pergamentrollen und Büchern an mir vorüber, die von mir aber keinerlei Notiz nahmen. Gegenüber von mir hing ein wunderschönes goldenes Kreuz an der Wand, ich bewunderte die geschickte Handwerksarbeit. An den Decken waren Fahnen mit Wappen aufgehängt. Am Ende des Ganges war eine große, mit silbernen Nägeln beschlagene Tür, darüber in Stein gehauen das Jerusalemkreuz.

Erneut erschien ein Wachsoldat, gefolgt von zwei Männern, es waren zu meiner Überraschung Pascal und Antoine. Sie sahen mich nicht, da ich in einer Nische saß. Sie gingen an mir vorüber und entschwanden dann meinem Blickfeld. Ich wusste nicht warum, aber plötzlich beschlich mich ein ungutes Gefühl. War ich doch zu arglos gewesen?

Die große Tür öffnete sich und der Wachsoldat wies mich an, ihm zu folgen. Er begleitete mich bis zur Türschwelle und blieb dann zurück, ich ging alleine weiter. Hinter der Tür waren vier weitere bewaffnete Wachen postiert. Ich betrat einen großen, hellen Raum. Edle Teppiche bedeckten die Wände, verzierte goldene Kerzenleuchter und gepolsterte Bänke befanden sich zu beiden Seiten von mir. Von der Decke hingen Fahnen herab, auf denen ich die Wappen der Kreuzfahrerstaaten erkennen konnte.

Vor mir stand auf einem Podest ein goldener, prunkvoller Thron, daneben ein verzierter Holztisch, an dem ein Schreiber saß. Ich befand mich in Balduins Thronsaal. Man konnte die Macht und die Kraft, die dieser Saal ausstrahlte, förmlich spüren. Nahe dem Thron, auf einem großen Holzstuhl, saß der Patriarch. Er trug eine schwarze Soutane, sein haarloses Haupt bedeckte ein rotes Birett.

Erhobenen Hauptes ging ich auf ihn zu und blieb ein paar Schritte vor ihm stehen. Ich verbeugte mich tief und wartete, bis er das Wort ergriff.

Mit seinen kalten, blutunterlaufenen Augen musterte er mich von oben bis unten, seine Wangen waren bleich und voller Falten. Dann näselte er mit spitzer Stimme, ohne mich anzusehen: »Ich bin der Patriarch von Jerusalem, Daimbert von Pisa. Und Ihr seid Jesco von Hohengreif?«

»Eure Eminenz, der bin ich.«

Mit seiner knochigen Hand gab er dem Schreiber einen arroganten Wink, der sich sofort mit seiner Feder über ein Pergament beugte und jedes Wort mitschrieb.

Daimbert beugte sich etwas vor und fixierte mich mit lauerndem Blick. Es waren nicht seine Augen, die mich durchdrangen und mit denen er mich einzuschüchtern versuchte. sondern seine kalte Seele, die wie eine Spinne ihr Netz um mich webte.

»Nun, laut Eurem eigenen Bericht, den Ihr auf die Heilige Bibel bezeugt habt, sind durch Eure Hand drei christliche Ritter getötet worden ...«

»Mit Verlaub, es waren Räuber, keine ehrenhaften Ritter ...«

Trotz seines hohen Alters erhob sich der Legat ruckartig und giftete mich an: »Ihr wagt es, mich zu unterbrechen! Ihr seid des gemeinen Mordes angeklagt und sprecht nur dann, wenn Ihr gefragt werdet, und nicht eher!«

Ich neigte kurz demütig mein Haupt. »Verzeiht meine Anmaßung, Eure Eminenz.« Wütend ballte ich meine Fäuste, während Daimbert sich wieder setzte. Ich musste mich zusammenreißen und meine Worte wohlbedacht wählen. Denn dies alles hier lief überhaupt nicht nach meiner Vorstellung.

»Ihr habt also Heiden verteidigt, indem Ihr gute Christen getötet habt. Ich muss Euch wohl nicht sagen, dass darauf die Todesstrafe steht, und zwar durch Erhängen.« Er betrachtete seine gepflegten Fingernägel, bevor er fortfuhr. »Doch aufgrund Eurer tapferen Taten für das Königreich Jerusalem, gestehe ich Euch den Tod durch Enthaupten zu. Wache, bringt die beiden Zeugen!«

Ich verlor völlig den Boden unter den Füßen, denn ich war von einer Anhörung ausgegangen, in der ich mein Handeln rechtfertigen könnte. Plötzlich war ich des Mordes angeklagt.

Hinter mir öffnete sich die Tür und Pascal und Antoine wurden in den Saal gebracht, sie blieben beide dicht neben mir stehen. Ich sah die zwei an, doch sie konnten mir nicht in die Augen sehen und wichen meinem Blick aus, was mich noch unruhiger werden ließ.

Der Patriarch sah die beiden durchdringend an, als wolle er sie so beeinflussen. Mit seinen Fingern drehte er beiläufig den protzigen Ring an seiner Hand.

»Nun, Pascal und Antoine, euch steht eine glänzende Zukunft in Jerusalem bevor, gefährdet sie nicht und antwortet wahrheitsgemäß auf meine Frage.«

Die beiden sahen mich immer noch nicht an und schienen mir ziemlich durcheinander zu sein. Mit schneidender Stimme sprach Daimbert weiter. »Hat dieser Mann neben euch, in eurem Beisein drei gute, christliche Männer getötet, um Heiden zu schützen? Antwortet mit Ja oder Nein.«

Allein die Fragestellung war so gewählt, dass den beiden gar nichts anderes übrig blieb, als sie zu bejahen. Er hatte sie somit geschickt in die Enge getrieben. Der Patriarch wartete lauernd auf eine Antwort.

Pascal liefen Schweißperlen die Stirn herunter und Antoine war kreidebleich geworden. Schließlich räusperte sich Antoine.

»Eure Eminenz, Ritter Jesco handelte richtig, denn ... «

»Schweigt!«, brüllte Daimbach. Mit seinem knochigen Zeigefinger deutete er auf Antoine und seine Stimme bekam einen drohenden Unterton. »Verschont mich mit Euren fadenscheinigen Erklärungen. Ihr antwortet gefälligst mit Ja oder Nein!«

Antoine warf mir einen kurzen Seitenblick zu, so als wolle er mich um Verzeihung bitten. Dann tat er einen Schritt vor und holte tief Luft. »Nein!«

Ich sah zu dem jungen Antoine, mit dieser Antwort hatte ich nicht gerechnet. Daimbert presste seine Lippen fest zusammen, dabei röteten sich seine Wangen vor Wut. Er sah Antoine an, dann erhob er sich und kam auf uns zu. Langsamen Schrittes ging er um uns herum und blieb direkt vor Antoine stehen.

»Was soll das heißen, Antoine? Erdreistet Ihr Euch etwa, mich zu belügen?«

Antoine hielt seinem Blick jedoch stand, ich bewunderte seinen Mut und seine Standhaftigkeit, trotz seiner noch jungen Jahre. Er setzte gerade zu einer Antwort an, als sich eine kleine Seitentür öffnete. Zwei Ritter betraten schnellen Schrittes den Thronsaal, kurz danach erschien zu meiner Überraschung der König, gekleidet in eine lange weiße Tunika mit goldenen Borten. Gemessenen Schrittes ging er zu seinem Thron und streifte mich nur mit einem flüchtigen Blick. In diesem kurzen Moment wurde mir klar, dass er nicht mehr wusste, wer ich bin. König Balduin hatte täglich mit Dutzenden von Leuten zu tun, wie konnte ich mir da einbilden, dass er mich noch erkennen würde. Ich ärgerte mich über meine Einfalt.

Nachdem Balduin saß, ließ er sich ein Schriftstück bringen und studierte es. Es herrschte Totenstille, selbst der Patriarch schwieg jetzt. Dann winkte der König dem Schreiber, um das Protokoll meiner Anhörung zu lesen. Der Patriarch setzte sich jetzt ebenfalls und sah arrogant und überlegen zu uns herüber. In seinem Blick lag etwas Hinterlistiges. Ich konnte ihn nicht ausstehen, was wahrscheinlich auf Gegenseitigkeit beruhte.

Als der König zu Ende gelesen hatte, ließ er das Dokument achtlos zu Boden fallen. Er schaute mich lange an, ich konnte seinen Blick nicht deuten, eine Mischung aus Enttäuschung, Zorn und Leere las ich darin. Er trommelte nachdenklich mit seinen Fingern auf die Stuhllehne, dann erhob er seine Stimme:

»Jesco, erklärt mir doch bitte den Antrieb Eures Handelns.«

Ich erwiderte den Blick des Königs und sah ihm in seine Augen. »Gerechtigkeit, mein König.«
Balduin lehnte sich in seinem Thron zurück und strich sich gedankenverloren mit dem Finger über sein Kinn, bevor er weitersprach. »Jesco von Hohengreif, ich habe Euch und Eure tapferen Taten noch gut im Gedächtnis.«
Der Patriarch wollte etwas sagen, doch eine kleine Handbewegung des Königs gebot ihm zu schweigen. Balduins Blick ruhte weiterhin auf mir. »Erzählt mir nun genau, was an diesem Wasserloch geschehen ist.«
Ich verneigte mich und war erfreut darüber, dass er sich noch an mich erinnerte. Dann berichtete ich ihm alles wahrheitsgemäß und in jeder Einzelheit. Mit eisiger Miene hatte der König mir zugehört. Sein Blick schweifte durch den Saal, während er nachdachte. Dann richtete er sein Wort an den Patriarch, ohne diesen anzusehen. »Daimbert, wie lautet Euer Fazit?«
Der Angesprochene erhob sich aus seinem Stuhl, er neigte den Kopf leicht zur Seite und umschmeichelte den König mit seinem anbiedernden Gebaren. »Nun, es ist nicht zu bestreiten, dass gute Christen getötet wurden. Und die Worte des Jesco empfinde ich als zweifelhaft, wenn nicht gar gelogen.« Er sah mich an, als wäre ich seines Blickes nicht wert. »Wir müssen eine gerechte Entscheidung treffen – ein Gottesurteil würde uns Aufschluss geben!«
Ich zuckte innerlich zusammen. Diese sogenannten Gottesurteile waren mir wohlbekannt. Dabei wurden einem glühende Eisen in die Hände gedrückt, oder man wurde gefesselt ins Wasser geworfen. Man konnte dabei sterben und wäre dann schuldig, die wenigsten überlebten und galten dann als unschuldig, aber den Rest ihres Lebens verkrüppelt.
Ich war schon selbst Zeuge solch eines Gottesurteils. Einem Mann wurde damals ein glühendes Brenneisen auf die Brust gedrückt, als die Wunde nach Tagen zu eitern begann und

nicht verheilen wollte, sah man dies als Zeichen seiner Schuld und er wurde zum Tode verurteilt. Für mich war solch ein Gottesurteil eine einzige Farce. Kein Wunder, dass die Bevölkerung sich oft vor den Kirchenmännern und ihren Urteilen fürchtete.

Ich konnte mich nicht mehr beherrschen, kalte Wut überkam mich. Unaufgefordert erhob ich mein Wort: »Woher wollt Ihr wissen, ob Gott so ein Urteil gutheißt? Habt Ihr mit Gott gesprochen, oder ist er Euch in der Nacht erschienen? Gott kennt die Wahrheit, auch ohne ein Gottesurteil.« Kaum hatten die Worte meine Lippen verlassen, bereute ich sie auch schon.

Der Patriarch schien zunächst sprachlos, doch dann sah er mit wütendem Blick zu mir und schrie mich mit spitzer Stimme an. »Ihr wagt es, uns mit gotteslästernden Worten die Stirn zu bieten!? Was fällt Euch ein, ich lasse Euch in den Kerker werfen!«

Ich hasste diesen Heuchler und Bückling, diesen Mann der Kirche, der jegliches Recht für sich beanspruchte, als wäre er Gott selbst.

König Balduin hob beschwichtigend seine Hand in Richtung Daimbert. »Ich kenne Jesco als ehrenhaften und mutigen Ritter. Mein lieber Daimbert, mir scheint, Ihr seid mit Eurem Urteil etwas voreilig. Doch lasst nun die Zeugen sprechen.«

Mit einer Handbewegung forderte er Pascal und Antoine auf, vorzutreten und zu sprechen. Beide verneigten sich, bevor Pascal sprach. »Mein König, wir bestätigen die Worte des Jesco, sein Handeln war gerecht, um unschuldige Menschen vor Plünderern und Mördern zu schützen. Gott ist unser Zeuge.«

Ein vielsagendes Lächeln huschte über das Gesicht des Königs, während er sich zufrieden die Hände rieb.

»Dann ist alles gesagt. Jesco von Hohengreif, Euch wird nichts vorgeworfen. Ich erkenne kein unrechtes Vergehen. Ihr dürft jetzt wieder gehen.«

Tief durchatmend, erwiderte ich Balduins Nicken und verbeugte mich erleichtert. Er war wirklich ein gerechter und weiser König, ich bewunderte unseren Herrscher. Daimbert jedoch ließ nicht locker und warf dem König einen empörten Blick zu. Doch dann besann er sich plötzlich, einer Schlange gleich wand er seinen Hals und säuselte scheinheilig:

»König Balduin, bedenket doch die Folgen ...«

»Daimbert! Es ist alles gesagt!«, unterbrach ihn Balduin barsch. Der Patriarch erhob sich, seine eisigen Augen durchbohrten mich. Er verneigte sich vor dem König, dann rauschte er beleidigt aus dem Saal. Und ich empfand tiefe Genugtuung.

Pascal und Antoine verbeugten sich und verließen ebenfalls den Raum, wobei sie mir im Vorbeigehen ein zufriedenes Lächeln schenkten. Ich blieb noch stehen und war für einen kleinen Augenblick unentschlossen. Der König bemerkte mein Zögern. »Jesco, habt Ihr noch etwas auf dem Herzen?«

Seinem Blick ausweichend, hielt ich kurz inne.

»Ja mein König, da wäre noch etwas.«

Ich griff unter meinen Waffenrock und zog meinen Brief vom Erzbischof hervor, ich reichte ihn Balduin. Er nahm ihn entgegen und las ihn. Nach einer Weile schaute er mich bedächtig an. »Ihr wollt Euer Erbe antreten und uns verlassen?«

»Ja, das ist mein Anliegen.«

In des Königs Blick lag Bedauern, als er meine Bitte hörte. Er schaute nochmals auf den Brief, dann wieder zu mir.

»Ich sagte Euch damals, nach der Schlacht, ich würde Euch Euren mutigen Einsatz nicht vergessen.« Er ließ seinen Kopf nachdenklich sinken und überlegte, dann sah er mich gütig an.

»Also schön, ich lasse Euch ziehen, wenn auch schweren Herzens, denn Ihr seid ein großer Krieger und werdet uns hier fehlen. Mein Schreiber wird Euch ein Entlassungsdokument ausstellen, Ihr habt Euch das verdient.«

»Ich danke meinem König, einem wahrhaft großen König.«

Er lachte jungenhaft auf und erhob sich aus seinem Thron und kam auf mich zu. Als er vor mir stand, legte er mir seine Hand auf die Schulter und sah mir in die Augen.

»Sagt mir noch eines, Jesco. Was hat Euch letztendlich bewogen, uns zu verlassen?«

Seine Frage überraschte mich ein wenig, doch sein Blick verriet mir, dass ich offen mit ihm sprechen durfte.

»Die Entscheidung fiel mir nicht leicht. Ich habe lange mit mir gerungen und nach einer Antwort gesucht, ... ich fand sie heute in den Augen des Patriarchen.«

Meine Freunde waren allesamt erleichtert, als ich ihnen später von der Anhörung erzählte. Den Entschluss, mein Erbe anzutreten, verschwieg ich ihnen aber zunächst.

Die Entscheidung betreffend meines Erbes war in mir gereift, als ich nach den Ereignissen am Wasserloch die Einsamkeit der Wüste gesucht hatte. Die schändlichen Vorwürfe des hochnäsigen, selbstverliebten Patriarchen gaben mir schließlich den Rest.

Ich musste oft an meine erste Schlacht denken. Mit welchem Eifer ich für unsere Sache gekämpft hatte, gegen Ungläubige, in deren Land wir einst eingefallen waren und es besetzt hatten. Ich weiß nicht, ob dies wirklich Gottes Wille war, dem wir folgten, aber mit Sicherheit war es der Wille der Kirche.

Den Kreuzfahrern, die ins Heilige Land zogen, hatte die Kirche versprochen, während ihrer Abwesenheit ihr Land und Gut zu verwalten. Im Falle ihres Todes würde ihr Besitz allerdings der Kirche zufallen. Ein schlauer Schachzug der Kirche, sie gewannen in jedem Fall. Aber vielleicht tat ich auch vielen gütigen Klerikern, wie zum Beispiel Philippe, Unrecht mit meinem Denken. Jedenfalls wurde mir diese Gier nach Macht, Reichtum und Besitz immer unerträglicher.

All diese Dinge waren mir Grund genug, meine Heimat, das Heilige Land, zu verlassen. Dies war nicht mehr mein Krieg, und wenn ich je wieder töten musste, dann sollte es meine Entscheidung sein und nicht die des Klerus. Aber auch eine gewisse Neugier auf das Land meines Vaters konnte ich nicht verhehlen. Ich hatte bereits so viel darüber gehört, jetzt wollte ich es auch sehen und kennenlernen. Und sollte es mir dort missfallen, so würde ich eben wieder hierher zurückkehren, in meine Heimat.

Aber meine größte Sorge galt meinen Freunden. Ich musste sie von meinem Entschluss unterrichten und wusste nicht, wie sie es auffassen würden. Würden sie mich begleiten oder hieße es Abschied nehmen voneinander? Könnte ich das überhaupt verkraften? Und Borchwei, der mir immer wie ein Vater gewesen war, was würde er dazu sagen?

Ich zögerte es noch einige Tage hinaus, mit meinen Freunden darüber zu reden, in der Hoffnung, dass es mir dann leichter fallen würde. Doch meine Hoffnung tat mir diesen Gefallen nicht. Also nahm ich mir eines Abends ein Herz und lud alle drei zu einem Krug Wein ins Wirtshaus ein.

»Was verschafft uns denn die Ehre, dass du uns einlädst?«, fragte mich Gilbert, nachdem er der jungen Schankmaid ausgiebig hinterher gestarrt hatte. Wir saßen in der hintersten Ecke einer Gaststube, die durch ein paar flackernde Kerzen nur spärlich erhellt war. Draußen regnete es seit langer Zeit mal wieder, sodass eine feuchte Wärme zu den Fenstern herein-drang. Mir lief der Schweiß herunter und meine Tunika klebte mir auf der Haut. Ich drehte meinen Becher zwischen den Fingern und zögerte die Antwort hinaus. Bero lachte mich an.

»Jesco, nun sag uns schon was los ist, bevor du mit deinem Becher die Tischplatte durchbohrst.«

Ich ließ den Becher los, hielt meinen Blick aber weiterhin auf die Tischplatte gesenkt. »Freunde, ich habe mich entschieden, ins ferne Frankenland aufzubrechen und mein Erbe anzutreten!«

Gilbert verschluckte sich und musste husten, Bero bedachte mich mit einem ungläubigen Blick und brachte kein Wort heraus. Borchwei sah mich verstehend an und nickte mir nur leicht zu. Es herrschte eisiges Schweigen. Bero schenkte sich nach, nahm einen ordentlichen Zug und lehnte sich dann seufzend über die Tischplatte. »Und was treibt dich plötzlich zu diesem Entschluss?«

Ich wich seinem Blick aus, als ich antwortete. »Es sind mehrere Gründe, aber vor allem kann und will ich nicht mehr den Kampf der Kirche führen.«

Gilbert neigte seinen Kopf zu Bero. »Ich glaube, ich weiß was Jesco meint. Auch ich habe manchmal meine Zweifel an der Richtigkeit unseres Tuns.«

Bero fixierte mich noch immer mit seinem Blick, als hätte er Gilbert überhaupt nicht zugehört. »Leute, ich sage euch, entweder hat Jesco in der Wüste zu viel Sonne abbekommen, oder wir sollten unsere Trinkgelage einschränken!«

»Bero, es ist mein Ernst!«, entgegnete ich ihm.

Fassungslos starrte er mich an, ich konnte ihm nicht in die Augen sehen. Er beugte sich über den Tisch und zwang mich, ihn anzuschauen. »Verflucht noch Mal, du kannst nicht so einfach abhauen!«

Nachdem Borchwei bisher nur zugehört hatte, mischte er sich mit besonnenen Worten ein. »Oh doch, das kann er. Und es ist richtig so!« Nach einer kleinen Pause fuhr er an mich gewandt fort: »Es ist das Erbe deiner Familie, der Name deines Vaters, du kannst dies alles fortführen. Tätest du es nicht, würdest du dir dein Leben lang Vorwürfe machen.«

Wieder setzte betretenes Schweigen ein, weil wir alle wussten, dass er Recht hatte. Schließlich erzählte ich ihnen von meinem

Gespräch mit König Balduin und seiner Erlaubnis, mich ziehen zu lassen. Dann stellte ich die Frage, die mir so am Herzen lag: »Eigentlich wollte ich euch fragen, ob ihr mich begleitet?«

Gilbert trank den nächsten Becher Wein in einem Zug leer und rülpste. Doch er war der erste, der mir antwortete:

»Na schön, wann geht es los? Ich bin dabei!«

Ich reichte ihm lächelnd die Hand und dankte ihm. Aber die Angst vor Beros Antwort schnürte mir die Kehle zu, ich sah ihn mehr bittend als fragend an. Er erwiderte meinen Blick entschlossen, aber ich konnte ihn nicht deuten. Dann schlug er mit der Faust krachend auf den Tisch. »Du alter Hurensohn, denkst du, ich lasse dich alleine ziehen? Ich komme mit!«

»Danke Bero, ich bin froh über deine Entscheidung.«

Ich schloss kurz meine Augen und atmete durch, ich war unendlich erleichtert. Dann sah ich Borchwei fragend an, er verstand meinen Blick, doch schüttelte nur lächelnd seinen Kopf. »Einen alten Baum sollte man nicht versetzen. Ich habe hier meine Aufgaben und Pflichten, die ich auch erfüllen werde, darum bleibe ich hier.«

»Das schmerzt mich, aber ich kann dich verstehen.«

Mit einer ähnlichen Antwort von ihm hatte ich gerechnet, dennoch verspürte ich einen Stich in meinem Herzen. Ich hatte ihm alles zu verdanken, er war für mich einfach unersetzbar. Ihn nicht mehr an meiner Seite zu wissen, erfüllte mich mit tiefer Traurigkeit. Borchwei erkannte meine innere Zerrissenheit und wie so viele Male zuvor in meinem Leben, klopfte er mir ermutigend auf die Schulter.

»Auch mich macht der Abschied traurig. Aber das Leben geht seinen Gang und du musst deinen Weg gehen, so wie ich meinen Weg gehen muss. Vielleicht meint es das Schicksal gut mit uns und wir sehen uns eines Tages wieder.«

»Das hoffe ich von ganzem Herzen«, erwiderte ich.

»Und wenn nicht, dann treten wir dem Schicksal gehörig in die Eier!« Treffender hätte es Gilbert nicht sagen können. Ich bestellte einen neuen Krug Wein und die alte Unbeschwertheit kehrte zaghaft zurück.

»Na ja, wenigstens müssen wir uns dort mit keinen Heiden rumschlagen«, sinnierte Bero, doch dann wurde seine Miene plötzlich bedenklich. »Verdammt, hast du dir schon mal überlegt, wie auch ich eine offizielle Erlaubnis bekomme, um dich begleiten zu können?«

Daran hatte ich noch gar nicht gedacht. Gilbert war offiziell sowieso kein Garnisonsritter, aber bei Bero verhielt es sich schwieriger. Borchwei räusperte sich und zwinkerte uns zu.

»Lasst das meine Sorge sein, ich werde mich darum kümmern. Ich bin morgen beim König ...«

Erleichtert atmeten wir durch, denn wir waren uns sicher, dass Borchwei dies regeln würde. Der alte Fuchs stand hoch in der Gunst des Königs und fand fast immer einen Weg, um an sein Ziel zu gelangen.

Wir saßen noch lange zusammen und beratschlagten uns. Borchweis Erfahrungen halfen uns sehr dabei, denn er wusste um die Gefahren einer so langen Reise. Er warnte uns vor dem Wetter, das wir nicht unterschätzen sollten, bis hin zu gefährlichen Räuberbanden, die sich in den tiefen Wäldern des Frankenlandes verstecken. Er beschrieb uns aus dieser fremden Welt Krankheiten und Seuchen, die wir gar nicht kannten und vor denen wir uns hüten sollten. Je länger wir ihm zuhörten, desto mehr entfachte unser Interesse an diesem Land.

Da wir den Seeweg nehmen wollten, kam uns die milde Jahreszeit entgegen, denn jetzt war das Meer ruhig und eine Schiffspassage gefahrlos. Der Zeitpunkt unserer Abreise sollte in drei Wochen sein, also hätten wir genügend Zeit, um alles vorzubereiten.

Borchwei gab uns noch einen Rat, über den ich selbst auch schon nachgedacht hatte. »Ihr solltet noch Männer mitnehmen, dann wäre eure Reise sicherer. Sich Fremden anzuschließen birgt immer Gefahren, denn bei Rückkehrern aus dem Heiligen Land vermuten die Leute stets große Schätze.«

»Da hast du recht, ich habe mir darüber ebenfalls Gedanken gemacht. Ich muss die Schätze meines Vaters behüten, aber wo kriegen wir Männer her, denen wir einigermaßen vertrauen können?«, entgegnete ich und sah dabei Borchwei fragend an. Doch auch hier hatte er einen nützlichen Rat für uns.

»Ihr versucht es am besten westlich vom Damaskustor. Dort bieten sich Söldner an, auch Rückkehrer, die meist mittellos sind und auf eine Möglichkeit hoffen, bei einer Reisegruppe anzuheuern. Es gibt redliche Männer darunter, aber gebt acht, es sind auch viele zwielichtige Gestalten dabei.«

Es konnte zumindest nicht schaden, sich die Männer mal anzusehen. Freilich wären es auch Fremde, aber wir hatten zumindest die Möglichkeit, sie in den nächsten Wochen kennenzulernen und ihren Charakter zu prüfen.

Es war bereits spät geworden, also tranken wir aus und gingen nach Hause. Unser Heimweg war jedoch anders als sonst, jeder hing seinen eigenen Gedanken nach, denn keiner wusste, was das Schicksal für uns bereithalten würde.

Wir hatten das Damaskustor bereits hinter uns gelassen und marschierten in westlicher Richtung, Gilbert und Bero begleiteten mich. Tief hängende Wolkenfetzen zogen am Himmel entlang und sorgten für schwülen Wind, ein untrügliches Zeichen, dass es bald regnen würde.

Ein arabischer Händler zog mit seinen bepackten Kamelen an uns vorüber und trieb sie mit einem Stock an. Wir gingen an der Stadtmauer entlang weiter. Arabische wie christliche Kaufleute trafen sich hier, um ihre Geschäfte abzuschließen und voneinander zu profitieren. Sie tranken und speisten miteinander, während sie um ihre Waren feilschten. Ihr gemeinsamer, wachsender Handel war eine der Säulen, die das Heilige Land wirtschaftlich erblühen ließen. Auch hier zeigte sich König Balduins Weitsichtigkeit.

An kleinen Mauerresten, die noch aus Römerzeiten stammten, lungerten Dutzende von Männern. Bettelmönche predigten hier und da, fanden jedoch keine Zuhörer, weil die meisten Männer nur gelangweilt dasaßen. Ich wusste, dass viele Rückkehrer einfach nur desillusioniert waren, sie hatten hier von Reichtum geträumt und wurden bitter enttäuscht. Manche von ihnen kehrten ärmer heim, als sie angekommen waren.

Gilbert raunte mir ins Ohr. »Ich denke hier sind wir richtig, aber sehr vertrauenerweckend sehen die nicht gerade aus.«

Ich gab ihm recht und sah mich skeptisch um. »Wir sollten es wenigstens versuchen.«

Wir mischten uns unter die Anwesenden und sahen uns einen nach dem anderen an. Im Laufe meines noch jungen Lebens hatte ich ein Gespür dafür entwickelt, das Gesicht eines Mannes zu deuten. In vielen Kämpfen und Schlachten hatte ich gelernt, die Augen eines Kriegers einzuschätzen. Mein Gefühl hatte mich nie betrogen, wenn es darum ging, auf wen ich mich verlassen konnte und auf wen nicht. Es hatte mir oft das Leben gerettet, weil ich die richtigen Streiter an meiner Seite hatte. An einigen hier ging ich schnell vorüber, ein flüchtiger Blick genügte mir bereits, um sie abzulehnen.

Etwas abseits bemerkte ich einen jungen Mann, der auf einer Kiste saß. Er trug eine wattierte, zerlumpte Jacke, die früher einmal edel ausgesehen haben musste. Seine Beinlinge waren löchrig und seine schnabelartigen Schuhe waren stark zerschlissen. Er hatte einen spitzigen, gepflegten Kinnbart und intelligente Augen. Seine pechschwarzen Haare waren zu einem Zopf nach hinten gekämmt. Irgendetwas an ihm faszinierte mich, vielleicht auch nur seine gespielt edle Art.

Mit Bero und Gilbert im Schlepptau ging ich zu ihm und sprach ihn an: »Sei gegrüßt, bist du ein Söldner?«

Er erwiderte überrascht meinen Blick und wirkte dabei fast ein wenig pikiert. Dann erhob er sich mit einer fließenden, eleganten Bewegung. »Oh nein, ihr edlen Herren, ich bin ein Mann des Wortes. Des Wortes der Minne und ein glühender Verehrer der Kunst des Dichtens.«

Er sprach mit starkem, spanischem Akzent und verstärkte seine Worte durch seltsame Gesten seiner Hände, so als wolle er eine Blume pflücken. Er bemerkte wohl unser Stirnrunzeln und verbeugte sich galant. »Nun, um es kurz zu machen, ich bin ein Dichter.«

Bero, der neben mir stand, stieß seinen Atem aus und flüsterte mir leise zu: »Ein Dichter, aha. Ich glaube eher, dass er nicht ganz dicht ist.«

Dieser seltsame Kerl brachte uns zum Schmunzeln, aber er hatte immerhin ein langes Schwert an seinem Gürtel hängen.

»Mein Name ist Jesco und ich suche Männer, die mich ins Frankenland begleiten. Ich komme für die Reise auf und wenn wir angekommen sind, dann erhältst du eine Goldmünze von mir. Aber du musst kämpfen können.«

»Oh, genauso scharf wie meine Zunge ist auch die Klinge meines Schwertes. Ich begleite Euch gerne. Mein Name ist Pedro von Navarra.«

»Soso, von Navarra. Ich denke, wir belassen es bei Pedro. Du bist dabei, bleibe hier, bis wir dich in den nächsten Tagen holen«, versprach ich ihm freundlich lächelnd.

Er machte einen überglücklichen Eindruck und verbeugte sich erneut vor uns. »Ihr Herren, Ihr werdet es nicht bereuen, ich stehe Euch zu Diensten.«

Das würde sich noch herausstellen. Ich musste mir ein Lachen verkneifen, als wir uns von dem Spanier verabschiedeten und gingen dann weiter. Bero war mit der Auswahl dieses Mannes nicht ganz einverstanden und konnte nur verständnislos den Kopf schütteln. »Jesco, es ist dein Geld, aber was zum Himmel willst du mit einem Dichter? Ich meine, vielleicht nehmen wir noch einen Pfaffen mit, oder gar einen Chronisten, der deine Taten niederschreibt, oder ... «

»Oder einen Herold, der uns vorausreitet und uns ankündigt«, kicherte Gilbert. Ich beschwichtigte die beiden und versprach ihnen, nun wirklich nach richtigen Kriegern Ausschau zu halten.

Bald wurden wir auch fündig und heuerten zwei Franzosen an. Sie waren in unserem Alter und machten einen zuverlässigen Eindruck. Ihre Namen waren Pierre und Raoul und sie hatten sogar eigene Pferde, was mich Geld sparen ließ. Sie hatten sich einige Jahre als Söldner verdingt und in Antiochia gedient, doch sie fühlten sich hier nicht wohl und wollten wieder in heimische Gefilde. Sie waren sehr erfreut über mein Angebot und so reichten wir uns die Hände, um es zu besiegeln. Nun waren auch Bero und Gilbert mit meiner Auswahl zufrieden.

Wir wollten schon den Heimweg antreten und freuten uns auf einen Krug Wein, als ich einen Mann entdeckte, der auf einem niedrigen Mauerrest hockte. Er war ein Hüne von einem Kerl, mit mächtigen Oberarmen und geflochtenen Zöpfen. Seine Haut war stark gerötet von der Sonne und an seiner Seite lehnte die größte Streitaxt, die ich je gesehen hatte. Sein Alter war schwer zu schätzen, er war vielleicht wenige Jahre älter als wir.

Ich nickte meinen Freunden zu und wir gingen zu ihm hin. Er trug eine seltsame Art von Waffenrock, eher einen Umhang aus Wolle, der an seinen Knien endete. Seine wadenhohen Stiefel waren aus grobem Leder und vorne zugeschnürt. Sein ganzes Erscheinungsbild erinnerte an die Krieger aus schon längst vergangenen Zeiten. Er schnitzte an einem kleinen Holzstück und wirkte äußerst gelassen, als ich ihn freundlich ansprach.

»Verzeih, aber sprichst du unsere Sprache?«

Er hob langsam seinen Kopf und sah uns an.

»Aye.«

Das sollte wohl „Ja" bedeuten.

»Hättest du Lust, mich und meine Gefährten ins Frankenland zu begleiten, ich bezahle dich anständig dafür.«

Er musterte mich eine kurze Weile, doch seine Miene blieb weiterhin reglos.

»Aye.«

»Äh ... das nenne ich eine klare Antwort. Besitzt du ein Pferd?«

»Aye.«

»Nun gut, dann ist es abgemacht. Wie heißt du eigentlich?«

»Struan.«

»Und woher stammst du?«

»Alba.«

Er musste wohl unsere stutzigen Gesichter bemerkt haben und fügte erklärend hinzu. »Schottland.«

Wir nickten verstehend, obwohl wir über dieses ferne Land so gut wie nichts wussten. Nachdem ich uns mit Namen vorgestellt hatte, versprach ich auch ihm, ihn in den nächsten Tagen hier zu treffen. Ich lächelte ihn zum Abschied an und gab ihm die Hand. »Struan, es freut mich dich kennenzulernen, bis dann also.«

»Aye.«

Er sah mich ein wenig überrascht an und doch meinte ich, in seinen blauen Augen einen winzigen Funken der Freude auszumachen.

Wir sahen uns noch weiter um, doch da uns keiner der anderen Männer zusagte, machten wir uns schließlich auf den Heimweg. Es begann zu tröpfeln und wir beeilten uns, um trocken heimzukommen.

»Ich muss schon sagen, dieser seltsame Schotte ist wirklich außerordentlich gesprächig«, amüsierte sich Bero.

»Aye«, antwortete Gilbert.

Mit den vier Angeheuerten wären wir nun zu siebt, wir beschlossen, es dabei zu belassen. Am nächsten Tag machte ich mich auf die Suche nach einer Behausung für unsere neuen Weggefährten. Es war nicht einfach in Jerusalem eine Bleibe zu finden, da durch die vielen Pilger und Reisenden sämtliche Herbergen überfüllt waren. Selbst für die schäbigsten Unterkünfte wurden unverschämte Preise verlangt.

Am Stall neben unserem Garnisonshaus war eine Holzhütte angebaut, dort wurde Stroh und Pferdefutter aufbewahrt. Ansonsten bot diese Hütte genügend Platz für ein paar Männer und ihre Pferde. Für zwei Wochen würde diese Beherbergung wohl allemal ausreichen.

Ich verhandelte mit dem stets knorrig gelaunten Stallmeister, jedoch eine Silbermünze verstärkte meine Überzeugungskraft und unsere Abmachung war besiegelt. Während ich ihm das Geldstück reichte, versuchte ich das gierige Grinsen des zahnlosen Stallmeisters zu ignorieren. Ich konnte den Kerl einfach nicht ausstehen und das würde sich auch nicht mehr ändern.

Wenig später hatte ich unsere neuen Begleiter in ihre Unterkunft gebracht und ließ ihnen aus der Küche etwas zu essen und einen großen Krug Wein bringen. Den beiden Franzosen und dem Spanier konnte man ihre Freude und Dankbarkeit ansehen, hatten sie jetzt doch wenigstens ein Dach über dem Kopf. Dem hünenhaften Schotten jedoch konnte ich aus seiner reglosen Miene nichts ablesen. Schweigend richtete er seine Lagerstatt ein.

Nachdem ich den Männern, während sie noch aßen, etwas Gesellschaft geleistet hatte, schaute ich mir ihre Pferde an. Sie machten einen gesunden und kräftigen Eindruck, was für die lange Reise auch notwendig war. Besonders beeindruckte mich der weiße, kräftige Hengst des Schotten. Ich tätschelte den Hals des stolzen Pferdes, während sein Reiter daneben im Stroh saß und wieder an einem kleinen Stück Holz schnitzte.

»Ein schönes Tier hast du, wie heißt es?«

Er hob seinen Kopf und sah mich an, als wäre ich nicht ganz klar im Hirn, dann brummte er:

»Pferd.«

»Nein, ich meinte, wie heißt dein Pferd?«

Wieder sah er mich verständnislos an.

»Pferd.«

»Aha ... äh ... ich verstehe.«

Ich musste auf ihn wohl einen ziemlich dämlichen Eindruck gemacht haben, denn er sah mich weiterhin an, als sei ich geistig verwirrt. »Warum sollte ich einem Pferd einen Namen geben?«

»Nun, weil jeder seinem Pferd einen Namen gibt.«

»Eben drum.«

Damit war sein Gespräch mit mir wohl beendet, denn er stand auf und verließ kopfschüttelnd die Hütte. Mir blieb nichts anderes übrig, als ihm verstört hinterher zu sehen. Die anderen hatten unserem Gespräch gelauscht und grinsten in sich hinein. Ich musste mich wohl erst an die kurz angebundene und wortkarge Art des Schotten gewöhnen, doch dazu hatte ich ja noch ausgiebig Zeit.

Nachdem ich zwei kräftige Packpferde erstanden hatte, kaufte ich auf dem Markt noch einige Dinge, die wir für die lange Reise benötigten. Ich erwarb Satteltaschen, Feuerstein und viele andere praktische Dinge. Von Bruder Philippe bekam ich eine Landkarte, auf der ich zusammen mit Borchwei unseren Reiseweg einzeichnete. Sein Rat war mir lieb und teuer, und so planten wir gemeinsam unsere Route.

Wir wollten über den Seeweg von Akkon nach Kreta, dann nach Sizilien und schließlich nach Genua, von dort aus würden wir den Landweg nehmen. Borchwei hatte, wie versprochen, auch für Bero einen Freibrief erhalten. Wie der alte Fuchs dies zuwege gebracht hatte, verriet er uns allerdings nicht.

Bero und Alia waren täglich zusammen, doch Beros Gemütszustand machte mir allmählich Sorgen. Der baldige Abschied von Alia ging ihm wohl doch näher, als ich gedacht hätte.

Gilbert hingegen war bester Laune, er trank ausgiebig und feierte unser Abenteuer. Er hatte dieses gewisse Etwas, dem die Frauen reihenweise zum Opfer fielen. Ich hatte den Eindruck, er wolle sich noch einmal richtig austoben, bevor es auf die lange und entbehrungsreiche Reise ging.

Mit unseren neuen Gefährten hatten wir wohl einen guten Griff gemacht, denn sie halfen, wo sie nur konnten. Wenn die Zeit es zuließ, unterhielten wir uns manchmal, nur unser schottischer Hüne blieb meist schweigsam.

An einem sonnigen und heißen Nachmittag war ich allein in unserer Holzhütte und ging die eingelagerten Reiseutensilien durch. Nachdem ich der Meinung war, dass wir alles Nötige beisammen hatten, wollte ich gerade gehen, als Bero plötzlich hinter mir stand. Er schaute mich mit diesem Blick an, den ich schon kannte. Wenn er mich so ansah, dann stand entweder ein Sarazenenheer vor uns, oder es gab keinen Wein mehr. Da keines von beidem der Fall war, musste es also etwas anderes sein, das ihn belastete. Er druckste zuerst rum und scharrte mit seinem Fuß im Stroh, dann gab er sich schließlich einen Ruck.

»Jesco, ich kann dich nicht begleiten.«

Seine Worte trafen mich wie ein Keulenschlag. Ich brauchte einen Atemzug, um mich zu fangen, dann legte ich meine Hand auf seine Schulter. »Bero, was ist los?«

Er sah verlegen zu Boden und wollte mit der Sprache nicht rausrücken. Doch dann sah er mir kummervoll in die Augen.

»Es ist ... wegen Alia.«

Ich musste mich mit dem Rücken an die Hüttenwand lehnen und war nicht fähig, etwas zu sagen. Jedes meiner Worte wäre vermutlich falsch gewesen, also sah ich ihn nur sprachlos an.

Mein Freund, ein verwegener und unerschrockener Krieger, wir hatten gemeinsam Schlachten geschlagen, gegen Horden von Sarazenen. Und nun erlag er einer einzelnen Frau!

»Bero, das ist nicht dein Ernst?«

»Doch Jesco, das ist mein Ernst.«

Er sah mich forschend an und wartete auf eine Reaktion von mir, dann strich er sich mit der Hand über seinen Bart.

»Es sei denn ...«

»Es sei denn was?«

»Na ja, es sei denn ...«

»WAS, Bero, WAS!?«

»Es sei denn ... Alia kommt mit.«

Im Leben gibt es manchmal Situationen, die nicht zum Lachen sind und man lacht trotzdem. Dies war so eine Situation und ich lachte bis mir die Tränen kamen.

»Jesco, ich meinte es wirklich so, wie ich es sagte. Entweder sie kommt mit, oder ich bleibe hier. Auch wenn es mir schwerfällt, dich nicht begleiten zu können«, unterbrach Bero mein Lachen. Ich wischte mir die Tränen aus den Augen und brauchte eine Weile, um zu begreifen, dass er es wirklich ernst meinte.

»Wie stellst du dir das denn vor? Ich meine, sie ist eine Frau, noch dazu eine Araberin. Und das unter lauter Männern!«

Doch Bero schien zu allem entschlossen und hielt trotzig dagegen: »Ich werde sie beschützen, sie wäre nicht die erste Frau, die diese Reise macht. Und vergiss nicht, auch unsere Mütter reisten einst hierher, in ein fremdes Land.«

Ich wollte etwas sagen, aber er ließ mich erst gar nicht zu Wort kommen. »Ihren Onkel Ali haben wir auch überredet, sie gehen zu lassen. Und er willigte ein, wenn auch schweren

Herzens. Alia brennt darauf, mit uns dieses ferne Land kennenzulernen.«

»Aha, mit Ali habt ihr also auch schon gesprochen. Bero, wie soll das gehen?«

»Außerdem könnten uns ihre heilerischen Kenntnisse von größtem Nutzen sein. Ich verspreche dir, sie wird niemandem zur Last fallen. Ihr braucht euch nicht um sie zu kümmern, oder Rücksicht auf sie nehmen.«

Ich schlug meine Hände über dem Kopf zusammen und raufte mir die Haare. »Heilige Mutter Gottes, was habe ich nur verbrochen!«

Eine Zeit lang diskutierten und stritten wir noch hitzig. Auf jeden Einwand von mir schien Bero bereits eine passende Antwort zu haben. Er musste sich auf das Gespräch mit mir wirklich gut vorbereitet haben. Ich wusste nicht, wer von den beiden auf diese glorreiche Idee gekommen war, aber das spielte auch keine Rolle mehr. Nach einer Ewigkeit gelangte ich schließlich zu der unumstößlichen Erkenntnis, dass wir unsere Reise nun zu acht antreten würden.

In manchen Nächten lag ich wach in meinem Bett und lauschte den Geräuschen der Nacht. Wie würden sich wohl die Nächte im Frankenland anhören? Oft grübelte ich dann, ob meine Entscheidung die richtige war. Doch am Ende kam ich immer wieder zu derselben Erkenntnis: Ich hatte meinen Weg gewählt und war entschlossen ihn auch zu gehen.

Sechs Tage vor unserer Abreise trafen wir uns abends alle in der Holzhütte neben dem Stall. Als Sitzgelegenheit dienten uns Strohballen, die wir kreisförmig ausgelegt hatten. Zwei kleine Öllampen spendeten ausreichend Licht, als das satte Rot der Abenddämmerung langsam der Dunkelheit wich.

Bevor Bero und Alia eintrafen, hatte ich die anderen bereits davon unterrichtet, dass Alia uns begleiten würde. Ich hatte aber meist nur skeptische und ungläubige Blicke geerntet. Man konnte nicht gerade behaupten, dass die Männer in Begeisterung verfielen. Alle redeten wild aufgeregt durcheinander, das Für und Wider wurde abgewägt, auch einige dumme Sprüche fielen hier und da. Nur einer schwieg - Struan.

Als Bero und Alia etwas später den Raum betraten, setzte betretenes Schweigen ein. Alia sah sich unsicher um und Beros Blick war herausfordernd auf die anderen Krieger gerichtet. Man hätte eine Feder zu Boden fallen hören können, so still war es.

Doch schließlich war es Pedro, der sich erhob und einen Schritt auf die beiden zuging, um das Stillschweigen zu beenden. Galant wie ein Höfling, verbeugte sich der Spanier vor Alia. »Oh schönste Blume des Morgenlandes, Ihr erhellt diesen bescheidenen Raum wie die aufgehende Sonne.«

Bero blickte wütend zu ihm, vielleicht etwas mehr, als es angemessen gewesen wäre. »Und ich hau dir gleich eine aufs Maul, du Irrer!«

Pedro wich einen Schritt zurück, ihm stand die Empörung ins Gesicht geschrieben. Doch dann reckte er stolz sein Kinn nach vorn und trat Bero entschlossen und edelmütig entgegen.

»Mir deucht, der Herr weiß nicht, wie man sich vor einer Dame benimmt.«

Pedros Pech war bedauernswerterweise, dass er Bero nicht so gut kannte wie ich. Als der Spanier mit blutiger Nase wieder aufstand, zog er es vor, wohl besser auf weitere Worte zu verzichten. Alia hob sich erschrocken ihre Hand vor den Mund. Bero raunte ihr nur leise zu, dass sie sich an so etwas gewöhnen müsse, wenn sie mit Männern unterwegs wäre.

»Außerdem habe ich ihn gewarnt!«

Ich gebe zu, dies war nicht der beste Anfang, um über unsere gemeinsame Reise zu sprechen. Nachdem Alia kurz mit Bero unter vier Augen gesprochen hatte, entschuldigte sich dieser immerhin beim Spanier, welcher dies mit viel Theatralik auch annahm. Anschließend unterhielten wir uns noch sehr lange und durchdachten verschiedene Einzelheiten unserer langen Reise. Jeder trug mit seinem Wissen und seinen Erfahrungen dazu bei, etwaige Ungereimtheiten zu beseitigen. Fast jeder, denn einer schwieg - Struan.

Gegen Ende des Abends taute auch Alia auf. Nach ihrer anfänglichen Zurückhaltung unterhielt sie sich nun angeregt mit den anderen. Auch die zu Beginn von den Männern noch erhebliche Skepsis gegenüber Alia, legte sich jetzt immer mehr. Ihre offene und warmherzige Art kam bei den hartgesottenen Kriegern gut an. Wissbegierig wollte sie alles über die Heimatländer jedes Einzelnen erfahren und der Rest der Gruppe lauschte ebenfalls interessiert. Jeder gab ihr gerne Auskunft und schilderte sein Herkunftsland in den höchsten Tönen und schönsten Farben. Immer wenn einer erzählte, konnte ich in seinen Augen die Sehnsucht nach seiner Heimat erkennen.

Schließlich kam Struan an die Reihe. Freundlich befragte Alia auch ihn nach seiner schottischen Heimat. Und Struan gab auch bereitwillig und äußerst ausführlich Antwort.

»Viel Regen, wenig Sonne, viel uisge beatha[2].«
Wir alle schauten verblüfft zu Struan, Gilbert stand auf, betrachtete ihn mit zur Seite geneigtem Kopf und grinste breit.
»Habt ihr das gehört? Unser Schotte kann in ganzen Sätzen sprechen!« Und dann geschah noch etwas nahezu Unglaubliches: Struan lächelte!

Am Ende unseres Treffens gesellte sich Borchwei zu uns. Wir berichteten ihm ausführlich von unseren Plänen, denen er zufrieden zustimmte. »Wenn ihr im rheinischen Land angekommen seid, dann solltet ihr euch zunächst aus politischen Dingen heraushalten. Macht euch zuerst ein eigenes Bild der dortigen Lage. Es gab Streitigkeiten zwischen Papst und Kaiser, die zwar beigelegt sind, aber dennoch gibt es reichlich Querelen um Macht- und Gebietsansprüche.«
Wie jedes Mal waren wir ihm auch diesmal dankbar für seinen Rat. Nachdem Bero Alia heimgebracht hatte, saß er mit Borchwei, Gilbert und mir noch lange zusammen. Wir schwelgten in vielen gemeinsamen Erinnerungen, manche brachten uns zum schmunzeln, manche schmerzten, wie der Tod so vieler Kameraden, die wir kannten. Keiner sprach es an, aber auch der nahende Abschied von Borchwei stimmte uns traurig, besonders mich.
Wir verbrachten gemeinsam die ganze Nacht, bis hin zum ersten Morgengrauen. Dann verabschiedeten wir uns und gingen schlafen. Seit vielen Tagen schlief ich zum ersten Mal wieder fest und tief, auch weil mein elender Traum mich durch seine Abwesenheit verschonte.

---

2 ~ uisge beatha – Wasser des Lebens, Whisky ~

Gegen Mittag wurde die Tür zu unserem Zimmer aufgerissen und Borchwei weckte uns unsanft. »Na los, raus mit euch. Patrouillenritt, vier Mann!«

Ich rieb mir noch schlaftrunken meine Augen und blickte ungläubig zu Borchwei, doch der grinste nur. »Ihr drei und ich, leicht gerüstet!«

Wenig später ritten wir zu viert zum Stadttor hinaus. Es war natürlich kein Patrouillenritt, wie Borchwei erst angekündigt hatte, sondern ein letzter gemeinsamer Ausritt unter Freunden.

Wir galoppierten ausgelassen über die Wüstensteppe und genossen die warme Luft und die Weite der Landschaft. Es wurde herumgealbert und gescherzt. Mir kam es ein wenig vor, als wäre ich in meine Knappenzeit zurückversetzt. Ich fühlte mich frei.

Ein leichter Wind blies den Sand in flachen Schwaden über den Boden. An manchen Stellen entstanden kleine Sandwirbel, die der Wind in die Höhe trug. Nach langer Zeit im Stall gefiel es auch Ashir, sich wieder austoben zu können. Mir tat es ebenfalls gut, wieder einmal der Enge der Stadt zu entfliehen.

Irgendwann fielen Borchwei und ich in langsamere Gangart zurück, bis Borchwei sein Pferd neben mir zügelte. Nachdem sein Blick lange in die Ferne schweifte, lächelte er traurig. »Ich werde euch sehr vermissen. Ich werde dich vermissen, Jesco!«

Ich sah ihn bedrückt an, obwohl mir klar war, dass dieser Augenblick irgendwann kommen musste. Der Gedanke an den nahenden Abschied machte mich traurig. »Ich werde dich auch vermissen, Borchwei, sehr vermissen. Und ich danke dir für alles in den vielen Jahren.«

Er zwinkerte mir nur zu und sah dann wieder nach vorne. Es war eine seiner Gesten, die keiner Worte bedurften.

Kurz danach waren Gilbert und Bero wieder auf gleicher Höhe mit uns. Wir trabten gemächlich durch die einsame Landschaft. Keiner sagte etwas, denn jeder wusste, dass dies unser letzter unbeschwerter Ritt in dieser uns so vertrauten

Region war. Als wollten wir unsere Wehmut verdrängen, sahen wir uns an und mussten plötzlich lachen, als verhöhnten und verspotteten wir das Schicksal, von dessen Ironie wir uns nicht unterkriegen lassen wollten.

Der rot glühende Sonnenball war bereits zur Hälfte hinter den Bergen versunken und verwandelte den Wüstensand in einen samtigen goldenen Teppich. Ich bemerkte, wie Borchwei herausfordernd erst zu mir und dann zur Stadt blickte.

»Denkst du, dein Ashir kann es mit meinem Artax aufnehmen? Wie wärs mit einem kleinen Rennen bis zur Stadt?«

»Stets zu Diensten, aber dann solltest du dir noch einmal mein Gesicht einprägen, denn gleich wirst du mich nur noch von hinten sehen!«, flachste ich zurück.

»Ich wette einen Krug Wein auf Artax«, frotzelte Gilbert von hinten. Bero lachte nur. »Ich schließe mich Gilbert an, dürfte ein netter Abend im Wirtshaus werden - auf Jescos Kosten.«

Obwohl ich wusste, wie schnell Borchweis Pferd war, konnte ich mir ein höhnisches Lachen nicht verkneifen. »Borchwei, ich werde dann im Wirtshaus auf dich warten.«

Zugleich drückten wir unseren Pferden die Fersen in die Seiten und sprengten los. Am späten Abend hatte ich dann das Vergnügen, die Zeche im Wirtshaus zu übernehmen.

»Ich möchte mich bei dir für alles bedanken.«

Ich saß bei Ali im Zelt und verabschiedete mich von ihm. Er schenkte mir sein gutmütiges Lächeln, während sich um seine Augen kleine Fältchen bildeten.

»Jesco, ich bedanke mich auch bei dir. Dich aufwachsen zu sehen, hat mir oft ein Lächeln ins Gesicht gezaubert, auch wenn wir in der Vergangenheit nicht immer einer Meinung waren, was unseren Glauben betrifft.«

»Gewiss, aber deine Worte haben mir geholfen, die Augen zu öffnen und nicht mehr blind vor Hass zu sein. Ich sehe jetzt zuerst den Mensch und nicht seine Religion.«

»Ich weiß und das stimmt mich froh. Deshalb vertraue ich euch Alia an, auch wenn ich dabei vor Sorge fast sterbe. Sie ist glücklich mit Bero und freut sich auf die Reise mit euch. Ich bin nur ein alter Mann, sie würde hier bei mir versauern. Gib bitte gut auf sie acht und hilf ihr zurechtzukommen.«

»Das werden wir, Ali. Gott möge mir im Alter deine Weisheit und Geduld schenken, dann wäre ich ein glücklicher Mann.«

Dankbar lächelnd sah er mich an. Ich spürte seine wohltuende Herzenswärme und Milde, die mich schon immer so angezogen hatten. Er nahm mein Gesicht in seine beiden Hände und schloss kurz seine Augen, dann sah er mich wieder an.

»Möge Allah dir immer den richtigen Weg weisen und dich beschützen, Friede sei mit dir. Assalam Aleikum!«

»Und möge Gott auch dich schützen.«

Von Alis Zelt aus machte ich mich auf den Weg zu Shamsa, auch dieser Abschied fiel mir schwer.

Als ich sie vor ihrem Zelt antraf, empfing sie mich mit ihrem freundlichen Lächeln. Sie stickte gerade an einem wunderschönen bunten Tuch mit einem orientalischen Muster. Ich warf einen Blick zum Nebenzelt und überlegte einen kurzen

Moment, ob ich mich von Faizah auch verabschieden sollte. Ich verwarf diesen Gedanken jedoch, da ich zu ihr keinen Kontakt mehr hatte.

Nachdem ich Shamsa begrüßt hatte, stand sie auf und sah mir in die Augen. Sie nickte nur, weil sie wusste, weshalb ich da war. Ich beugte mich etwas zu ihr runter und sie umarmte mich, während sie eine Träne verdrückte. »Du bist ein stattlicher und gutaussehender Mann geworden. Du wirst bald eine Frau finden.«

»Der Herr möge es verhindern. Oder er bestraft mich mit einer zanksüchtigen, hässlichen Vettel für meine Sünden.«

Shamsa lachte herzhaft auf. »Ich beneide euch und Alia, vielleicht kann ich Borchwei eines Tages auch überreden, mit mir wegzugehen. Aber ich glaube, vorher wird die Wüste in üppiger Pracht erblühen.«

Wir lachten gemeinsam, was uns den Abschied etwas leichter machte. Ich bewunderte die Stärke dieser Frau und die Selbstverständlichkeit, mit der sie ihr Leben meisterte. Sie war viele Jahre älter als ich, dennoch fand ich, dass mit jedem Jahr das verstrich, sie noch schöner wurde.

Wir nahmen uns an den Händen und sahen uns lange an, dann nahm ich sie in meine Arme. So, wie ein Sohn seine Mutter umarmt. »Meine Gebete sind bei dir, Jesco.«

»Und meine sind bei dir, Shamsa.«

Danach ging ich, ohne mich noch einmal umzudrehen.

Die Schätze meines Vaters hatte ich unter Gilbert, Bero und mir aufgeteilt. Falls wir überfallen werden sollten, wäre so die Chance größer, nicht alles auf einmal zu verlieren. Wir nähten die Edelsteine und Münzen in unsere Tuniken und Decken ein. Ein kleines Säckchen füllte ich mit Rubinen und Goldmünzen, es sollte für Borchwei bestimmt sein. Unsere Habseligkeiten hatten wir in gewachsten Ledersäcken verstaut,

Waffen und Rüstung wollten wir am Leib tragen. Es war alles vorbereitet für unsere Abreise.

Am letzten Abend saß ich mit Borchwei zusammen in seiner Stube. Wir leerten gemeinsam einen Krug Wein, während sich der Tag draußen langsam dem Ende neigte. Das milde Abendrot warf seine weichen Schatten an die Wände des Raumes, als wolle es sich mir noch einmal in voller Schönheit zeigen.

Borchwei nahm einen Schluck, dann setzte er seinen Becher ab und sah mich mit seinen stahlblauen Augen an. »Jesco, ich mag keine langen Abschiede. Ich möchte dir nur sagen, dein Vater wäre stolz auf dich gewesen und ich bin es auch. Du bist einer der besten Ritter Jerusalems, du hast viele Schlachten gewonnen und Feinde getötet.« Er sah kurz gedankenverloren in seinen leeren Becher, dann sprach er weiter. »Doch der größte Feind ruht meist in einem selbst, ohne dass man es weiß. Die Namen dieses Feindes sind Zweifel, Angst und Einfältigkeit. Du hast bisher überlebt, weil du diesen Feind im Zaum halten konntest, tue das weiterhin!«

»Das werde ich, Borchwei. Und Danke, mein Freund!«

»Es war mir eine Ehre, Jesco von Hohengreif!«

Wir saßen noch eine Weile schweigend zusammen und sahen zu, wie die Sonne langsam unterging. Der Verlust meines väterlichen Freundes schmerzte mich am meisten. Alles was ich war, verdankte ich ihm. Diesem stolzen Krieger, der nach außen immer Härte zeigte, aber doch einen weichen Kern besaß. Ob mein Vater wohl ähnlich gewesen war wie Borchwei, waren sie deshalb so gute Freunde gewesen?

Als wir kurz danach den Rest des Kruges geleert hatten, standen wir auf und Borchwei legte mir seine Hand auf die Schulter. »Ich möchte dir noch etwas mit auf den Weg geben, etwas, das mein Vater auch zu mir sagte: Lebe ein Leben, an das es sich zu erinnern lohnt.« Er wirkte in sich gekehrt, als er mich ansah. »Wir sehen uns morgen früh.«

Ich nickte ihm zu. »Wir sehen uns morgen.« Vielleicht zum letzten Mal.

Nachdem ich mich von Borchwei verabschiedet hatte, ging ich hoch zur Grabeskirche. Zu dieser Tageszeit war ich dort ungestört vor all den laut betenden Pilgern und Gläubigen. Ich fühlte mich mit mir im Reinen, als ich die alte Kuppelkirche betrat und mich bekreuzigte. Es brannten nur noch wenige Kerzen, deren Flackern die andächtige Stille unterstrich. Ich mochte den modrigen, weihrauchgeschwängerten Geruch dieser alten, ehrwürdigen Mauern.

Zum ersten Mal seit langer Zeit konnte ich wieder beten, obwohl es eher einem Zwiegespräch mit Gott glich. Danach kniete ich noch lange da und machte mich frei von allen Gedanken. An den Wänden huschten tanzende Schatten über die steinernen Ornamente und verliehen ihnen etwas Geheimnisumwobenes.

Ich fühlte mich an diesen Ort gebunden, von dem ich nun ganz leise Abschied nahm. Als ich wieder aufstand, wusste ich, was ich zu tun hatte.

Zwei Mönche begannen damit, die Kerzen zu löschen, sie bemerkten mich nicht. Außer ihnen und mir, befand sich niemand mehr in der Grabeskirche. Ich begab mich in die Grotten mit den eingemeißelten Kreuzen an den Wänden.

Vor dem Kreuz meines Vaters blieb ich stehen und betrachtete es eine Weile. Wie oft war ich doch hier gestanden und hatte Trost und Hoffnung gefunden, so auch dieses Mal. In Gedanken verabschiedete ich mich von einem Vater, den ich nie gekannt hatte, aber dem ich mich hier immer nahe fühlte. Am liebsten hätte ich die Kraft, die von diesem Ort ausging, in mir festgehalten und mitgenommen. Zumindest wollte ich sie im Geiste meiner Erinnerungen bewahren.

Schließlich kniete ich mich nieder, griff unter den Waffenrock und zog meinen Dolch hervor. Als ich wenig später wieder aufstand, wischte ich mit meiner Stiefelspitze den feinen Steinstaub am Boden weg. Ich ging die Treppen hoch, drehte mich noch einmal um und nickte zufrieden. Zwischen Borchweis Kreuz und dem meines Vaters befand sich nun ein drittes, auf ewig in Stein.

Noch vor Anbruch des Tages sattelten wir unsere Pferde, wir verstauten noch das letzte Gepäck und tränkten die Tiere. Ich atmete tief ein und füllte meine Lungen mit der Luft, die von der Nacht noch angenehm kühl war. Bero hatte Alia zuvor bei Ali abgeholt. Sie saß auf einem arabischen Zelter und hatte zu meiner Überraschung ihre orientalischen Gewänder gegen Reithose und Tunika eingetauscht. Ihre dunklen Augen waren immer noch tränengerötet von dem Abschied bei ihrem Onkel. Dennoch versuchte sie zu lächeln, als sie mich ansah.

»Ich dachte mir, diese Kleidung wäre angemessener und unauffälliger für die Reise, und außerdem auch praktischer.«

»Gute Entscheidung«, schmunzelte ich. Zumindest waren ihre weiblichen Rundungen nicht mehr so klar zu erkennen, was sie vor den Blicken der Männer schützte.

Als wir aufsaßen, steckte sich Struan seine riesige Streitaxt in einen Ledergurt hinter seinem Rücken. Gilbert, der neben mir stand, beobachtete ihn dabei. »Ich möchte mir gar nicht vorstellen, was er mit dem Ding alles anrichten kann«, raunte er Bero und mir zu.

»Zum Schnitzen wird er sie nicht verwenden«, lachte ich, und als Struan an uns vorbeitrabte, nickte ihm Bero anerkennend zu. »Nettes Beilchen, Struan.«

»Aye.«

Die Stimmung war betrübt, als wir gemächlich durch die Stadt ritten. Für gewöhnlich mochte ich diese frühe Tageszeit, die meisten Einwohner schliefen noch und die Gassen waren leer. Doch an diesem Morgen drückte es mir auf mein Gemüt. Im Vorbeireiten betrachtete ich die Häuser und Winkel, die ich zuvor schon tausende Male gesehen hatte, als wollte ich sie mir noch einmal in mein Gedächtnis einbrennen. Jerusalem schlief noch, bevor das alltägliche und hektische Treiben des Tages beginnen würde. Das heutige Erwachen dieser lebhaften und pulsierenden Stadt würde uns nicht mehr zuteil werden.

Die ersten Vögel zwitscherten zaghaft, als wir uns langsam dem Damaskustor näherten. Von Weitem sah ich dort Shamsa und Borchwei stehen. Als wir näher kamen, konnte ich auch Bruder Philippe und Ali erkennen, die im Schatten des Torbogens standen. Wir ließen die Männer ein Stück voraus-reiten. Bero, Alia, Gilbert und ich stiegen schweigend von unseren Pferden ab, nur das leise Schnauben der Tiere war zu hören.

Wir umarmten uns alle gegenseitig, die beiden Frauen vergossen hier und da noch eine Träne, auch wir Männer waren zutiefst bewegt. Für mich waren diese Menschen mehr als Freunde, sie waren eine Art Familie. Da wir uns alle schon tags zuvor verabschiedet hatten, wurde auch nicht mehr viel gesprochen, außer den besten Wünschen für die lange Reise.

Die anderen waren schon wieder aufgesessen, als ich schließlich vor Borchwei trat. Er sah mir tief in die Augen, zog seine Augenbraue nach oben und nickte nur, dann umarmten wir uns. Wir zwei verabschiedeten uns so, wie es Krieger tun, ohne Worte. Dann saß ich auf.

Bruder Philippe segnete uns, indem er mit seiner Hand das Kreuzzeichen symbolisierte. »Gott schütze euch auf eurer Reise, Deus protegat vos!«

»Und Gott schütze euch alle«, erwiderte ich leise.

Danach wendeten wir unsere Pferde und setzten uns langsam in Bewegung. Die anderen hatten das Damaskustor bereits passiert, als ich unter dem Torbogen noch einmal anhielt und mich im Sattel umdrehte. Ich grinste verschmitzt zu Borchwei, dann zog ich das kleine Säckchen mit den Juwelen aus der Satteltasche und warf es ihm zu. Er fing es geschickt mit einer Hand auf und sah mich dann verdutzt an. Ich riss Ashir am Zügel, sodass sich dieser wiehernd aufbäumte und erwiderte Borchweis Blick. Lebe wohl mein Freund, lebe wohl! Dann gab ich Ashir die Sporen und galoppierte davon.

Die aufgehende Sonne begrüßte sanft den neuen Tag, als wir nach einigen Meilen die erste Anhöhe erreichten. Ich zügelte Ashir und blickte noch einmal zurück auf Jerusalem. Auf meine Heimat, in der ich aufgewachsen war, für die ich kämpfte, der ich alles zu verdanken hatte. Für die gesamte Christenheit ist diese Stadt der Mittelpunkt der Erde, für mich war sie jedoch der Mittelpunkt meines Herzens, die Krone des Morgenlandes. Die Kuppel des Felsendoms fing die frühen Sonnenstrahlen auf und erstrahlte in ihrem Licht. Feiner Sandstaub wehte aus der Ebene zu uns hoch, als ich Ashir wendete.

Nur wenige Schritte hinter mir entfernt, saßen Bero, Alia und Gilbert in ihren Sätteln und schauten ebenfalls mit wehmütigem Blick auf Jerusalem. Ich ritt an ihnen vorbei.

»Auf nach Akkon!«

Am ersten Tag legten wir eine beachtliche Strecke zurück. Die Tage danach ging es etwas schleppender voran, da jetzt die Landschaft hügeliger wurde. Wir mussten durch einige Flüsse hindurch, deren Wasserstand zu dieser Jahreszeit jedoch nicht hoch war, so dass wir sie problemlos durchqueren konnten. Wir folgten der Handelsstraße, die von den Tempelrittern beschützt wurde. Mit meinem Schatz, den wir mit uns führten, fühlte ich mich auf dieser Route sicherer. Bero und Gilbert waren die einzigen, die davon wussten, die anderen wollte ich davon nicht in Kenntnis setzen.

Die Nächte waren mild und ohne einen einzigen Tropfen Regen, die Tage waren warm und sonnig. Das Wetter meinte es gut mit uns, was unser Weiterkommen erheblich erleichterte.

Zu meiner angenehmen Überraschung fügte sich Alia unter den Männern gut ein. Sie war fleißig und packte stets mit an, wenn es erforderlich war. Wenn wir an den Abenden unser Nachtlager errichteten, kochte sie für uns, wobei sie die Speisen mit feinen Kräutern anreicherte. Ich mochte sie sehr, auch die Männer hatten sie in den vergangenen Tagen in ihr Herz geschlossen.

Obendrein stellte ich beruhigt fest, dass wir bei der Auswahl unserer Begleiter ein glückliches Händchen gehabt hatten. Sie bewiesen alle guten Charakter und waren allesamt umgänglich. Außer wenn Pedro wieder einmal einen griechischen Philosoph rezitierte, meist zogen wir dann den Galopp an und suchten das Weite.

Pierre und Raoul waren sehr offen und erzählten viel über ihr Leben. Sie hatten beide keine Familie mehr und waren von einfacher Herkunft. Sie verbrachten ihr Leben als Söldner und waren viel in der Welt herumgekommen. Beide waren jedoch nicht abgeneigt, irgendwann einmal eine feste Heimat zu finden. Sie hatten keine Pläne für die Zukunft und nahmen das Leben wie es kam - ich beneidete sie ein wenig darum. Die meiste Zeit hörte ich meinen Reisegefährten fasziniert zu, wenn sie aus ihrem Leben und fremden Ländern erzählten.

Nur einer schwieg - Struan.

Einen Tagesritt von Akkon entfernt begleitete uns der sandige Ausläufer eines Wüstenwindes. Wir wickelten uns zum Schutz Tücher um Mund und Nase. Es schien mir fast, als würde uns Chamsin zum Abschied auch noch einen Gruß schicken. Die letzte Nacht verbrachten wir geschützt unter unseren Decken und erwachten am Morgen unter einer feinen Staubschicht.

Je näher wir der Hafenstadt Akkon kamen, um so mehr spürte man die frische Brise vom Meer. Auch die Landschaft hatte sich verändert, nicht mehr die wüstenartige Steppe überwog, sondern grüne Wiesen und kleine Wälder erstreckten sich über weite Landstriche. Unzählige Händler, die sich mit neuen Waren von den Schiffen eingedeckt hatten, kamen uns nun entgegen. Auch Pilger und Krieger, in deren Gesichter sich die Hoffnung auf ein besseres Leben widerspiegelte.

Gegen Mittag hatten wir das Meer erreicht, den Rest des Weges nach Akkon legten wir an der Küstenstraße entlang zurück. Schon von Weitem konnte man die befestigte Anlage der Stadt erkennen, die auf einer ins Meer vorgelagerten Landzunge thronte. Die schäumende Gischt der Wellen schlug an die gewaltigen Mauern des Hafens. Ich war vor drei Jahren mit Borchwei schon einmal hier gewesen. Jetzt war ich erstaunt über die Fortschritte der Bauarbeiten, denn inzwischen hatte König Balduin die Festungsanlage verstärkt und den Hafen ausbauen lassen.

Akkon war erst seit 1104 in christlicher Hand und die vielen Baumeister hatten es vortrefflich verstanden, die muslimischen Bauten in christliche umzuwandeln. Man nannte Akkon auch den Eingang zum gelobten Land, aus diesem Grund landeten hier die meisten Neuankömmlinge.

Als wir das Stadttor erreichten, wurden wir von den Soldaten aufgrund unserer Waffenröcke eilig durchgewunken. Die Händler und ihre Karren wurden dafür umso strenger kontrolliert. Hinter dem Tor empfingen uns verkrüppelte Bettler und baten um Almosen. Da ich unter den armen Kerlen so manch ehemaligen Krieger vermutete, warf ich dem einen oder anderen eine Münze zu.

Im Inneren der Hafenstadt herrschte regsame Betriebsamkeit, fast noch mehr als in Jerusalem. Die Straßen waren regelrecht verstopft von Reisenden und Händlern. Unser Weg führte uns vorbei an prächtigen Steinhäusern mit Schatten spendenden Säulengängen. An den Mauern und über den Straßen hingen große Fahnen, mit dem roten Kreuz auf weißem Grund. So weit das Auge reichte, konnte man das christliche Symbol auch auf unzähligen Waffenröcken und Kampfschilden erkennen. Zu den Wehrmauern führten breite, flache Reitertreppen empor, so dass die Ritter auf ihren Pferden mühelos hinaufgelangen konnten. Diese Stadt war ein einziges Bollwerk.

Wir zwängten uns durch das dichte Gedränge in Richtung Hafen. Je näher wir unserem Ziel kamen, umso mehr stank es nach Fisch und Algen. Schließlich sahen wir die ersten Schiffsmasten, die von kreischenden Vögeln umkreist wurden, was mich an das Geschrei von Säuglingen erinnerte. An jeder Ecke wurden Fässer umhergerollt und große Kisten auf Karren transportiert. Hier zeugte wirklich alles von dem lebhaften und blühenden Handel Akkons.

Wir stiegen von unseren Pferden ab und nahmen sie am Zügel. Auf der Suche nach dem Hafenmeister wurden wir schnell fündig. Er stand vor seinem Häuschen und wies die Leute wild gestikulierend ein. Als wir an der Reihe waren, fragte ich ihn nach Schiffen, die in den nächsten Tagen nach Genua auslaufen würden. Mit seinen Nerven am Ende, wies er uns zwei Schiffe in der hintersten Reihe an. Ein venezianisches einmastiges Handelsschiff und eine große Kriegsgaleere.

Da ich noch nie auf See war, ließ ich mich von dem äußeren Eindruck der Schiffe leiten. Und da wirkte mir das Venezianische vertrauensvoller. Außerdem wollte ich Alia auch nicht unbedingt eine Kriegsgaleere zumuten, die mit Dutzenden von rauen Kriegern bemannt war.

Unsere Männer warteten, während ich mit Bero über einen schmalen, wackeligen Holzsteg auf das Schiff ging, um den Kapitän zu suchen. Ich stand zum ersten Mal in meinem Leben auf einem Schiff und sah erstaunt an dem riesigen Mast empor. Das große Segel war zusammengerollt und von überall hingen dicke Seile herunter.

»Was wollt ihr hier?«, hörten wir eine Stimme und drehten uns um. Ein kleiner, untersetzter Seemann stand vor uns, er reichte uns gerade bis zur Schulter.

»Verzeih, wir suchen den Kapitän«, entgegnete ich und erntete einen misstrauischen Blick. »Das bin ich, was ist euer Begehr?«

Ich war etwas überrascht, da ich mir einen Kapitän anders vorgestellt hatte, vor allem größer.

»Ich und meine sieben Männer wollen nach Genua.«

Auf einmal lächelte er breit, wohl in Vorfreude auf ein gutes Geschäft. Er betrachtete unsere Männer und Pferde und sah dann wieder zu mir, wobei er seine Hände aneinander rieb.

»Da seid ihr bei mir richtig, in zwei Tagen legen wir ab. Platz ist noch genügend, auch für eure Pferde.«

Das hörte ich gerne und war dazu geneigt, den Handel schnell abzuschließen. »Dann nenne mir deinen Preis,« erwiderte ich.

Er nahm seine Lederkappe ab und kratzte sich nachdenklich in seinen schwarz gelockten Haaren. Man konnte an seiner in Falten gelegten Stirn erkennen, wie er im Geiste rechnete. Und es dauerte sehr lange, zu lange für mich.

»Ich wäre dir wirklich dankbar, wenn du uns deinen Preis vor Einbruch des Winters nennen könntest.«

Er sah mich mit listigem Blick an. »Zwanzig Goldmünzen!«

Ich riss meine Augen auf und glaubte meinen Ohren nicht zu trauen. »Wir wollen nicht dein Schiff kaufen, sondern nur eine Überfahrt!«

Er wies auf die Galeere, ehe er antwortete. »Das andere Schiff ist bereits voll, ihr müsstet womöglich Wochen warten, bis ihr ein anderes findet. Überlegt es Euch.«

Der Kerl wollte uns übers Ohr hauen, ich grübelte nach einer Lösung. Da er einen Kopf kleiner war als ich, musste ich zu ihm hinunter blicken. »Wir bieten dir zum Schutz vor Piraten unsere Kampfkraft an und zehn Goldstücke, nicht mehr.«

»Pah, dann müsst ihr schwimmen!«

Ich nickte Bero zu. »Dann eben nicht, lass uns gehen.«

Wir machten auf dem Absatz kehrt und gingen. »Verdammte Italiener!«, fluchte ich leise in meinen Bart. Gerade als wir das Schiff verlassen wollten, rief uns der Kapitän mürrisch hinterher. »Na schön, ihr Halsabschneider, kommt morgen Abend zum Beladen.« Ich zwinkerte Bero zu, der sich diebisch freute, dann verließen wir das Schiff wieder.

Auch unsere Gefährten waren äußerst erfreut, denn keiner hatte so schnell mit einer Überfahrt gerechnet. Allzu oft mussten die Reisenden viele Wochen auf ein Schiff warten.

Da sämtliche Herbergen in Akkon völlig überfüllt waren, entschlossen wir uns, im Freien außerhalb der Stadt zu übernachten. In einem kleinen Waldstück fanden wir ein geeignetes Plätzchen. Nachdem wir die Pferde abgeladen und angebunden hatten, machten wir es uns auf dem weichen Waldboden bequem. Da Vollmond war, benötigten wir auch kein Feuer. Wir hatten in Akkon noch etwas gegessen und ein kleines Fässchen Wein gekauft, das wir jetzt öffneten.

Es war seltsam für mich, die letzte Nacht auf dem Boden des Heiligen Landes zu verbringen. Denn schon die nächste Nacht würden wir an Bord bei unseren Pferden und Habseligkeiten schlafen und am frühen Morgen ablegen. Zwischen den Blättern einer Palme hindurch, schaute ich lange in den klaren

Sternenhimmel. Die anderen unterhielten sich angeregt miteinander. Um mich nicht abzusondern, mischte ich mich irgendwann in die Gespräche ein, auch um mich ein wenig abzulenken. Nur einer schwieg - Struan.

Am nächsten Tag verluden wir die Pferde und unser Gepäck, wobei ich unentwegt mit einem strengen Auge über meine verborgenen Schätze wachte. Da wir die einzigen Mitreisenden waren, wurde jeder kleinste Winkel des Schiffs mit Handelswaren vollgestopft. Unsere Pferde wurden unter Deck in enge Holzverschläge gezwängt, sodass sie bei hohem Wellengang einen festen Stand hatten. Ashir sträubte sich zuerst ein wenig, doch ich redete beruhigend auf ihn ein, bis er sich schließlich zwischen die Bretterwände führen ließ. Gleich daneben wurden wir untergebracht. Es herrschte stickige Enge, nur durch die kleinen Abstände zwischen den Holzplanken des Decks drang ein wenig Sonnenlicht herein.

Für unsere Notdurft standen zwei Holzeimer in der Ecke, der Boden war mit frischem Stroh bedeckt. Kerzen oder Öllampen zu benutzen wurde uns untersagt, da die Gefahr eines Feuers zu groß war.

Nachdem wir uns eingerichtet hatten, sahen wir uns das Schiff genauer an. Die Nähte zwischen den Schiffsplanken waren mit Pech abgedichtet und die Reling reichte uns bis zur Hüfte. Ich schätzte die Länge des Schiffes auf zwanzig Pferdelängen. Bero stand neben mir an Deck, hatte schlechte Laune und prüfte jedes einzelne Holzbrett mit äußerst skeptischer Miene. »Bist du dir sicher, dass uns diese Nussschale sicher übers Meer bringt?«

»Nein.«

»Aha.«

Wir sahen beide mit gemischtem Gefühl zum Wasser hinaus, bis der Kapitän neben uns trat und leise zu uns sprach, so als sollte seine Mannschaft nichts davon mitbekommen.

»Ich habe leider vorhin erst bemerkt, dass ihr eine Frau bei euch habt, noch dazu eine Araberin.«

Er wählte die falschen Worte zum falschen Zeitpunkt. Beros Augen waren nur noch Schlitze, als er den Kapitän drohend ansah und sich zu voller Größe aufrichtete. »Hast du etwa ein Problem damit? Du Zwerg!«

Der Venezianer wich erschrocken einen Schritt zurück.

»Nun ja ... Es macht eben mehr Umstände, ihr wisst schon ... Meine Mannschaft könnte durcheinander kommen«, stammelte er, doch dann sah er uns unverhohlen an. »Es kostet zwei Silbermünzen extra!«

Schneller als ich sehen konnte, schnappte Bero ihn am Kragen. Und wäre ich nicht dazwischen gegangen, ich bin mir sicher, er hätte ihn über Bord geworfen.

Nachdem ich Bero wieder halbwegs beruhigt hatte und ich Streitigkeiten vermeiden wollte, gab ich dem doch sehr eingeschüchterten Kapitän die Silbermünzen. Er steckte sie mit zitternder Hand ein und machte sich dann eilig davon. Bero sah ihm hinterher und bebte immer noch vor Zorn.

»Warum hast du ihm die Münzen gegeben, diesem Wurm?«

»Weil wir auf den Mistkerl angewiesen sind und nun lass es gut sein.«

Er bestand jedoch darauf, die Sonderkosten für Alia zu begleichen, griff in seinen Lederbeutel und reichte mir zwei Silberstücke. Da ich seinen Stolz nicht verletzten wollte, nahm ich sie an.

»Bero, du weißt, dass uns so etwas in Zukunft noch öfters und vielleicht noch wesentlich unschöner passieren wird. Alia ist und bleibt eine Araberin, im Frankenland wird sie nicht gerade mit offenen Armen empfangen werden. Darüber solltet ihr euch beide im Klaren sein.«

Bero sah hinaus aufs Meer und nickte leicht. »Wir wissen, dass es nicht leicht werden wird, aber wir werden es durchstehen. Und zur Not habe ich ja auch noch mein Schwert!«

Ich lächelte ihm freundschaftlich zu und legte meine Hand auf seine Schulter. »Und das von Gilbert und mir!«

Nach einer unruhigen Nacht, in der mir mein Albtraum nach langer Abwesenheit wieder einmal Gesellschaft leistete, legte unser Schiff im frühen Morgengrauen von Akkon ab. An dem einzelnen großen Mast wurde das viereckige weiße Segel gehisst und flatterte im aufkommenden Wind. Laute Kommandos hallten durch die Morgenluft. Jeder Handgriff der Seeleute zeugte von jahrelanger Erfahrung, was ich mit Wohlwollen beobachtete.

Dichter Nebel lag über dem Wasser, sodass man das Klatschen der Wellen gegen den Rumpf des Schiffes nur hören, aber nicht sehen konnte. Und über uns flogen wieder diese seltsamen, kreischenden Vögel vorüber. Ich stand noch etwas verschlafen an Deck und rieb mir meine Augen. Lange betrachtete ich die Mauern Akkons, die kleiner wurden und sich immer weiter entfernten, bis sie im Nebel vollends verschwanden.

Doch es war nicht nur Akkon, das vor meinen Augen dahinschwand. Es war auch meine Vergangenheit, die sich vor mir im Nebel auflöste. Und ich hatte nicht die geringste Ahnung, was die Zukunft für mich bereithielt.

Im Jahre des Herrn 1125 verließ ich das Heilige Land, das einzige Land das ich kannte.

✠

Es waren einige Stunden vergangen, seit wir Akkon verlassen hatten, man konnte inzwischen nirgends mehr Land sehen, nur noch riesige und endlos scheinende Wassermassen. Ich stand an Deck, während unser Schiff auf den wogenden Wellen dahingleitete. Es war meine erste Seereise, damals freute ich mich auf diese neue Erfahrung.

Man hatte mir schon die wildesten Geschichten über Seefahrten erzählt. Vor allem über die gefürchtete Seekrankheit, die viele dabei befiel. Doch wie meistens, hielt ich auch diese Gerüchte für sehr stark übertrieben.

Kurze Zeit später kotzte ich über die Außenplanken des Schiffes. Da ich schon alles von mir gegeben hatte, würgte ich nur noch gelben Schleim hervor. Selbst Pedro, der uns stets mit seinen Reimen den letzten Nerv raubte, hing neben mir über der Reling und würgte seinen Mageninhalt heraus, während er laut fluchte. »Maldito, todos los dioses! Verflucht, bei allen Göttern!«

Ich sah ihn kurz an und gab ihm recht, bevor ich erneut würgte. Die Männer der Besatzung grinsten nur schadenfroh angesichts unseres Zustands. Einer der Seeleute riet uns, den Blick immer zum Horizont zu richten, doch auch das half nur wenig. Ich begann das Meer zu hassen, was sich auch nicht mehr ändern sollte.

Fast alle von uns litten unter der Seekrankheit, nur Alia und Struan nicht. Alia genoss den Anblick der unendlichen Wassermassen und ließ sich den frischen Wind durch ihr Haar wehen. Dennoch sorgte sie sich um uns, sie versuchte unsere Stimmung aufzuheitern und gab uns immer wieder Kräuterwasser zu trinken. Struan hingegen stand lachend am Bug des Schiffes und schrie seine Freude heraus. Er war bereits völlig durchnässt vom aufspritzenden Wasser und wirkte überglücklich. Er hatte seine Arme weit von sich gestreckt und brüllte immer wieder »Alba!«, während das Wasser und der Wind ihm entgegenpeitschten.

Gilbert beobachtete unseren Schotten eine Weile. Kreideweiß im Gesicht schüttelte er immer wieder seinen Kopf, als könne er nicht glauben, was er sah. »Ich sage euch, lauter Irre, wir sind von lauter Irren umgeben!«

Pierre und Raoul lagen unter Deck und hatten die Notdurfteimer in Beschlag genommen. Für sie war es nicht das erste Mal, dass sie seekrank waren. Raoul erklärte mir, dass es bei einigen nach ein paar Tagen aufhörte, bei manchen aber nie. Ich gehörte den Letzteren an.

Nach fünf Tagen ging es uns ein wenig besser, aber immer noch nicht gut genug, um das Gegessene bei uns zu behalten. Wir hofften inständig, auf keine Piraten zu stoßen, denn unsere körperliche Verfassung wäre zum Kämpfen nicht unbedingt geeignet gewesen.

Am achten Tag legten wir in Kreta an und hatten dort zwei Tage Aufenthalt. Wir verließen auf wackligen Beinen das schwankende Schiff. Bero und Alia hatten sich bereit erklärt, auf unsere Sachen aufzupassen und blieben auf dem Schiff.

Nach kurzer Zeit an Land ging es uns schon besser und unsere Mägen knurrten. Da unsere Nahrung auf dem Schiff nur aus gesalzenem Fisch und etwas Trockenfleisch bestand, lud ich die Männer zum Essen ein. Kreta besaß einen kleinen Hafen, überall lungerten Krieger und Pilger und warteten auf ihre Weiterreise ins gelobte Land. Ihre Gesichter waren voller Hoffnung und Zuversicht, doch ich bezweifelte, dass sie alle ihre Erwartungen erfüllt bekämen.

Nachdem wir uns in einem Wirtshaus mit gebratenem Fleisch gestärkt hatten, gingen wir wieder zum Schiff zurück. Alia und Bero warteten bereits auf uns, denn auch sie konnten es kaum erwarten, das enge Schiff zu verlassen. Ich bot ihnen an, sie in die Stadt zu begleiten, worauf sie gerne einwilligten. Während die Besatzung Waren vom Schiff brachte und neue verlud, verließen wir drei den Hafenkai und machten uns auf den Weg. Wir waren nur wenige Schritte gegangen, als sich plötzlich Struan hinter uns befand. Etwas verwundert blickte ich zu ihm.

»Struan, willst du uns begleiten?«

»Aye.«

Ich grinste in mich hinein, denn mehr als dieses eine Wort hatte ich als Antwort sowieso nicht erwartet.

Wir gingen über einen Marktplatz, wo Alia einige Früchte aß und sich Kräuter kaufte. Sie sprühte vor Lebensfreude und war zu jedem freundlich, der sie ansprach. Wir schlenderten durch die Straßen und waren einfach nur froh, wieder festen Boden unter den Füßen zu haben. Es wurde langsam Abend und an den Straßenecken wurden Fackeln angezündet, deren Lichtschein sich auf den nassen Pflastersteinen spiegelte.

Wir traten den Heimweg an und gingen durch eine dunkle Seitengasse, an deren Ende wir eine kleine Kirche erkennen konnten. Dichter Nebel legte sich auf die Hafenstadt und ließ nur noch die Umrisse der Häuser erkennen. Die Stadt war plötzlich wie ausgestorben, keine Menschenseele war mehr zu sehen, selbst die Tavernen hatten bereits geschlossen.

Als wir wieder in Hafennähe kamen, bemerkten wir im Zwielicht drei Gestalten an der Straßenecke vor uns. Wie aus dem Nichts standen plötzlich noch drei weitere einige Schritte hinter uns. Sofort legten Bero und ich unsere Hände um unsere Schwertgriffe, Struan zog einen Holzknüppel aus seinem Gürtel. Die Fremden kamen von beiden Seiten langsam näher. Wir drei bildeten schützend einen kleinen Halbkreis um Alia, die erschrocken nach Luft schnappte.

Die Absicht der Gestalten wurde mir endgültig klar, als ich im flackernden Fackelschein eine lange Messerklinge aufblitzen sah. Wir zückten unsere Waffen und ließen die Fremden näherkommen. Nur wenige Schritte trennten uns noch von ihnen, dann standen sie vor uns.

Sie trugen schäbige Kleidung und wirkten eher wie Bettler, nicht wie Räuber. In einer Sprache, die ich nicht verstand, raunten sie sich etwas zu und zeigten immer wieder auf uns.

Ihr Anführer, ein hagerer Kerl mit verschlagenem Blick, wies mit seinem Messer auf den Beutel an meinem Gürtel. Die anderen stierten Alia gierig an und machten dabei obszöne Gesten. Sie kamen immer dichter zu uns heran. Plötzlich machte Struan einen Schritt nach vorn und brüllte. »Diolain![3]«

Im selben Augenblick schlug er dem einen sein Messer aus der Hand, einem anderen drosch er seinen Holzknüppel auf den Schädel, dass es krachte. Ein Angreifer lief direkt in meine Klinge, die sich tief in seinen Unterleib bohrte. Als ich mein Schwert aus seinem Körper zog, stieß einer der Halunken mit seinem langen Messer nach mir. Im letzten Moment konnte ich ausweichen und trennte seinen Arm unterhalb des Ellbogens ab. Ein langer Blutstrahl spritze aus seinem Armstumpf, mit einem gellenden Schrei wendete er sich ab und stolperte davon.

Bero hielt Alia in seinem Rücken fest, während er einem Räuber sein Schwert in die Eingeweide rammte. Zwei wollten fliehen, einen davon schnappte Struan am Kragen und schleuderte ihn gegen die Mauer, wo er zusammensackte. Der Letzte rannte angsterfüllt davon.

Drei der Angreifer lagen tot in ihren Blutlachen, bei dem anderen waren wir uns nicht sicher, ob er noch lebte.

Unsere blutigen Klingen wischten wir an den Toten ab. Bero hatte eine kleine Schnittverletzung an der Hand, die Alia sofort mit ihrem Halstuch zitternd verband. Wir nickten uns kurz zu

---

3 ~ Diolain – Bastard ~

und gingen eilig zum Schiff zurück, bevor uns jemand Fragen stellen konnte. Als wir wieder unter Deck waren, zitterte Alia immer noch. Bero nahm sie in den Arm und versuchte sie zu trösten, indem er ihr grinsend erklärte, dass es doch nur ein kleines, nettes Scharmützel war. Doch seine Worte hinterließen keine sichtbare Besserung ihres Zustands.

Gilbert goss uns Wein ein und bedauerte lächelnd, nicht dabei gewesen zu sein. Struan lachte und hob uns seinen Becher entgegen. »Slàinte![4]«, was immer das auch hieß.

Wenige Tage später verfluchte ich erneut das Meer und dieses Schiff. Ein leichter Sturm brachte es so sehr zum Schaukeln, dass wir befürchteten unterzugehen. Mein Albtraum kam mir wieder in den Sinn und ließ mich frösteln. Doch schließlich beruhigte sich das Wetter wieder und das Meer blieb friedlich. Die verdammte Seekrankheit hatte mich wieder fest in ihren Fängen und sobald ich Nahrung zu mir nahm, landete diese kurz darauf im Meer. Ich wurde von meiner Qual erst erlöst, als wir nach zehn Tagen Sizilien sichteten. Ich war grenzenlos erleichtert, als wir eine Meerenge durchfuhren, bevor wir in den belebten Hafen von Messina gelangten.

Auch hier warteten hunderte von Rittern und Kriegern auf Schiffe, die sie ins gelobte Land bringen sollten. Auf ihre Waffenröcke waren schlichte rote Kreuze genäht.

Einige Schiffe, die gerade vom Hafen ablegten, waren so mit Menschen überfüllt, dass ich befürchtete sie würden untergehen. Dies hier war der Knotenpunkt, an dem alle zusammenströmten, um nach Jerusalem zu gelangen. Schon in meiner Kindheit hatte ich den vielen Berichten über diesen Ort fasziniert gelauscht - Messina, das Tor zum Heiligen Land.

---

4 ~ Slàinte – zum Wohl ~

Als unser Schiff festgetaut war, gab ich dem Kapitän die Hälfte der ausgemachten Summe und mein Versprechen, in drei Tagen wieder hier zu sein. In dieser Zeit nahm das Schiff neue Ladung auf und wir hatten Gelegenheit, uns Sizilien anzuschauen. Außerdem hatte Gilbert uns zu seinen Verwandten nach Scaletta eingeladen, das nur einen halben Tagesritt entfernt war. Er hatte ihnen schon vor Wochen einen Brief geschickt und seinen Besuch angekündigt. Seine Familie hatte ihn zum letzten Mal in Jerusalem gesehen, doch das war vor vielen Jahren. Gilbert war seit Stunden aufgeregt, schließlich betrat er an diesem Tag erstmals sizilianischen Boden.

Nachdem ich Ashir aus seinem Pferch unter Deck befreit hatte, konnte er es kaum erwarten, sich zu bewegen. Laut wiehernd und voller Übermut, stolzierte er am Zügel hinter mir her, als wir den Hafen verließen. Kurze Zeit später ritten wir eine Küstenstraße entlang und gaben den Pferden die Sporen. Nur ab und zu mussten wir auf Pierre und Raoul warten, die mit den Packpferden etwas langsamer vorankamen.

Siziliens Landesinnere war geprägt von bewaldeten Hügeln und saftigen Wiesen voller Olivenbäume. Nur ab und zu wurde das Grün der Landschaft von steinigen Bachläufen unterbrochen. Die Sonne lachte auf uns herab, als wir an einer Quelle rasteten und uns mit dem klaren Wasser erfrischten. Gilberts Vorfreude auf seine Familie ließ uns jedoch wieder zügig aufbrechen. Gegen Mittag erreichten wir schließlich Scaletta, ein überschaubares, verschlafenes Hügeldorf, auf dessen höchstem Punkt eine kleine Burg thronte. Der eckige Turm, sowie die Mauern der Anlage, bestanden aus grob behauenem Stein und vermittelten einen wehrhaften Eindruck.

Gilbert preschte den Hang hinauf bis zur Burg und wartete ungeduldig am Tor auf uns. Als auch ich und die anderen dort eintrafen, war der enge Burghof bereits von freudigem Geschnatter erfüllt. Gilbert wurde von Männern und Frauen umarmt und geküsst, von uns anderen nahm man vorerst kaum Notiz.

Erst als sich die allgemeine Aufregung etwas gelegt hatte, stellte Gilbert uns vor. Seine Mutter und seine Schwester begrüßten uns herzlich und umarmten auch uns. Sie redeten so schnell und wild durcheinander, dass ich kaum etwas verstand. Dann trat sein Bruder vor, der normannische Ritter, den ich in Jerusalem vor Jahren bereits kennengelernt hatte. Gilbert stand neben ihm, als er mich vorstellte. »Guillaume, das ist Jesco. Kannst du dich entsinnen, er half mir damals bei Ali vom Pferd, als ich verletzt war.«

Sein Bruder hatte sich kaum verändert, nur sein Gesichtsausdruck war freundlicher, als ich es in Erinnerung hatte. Er musterte mich kurz und dann schien es ihm wieder einzufallen. Er legte seine Hand auf meine Schulter und lächelte.

»Sieh an, aus dem Knappen ist ein Krieger geworden. Es freut mich, dich wiederzusehen, diesmal unter glücklicheren Umständen. Ich heiße dich und deine Freunde herzlich willkommen, seid unsere Gäste.« Er winkte uns zum Palas. »Ihr habt bestimmt Hunger und eine Menge zu erzählen.«

Das hatten wir allerdings. Nachdem Gilbert das Grab seines Vaters besucht hatte, der vor zwei Jahren gestorben war, wurde in der kleinen Halle der Burg fürstlich aufgetafelt. Der Boden war mit frischem Stroh und duftenden Kräutern ausgestreut. Bewohner und Freunde aus dem Dorf wurden eingeladen, und so war der Saal bald von fröhlichen und feiernden Menschen gefüllt. Zum Essen gab es saftig gebratenes Ochsenfleisch mit würzigen Oliven, allerlei Gemüse, Käse und frisches Brot. Dazu einen vollmundigen Wein und ein stark gegorenes Gebräu, das ich bis dahin nicht kannte. Guillaume erklärte uns, dass es sich dabei um eine bestimmte Art von gebranntem Wein handelte. Man durfte davon nicht allzu viel trinken, da es einem sofort zu Kopf stieg, aber es wärmte einen innerlich. Er behauptete, es würde sogar gegen Zahnschmerzen und Bauchkrämpfe helfen.

Wir erzählten Guillaume ausführlich von der Gefangennahme des Königs und unserer siegreichen Schlacht gegen Bursuqi. Guillaume saß am oberen Kopfende der Tafel und hörte uns aufmerksam zu, wobei sich seine Gesichtszüge immer mehr verhärteten. Als wir zu Ende erzählt hatten, lehnte er sich in seinem Stuhl zurück. »Na ja, wenigstens habt ihr genügend von den Mistkerlen in die Hölle geschickt!«

»Wie auch du, Bruder!«, antwortete ihm Gilbert und konnte in seiner Stimme den Stolz auf seinen Bruder nicht verhehlen.

»Für wahr, ich habe genügend Heiden getötet. Aber macht mich das zu einem glücklichen Mann? ... Nein, aber die Mächtigen und den Klerus macht es glücklich, und reich!«

Für einige Atemzüge herrschte betretenes Schweigen an der Tafel, bis Guillaume schließlich wieder seinen Becher in die Höhe hob. »Doch nun genug geredet von Krieg und Tod, lasst uns feiern!«

Das musste man uns gewiss nicht zweimal sagen. Die Menschen hier waren einfach, hatten ein fröhliches Gemüt und waren voller Temperament, sodass wir die Widrigkeiten der Seereise schnell vergaßen. Es wurde ein Gelage, wie ich es selten zuvor erlebt hatte. Es wurde gesungen und getrunken, junge Frauen tanzten auf dem Tisch, von denen sich Gilbert eine auf den Schoß zog. Er genoss hier jede Stunde und hatte sich von Anfang an zu Hause gefühlt. Ich hoffte, in ein paar Wochen Ähnliches zu empfinden.

Kaum waren unsere Becher leer, wurden sie wieder gefüllt. Alia betrachtete das Ganze doch eher zurückhaltend. Da ihr Glaube ihr verbot, Wein zu trinken, war sie schon bald die einzig Nüchterne in der Halle. Als es ihr dann zu viel wurde, zog sie es vor, sich zu verabschieden und ging schlafen.

Von dem verschütteten Wein hatten sich auf der Tischplatte bereits Lachen gebildet und es wurde lauthals angestoßen. Und natürlich ließ Pedro es sich nicht nehmen, ein Gedicht zum Besten zu geben. Er stand auf und verbeugte sich galant vor den Frauen am Tisch, die ihn verzückt anhimmelten. Sofort wurde es still, als Pedro seine blumige Stimme erhob.

»Ich spring bei diesem Reigen
so gut ich's eben kann
und sing von hübschen Fräulein.
Ich ritt durch fremde Land,
da sah ich mancherlei,
wo ich die Fräulein fand ...«

»Und du findest gleich meine Faust, wenn du weiter trällerst!«

Pedro blickte brüskiert zu Bero, doch dann mussten alle lachen, selbst Pedro. Schließlich erhob sich Raoul mit seinem Becher in der Hand und lallte vergnügt: »Ein Hoch auf Pedro, den Minnekönig von Navarra!« Jetzt grölten alle und es wurde weitergefeiert. Der schwere Wein stieg mir schon mächtig zu Kopf, den ich mit meinen Händen abstützen musste. Wie schön wäre es doch, wenn jetzt Borchwei hier gewesen wäre. Ich dachte an ihn und vermisste ihn schmerzlich, wie so oft in den letzten Wochen.

Die Nacht näherte sich schon dem frühen Morgen, einige schliefen bereits im Sitzen. Raoul war sturzbetrunken von der Bank gefallen und einfach liegen geblieben. Auch ich konnte kein klares Wort mehr sprechen. Pierre saß neben mir, hatte seinen Kopf an meine Schulter gelehnt und schnarchte.

Von irgendwoher kam Struan angeschwankt, er setzte sich mir gegenüber und schenkte uns die Becher mit dem scharfen Gesöff voll. Wir stießen an und leerten sie in einem Zug. Danach konnte ich Struan nur noch undeutlich erkennen. Eine Weile sah er mich mit glasigen Augen an und wollte etwas sagen, doch dann kippte er nach vorn und krachte mit dem Kopf auf den Tisch, wo er besinnungslos liegen blieb. Kurz darauf schwanden auch mir die Sinne.

So wie wir am Tisch eingeschlafen waren, erwachten wir am nächsten Tag. Hühner stapften durch die Halle und gackerten.

Zwei riesige Hunde lagen knurrend auf dem Boden und nagten an Knochen, die vom Essen übrig waren. Mein Kopf dröhnte.

Gilbert und Guillaume waren schon längst auf den Beinen und wirkten ausgeschlafen, als sie laut polternd zur Tür hereinkamen. Gilbert rüttelte lachend die Schlafenden wach.

»Aufstehen, ihr Halunken, wir reiten zur Jagd!«

Struan war der Erste, der sich erhob. »Ayeee.«

Die anderen kehrten am frühen Nachmittag mit reichlich Jagdbeute zurück. Ich hatte es vorgezogen, den halben Tag schlafend im Pferdestall zu verbringen. Alia hatte den Frauen geholfen, die Halle zu säubern und sich dabei äußerst beliebt gemacht. Zumal sie einer werdenden Mutter durch Massieren ihres Rückens auch noch die Schmerzen nahm.

Am Abend wurde wieder gefeiert, doch diesmal verlief alles etwas sittsamer. Während des Abendessens fragte mich Guillaume nach meinen und Gilberts Zukunftsplänen. Ich erzählte ihm von meinem Erbe, schweigend hatte er zugehört.

»Was erwartet euch dort, im Frankenland?«, fragte er mich.

»Um ehrlich zu sein, ich habe keine Ahnung. Vielleicht nur noch ein zusammengefallener Steinhaufen, ich weiß es nicht.« Gilbert schlug mir mit der Hand freundschaftlich auf die Schulter und lächelte. »Und wenn es nur ein Steinhaufen ist, ich begleite dich.«

Sein Bruder sah uns beide an und strich sich über seinen Bart.

»Hier seid ihr jedenfalls immer willkommen, jederzeit!«

Ich bedankte mich für sein Angebot und genoss den Rest des ausgelassenen Abends. Ich mochte die Art dieser Italiener, die so voller Natürlichkeit und Lebensfreude war und scheinbar durch nichts getrübt werden konnte.

Am nächsten Tag verabschiedeten wir uns schweren Herzens, vor allem Gilbert ging der Abschied sehr nahe. Umso bedrückter waren unsere Gesichter, als wir wieder unser schaukelndes Schiff betraten und mit säuerlicher Miene auf das Meer hinausblickten. In Gedanken flehte ich zu Gott, er möge die letzte Etappe auf See schnell vorübergehen lassen. Doch der Allmächtige erhörte mein Flehen nicht. Wir blieben zwar von Seeräubern verschont, doch die Tage schienen mir endlos zu sein. Eine zu dieser Jahreszeit ungewöhnliche Windflaute kostete uns fast zwei Tage.

Mein Magen hatte sich zwar ein wenig an das ständige Schaukeln gewöhnt. Übergeben musste ich mich trotzdem gelegentlich, wobei ich nicht wusste, ob die Seekrankheit die Ursache war oder der gesalzene Fisch, den wir ständig vorgesetzt bekamen.

Unsere Pferde wurden mit jedem Tag unruhiger. Nachdem die Tiere auf Sizilien ihren Auslauf hatten, fiel es ihnen jetzt umso schwerer, wieder in ihrem engen Verschlag eingepfercht zu sein.

Auch unsere Laune wurde immer schlechter, die Eintönigkeit und Enge des Schiffes schlugen auf unsere Gemüter. So war es auch kein Wunder, dass die Stimmung immer gereizter wurde. Alia ging nur noch ganz selten an Deck, um frische Luft zu schnappen, denn die Blicke der Seeleute wurden von Tag zu Tag immer ungenierter. Sie tat dies nur noch in Begleitung von Bero, der seine Hand dabei stets warnend am Schwertgriff hielt.

Wenn das Wetter es zuließ, konnte man von Weitem bereits die Küste Italiens sehen, wenn auch nur schemenhaft. Doch meistens war der Himmel von grauen Wolken verhangen, nur manchmal drang die Sonne durch und wärmte uns tagsüber. In den Nächten wurde es immer kälter, wir wickelten uns unter Deck in Felle ein und zehrten von der Wärme unserer Pferde.

Am dreizehnten Tag erreichten wir endlich den Hafen von Genua. Nachdem ich den Kapitän ausbezahlt hatte, verließen wir eiligst das mir inzwischen so verhasste Schiff. Kaum hatten wir festen Boden unter unseren Füßen, schickte ich im Geiste ein Dankgebet gen Himmel, wir hatten das Meer nun endgültig hinter uns. Ich schwor mir damals, nie wieder ein Schiff zu betreten.

Genua erwies sich jedoch nicht so, wie wir es erwartet hatten.

Noch nie zuvor hatte ich eine derart dreckige Stadt gesehen. Ich musste mir die Nase zuhalten, als unsere kleine Karawane durch die engen Straßen Genuas zog. Der Boden war mit Exkrementen und Abfällen übersät, die einen stechenden Gestank hinterließen. Es kam mir vor, als wäre eine Glocke aus feuchter Fäulnis über diesen Ort gestülpt. In dreckige Lumpen gekleidete Menschen bettelten an jedem Eck. Im Unrat der Straßen lagen Betrunkene und schliefen. Vielleicht waren sie auch tot, es interessierte jedenfalls niemand.

Verwahrloste Huren entblößten schamlos ihre Brüste, als wir an ihnen vorbeiritten. Ein alter, zahnloser Bettelmönch in einer dreckigen und zerrissenen Kutte spuckte im Vorbeilaufen nach Alia. Bero bekam es mit und zückte sofort sein Schwert. Nur mit äußerster Mühe konnten wir ihn davon abhalten, dem elenden Kerl seinen Schädel einzuschlagen.

Wir entfernten uns schleunigst aus dem Hafenviertel und erreichten den nördlichen Teil der Stadt. Dort war die Luft und der Gestank zumindest etwas erträglicher. Ich sehnte mich nach der guten Luft und den sauberen Straßen Jerusalems. Am meisten entsetzt war Alia, die von daheim nur strenge Reinlichkeit gewöhnt war.

»Alia, ist alles in Ordnung?«, fragte ich mitleidig. Doch sie wollte sich ihren Ekel nicht anmerken lassen und erwiderte tapfer meinen Blick. »Habt keine Sorge um mich. Ich muss mich nur erst an alles gewöhnen.«

»Ich glaube, das geht uns allen so. Ich hatte mir unsere Ankunft auch anders vorgestellt«, antwortete ich enttäuscht. Bero spuckte aus und schnaubte mit angewiderter Miene. »Ich hoffe nur, es stinkt nicht im gesamten Frankenland so, denn sonst mache ich mich mit dem nächsten Schiff auf und davon.«

Ich presste meine Lippen zusammen und raunzte ihm entgegen. »Du wirst mich nie wieder auf ein Schiff kriegen, eher laufe ich barfüßig über glühende Kohlen. Das schwöre ich dir!«

Borchweis Rat befolgend, deckten wir uns zusätzlich mit warmen Fellumhängen ein. Von Borchwei wusste ich auch, dass unser Weg über ein hohes Gebirge führen würde und ich mich zu gegebener Zeit nach einem einheimischen Wegführer umsehen sollte. Wir aßen noch etwas und machten uns dann auf den Weg, da wir Genua so schnell wie möglich hinter uns lassen wollten.

Zehn Tage lang durchquerten wir fruchtbare Landschaften, die voller Oliven- und Apfelbäume waren. Selbst vor den ärmlichsten Bauernhütten waren liebevolle Weingärten angelegt, die kleine Reblauben zierten. Doch nur wenige Einheimische begegneten uns freundlich und hilfsbereit. Die meisten wichen ängstlich vor uns zurück, da wir gerüstet waren und unsere Waffen offen trugen. Unser Aussehen wirkte wohl auch nicht gerade vertrauenerweckend, denn inzwischen waren unsere Bärte und Haare ungepflegt und lang, und sie juckten. Wir alle sehnten uns nach einem Bad.

Als wir schließlich ein kleines, verschlafenes Dorf erreichten, konnte man bereits von Weitem die gewaltigen Berge sehen. Wir waren beeindruckt von dem imposanten Anblick, denn die meisten von uns hatten so etwas noch nie zuvor gesehen. Ich zügelte mein Pferd und ergötzte mich an diesem Naturwunder, die anderen taten es mir gleich. Wie gebannt spähte Alia zu den weißen, hohen Gipfeln empor, die fast bis in die Wolken reichten. »Es sieht aus wie Salz.«

Pierre musste laut lachen. »Das ist Schnee, wunderschön, aber auch kalt und gefährlich.«

Auch Bero und ich waren fasziniert, denn zum ersten Mal in unserem Leben sahen wir Schnee aus der Nähe. Nur einmal hatte ich aus großer Ferne, im Norden von Antiochia, die schneebedeckten Gipfel des Taurusgebirges gesehen.

Wir beschlossen eine Rast einzulegen, um diese Herrlichkeit noch ein wenig länger zu genießen. Die Sonne ließ die weißen Bergspitzen glitzernd erschimmern, als wären sie aus Silber. Es war ein atemberaubender Anblick, umgeben von völliger Ruhe, nur der ferne Ruf eines Raubvogels war zu hören.

Pedro nutzte sofort die Gelegenheit und schmiss sich in Pose.

»Oh sehet, herrlich Pracht ... mmh.«

Weiter kam er jedoch nicht, denn Struan hielt ihm mit seiner Pranke den Mund zu. Als er ihn wieder losließ, zeterte Pedro mit hochrotem Gesicht und stapfte mit dem Fuß auf wie ein zorniges Kind. »Du ignoranter, schottischer Barbar, du hast nur Saufen und Prügeln im Kopf!«

Struan grinste nur breit. »Aye.«

In dem Dorf erkundigten wir uns nach einem Führer, der uns sicher über die Berge leiten sollte. Doch wir mussten nicht lange suchen. Wir kauften gerade bei einem Händler den nötigen Proviant für unterwegs, als uns ein Mann mit seltsamem Akzent ansprach.

»Ihr seht aus, als wolltet ihr in den Norden?« Er war von geringer Körpergröße und reichte mir nicht einmal bis zur Schulter. Listige, kleine Augen in einem wettergegerbten Gesicht musterten mich. Etwas verblüfft erwiderte ich seinen Blick. »So ist es, wir wollen über das Gebirge.«

Er klatschte sich freudig in die Hände. »Welch Glück für euch, denn ich bin mit dem Weg bestens vertraut und habe schon viele über diese Berge geleitet. Mein Name ist Luca.«

»Und ich heiße Jesco.«

Ich war mir nicht ganz sicher, ob ich dem Kerl trauen konnte, denn er hatte eine anbiedernde Art an sich. Doch um offen zu sein, hatte ich keine Lust, noch lange nach einem anderen Führer zu suchen. Ich sah meine Gefährten an und da keiner Einwände erhob, stimmte ich zu.

»Also schön, Luca. Aber solltest du etwas im Schilde führen, dann spießen wir dich an den nächsten Baum!«

Er buckelte und sah mich unterwürfig an. »Ihr Herren, ihr werdet es nicht bereuen. Ich bringe euch sicher über die Berge.«

Vielleicht hatte ich voreilig über ihn geurteilt, denn sein Lächeln war nun freundlich und wirkte sogar sympathisch. Er nannte mir seinen Preis, den ich jedoch um fast die Hälfte herunterhandelte. Ich versprach ihm, dass er seinen Lohn erhalten würde, sobald wir das Gebirge hinter uns hätten. Nachdem Luca seinen Esel und sein Gepäck geholt hatte, machten wir uns noch am gleichen Tag auf den Weg.

Vorher hatten wir noch die Pracht dieser Berge bewundert, doch je näher wir ihnen kamen, umso unbehaglicher wurde es mir. Wie düstere Riesen ragten sie bedrohlich vor uns auf und warfen ihre langen Schatten über die Landschaft. Es war mir ein Rätsel, wie wir dieses Gebirge überwinden sollten.

Nach zwei Tagen veränderte sich die Landschaft drastisch. Es wuchs fast kein Gras mehr und Bäume wurden immer seltener. Wir überquerten kleine Bäche und heimtückisches Steingeröll. Unsere schweren Streitrösser hatten große Mühe, auf dem unwegsamen Boden voranzukommen. Ashir rutschte immer wieder auf dem gefährlichen Geröll weg, Lucas Esel hingegen kletterte scheinbar mühelos die steilen Hänge empor.

Die Nächte verbrachten wir eingehüllt in unsere Felle und froren, obwohl wir nahe am Lagerfeuer lagen. Luca machte sich darüber lustig. Er lachte nur, während er mich ansah. »Die Nächte und Tage werden noch sehr viel kälter werden, je höher wir kommen.«

Ich klapperte vor lauter Kälte mit meinen Zähnen. »Beim Allmächtigen, ich hätte jetzt gern das Gesöff von Gilberts Bruder!«

Ich sehnte mich nach der warmen Sonne Palästinas, während ich die Wolldecke bis über mein Gesicht zog. Ich war diese Kälte nicht gewohnt und zitterte am ganzen Leib.

Lucas Prophezeiung bewahrheitete sich leider, denn es wurde bitterkalt. Da es kaum noch Baumbewuchs gab, reichte es meistens nur für ein spärliches Feuer, das uns aber kaum wärmte. Zum Glück blieben uns die höchsten Gipfel erspart. Luca führte uns durch kahle Täler und Flussbetten zwischen den Bergriesen hindurch. Der Wind fauchte uns entgegen, als wollte er uns damit zeigen, dass wir hier nicht willkommen waren.

Dann lag, laut Luca, der gefährlichste Teil des Weges vor uns. Wir mussten einen schmalen Gebirgspass in schwindelnder Höhe überqueren. Gerade einmal so breit wie ein Pferd war der Pfad unter uns. Zu unserer linken Seite befand sich ein tiefer Abgrund, zur rechten nur die steile Felswand. Zum letzten Mal hatte ich auf dem Schiff zu Gott gebetet, jetzt tat ich es wieder.

Von unseren Pferden waren wir abgestiegen und führten sie nun am Zügel. Ich hatte Ashir direkt hinter mir und danach eines der Lastpferde an einer längeren Leine. Wir banden die Pferde nicht aneinander, so wollten wir verhindern, dass sie sich gegenseitig in den Abgrund ziehen, falls eines abstürzen sollte.

Ganz langsam und behutsam tasteten wir uns den Weg entlang. Ich vermied es, den Abhang hinunter zu sehen. Durch die schweren Pferdehufe lösten sich manchmal faustgroße Steinbrocken am Wegesrand und polterten in den Abgrund.

Ich konzentrierte mich bei jedem Schritt, um nicht auszurutschen. Als wir um eine Biegung kamen, verlor Ashir plötzlich den Halt. Ich hielt ihn fest am Zügel und zog mit all meiner Kraft. Im letzten Augenblick fand er wieder festen Tritt, doch das Packpferd hinter uns erschrak sich und scheute. Ich musste seine Leine loslassen, um nicht weggezogen zu werden. Es strauchelte und rutschte mit seinen Hinterläufen weg. In den Augen des Tieres konnte ich seine Panik erkennen, als es mit den Vorderläufen verzweifelt Halt suchte. Doch sein Körpergewicht zog es nach unten und es stürzte in die Tiefe. Nach einigen Atemzügen konnten wir den dumpfen Aufprall hören, der durch die Schlucht hallte.

Sofort beruhigten wir die anderen Pferde, die nervös geworden waren. Uns allen war die Farbe aus dem Gesicht gewichen, als wir uns gegenseitig ansahen. Luca, der vor mir seinen Esel führte, schaute nur ungerührt in die Schlucht. Ich brüllte ihn an. »Wie lang noch!?«

Prompt setzte er wieder sein einschmeichelndes Lächeln auf.

»Gleich, Herr, gleich. Nur noch wenige Schritte, dann haben wir das Schlimmste hinter uns.«

»Das hoffe ich für dich!«, giftete Gilbert von hinten.

Noch vorsichtiger als zuvor setzten wir unseren Weg fort. Ich hielt mich ganz dicht an die Felswand, der kleinste Fehltritt konnte hier den Tod bedeuten. An einer Stelle war der Weg so eng, dass wir die Pferde am Zaumzeug nahmen und sie ganz langsam weiterführten. Kurz darauf erreichten wir ein flaches Felsplateau, wo wir uns etwas ausruhen konnten. Alle waren erleichtert, diesen gefährlichen Teil des Weges hinter sich zu haben. Trotz der Kälte war mein Rücken schweißnass und obwohl ich dicke Lederhandschuhe trug, hatte ich in meinen Fingern kaum noch Gefühl.

Zu unserem großen Pech war auf dem abgestürzten Packpferd ein Großteil unseres Proviants. Bero warf mir einen Blick zu, der seine ganze Sorge ausdrückte. Auch ich konnte mein Missbehagen nicht verbergen, als wir uns an den Abstieg machten. Schneidend kalter Wind blies uns in die Gesichter. Alia war dicht über ihr Pferd gebeugt und zitterte am ganzen Körper, trotz der vielen Felle, in die sie gewickelt war. Der Weg nach unten war jetzt etwas breiter, aber nicht minder gefährlich. Es begann zu schneien und dicke Schneeflocken begleiteten unseren restlichen Weg über den Bergpass.

Erschöpft erreichten wir eine enge Schlucht und konnten unter einem windgeschützten Felsvorsprung unser Nachtlager aufschlagen. Wir zogen unsere Felle bis über den Kopf und teilten die letzte Nahrung auf. Bero hielt Alia wärmend im Arm, auch wir Männer rückten dicht aneinander, um uns gegenseitig zu wärmen. Es kam mir vor, als wären wir am Ende der Welt angekommen und würden bald von einem tiefen, dunklen Schlund verschlungen. In der Nacht heulte der Wind so laut, dass wir uns gegenseitig anbrüllen mussten, um uns zu verständigen. Ich lag noch sehr lange wach da und kämpfte gegen die aufkommenden Zweifel an, mich für diese Reise entschieden zu haben. Doch irgendwann verfiel ich in einen tiefen, wenngleich auch kurzen Schlaf.

Am nächsten Morgen waren auch meine Füße taub vor Kälte. Wir standen mit schmerzenden Gelenken auf und mussten uns erst bewegen, um die Steifheit aus unseren Knochen zu vertreiben. In unseren Bärten hingen kleine Eisklumpen und jeder Atemzug schmerzte. Selbst Gilbert war seine stets gute Laune abhanden gekommen, er hustete und fluchte nur noch.

Wir rieben unsere Pferde ab und wärmten uns an den Körpern der Tiere. Keiner redete viel, jeder kämpfte nur gegen die Kälte an. Alia war am geschwächtesten von uns, wir packten sie in zusätzliche Felle, dennoch schaffte sie ein zaghaftes Lächeln:

»Es geht schon, ich werde das durchstehen. Habt keine Sorge um mich.« Luca stand neben ihr und versuchte sie zu ermutigen.

»Ab jetzt wird unser Weg leichter, haltet durch.«

Bero rieb Alias Hände und versuchte mit seinem Atem ihre Finger zu erwärmen. Sie schenkte ihm dafür ein liebevolles Lächeln, dann machten wir uns wieder auf den Weg.

Die Kälte und der Schnee wurden weniger, je tiefer wir kamen. Umso größer wurde unser Hunger, auch die Pferde benötigten dringend Futter. Gegen Mittag kam die Sonne etwas durch und wärmte uns ein wenig. An einem klaren Bach tränkten wir die Pferde und füllten unsere Wasserschläuche, dann ging es weiter. Hier und da konnte man wieder Gras und kleinere Büsche erkennen und wir hielten öfters an, um unsere Tiere fressen zu lassen. Schließlich gelangten wir in ein felsiges Tal, umgeben von grauen Steinwänden. Struan ritt neben mir, als ich sah, wie er langsam und geräuschlos eine Schleuder aus seiner Satteltasche zog. Ich folgte seinem angespannten Blick und sah auf einem kleinen Felsüberhang ein halbes Dutzend Ziegen mit seltsamen, gebogenen Hörnern.

Geschmeidig und lautlos glitt Struan aus seinem Sattel und nahm einen Stein vom Boden auf. Er legte ihn in seine Lederschleuder und näherte sich vorsichtig und leise dem Felsvorsprung. Wir beobachteten ihn gespannt und hielten unsere Pferde still. Als er nahe genug an seiner Beute war, schleuderte er mit seiner Schlinge kraftvoll den Stein. Er traf eine Ziege am Kopf, sie taumelte benommen und stürzte hinab. Mit schnellen Sätzen war Struan über dem Tier und brach ihm das Genick. Dann legte er sich die Ziege über die Schulter und kam zu uns zurück. Wir stiegen von unseren Pferden ab und gingen ihm entgegen, dabei johlten wir vor Freude. Raoul rief ihm lachend zu. »He Struan, ist das die schottische Art zu jagen?«

Er grinste nur frech zurück. »Aye.«

So langsam begann ich, diesen seltsamen Schotten wirklich zu mögen.

Gegen Nachmittag tauchten die ersten Bäume auf und wir hatten genügend Holz, um ein ordentliches Feuer zu machen.

Seit vielen Tagen verspürten wir zum ersten Mal wieder Wärme, als wir abends am Feuer saßen und das Ziegenfleisch an dünnen Stöckchen über die Flammen hielten. Nachdem wir das Fleisch gierig verschlungen hatten, schien es auch Alia wieder besser zu gehen. Die strapaziöse Reise war an ihr nicht spurlos vorübergegangen, sie war bleich und hatte dunkle Schatten unter den Augen. Dennoch ließ sie sich nichts anmerken und schlug sich nicht weniger tapfer, als wir Männer.

Satt gegessen und müde streckten wir unsere Glieder aus. Es konnte wieder gelacht werden und durch das Feuer gewärmt, verfielen wir in einen wohligen Schlaf.

Als wir am Morgen ausgeruht erwachten, waren Luca und sein Esel spurlos verschwunden. Pierre, der Wache gehalten hatte, war eingenickt. Doch keiner machte ihm einen Vorwurf, denn wir waren am Abend zuvor alle erschöpft gewesen.

Unauffällig kontrollierte ich sofort, ob meine Schätze noch alle da waren, Gilbert und Bero beobachteten mich dabei besorgt.

Es war zum Glück noch alles vorhanden, aber ich schalt mich selbst einen Narren, wegen meines Leichtsinns.

Wir warteten noch eine Zeit lang und aßen das restliche Fleisch. Als wir später die Pferde gesattelt hatten und aufsaßen, tauchte Luca auf seinem Esel plötzlich wieder auf. Er wirkte reichlich erschöpft und abgekämpft, als er vor mir zum Stehen kam. »Wo zum Teufel warst du?«, fragte ich ihn.

»Herr, ich war beim Fluss. Das Schmelzwasser hat ihn ansteigen lassen, wir können ihn unmöglich durchqueren.«

»Aha, und was schlägst du vor?«

»Ich weiß einen anderen Weg, aber der ist etwas länger, vielleicht einen halben Tagesritt.«

Ich überlegte kurz, aber uns blieb nichts anderes übrig. Also gab ich das Zeichen zum Aufbruch und wir folgten Luca. Ich hatte ein schlechtes Gewissen, weil ich ihn sofort verdächtigt hatte. Dennoch hatte er etwas an sich, was mein Misstrauen erweckte.

Am späten Nachmittag sichteten wir seit langer Zeit wieder menschliche Behausungen. Es waren nur einfache Hütten, die jedoch verlassen waren. Wir zogen weiter und durchritten ein langgezogenes grünes Tal. Die Luft war immer noch kalt, aber wesentlich erträglicher, als die Tage zuvor im Schnee.

Vor uns lag ein größeres Waldstück mit dichtem Baumbestand, ich zügelte Ashir und stieg ab. »Bevor wir auf ein Dorf oder eine Stadt treffen, schlage ich vor, wir ziehen unsere Rüstungen an. Man weiß ja nie.«

Auch die anderen stiegen ab und folgten meiner Aufforderung. Bis auf Struan und Pedro zogen wir alle unsere schweren Eisenhemden an. Luca versicherte uns zwar, dass die Gegend hier ungefährlich sei, aber darauf wollte ich mich nicht verlassen. Wir waren in einem fremden Land, das keiner von uns kannte und ich wollte kein Risiko eingehen.

Wir ritten langsam durch den Wald und achteten auf jedes Geräusch. Der Weg war breit und ausgetreten, nur ab und zu von Wurzeln durchzogen. Luca ritt an der Spitze auf seinem Esel, er hatte Glück, dass er ihn noch besaß. Bevor Struan den Bock erlegte, hatten wir mit dem Gedanken gespielt, den Esel zu schlachten.

Der Wald wurde immer dichter und der Pfad schlängelte sich an wildwüchsigen, mannshohen Sträuchern entlang. Durch die dichten Baumkronen drang nur wenig Licht und tauchte den Hain in ein diffuses Halbdunkel. Ein paar Vögel flatterten aufgeschreckt in die Höhe. Im selben Moment traf Ashir ein Stein an seiner Vorderflanke, er wieherte und scheute kurz. Als ich ihn wieder unter Kontrolle hatte, flogen weitere Steine aus dem Dickicht auf uns zu. In unserem kleinen Zug brach heftige Unruhe aus, die Pferde bäumten sich erschreckt auf, während wir unsere Waffen zogen. In dem dichten Gestrüpp konnten wir niemand erkennen. Nur die Richtung aus der die Steine flogen, ließ mich erahnen, dass wir es mit einer großen Anzahl an Angreifern zu tun hatten.

Hier und da konnte ich eine Bewegung hinter den Büschen ausmachen, als Luca etwas in den Wald rief. Kurz darauf tauchten von allen Seiten gut zwei Dutzend Männer aus den Büschen auf und umstellten uns. Sie wirkten verwahrlost, waren aber mit Knüppeln und langen Jagdmessern bewaffnet. Luca stieg von seinem Esel und grinste nur hinterhältig.

»So, ihr eingebildeten Herren. Eure Reise endet hier.«

Ich schleuderte ihm meine ganze Wut entgegen. »Du Kröte! Du weißt, was ich dir angedroht habe, falls du uns hintergehst. Ich werde dich an einen Baum spießen!«

Luca lachte nur dreckig und wies auf seine Kumpane.

»Wir sind in der Überzahl und ich weiß wo ihr herkommt, ihr habt Schätze aus Palästina bei euch. Und um eure Heidenschlampe werden wir uns auch kümmern.« Sein Gesicht verwandelte sich in eine gehässige Fratze. »Los Männer, tötet sie!«

Mit lautem Gebrüll griffen sie uns an. Pedro war der erste, der von seinem Ross sprang. Er zog sein Schwert und warf sich den Angreifern mutig entgegen. Mit flinken und ungewöhnlichen Bewegungen, ähnlich einem Tänzer, entwaffnete er einen Gegner und stieß ihm seinen Stiefel ins Gesicht. Dann verbeugte er sich kurz edelmütig vor dem am Boden Liegendem und widmete sich dem Nächsten, indem er ihm im Sprung sein Schwert in die Brust stieß.

Gilbert zückte seinen Dolch und schleuderte ihn einem Angreifer direkt in den Hals. Ein Räuber stocherte mit seinem Spieß nach Ashir, verfehlte ihn aber. Während ich aus dem

Sattel glitt, stieß ich ihm mit dem Fuß seinen Speer aus der Hand, dann drang meine Klinge tief in seine Schulter. Brüllend ging er zu Boden, ich kümmerte mich nicht mehr um ihn und nahm mir einen anderen vor.

Struan wurde von zwei Gegnern bedrängt, den einen hob er hoch, als wäre er ein Sack und warf ihn in den Wald. Dem zweiten legte er seine Arme um den Hals und brach ihm von hinten das Genick. Ich schlug einem Räuber meinen Schwertknauf auf den Mund. Ich konnte seine wenigen Zähne zerbrechen hören, dann gab ich ihm mit meinem Schwert den Todesstoß in sein Herz.

Bero und Raoul standen schützend vor Alia und hielten ihre Schwerter auf die restlichen Räuber gerichtet. Pierre und Pedro kamen ihnen zugleich mit Struan und mir zu Hilfe.

Viele der Strauchdiebe lagen bereits tot am Boden. Die Räuber begriffen plötzlich, dass ihnen ihre Überzahl nichts genützt hatte und sahen sich gehetzt um. Schließlich suchten sie ihr Heil in der Flucht und rannten davon. Auch Luca bekam es mit der Angst und versuchte in den Wald zu fliehen. Doch Pedro sprang ihm hinterher und warf ihm sein Schwert zwischen die Füße, so dass er stolperte und der Länge nach zu Boden fiel. Dann schnappte er ihn am Kragen, zerrte ihn zu mir und stieß ihn vor meinen Füßen in den Dreck. Er kniete wimmernd vor mir am Boden und flehte um Gnade.

»Herr, vergebt mir, verschont mich ...«

Ich beugte mich zu ihm hinunter, zog ihn an seinen Haaren hoch, sodass er mir in die Augen sehen musste und drohte ihm leise: »Ich soll dir vergeben, dass du und deine Kumpane uns töten wolltet? Ihr habt euch die Falschen ausgesucht, mein Freund!«

Ich nickte Pedro zu, der ihn zu einem Baum schleifte. Dann hob ich einen Spieß mit Eisenspitze vom Boden auf und ging zu dem Baum. Währenddessen band Gilbert Luca mit einem groben Strick am Stamm fest. Er starrte mich mit schreckgeweiteten Augen an, als ich vor ihn trat. Breitbeinig stand ich vor Luca, wiegte den Spieß in meiner Hand und lächelte frostig auf den Verräter herab. Wir alle konnten es hören und riechen, als sich sein Darm entleerte und er sich einnässte.

Ich ließ ihn eine Weile leiden und weidete mich an seiner Angst. Dann holte ich aus und rammte den Spieß knapp an seiner Hüfte vorbei in den Stamm, wo er federnd stecken blieb.

Ich drehte mich von dem Baum weg und sah zu meinen Gefährten. »Entweder er erfriert hier, oder er erstickt an seinem eigenen Gestank!«

Luca war ohnmächtig geworden und hing gefesselt an dem Baumstamm. Wir verlachten ihn höhnisch, dann saßen wir wieder auf und ritten weiter.

Alia wirkte auf unserem Weiterritt sichtlich mitgenommen. Nach einer Weile ritt ich neben sie und sprach sie behutsam an: »Alia, fühlst du dich nicht gut?«

Ihr Blick war nach unten gerichtet, sie wirkte betrübt.

»Mir geht's gut. Ich bin nur etwas erschrocken über all die Gewalt.«

Bero sah verständnislos zu ihr rüber. »Wieso? Jesco hat Luca doch am Leben gelassen. Ich hätte diesen Mistkerl ausgeweidet wie ein Stück Wild!«

»Dein Einfühlungsvermögen ist wirklich enorm«, erwiderte ich Bero pampig, dann wendete ich mich wieder Alia zu.

»Die Gewalt war im Heiligen Land genauso allgegenwärtig. Denk nur an die vielen Schlachten und all die Verwundeten, die du mit Ali gepflegt hast. Du bist auf Kreta und hier nur unmittelbar Zeuge des Tötens geworden, und das macht dich so betroffen.«

»Du hast wahrscheinlich recht, vielleicht war ich auch zu naiv. Ich werde versuchen, meine sensible Seele ab jetzt dagegen zu wappnen.«

»Tu das nicht, bleibe bitte wie du bist. Versuche einfach, das Töten als manchmal notwendig hinzunehmen«, riet ich ihr.

»Ich werde mir Mühe geben. Ich danke dir für deinen Rat, Jesco.« Sie lächelte mich an, während Bero nur kopfschüttelnd die Augen verdrehte. Ich wusste genau, dass Bero Alias Gefühle verstand, er konnte es nur nicht zugeben.

Am gleichen Tag kamen wir an einen entlegenen Bauernhof. Ich gab dem misstrauischen Bauer eine Silbermünze für Essen und Trinken. Wir bekamen Milch, Käse und Brot, trotzdem blieb er uns gegenüber ängstlich und abweisend. Die Nacht verbrachten wir in seiner Scheune. Wir richteten unser Lager im wärmenden Stroh ein und waren alle froh, wieder einmal ein festes Dach über dem Kopf zu haben.

Am nächsten Morgen hatte ich starke Halsschmerzen und bekam leichtes Fieber, dennoch zogen wir weiter. Ich sah dem Bauer an, dass es ihm recht war, uns wieder loszuwerden. Als wir später rasteten, kochte mir Alia einen heißen Kräutersud, der mir auch zunächst half und meine Kopfschmerzen vertrieb. Trotzdem fühlte ich mich kraftlos und elend, als wir weiterritten.

Am Abend kamen wir dann in ein kleines Dorf. Meine Stirn glühte und ich hatte Schüttelkrämpfe, mein Hals war leicht angeschwollen und ich hatte große Schmerzen beim Schlucken.

Ich weiß nur noch, wie ich in einem Wirtshauszimmer erschöpft auf ein dreckiges Bett fiel und sofort einschlief.

Wie durch einen Nebel hörte ich Stimmen, die mal näher, mal weiter weg waren. Mein Mund war ausgetrocknet und ich trieb im weiten Meer. Ich wollte das Wasser des Meeres trinken, aber es gelang mir nicht. Ich wollte immer wieder das kühle Nass schlucken, doch mein Mund wurde mit jedem Versuch trockener und ich immer durstiger. Plötzlich sah ich Borchweis Körper leblos im Meer treiben, das sich jetzt blutrot verfärbte.

Verzweifelt versuchte ich ihn zu erreichen, doch er wurde von den Wogen hinweg getragen, bis ich ihn nicht mehr sah.

Plötzlich spürte ich etwas Kühles auf meiner Stirn und meiner Brust, kurz danach wieder ein Feuer, das mich zu verschlingen drohte. Vor meinem inneren Auge sah ich böse Geister tanzen, die mich verspotteten und mir die Luft zum Atmen nahmen. Ich spürte ein Gewicht auf meiner Brust, das mich zu erdrücken drohte und meinen Herzschlag rasen ließ.

Als ich irgendwann wieder etwas Kaltes auf meiner Stirn wahrnahm, öffnete ich meine Augen und sah Alias Gesicht, das mich anlächelte.

»Jesco, du bist wieder wach?«

Sie tupfte meine Schläfen mit einem nassen Tuch ab und sah mich sanft an. Ich neigte meinen Kopf zur Seite und sah Bero.

»Du hast uns ganz schön erschreckt, alter Halunke.«

Daneben tauchte Gilberts Gesicht auf. »Du warst zwei Tage im Fieberwahn!«

Ich war zu erschöpft, um meine Augen offen zu halten und schlief wieder ein. Als ich das nächste Mal erwachte, konnte ich zumindest wieder einen klaren Gedanken fassen und das Fieber war aus meinem Körper gewichen. Alia versorgte mich in den darauffolgenden Tagen regelmäßig mit Haferbrei und Hühnersuppe, um mich wieder zu Kräften zu bringen.

Abends hörte ich die Stimmen von den Gästen der Taverne, welche sich direkt unter mir befand. Mein Zimmer war schmuddelig und altes Stroh bedeckte den Holzboden. Ein kleines Fenster war mit einem löchrigen Klappladen verschlossen und von der Zimmerdecke hingen dicke Spinnweben herunter. Ab und zu huschte eine Ratte umher und verschwand dann wieder in einem Loch in der Bretterwand. In dem Strohsack auf dem ich lag, konnte ich das Ungeziefer rascheln hören und manchmal biss mich etwas. Da ich immer noch erschöpft und kraftlos war, schlief ich jedoch die meiste Zeit.

Eines Tages saß Bero auf meiner Bettkante. Er schien sichtlich erleichtert, dass es mir wieder besser ging und lächelte mich kopfschüttelnd an.

»Mann, was bin ich froh, dass du wieder die Augen offen hast. Es sah gar nicht gut aus um dich. Alia hat alles versucht, um dich wieder ins Leben zurückzuholen.«

»Ich danke ihr und auch euch. Sobald ich wieder aufstehen kann, brechen wir auf.«

»Das wird noch ein paar Tage dauern. Aber lass dir nicht zu viel Zeit, denn sonst haben Gilbert und Struan sämtliche Fässer des Wirtes leer getrunken.« Bero lachte laut auf und ich döste wieder ein.

Es musste spät in der Nacht gewesen sein, als ich wieder wach wurde. Ich spürte, dass jemand im Raum war. Die Geräusche aus der Gaststube waren längst verklungen und eine friedvolle nächtliche Stille erfüllte das Zimmer. Ich öffnete müde meine Augen, eine einzelne Kerze brannte auf dem wackligen Tisch und warf flackernde Schatten an die Wände. Ich brauchte einen Moment, um das Gesicht im Halbdunkel zu erkennen.

Neben mir auf einem Hocker saß Struan und schaute mich an. Er hatte zwei Becher in der Hand und reichte mir einen davon. Wir tranken, es schmeckte seltsam bitter und nach Getreide, hinterließ aber ein wohltuendes Gefühl in meinem Kopf. Als er meinen fragenden Gesichtsausdruck sah, lächelte er. »Das ist Ale[5].«

Als ich den Becher geleert hatte, wurde mir leicht schwummrig und eine bleierne Müdigkeit überkam mich. Nur mit Mühe konnte ich meine Augenlider offen halten und ließ meinen Kopf wieder zurücksinken.

Struan saß die ganze Zeit nur da, sprach nichts und sah mich einfach nur an. Nach einer Weile beugte er sich zu mir vor,

5 ~ Ale – Bier ~

legte seine Hand auf meine Schulter und schaute mir in die Augen.

»Mo charaid![6]«

Dann stand er auf und ging. Ich wusste nicht, was er zu mir gesagt hatte. Aber es waren warme Worte und sie berührten mich.

Nach einer Woche war ich wieder soweit genesen, um unsere Reise fortzusetzen. Gilbert und Struan ritten vor mir und ich hatte den Eindruck, dass sie angeschlagener waren als ich. Sie hatten die letzten Tage im Wirtshaus durchgezecht und waren aschfahl im Gesicht. Alia und Pedro ritten neben mir und ließen sich die Sonne ins Gesicht scheinen.

»Alia, ich danke dir für deine Pflege und Fürsorge«, bedankte ich mich. Sie lächelte mich vergnügt an. »Das habe ich gern getan, Jesco. Dafür bin ich hier und es freut mich, wenn ich euch etwas Gutes tun kann.«

»Das tust du, aber es ist auch deine Anwesenheit, die uns allen gut tut. Die Männer wissen das zu schätzen.«

Sie blickte verlegen zu Boden und errötete. »Ich danke dir für deine freundlichen Worte und dass du mich mitgenommen hast.«

Ich lachte. »Da musst du dich bei Bero für seine Hartnäckigkeit bedanken. Aber im Ernst, es ist schön dich bei uns zu haben. Ich bin sehr froh darum.«

Von hinten meldete sich Bero zu Wort. »Siehe da, der Herr von Hohengreif hats jetzt auch schon begriffen!«

»Darauf wüsste ich einen vortrefflichen Reim ...«, mischte sich Pedro ein. Wir alle gaben eiligst unseren Pferden die Sporen.

---

6 ~ Mo Charaid – Mein Freund ~

Nach zwei Tagesritten ragten wieder hohe Berge vor uns auf, welche wir jedoch mit Umwegen umgehen konnten. Ich war mir nicht mehr sicher, ob wir noch auf dem richtigen Weg waren. Doch Pedro, der schon eine ganze Weile neben mir ritt, beruhigte mich. »Ich war schon mal in dieser Gegend. Es ist nicht mehr Italien, aber wir sind auf dem richtigen Weg.«

»Dein Wort in Gottes Ohr. Wo hast du eigentlich gelernt, so seltsam zu kämpfen? Es ähnelte fast einem Tanz«, fragte ich ihn.

»Ein alter Maure hat es mir in Navarra beigebracht. Es vereinigt Kampf und Geist, der Gegner kann sich dann meist nicht erwehren, weil er von den schnellen Angriffen zu überrascht ist.«

»Ich muss gestehen, das waren wir alle ein wenig. Aber es soll uns recht sein, solange du im Kampf siegst. Und nein, wir möchten jetzt keinen Reim hören!«

»Ich hatte es auch nicht vor, das wären ja Perlen vor die Säue! Ich lausche lieber dem Lied der Vögel.«

Ich erwiderte sein Grinsen. »Weise Worte, Pedro von Navarra, weise Worte.«

Wir hatten die Berge jetzt endgültig hinter uns gelassenen und ritten durch flaches, grünes Land, das von kleinen Seen und Flüssen durchflochten war. An einem einsam gelegenen Gehöft erstanden wir Käse, der mir so gut mundete, dass ich nicht genug davon bekommen konnte.

Die Sonne strahlte immer wieder durch kleine Wolkenlöcher, als wolle sie uns den Weg weisen. Die wenigen Menschen die wir trafen, sprachen eine wirklich seltsame Sprache. Sie gaben eher singende und rollende Laute von sich, als hätten sie was im Hals stecken. Obwohl wir uns bemühten, konnten wir sie nicht verstehen. In den Wäldern gab es jedenfalls reichlich

Wild und Struan erwies sich wieder als zuverlässiger Jäger, der oft für unser Abendessen sorgte.

Wir folgten nun einem breiten Fluss, der an einer Stelle von einem großen, tosenden Wasserfall unterbrochen wurde. Pierre und Raoul führten unsere Truppe an, als wir auf eine Holzbrücke zuritten, die über den Fluss führte. Drei Männer standen am Fuße der Brücke und versperrten uns den Weg. Wir stiegen von unseren Pferden ab, während Pierre mit den Männern bereits heftig diskutierte. Durch das laute Rauschen des Wasserfalls konnte ich seine Worte nicht verstehen.

Als sich Pierre wieder zu uns umwandte, erkundigte ich mich, was diese zwielichtigen Kerle von uns wollten. Doch Pierre zuckte nur mit den Schultern. »Sie sprechen ein seltsames Kauderwelsch, hört sich lustig an. Aber ich kann sie leider nicht verstehen.«

Ich schaute mir die Burschen näher an, einer machte wild gestikulierend mit den Fingern ein Zeichen, dass er Geld wolle. Es schien mir, als wollten sie eine Art Wegezoll. Auf mich machten die Kerle aber eher den Eindruck von Strauchdieben und nicht von Soldaten, zumal sie keinerlei Wappen oder ähnliches trugen, das sie ausgewiesen hätte. An ihren Gürteln hingen Kurzschwerter, die bereits Rost ansetzten.

Pierre und Raoul sahen fragend zu mir rüber. Da ich Ärger vermeiden wollte, öffnete ich meinen Beutel und holte eine Münze hervor, die ich ihnen zeigte. Forschend sah ich in die Gesichter der drei Männer, die jetzt zufrieden nickten. Ich wollte ihnen das Geldstück schon zuwerfen. Doch plötzlich trat Struan vor und baute sich vor dem wesentlich kleineren Rädelsführer auf. Da er um einiges größer war, sah er ihn von oben herab an. Der Brückenwächter schien beeindruckt von Struans Gestalt, trotzdem machte er erneut seinen Mund auf und forderte Geld.

Struan neigte den Kopf leicht zur Seite und betrachtete sein Gegenüber. Und dann, ohne ein Wort zu sagen, schlug Struan mit der Faust mitten in sein Gesicht. Sein Opfer fiel zu Boden und blieb reglos liegen. Die beiden anderen sahen zuerst zu ihrem ohnmächtigen Kumpanen und dann zu Struan. Dann rannten sie davon, als wäre der Leibhaftige hinter ihnen her.

Struan drehte sich zu uns um und sah uns ernst und bedeutungsvoll an. »Wir haben jetzt die Erlaubnis diese Brücke zu passieren.«

Ich musste mir über so viel Selbstlosigkeit das Lachen verkneifen. Jedenfalls war der Weg jetzt frei. Wir saßen auf und ritten gemächlich über die Brücke. Als wir sie wenig später überquert hatten, schüttelte Gilbert neben mir lachend seinen Kopf. »Unser Schotte handelt lieber anstatt zu reden.«

Ich musste ebenfalls schmunzeln. »Ja, er ist nicht gerade ein eifriger Verfechter vieler Worte. Ich denke, ich werde ihn in Zukunft als Unterhändler einsetzen. Denn ich schätze seine Art zu verhandeln.«

Ich wusste nicht was ich mir vom Frankenland erwartet hatte. Meine anfänglichen Befürchtungen, hier auf eine Ödnis zu treffen, hatten sich jedenfalls nicht bestätigt. Im Gegenteil, wir waren umgeben von saftigen, grünen Weideflächen und dichten Wäldern voller Wild. Das Getreide auf den Feldern gedieh und das Vieh der Bauern stand gut im Futter. Einzig die Menschen begegneten uns misstrauisch und ängstlich.

Das Gewand des Frühlings zeigte sich uns in all seiner farbigen Pracht. Die Bäume zierte ein sattes Grün und auf den Wiesen sprossen Blumen in farbiger Vielfalt. Die Sonne schien angenehm und nicht so heiß und trocken wie in Jerusalem. Es war immer noch ungewohnt für mich, keinen Sand mehr zwischen den Zähnen zu spüren.

Wir befanden uns in einer Gegend, in der man sich in unserer Sprache unterhielt, nur manchmal mischten sich noch französische Wortfetzen in die einheimische Sprache. Wir folgten immer noch demselben Fluss, der jetzt jedoch eine Breite angenommen hatte, wie ich es nie zuvor in meinem Leben gesehen hatte. Man nannte ihn Rhein. Viele kleine Fischerdörfer und Flößer hatten sich entlang des Gewässers angesiedelt, aber auch hier gingen die Menschen uns furchtsam aus dem Weg.

Pierre hatte jetzt die Führung übernommen, da er sich hier am besten auskannte. Als ich zu ihm aufschloss, wies er mit dem Kopf schräg nach vorn. »Wir müssen ab morgen in nordöstliche Richtung, dann vielleicht noch eine Woche und wir müssten am Ziel sein.«

Ich stieß die Luft aus. »Dem Herrn sei Dank, wir waren lange genug unterwegs.«

Pierre nickte und lachte dabei. »Ja, und wären wir nicht solche Umwege geritten, dann wären wir vielleicht schon da. Wir hätten eigentlich nach den Bergen viel östlicher rauskommen sollen und dann einfach Richtung Norden weitergemusst.«

»Was soll's, wir haben es fast geschafft. Aber mich würde interessieren, warum sich die Leute vor uns so zurückziehen?«, wunderte ich mich.

»Das fragst du noch? Sieh uns doch nur mal an. Wir tragen Waffenröcke und Rüstungen, sind schwer bewaffnet und dreckig. Kein Wunder, dass sie sich vor uns verkriechen.«

»Und wir stinken schon gegen den Wind!«, antwortete ich. Bero hinter uns lachte laut auf. »Deshalb will auch keiner mehr von uns hinten reiten.«

Einfach nur, um uns den frischen Wind ein wenig durch die Haare wehen zu lassen, ritten wir in gestrecktem Galopp ein Stück des Weges flussaufwärts. Ein paar Vögel, die dicht über der Wasseroberfläche des Flusses flogen, begleiteten uns.

Nach weiteren fünf Tagen ritten wir an den Grenzsteinen des rheinländischen Landes vorbei. Wir kreuzten eine viel befahrene Handelsstraße, die uns direkt nach Worms führte. Ich hatte von dieser bedeutenden Stadt schon gehört, hier residierten Könige und Bischöfe. Wir zogen Alia ihre weite Kapuze tief ins Gesicht und banden ihr ein Halstuch um den Mund, sodass sie vor neugierigen Blicken geschützt war. Wenn sie jetzt noch krächzend hustete, dann würde sich sowieso jeder von ihr fernhalten, aus Angst vor einer ansteckenden Krankheit.

Nachdem wir die Nacht in einem verlassenen und zerfallenen Bauernhof verbracht hatten, konnten wir am nächsten Tag die großen Kirchtürme, die von einer langen Stadtmauer umschlossen wurden, bereits sehen. Da ich aber so schnell wie möglich weiter wollte, beließ ich es dabei, nur bis vor die Stadttore von Worms zu ziehen und etwas Proviant zu kaufen.

Wir näherten uns einer großen Fläche vor dem Haupttor, es wimmelte hier von Marktständen und fahrendem Volk, das seine Künste zum Besten gab. Beeindruckt stiegen wir von unseren Pferden ab und führten sie am Zügel durch das Gedränge.

Obwohl ich Alias Gesicht nicht erkennen konnte, bemerkte ich doch, wie sie gebannt die vielen Jongleure und Artisten beobachtete. Wahrsager lasen in den Handflächen der Menschen deren Zukunft. Zwielichtige Wunderheiler boten ihre dubiosen Dienste an, vom Zähneziehen und Knocheneinrenken bis hin zu Dämonenaustreibungen. Sogenannte Prediger drohten den leichtgläubigen Menschen die Strafe des Himmels an, falls sie nicht fromm genug leben würden. Statt mit Hoffnung, erfüllten sie die Herzen der Leute mit Angst.

Wir erstanden noch einige Lebensmittel und wollten uns schon auf den Weg machen, als wir an einem großen Menschenauflauf vorbeikamen. Ein alter ausgemergelter Bettelmönch stand auf einem brüchigen Holzfass und hatte seine Zuhörer mit einer flammenden Rede in seinen Bann gezogen. Sein Schädel war kahl und von roten Pusteln überzogen. Anstatt seiner Zähne waren nur noch braune, verfaulte Stummel zu sehen. Seine Kutte war dreckig und verschlissen. Wir blieben stehen und hörten neugierig zu, wie er mit krächzender, unheildrohender Stimme zu den Leuten sprach:

»Gott will, dass ihr das Kreuz nehmt und euch auf den Weg nach Jerusalem macht. Vertreibt die gottlosen Sarazenen, denn sie beschmutzen und entweihen unsere heiligen Stätten und töten christliche Neugeborene. Noch steht das Heilige Land unter christlicher Herrschaft, doch die teuflischen Horden der Ungläubigen erkennen eure Zweifel und Sünden, daher gewinnen sie die Oberhand!«

Gilbert stand kopfschüttelnd neben mir und raunte mir leise zu: »Was faselt der für einen Schwachsinn. Und warum ist er dann überhaupt noch hier und nicht schon längst im Heiligen Land!?«

»Mir reicht es, ich habe genug gehört, lasst uns gehen.«

Ich hatte gerade zu Ende gesprochen, als mich der finstere Blick des Predigers traf. Er sah mir geradewegs in die Augen und seine Stimme dröhnte laut über die Köpfe seiner Zuhörer hinweg. »Und diejenigen, die feige aus dem Heiligen Land fliehen, über die wird Gott mit Feuer und Schwert richten und sie in die Hölle stoßen ...«

Mir wurde plötzlich klar, dass er unsere Waffenröcke mit dem Kreuz darauf entdeckt hatte. Seine Hasspredigt richtete sich jetzt gegen uns und auch die Gesichter seines Publikums folgten seinem Blick und gafften uns unverhohlen an. Der Mönch zeigte mit seinem langen, knochigen Finger auf uns.

»Gottes Zorn möge die treffen, die feige vor den Heiden zurückweichen ...«

Sein kranker Hass hatte in uns neuen Nährboden gefunden und die ersten Zuhörer fingen an, uns wüste Beschimpfungen entgegenzuschleudern. Wir stiegen auf unsere Pferde, während die Menge immer lauter gegen uns pöbelte.

Beros Halsschlagader war wieder mal dick angeschwollen, als er sein Schwert zog und damit auf den Prediger zeigte. »Du falscher Pfaffe! Wenn du nicht dein Maul hältst, dann wirst du nicht Gottes, sondern meinen Zorn zu spüren bekommen!«

Wir zogen nun alle unsere Schwerter, worauf der Pöbel sofort verstummte und die Menge ängstlich zurückwich. Selbst der Prediger schwieg jetzt und streckte seine Hände nur noch flehend zum Himmel. Wir steckten unsere Klingen wieder weg, wendeten unsere Pferde und verließen eiligst diesen Ort.

Nach einigen Meilen auf Nebenstraßen, drehten wir unsere Waffenröcke um, sodass das Kreuz nun auf der Innenseite und somit nicht mehr sichtbar war. Bero war immer noch außer sich. »Was ist bloß los mit den Leuten hier? Das Heilige Land ist unter christlicher Kontrolle und trotzdem sind sie nicht zufrieden.«

»Woher kommt nur all der Hass dieser Menschen, ich verstehe das nicht«, wollte Alia wissen. Keiner von uns hatte eine Antwort darauf, nur Pedro schien eine Erklärung zu haben.

»Menschen brauchen immer etwas, auf das sie ihren Hass lenken können. Für eine schlechte Ernte werden Sündenböcke gesucht, für Krankheit und Tod werden Unschuldige hingerichtet. Und die Heiden sind sowieso an allem Unheil auf der Welt schuld!«

»Da hast du wohl recht, Pedro«, nickte ich ihm zu, »und die Kirche wäscht ihre Hände in Unschuld.« Gilbert schnalzte mit der Zunge und trieb sein Pferd an. »Kein Wunder, dass die Byzantiner uns Franken Barbaren nennen!«

Rötliche Felsen säumten unseren Weg durch dicht bewachsene Wälder, die sich so lang erstreckten, dass ich dachte, sie würden nie mehr enden. Wir ritten durch kleine Dörfer mit ärmlichen Behausungen und zerlumpten Einwohnern. Ich konnte mir einfach nicht erklären, warum die Menschen hier so arm waren und Hunger leiden mussten, denn der Boden war fruchtbar und es gab genügend Wasser und Wild.

Wir fragten so manch Einheimischen nach dem Weg, doch nur die wenigsten gaben uns hilfsbereit Antwort und versteckten sich nicht gleich in ihren Hütten. An einem kleinen Waldsee schlugen wir ein Nachtlager auf. Alia sprach kniend ihr Gebet auf einem kleinen Teppich. Von uns anderen betete keiner. Wir wuschen uns den Dreck herunter und genossen das kühle Wasser des Sees. Bero ging mit Alia hinter einen Felsen, wo sie sich, geschützt vor unseren Blicken, waschen konnte. Danach hängten wir unsere nassen Sachen am Feuer zum Trocknen auf und legten uns schlafen. Wie ein alter und treuer Freund suchte mich mein Albtraum wieder heim und begleitete mich durch die Nacht.

Am nächsten Tag verließen wir ausgeruht das Waldstück und durchritten ein langgezogenes Felsental entlang eines kleinen Bächleins. Große, bemooste Steine säumten den sich dahinschlängelnden Bachlauf, dessen leises Plätschern uns begleitete. Kleine, weiße Wölkchen tummelten sich vor einem strahlend blauen Himmel, als wir zu einer weitläufigen, grünen Ebene gelangten. In der Ferne konnten wir einen hohen Felskegel entdecken, darauf thronte erhaben eine kleine Burg. Wie eine Königin ragte sie empor, um ihre schützende Hand über das

Tal zu halten. Ich zügelte Ashir. Über uns zog ein Adler einsam seine Kreise. Bis auf den leichten Wind, der über das hohe Gras wehte, war nichts zu hören.

Mit geschlossenen Augen atmete ich die Luft tief ein und spürte ein leichtes Ziehen in meiner Magengegend. Vor mir lag Hohengreif, das Land meiner Ahnen. Nach fast viermonatiger Reise waren wir angekommen.

✠

Langsam ritten wir auf den Burgfels zu. Ich versuchte krampfhaft meine Gedanken zu sortieren, aber es gelang mir nicht. Der Anblick der Burg erweckte in mir keinerlei Regung, geschweige denn ein Empfinden von Heimat. Ich hatte mir erhofft und auch erwartet, hier ein Gefühl des Ankommens zu spüren, stattdessen machte sich Ernüchterung in mir breit.

Wir ritten um den großen Felsen herum und betrachteten alles genau. Von hinten und von der Nordseite wirkte die Burg uneinnehmbar, da an dem steilen Felsen kein Angriff möglich war. Ein Teil der Burgmauern bestand aus natürlichem Fels, der Rest war gemauert und sah von unten wehrhaft aus. Auch Bero und Gilbert erkannten die strategisch gute Lage der Burg und nickten mir nur kurz zu.

Auf der Südseite zog sich ein sanfter Hang bis hin zur Burgmauer. Am Fuße dieses Hanges befand sich ein kleines Dörfchen mit einfachen Hütten und Gemüsegärten. Am Ende des Dorfes lag ein kleiner See, dahinter erstreckte sich saftiges, grünes Weideland bis zum Waldrand.

Kurz vor den Hütten zügelte ich Ashir und wandte mich an meine Kameraden. »Ich denke es ist besser, wenn ich nicht gleich meinen Namen preisgebe, wir geben uns zunächst als Durchreisende aus.«

Bero richtete seinen Blick zu mir und dann hoch zur Burg.

»Du hast recht, wir sollten uns zuerst einen Überblick der Lage verschaffen.«

Gilbert setze sein Pferd langsam in Bewegung. »Den besten Überblick erhält man in der Dorftaverne, dort sind die Leute am redseligsten.« Ich folgte Gilbert lächelnd. »Das ist wohl richtig, und ein Becher Wein kann uns auch nicht schaden.«

Dazu mussten wir die anderen nicht lange überreden und so ritten wir gemächlich in das kleine Dorf ein.

Nur wenige Menschen befanden sich auf der Dorfgasse. Als sie uns sahen, zogen sie sich sofort in ihre Hütten zurück und verschlossen die Türen und Fenster. Von hier aus konnten wir jetzt auch die Vorderseite der Burg sehen. Ein hoher Bergfried ragte an der Ecke der Burg empor. Aus unserer jetzigen Position sah die ganze Wehranlage schon wesentlich größer aus. Vom Dorf aus führte ein breiter, ausgetretener Pfad leicht ansteigend hoch zum Burgtor, dessen Holz mit dicken Eisenstreben verstärkt war.

Das Tor war verschlossen und von hohen Mauern umgeben, zwischen deren Zinnen ein paar Köpfe zu sehen waren. Ich war davon überzeugt, dass man uns schon die ganze Zeit beobachtet und deshalb auch vorsichtshalber das Burgtor verschlossen hatte.

Vor der Taverne, dem einzigen Steinhaus im Dorf, stiegen wir von unseren Pferden ab. Nur ein Hundebellen vom Ende der Straße war zu hören, ansonsten war es seltsam still. Durch eine wackelige, schiefe Holztür betraten wir das Innere der Wirtsstube. Eine verrußte Öllampe brannte in der hintersten Ecke und spendete dem schäbigen Raum nur mäßig Licht. Zwei längliche Tische und einige Bänke waren die einzigen Sitzgelegenheiten. Ein alter Mann saß zusammengesunken am Ende eines Tisches und sah nur kurz auf, als wir eintraten.

Hinter einem Mauervorsprung erschien der Wirt, ein kleiner, ungepflegter Fettwanst mit einer Warze auf der Nase. Er beäugte uns äußerst misstrauisch, während wir uns an einem Tisch niederließen.

»Guter Mann, bring uns deinen besten Wein, und zwar viel davon!«, rief Gilbert in freudiger Erwartung zum Wirt. Der trat nun näher an unseren Tisch, wobei sein Blick zu Alia wanderte.

»Aber die da bekommt hier nichts.«

Bero zog seinen Dolch hervor und rammte ihn in den Tisch.

Noch bevor Bero aufstehen konnte, drückte ich ihn an den Schultern wieder auf seinen Sitz. »Bero, lass gut sein!«

Nur mit großer Mühe konnte Bero seine Wut im Zaum halten. Ich sah zum Wirt rüber und grinste boshaft. »Ich denke, unser Unterhändler spricht mit dir darüber. Struan!?«

Unser Schotte erhob sich langsam und baute sich vor dem einen Kopf kleineren Wirt auf. »Dearg amadain![7] Du bringst uns Wein!«

Der Wirt sah erschrocken zu Struan auf und buckelte sogleich.

»Sehr wohl, ihr Herren, was immer ihr wünscht.«

Ich lachte in mich hinein. »Struan, du kannst es ja auch mit Worten.« Er brummte nur und setzte sich wieder.

Nachdem der Wirt uns den Wein gebracht hatte, stießen wir mit unseren Bechern an. Der Tropfen schmeckte ganz passabel und als der untersetzte Schankwirt uns den nächsten Krug brachte, warf ich ihm eine Münze auf den Tisch. In seinen kleinen Augen blitzte Gier auf.

»Wirt, verrate mir, wer der Herr dieser Burg ist.«

Er schien überrascht von meiner Frage, aber antwortete dann bereitwillig. »Eigentlich der alte Aigolf von Hohengreif, aber der starb kinderlos im letzten Jahr – Gott sei ihm gnädig. Jetzt verwaltet Burgvogt Linhardt den Besitz.«

»War der alte Hohengreif euch denn ein guter Herr?«

Der Wirt zierte sich ein wenig, bevor er weitersprach: »Nun ja, er war ein strenger Herr und ließ uns nicht viel zum Leben. Er nahm oft mehr als den Zehnten von uns, und die Streitigkeiten mit dem Rheinloher machten es auch nicht besser.«

»Der Rheinloher?«, fragte ich.

»Ja, eine alte Fehde. Seit dem Tod unseres Herrn fällt Wulfin von Rheinlohe in das Land ein und brandschatzt regelmäßig.«

Ich hielt es für besser, ihn nicht noch weiter auszufragen.

»Ich danke dir für deine Auskunft und jetzt bring uns neuen Wein.«

---

7 ~ Dearg amadain – Vollidiot ~

Mein Blick musste ebenso ratlos gewesen sein, wie der meiner Freunde. Schließlich machte Pedro einen Vorschlag: »Vielleicht sollte ich am Burgtor um Einlass bitten, dann müsste Jesco nichts vorlügen.«

»Gott behüte«, unkte Bero, »dann stehen wir im Winter noch vor verschlossener Tür.«

Ich fand Pedros Vorschlag jedoch gar nicht so schlecht. »Na schön Pedro, aber fasse dich kurz.«

Unser Spanier machte eine galante Handbewegung und strich sich zufrieden über seinen Bart. Nachdem wir ausgetrunken hatten, verließen wir die Schenke, bestiegen unsere Pferde und ritten langsam hoch zur Burg.

Je näher wir den Mauern kamen, umso merkwürdiger fühlte ich mich. Eigentlich war dies alles mein Besitz, mein Land und meine Burg. Doch der Gedanke daran war mir noch zu fremd und ich schüttelte ihn wieder ab wie eine lästige Fliege.

Vor dem verschlossenen Burgtor kamen wir zum Stehen und ein Gesicht mit grauem Bart zeigte sich zwischen den Zinnen der Mauer. Der Mann war alt, er musste bereits um die fünfzig Lenze zählen, doch seine Augen verrieten Klugheit und Erfahrung. Argwöhnisch sah er zu uns herunter.

»Wer bittet um Einlass?«

Pedro richtete sich in seinem Sattel auf und verbeugte sich.

»Mein Name ist Pedro von Navarra, wir kommen von weit her und sind nur auf der Durchreise. Wir sind gottesfürchtige Menschen und bitten um Gastfreundschaft und ein Quartier für ein paar Tage.«

Das graubärtige Gesicht verschwand hinter den Mauern und eine ganze Weile geschah nichts. Wir warteten geduldig, dann erschien er wieder. »So seid willkommen, aber legt zuvor eure Waffen nieder, dann erhaltet ihr Einlass.«

Wir sahen uns alle etwas skeptisch an, doch dann befolgten wir seine Bedingung und warfen unsere Waffen neben das Tor, wenn auch nur widerwillig. Auf der Wehrmauer erschienen jetzt noch zwei Bogenschützen, die ihre Pfeile auf uns richteten. Einen freundlichen Empfang stellte ich mir anders vor. Wir hörten, wie der schwere Querbalken hinter dem Tor zurückgeschoben wurde. Knarrend öffnete sich langsam das Burgtor und der Graubärtige erschien mit einem alten und zwei jüngeren Soldaten. Sie musterten uns voller Argwohn.

»Wir danken Euch, dass ihr uns einlasst«, Pedro wies mit seiner Hand auf uns. »Das sind meine Männer«, dann zeigte er mit dem Finger auf Bero, »und das ist mein Diener, dessen Name jedoch belanglos ist.«

Obwohl ich es nicht sehen konnte, wusste ich, dass Bero in diesem Augenblick seine Faust ballte. Ich für meinen Teil war eher amüsiert. Der Graubart trat einen Schritt vor.

»Mein Name ist Linhardt, ich bin hier der Burgvogt. Unsere Gastfreundschaft sei euch gewährt, eure Waffen bekommt ihr wieder, wenn ihr uns verlasst.«

Ich konnte die Vorsichtsmaßnahme des Alten verstehen, dennoch fühlte ich mich ohne meine Waffen unwohl. Meinen Dolch behielt ich deshalb versteckt bei mir. Der ältere Ritter neben dem Vogt sammelte unsere Waffen ein.

Pedro genoss es offenbar, den Anführer zu spielen und gab sich großmütig. »Wir brauchen nicht viel und meinem Diener reicht ein Schlafplatz im Stall.«

Gilbert versteckte sein lachendes Gesicht unter seinem Umhang. Bero war vor lauter Zorn puterrot angelaufen und fragte Linhardt mit zusammengebissenen Zähnen: »Burgvogt, ihr habt doch bestimmt einen tiefen Brunnen?«

Linhardt nickte stirnrunzelnd, worauf Bero zähneknirschend zu Pedro blickte. »Das ist gut, das ist sehr gut!«

Wir führten unsere Pferde in den Burghof, wo sie uns ein junger Bursche abnahm und in den Stall brachte. Die beiden

Bogenschützen waren inzwischen von der Wehrmauer heruntergekommen und ließen uns nicht aus den Augen. Eine mollige Magd lief an uns vorbei und begutachtete uns misstrauisch. Pierre, Raoul und Gilbert kümmerten sich um unser Gepäck. Mein Blick wanderte neugierig über den Innenhof. Es gab zwei aus Stein gemauerte Gebäude, den Wohnpalas und ein kleineres Nebengebäude, der Pferdestall war aus solidem Holz gezimmert. In der Mitte des Hofes befand sich ein Brunnen.

Ich war angenehm überrascht über den tadellosen Zustand der Burg, hatte ich doch Schlimmeres erwartet.

Linhardt wandte sich an Pedro und führte uns in den Palas. Wenige Stufen führten zum Eingang, der aus einer zweiflügeligen Eichentür bestand. Er öffnete die Tür und wir betraten einen kleinen Saal.

In der Mitte stand ein massiver langer Holztisch mit Bänken an den Seiten. In einer Ecke stand das grüne Banner mit dem Hohengreifer Wappen, ein Turm auf einem Felsen. An der Stirnseite des Tisches standen zwei große, verzierte Holzstühle mit Armlehnen. Dahinter befand sich ein offener Kamin und darüber das Wappen von Hohengreif in Stein gehauen. Jetzt spürte ich zum ersten Mal seit unserer Ankunft ein Frösteln in meinem Nacken.

Erst als ich Linhardts Stimme vernahm, konnte ich meinen Blick von dem Wappen losreißen.

»Ihr könnt hier in der Halle schlafen, das Essen nehmen wir später alle gemeinsam hier ein.« Er sah uns etwas verlegen an.

»Leider können wir euch kein Festmahl vorsetzen, unsere Mittel sind sehr bescheiden.«

Ich kam Pedros Antwort zuvor. »Wir stellen keine großen Ansprüche und sind einfache Kost gewöhnt, darum habt umso mehr Dank dafür.« Linhardt sah mich einen kurzen Moment merkwürdig an, sein Blick ging mir unter die Haut, doch dann zog er sich zurück und ließ uns allein.

Auch die anderen waren inzwischen mit unserem Gepäck da. Gilbert pfiff leise durch die Zähne. »Sieh an, die Halle der Hohengreifer, nicht schlecht für einen Steinhaufen.«

Alia entledigte sich ihrer Kapuze und lächelte mich an. »Ich freue mich für dich, Jesco. Es ist ein sehr schönes Zuhause.«

Ich erwiderte ihr Lächeln mit ernster Miene. »Das wird sich erst noch herausstellen, noch ist mir dies alles fremd.«

Plötzlich brüllte Bero vom Ende des Tisches. »Ich schwöre dir, ich werde dir deine Federn einzeln rausreißen, du spanischer Gockel! Und dann werf ich dich in den Brunnen!«

Pedro wich einen Schritt von Bero zurück. »Oh, mein Diener begehrt auf?« Mit einem Satz hechtete Bero über den Tisch und griff nach Pedro. Nur mit größter Anstrengung und vielem Gelächter konnten wir Bero davon abhalten, Pedro zu rupfen.

Unsere Habseligkeiten verteilten wir auf dem mit frischen Binsen bedeckten Boden. Danach gingen Bero und ich hinaus in den Hof, um uns ein wenig die Füße zu vertreten. Die Burgsoldaten beobachteten kritisch jeden unserer Schritte. Wir stiegen eine schmale Holztreppe hoch zum Wehrgang und genossen den Ausblick über das Land. Ein Raubvogel ließ sich auf dem Dach des Bergfrieds nieder und putzte sein Gefieder. So weit unsere Augen reichten, konnten wir Wälder und Wiesen sehen, die immer wieder von großen rötlichen Felsen unterbrochen wurden.

»Ich denke, du hättest es mit deinem Erbe schlechter treffen können, hier lässt sich etwas aufbauen«, sagte Bero anerkennend.

»Du magst sicher recht haben, aber ich komme mir trotzdem vor wie ein Eindringling. Und wenn ich ehrlich bin, ich vermisse Jerusalem und Borchwei.«

»Ja, ich auch, wenn auch nicht so sehr wie du. Aber wir werden hier zurechtkommen, du wirst sehen.«

»So wie wir immer irgendwie zurechtgekommen sind, hoffe ich jedenfalls.«

Nachdem wir uns davon vergewissert hatten, dass unsere Pferde gut versorgt waren, saßen wir alle im Burghof und warteten, während in der Halle die Tafel zum Essen gerichtet wurde. Aus dem Schornstein der Küche kroch feiner Rauch zum abendroten Himmel empor.

Die mollige Magd holte Wasser vom Brunnen, wobei sie Unterstützung von Struan erhielt. Als er den vollen Eimer an einem Seil aus dem Brunnen zog und ihr reichte, röteten sich ihre Wangen. Sie bedankte sich artig bei ihm, Struan blieb wie immer schweigsam und räusperte sich nur verlegen.

Kurz darauf erschien der Burgvogt und bat uns zum Essen. Wir folgten ihm in die Halle und nahmen an der gedeckten Tafel Platz. Für uns alle war es etwas befremdend, dass man einem Essen soviel Bedeutung zukommen ließ. Drei kleine Kerzenleuchter auf dem Tisch sorgten für ein gemütliches Licht, im Kamin knisterte ein kleines Feuer. Nach und nach erschienen auch die anderen Burgbewohner und setzten sich zu uns an den Tisch.

Als alle anwesend waren, erhob sich Linhardt aus seinem großen Stuhl am Ende des Tisches und stellte uns den anderen vor. »Das ist Pedro aus Navarra mit seinen Gefolgsleuten. Sie sind für ein paar Tage unsere Gäste.«

Viele Augenpaare musterten uns forschend, bis der Burgvogt uns die anderen Bewohner vorstellte. »Das ist unser Beichtvater Anselm.« Ein kleiner, dicker Mönch mit roten Wangen und lustigen Augen erhob sich und sah uns an. »Möge der Herr stets mit euch sein.«

»Das ist unsere Magd und Hebamme Frida und ihr Sohn Alfred, der sich um die Pferde kümmert.« Die resolut wirkende Magd verneigte sich, wobei ihr Blick kurz Struan streifte.

»Unsere vier Burgsoldaten und Bogenschützen, Wilfried, Ullrich, Bertram und Mattis. Und zu guter Letzt, mein Bruder Ullfrig.« Der alte Wachsoldat, der am Tor unsere Waffen in Empfang genommen hatte, nickte uns zu.

Der rundliche Mönch erhob sich und sprach ein kurzes Tischgebet, dann konnten wir endlich mit dem Essen beginnen. Es gab frisches Brot und einen würzigen Käse mit etwas Gemüse. In Völlerei verfielen wir nicht gerade, aber wir hatten wenigstens etwas im Magen.

»Marie, Lisa!«, rief der Vogt in Richtung der Küche. »Nun kommt endlich mit dem Wein und begrüßt unsere Gäste.«

Zumindest gab es wohl Wein, das würde uns über das karge Mahl hinwegtrösten. Kurz danach erschienen zwei junge Frauen mit vollen Weinkrügen und stellten sie auf dem Tisch ab.

»Das ist Lisa, meine jüngere Tochter«, sprach Linhardt. Eine hübsche Brünette blickte etwas schüchtern in die Runde und machte einen höflichen Knicks. Dann stellte er seine andere Tochter vor. »Und meine Ältere, Marie.«

Voller Selbstbewusstsein sah uns eine junge dunkelblonde Frau an. Anders als ihre Schwester, machte sie keinen Höflichkeitsknicks, sondern behielt ihre stolze Haltung bei. Die beiden Schwestern beugten sich über den Tisch und schenkten uns Wein ein. Ich war nicht der Einzige, dem die weiblichen Rundungen ihrer schlanken Körper nicht verborgen blieben. Ich spürte ein leichtes Ziehen in meiner Hose, was mir überdeutlich klar machte, dass ich schon zu lange nicht mehr mein Lager mit einer Frau geteilt hatte.

Ich wurde jäh aus meinen Gedanken gerissen, als der Beichtvater ruckartig aufstand und sich bekreuzigte. »Jesus Maria! Eine Heidin!«

Bero hatte Alia die Kapuze ihrer Gugel zurückgezogen und ihr Halstuch entfernt. Alle Augen waren nun auf Alia gerichtet, keiner sagte etwas. Schließlich stand Bero auf.

»Das ist Alia, die Frau die ich liebe. Und sie ist genauso wenig ein Heide wie du, Pfaffe!« Dann wandte er sich Linhardt zu. »Wenn ihr es wünscht, dann verlassen wir diese Tafel. Aber jeden, der diese Frau noch mal eine Heidin nennt, den werde ich töten!«

Zwei der Burgsoldaten erhoben sich nun auch drohend, doch der Vogt wies sie an, sich wieder zu setzen. »Hier wird niemand getötet und auch keiner beleidigt, nicht solange ich hier das Sagen habe!« Er ließ seinen Blick umher wandern. »Wir haben hier nichts gegen Andersgläubige. Es gibt schon genügend Hassprediger auf den Märkten, die Unheil schüren. Deine Alia ist an diesem Tisch willkommen, und wem es nicht passt, dem steht es frei, diesen Tisch zu verlassen«, dabei sah er Anselm scharf an. »Der Bruder unseres verstorbenen Herrn starb schon im Heiligen Krieg. Einem Krieg, der unser Land an guten Männern ausbluten ließ.«

Ich spürte einen Stich im Herzen, als er meinen Vater erwähnte. Alle setzten sich wieder, auch Anselm, der nun leicht bedröppelt dreinblickte. Zu meinem Erstaunen erhob sich nun Alia, ihr Blick wanderte durch die Runde und blieb bei Anselm hängen.

»Ich danke Euch für Eure Gastfreundschaft. Und Bruder Anselm, wenn ihr möchtet, kann ich Euren Rücken einrenken, denn er ist der Grund für euer Humpeln.«

Alia hatte leise und akzentfrei gesprochen, jedem der Bewohner stand die Überraschung ins Gesicht geschrieben, am meisten Bruder Anselm.

Das Essen wurde wieder fortgesetzt, wobei ich Linhardt eingehend beobachtete. Ich war beeindruckt von seiner Haltung und Gelassenheit, offensichtlich hatte ich ihn unterschätzt.

»Aber nun erzählt, was treibt euch in unsere Gegend?« Seine Frage war an Pedro gerichtet, ich nahm ihm die Antwort ab.

»Wir sind einfache Söldner und sind auf der Suche nach einem neuen Kriegsherrn. Es ist reiner Zufall, dass wir hier entlang gekommen sind.« Sein fragendes Gesicht entging mir nicht. »Verzeiht meine Unhöflichkeit, mein Name ist ... Joslin.«

Meine Antwort schien Linhardts Neugier zufriedenzustellen und so stellte ich auch die anderen mit Namen vor.

Ganz zu meiner Freude wurden frisch gefüllte Weinkrüge auf den Tisch gestellt. Der Wein schmeckte uns köstlich, was auch dem Vogt nicht entging. »Wein ist das einzige, was wir hier im Überfluss haben. Leider können wir das von unseren Nahrungsvorräten nicht behaupten.«

»Hattet ihr eine schlechte Ernte?«, wollte ich wissen.

»Wir hatten eine der besten Ernten seit langem, die Scheunen waren voller Korn und das Vieh stand gut im Futter. Wir gingen sorgenfrei in den Winter.«

Er nahm einen Schluck Wein und sein Blick verfinsterte sich.

»Wenn man ständig von seinem Nachbarn überfallen und ausgeplündert wird, dann nützt einem die beste Ernte nichts.«

»Vater, bitte! Ich glaube, unsere Gäste möchten das nicht hören!« Es war seine ältere Tochter Marie, die gegenüber von mir saß und ihren Vater bat, das Thema zu beenden.

»Warum soll es ungehört bleiben?«, mischte sich der alte Ullfrig ein. »Wulfin von Rheinlohe ist derjenige der uns bestiehlt. Dieser dreckige Bastard! Nicht einmal mit der Jagd können wir uns Nahrung verschaffen, da der angrenzende Wald zu seinem Besitz gehört. Und unser Vieh haben wir schon geschlachtet, sonst wären wir im letzten Winter jämmerlich verhungert.«

Linhardt bemerkte mein fragendes Gesicht und ergriff wieder das Wort. »Es ist eine jahrzehntelange Fehde zwischen den Hohengreifern und den Rheinlohern. Als im letzten Jahr unser Herr starb, dachte Wulfin wohl, er könne sich hier alles unter den Nagel reißen, einschließlich meiner Töchter. Seitdem nimmt er uns alles, was wir zum Leben brauchen.«

»Aber warum wehrt ihr euch nicht, oder bittet den Erzbischof um Hilfe?«, erwiderte ich.

Der Vogt winkte nur resigniert ab. »Wulfin verfügt über wesentlich mehr Soldaten als wir. Und der Erzbischof ließ uns wissen, dass es ein weltliches Problem sei, kein kirchliches. Hinzu kommt das Dilemma, dass wir momentan nicht wissen, wer unser König ist. Seit Heinrichs Tod ist eigentlich Lothar von Supplinburg rechtmäßiger König, doch die Staufer haben mit Konrad einen Gegenkönig aufgestellt. Somit herrscht nun zwischen den kleinen Lehen das Gesetz des Stärkeren. Und da Hohengreif keinen Erben hat, wird der Besitz sowieso an das Erzbistum Mainz fallen.«

Mir entging nicht, wie die Mienen der anwesenden Burgbewohner zunehmend beklommener wurden.

»Ich möchte nicht neugierig erscheinen, aber warum besteht eigentlich diese alte Feindschaft mit dem Rheinloher?«, fragte ich. Linhardt zuckte mit den Achseln, als er mir antwortete.

»Es heißt, die Rheinloher hätten in grauer Vorzeit vom damaligen Bischof und König sämtliche Ländereien von Hohengreif zugesprochen bekommen. Der Grund war wohl Hochverrat am König. Eigentlich weiß es keiner genau, selbst unser verstorbener Aigolf wusste es nicht. Der gegenseitige Hass ist einfach da, so wie jeden Tag die Sonne auf- und untergeht. Den Menschen auf Rheinlohe wird jedenfalls seit Generationen der Hass auf Hohengreif regelrecht eingebläut, und das von Kindesbeinen an.«

Er machte eine Pause und wurde nachdenklich. »Ich bin mir fast sicher, wenn jemand Wulfin danach fragen würde, wüsste er den Grund auch nicht. Man muss die Menschen nur lang genug aufhetzen und ihnen Lügen erzählen, schon werden sie blutrünstig.«

Bei seinen Worten musste ich an all die Hassprediger und Kriegsschürer auf den Märkten denken. Wiegelten sie die Menschen nicht genauso auf?

Der Vogt nahm seinen Becher in die Hand. »Doch nun genug mit diesem Thema. Es ist schon spät, lasst uns austrinken.«

Wir saßen noch ein kleine Weile zusammen und leerten unsere Becher. Ich hatte für heute mehr als genug erfahren. Man sprach noch ein wenig über alltägliche Dinge, bevor sich die Burgbewohner verabschiedeten und zu Bett gingen.

Ullfrig, Linhardt und dessen Töchter schliefen einen Stock über uns. Der Rest im Nebengebäude und im Wohnturm. Zwei der Burgsoldaten wurden zur Mauerwache eingeteilt. Wir waren in der Halle jetzt wieder unter uns und saßen noch am Tisch.

»Es sind gute Menschen, die hier leben«, unterbrach Alia das anfängliche Schweigen. Ich stimmte ihr zu. »Ja, hat wohl den Anschein.«

Bero sah mich nachdenklich an. »Wie lange willst du ihnen noch verschweigen wer du bist?«

»Solange wie ich es für nötig halte.«

Gilbert legte seine Füße auf den Tisch und verschränkte seine Arme hinter dem Kopf. »Ich hätte große Lust, diesem Wulfin ordentlich in den Arsch zu treten!«

Alle stimmten zu und vergaßen dabei wohl, dass sie ab dem heutigen Tag nicht mehr in meinem Dienst standen. Unsere Abmachung endete mit dem Ziel unserer Reise. Morgen würde ich alle ausbezahlen. Danach galt es zu überlegen, wie es weiterging. Ich wusste ja auch nicht, wer von meinen Gefährten hierbleiben würde und wer nicht.

So endete mein erster Tag auf Hohengreif. Im warmen Schein einer einzelnen Kerze lag ich auf einer Decke am Boden und schaute noch lange auf unser steinernes Familienwappen. Mehr denn je wurde ich mir der Pflicht bewusst, das Andenken an die Generationen vor mir aufrechtzuerhalten und die Linie der Hohengreifer fortzusetzen. Gleichwohl wusste ich, wie schwer diese Aufgabe werden würde. Irgendwann schlief ich ein, mein treuer Albtraum verschonte mich in dieser Nacht.

Am nächsten Morgen gab es trockenes Brot und verdünnten Wein zum Frühstück. In Anbetracht dieser kärglichen Speise fiel mir abermals Linhardts entschuldigender Blick auf. Ich zeigte mich dankbar und tat so, als hätte ich nie etwas Köstlicheres gegessen. Danach bat ich meine Gefährten, bis auf Alia, ihre Pferde zu satteln und mit mir einen kleinen Ausritt zu machen. Ich wollte mit ihnen ungestört sein.

Wir ritten durch das Dorf bis hinaus zum Waldrand, dann zügelte ich Ashir und wir stiegen ab. Die Morgenluft war frisch und leichter Tau bedeckte noch das Gras unter unseren Füßen. Es roch nach feuchtem Moos und Tannennadeln.

Im Halbkreis standen alle vor mir und sahen mich erwartungsvoll an. Noch größer wurde ihre Verwunderung, als ich einige Goldmünzen aus meinem Beutel zog. Ihre verlegenen Blicke verrieten mir jedoch, dass sie bereits ahnten, was ich vorhatte.

»Männer, ich möchte nicht viel Worte verlieren. Ihr habt mich bis zum Ziel unserer Reise treu begleitet. Doch hier endet unsere Abmachung. Ich habe jedem von euch eine Goldmünze versprochen, hier ist euer Lohn.«

Ich drückte jedem eine Münze in die Hand, erntete aber nur verständnislose Blicke. Die Stille einer Grabesgruft hätte nicht bedrückender sein können, als das vorwurfsvolle Schweigen dieser Männer. Schließlich war es Bero, der mich aus dieser Situation befreite. Er sah mich fast beleidigt an und steckte seine Münze wieder in meinen Beutel. Ebenso Gilbert, der dabei nur seinen Kopf schüttelte. Beide duldeten keine Widerrede, als ich etwas sagen wollte.

Auch Pedros Münze wanderte wieder zurück in mein Säckchen. Als hätte ich ihn persönlich beleidigt, blickte er affektiert an mir vorbei. »Ein Dichter braucht kein Gold, nur Geist!«

Pierre und Raoul wirkten etwas unschlüssig, als sie mich ansahen. Ich wollte ihnen aus ihrer Verlegenheit helfen. »Ich bin niemand böse, wenn er mich verlässt. Ihr habt euch euren Lohn mehr als redlich verdient.«

Raoul wiegte die Goldmünze in seiner Hand und schien zu überlegen. »Wir hatten seit unserer Kindheit kein festes Heim. Vielleicht ist es jetzt an der Zeit, dies zu ändern.« Pierre nickte Raoul zu und beide warfen mir ihre Münzen zu.

Schließlich trat Struan einen Schritt vor und sah mir tief und lange die Augen. Als ich schon dachte, er wolle mich mit seinem Schweigen bestrafen, sprach er doch noch: »Ein Schotte braucht nur einmal in seinem Leben zwei Münzen. Und zwar dann, wenn er tot ist und den Fährmann bezahlen muss ... aber noch lebe ich.« Auch seine Münze wanderte zurück in meine Hand und er trat wieder zu seinem Pferd.

Ich war sprachlos, nicht nur weil Struan soviel gesprochen hatte, sondern auch über den Rückhalt und die Freundschaft dieser Männer. Berührt suchte ich nach den passenden Worten.

»Ich danke euch allen für eure Treue. Und ich hatte mich schon gefreut, euch Hurensöhne heute endlich loszuwerden.«

Nach allgemeinem Gelächter wurde ich wieder ernst. »Ich sage es euch von Angesicht zu Angesicht. Dort oben auf dem Felsen ist meine Burg, sie soll ab jetzt auch eure Heimat und Zuflucht sein, solange ihr lebt!«

Ich reichte jedem freundschaftlich die Hand, dann saß ich wieder auf. »So, und jetzt lasst uns im Wald meines Nachbarn jagen gehen. Borchwei erzählte mir mal etwas von reichlich Wild in den Wäldern des Frankenlandes«, grinste ich.

Ich hatte heimlich zwei Bögen und Pfeile aus der Halle mitgenommen, die ich nun Gilbert und Bero zuwarf. Beide lächelten nur. Struan zog seine Schleuder hervor und freute sich wie ein kleiner Junge. Wir bestiegen unsere Pferde und ritten in den Wald des Rheinlohers, um dort zu wildern.

Borchwei hatte mit seinen Erzählungen nicht übertrieben: Es gab hier reichlich Wild. Ich wusste auch, dass darüber jemand ziemlich wütend sein würde und genau das war meine Absicht.

Am frühen Abend kehrten wir mit einem erlegten Hirsch, zwei Rehen und drei fetten Hasen wieder zurück. Wir waren bester Laune, als wir unsere Jagdbeute im Burghof ablegten und unsere Pferde in den Stall führten.

Marie, die ältere der Schwestern, stand mit der Magd Frida am Brunnen und unterhielt sich mit ihr, während sie unserem Treiben die ganze Zeit interessiert zusah. Als Frida, die die ganze Zeit mit dem Rücken zu uns stand, sich umdrehte und die toten Tiere entdeckte, hob sie sich entsetzt ihre Hand vor den Mund und rannte zum Palas.

Marie hingegen, kam aufreizend langsam näher und blieb vor unserer Beute stehen. Sie verschränkte lässig die Arme vor ihrer Brust und sah mich amüsiert an. »Ihr habt gewildert?«

Ihre grünbraunen Augen durchlöcherten mich, dann begann sie plötzlich zu lachen. »Das zeugt nicht gerade von hoher Intelligenz.« Auf ihren Wangen bildeten sich kleine Grübchen, während sie mich herausfordernd anlächelte.

»Verzeiht, wenn meine Intelligenz nicht Eure Erwartungen erfüllt«, feixte ich zurück. »Doch dafür bin ich mir sicher, dass Eure Klugheit einem Gewitter gleicht, dessen Donner man noch Jahrhunderte hören wird.«

Sie sah mich zunächst erstaunt an, doch dann wurde ihr Blick arrogant. »Ihr redet nicht wie ein Söldner«, antwortete sie spitz und drückte ihren Rücken durch. »Jedenfalls werdet ihr Ärger bekommen, und zwar in Form meines Vaters.«

»Dafür aber Fleisch zum Abendessen«, entgegnete ich.

»Falls ich euch nicht vorher rauswerfe!«, brüllte Linhardt, der wutentbrannt vom Palas auf uns zukam. »Seid ihr von allen guten Geistern verlassen!? Wie könnt ihr es wagen zu wildern?«

Er stand jetzt vor mir und starrte zuerst auf das tote Wild und dann entrüstet zu mir. »Habt ihr Euren Verstand verloren? Falls Ihr überhaupt jemals einen besessen habt!« Er stemmte seine Hände in die Hüften, während seine Augen vor Zorn funkelten. »Der Rheinloher wird das mitkriegen, aber dann steht Ihr mir dafür gerade!«

»Nichts lieber als das. Aber bevor Ihr euch noch weiter aufregt, hört mich erst an.«

»Dann sprecht, ich bin schon gespannt auf eure Ausflüchte!«

Ich sah kurz zu seiner Tochter, die mich nicht aus den Augen ließ, dann wieder zu ihrem Vater. »Wir haben doch mitgekriegt, dass ihr kaum noch was zum essen habt. Nun, hier habt ihr Fleisch, und das können wir euch jede Woche beschaffen. Es ist nur ausgleichende Gerechtigkeit für die Räubereien dieses Wulfin. Und sollte er deshalb Ärger machen, dann werden wir euch mit Waffengewalt beiseitestehen.«

Da außer seinem wütenden Blick von Linhardt keine Reaktion kam, sprach ich weiter. »Mein Vorschlag lautet, wir bleiben eine Zeit lang hier und helfen euch gegen den Rheinloher, dafür gebt ihr uns Quartier, und Vieh besorgen wir euch auch noch.«

Der Vogt sah mich entgeistert an. Inzwischen waren auch die anderen Burgbewohner im Hof erschienen und lauschten neugierig unserem Streitgespräch. Einige schauten sehnsüchtig und hungrig auf unsere Jagdbeute. Ich sah Linhardt an, wie es in seinem Kopf arbeitete und gab ihm noch einen Anstoß. »Ihr habt euch doch schon so viel gefallen lassen, jetzt habt ihr die Gelegenheit, etwas zu ändern.«

»Linhardt, er hat recht. Es ist an der Zeit!« Es war Ullfrig der mich unerwartet unterstützte. Doch auch unter den anderen mehrten sich die Stimmen, die für meinen Vorschlag waren. Linhardt jedoch blieb hartnäckig. »Ihr Narren, ich glaube ihr wisst nicht, was dann auf uns zukommt.«

Wieder war es sein Bruder Ullfrig, der ihm energisch widersprach: »Schlimmer als jetzt kann es nicht mehr kommen. Und wenn wir schon mal erfahrene Söldner hier haben, dann sollten wir die Gelegenheit auch beim Schopfe packen.«

Der Vogt ließ seinen Blick über die Anwesenden schweifen und schien mit sich selbst zu ringen. Dann sah er seine Tochter Marie an, die ganz kurz ihre Augenlider schloss und wieder öffnete. Es war wohl ihrer wortlosen Zustimmung zu verdanken, welche ihn letztendlich überzeugte. Mit gequältem Gesichtsausdruck fuhr er sich mit der Hand durch die Haare. »Ich weiß nicht warum ich das tue. Na schön, in Gottes Namen, dann soll es so sein!«, stöhnte Linhardt. »Ich werde euch wohl vertrauen müssen. Wie harte Krieger seht ihr wahrlich aus, ob ihr auch welche seid, wird sich dann zeigen.«

»Verlasst euch drauf, das sind wir!«, brummte Bero neben mir. Und Gilbert schlug Struan kräftig auf die Schulter. »Ha, endlich wieder ein bisschen Spaß, wurde auch Zeit!«

Linhardt hingegen blieb weiter ernst und sprach jetzt zu allen Anwesenden: »Bestellt die Dorfbewohner für heute Abend. Sie müssen Bescheid wissen, dass der Rheinloher uns bald einen unliebsamen Besuch abstatten wird. Und sie sollen an unserem Essen teilhaben.« Dann huschte doch noch ein Lächeln über sein Gesicht. »Und öffnet ein Fass Wein, wer weiß, wann wir das nächste Mal einen Grund zum Feiern haben werden!«

Als die Sonne untergegangen war, brannte in der Mitte des Burghofs ein knisterndes Feuer. Auf Spießen hing das Fleisch darüber, dessen Saft in die zischenden Flammen tropfte. Der ganze Innenhof war gefüllt von Menschen aus dem Dorf und der Burg. Es wurde gelacht, getrunken und jeder konnte sich satt essen. Die vielen fröhlichen und zufriedenen Gesichter bestätigten mir, dass wir mit unserer Jagd das Richtige getan hatten.

Pedro stand mit seiner Laute auf dem Brunnenrand und sang lustige Lieder, zu denen seine Zuhörer begeistert mitklatschten. Alia unterhielt sich angeregt mit Lisa über Kräuter und deren Wirkung auf Kranke. Und meine restlichen Gefährten standen im ganzen Hof verteilt, genossen den Wein und unterhielten sich mit den Menschen. Es war eigentlich der erste ausgelassene Abend, seit wir fränkischen Boden betreten hatten. Jeder schien glücklich zu sein und erfreute sich des Lebens.

Ich saß auf der Treppe zum Palas, hielt einen Becher Wein in meiner Hand und beobachtete die Feiernden. Der nächtliche Himmel war voller glitzernder Sterne und es war noch angenehm warm. Die Funken des Feuers wirbelten durch die Luft wie kleine Glühwürmchen und erloschen dann im Dunkel der Nacht.

Ich musste an Jerusalem und Borchwei denken. Was mein alter Freund wohl gerade machte? Wahrscheinlich bei Shamsa liegen. Bei dem Gedanken musste ich schmunzeln. Ich kam mir vor wie ein Greis, der in seinen alten Erinnerungen schwelgt, als plötzlich Marie vor mir stand.

Sie hielt einen Weinkrug in der Hand und ihr blondes, offenes Haar fiel über die Schultern ihres eng anliegenden Kleides. Sie setzte sich neben mich und schenkte mir Wein ein, dann füllte sie sich auch einen Becher. Ich bedankte mich und wir tranken. Wir sprachen nichts, sondern sahen beide nur zum Feuer. Ich empfand unser Schweigen als sehr angenehm, da ich keine große Lust auf eine Unterhaltung hatte. Mir stand der Sinn nach etwas ganz anderem. Etwas, das Männer eben nun mal empfinden, wenn sie lange alleine waren. In diesem Moment konnte ich an nichts anderes denken, als an meine Fleischeslust.

»Woran denkt Ihr?«, riss sie mich aus meinen Gedanken.

»Nur an unsere Jagd.«

Wir tranken und sahen wieder für eine Weile zum Feuer.

»Woher stammt Ihr, Joslin?«, fragte sie mich. Ich hätte mir einen klangvolleren Namen aussuchen sollen.

»Aus ... Kreta.«

»Aha ... und wo ist das?«

»Eine sonnige Insel im Meer, sie liegt zwischen dem Morgenland und dem Abendland. Man gelangt nur auf einem gottverdammten Schiff dorthin.«

»Ihr mögt keine Schiffe?«

Schon allein dieses Wort ließ meine Miene gefrieren.

»Es gibt einige Dinge, die ich nicht mag, doch Schiffe hasse ich abgrundtief. Ich werde nie wieder eines betreten!«

Sie runzelte ihre Stirn, sah mich aber weiter unverwandt an.

»Und woher habt Ihr die Narbe über Eurem Auge?«

Ich fuhr mir unbewusst mit dem Finger darüber. »Ein kleines Andenken von einem Sara ... Scharmützel, nicht der Rede wert.« Warum nur fühlte ich mich plötzlich an mein Verhör beim Patriarchen erinnert?

Sie beugte sich nach vorne und griff nach dem Weinkrug. Eine leichte Windbrise wehte mir eine ihrer Haarsträhnen ins Gesicht. Sie hatte weiche Haare, die nach Rosenwasser dufteten.

Als sie sich wieder zurückbeugte, streifte sie mit ihrem Unterarm versehentlich mein Knie. Sie zuckte augenblicklich zurück. Es war nur eine kleine Berührung, aber mit großer Auswirkung auf mein männliches Gleichgewicht.

Aus der feiernden Menge kam nun auch ihre Schwester und gesellte sich zu uns. Noch eine Frau! Allmächtiger, gib mir Kraft! Als sie vor uns stand, lächelte sie zu uns herab und fuhr sich mit den Händen durch ihre Haare. Im Gegensatz zu ihrer Schwester war sie jedoch eher von kühlerer und schüchterner Natur. Sie schwärmte von ihrem Gespräch mit Alia.

»Alia ist wirklich eine außergewöhnliche Frau, sie ist eine Heilerin und erzählte mir Dinge, von denen ich noch nie zuvor gehört habe. Stell dir vor, sie kann eine Wunde in der Haut mit Pferdehaar zunähen, so wie man ein Tuch stickt.«

Marie staunte zuerst, doch dann schüttelte sie ungläubig den Kopf. »Kann ich mir nicht vorstellen.«

»Doch es stimmt, die ägyptischen Heilmethoden sind die ältesten und besten die es gibt«, unterbrach ich. Marie legte ihre hübsche Stirn in Falten, als sie mich ansah. »Seltsam, für einen Söldner scheint ihr ziemlich viel zu wissen, oder seid Ihr nur ein Aufschneider?«

Glücklicherweise kam in dem Augenblick Linhardt zu uns, wohl auch, um ein Auge auf seine Töchter zu werfen. Ich wechselte das Thema und fragte ihn nach dem nächst größten Markt in der Gegend. Er beschrieb mir den Weg nach Bingen, etwa einen Tagesritt entfernt.

»Dann werde ich in zwei Tagen dorthin aufbrechen, ich muss einige Dinge besorgen«, beschloss ich.

»Tut das. Da ihr wohl etwas länger hier verweilen werdet, werden wir euch morgen umquartieren.«

Er wünschte mir eine gute Nacht und zog sich mit seinen Töchtern zurück. Ich sah ihnen noch nach, als sie die Treppen zur Halle hochgingen. Bevor Marie die Tür hinter sich schloss, drehte sie sich noch einmal um und schenkte mir ein kurzes Lächeln.

Am nächsten Morgen brachte uns Linhardt, wie angekündigt, in anderen Räumlichkeiten unter. Gilbert, Struan und ich bewohnten nun ein Wachzimmer im Bergfried, das mit einer schmalen Wendeltreppe zugänglich war. Der Raum war sehr eng, hatte ein kleines vergittertes Fenster und drei alte Holzpritschen, die uns als Bett dienten. Eine Etage darunter bekamen Bero und Alia eine kleine Stube zugewiesen, was beiden ein Strahlen ins Gesicht zauberte - ich konnte es ihnen nicht verdenken. Pierre, Raoul und Pedro wurden in einer geräumigen Kammer im Nebengebäude untergebracht.

Am darauffolgenden Tag brachen Gilbert, Struan und ich frühmorgens nach Bingen auf. Wir hatten zwei Packpferde dabei, die wir dort mit Nahrungsmitteln beladen wollten. Unterwegs teilte ich den beiden mit, dass wir noch einen kleinen Abstecher über Mainz machen würden. Ich wollte mir dort beim Erzbischof mein Erbe bestätigen lassen.

Den Großteil des Weges begleitete uns strömender Regen, der die tiefen Wagenspuren im Boden mit Wasser füllte, sodass wir auf den schlammigen Straßen nur mühsam vorankamen. Als am frühen Nachmittag endlich die Sonne zum Vorschein kam, erreichten wir schließlich Mainz. Schon aus großer Ferne konnten wir die wuchtigen Wachtürme der Wehrmauer erkennen. Innerhalb der Mauern ragten hohe Kirchtürme empor, die der Stadt ihren besonderen Glanz verliehen. Wir überquerten einen Fluss auf einer langen Brücke, die direkt auf die Stadt zuführte.

Am Stadttor wurden wir nur flüchtig kontrolliert, dann fragten wir uns nach dem Bischofssitz durch. Wir kamen nur langsam voran, denn in den Straßen drängten sich die Menschen und wir mussten immer wieder anhalten, da es nicht weiterging. Mir fiel auf, dass selbst die einfachsten Häuser aus Stein gemauert waren. Doch auch hier, in dieser so bedeutenden Stadt, war der Gestank für uns fast unerträglich. Es war mir unbegreiflich, wie die Menschen es hinnehmen konnten, in all dem faulenden Unrat und den daraus resultierenden Ausdünstungen zu leben. Wahrscheinlich nahmen sie es gar nicht mehr wahr.

Wir kamen an einer riesigen Kirche vorbei, die an einer Seite eingerüstet war. Dutzende von Steinmetzen und Zimmerleuten arbeiteten emsig an der Außenwand dieses imposanten Bauwerks. Ich bewunderte die Baumeister, die so etwas Herrliches vollbrachten. Noch nie zuvor hatte ich eine schönere und größere Kirche gesehen.

Direkt daneben befand sich der Bischofssitz, er bestand aus einem prächtigen, viereckigen Bau. Das Gebäude war an der Vorderfassade mit wunderschönen Steinmetzarbeiten versehen.

Figuren von Heiligen, über denen Engel schwebten, schmückten die vielen Erker. Hoch oben auf dem Dach befanden sich Dreieckszinnen, hinter denen mehrere Soldaten wachten.

Ich nannte den beiden Wächtern am Eingang mein Anliegen und zeigte ihnen meinen Brief mit dem erzbischöflichen Siegel. Sie baten mich, meine Waffen abzulegen, die ich Gilbert und Struan reichte, die draußen bei den Pferden blieben. Dann führte man mich in einen Seitentrakt, wo ich warten musste.

Nachdem ich dort drei Stunden ausharrte, ließ man mich zum Sekretär des Bischofs vor. Dieser erklärte mir dann kurz angebunden, dass der Bischof heute keine Zeit für mich hätte und vertröstete mich auf den nächsten Tag.

Wir übernachteten in einer schäbigen Spelunke und vertrieben uns den Abend mit schlechtem Wein. Die Strohsäcke auf unseren Betten stanken und waren voller kleiner Tiere. Wir zogen es daher vor, auf dem Boden zu schlafen. Am nächsten Morgen wurde ich von dem Sekretär wieder auf den morgigen Tag vertröstet, was sich dann die folgenden Tage wiederholte und meine Laune nicht gerade steigerte.

Am fünften Tag wurde ich endlich vom Bischof empfangen, nachdem ich sechs Stunden in einem Vorraum gewartet hatte. Man führte mich in einen prunkvoll eingerichteten Raum voller goldener Kerzenleuchter und Heiligenbilder. Hinter einem großen Tisch thronte Erzbischof Adalbert I. und empfing mich mit kühlem Gesichtsausdruck. Er winkte mich herrisch zu sich und ich küsste seine behandschuhte Hand mit dem bischöflichen Ring. In seinem Äußeren ähnelte er sehr dem Patriarchen von Jerusalem, was ihn mir sofort unsympathisch machte.

Er war alt und sein Gesicht knochig und verhärmt. Genüsslich trank er einen Schluck aus seinem goldenen Becher, ohne mir etwas anzubieten.

»Sprecht Euer Anliegen aus«, forderte er mich mit näselnder Stimme auf. Darauf deutete ich eine leichte Verbeugung an.

»Eure Eminenz, mein Name ist Jesco von Hohengreif. Ich bin hier, um mein Erbe anzutreten.« Darauf reichte ich ihm den Brief von ihm, den Siegelring meines Vaters und das Amulett mit dem Hohengreifer Wappen. Er las den Brief und betrachtete lange den Siegelring. Dann sah er mich zum ersten Mal an. »Ihr lebt also noch.«

Er hob den Brief hoch. »Ich erinnere mich dunkel an dieses Schreiben. Auch an Euren Onkel Aigolf von Hohengreif. Er war ein unangenehmer, streitbarer Burgherr. Ich entsinne mich ständiger Streitereien mit den Rheinlohern.«

»Ich habe inzwischen auch davon gehört, auch dass Wulfin räuberisch in meine Ländereien einfällt. Ich bitte Euch daher um Eure Unterstützung, um dem Einhalt zu gebieten.«

Adalbert lachte humorlos auf und sah mich gebieterisch an.

»Hohengreif, was denkt ihr Euch?! Dass ich nichts Wichtigeres zu tun habe als eure Zänkereien zu schlichten? Das Land ist gespalten im Streit um einen rechtmäßigen König. Die Staufer zündeln an allen Ecken um ihr Recht und das Königreich Jerusalem fordert von der Kirche größere Unterstützung. Und dann kommt Ihr daher, mit Euren kleinen, unbedeutenden Landstreitereien!«

»Mit Verlaub, für mich sind sie nicht unbedeutend. Denn die Menschen auf meinem Land hungern, weil der Rheinloher die Ernte vernichtet und die Vorräte der Bauern gestohlen hat.«

Der Erzbischof sah mich scharf an, aber ich las einen Funken der Verständnis in seinen Augen. »Ich kann Euren Unmut verstehen, aber der Rheinloher wird mir das gleiche über Euch erzählen. Und so geht das seit Jahrzehnten, eure Väter und Großväter lagen schon im Streit.«

Er blickte noch einmal auf den Brief und dachte nach, dann stieß er seinen Atem aus und winkte einem Schreiberling.

»Ihr habt im Heiligen Land gegen die Feinde unseres Glaubens gekämpft, das gereicht Euch zu Ehre. Euer Erbe sei Euch hiermit bestätigt, das wird mein Schreiber Euch dokumentieren.« Er nahm erneut genussvoll einen Schluck aus seinem Becher. »Allerdings, Eure Streitereien müsst Ihr selbst bereinigen. Wenn in Jahrzehnten keine Einigung erzielt werden konnte, dann wird es das in Zukunft auch nicht. Unter uns gesagt, wenn nur Blut den Frieden besiegeln kann, dann soll es eben so sein. Gott wird dem beistehen, der im Recht ist. Hiermit ist alles gesagt, meine Zeit ist knapp.«

Er ließ keinen Widerspruch mehr zu und hielt mir hochmütig seine Hand für den Abschiedskuss entgegen. Ich war enttäuscht, denn ich hatte mir von ihm Unterstützung erhofft. Von seinem Sekretär erhielt ich noch ein Dokument, das mir meinen Besitz bestätigte, dann ging ich.

Noch am gleichen Tag verließen wir Mainz und machten uns auf den Weg nach Bingen. Es regnete mal wieder, in diesem Land regnete es überhaupt ziemlich häufig, nur Struan schien es zu genießen. Unterwegs erzählte ich meinen Weggefährten von meinem Gespräch mit Adalbert. Gilbert schien mit den Worten des Erzbischofs ganz und gar einverstanden zu sein.

»Der Mann ist mir fast sympathisch. Wir sollen unseren Streit austragen, einer gewinnt und einer verliert, fertig. Ist eigentlich ganz einfach.«

»Ja, und der Erzbischof ist aus allem draußen, da sein Rat an mich inoffiziell war. Es kostet ihn weder Geld noch Zeit. Dumm ist nur, dass der Rheinloher über wesentlich mehr Soldaten verfügt als wir«, erwiderte ich. Gilbert setzte ein gequältes Lächeln auf. »Ullfrig erzählte was von fünfzig Männern unter Waffen.«

»Wenn ich alle zusammenzähle, dann sind wir ein kleines Häufchen von vierzehn kampffähigen Männern«, antwortete ich zerknirscht.

Struan hatte die ganze Zeit geschwiegen. Er ritt hinter uns und hatte die Packpferde an der Leine, als wir seine tiefe Stimme vernahmen. »Báthaidh toll beag long mhòr!»

Wir wendeten uns im Sattel zu ihm um und sahen ihn verblüfft an. Doch er grinste nur vor sich hin. »Auch ein kleines Loch kann ein großes Schiff versenken!«

Wir kehrten mit vollbeladenen Packpferden nach Hohengreif zurück. Auf dem Markt in Bingen hatte ich vier große Säcke Mehl, zwei in Salz gelegte Schweine und einige Hühner erstanden, die jetzt in Körbe gezwängt waren. Linhardt und die anderen begrüßten uns herzlich. Den Burgbewohnern gingen fast die Augen über, als sie unsere Packpferde sahen.

»Wir haben uns schon Sorgen um euch gemacht, nach all den Tagen«, empfing uns der Burgvogt. »Wir haben noch einige Tage in Bingen verbracht«, beruhigte ich ihn.

Er sah zu unseren mitgebrachten Nahrungsmitteln und wirkte verlegen. »Ich weiß nicht, wie wir euch danken sollen.«

»Euer Weinkeller dankt es uns genügend!«, lachte Bero hinter mir und klopfte mir zur Begrüßung auf die Schulter. Neben ihrem Vater erschien Marie in einem blauen, einfachen Wollkleid und sah verschmitzt zu mir. »Wenn Eure Männer so weiter saufen, dann sind unsere Fässer allerdings bald leer. Aber ich bin mir sicher, ihr nehmt dann gern mit Wasser vorlieb.«

Linhardt sah Gilberts erschrockenes Gesicht und versuchte ihn sogleich zu beruhigen. »Macht euch keine Sorgen, es ist noch genügend Wein da.« Gilbert atmete gespielt erleichtert auf, während der junge Albert uns die Pferde abnahm und sie in den Stall brachte.

Als wir in unserem Turmzimmer waren, erzählte ich Bero von meinem Gespräch mit dem Erzbischof. Er schaute nachdenklich zum Fenster hinaus. »Das bedeutet, wir sind uns selbst überlassen. Ich frage mich, ob das gut oder schlecht für uns ist.«

»Wohl eher schlecht, angesichts der Truppenstärke meines Nachbarn.«

»Wie lange willst du dein Versteckspiel eigentlich noch treiben?«, fragte er mich.

»Nicht mehr lange, ich will nur, dass die Menschen mir hier unvoreingenommen begegnen, nur so kann ich sie richtig einschätzen.«

»Wie du meinst, aber warte nicht zu lange ... Übrigens haben sämtliche Bewohner der Burg Alia in ihr Herz geschlossen. Sie hat Anselms Rücken eingerenkt und bewirtschaftet mit Lisa und Marie den Kräutergarten. Sie fühlt sich hier sehr wohl.«

»Das freut mich, Bero. Es soll ja auch ihr neues Zuhause sein.« Er lächelte mich freundschaftlich an und ich hatte das Gefühl, dass auch er sich hier wohlfühlte. Auch meine anderen Gefährten hatten sich gut eingelebt und fühlten sich wie die Fische im Wasser. Nur ich empfand alles noch als ungewohnt, als wäre ich ein ungebetener Gast.

Ich war gerade auf dem Weg in die Halle, weil ich auf der Suche nach Linhardt war. Als ich die Tür öffnete und eintrat, fand ich jedoch Marie vor. Sie saß am Tisch und schrieb konzentriert mit Federkiel und Tinte in ein Buch. Neugierig geworden, ging ich an den Tisch und trat hinter sie. Ich warf einen Blick auf das Buch, in dem sie gerade die Vorräte notierte. Ihre Schrift war gleichmäßig und schnörkellos.

Als sie bemerkte, dass ich ihr über die Schulter sah, schaute sie zu mir hoch. Ihr Blick hatte etwas Hochmütiges und zugleich Spöttisches. »Das nennt man ein Buch. Und das, was ich hier tue, nennt man Schreiben.«

»Was ihr nicht sagt?! Und das hier nennt man einen Fehler.«

Ich deutete mit dem Finger auf ein Wort, das sie falsch geschrieben hatte, was sogar ich erkennen konnte.

»Söldner, Ihr wollt mir doch nicht erzählen, dass Ihr Lesen und Schreiben könnt«, erwiderte sie mir aufreizend.

Ich beugte mich etwas tiefer, bis ihr Haar meine Wange berührte. »Und wenn es doch so wäre?«

»Ihr seid nur ein Aufschneider, Joslin.«

Mein Mund war jetzt ganz nahe an ihrem Ohrläppchen und ich flüsterte leise: »Findet es heraus, ob ich einer bin.«

Ich konnte an den Wölbungen ihrer Brüste erkennen, dass sie heftig ein- und ausatmete. Sie drehte ihr Gesicht zu mir. Jetzt war es ihr Mund, der mir betörend ins Ohr hauchte. »Wer weiß, vielleicht tue ich das sogar ...«

Dann biss sie mir so heftig ins Ohr, dass ich mir vor lauter Überraschung mein Schienbein an einem Hocker anschlug. Marie stand lachend auf und nahm sich ihr Buch unter den Arm. » ... vielleicht aber auch nicht.«

Ich rieb mir mein Ohr, während sie die Halle verließ und mir noch einmal einen frechen Blick zuwarf. Als sie fort war, gab ich dem Hocker einen wütenden Tritt, so dass er durch die ganze Halle flog und in einer Ecke rumpelnd aufschlug.

»Wusstet Ihr nicht, dass manche Rosen Stacheln haben?«

Ich drehte mich um und sah Lisa am Eingang zur Küche stehen, sie lächelte schadenfroh zu mir herüber. Als ich die Halle verließ, schlug ich krachend die Tür zu.

Am nächsten Tag saßen wir alle gemeinsam beim Frühstück. Die Stimmung am Tisch war jedoch bedrückt. Linhardt riss sich lustlos ein Stück von einem Brotkanten herunter. »Die Dorfbewohner erzählten mir, dass sie gestern zwei Soldaten des

Rheinloher am Waldrand gesehen haben. Sie haben jetzt große Furcht.«

Ich beobachtete die Mienen der Burgbewohner. Das Fröhliche und Unbeschwerte der letzten Tage war aus ihren Gesichtern gewichen. Jeder schaute nur vor sich auf seinen Holzteller und keiner sprach etwas. Sie taten mir plötzlich alle sehr leid. In mir hingegen kroch langsam eine Wut hoch, die ich nur noch schwer zähmen konnte. Ich beschloss jetzt, etwas zu ändern, denn so konnte es nicht mehr weitergehen. Ich aß meinen Teller leer, erhob mich von meinem Platz und ging in Richtung Tür.

»Freunde, ich muss mit euch sprechen!«

Meine Gefährten schauten mich erst verdutzt an, doch dann folgten sie mir in den Burghof. Pierre war der letzte, der aus dem Palas trat und die Tür hinter sich schloss. Meine Kameraden standen vor mir und sahen mich fragend an. Ohne große Umschweife sprach ich aus, was ich vielleicht schon früher hätte tun sollen.

»Wir werden jetzt Wulfin einen kleinen Besuch abstatten, ich will mir ein Bild von ihm machen. Und ich werde ihm zu verstehen geben, dass Hohengreif wieder einen Burgherrn hat, mit dem er sich besser nicht anlegen sollte!«

Bero sah entschlossen zu den anderen. »Ihr habt's gehört. Los Männer, wir treffen uns voll gerüstet im Stall.« Gilbert pfiff laut nach Albert, der am Brunnen rumlungerte. »Albert, sattel die Pferde!«

Gehorsam rannte der Junge sofort zum Pferdestall, während die anderen ihre Rüstungen holten. Ich wusste nicht, was ich mir von dem Besuch bei Wulfin erhoffte, aber ich wusste, dass jetzt der Moment gekommen war, um den Burgbewohnern die Wahrheit zu sagen. Ich ging in unser Turmzimmer und rüstete mich ebenfalls.

Kurze Zeit später standen wir alle bei unseren gesattelten Pferden im Stall. Wir trugen unsere Kettenhemden und die

Waffenröcke mit dem Kreuz sichtbar nach außen. Als wir unsere Schwerter angürteten, bemerkte ich, wie Albert unsere Wappenröcke bewundernd anstarrte. Ich trat zu ihm und legte ihm meine Hand auf die Schulter. Er war nicht gerade der Intelligenteste, aber er war ein guter Junge mit aufrechtem Charakter.

»Albert, geh bitte in die Halle und hole mir das Hohengreifbanner, ganz gleich was Linhardt sagt, hast du mich verstanden?!« Sein Mund stand weit offen, als er mich staunend ansah, dann rannte er auch schon los. Wir stiegen währenddessen auf unsere Pferde und trotteten langsam aus dem Stall hinaus in den sonnigen Burghof. Über uns zog ein Falke einsam seine Bahn, bis er hinter dem Dach des Bergfrieds meinem Blick entschwand.

Die Tür zum Palas wurde aufgerissen und Albert rannte mit dem Banner in seinen Händen auf mich zu, als wäre der Leibhaftige hinter ihm her. Als er vor mir zum Stehen kam, reichte er mir mit stolzgeschwellter Brust das Banner hoch.

»Gut gemacht, Junge!«, zwinkerte ich ihm zu. Er platzte fast vor Freude über mein Lob, doch dann ging sein Blick erschrocken zum Palas rüber.

»Albert, verflucht, was fällt dir ein?!«

Linhardt kam lauthals schimpfend aus der Halle gestürmt, gefolgt von den anderen. Als der Vogt uns jedoch in unseren Waffenröcken sah, hielt er abrupt inne und sah uns erstaunt an. Die Blicke der anderen waren nicht minder überrascht.

Marie hielt einen Tonkrug in der Hand und blickte konsterniert zu uns herüber. Der alte Ullfrig fand als erster wieder seine Stimme: »Ihr seid Kreuzritter!?«

In aller Ruhe lenkte Gilbert sein Pferd direkt vor Ullfrig.

»Das sind wir in der Tat. Wir kamen direkt aus dem Heiligen Land hierher, und das hat seinen Grund!« Bruder Anselm und Frida bekreuzigten sich, während ich Ashir langsam auf Linhardt zubewegte. In meiner rechten Hand hielt ich die

Holzstange mit dem Banner meiner Ahnen. Vor dem Vogt hielt ich an und sah ihm in die Augen. »Mein wahrer Name ist Jesco von Hohengreif, und ich bin der neue Herr dieser Burg und Ländereien!«

Ich hörte, wie ein Tonkrug auf dem Boden aufschlug und zu Scherben zerfiel. Marie hatte ihn fallen lassen und hob sich nun erschrocken die Hand vor den Mund. Ich schenkte ihr ein Lächeln. »Wir werden jetzt dem Rheinloher einen kleinen Besuch abstatten, um mich vorzustellen!«

Die Burgbewohner starrten mich an, als wäre ich ein Geist. Keiner von ihnen war fähig, auch nur ein Wort über seine Lippen zu bringen. Ich wendete Ashir und gab ihm einen leichten Schenkeldruck. Gefolgt von den anderen, ritt ich mit wehendem Banner zum Burgtor hinaus.

Wir ritten zügig durch dicht bewaldetes Gebiet, erst nach ein paar Meilen verlangsamten wir das Tempo, um die Pferde etwas zu schonen. In Gedanken sah ich immer noch die ungläubigen Blicke der Burgbewohner vor mir, gleichzeitig war ich nun aber auch zu allem entschlossen. Bero ritt die ganze Zeit schweigend neben mir und ich bemerkte, dass er mich schon eine Weile beobachtete. Er wusste genau, wann er mich am besten in Ruhe lassen sollte und wann nicht.

Erst als wir den Wald verließen, fragte er mich ganz ruhig.

»Jesco, hast du dir eigentlich einen Plan zurechtgelegt?«

»Nun ja, ich hab mir Gedanken über einen Plan gemacht.«

»Und dürften wir auch das Ergebnis erfahren?!«

»Aber sicher. Das Ergebnis lautet, dass ich keinen Plan habe.«

»Oh, das ist ein guter Plan«, rief Gilbert lachend, »mal sehen, ob er auch funktioniert.«

»Da hab ich so meine Zweifel«, brummte Bero.

Und natürlich ließ es sich Pedro nicht nehmen, eine philosophische Weisheit loszuwerden. »Wie töricht ist es, Pläne für das ganze Leben zu schmieden, da wir doch nicht einmal Herren des morgigen Tages sind.«

Ausnahmsweise hatte Pedro mit seinem Zitat einmal recht. Wir schwiegen alle, bis auf Bero: »Ein guter Plan hat uns im Heiligen Land schon so manches Mal den Arsch gerettet. Im Gegensatz zu irgendwelchen schlauen Sprüchen eines verlausten Spaniers!«, dabei sah er herausfordernd zu Pedro, doch der schaute nur beleidigt zur anderen Seite. »Verschenkte Zeit, einem Banausen die Kunst näher zu erläutern.«

»Ich läute dir auch gleich was ...!«, giftete Bero zurück.

Zum Glück drängte sich Struan mit seinem Pferd zwischen die beiden Streithähne, um sie zu trennen. Ich musste schmunzeln, denn obwohl die beiden ständig zankten, wusste ich, dass sie sich im Grunde ihrer Herzen mochten.

Wir befanden uns schon seit Stunden mit erhöhter Wachsamkeit auf Rheinlohischem Land. Als die Sonne schon längst ihren Zenit überschritten hatte, konnten wir in der Ferne die mächtigen Mauern meines Nachbarn sehen, Burg Rheinlohe.

Je näher wir der Festung kamen, umso besser konnte man erkennen, dass sich die Burg im Umbau befand. Eine Längsseite der Wehranlage war noch mit mächtigen Holzstämmen befestigt, wie es bei Motten üblich war. Die restlichen Seiten waren jedoch aus Steinquadern gemauert, wie bei den meisten neueren Burgen. Die Größe der gesamten Wehranlage schätzte ich auf das Doppelte von Hohengreif. Allerdings lag sie ungeschützter auf einer nur kleinen Anhöhe.

Rauchzeichen am Ende des Waldes ließen uns ahnen, dass wir bereits gesichtet wurden und der Burgherr informiert war. Graue Wolken schoben sich vor die Sonne und ließen die Festung noch düsterer erscheinen, als sie ohnehin schon wirkte. Das Burgtor wurde geöffnet und mehrere Reiter kamen uns entgegen. Etwa zwei Bogenschüsse von dem Burgtor entfernt, empfing uns die berittene Delegation von ungefähr einem Dutzend bewaffneter Ritter.

»Sieh an, ein kleines Empfangskomitee, das uns da erwartet«, sagte ich zu Bero, der ihnen nur grimmig entgegenschaute. »Vielleicht wäre ein Plan doch ganz nützlich gewesen ...«

Erste Regentropfen fielen vom Himmel herab, der sich nun immer mehr verdunkelte. Wir hielten vor dem Dutzend an, ihr noch junger Anführer musterte uns hoch erhobenen Hauptes. Er hatte wache, kluge Augen und wirkte auf den ersten Blick sympathisch. Nach einem kurzen Blick auf mein Banner, sah er dann zu mir. »Ich grüße Euch im Namen von Wulfin von Rheinlohe und wünsche Euer Begehr zu hören.«

»Richtet ihm aus, Jesco von Hohengreif ist hier, um mit ihm zu sprechen«, entgegnete ich ihm. Um seinen Mundwinkel zuckte es ganz leicht. Dennoch versuchte er, sich seine Überraschung nicht anmerken zu lassen.

»Na schön, dann legt Eure Waffen nieder und begleitet uns in die Burg. Ihr seid unser Gast.«

»Verzeiht, wir wollen nicht unhöflich erscheinen, aber wir möchten unsere Waffen behalten und würden uns gerne hier, an Ort und Stelle, mit Wulfin unterhalten«, erwiderte ich freundlich, aber bestimmt. Ihr Wortführer überlegte einen kurzen Moment und nickte mir dann zu. »Nun gut, ich werde meinem Herrn Euren Vorschlag unterbreiten, wartet hier.«

Darauf wendeten sie ihre Pferde und ritten zurück in die Wehranlage, deren Burgtor sich hinter ihnen wieder schloss.

Eine Zeit lang tat sich nichts und wir wurden langsam ungeduldig. Wir beobachteten angespannt die Vorgänge auf der Burgmauer. Etliche Bogenschützen hatten sich dort formiert und es wurden immer mehr. Allmählich beschlichen mich leise Zweifel: War es doch ein Fehler gewesen, hierher zu kommen? Vielleicht hatte ich zu voreilig gehandelt, wir hätten uns wirklich einen verdammten Plan zurechtlegen sollen. Ich raunte meinen Kameraden leise zu: »Seid vorbereitet, denn notfalls bleibt uns nur eine schnelle Flucht.«

»Ha, wir haben ja doch einen Plan,« grinste Gilbert.

Der Regen wurde stärker und große Pfützen bildeten sich vor uns. Ich war mir sicher, der Rheinloher machte sich einen Spaß daraus, uns in diesem Sauwetter warten zu lassen.

Endlich öffnete sich das Burgtor und gut zwanzig Mann ritten uns mit Standarte entgegen. Als sie näherkamen, erkannte ich an ihrer Spitze den jungen Ritter von vorhin. Dahinter ein älterer und ein jüngerer Mann, beide in demselben roten Waffenrock mit aufgesticktem Adlerkopf.

Sie zügelten ihre Pferde ein paar Schritte vor uns. Die beiden im roten Waffenrock lösten sich von den anderen und lenkten ihre Pferde zu mir. Beide trugen Kettenhemd und Helm, an denen das Regenwasser heruntertropfte. Der Ältere starrte mich mit herablassender Miene an. Er war leicht untersetzt und hatte schmale Lippen über einem vernarbten Kinn mit grauen Bartstoppeln. Seine kalten und gefühllosen Augen musterten mich abschätzig von unten bis oben.

»Ich bin Wulfin von Rheinlohe und der Herr über diese Ländereien.« Dann wies er mit dem Kopf auf den Jüngeren neben ihm: »Und dies ist mein Sohn Anslin.«

Sein Sprössling sah mich leicht verunsichert an. Er musste in meinem Alter sein, hatte schmächtige Schultern und zarte Gesichtszüge. Ich hatte in meinem Leben jedoch gelernt, mich nicht von Äußerlichkeiten täuschen zu lassen. Ich nickte nur knapp und wollte mich vorstellen.

»Mein Name ist ...«

»Ich weiß bereits, wer Ihr seid, Hohengreif!«, schnitt mir Wulfin das Wort ab und sprach meinen Namen aus, als wäre er eine ansteckende Krankheit. Dann giftete er weiter: »Ich hatte gehofft, eure Brut sei endlich ausgestorben. Doch wie ich sehe, plagt sie mich leider immer noch wie eine eitrige Wunde.«

Ich erwiderte seinen Blick mit derselben Kälte. »Ich danke Euch für die freundlichen Worte, auf die ich nicht näher eingehen möchte. Ich bin hier, um den Streit zwischen unseren Familien zu beenden, auf dass wir friedlich miteinander leben können. Ich hoffte auf ein vernünftiges Gespräch mit Euch.«

Wulfins Augen verengten sich zu schmalen Schlitzen. »Wenn Ihr vernünftig wärt, dann dürftet Ihr gar nicht hier sein. Diese Fehde kann nur mit Blut beendet werden. Und es wird nicht mein Blut sein, das fließen wird.«

Ich wunderte mich über meine Selbstbeherrschung und sah seinen Sohn an, der meinem Blick jedoch auswich. »Anslin, seid Ihr der gleichen Meinung wie Euer ehrenwerter Vater, oder besitzt Ihr auch eine eigene Meinung?«

Anslin räusperte sich und wollte gerade zu einer Antwort ansetzen, doch Wulfin ließ es erst gar nicht zu. »Die Ansichten meines Sohnes haben Euch nicht zu scheren ... und ich habe Euch auch nichts mehr zu sagen. Aber was Ihr noch wissen solltet: der Erzbischof ist ein Vetter meines Schwagers, drum erhofft Euch von ihm keine Hilfe. Euch wird niemand helfen!«

»Dann seid Ihr also an einer friedlichen Lösung nicht interessiert?«

Ich sah vom Vater zum Sohn, der sich in seiner Haut sichtlich unwohl fühlte. Wulfin beugte sich im Sattel nach vorn und spie mir seine Antwort entgegen. »Ihr seid nichts weiter, als ein lästiger Stachel in meinem Fleisch, den ich entfernen werde!«

Ich stützte mich lässig auf meinen Sattelknauf und sah ihn verächtlich an. »Dann gebt gut acht, dass sich die Wunde beim Herausziehen nicht entzündet, denn schon so mancher hat dabei den Tod gefunden.«

Wulfin presste erbost seine Lippen zusammen, seine Augen sprühten vor Hass. »Der Einzige, der in Kürze den Tod findet, werdet Ihr sein, Hohenfels!«

Ich erwiderte seinen wutentbrannten Blick eisig lächelnd. »So manch einer, der mir mit dem Tod gedroht hat, liegt jetzt unter dem Sand Palästinas begraben. Ein ähnliches Schicksal könnte Euch auch ereilen, man kann nie wissen ...!«

Er schrie mir seinen Zorn entgegen, wobei er völlig die Beherrschung verlor: »Verfluchte Bastarde, verlasst sofort mein Land, bevor ich die Regeln der Gastfreundschaft breche!«

Ich wendete Ashir, während ich Wulfin noch einen spöttischen Blick zuwarf. »Es war mir eine Ehre, Rheinlohe.«

Ich hatte meine aufkeimende Wut die ganze Zeit über im Zaum gehalten, doch jetzt gab ich Ashir die Sporen und ritt wütend davon. Erst nach einigen Meilen zügelte ich das Tempo, so dass mich meine Kameraden einholen konnten. Der Galopp hatte meinen Zorn etwas abgekühlt, dennoch war ich immer noch so in Rage, dass ich am liebsten laut geschrien hätte.

Zunächst traute sich keiner, mich anzusprechen. Sie mussten mir angesehen haben, dass ich innerlich vor Wut kochte. Bero war schließlich der Erste, der sich ein Herz nahm. »Das war nicht gerade ein Meisterstück an Diplomatie, aber ich kann dich verstehen. Dennoch hättest du seine Drohungen ignorieren müssen ...«

»Einen Scheißdreck muss ich ...!«

Es ärgerte mich, dass ausgerechnet Bero mir vorwarf, ich hätte mich besonnener verhalten sollen. Wäre ich nicht so erzürnt gewesen, ich hätte mich schlapp gelacht. Aber ich war immer noch so aufgebracht, dass ich am liebsten kehrt gemacht und Wulfin zum Zweikampf herausgefordert hätte.

»Wie hätte sich denn unser allzeit beherrschter Ritter Bero an meiner Stelle verhalten?«, schnauzte ich ihn an. Er überlegte kurz und grinste mich dann an. »Ganz ehrlich? Ich hätte ihm nach seinem ersten Satz den Streithammer auf den Schädel gehauen und ihn anschließend gehäutet!«

Ich rollte mit den Augen. »Jetzt, wo du's sagst, warum bin ich da nicht gleich drauf gekommen!«

Nachdem ich ein paarmal durchgeschnauft hatte, beruhigte ich mich einigermaßen. »Es ist doch immer wieder schön, wenn einem Freunde mit gutem Rat zur Seite stehen - vielen herzlichen Dank.«

»Nichts für ungut, dafür sind wir doch da«, rief Gilbert von hinten. Ich gab Ashir erneut die Sporen.

Spät am Abend kehrten wir völlig durchnässt nach Hohengreif zurück. Die Wachsoldaten Ullrich und Bertram öffneten uns das Burgtor. Wir sattelten die Pferde ab und reichten unsere Waffen Albert, der sie in unsere Kammern brachte. Ich hatte mich schon darüber gewundert, dass außer Albert niemand im Hof zu sehen war. Doch dann stand Bruder Anselm plötzlich an der Stalltür und sah mich freundlich an.

»Herr, Ihr seid wohlauf, dem Herrn sei gedankt.«

»Nenn mich bitte nicht „Herr“«, antwortete ich mürrisch.

»Die anderen sind in der Halle und warten auf Euch.«

Ich sah zu meinen Freunden rüber, in der Hoffnung, dass sie mich begleiten würden. Doch Bero schüttelte nur lächelnd seinen Kopf. »Oh nein, mein Freund, diesen Weg gehst du allein.«

Mein Hilfe suchender Blick wanderte weiter, doch plötzlich taten alle ganz beschäftigt und kramten irgendwas an ihren Sätteln rum. Meine letzte Hoffnung war Gilbert, den ich nun flehend ansah. Doch der lehnte nur lässig an seinem Pferd und kaute auf einem Strohhalm, während er meine stumme Bitte mit seinem Zeigefinger verneinte. Beim Hinausgehen vernahm ich noch Pedros Stimme. »Ein steiniger Weg ist besser als gar keiner.«

Ich atmete tief durch und folgte Anselm. Doch bevor ich den Palas betrat, eilte ich in meine Kammer und zog mir trockene Sachen an. Dann holte ich das Amulett meines Vaters und den Brief des Erzbischofs aus meinem Reisesack. Als ich die Tür unserer Kammer hinter mir schloss, hielt ich kurz inne und schloss meine Augen. Ich versuchte innerlich ruhig zu werden, dann ging ich die Treppen hinunter zum wartenden Anselm.

Bruder Anselm öffnete die Tür zur Halle und ich betrat sie hinter ihm. Bis auf die Wachsoldaten, die auf der Wehrmauer ihrem Dienst nachkamen, saßen alle am Tisch. Ein Feuer brannte im Kamin und verbreitete eine wohlige Wärme in der kleinen Halle. Ich sah in undurchschaubare Mienen und las auch leichtes Misstrauen darin. Jedenfalls sahen sie mich jetzt anders an als bisher. Ich trat an den Tisch und legte mein Dokument, Amulett und Siegelring vor Linhardt auf den Tisch. »Ist das Beweis genug? Ich sehe Euch doch an, dass ihr befürchtet, ich wäre ein Betrüger!«

Linhardt betrachtete das Amulett und den Siegelring, dann nahm er den Brief und reichte ihn Marie zu seiner Rechten. Sie rollte das Pergament auf und las es. Danach sah sie mit einem leichten Nicken wieder zu ihrem Vater. Linhardt erhob sich langsam aus seinem Stuhl am Tischende und sah mir in die Augen. Es war kein vorwurfsvoller Blick, eher ein vergebender. Schließlich verbeugte er sich vor mir und wies mit seiner Hand neben sich.

»Herr, vergebt uns unsere Vorsicht. Dies ist jetzt Euer Stuhl.«

Ich legte Linhardt meine Hand auf die Schulter und blickte ihn milde lächelnd an. »Linhardt, Eure Skepsis mir gegenüber zeigt mir Eure Weitsicht und Erfahrenheit. Ich wäre an Eurer Stelle genauso misstrauisch gewesen. Und nennt mich bitte nicht „Herr".«

So also fühlte sich ein König, wenn er mit seinen Untertanen sprach. Im selben Augenblick rüffelte ich mich für meine anmaßenden und albernen Gedanken.

Linhardt sah mich forschend an. »Ich hätte es eigentlich früher bemerken müssen, ich kannte zwar Euren Vater nicht, aber Ihr tragt die Gesichtszüge Eures Onkels und Ihr habt dieselben Augen wie Aigolf.« Er sah kurz zu den anderen, bevor er weitersprach. »Wir hatten so gehofft, dass ihr noch lebt. Ein Bote überbrachte uns die Mitteilung, dass der Erzbischof einen Brief zu Euch geschickt hat. Aber wir hatten kaum Hoffnung, da keiner etwas von Euch gehört hatte.« Mit diesen Worten rückte er mir den Burgherrenstuhl zurecht und bat mich, darauf Platz zu nehmen. Ich kam seiner Aufforderung nach und setzte mich. Langsam strich ich mit meinen Händen über die abgegriffenen Armlehnen, als könnte ich auf diese Weise die Spuren der Vergangenheit zum Leben erwecken. Ich fühlte mich aber zu beobachtet, um meinen Gedanken freien Lauf zu lassen. Alle sahen mich an und erwarteten wohl eine Antrittsrede von mir. Ich fühlte mich unwohl, denn ich war kein großer Redner. Außerdem wusste ich auch gar nicht, was ich ihnen sagen sollte. Erneut stellte ich fest, dass ein Plan nicht schlecht gewesen wäre. Schließlich überwand ich mich und erhob mein Wort als Burgherr.

»Ich möchte mich bei euch allen entschuldigen, dass ich euch nicht gleich die Wahrheit gesagt habe. Ich wollte mir zuerst einen Eindruck verschaffen und euch so kennenlernen, als wäre ich einer Euresgleichen. Ihr seid alle gute Menschen und seid mir in den letzten Tagen ans Herz gewachsen. Drum soll Hohengreif weiterhin euer Zuhause sein, mit mir und meinen Freunden zusammen.«

In vielen Gesichtern zeigte sich Erleichterung darüber, hierbleiben zu dürfen, ich fuhr fort: »Ich verlange von keinem einen Treueeid, ihr sollt aus freien Stücken handeln und mir vertrauen. Wir werden in Zukunft gegenseitig unsere Hilfe benötigen, um Hohengreif wieder erblühen zu lassen. Und ich denke, wir können es gemeinsam hinbekommen.« Die mollige Frida wischte sich eine Träne weg, Bruder Anselm ebenso.

Dann erhob sich Linhardts Bruder Ullfrig und hielt seinen Becher in die Höhe, während mir Lisa Wein einschenkte.

»So erhebt euch alle und trinkt mit mir auf unseren neuen Herrn von Hohengreif. Möge er lange leben und viele Erben zeugen, auf dass Hohengreif in neuem Glanz erstrahle!«

Alle erhoben sich und tranken freudig mit mir. Alle, bis auf Marie, die ihren Becher stehen ließ und stolz an mir vorbeischaute. Als wir wieder saßen, erzählte ich von unserem Besuch beim Rheinloher. Nachdem ich geendet hatte, konnte ich in einigen Gesichtern so manche Sorgenfalte erkennen. Schließlich fragte mich Linhardt, wie ich in dieser Angelegenheit weiterhin vorgehen wollte.

»Wenn ich ehrlich bin, weiß ich es noch nicht. Aber mir scheint, eine kriegerische Auseinandersetzung ist unausweichlich. Vielleicht sollte ich Söldner aus der Umgebung anheuern.«

»Davon rate ich ab, denn sonst könnte es sein, dass wir den Feind im eigenen Bau haben«, warnte mich Ullfrig. Er sah meinen fragenden Blick und fuhr fort. »Man weiß nie, wen der Rheinloher bezahlt hat und wer in seinem Dienst steht. Es könnte durchaus passieren, dass wir Männer anheuern, die Wulfin genau dafür bezahlt hat. Er ist ein gerissener Hund!«

Ich dachte kurz über seine Worte nach, er hatte Recht, das Risiko wäre zu hoch gewesen. »Das mag sein, aber er wird nicht gerissen genug sein. Wir werden uns Gedanken machen. Wie viele Männer aus dem Dorf sind im waffenfähigen Alter?«, fragte ich Linhardt.

»Vielleicht zehn, der Schmied und sein Sohn, der Müller und sechs, sieben Bauern. Wir haben sie schon seit dem Winter ein wenig an den Waffen ausgebildet, aber eine große Hilfe werden sie uns nicht sein.«

»Und wenn sie nur Steine von den Zinnen auf die Angreifer werfen, jeder muss mit anpacken, wenn es soweit ist,« antwortete ich ihm. In diesem Moment kam mir eine Idee, ich musste demnächst unbedingt mit Alia darüber reden. Aber zunächst widmete ich mich wieder den anderen am Tisch.

»Ich denke, in den nächsten Wochen haben wir vom Rheinloher nicht viel zu befürchten. Er wird zuerst seine Bauarbeiten an der Festungsmauer beenden, denn eine Seite besteht noch aus Holz. Er wäre ein schlechter Krieger, wenn er vorher das Risiko einginge, dass wir sie niederbrennen und ihn überfallen. Wir müssen trotzdem wachsam und auf alle Fälle vorbereitet sein. Daher werden Pierre und Raoul die Dorfbewohner am Bogen ausbilden.«

Nachdem mir alle zustimmten, schickte ich Albert zu meinen Gefährten, um sie zu holen. »Doch für heute genug geredet, ich gebe euch nun meine erste Anweisung als Burgherr: Holt Wein und lasst uns feiern!«

Ihre lächelnden Gesichter waren mir Antwort genug, bis auf Marie, die immer noch stur an mir vorbeisah. Linhardt erhob sich und hatte noch etwas zu sagen: «Herr, wir sind froh, dass wir wieder einen Burgherrn haben. Einen, dem wir gerne dienen werden.« Seine Worte erfreuten mich und wenn ich ehrlich bin, gaben sie meiner Eitelkeit reichlich Nahrung.

»Linhardt, deine Worte schmeicheln mir. Doch tut mir bitte alle einen Gefallen und nennt mich nicht mehr „Herr“. Ich heiße Jesco.«

Die Nacht verlief fröhlich. So fröhlich, dass Gilbert im Handstand einen Becher leerte. Ich wunderte mich immer wieder über seinen Einfallsreichtum beim Trinken. Und so fröhlich, dass Pedro in den Kamin kotzte und Struan die Tür zur Küche einschlug, weil sie klemmte als er neuen Wein holen wollte. Zu meiner Überraschung war keiner schockiert darüber. Im Gegenteil, es kam mir vor, als wäre eine große Last von den Burgbewohnern abgefallen und sie genossen es, unbeschwert die Nacht zu verbringen.

Obwohl ich schon einiges in mich hinein geleert hatte, war mein Verstand noch einigermaßen klar. Ich verließ die Halle und ging in den Burghof, um ein wenig durchzuschnaufen und die klare Nachtluft zu genießen. Ich war sehr erleichtert, dass jetzt alle Bescheid wussten. Die Verantwortung, die ich für die Menschen hier trug, war jedoch keine Belastung für mich, wie ich anfangs befürchtet hatte. Es fühlte sich vielmehr gut an, ihnen einen Halt zu geben und für sie zu sorgen. Zum ersten Mal, seit ich hier war, fühlte ich mich angekommen.

Während ich in meine Gedanken versunken zum Brunnen schlenderte, bemerkte ich, dass Marie dort stand. Ich wollte schon umdrehen, entschied mich dann aber anders und ging zu ihr hin. Sie stand mit dem Rücken zu mir und blickte zu den glitzernden Sternen am Nachthimmel. Als ich sie von hinten ansprach, zuckte sie erschrocken zusammen, ließ sich ihren Schreck aber nicht anmerken.

»Marie, stimmt was nicht? Ihr seid schon den ganzen Abend so seltsam.«

Ohne sich umzudrehen, antwortete sie mir spitz: »Das fragt Ihr noch, Herr? Ihr habt mich belogen.« Der Ton ihrer Stimme war ein einziger Vorwurf.

»Marie, ich hab's doch vorhin erklärt. Bitte versteht mich doch.«

»Ganz wie Ihr wünscht. Ich werde es versuchen, Herr.«

»Und lasst bitte dieses verfluchte „Herr“ weg!«, entgegnete ich leicht verärgert.

Eine kurze Weile herrschte beklommenes Schweigen und ich wollte nicht derjenige sein, der es zuerst brach. Ich nahm einen Schluck aus meinem Becher, als sich Marie zögerlich zu mir umdrehte. »Es ist nur so ... wir alle haben so sehr gehofft und gebetet, dass Ihr noch lebt und hierher kommt. Und dass dann alles wieder so wird wie früher.« Sie sah mich fast ein wenig trotzig an. »Ich habe mir Euer Eintreffen einfach ein wenig anders vorgestellt, etwas ... würdiger.«

Ich verschluckte mich an meinem Wein und musste husten.
»Was habt Ihr denn erwartet, dass ich in einer Sänfte hereingetragen werde, umgeben von ägyptischen Sklaven?«
»Immer noch besser, als sich als Söldner auszugeben.«
»Na schön, das nächste Mal lass ich mich in einer Sänfte hereintragen, mit Struan als Sklaven. Hätte bestimmt lustig ausgesehen ...«
Trotz der Dunkelheit konnte ich ihren zornigen Gesichtsausdruck erkennen. Zornig war sie eigentlich noch hübscher und begehrenswerter. Ich stellte mir eine Dattelpalme und warmen Sand vor.
»Ihr nehmt mich nicht ernst, das ist schade. Ich wünsche Euch eine angenehme Bettruhe, Herr!« Mit durchgestrecktem Rücken schritt sie resolut an mir vorbei in Richtung Palas. Ich lehnte mich auf den Brunnenrand und sah ihr amüsiert nach. Ihr anmutiger Gang gefiel mir, dennoch gingen mir ihre bissigen Bemerkungen auf die Nerven.
»Und zum letzten Mal, lasst dieses verdammte „ Herr“ weg!«

Mit leichten Kopfschmerzen betrat ich am nächsten Tag die Halle. Pierre und Raoul lagen auf dem Boden und schliefen. Struan lag auf dem Tisch und schnarchte, Gilbert lag neben ihm und hatte seinen Kopf auf seine Brust gebettet. Frida, Lisa und Alia waren schon seit längerem mit Putzen beschäftigt und hatten auf dem Fußboden bereits frische Binsen verteilt.
Lisa sah mich belustigt an, als ich ihrem Treiben eine Weile zusah. »Ihr führt hier ganz neue Sitten ein ... sollen wir den Tisch auch vom Unrat befreien, Herr?«
Ich sah zu meinen schnarchenden Kameraden auf dem Tisch und fuhr mir verschlafen durch die Haare. »Tut euch keinen Zwang an. Und lasst dieses verdammte ...!«, ich winkte nur müde ab und wollte bereits nach draußen gehen, als plötzlich Marie vor mir stand und mich mit einem entwaffnenden

Lächeln begrüßte. »Guten Morgen, Herr. Mir scheint, Ihr benötigt ein Bad.«

Ich war überrascht über ihre unerwartete Freundlichkeit und strahlte über das ganze Gesicht, keine Spur mehr von Müdigkeit. »Das ist eine vortreffliche Idee. Ist es hier im Frankenland nicht üblich, dass die Frau des Hauses den Herrn wäscht?«

»So ist es, das Wasser im Holzzuber ist bereits angerichtet.«

»Das ist ... äußerst aufmerksam ...«, wunderte ich mich erneut über die plötzliche Fürsorge, ließ es aber gerne über mich ergehen.

Ich folgte ihr in das Nebenhaus, wo in der Waschkammer bereits ein großer Holzbottich mit dampfendem Wasser auf mich wartete. Ich konnte mein Glück kaum fassen, ein Bad war jetzt genau das Richtige, um meine müden Knochen wieder zu erholen. Ich hoffte, damit auch meine Kopfschmerzen loszuwerden. Aber das Allerbeste daran war, von Marie gewaschen zu werden. Ich war froh, dass sie ihre Ressentiments mir gegenüber wohl aufgegeben hatte.

Sie sah mich auffordernd an. »Wenn Ihr Euch bitte Eurer Kleidung entledigen würdet.«

»Gerne.« Ich freute mich wie ein kleines Kind auf das heiße Wasser und auf Maries Hände, die mich waschen würden. Ich schnürte meine Tunika auf, woraufhin Marie hinter einem Leinenvorhang verschwand und so lange wartete, bis ich in dem Zuber saß. Ich amüsierte mich über ihre Schüchternheit, während ich im warmen Wasser saß und zufrieden stöhnte.

Mit einem Schwamm in der Hand, kam Marie wieder hinter dem Vorhang hervor. Ihre Haare waren hochgesteckt und die Ärmel ihres Kleides nach oben gekrempelt, sodass ich die zarte Haut ihrer Unterarme sehen konnte. Sie trug nur ein enges dünnes Leinengewand, das ihre weiblichen Formen jedoch äußerst gut zum Ausdruck brachte. Von der Wasseroberfläche stieg leichter Dampf empor. Ich stellte fest, dass es nicht das Einzige war, was emporstieg.

Sie stand jetzt dicht neben mir und sog plötzlich leise und erschrocken die Luft ein. Ich blickte sie verwundert an.

»Verzeiht Herr ... aber Ihr habt sehr viele Narben auf Eurem Oberkörper, Ihr müsst Schlimmes erlebt haben ...«

Ich lehnte mich genüsslich zurück und schloss die Augen.

»Ein sehr guter Freund, er heißt Borchwei, sagte mir mal: Narben ermahnen dich jeden Tag daran, dass du entweder zu langsam warst, oder zu unvorsichtig.«

Sie strich mir zärtlich mit dem Schwamm über meine Schultern. Ihre Finger berührten sanft eine lang verheilte Narbe an meinem Oberarm. Ich musste mich zusammenreißen, sie nicht ins Wasser zu ziehen, als sie sich wieder aufrichtete.

»Ich bin gleich wieder da, ich hole nur schnell einen neuen Eimer heißes Wasser vom Feuer.«

»Lasst Euch nicht zu lange Zeit, das Wasser wird bereits kalt«, frotzelte ich. Sie verschwand aus dem Raum und meine Kopfschmerzen waren wie weggeblasen. Ich fühlte mich so gut wie schon lange nicht mehr und freute mich auf weitere zärtliche Berührungen dieses weiblichen Wesens.

Als die Tür wieder aufging, erschien jedoch Frida, mit einer Bürste in der Hand bewaffnet. »Marie hat mir soeben aufgetragen, Euch den Rücken zu schrubben.«

Genauso gut hätte da auch ein Sarazene stehen können, mit einem Krummsäbel in der Hand, bereit mich zu töten. Jedenfalls empfand ich es in dem Moment so.

Als Frida an den Zuber herantrat und anfangen wollte, mich zu schrubben, riss ich ihr wütend die Bürste aus der Hand und gab ihr zu verstehen, dass ich ihre Dienste nicht benötige. Sie sah mich zunächst erschrocken an, doch dann stemmte sie ihre Arme resolut in die Hüften und sah mich beleidigt an.

»Ganz wie Ihr wünscht, Herr!«

Als sie den Waschraum verließ, schmiss ich ihr wutentbrannt die Bürste hinterher. »Und lasst das gottverfluchte „Herr" weg!«

Linhardt bat mich am nächsten Tag, ich solle doch bitte die Gemächer über der Halle beziehen. Ich lehnte jedoch ab, denn ich fühlte mich wohl in unserem kleinen Turmzimmer. Außerdem wäre ich mir vorgekommen wie ein Beutegeier, der ihn und seine Töchter aus ihren Zimmern verjagt. Ihm war es sehr unangenehm, erst als ich ihm versicherte, dass es so mein Wunsch sei, konnte er sich damit abfinden.

Doch meine Sorge galt weniger meiner Unterkunft, sondern eher Struan. Er sprach die letzten Tage so gut wie gar nichts. Nicht, dass Struan sonst ein Quell an Redseligkeit gewesen wäre, aber er wirkte seit einiger Zeit sehr in sich zurückgezogen, nicht einmal ein „Aye" brachte er noch hervor.

Als ich in den Stall ging und mich um Ashir kümmern wollte, traf ich ihn zufällig bei seinem Pferd an. Ich ging an ihm vorbei und wir striegelten beide schweigsam unsere Tiere. Als ich nach einer Weile mit Ashir fertig war, gesellte ich mich zu Struan und streichelte seinem Hengst über den Rücken.

»Alter Schotte, alles in Ordnung mit dir?«

Er striegelte sein Pferd weiter, als hätte er meine Frage überhört. Ich wollte ihn nicht drängen und hakte deshalb auch nicht weiter nach. Als ich schon mit keiner Antwort mehr rechnete, redete er mit einem Mal: »Sehnst du dich manchmal nach Jerusalem?«

Ich war verwundert über seine Frage. »Manchmal ... manchmal sogar sehr.«

»Und so geht es mir mit Schottland.« Er schloss kurz seine Augen, bevor er weitersprach. »Ich vermisse die Weite der Highlands, ihren Geruch nach Torf und feuchter Erde. Und ich vermisse die Meeresbrise, die über die Klippen der Küste weht.«

Ich konnte ihn gut verstehen, wir alle hatten manchmal Heimweh, selbst Pedro, der schon so viel rumgekommen war.

»Struan, ich halte dich hier nicht fest, das Recht habe ich auch gar nicht. Wenn es dich nach Schottland zieht, dann solltest du auch gehen, obwohl es uns traurig stimmen würde.«

Zum ersten Mal während unseres Gesprächs sah er mich an, ließ dann aber seinen Kopf sinken. »Ich kann nicht mehr zurück.«

Seine Antwort machte mich stutzig und ich wartete auf seine Erklärung, also sah ich ihn nur an. Er striegelte weiterhin mit gleichmäßigen Bewegungen das Fell seines Pferdes. Nach einer Weile kamen die Worte zögerlich über seine Lippen: »Ich habe ein Mitglied meines Clans im Streit getötet.«

Mit so etwas hatte ich nicht gerechnet, darum wusste ich nicht so recht, was ich sagen sollte. »Nun gut, so etwas passiert, du könntest dich rechtfertigen. Sicher hattest du einen guten Grund dafür?«

»Er war mein Schwager und er schlug seine Frau - meine Schwester.«

»Nun gut, das ist zwar ein Grund, aber deshalb ... «

»Es war nur ein Faustschlag, aber er fiel unglücklich gegen eine Tischkante ... dieser Trottel«, unterbrach er mich.

»Und du meinst, du kannst deshalb nie wieder nach Schottland?«

Er lächelte nur traurig und schüttelte seinen Kopf. »Mein Schwager hatte mächtige Clanchiefs in seinem Rücken und die verstehen keinen Spaß. Die Clans haben ihre eigenen Gesetze, so etwas wird nicht verziehen. Ich bin ein Ausgestoßener, ein Geächteter. Deshalb ging ich damals ins Heilige Land, um dort meinen Frieden zu finden, so hoffte ich jedenfalls.«

Ich wusste nichts von schottischen Clans und ihren Regeln, deshalb konnte ich ihm auch keinen vernünftigen Rat geben.

»Aber du hast deinen Seelenfrieden dort nicht gefunden?«

»Wie denn? Bei dem ständigen Sonnenschein. Für einen Highlander die reinste Hölle!«, schnaubte er. »Selbst unsere alten Götter hätten sich dort nicht wohl gefühlt. Ich bin guten, schottischen Regen gewöhnt.«

Wenigstens konnte er jetzt wieder lächeln und ich gab ihm einen Klaps auf den Arm. »Vielleicht findest du deinen Frieden hier, mein Freund. Wie wir alle hoffentlich ... und regnen tut's hier auch öfters.«

Mit seinen freundlichen Augen erwiderte er meinen Blick.

»Aye ... vielleicht.«

Erst beim Hinausgehen aus dem Stall wurde mir richtig bewusst, wieviel Struan gesprochen hatte.

✠

An einem wunderschönen Morgen machte ich mich auf den Weg zu dem kleinen See unterhalb des Dorfes. Ich wollte mir ein wenig die Füße vertreten und meinen inzwischen doch sehr zotteligen Bart stutzen. Ich kam an der Wiese vorbei, wo Pierre und Raoul gerade mit den Männern aus den umliegenden Dörfern Bogenschießen übten. Es war ein gutes Dutzend, das sie unter ihren Fittichen hatten.

»Guten Morgen Pierre. Wie machen sich die Männer am Bogen?«

Als er mich ansah, streifte er sich seine Lederkappe vom Kopf und stöhnte entnervt. »Wir sind schon froh, wenn sie sich nicht gegenseitig abschießen.« Ich lächelte ihm aufmunternd zu. »Versucht einfach das Beste daraus zu machen, habt Geduld.«

Raoul kam entrüstet von seinen Schützlingen zu uns herüber, als er mich wahrnahm. Er wirkte ziemlich erbost. »Stell dir vor, sie wünschen sich das Ziel, auf das sie schießen, etwas größer. Das jetzige ist ihnen zu klein!«

Er bemerkte meinen fragenden Blick und zeigte mit dem Finger gereizt auf die Wiese. »Das jetzige Ziel ist ein Fuhrwerk!«

So kannte ich Raoul gar nicht, er raufte sich die Haare. »Und schon das treffen sie nicht!«

»Vielleicht sollten wir eine Scheune als Ziel nehmen«, flachste Pierre und ging wieder zu den Männern. Ich bat auch Raoul um Geduld und ging dann weiter. Ich hatte diese, zugegeben nicht leichte Aufgabe, absichtlich den beiden übertragen, denn sie waren von uns allen die Geduldigsten. Aber auch sie hatten wohl ihre Grenzen.

Der kleine See lag friedlich vor mir. Zwei Schwäne und ein paar Enten schwammen darin und tauchten ihre Köpfe immer wieder unters Wasser. Aus dem dichten Schilf am Ufer flogen einige Vögel auf und flatterten über den tiefgrünen See. Bei strahlendem Sonnenschein machte ich es mir auf einem Stein am Seeufer gemütlich. Ich nutzte die Wasseroberfläche als Spiegel, nahm ein scharfes Messer und fing an, meinem Bart die richtige Form zu verleihen.

Plötzlich hörte ich leise Schritte hinter mir. Blitzschnell zog ich meinen Dolch aus dem Gürtel und drehte mich um. Vor mir stand Marie, die mich nur erschrocken anstarrte. Sie hatte einen Korb mit Wäsche unter dem Arm, den sie vor Schreck fallen gelassen hatte. Ich steckte meine Waffe wieder weg und half ihr, die Wäsche wieder in den Korb zu legen.

»Ihr solltet Euch rechtzeitig bemerkbar machen, wenn Ihr Euch schon so anschleicht.«

Sie hatte sich von ihrem Schreck wieder gefangen und sah mich kess an. »Ich wusste nicht, dass Ihr so schreckhaft seid, Herr.«

»Ich nenne es wachsam und es kann einem das Leben retten.«

Sie hockte sich ans Ufer und begann damit, die Wäsche auf einem Stein zu schrubben. Ich widmete mich wieder meinem Gestrüpp im Gesicht. Trotzdem bemerkte ich, wie sie immer wieder verstohlen zu mir rüber sah. Als sie gerade ein Wäschestück auswrang, reckte sie vorwitzig ihr Kinn zu mir. »Hattet Ihr noch Genuss an Eurem Bad im Zuber ... Herr?«

Ich legte mein Rasiermesser beiseite, meine Geduld war nun endgültig überstrapaziert. »Marie, zum allerletzten Mal, nennt mich nicht mehr „Herr“! Oder ich werde Euch teeren und federn lassen!«

Sie sah jetzt noch kecker zu mir. »Nichts gegen Eure Eitelk ... Reinlichkeit, aber bei Eurer Rasur ähnelt Ihr doch sehr dem Schwan dort hinten im See ... Euer Gnaden!«

Frech grinsend machte sie sich wieder an ihre Wäsche. Ich hatte genug und packte entnervt meine Sachen zusammen. Ruhe, ich wollte einfach nur noch meine Ruhe, vor allem vor diesem vorlauten Weib. Denn seit meiner Ankunft hatte sie es immer wieder geschafft, mir gehörig auf den Nerven herumzutrampeln. Und das nicht zu wenig!

Als ich aufstand und hinter ihr vorbei ging, beugte sie sich gerade über die Wäsche. Ich konnte mir einen heimlichen Blick nicht verkneifen. Ihre schlanken Hüften luden zum Berühren ein und ich war für einen kurzen Moment verleitet. Doch stattdessen gab ich ihr einen sanften Tritt in den Hintern, worauf sie kopfüber ins Wasser fiel.

Sie prustete und spuckte Wasser aus, als sie wieder aus dem See auftauchte. Ihr langes, blondes Haar hing ihr nass ins Gesicht, während sie bis zur Hüfte im Wasser stand. Jetzt war ich derjenige, der frech grinste. »Und Ihr, Madam, ähnelt nun doch sehr einem Fisch!«

Ohne ein Wort zu sagen, stapfte sie wütend aus dem See. Ihren Rücken kerzengerade und den Kopf erhoben, ging sie wie eine Königin an mir vorbei, ohne mich eines Blickes zu würdigen.

»Einem stolzen Fisch!«, lachte ich ihr hinterher.

Als ich später zur Burg zurückkehrte, lief mir schon Ullfrig entgegen, er wirkte beunruhigt. »Jesco, ein Bote war hier, mit einem Brief an dich. Er durfte seinen Auftraggeber aber nicht nennen.«

Wir gingen in die Halle, wo er mir das Schreiben überreichte. Als ich zu Ende gelesen hatte und das Pergament wieder zusammenrollte, ließ mich Ullfrigs Blick erahnen, dass ich wohl ziemlich entgeistert dreinschaute.

»Wulfins Sohn, Anslin, will mich heimlich treffen. Es sei wichtig und er wolle mich auf der Lichtung bei der Quelle treffen, morgen vor Sonnenuntergang.«

Linhardts Bruder kratzte sich voller Argwohn am Kinn. »Das könnte eine Falle sein, geh nicht hin.«

Ich überlegte kurz. »Ich weiß nicht, mein Bauchgefühl sagt mir, ich sollte hingehen. Dieser Anslin ist nicht wie sein Vater, er steht unter seinem Joch.« Ich sah immer noch etwas unschlüssig auf den Brief und überflog nochmals die Zeilen, dann hatte ich mich entschieden. »Ich werde ihn treffen.«

»Dann werde ich dich begleiten, keiner von euch weiß, wo die Quelle ist«, beschloss Ullfrig. Ich stimmte zu. »Du, Struan und Gilbert, werdet mich begleiten!«

»Wieso nimmst du mich nicht mit?« Bero war aufgebracht, er wollte unbedingt mit. Ich legte gerade meinen Schwertgürtel an und und versuchte ihn zu beschwichtigen.

»Weil ich möchte, dass du bei Alia bleibst. Und weil ich will, sollte mir etwas geschehen, dass du dich dann hier um alles kümmerst.« Bero wurde etwas ruhiger, schüttelte aber dennoch seinen Kopf. »Dann nimm wenigstens mehr Begleiter mit!«

»Dass Hohengreif noch schutzloser ist? Nein, wir machen es wie beschlossen.«

Bero widersprach nicht mehr, auch weil er wusste, dass ich recht hatte. Ich ging in den Hof zu meinen Begleitern, die schon mit gesattelten Pferden auf mich warteten. Linhardt und seine Töchter warfen uns besorgte Blicke zu. Ich hatte allen befohlen, in voller Bewaffnung die Burg zu sichern. Mein Treffen mit Anslin könnte ja auch nur ein Ablenkungsmanöver sein, um dann die Burg anzugreifen.

Ich wollte gerade aufsitzen, als Marie unauffällig neben Ashir trat und ihn streichelte. Darauf bedacht, dass es keiner sah, blickte sie mir in die Augen. Und fast ohne ihre Lippen zu bewegen, flüsterte sie: »Gebt auf Euch acht ... Jesco.« Ich erwiderte ihren Blick ohne etwas zu sagen, dann ritten wir los.

Ullfrig führte uns auf verschlungenen Pfaden bis zu einem Waldrand. Um nicht gehört zu werden, hielten wir in ausreichender Entfernung zur Lichtung an und banden unsere Pferde fest. Gilbert wies mit seinem Gesicht in den Wald. »Struan und ich sichern euch den Rücken. Wir werden uns im

Wald verstecken. Sollten sie einen Hinterhalt planen, dann schlagen wir von hinten zu, ihr von vorne.«

Als wir bereit waren, gingen Ullfrig und ich langsam und geräuschlos hoch zur Lichtung. Struan und Gilbert schlichen in den dichten Wald.

Das verblassende Sonnenlicht drang durch die Baumkronen und tauchte den Wald in ein sanftes Grün. Der weiche Boden war bedeckt mit Tannennadeln und gab unter unseren Füßen nach. Außer dem Klopfen eines Spechts war nichts zu hören. Wir bewegten uns vorsichtig, um auf keinen Zweig zu treten und somit unsere Anwesenheit zu verraten. Ullfrig und ich hatten unsere Schwerter in der Hand und sahen immer wieder angespannt in das Dickicht. Plötzlich hörten wir ein leises Pferdeschnauben, es kam von der Lichtung.

Wir bewegten uns langsam und leise weiter, bis wir sie durch die Bäume hindurch sahen: Anslin, seinen jungen Anführer, den ich bereits kannte und noch zwei weitere Bewaffnete. Sie standen auf der Lichtung und erwarteten uns. Ich sah kurz zu Ullfrig, der mir zunickte. Dann zeigten wir uns und betraten ebenfalls das lichte Waldstück, blieben aber weiterhin wachsam.

Als Anslin mich sah, schien er erfreut zu sein und kam ein paar Schritte auf uns zu. »Jesco, ich bin froh, dass Ihr gekommen seid.«

Ich beäugte ihn misstrauisch. »Das wird sich noch herausstellen.«

Anslin sah etwas verunsichert auf unsere gezogenen Schwerter. Er hielt Abstand zu uns, als er seine Begleiter vorstellte.

»Ihr kennt ihn ja bereits, das ist Rutger. Die zwei da hinten sind einfache Soldaten. Ihr könnt uns wirklich vertrauen und Eure Waffen wieder wegstecken.«

Die anderen beiden blieben im Hintergrund und hielten die Pferde fest. Der Wald war hier übersichtlich und ich konnte einen Hinterhalt ausschließen. Ich pfiff kurz und wir steckten unsere Schwerter weg. Als Struan und Gilbert aus dem Dickicht kamen, zuckte Anslin erschrocken zusammen. Rutger legte die Hand sofort auf den Schwertgriff und wollte schon seine Klinge ziehen.

»Würde ich nicht!«, drohte ihm Struan, während er mit seinem Bogen direkt auf Rutger zielte. Ich lächelte Anslin an.

»Wir könnten Euch jetzt und hier gefangen nehmen, wenn wir wollten.« Ich ging einen Schritt auf ihn zu. »Sprecht, was wollt Ihr von mir?!«

Der Schreck auf Anslins Gesicht hatte sich wieder gelegt und er sah mich freundlich an. »Jesco, ich will mit Euch keinen Streit. Mein Vater hält mich deshalb für einen Schwächling, was ich vielleicht auch bin, denn ich tauge nicht zum Krieger.«

Seine Worte und seine Augen wirkten ehrlich auf mich. Er zögerte etwas, bevor er weitersprach: »Ich wollte immer die Priesterweihe erlangen und Bücher studieren, aber mein Vater lässt mich nicht, da ich der einzige Erbe bin.«

»Ich bedauere Euch, aber was geht mich das an?«

Anslin wirkte zerbrechlich, als er mir antwortete. »Mein Vater ist krank vor Hass, doch ich nicht. Ich möchte in Frieden leben. Die Vergangenheit, Jesco, die Blutfehde unserer Vorfahren, soll nicht unsere Fehde sein.«

»Euer Vater sieht das ein wenig anders!«, brummte Ullfrig.

Anslin sah niedergeschlagen drein. »Leider ja. Aber ich kann behaupten, dass ich in des Erzbischofs Gunst stehe, er ist mein Mentor. Wenn ich genügend Zeit bekomme, dann bin ich mir sicher, den Erzbischof dazu bewegen zu können, diesem Streit Einhalt zu gebieten und eine friedliche Lösung zu finden. Er könnte einen Pacator einsetzen, einen Friedensstifter.«

»Und was sollen wir Eurer Meinung nach tun?«, fragte ich ihn.

»Nur ein paar Wochen stillhalten und meinen Vater nicht reizen. Geht ihm aus dem Weg wo Ihr nur könnt und vermeidet Blutvergießen. Diese Zeit müsste mir reichen, um den Erzbischof von meinem Vorhaben zu überzeugen.«

Ich sah zu Ullfrig, der zustimmend nickte. Aus irgendeinem Grund vertraute ich Anslin. »Na schön, Anslin, an uns soll es nicht liegen.«

Ein zufriedenes Lächeln huschte über sein Gesicht. »Habt Dank, Jesco, ich werde Euch über meine Fortschritte beim Erzbischof auf dem Laufenden halten. Sprecht bitte mit niemand über dieses Treffen.« Ich versprach es ihm und wir verabschiedeten uns, wobei mich auch Rutger freundlich anblickte.

Auf dem Heimritt fragte mich Ullfrig nach meiner Meinung.

»Es wäre ja zu wünschen, dass Anslin richtig liegt, aber ich habe meine Zweifel daran. Der Erzbischof ist ein windiger Hund.«

»Wir werden sehen, wir müssen ja nicht viel dazu tun«, antwortete mir Ullfrig. Gilbert nahm einen Schluck aus seinem Weinschlauch und grummelte nur: »Außer dem Rheinloher ein wenig den Arsch zu putzen, welchen ich ihm am liebsten aufreißen würde!«

Struan tat das, was er am besten konnte.

Alle waren froh, als wir wieder unbeschadet heimkehrten. Da ich wusste, dass keines meiner Worte diese Mauern verlassen würde, erzählte ich den anderen von meinem Gespräch mit Anslin, obwohl ich es ihm anders versprochen hatte. Aber das Schicksal von Hohengreif und deren Menschen lag mir einfach näher, als das von Anslin. Doch an ein gutes Ende konnte keiner so recht glauben. Am wenigsten Linhardt und Ullfrig, die diesem Streit schon viel zu lange beiwohnten.

Die nächsten Tage besuchte ich gemeinsam mit Linhardt meine Bauern und stellte mich ihnen offiziell vor. Ich redete viel mit ihnen und versuchte ihr Vertrauen zu gewinnen. Aber vor allem versprach ich ihnen, dieses Jahr keinen Zehnten von ihnen zu verlangen, worauf manche mir am liebsten die Hände geküsst hätten. Ich fand, sie hatten die letzten Jahre genug gelitten und ich wollte sie nicht noch um ihre letzten Vorräte und Ersparnisse bringen.

Hier und da gab es kleine Streitereien zwischen den Bauern, die ich schlichten musste. Da ich der Herr über diese Ländereien war, musste ich auch lernen, Recht zu sprechen. Ich tat dies aber nur in wenigen Fällen, meistens überließ ich diese Aufgabe Linhardt, der die Einwohner schon länger und besser kannte als ich.

Mir wurde langsam klar, wie schwierig es war, diese Ländereien gerecht und gut zu führen. Umso mehr schuldete ich Linhardt für seine Dienste großen Dank. Er war ein umsichtiger und vorausdenkender Burgvogt, dem ich voll und ganz vertraute. Als wir so über mein Land ritten, verspürte ich zum ersten Mal das Gefühl, was es heißt ein Burgherr zu sein. Es gab so viele kleine und große Aufgaben zu bewältigen, dass ich dabei den Rheinloher fast vergaß.

Zur Abenddämmerung erreichten wir schließlich den letzten Bauernhof. Ein Holzzaun umzog eine einfache Wohnhütte und zwei angrenzende Scheunen. Als wir in den ärmlichen Hof einritten, sahen wir zwei gesattelte Pferde stehen. Beim näheren Hinsehen erkannte ich auf den Satteldecken das Rheinloher Wappen. Ein Ruck ging durch mich und ließ meinen Blick angespannt umherstreifen. Keine Menschenseele war zu sehen, auch kein Laut zu hören. Wir wollten gerade von unseren Pferden absteigen, als wir plötzlich den durchdringenden Schrei einer Frau hörten.

Ein kurzer Blick zu Linhardt genügte, dann glitten wir geräuschlos aus unseren Sätteln. Mit gezogenen Schwertern näherten wir uns geduckt der kleinen Wohnhütte, aus der die Schreie kamen.

Ich stolperte fast über den Bauern, der gefesselt hinter einem Futtertrog lag und sich zu befreien versuchte. Linhardt durchschnitt ihm die Fesseln, löste seinen Mundknebel und half ihm auf. Er hatte blutige Schwellungen im Gesicht und stammelte ängstlich. »Bitte, meine Frau, sie schänden sie ...«

»Wie viele?«, fragte ich ihn leise.

»Zwei.«

Im selben Moment wurde die Tür der Hütte aufgestoßen und ein Kerl zog die Bäuerin an ihren Haaren hinter sich her. Ihr Kleid war vorne aufgerissen und sie blutete aus dem Mundwinkel. Die Frau fiel zu Boden und flehte um Gnade. Der Fremde trug einen Ledergambeson mit Metallplatten und ein Schwert am Gürtel. Er spuckte auf die Frau und versetzte ihr einen groben Tritt. »Los, du Metze, mach die Beine breit!«

Eine unbändige Wut überkam mich. In diesem Moment sah ich vor meinem geistigen Auge wieder die arabische Mutter am Wasserloch. Ich hatte nur noch eines im Sinn - das Leben dieser Frau zu schützen.

Der Eindringling hatte uns noch nicht bemerkt, da wir uns geduckt hinter dem Futtertrog hielten und er mit dem Rücken zu uns stand. Ich löste mich aus meinem Versteck und trat lautlos hinter den Peiniger der Bäuerin. Als ich nur noch einen Schritt von ihm entfernt war, flüsterte ich: »He du.«

Als er sich umdrehte, schlug ich ihm mit der Faust in sein Gesicht. Er fiel gegen die Hüttenwand, sofort war ich über ihm und schlug ein zweites Mal zu. Ich hörte das Knirschen seiner gebrochenen Nase, er blieb ohnmächtig liegen. Als ich mich wieder umwandte, hörte ich das Aufeinanderprallen zweier Klingen.

Linhardt kämpfte mit dem Schwert gegen den anderen Übeltäter, der wohl auch aus der Hütte gekommen war. Mein Vogt war in leichter Bedrängnis und wich nach hinten aus, als er über den Trog stolperte und zu Boden fiel. Sein Gegner holte zum tödlichen Schlag aus. Mit zwei Sätzen war ich bei ihm und konnte seinen Hieb gerade noch abfangen. Er schien von meinem Angriff überrascht zu sein, was ich ausnutzte. Ich schlug erbarmungslos mit meinem Schwert auf den Angreifer ein. Nach wenigen Schlägen konnte ich ihn entwaffnen und hielt ihm meine Klinge an die Kehle. Fluchend starrte er auf das kalte Metall und dann in meine Augen. Er hatte keine Zähne mehr und stank aus dem Mund, dass es mich anwiderte.

»Du elender Bastard, mein Herr wird dich dafür hängen lassen, und die Bauern hier auch!«

Er lachte hinterhältig und spuckte mir ins Gesicht. Ich wischte mir den Speichel mit dem Handrücken ab und sah ihn kalt an.

»Um ihm davon zu erzählen, müsstest du aber leben«, dabei drückte ich ihm meine Klingenspitze fester an den Hals. »Wirst du aber nicht!« Dann stieß ich ihm mein Schwert in die Kehle. Er röchelte noch kurz und der warme Blutschwall aus seinem Mund spritzte mir ins Gesicht. Dann sackte er zusammen und starb.

Ich wischte mir mit meinem Ärmel das Blut aus dem Gesicht und sah zu Linhardt, der meinen Blick bestürzt erwiderte. Als er sich wieder gefangen hatte, blickte er zuerst zu dem Toten, dann zu mir. »Was machen wir mit dem anderen?«

»Verhindern, dass er den Rheinloher aufhetzt, hilf mir.«

Gemeinsam schnappten wir den Ohnmächtigen und zerrten ihn zu einem großen Wassertrog, wo wir ihm seinen Kopf so lange unter Wasser hielten, bis sein Körper schlaff und leblos war. Dann forderten wir den Bauern auf uns zu helfen, die Toten auf dem Feld zu verscharren. Er sah uns zuerst erschrocken an, seine Frau weinte noch immer. Doch dann griff er entschlossen nach einem Spaten und half uns. Nach dem langen Regen der letzten Tage war der Boden aufgeweicht und unser Werk war schnell verrichtet. Ich steckte dem verstörten Bauern eine Münze zu, die er freudestrahlend entgegennahm.

Nachdem wir das Bauernehepaar beschworen hatten, Stillschweigen zu bewahren, machten wir uns auf den Weg. Die Pferde der Toten nahmen wir mit. Es war ein schweigsamer Heimritt, mein Vogt war in Gedanken versunken, wie auch ich. Nach einer geraumen Weile fragte mich Linhardt: »War es wirklich nötig, sie zu töten?«

»Was denkst du wäre geschehen, hätten wir es nicht getan? Sie wären nach Rheinlohe zurückgekehrt, hätten Wulfin von allem berichtet und der wäre wutentbrannt gegen Hohengreif angerückt. Und die beiden Bauern hätten sie auch getötet.«

Linhardt dachte über meine Worte nach. »Vermutlich hast du recht. Trotzdem plagt mich mein Gewissen.«

Ich zügelte Ashir und sah Linhardt unverwandt an. »Das braucht es aber nicht. Wir haben zwei guten Menschen das Leben gerettet, indem wir zwei schlechte Menschen getötet haben, so einfach ist das.«

Linhardt wirkte zwar nicht überzeugt, trotzdem nickte er mir zu. »Und zwei gute Pferde haben wir auch noch.«

Auch für mich fühlte es sich nicht gerade wie eine Ruhmestat an. Aber uns war gar nichts anderes übrig geblieben, denn ich war mir sicher, die beiden Kerle hätten die Bauern getötet. Ich kannte diesen Schlag von ruchlosen Männern nur zu gut, und diese beiden gehörten zweifelsohne dazu. Außerdem hoffte ich immer noch auf Anslins Plan und dieser Zwischenfall hätte alles zunichte gemacht. Trotz allem nagte es an mir, ich musste wieder an Borchweis Worte denken: Halte deine inneren Feinde im Zaum!

Meine Wut hatte mich übermannt und ich hatte ihr nachgegeben. Ich redete mir ein, das Richtige getan zu haben, aber mein Schuldgefühl belehrte mich eines Besseren. Den anderen verschwiegen wir was vorgefallen war. Wir wollten sie nicht noch zusätzlich verunsichern.

Als ich abends Ashir trockenrieb, was ich am liebsten immer noch selbst tat, besuchte mich unverhofft Marie im Stall. Die letzten Tage war ich so beschäftigt gewesen, dass ich sie kaum gesehen hatte. Sie trat neben mich und streichelte Ashir am Hals, was dieser sichtlich genoss, während ich ihm seinen Rücken abrieb.

»Ihr habt wirklich ein wundervolles Pferd. Mit ebenso vielen Narben, wie Ihr sie habt.«

»Fürwahr, wir haben gemeinsam viele Kämpfe und Schlachten gesehen.«

Sie sah mich an, mit einer Mischung aus Mitgefühl und Traurigkeit. »Vielleicht zu viele ...«

»Ja, vielleicht.« Meine Gedanken schweiften ab nach Palästina, den vielen blutigen Schlachten, all den Toten – und Borchwei. »Jedenfalls zu viele im Namen der Kirche!«

Sie drehte ihr Gesicht zu mir und sah mich überrascht an.

»Ihr hört Euch verbittert an. Ihr seid doch ein Kreuzritter und habt im Heiligen Land gekämpft. All Eure Sünden sind somit vergeben.«

Ich konnte mir ein höhnisches Lachen nicht verkneifen.

»Seltsam, dass es sich nicht so anfühlt. Ich habe so viele Feinde getötet, dass mich ihre leblosen Gesichter in meinen Träumen verfolgen.« Marie kraulte Ashir hinter seinem Ohr und sah mich dabei mitleidig an. »Ich bin mir sicher, Gott wird Euch vergeben. Und außerdem hat doch die Kirche allen Kreuzfahrern den Sündenerlass versprochen.«

Das Thema machte mich gereizt und ich wollte eigentlich gar nicht darüber reden. »Marie, das behauptet der Klerus. Aber steht es denn so in der Bibel? Oder habt Ihr Gott das sagen hören? Ich jedenfalls nicht. Und erzählen kann man uns viel, vor allem wenn es politischen Zielen dient.«

Sie sah zu mir, auf ihrer Stirn bildeten sich kleine Fältchen.

»Eure Worte überraschen mich. Ihr macht Euch sehr viele Gedanken, möglicherweise zu viele.« Sie beendete Ashirs Streicheleinheiten. »Mein Vater hat uns in christlichem Glauben erzogen, aber nie streng. Ich finde nichts Falsches an unserem Glauben oder der Kirche.«

»Das denkt jeder über seinen Glauben, auch die Sarazenen«, erwiderte ich. Marie sah mich an, als wäre ich ihr Schüler.

»Aber es sind doch heidnische Barbaren, sie glauben an den falschen Gott.«

Ich hatte jetzt von unserem Gespräch endgültig genug und war müde. »Dann denkt das weiterhin!« Ich ließ sie stehen und ging. An der Stalltür drehte ich mich aber noch einmal zu ihr um. »Und was wäre, wenn es nur einen Gott gäbe? Oder gar keinen? ... Gute Nacht, Marie.«

Früh am nächsten Morgen suchte ich Alia und fand sie gemeinsam mit Lisa im Kräutergarten. Die beiden verbrachten täglich Stunden damit, sich um Kräuter und Heilpflanzen zu kümmern. Viele der einheimischen Pflanzen kannte Alia nur aus Büchern und war erpicht darauf, von Lisa mehr über diese Arten zu erfahren.

Ich hatte eine Bitte an Alia, suchte aber noch vergeblich nach den richtigen Worten. Sie war gerade am Unkraut am zupfen, als ich sie ansprach. »Guten Morgen Alia ... ich hätte da eine Frage an dich.«

Sie freute sich über meinen Besuch und lächelte mich gut gelaunt an. »Dann frag mich einfach.«

Ich strich mir mit der Hand durch die Haare und zögerte meine Frage hinaus. »Meinst du, du könntest griechisches Feuer herstellen?«

Ihre Miene war mehr als verdutzt. Sie sah mich ernst an und mir wurde klar, dass ich die falschen Worte gewählt hatte.

»Jesco, ich bin eine Heilerin. Ich versuche den Menschen zu helfen, nicht sie zu töten. Byzantinisches Feuer ist eine grausame Waffe, die Menschen bestialisch tötet.«

Eine ähnliche Antwort hatte ich erwartet, dennoch wollte ich nicht so schnell aufgeben und versuchte sie zu überreden.

»Alia, ich weiß, was ich da von dir verlange. Aber falls uns Wulfin angreifen sollte, dann werden wir ihm nicht viel entgegenzusetzen haben. Mit dem Feuer hätten wir eine Waffe, mit der er nicht rechnet.«

Sie schaute nachdenklich zu Boden und scharrte mit ihrem Fuß in der aufgelockerten Erde. Ich konnte ihr förmlich ansehen, wie sie versuchte ihren inneren Zwiespalt zu überwinden.

»Ich muss darüber nachdenken, ob ich dir helfe. Und außerdem benötige ich dazu Dinge, die es hier gar nicht gibt. Etwas Salpeter habe ich, ein Öl könnte man anmischen und Harz gibt es hier. Bei Brandkalk und Schwefel wird es schwierig. Vielleicht könnte ich etwas Ähnliches herstellen. Falls ich es tue.«

»Eine kleine Menge, ausreichend für Brandpfeile, könnte uns schon helfen. Ich weiß, es würde dich sehr große Überwindung kosten. Bitte überlege es dir, Alia.«

»Das werde ich, Jesco, versprochen.«

Ich dankte ihr und wollte schon gehen, als mir noch etwas einfiel. »Da wäre noch ein Gefallen, um den ich dich bitten möchte.« Ich musste mich plötzlich räuspern, wusste auch nicht warum. »Könntest du mit Marie bei Gelegenheit über dein Glaubensbuch, den Quran, reden? Also, ich meine ganz unverfänglich ... «

Sie grinste mich offen an. »Das tue ich gern, und wie du so schön sagtest, auch ganz unverfänglich.«

Ich dankte ihr abermals und ging, um mich um meine Aufgaben zu kümmern. Wenn mir Alia das griechische Feuer herstellen könnte, wenn auch nur für ein paar Dutzend Brandpfeile, dann könnten wir den Rheinloher damit zumindest gehörig einschüchtern. Wenn es überhaupt dazu kommen sollte, dass er uns angreift. Noch ruhte meine Hoffnung auf Anslin und einer friedlichen Lösung. Aber mein Gefühl sagte mir etwas anderes.

Seit meinem Treffen mit Anslin waren schon einige Tage vergangen. Noch immer hörten wir nichts vom Rheinloher. Unsere Wilderei in seinen Wäldern hatten wir jedoch eingestellt. Wir versorgten uns mit Nahrungsmitteln von dem Markt in Bingen und hofften auf eine gute Ernte, um den Winter zu überbrücken. Ich hatte zwar noch genügend Geldmittel aus meinem Erbe, aber ich konnte nicht ewig das Essen kaufen. Den Menschen hier musste wieder die Gelegenheit gegeben werden, sich selbst zu versorgen.

Bei meinem letzten Besuch in Bingen hatte ich auch jüdische Geschäfte gesehen, die Schmuck und Gold in Münzen umtauschten. Ich hatte Linhardt darauf angesprochen, er empfahl mir einen jüdischen Kaufmann, dem er vertraute. Ich nahm mir vor, darauf zurückzukommen, wenn ich das nächste Mal in Bingen wäre.

Pierre und Raoul übten weiter unermüdlich mit den Dorfbewohnern an den Waffen. Die Resultate waren ernüchternd bis niederschmetternd, dennoch gaben sie nicht auf. Und was mich betraf, ich mauserte mich langsam zum Burgherrn. Doch die Ein- und Ausgaben zu kontrollieren und niederzuschreiben, überließ ich weiterhin Linhardt und Marie, die darin bereits Routine hatten. Mit jedem Tag der verging, fühlte ich mich mit Hohengreif verbundener, ja sogar ein wenig zuhause. Die Menschen hier waren mir ans Herz gewachsen und sie hatten mich akzeptiert. Aber dennoch blieb meine Heimat im Herzen nach wie vor Jerusalem.

Nach unserem Tagwerk saßen wir abends in der Halle. Marie stickte an einem kleinen Wandbehang und ich warf einen Blick in die Vorratsbücher. Pedro saß vor dem Kamin und zupfte leise auf seinem Saiteninstrument eine wunderschöne melancholische Melodie, die zu der behaglichen und ruhevollen Stimmung beitrug. Alia saß am Tischende und brütete über einem ihrer Kräuterbücher. Doch ich vermutete, dass es dabei nicht um Heilpflanzen ging, sondern um das Rezept des geheimnisvollen Feuers. Ich hoffte ein wenig auf ihren Ehrgeiz, diese Herausforderung zu bewältigen. An einem kleinen Tisch in der Ecke der Halle brachte Lisa Gilbert ein Brettspiel bei. Man nennt es Schachzabel. Wie bei einer Schlacht werden dabei mehrere Figuren auf einem unterteilten Brett umhergezogen, solange bis einer verliert. Ich empfand es als kindisches Spiel - wohl eher was für Frauen. Selbst die Kirche missbilligte dieses Spiel, warum auch immer.

Jedenfalls schien sich Lisa in Gilberts Nähe wohlzufühlen, denn ich sah sie immer öfter zusammen. Ich überlegte mir, wie lange es wohl dauern wird, bis ich irgendwann Lisas tränenüberströmtes Gesicht zu sehen bekäme. Nämlich dann, wenn Gilbert sie sitzen lassen würde.

Der junge Albert legte noch ein paar Holzscheite auf die Glut im Kamin. Bald darauf schlängelten die Flammen hoch zum Abzug und spendeten uns wohltuende Wärme. Es hatte schon den ganzen Tag über leicht geregnet, gegen Abend wurde es stärker und jetzt prasselte es auf das Dach des Palas, begleitet von unheilvollem Donnergrollen. In den letzten Wochen gab es fast keinen Tag ohne Regen. Die Bäche waren angestiegen und die Felder vom Wasser aufgeweicht. Wir sorgten uns um den Ertrag der Ernte und hofften auf besseres Wetter.

Ich nippte an meinem Weinbecher und streckte müde die Füße aus, während es draußen wieder laut donnerte. Frida und Anselm bekreuzigten sich mit ängstlichem Blick. Der Beichtvater war eigentlich mehr der gute Geist der Burg, denn als

Kirchenmann konnte ihn keiner wirklich ernst nehmen. Er kümmerte sich wesentlich mehr um den Weinkeller, als um die Schriften der Kirche. Seine gemütliche und zuvorkommende Art kamen jedoch bei jedem gut an. Marie und Lisa kannten ihn schon von Kindesbeinen an. Da die Mutter der Schwestern früh verstorben war, schien Anselm so etwas wie eine Ersatzmutter für die beiden zu sein, der stets tröstende Worte für sie fand.

Marie saß mir gegenüber, sie hatte ihr Haar zu einem Zopf geflochten und war immer noch mit ihrer Stickerei beschäftigt. Ich ertappte mich dabei, dass ich sie ständig beobachtete. Einmal erwischte sie mich dabei, wie ich sie ansah und ich konnte nicht anders, als sie einfach nur anzulächeln. Sie erwiderte mein Lächeln, kümmerte sich dann aber wieder um ihre Näharbeit.

Ich genoss den harmonischen Abend und füllte meinen Becher, als plötzlich die Tür aufgerissen wurde. Wilfried erschien und wirkte aufgebracht. Hinter ihm peitschte der Wind den Regen in die Halle und blies einige Kerzen aus. »Vor dem Tor sind zwei Männer auf Pferden, sie bitten um Einlass!«

Erst wechselten wir unschlüssige Blicke, doch dann nahmen wir Männer unsere Umhänge und gingen nach draußen in den strömenden Regen der Nacht. Das Unwetter war so stark, dass sich bereits große Pfützen im Hof gebildet hatten und das Wasser in Sturzbächen von den Dächern lief.

Ich forderte Bertram und Mattis auf, das Tor zu öffnen. Sie schoben den Querbalken zurück und öffneten einen Flügel des Burgtors. Draußen vor dem Tor saßen zwei Gestalten auf Pferden, sie trugen Umhänge mit Kapuzen. Im dichten Regen konnte ich nur ihre Konturen ausmachen, doch als der eine näher kam, erkannte ich, dass es Rutger war, Anslins Begleiter. Er war völlig durchnässt und wirkte erschöpft. In seiner Hand hielt er die Leine eines weiteren Pferdes, auf dessen Sattel eine zusammengekrümmte Gestalt lehnte.

»Es ist Anslin. Wir sind seit Stunden auf der Flucht und ich wusste nicht wohin ...« Rutger wirkte sehr verzweifelt.

»Kommt erst mal ins Trockene und dann erzählt was geschehen ist«, rief ich ihm durch den lauten Regen zu. Er warf mir einen dankbaren Blick zu und führte dann die Pferde in den Hof. Wir halfen Anslin, der nicht selbstständig absteigen konnte, vom Pferd. Er schrie bei jeder Bewegung auf und hatte wohl Schmerzen beim Atmen, was mir sein stoßartiges Röcheln verriet. Da er selbst kaum laufen konnte, stützten Struan und ich ihn und brachten ihn in den Palas.

Als wir den fast ohnmächtigen und stöhnenden Anslin auf den Tisch legten, zogen wir ihm seinen Umhang herunter und erschraken. Er war völlig entstellt, aus seinem Mund lief Blut und sein ganzes Gesicht war mit Schwellungen überzogen. Sein rechtes Auge war zugeschwollen und schimmerte bläulich. Was man jedoch nicht sehen konnte, war, dass er sich eingenässt hatte, aber man konnte es dafür riechen.

Alia war sofort zur Stelle und untersuchte ihn nach inneren Verletzungen, während ich fragend zu Rutger blickte.

»Es war sein Vater Wulfin. Er erfuhr von unserem heimlichen Treffen. Er war so außer sich, dass er wie von Sinnen auf ihn eingeschlagen und getreten hat.«

»Wer hat ihn verraten?«, wollte Ullfrig wissen.

»Vermutlich einer der beiden Soldaten, die dabei waren,« gab ihm Rutger zur Antwort. »Ich habe Anslin dann unbemerkt fortgeschafft und hierher gebracht, bevor ihn sein Vater totgeschlagen hätte.«

Ich fasste den jungen Rutger am Arm. »Ihr habt richtig gehandelt. Hier seid ihr in Sicherheit, zurück könnt ihr eh nicht mehr.« Rutger dankte mir, obwohl ich ihm anmerkte, dass er sich in seiner Haut nicht wohl fühlte. Er wusste genau, dass Wulfin ihm das nie verzeihen würde.

Alia hatte ihre Untersuchung abgeschlossen und sah besorgt zu mir. »Er hat mindestens zwei gebrochene Rippen. So wie es aussieht, haben sie aber seine Lunge nicht verletzt. Er wird lange Zeit Bettruhe und Pflege brauchen.«

»Dann soll er sie auch bekommen«, versprach ich.

Sie brachten Anslin ins Obergeschoss des Palas und legten ihn auf Ullfrigs Bett, der ins Nebengebäude umzog.

Frida trug ich auf, trockene Sachen für Rutger zu holen. Marie und Lisa sorgten für heißen Wein und halfen dann Alia, sich um Anslin zu kümmern.

Meine Gefährten und ich saßen anschließend gemeinsam mit Rutger an der Tafel, auch Linhardt und Ullfrig kamen hinzu. Der junge Ritter, der sonst so selbstbewusst wirkte, drehte nervös seinen Weinbecher zwischen den Händen und sah sich schüchtern in der Halle um. Als unsere Blicke sich zufällig trafen, flackerten seine Augenlider unsicher. Er war sich wohl darüber im Klaren, dass er an der Tafel seines Feindes saß. Ich konnte seine innerliche Misere verstehen. Dennoch sprach er mich mit der üblichen ritterlichen Höflichkeit an.

»Herr von Hohengreif, ich danke für Eure ritterliche Gastfreundschaft und dass Ihr Anslin helft, aber ...«

Ich unterbrach ihn: »Rutger, du kannst hierbleiben. Wulfin wird dich töten, wenn er dich zu fassen kriegt. Das weißt du so gut wie ich.« Ich sah kurz in die Gesichter meiner Freunde und hoffte darin eine Regung zu erkennen. »Ich weiß, das kommt etwas überraschend für dich, aber aus irgendeinem Grund vertraue ich dir. Und einen weiteren guten Mann könnten wir auch gebrauchen. Also sei uns willkommen.«

Er sah in die Mienen meiner Gefährten und war jetzt noch verunsicherter, was ich ihm nicht verdenken konnte. Dann richtete Gilbert das Wort an Rutger: »Vor uns musst du dich nicht fürchten, höchstens vor unseren Saufgelagen ... und am meisten vor Pedros Reimen.« Als alle lachten, zogen sich auch Rutgers Mundwinkel leicht nach oben und er entspannte sich etwas. »Ihr habt wahrscheinlich recht und ich danke Euch für Euer Angebot.«

Er überlegte noch und wirkte etwas befangen, wohl auch, weil ich eine Antwort von ihm erwartete. Schließlich sah er zu mir und nahm dann eine aufrechte Körperhaltung an.

»Ich musste Wulfin nie die Treue schwören, aber wenn ich in Euren Dienst trete, dann lege ich Euch aus freien Stücken den Treueid ab.«

Ich war fürs Erste verdutzt, aber auch erfreut über seine Entscheidung. »Äh ... wenn du darauf bestehst.«

Er erhob sich und zog sein Schwert aus der Scheide. Sofort sprangen Bero und Gilbert auf und hoben ihm ihre Klingen drohend entgegen. Doch Rutger legte sein Schwert vor mir auf den Tisch und kniete sich nieder. Meine beiden Freunde entspannten sich wieder und zogen ihre Waffen zurück.

Rutger begann nun, mit feierlicher Stimme zu sprechen. »Ich gelobe hiermit, Euch stets tapfer und redlich mit all meinen ritterlichen Pflichten zu dienen, bis zu meinem bitteren ...«

»Das genügt ... äh ... erhebt Euch, Ritter Rutger«, unterbrach ich ihn. Neben mir prustete Bero bereits vor Lachen, er hatte sich lange zusammengerissen. »Dass ich das noch erleben darf!«

Rutger konnte ihn nur verständnislos ansehen, er tat mir ein wenig leid und ich rüffelte Bero gespielt. Doch dann fing Gilbert auch noch an zu lachen. »Jesco, wir sollten morgen im Hof ein kleines Ritterturnier veranstalten, vielleicht finden wir auch noch einen Feuer speienden Drachen!«

Gott sei Dank kannten uns Ullfrig und Linhardt inzwischen gut genug und grinsten auch nur vor sich hin. Struan schenkte einen großen Becher Wein ein und schob ihn zu Rutger. Wir tranken gemeinsam und hießen Rutger in unserem Kreis willkommen.

Am nächsten Tag war Anslin wieder bei Bewusstsein, ich saß in der Halle und nahm gerade mein Frühmal ein, als Marie hereinkam. »Er ist aufgewacht und wünscht Euch zu sehen.«

Ich warf ihr einen dankbaren Blick zu. »Danke, dass ihr euch um ihn gekümmert habt, obwohl er ein Rheinloher ist.«

Sie sah mich etwas brüsk an. »Einer musste es ja tun. Nachdem die Herren Männer meinten, sie müssten hier unten saufen, als könnten sie somit Anslin zur Heilung verhelfen.«

»Verzeiht Marie, dass die Arbeit der Frauen manchmal nicht angemessen geschätzt wird. Ihr tut so viel für Hohengreif und die Menschen hier, ich möchte Euch dafür danken.«

Sie sah mich sprachlos an, ihre schönen Augen durchforsteten mein Gesicht. Der Hauch eines Lächelns überzog ihre Miene, dann drehte sie sich um und ging.

Anslin konnte kaum sprechen, als ich an seinem Krankenbett saß. Bei jedem Atemzug verzog er schmerzerfüllt sein Gesicht. Alia hatte ihm einen festen Verband um seine Brust gewickelt und sein Gesicht mit einer Kräutersalbe behandelt. Ein Auge war immer noch komplett zugeschwollen, das andere nur zur Hälfte. Er sah mich an und röchelte. »Jesco, ich danke Euch.«

Ich legte meine Hand auf seine Schulter und blickte ihn wohlwollend an. »Das haben wir gern getan, Anslin. Werdet erst mal gesund, wir kümmern uns um Euch.«

Er versuchte zu lächeln, aber selbst das verursachte ihm große Schmerzen. »Ich wusste vom ersten Moment als ich Euch sah, dass Ihr ein guter Mensch seid.«

»Wenn Ihr das sagt, dann könnte man das fast glauben.« Er sah mich noch kurz an, dann schlief er wieder ein.

Hinter mir war Alia zur Tür hereingekommen, um nach Anslin zu sehen. Sie schien zufrieden zu sein, als sie zu dem Schlafenden sah. »Der Mohntee tut seine Wirkung. Schlaf ist im Moment das beste Heilmittel für ihn.« Ich schenkte ihr ein freundliches Lächeln. »Du bist wahrlich Alis Nichte, und eine große Heilerin. Danke Alia.«

Sie wurde rot und nestelte verlegen an Anslins Bettzeug, dann sah sie wieder zu mir und lächelte. »Dein Vater wäre bestimmt auch stolz auf dich gewesen. Du wirst eines Tages den Ruhm ernten, der dir gebührt.«

Rutger quartierten wir in einer kleinen Waffenkammer im Nebengebäude ein. Er war jetzt drei Tage da und gewöhnte sich langsam an sein neues Leben. Struan hatte ihn eine Nacht lang mit Wein abgefüllt, war ihm dabei schweigsam gegenüber gesessen und hatte ihn nicht aus den Augen gelassen. Diesen Anblick werde ich nie vergessen.

Ich ließ aus dem Dorf drei Männer kommen, denen ich auftrug, einen Holzanbau an den Stall zu zimmern. Auf diese Weise wollte ich für zusätzliche Quartiermöglichkeiten sorgen.

Nachdem ich den Handwerkern meine Wünsche angewiesen hatte, begab ich mich auf den Weg zu Maries Zimmer. Es war ein Vorhaben, das ich schon ein paar Tage vor mir hergeschoben hatte. Doch heute, entschied ich, war ein guter Tag dafür.

Also hielt ich ein Päckchen unter dem Arm und stand vor ihrer Tür. Für einen Moment zögerte ich, doch dann klopfte ich leise an. Als sie öffnete, sah sie mich überrascht an. »Jesco, Ihr?« Es war mir ein wenig unklar, warum ich plötzlich mein Herz in den Ohren pochen hörte.

»Ja, ich. Marie, ... ich möchte Euch etwas geben.«

Ich hielt ihr unbeholfen das Päckchen hin. Sie nahm es zögerlich entgegen und sah mich verblüfft an, dann bat sie mich in ihr Zimmer. Der Raum war gemütlich eingerichtet. Ein Bett stand in der Ecke und eine große Kleiderkiste davor. Unter dem Fenster stand ein kleiner Tisch mit Büchern darauf. Die Wände waren mit bestickten Stoffen verziert und es roch nach Blumen.

Marie trug ein einfaches fliederfarbenes Kleid, das an ihren schlanken Hüften eng anlag. Sie ging an den Tisch und schnürte das Päckchen auf. Als sie den Inhalt sah, schnappte sie kurz nach Luft.

»Marie, Ihr dürft es ruhig in die Hände nehmen«, forderte ich sie auf. Sie sah mich verlegen lächelnd an, doch dann folgte sie meinem Wunsch und hielt einen dunkelblauen, weichen Seidenstoff in ihren Händen. Sie war sprachlos und sah mich ungläubig an. »Für mich ...?«

»Nein, für Struan«, scherzte ich. Doch dann wurde ich wieder ernst. »Es ist für Euch. Als Dank.«

Es war das erste Mal, dass ich sie erröten sah. »Aber, ... das kann ich doch nicht annehmen, das muss ein Vermögen gekostet haben.«

»Es ist ein byzantinischer Stoff und ich möchte, dass Ihr Euch ein Kleid daraus macht. Keine Widerrede!«

Sie war völlig verzückt und strich mit ihren schlanken Fingern über den Stoff. »So einen herrlichen und weichen Stoff hielt ich noch nie in Händen. Vielen Dank, Herr. Verzeiht, ... Jesco.«

Es machte mich glücklich, dass sie sich so darüber freute und ich ging Richtung Tür. Doch bevor ich ihr Zimmer verließ, drehte ich mich zu ihr um und dachte an Borchweis Rat. »Damals in Jerusalem riet mir jemand, diesen Stoff zu kaufen und mitzunehmen. Denn damit, so versicherte mir derjenige, gewänne ich die Gunst von Königinnen.«

Dank Alias Pflege erholte sich Anslin langsam. Das Bett konnte er jedoch nur kurz verlassen, denn zu groß waren seine Schmerzen beim Stehen. Das Atmen fiel ihm jetzt etwas leichter, nur husten durfte er nicht. Er war fest entschlossen, nicht mehr zu seinem Vater zurückzukehren. »Ich werde zum Erzbischof gehen und ihn bitten, mir eine Kirchenlaufbahn zu ermöglichen. Ich fühle mich dazu berufen, obwohl ich weiß, dass mein Vater mich einsperren oder gar töten wird, ehe er dem zustimmen würde.«

Ich saß an seinem Bett und hatte Mitleid mit ihm. Wahrscheinlich wäre es wirklich das Beste für ihn, wenn er in den Dienst der Kirche treten würde, er war einfach zu zart besaitet für ein Leben als Krieger. »Anslin, jeder sollte das tun, zu dem er talentiert ist. Leider können das nur die Wenigsten, aber Ihr solltet Eurer Berufung folgen.«

Er lächelte schwach. »Mein Vater wird mich suchen lassen, es ist nur eine Frage der Zeit, bis er weiß, dass ich hier bin.«

»Lasst das meine Sorge sein, hier seid Ihr sicher. Das verspreche ich Euch.«

»Danke, Jesco, ich stehe tief in Eurer Schuld.«

Ich verabschiedete mich von ihm. »Ich denke, ich schulde Gott sowieso noch einige Gefallen, also dankt besser nicht mir, sondern ihm.«

Nachdem ich Anslins Zimmer verlassen hatte, ging ich die Treppen runter, die zur Halle führten. Als ich kurz davor war, die Halle zu betreten, vernahm ich Alias und Maries Stimme. Ich blieb stehen und lauschte, sie sprachen sehr leise und ich konnte nur Wortfetzen vernehmen. Sie redeten über die Religionen und deren vielen Gemeinsamkeiten. Ich musste leicht schmunzeln und dankte Alia innerlich. Doch dann fiel auch mein Name und ich wurde neugieriger und trat einen Schritt vor, um besser hören zu können.

»Jesco, du kannst dich ruhig zu uns setzen«, hörte ich Alias Stimme. Ich bemerkte den Schalk in ihrer Stimme und räusperte mich. »Äh ... ich habe noch zu tun, aber lasst euch von mir nicht stören.«

Ich ging schleunigst an ihnen vorbei und verließ die Halle. In meinem Rücken hörte ich sie noch kichern. Wie konnte Alia nur wissen, dass ich hinter der Ecke stand? Manchmal dachte ich, sie hätte das zweite Gesicht, vielleicht war sie ja eine Art

Seherin. Ich stellte erneut fest, dass Frauen rätselhafte Wesen der Schöpfung sind.

Ich ging über den Hof und ärgerte mich immer noch darüber, dass sie mich beim Lauschen ertappt hatten. Doch plötzlich hörte ich Wilfrieds laute Stimme von der Wehrmauer.

»Reitertruppe!«

Ich drehte mich abrupt um und sah zu ihm hoch. »Wie viele siehst du?!« Er blickte eine kurze Weile angestrengt in die Ferne. »Vielleicht zwei Dutzend, könnten auch mehr sein.«

Kaum hatte er mir zugerufen, rannte ich eilig zum Aufgang der Wehrmauer und brüllte zugleich über den Hof. »Alle an die Waffen!«

Hastig kletterte ich die Stiegen hoch. Als ich schließlich an den Mauerzinnen angelangt war, sah auch ich sie. Ich konnte zwar das Banner noch nicht erkennen, wusste aber auch so, wer da auf uns zuritt. Es war soweit, der Rheinloher war gekommen.

Unter mir im Hof wurde es hektisch, Bögen und Pfeile wurden zur Mauer getragen und verteilt. Die Dorfbewohner rannten bereits hoch zur Burg, wo sie Ullfrig am Tor empfing. Als alle hinter den sicheren Mauern waren, wurde das schwere Burgtor verschlossen und verriegelt. Wir hatten diesen Vorgang in den letzten Wochen ein paar Mal eingeübt, um vorbereitet zu sein.

Auch Gilbert und Bero standen jetzt neben mir und schauten mehr als besorgt auf die entgegenkommenden Reiter.

»Verdammte Scheiße, ganz schön viele!«, grimmte Gilbert.

»Und das sind bei weitem noch nicht alle Männer, über die er verfügt«, gab ich ihm zur Antwort.

Bero lehnte sich neben mir auf eine Zinne und kratzte sich am Bart. »Und das Dumme ist, dass es keine Sarazenen sind, sondern gepanzerte Ritter!«

Ich schickte Ullfrig und Linhardt auf den Turm, die Wachsoldaten runter zum Tor. Darüber auf der Wehrmauer standen meine Gefährten und ich und warteten. Rutger hatte ich zuvor befohlen, bei Anslin zu bleiben. Ich wollte ihn mit dieser Situation nicht unbedingt konfrontieren. Die Frauen und Anselm standen mit äußerst angespannten Mienen bei den Dorfbewohnern im Hof. Unterhalb der Wehrmauer hatten wir schon vor längerer Zeit etliche Steine aufgehäuft, um sie auf die Angreifer zu werfen, falls sie unsere Mauern stürmen sollten. Einige Dorffrauen legten sie gerade in Körbe, um sie zu uns hochzuschaffen.

Im Hof brannte schon ein großes Feuer, auf dem Wasser in Kesseln zum Kochen gebracht wurde, um es nötigenfalls auf die Angreifer zu schütten. Es war die Ironie des Schicksals, dass seit Tagen ausgerechnet heute die Sonne schien. Sie strahlte vom Himmel herab und ließ die Kettenhemden und Helme der ankommenden Reiter schimmernd glänzen. Wie selbstverständlich, als wären sie durch nichts aufzuhalten, ritten sie auf Hohengreif zu.

Pedro und Struan legten sich die Pfeilköcher zurecht und spannten probeweise ihre Bögen, sie waren beide ausgezeichnete Schützen. Pierre und Raoul spuckten sich in die Hände, dann nahmen auch sie ihre Bögen auf. Neben Struan lehnte seine Keule und seine riesige Streitaxt. Er sah zu mir rüber, seine Augen wirkten entrückt, wie jedes Mal vor einem Kampf.

Pedro, der neben Struan stand, nahm seine Mütze ab. Er bekreuzigte sich und blickte grimmig auf die Herankommenden, deren Anführer man jetzt deutlich erkennen konnte.

»Hijo de puta, Hurensohn!«

»Aye«

Zwanzig Schritte vor unserer Mauer kamen sie zum Stehen, Wulfin an ihrer Spitze, in voller Rüstung samt Helm mit Nasenschutz. Ich musste gestehen, seine Erscheinung machte Eindruck auf mich. Auch die Männer seiner Truppe wirkten verwegen und sahen kampferprobt aus. Sie alle blickten herausfordernd zu uns. Nichts, außer dem Flattern ihrer Banner, war zu hören.

Schließlich lenkte Wulfin sein Ross zwei Pferdelängen vor seine Krieger. Ohne mich zu grüßen, sah er zu mir hoch und schrie mit wütender Stimme: »Ich weiß, dass mein Sohn bei Euch ist, gebt ihn raus!«

Ich sah ungerührt auf ihn hinab. »Es ehrt uns, dass ihr Euch für euren Besuch so rausgeputzt habt.« Ich versuchte, mich unbeeindruckt zu geben. »Euer Sohn ist hier, aber weder will er zu Euch, noch übergeben wir ihn Euch.«

Sein graues Pferd tänzelte nervös und er riss es grob am Zügel.

»Du elender Bastard, ich werde dir mit meinen eigenen Händen die Augen blenden und dir das Herz herausreißen! Gebt Anslin raus!«

»Ihr habt meine Antwort bereits gehört.«

Er schaute mordlüstern zu mir hoch und fletschte seine Zähne wie ein blutrünstiger Wolf. »Ich verspreche Euch, ihr alle werdet einen grausamen Tod sterben. Eure Frauen werden wir schänden, eure Kinder ertränken. Nichts wird übrig bleiben, was noch an euch erinnern könnte!«

Seine Provokationen prallten an mir ab, ich blieb weiter selbstbeherrscht. »Ich höre von Euch immerzu nur Drohungen, doch mit Worten allein hat noch keiner einen Kampf gewonnen. Wenn Ihr bei Eurem Weib liegt, redet Ihr dann auch so viel, ohne zu handeln?«

Wulfin streckte den Arm aus und deutete mit seinem Zeigefinger drohend nach mir. »Ich werde wiederkommen, und dann werde ich Hohengreif dem Erdboden gleichmachen, das schwöre ich dir!«

»Ich freue mich darauf. Ich kann jetzt schon riechen, wie du dir in die Hosen pissen wirst, wenn du im Kampf vor mir stehst. Gehabt Euch wohl, Wulfin!«

Er schenkte mir noch einen hasserfüllten Blick, dann wendete er sein Pferd. Als er zwischen seinen Männern hindurchritt, zischte er ihnen etwas zu, das ich nicht hören konnte. Wenige Atemzüge später flogen uns die Pfeile entgegen. Wir duckten uns hinter die Zinnen, die Geschosse surrten und zischten uns nur so um die Ohren. Viele der Pfeile prallten jedoch gegen die Zinnen und blieben wirkungslos. Diejenigen von uns, die Bögen hatten, schossen zwar zurück, hatten aber zu wenig Zeit zum Zielen, da sie gleich wieder in Deckung gehen mussten. Die Frauen schleppten eifrig die Steine zu uns hoch. Ich bezweifelte aber, dass die Rheinloher uns an den Mauern angreifen würden, dafür war ihre Anzahl wiederum zu gering und sie hatten keine Leitern dabei.

Ich sah hoch zum Turm, wo Ullfrig und Linhardt ebenfalls Pfeile abschossen, als ich plötzlich ein krächzendes Gurgeln neben mir hörte. Der Schreck fuhr mir in die Glieder, als ich erkannte, dass es Pedro war. Ein Pfeil steckte in seinem Hals und das Blut schoss hervor. Mit dem Rücken an der Mauer, sank er langsam zu Boden. Bero und ich waren sofort bei ihm. Ich drückte ihm meine Hand auf die Wunde, doch sein Blut spritzte zwischen meinen Fingern hindurch, als wären sie gar nicht da. Während ich mich noch hilfesuchend umsah, warf Bero ihn sich kurz entschlossen über die Schulter und rannte mit ihm die Treppe hinunter zum Hof. Ich folgte ihm.

Unten angekommen, legte ihn Bero behutsam auf den Boden und streichelte ihm über die Haare. »Du verdammter Poet, das wird schon wieder. Alia macht dich wieder gesund, wirst sehn!«

Pedro röchelte und spuckte Blut, während er Bero ansah und seine Hand fest umklammert hielt. »Mentiroso - Lügner.«

Alia war herbeigeeilt und kniete sich neben Pedro, sie hielt ihm ein Tuch um den Pfeilschaft, um die Blutung zu stillen. Sie sah zu mir und schüttelte fast unmerklich ihren Kopf. »Der Pfeil muss durch seinen Hals gestoßen werden, herausziehen würde ihn töten.« Sie legte ihre Hand auf meine und ich wusste, was sie mir damit sagen wollte.

Bero zögerte nicht, er nahm den Pfeilschaft und drückte ihn mit einem Ruck durch Pedros Hals. Als die Pfeilspitze in seinem Nacken austrat, brach Alia die Spitze ab und zog den Rest des Pfeiles vorne aus seinem Hals wieder heraus. Ein Blutschwall kam hinterher und Alia drückte ihm wieder ein Tuch auf seine Wunde. Bero hielt seinen Kopf weiter in seinen Armen. »Mein Freund, was machst du denn für Sachen ...«

Im Rhythmus seines immer schwächer werdenden Herzschlags quoll das Blut aus seinem Mund. Pedro hatte seinen Blick fest auf Bero gerichtet, er bekam keine Luft mehr und konnte nicht mehr sprechen. Der Ausdruck seiner Augen war ein einziger stummer Hilfeschrei. Seine Hand krallte sich in Beros Tunika, einen Moment später fiel sie schlaff herunter und der Blutschwall aus seinem Mund verebbte. Pedros Körper zuckte noch ein letztes Mal, dann waren seine Augen starr zum Himmel gerichtet. Unser Freund, der edle Spanier, war tot!

Bero schluchzte auf und Tränen liefen ihm über die Wangen. Alia tröstete ihn und ich ließ Pedros Hand los. Das Gefühl unendlicher Machtlosigkeit überkam mich.

Gilbert kam gefolgt von Struan die Treppe runtergehetzt. »Sie sind abgezogen!« Als die beiden jedoch Pedro in seinem Blut liegen sahen, wich die Freude aus ihren Gesichtern. Sie starrten fassungslos auf ihn und ließen achtlos ihre Waffen fallen. Ich schloss mit meiner Hand seine leblosen Augen. »Möge deine Seele Frieden finden. Wir werden dich nie vergessen, mein Freund.«

Wir beerdigten Pedro am Ufer des kleinen Sees. Ich war mir sicher, dieser Ort hätte ihm gefallen. Er konnte hier dem Lied der Vögel lauschen - um es mit seinen Worten zu sagen. Ein Holzkreuz mit seinem Namen und einer Harfe, die Struan liebevoll eingeschnitzt hatte, sollten an ihn erinnern.

Obwohl sie sich die ganze Zeit zankten, traf Pedros Tod Bero am meisten. Er war während seiner Beerdigung wie geistig abwesend. Auch ich war zutiefst traurig und konnte mir einfach nicht vorstellen, dass Pedro nicht mehr unter uns weilte.

Am Abend saßen wir alle in der Halle und meine restlichen Gefährten und ich betranken uns, ohne viel zu reden. Es war kein ausgelassener, weinseliger Abend wie sonst, sondern ein Abend voller Trauer. Wir versuchten unseren Kummer im Wein zu ertränken, aber dadurch wurde unser Leid noch schlimmer.

Bero stieß seinen Becher gegen meinen. »Ob du's glaubst oder nicht, mir fehlen seine Reime und sein edles Getue.«

»Ja, er raubte uns zwar oft den Nerv, aber er war ein außergewöhnlicher Mensch und guter Freund.«

Gilbert rutschte zu uns rüber, er hatte die ganze Zeit nur in seinen Becher gestiert. Doch jetzt wurde seine Miene grimmig.

»Dafür wird Wulfin mit seinem Leben bezahlen!«

»Ich werde ihn rädern und vierteilen, so wahr ich hier sitze!«, presste Bero mit zusammengebissenen Zähnen hervor. Keiner von uns widersprach ihm. Aber die Wut, die schleichend von uns Besitz nahm, spendete uns zumindest ein wenig Trost. Struan füllte unsere Becher, dann stand er auf und hob seinen in die Höhe. »Slàinte Pedro!«

Nach einigen Tagen kehrte wieder etwas Normalität ein und der Alltag half uns, über Pedros Tod hinwegzukommen. Ich machte mir trotzdem meine Gedanken. Vielleicht wollte uns

Gott mit Pedros Tod bestrafen, weil ich die zwei Soldaten auf dem Bauernhof getötet hatte. Ich hatte danach versucht zu beten, konnte es aber nicht und wollte es auch nicht. Ich war einfach nur wütend. Auf Wulfin, auf Gott und auf mich selbst.

Als ich auf dem Platz saß, der mir am liebsten war, der Treppe zum Palas, und in meine Gedanken vertieft war, stand auf einmal Marie vor mir. Ihr Gesichtsausdruck war voller Verständnis und Zuneigung. »Ihr denkt an Pedro, nicht wahr?«

Ich sah zu ihr hoch. »Warum nur musste Pedro sterben?«

Sie sah mich sanftmütig an. »Das weiß keiner, außer Gott.«

»Das hilft mir auch nicht weiter.«

Sie setzte sich neben mich und ihr Schweigen vereinte sich mit meinem. Doch nach einer Weile unterbrach sie die Stille zwischen uns. »Bruder Anselm sagt in so einem Fall immer, dass Gottes Wege unergründlich sind.«

»Vielleicht sieht man Gott ja deshalb nie, weil er sich ständig verläuft«, schnaubte ich humorlos.

»Jesco, Ihr solltet aufhören zu zweifeln. Gott kann nichts dafür.«

Ich stand ruckartig auf, um mich wieder um meine Aufgaben zu kümmern. »Vielleicht habt Ihr recht, Marie. Ich werde mich bei ihm entschuldigen ... bei Gelegenheit.«

Von Wulfin hatten wir nichts mehr gehört, was mich allerdings etwas verwunderte. Seit Pedros Tod waren zwei Wochen vergangen, der Schmerz darüber jedoch nicht. Marie hatte mir nach Pedros Beerdigung mit liebevollem Blick sanft über die Wange gestreichelt. Irgendetwas Unsichtbares verband mich mit ihr, aber ich war mir unschlüssig, was genau es war. Jedenfalls mochte ich sie und war gerne in ihrer Nähe.

In manchen Momenten sah sie mich an und mir war, als könne sie meine Gedanken lesen, wie in einem aufgeschlagenen Buch. Ich muss zugeben, ich fühlte mich zu ihr hingezogen, wie noch nie zuvor zu einem weiblichen Wesen. Zugleich empfand ich in ihrer Gegenwart aber auch eine gewisse Gefahr, die ich jedoch nicht greifen konnte. Ich beschloss, mich um andere Dinge zu kümmern, die weniger kompliziert waren.

Es war der Tag des heiligen Laurentius. Die Arbeit ruhte und in der Küche wurde ein üppiges Mal für den Abend vorbereitet. Nach der äußerst verregneten Nacht drangen wärmende Sonnenstrahlen durch die Wolkendecke und ließen die Landschaft wie ein samtgrünes Tuch erscheinen. Als hätte der lange Regen die Luft gereinigt, wehte mir der frische Wind ins Gesicht. Ohne Sattel ritt ich auf Ashir zum See, ich wollte ein wenig allein sein mit meinen Gedanken. Unser Weg führte durch das Dorf, das wie ausgestorben dalag, weil viele den Tag außerhalb bei ihren Verwandten verbrachten.

Am Seeufer hielt ich an Pedros Grab an. Unter dem Holzkreuz lag ein Strauß frischer Blumen. Ich saß ab und setzte mich davor ins feuchte Gras. Ich musste lächeln, als ich mich an Pedros Zitate erinnerte. Was würde er wohl jetzt sagen, über seinen eigenen Tod? Ich saß eine ganze Weile einfach nur da und dachte an die Abenteuer, die wir gemeinsam erlebt hatten. Was hätte ich dafür gegeben, noch ein einziges Mal ein Zitat aus seinem Munde zu hören.

Plötzlich meinte ich, etwas zu hören. Meinen Atem anhaltend lauschte ich, doch ich hatte mich getäuscht. Ich erhob mich wieder und führte Ashir ein Stück am Zügel. Doch dann hörte ich das Geräusch wieder. Es kam vom Waldrand und jetzt schienen es mir schwache Hilferufe zu sein. Ich saß auf, zog mein Schwert, und näherte mich langsam dem Waldrand. So sehr ich mich auch anstrengte, ich konnte zwischen den dicht stehenden Baumstämmen nichts erkennen. Aber die Stimme wurde nun immer lauter, ich sah angestrengt in die Richtung aus der sie kam. Auf einmal sah ich weißen Stoff im Dickicht und schließlich erkannte ich Frida, die weinend aus dem Wald gekrabbelt kam. Ich rutschte von Ashirs Rücken und eilte ihr entgegen.

Sie war schmutzig im Gesicht und blutete aus der Nase. Außer sich vor Panik, fiel sie vor mir zu Boden. Ich half ihr sich aufzurichten. Ihre Augen waren angstvoll aufgerissen, als sie mich ansah und mit ihrer zitternden Hand auf den Wald wies. »Schnell Herr ... Marie, sie ist im Wald ... zwei Männer ...«

Noch bevor sie ausgesprochen hatte, stürmte ich los, mein Schwert immer noch in der Hand. Dichter Nebel bedeckte den Waldboden und erschwerte mir die Sicht. Trotz meiner Sorge um Marie bewegte ich mich leise, da ich fest mit Angreifern rechnete.

Eisige Angst um Marie ergriff mich, während ich mich langsam vortastete. Außer ein paar aufgeschreckten Vögeln war nichts zu hören. Aus Vorsicht vor einem heimtückischen Angriff, rief ich nicht nach ihr. Unentwegt blickte ich mich suchend um, hielt meine Luft an, um besser hören zu können. An einem jungen Baum fiel mir ein dünner abgeknickter Zweig auf, daneben tiefe Fußspuren von Stiefeln. Ich drang weiter in den Wald ein und folgte den Spuren. Doch was ich dann sah, ließ mir den Atem stocken: Zwischen den hohen Wurzeln einer alten Eiche erkannte ich den hellroten Stoff ihres Kleides.

Auf nichts anderes mehr achtend, rannte ich zu ihr hin. Sie bewegte sich nicht und lag mit dem Gesicht nach unten, ihr Kleid war zerrissen und bis zu ihrem Becken hochgezogen. An den Innenseiten ihrer Schenkel lief Blut herunter.

Ich kniete mich hin, drehte sie behutsam um und wischte die Haare aus ihrem Gesicht. Sie war kreidebleich und hatte auf ihrer Wange eine bläuliche Schwellung, aber sie atmete. Ich rüttelte sie sanft an den Schultern und flüsterte ihren Namen, doch sie blieb ohnmächtig. Ohne zu überlegen, nahm ich sie auf meine Arme und trug sie aus dem Wald. Mit Hilfe der völlig aufgelösten Frida, setzte ich sie vor mir auf Ashir und ritt dann schnellstens hoch zur Burg.

Als Linhardt uns im Burghof ankommen sah, ließ er alles fallen, was er in Händen hielt und hastete voller Entsetzen auf uns zu. Ich schrie Albert an, er solle sofort nach Alia suchen, währenddessen zogen wir Marie vorsichtig vom Pferd. Struan kam gerade aus dem Stall und wollte helfen, ich sah ihn nur kurz an. »Frida, beim Waldrand!« Er verstand und rannte sofort los, Pierre begleitete ihn.

Auch Lisa war nun erschienen, sie erschrak, als sie Marie auf meinen Armen sah und eilte auf mich zu. Linhardt nahm seine aufschluchzende jüngere Tochter in seine Arme und beruhigte sie sogleich. »Sie ist am Leben.« Lisas Blick blieb verstört, doch dann fing sie sich wieder und half, wo sie nur konnte.

Ich trug Marie in ihr Zimmer und legte sie auf das Bett. Ihre Schwester und ihr Vater kümmerten sich sofort um sie. Als ich ihr Zimmer verließ, eilte mir schon Alia entgegen. Sie sah mich fragend an. Ich sprach leise mit ihr, sodass es die anderen nicht hören konnten: »Sie ist ohnmächtig, ich befürchte, man hat sich ... an ihr vergangen.«

Alia sah mich erschrocken an und trat dann an Maries Bett.

Ich ging in die Halle und ließ mich kraftlos auf meinem Stuhl nieder. All meine Gedanken drehten sich nur noch um Marie. Ich sah ihr wunderschönes Lächeln und ihre stolze Haltung vor meinem geistigen Auge. Warum mussten all diese Dinge nur geschehen!? Und warum ausgerechnet Marie! Was ihr geschehen war, versetzte meinem Herzen einen tiefen Stich und fügte eine weitere Narbe hinzu, die jedoch unsichtbar blieb.

Plötzlich überkam mich eine derartige Traurigkeit, aber zugleich auch eine Wut, dass ich am liebsten alles kurz und klein geschlagen hätte. Doch dann spürte ich Beros tröstende Hand auf meiner Schulter. Er kannte meine Gefühle und musste deshalb auch nichts sagen. Allein seine Geste half mir schon.

Gilbert nahm Lisa, die gerade heißes Wasser vom Kaminfeuer holte, kurz in seine Arme. Dann eilte sie wieder zu Alia und ihrer Schwester. Ich wurde aus meinen Gedanken gerissen, als Struan mit Frida auf seinen Armen erschien. Sie brachten sie in ihre Kammer und Anselm und Struan kümmerten sich solange um sie, bis Alia Marie versorgt hatte.

Kurze Zeit später kam Linhardt und setzte sich mir gegenüber. Er schwieg und starrte nur mit leerem Gesichtsausdruck an die Wand. Nach einer Weile schlug er mit der Faust so fest auf den Tisch, dass einige Becher umkippten und scheppernd zu Boden fielen. Seine Augen sprühten vor Zorn. »Gott soll denjenigen mit dem Tod bestrafen, der das getan hat!«

Ich konnte seinen Schmerz verstehen, verspürte ich ihn doch selbst. Unsere Blicke trafen sich. »Ja, doch nicht Gottes Hand wird es sein, die ihn töten wird, sondern meine!« Dann erhob ich mich und ging nach draußen.

Vor dem Palas kamen mir Raoul und Ullfrig entgegen. Raoul sprach mich an: »Wir waren bei Frida, es geht ihr ein wenig besser. Der Schock war wohl schlimmer, als ihre körperlichen Leiden.«

»Frida hat uns soeben erzählt, was geschehen ist. Es waren zwei Männer des Rheinlohers«, berichtete Ullfrig. »Sie haben Marie ... sie ließen wohl von ihr ab, als sie dich kommen sahen.«

Ich nickte den beiden zu und konnte meine Wut kaum noch bändigen. »Ich werde dabei zusehen, wie auch ihnen das Blut zwischen ihren Schenkeln herunterlaufen wird. Nämlich dann, wenn ich sie mit ihrem Arsch auf einen Pfahl gepflöckt habe!«

Ich saß allein in unserem Turmzimmer, als Alia hereinkam. Sie setze sich mir gegenüber auf einen Hocker. »Marie ist aufgewacht, ich habe ihr heiße Milch mit Mohn gegeben, sie schläft jetzt.«

Ich sah dankbar, aber dennoch besorgt zu ihr. »Du hast sie bestimmt untersucht?«

»Ja, das habe ich. Sie hat keine schlimmen Verletzungen, zumindest keine äußerlichen.«

Ich ahnte, was sie mir verschwieg. Umso mehr tat ich mich schwer, es auszusprechen. »Ist sie ... ich meine, hat man sie ...?«

Alia legte ihre Hand mitfühlend auf meinen Arm und ich sah in ihrem Blick Alis Milde und Wärme. »Jesco ... sie ist jetzt nicht mehr unberührt.«

Ich verstand und nickte traurig. Alia stand auf und ging zur Tür, sie drehte sich noch einmal zu mir um. »Jesco, deshalb ist sie jetzt kein schlechterer Mensch.«

»Ich weiß Alia, aber einige werden anders darüber denken.«

»Das mag vielleicht sein, aber wichtig ist doch, was du darüber denkst, denn nur das zählt. Ich habe gesehen, wie ihr euch anseht, Jesco. Es sind die Blicke von Liebenden.«

Als Alia die Tür hinter sich schloss, ließ sie mich ratlos und in mich gesunken zurück. Ich vergrub mein Gesicht in meinen Händen und haderte wieder mit Gott. Warum nur hatte er all dies zugelassen, warum nur?! Nach einer Weile stand ich auf und zertrümmerte die gesamte Zimmereinrichtung.

Als ich am nächsten Tag über den Hof lief, hörte ich Bero mit den Zimmerleuten sprechen, die noch mit dem Anbau beschäftigt waren. »Wenn ihr zwischendurch Zeit findet, könntet ihr dann im Turmzimmer ein paar einfache Möbel zimmern?«

Er grinste zu mir herüber, während er weitersprach. »Jemand hat dort ein wenig Brennholz gemacht.« Bero wollte mich gewiss nur aufheitern, was ihm aber nicht gelang. Ohne auf seine Worte zu achten, ging ich einfach weiter. Ich war auf dem Weg zu Marie, um sie zu fragen, ob sie irgend etwas brauchte. Doch ich log mich selber an - ich wollte sie einfach nur sehen.

Auf dem Flur vor ihrem Zimmer kam mir Lisa entgegen. Sie sah mich zwar einfühlsam an, versperrte mir dennoch den Weg.

»Jesco, es tut mir leid, aber Marie will nur Alia und mich sehen. Bitte versteht ...«

Ich verstand und ging wieder. Auch die darauffolgenden Tage wollte Marie außer den beiden niemanden sehen. Wir respektierten ihren Wunsch und ich beschloss am Abend, mich sinnlos zu betrinken. Gilbert und Struan erwiesen sich als echte Freunde, denn sie unterstützten mich tatkräftig dabei.

Im Verlauf des Abends fiel mir etwas auf: Ich war von Gilbert gewohnt, dass er über seine Frauenabenteuer nie viel erzählte. Aber mit jedem Krug den wir leerten, schwärmte er umso mehr von Lisas Liebreiz. Doch ich hörte nur mit halbem Ohr zu, denn meine Gedanken waren nur bei ihrer Schwester.

Je später es wurde, desto mehr stieg mir der Wein zu Kopf, dessen Wirkung mich wie ein weicher Mantel des Vergessens umhüllte. Und anstatt meinen Kopf auf ein weiches Kissen zu betten, nahm ich mit der harten Tischplatte vorlieb.

Als ich am Morgen erwachte, saßen alle um mich herum und frühstückten bereits. Struan grinste zu mir rüber, während er sein Brot in Milch tunkte. Ich gab mir einen Ruck und setzte mich aufrecht in meinen Stuhl. »Bin nur kurz eingenickt.«

Da ich keinen Hunger verspürte aber den Drang nach einer Beschäftigung, erhob ich mich und brachte Anslin sein Frühstück. Er sah schon besser aus und konnte nun immer öfter aufstehen. Ich erkundigte mich nach seinem Befinden.

»Dank Eurer gütigen Pflege geht es mir wesentlich besser.« Er setzte sich im Bett auf und musterte mich. »Aber Ihr seht nicht gut aus, seid Ihr krank?« Ich winkte belanglos ab und fragte ihn nach seinen Plänen.

»Nun, ich werde wohl in den nächsten Tagen zum Erzbischof aufbrechen.«

»Ich werde Euch Rutger und zwei weitere Männer als Geleitschutz mitgeben.«

»Es ist gut, dass Rutger in Euren Diensten steht, er ist ein guter Mensch und ein tapferer Krieger.«

Ich rieb mir meinen schmerzenden Nacken. »Anslin, wenn Euer Vater eines Tages stirbt, dann solltet Ihr nach Rheinlohe zurückkehren. Denn dann würde endlich Frieden herrschen zwischen unseren Familien.«

Er zeigte wieder seine alte Unsicherheit mit seiner Antwort: »Ich werde sehen, Gott wird mir den Weg weisen.«

»Es ist Euer Erbe, Anslin. Vergesst das nicht.«

Eine Woche später verließ uns Anslin, ich hatte mich noch ein paar Mal mit ihm unterhalten, jedoch nicht ganz ohne Hintergedanken. Denn ich erfuhr noch einiges über Truppenstärke und Waffenbestand des Rheinlohers, was mich aber nicht gerade zuversichtlicher stimmte.

Anslin bedankte sich bei allen, vor allem bei Alia, dann verabschiedete er sich herzlich. Ich mochte ihn, er hatte eine ehrliche und sanftmütige Art, die ich an ihm schätzte. Als Geleitschutz gab ich ihm Rutger, Pierre und Bertram mit. Den Tag zuvor waren Struan und Gilbert die Gegend abgeritten, hatten aber nichts Verdächtiges entdecken können. Dennoch wies ich Rutger an, abseits von den Wegen zu reisen und nicht in Herbergen zu nächtigen. Die Männer lieferten Anslin in Mainz ab und kehrten trotz meiner Sorge wieder unbeschadet heim.

Inzwischen war der Anbau am Stall fertig, es waren drei zusätzliche Räume entstanden. Einen davon nutzte Alia für ihre Kräuter und Mixturen, aber zuallererst um Kranke zu behandeln. Mittlerweile kamen viele Dörfler und Bauern aus der Umgebung zu ihr, denn ihre Heilkunst hatte sich herumgesprochen. Nur wenige Unbelehrbare zogen es weiterhin vor, zu irgendwelchen Scharlatanen zu gehen, welche ihre Leiden oft nur verschlimmerten.

Eigentlich rechnete ich täglich mit einem Angriff von Wulfin und wunderte mich, dass dieser ausblieb. Doch drei Tage nach seiner Abreise erhielt ich von Anslin einen Brief. Er teilte mir darin mit, er hätte von Vertrauten erfahren, dass seinen Vater die Knochenkrankheit ereilt hat und wir wohl in naher Zukunft keinen Angriff zu erwarten hatten.

Sofort suchte ich Alia in ihrer Kräuterkammer auf und befragte sie nach dieser Krankheit, von der ich noch nie etwas gehört hatte. Mit einem Stößel in der Hand zerrieb sie gerade getrocknete Kräuter in einem Mörser und nickte wissend, als sie meine Frage vernahm.

»Die Knochenkrankheit sucht die Leidenden immer wieder auf, oft über Wochen. Sie befällt deren Gelenke, hauptsächlich die Finger, sodass sie dann große Schmerzen bei jeder Bewegung haben. In Palästina gibt es sie nur ganz selten, aber hier im Frankenland, wo es feuchter und kälter ist, tritt sie häufiger auf. In besonders schlimmen Fällen verformen sich sogar die Knochen der Kranken und sie bleiben an ihr Bett gefesselt, bis sie dann sterben.«

Ich bedankte mich für ihre Auskunft. »Eine Krankheit, die man seinem schlimmsten Feind nicht wünscht.«

Doch ich gönnte sie Wulfin von ganzem Herzen, vor allem konnten wir die nächste Zeit etwas beruhigter sein.

Als ich Alias Kräuterkammer wieder verließ, kam mir Lisa entgegen, doch diesmal lächelte sie. »Jesco, ich habe Euch schon überall gesucht. Marie würde Euch gerne sprechen.«

Ich sah sie überrascht an, so lange hatte ich darauf gewartet, dass es mich jetzt völlig unerwartet traf. Doch bevor ich zu ihr ging, trank ich im Palas noch einen Becher Wein. Es half mir, meine Nervosität etwas in den Griff zu kriegen, denn ich wusste nicht, wie Marie auf mich reagieren würde. Es kam mir vor, als hätte ich sie monatelang nicht gesehen.

An ihrer Tür klopfte ich leise an und öffnete sie dann. Vor dem Fenster ihrer Kammer hing ein Tuch, das den Raum in ein gedämpftes Licht tauchte. Auf dem Tisch standen frische

Blumen und erfüllten das Zimmer mit ihrem Duft. Marie lag in ihrem Bett und bat mich einzutreten.

Ich nahm mir einen Stuhl und setzte mich zu ihr. Eine Weile sahen wir uns nur an, dann nahm ich ihre Hand in die meine. Sie sah krank aus. Die Schwellung auf ihrer Wange war zwar verschwunden, aber dafür der Glanz ihrer Augen erloschen. Eine tiefe Traurigkeit umgab Marie, sie sah von mir weg und sprach mit gebrochener Stimme: »Frida und ich legten gerade frische Blumen an Pedros Grab, dann kamen sie ...«

Ich bemerkte, wie schwer es ihr noch fiel, darüber zu sprechen.

»Marie, Ihr müsst nicht darüber reden.«

Eine Träne stahl sich aus ihrem Augenwinkel und kullerte an ihrer Wange herab. Wir schwiegen wieder eine Zeit lang, bis sie ihr Gesicht zu mir drehte und zaghaft zu lächeln versuchte.

»Jesco, bitte erzählt mir vom Heiligen Land. Wie sieht es dort aus?« Ihre Stimme war schwach, trotzdem freute ich mich bei ihr zu sein und lächelte zurück.

»Man sagt, es sei das Land Gottes. Es sieht dort anders aus als hier. Meistens ist es sehr warm, manchmal weht der Wüstenwind über das Land, die Araber nennen ihn Chamsin. Ich mochte die Wüste, ihre Einsamkeit und karge Schönheit. In den Nächten ist es meist klar und die Sterne erscheinen einem viel größer als hier. Auf den Märkten Jerusalems duftet es nach orientalischen Kräutern und Gewürzen und es gibt eine bunte Vielfalt von Sprachen. Es ist wie ein Zauber, der über dieser Stadt liegt und einen in seinen Bann zieht. Man spürt dort die Nähe Gottes stärker als an jedem anderen Ort. Unzählige Gläubige pilgern täglich an die Kreuzigungsstätte Jesu Christi, die Grabeskirche. Auch ich war oft dort und besuchte eine bestimmte Stelle, sie bedeutet mir sehr viel. Wer einmal in Jerusalem war, der fühlt es ... das gelobte Land.«

Als ich erzählte, war ich wieder für einen kurzen Moment zurück in Jerusalem, auch Marie schien im Geiste dort zu sein. Als sie mich wieder ansah, meinte ich, ein Hauch von dem Glanz ihrer Augen sei zurückgekehrt.

»Du und Ashir, ihr seid Kinder Jerusalems.«

Ich lächelte. »Ja, das sind wir wohl.«

»Du vermisst es, nicht wahr?«

Mir fiel auf, dass sie das förmliche „Ihr" weggelassen hatte. Ich antwortete ihr nicht gleich, sondern dachte ein wenig darüber nach. »Es sind nicht die Kriege und die religiösen Zwänge, die ich vermisse. Es sind die friedvollen Orte und ihre Schönheit.«

Sie lächelte schwach und sah mir in die Augen. »Ich würde diese Orte auch gerne sehen.«

»Wer weiß, vielleicht wirst du es eines Tages.«

»Jesco, kennst du das Gefühl, wenn man manchmal nicht weiß, wo man hingehört?«

Die Traurigkeit war wieder in ihre Stimme eingekehrt. Ich drückte ihre Hand ganz sanft. »Ja, ich kenne dieses Gefühl zur Genüge. Doch oft erkennt man das Paradies erst, wenn man es verloren hat.«

Ich küsste sie auf die Stirn, dann stand ich auf und ging zur Tür. An der Schwelle sah ich sie noch einmal an. »Glaubt an Eure eigene Stärke, denn die habt Ihr in Euch, dessen bin ich mir gewiss. Das Glück wird wieder einen Weg in Euer Herz finden.«

»Ja, vielleicht wird es das, vielleicht aber auch nicht.«

Sie drehte ihren Kopf wieder zur Wand und ich schloss leise die Tür. Es schmerzte mich, sie so zu sehen. All ihre Lebensfreude war verschwunden, sie war nur noch ein Schatten ihrer selbst. Ich schwor mir in diesem Augenblick, die Mistkerle, die dafür verantwortlich waren, zu erwischen. Und sie würden für ihre Tat mit dem Kostbarsten bezahlen, was sie besaßen: ihrem Leben.

Am nächsten Morgen machte ich mich auf den Weg nach Bingen. Ich wollte Juwelen in Münzen umtauschen und ein paar Lebensmittel einkaufen. Struan, Gilbert, Bero und Alia begleiteten mich. Am Abend wollten wir wieder in Hohengreif sein.

Der Markt in Bingen war wieder gut besucht und wir mussten oft lange anstehen, bis man uns bediente. Wir kauften das Nötigste an Grundnahrungsmitteln und Alia deckte sich mit Kräutern und allerlei anderen Dingen ein, die sie benötigte.

Nach dem Einkauf trennten wir uns und machten eine Taverne als späteren Treffpunkt aus. Ich machte mich auf den Weg zu dem jüdischen Kaufmann. Die anderen gingen zu einem kleineren Markt, da Alia noch nicht alles gefunden hatte, was sie brauchte.

Graue Regenwolken zogen über der Stadt auf, als ich die Tür zu dem jüdischen Laden öffnete. Fremdartig süßliche Düfte empfingen mich. An den Wänden hingen jüdische Symbole, die ich im Frankenland und auf unserer Reise schon öfter gesehen hatte. In einem Holzregal standen mehrere Waagen und unterschiedliche Gewichte. Auf dem Fußboden standen Eimer, in denen Dutzende von Pergamentrollen steckten.

Ein kleiner alter Jude, an dessen Schläfen kleine Zöpfe herunterhingen, kam aus einem Nebenraum und begrüßte mich. Er hatte einen verschmitzten Gesichtsausdruck und erinnerte mich sehr an meinen alten Lehrer Philippe.

»Wie kann ich Euch dienen, edler Herr?«

»Man sagte mir, dass Ihr Edelsteine in Münzen umtauscht?«

»Das ist richtig, um was für Edelsteine handelt es sich?«

Ich holte mein Säckchen hervor und leerte den Inhalt auf den Tisch. Der Jude betrachtete die Steine lange und eingehend über der Flamme einer Kerze, dann kratzte er sich am Kinn.

»Das sind wahrlich außerordentlich schöne Steine, woher habt Ihr sie?«

»Sie stammen aus Palästina.«

Er schnalzte genüsslich mit seiner Zunge. »Ich kann Euch einen guten Preis dafür anbieten.«

Mit der Summe, die er mir nannte, war ich vollauf einverstanden. Als wir unseren Handel abgeschlossen hatten und die Münzen in meinen Beutel gewandert waren, sah er mich forschend an. Schließlich fragte er mich mit freundlichem Lächeln. »Ihr seid ein vermögender Herr, nicht wahr?«

»Ich komme aus dem Heiligen Land, daher die Edelsteine.«

»Oh, ich verstehe. Ihr seid ein Kreuzfahrer.«

Sein Lächeln war plötzlich verschwunden, stattdessen lagen nun Vorsicht und Misstrauen in seinem Blick. Ich verstand sein Unbehagen, denn mir wurde berichtet, dass die Kreuzfahrer vor vielen Jahren in Köln und Mainz die Juden regelrecht abgeschlachtet hatten. Die Christen wurden damals von falschen Predigern angestiftet, die alle Juden des Mordes an Jesus bezichtigten.

Ich beugte mich etwas vor und sah den kleinen Juden mit freundlichem Blick an. »Ihr braucht Euch vor mir nicht zu fürchten. Ich weiß, dass die Kreuzfahrer euch damals Schlimmes angetan haben. Doch daran sind einige Männer der Kirche schuld, nicht ich. Ihr könnt also ruhig offen mit mir reden.«

Sein Blick wurde wieder etwas entspannter, als er mich ansah.

»Ja, nicht alle, aber manche Leute der Kirche haben große Schuld auf sich geladen, man darf es nur nicht zu laut sagen.«

Wieder ähnelte sein Gesichtsausdruck dem von Philippe, als er weitersprach: »Es ist schon seltsam, aber offenbar schützt die Tonsur des katholischen Priesters den Kopf besser als das Mützchen des frommen Juden.«

Ich musste über seine Worte schmunzeln und fühlte mich an Pedros Zitate erinnert. Als ich den jüdischen Kaufmann schließlich verließ, reichte ich ihm lächelnd die Hand.

»Versucht es mit einem Helm. Gott schütze Euch.«

»Und auch Euch, Schalom.«

Ich traf meine Freunde anschließend in der Taverne gegenüber. Es war wohl die schäbigste von ganz Bingen, so kam es mir jedenfalls vor. Ratten huschten über den festgetretenen Lehmboden und schnappten sich Essensabfälle, die von den Tischen heruntergefallen waren. Die nach verbrauchter Luft riechende Gaststube war zur Hälfte gefüllt und in schummriges Kerzenlicht getaucht. Eine ungepflegte Wirtin servierte uns einen ungenießbaren Gemüsebrei und einen sauren Fusel, den sie hier als Wein bezeichneten. Wir aßen ein paar Bissen gegen den Hunger und zwangen den Wein hinunter. Den letzten Schluck spuckte Struan angewidert auf den Boden. »Gesöff!«

Alia fühlte sich unter den Blicken der Gäste sehr unwohl, doch Beros grimmiger Blick ließ die Gaffer schnell wieder wegschauen. An unseren Nebentisch setzten sich drei Kerle und bestellten ebenfalls Wein, wir hatten jetzt schon Mitleid mit ihnen. Sie saßen hinter meinem Rücken und ich konnte hören, wie sie sich über die Wirtin lustig machten. »Die würde ich nicht mal mit Handschuhen anfassen, so hässlich ist die.«

»Bei der holst du dir die Krätze«, lästerte sein Gegenüber.

Ich wollte bezahlen und musste den Kerlen unfreiwillig weiter zuhören. Sie lachten dreckig, während sie ihre derben Witze machten. Alia sah verlegen zu Boden und ich wollte sie diesem dummen Geschwatze nicht länger aussetzen. Einer der Burschen furzte und sprach so laut zu seinen Kumpanen, dass es auch die Wirtin hören musste. »Die Vettel sollte man in den Schweinestall sperren, da passt sie besser hin.« Wieder lachten sie höhnisch. »Da war die Kleine im Wald neulich schon was anderes, wenn nur nicht dieser Idiot am See aufgetaucht wäre.«

»Ja, sonst hätten wir uns noch eine Weile länger mit ihr vergnügen können.«

Ich zuckte zusammen, auch die anderen waren hellhörig geworden.

»Und danach wäre ihre dicke Magd auch noch dran gewesen«, spottete einer der Männer und rülpste.

Als ich meine Faust ballte, sodass mir die Knöchel weiß anliefen, legte mir Gilbert seine Hand auf den Unterarm und schüttelte mahnend seinen Kopf. Auch Bero deutete mir an, ich solle ruhig bleiben. Struan wies mit seinem Kopf Richtung Tür und wir erhoben uns und gingen nach draußen.

Im Vorbeigehen sahen wir uns die drei Burschen an. Alle drei trugen Gambesons mit Metallplatten darauf, in ihren Gürteln steckten Schwerter und Dolche. Auf ihren Brüsten prangte das Wappen des Rheinlohers. Sie waren um einiges älter als wir und ihr Gebaren wirkte mehr als primitiv. Bero musste mich regelrecht aus dem Wirtshaus ziehen, sonst hätte ich mich auf sie gestürzt. Als wir bei unseren Pferden waren, beruhigten mich meine Freunde. Bero packte mich an der Schulter und hielt mich fest.

»Ganz ruhig bleiben, Jesco!«

»Ich soll was ...?!«

»Wir warten bis sie rauskommen, dann verfolgen wir sie und schnappen sie uns. Aber nicht hier, sonst kommen die Büttel der Stadt und was dann passiert, muss ich dir ja wohl nicht erst erklären«, beschwichtigte mich Bero. Ich war immer noch völlig außer mir, doch ich war froh um die Besonnenheit meiner Freunde.

»Er hat recht«, meinte Gilbert. »Sie würden alles abstreiten und uns würde man nicht glauben. Die Kerle würden nicht mal vor ein Gericht gestellt.«

»Wir machen es so, wie ich gesagt habe«, beharrte Bero.

Struan stieg auf sein Pferd und tippte mit dem Finger an das Blatt seiner Axt. »Aye, und ich werde ihr Richter sein!«

Wir warteten am Ende der Straße, nach einer Stunde kamen sie aus der Taverne und bestiegen ihre Pferde. Als sie an uns vorbeigeritten waren, folgten wir ihnen in ausreichendem Abstand. Ich hatte meine Wut wieder soweit unter Kontrolle, dass ich wenigstens Herr meiner Sinne war. Dennoch kochte in mir der Rachehunger wie ein brodelnder Kessel, der jeden Moment überzulaufen drohte.

Sie schlugen den Weg nach Rheinlohe ein und ritten in gemächlichem Trab, so konnten wir ihnen problemlos folgen. Wir warteten nur noch auf den richtigen Moment. Als der Weg in einem Waldstück einen Knick machte und sie um die Ecke bogen, war dieser gekommen. Ich nickte meinen Freunden kurz zu, dann galoppierten wir los.

Als die Kerle uns bemerkten, taten wir erst so, als wollten wir an ihnen vorbeireiten. Als wir auf ihrer Höhe waren, riss ich Ashir im letzten Moment zur Seite und schlug dem Ersten meine Faust ins Gesicht, er fiel benommen vom Pferd.

Während ich Ashir zügelte, sah ich, wie Struan aus seinem Sattel hechtete und den Zweiten vom Pferd riss. Der Dritte wollte fliehen, doch Gilbert rammte mit seinem Streitross in dessen Gaul, sodass dieser strauchelte und sein Reiter aus dem Sattel flog und ins Dickicht fiel.

Als sie sich aufrappelten und ihre Waffen ziehen wollten, waren wir bereits über ihnen und hielten ihnen unsere Klingen an den Hals. Sie gaben auf und Gilbert sammelte ihre Waffen ein. Bero hielt sich mit Alia im Hintergrund, sie hatte zwar schon einiges mit uns erlebt, trotzdem wollten wir ihr diesen Anblick ersparen.

Dann zwangen wir die Kerle, nebeneinander niederzuknien.

»Was wollt ihr von uns? Ihr dreckigen Mistkerle!«, zischte mir ihr Wortführer entgegen. Ich trat vor ihn und packte ihn an den Haaren. »Wer von euch Dreien war damals am See?«

Ihre erstaunten Mienen verrieten mir, dass sie jetzt wussten, warum wir sie gefangengenommen hatten.

»Ich war nicht dabei, ich kenne die zwei nur«, stammelte er. Ich wandte mich den anderen beiden zu. Der eine hatte einen langen Bart und kleine linkische Augen, die mich anfunkelten.

»Ist das wahr?«, fragte ich ihn.

»Wir haben nur getan, was uns Wulfin befahl.«

Ich drückte ihm meine Klinge an die Kehle. »Was soll das heißen?«

»Wir hatten euch schon eine ganze Weile beobachtet und nur auf den richtigen Moment gewartet.« Er grinste mich hämisch an. »Deine Kleine wehrte sich wie eine Wildkatze. Hat umso mehr Spaß gemacht. Ich denke, sie wird sich noch eine Zeit lang an mich erinnern!« Er lachte provokant und spuckte dann verächtlich vor mir aus. Ich trat ihm mit meinem Stiefel ins Gesicht, Struan zog ihn an seinem Bart wieder hoch.

Ich wendete mich an den Zweiten. »Und was ist mit dir, hattest du auch so viel Spaß dabei?!«

»Bitte, es tut mir leid ... ich habe sie nur festgehalten,« stammelte er. Ich packte ihn am Kragen. »So, nur festgehalten?! Und was hättest du getan, wenn ich nicht gekommen wäre? Hättest du sie dann trotzdem nur festgehalten?!«

»Ich schwöre bei Gott ...« Weiter kam er nicht, weil ich ihm eine kräftige Ohrfeige verpasste. »Das kannst du ihm selber erzählen, denn du wirst ihn gleich treffen«, prophezeite ich ihm.

Ich musste mich wegdrehen, denn sie ekelten mich an. Mir wurde fast übel bei soviel Niederträchtigkeit. Nachdem ich ein paarmal durchgeatmet hatte, schnappte ich mir den Dritten. Ich zog ihn an seinem Gambeson hoch und schleifte ihn zu seinen Kumpanen.

»Sieh dir jetzt gut an, was mit Männern passiert, die Frauen schänden«, ich blickte zu Struan. »Welch Glück, dass wir zufällig einen Richter dabei haben. Struan, dein Urteil?«

Struan spielte mit seiner Streitaxt in den Händen. »Schuldig!«
Ich nickte ihm zu, worauf er seine Axt nahm und damit zwei lange, unterarmdicke Eichenäste anspitzte. Dann beugte ich mich zu den beiden Halunken und sah ihnen direkt ins Gesicht. »Jetzt werdet ihr am eigenen Leib erfahren, wie es sich anfühlt, geschändet zu werden!«
In ihren weit aufgerissenen Augen flackerte Panik auf. Ich nahm einen der Pflöcke in meine Hand und hielt ihn vor ihre Gesichter. »Dürften lang genug sein, dass sie aus eurem Mund wieder rauskommen, wenn ich sie euch unten hineinramme.«
Sie flehten plötzlich um Gnade, die ich ihnen aber nicht gewährte. Auch Bero war nun hinzugekommen und half, sie festzuhalten. Alia stand bei den Pferden und hatte sich weggedreht.
Meine Freunde drückten die zwei Übeltäter rücklings auf den Boden. Ich spreizte mit meinen Stiefeln ihre Beine, dann legte ich die Pfähle dazwischen, mit der Spitze auf ihre Gemächter gerichtet.
Sie winselten und versuchten sich zu wehren, doch sie waren mit eisernem Griff gefangen. Ich nahm einen Pflock in meine Hände und bereitete mich vor. In den Augen der Burschen spiegelte sich nicht nur Todesangst, sondern auch die Furcht vor der kommenden Qual. Ich zog die Prozedur genüsslich in die Länge. Nachdem ich der Meinung war, sie hätten lange genug gelitten, schmiss ich die Pflöcke ins Dickicht.
»Es ist euer Glück, dass wir christliche Ritter sind und nicht solche Barbaren wie ihr. Betet ein letztes Mal, bevor ihr vor Gott tretet!«
Ich ging an Struan vorbei und sah ihn kurz an, er verstand meinen Blick. Er nahm seine Axt, holte zweimal aus und schlug dann beiden die Köpfe ab. Der Dritte kauerte auf dem Boden und heulte wie ein Kind. Es war sein Glück, dass ich seinen Unschuldsbeteuerungen Glauben schenkte. Kurz darauf konnte er sein Glück kaum fassen, als wir ihn laufen ließen.

Bero war wieder bei Alia und schloss sie in seine Arme. Als sie sich jetzt umdrehte und das Blutbad sah, musste sie sich übergeben. Den Kopf des Bärtigen steckten wir in einen Leinenbeutel und nahmen ihn mit.

Ein mit dunklen Wolken verhangener Himmel kündigte baldigen Regen an, als wir unseren Heimweg antraten. Wir hatten die Schuldigen für ihre schändliche Tat bestraft, doch deshalb fühlte ich mich nicht besser. Ich mutmaßte, dass sich Marie dadurch auch nicht besser fühlen würde. Zumindest empfand ich jetzt ein wenig Genugtuung.

Spät am Abend trafen wir in Hohengreif ein. Man half uns die Nahrungsmittel zu verstauen und die Pferde zu versorgen. Alia wirkte immer noch mitgenommen und ging mit Bero auf ihr Zimmer. Ich begab mich in die Halle, wo Linhardt, Ullfrig und Lisa am Tisch saßen und sich unterhielten.

Nachdem sie mich begrüßt hatten, wollte mir Lisa Wein einschenken, doch ich lehnte ab. Mir war an diesem Abend weder nach Wein, noch nach Gesellschaft. Stattdessen nahm ich den blutdurchtränkten Leinenbeutel und legte ihn vor Linhardt auf den Tisch. Er sah erst verwirrt auf den Gegenstand vor sich, dann wieder zu mir. Man konnte nur das nervöse Summen der Fliegen hören, die um mein Mitbringsel herumschwirrten.

»Die Schandtat an deiner Tochter ist gerächt, aber nicht durch Gott, sondern durch Struans Axt!«

Marie verließ einige Tage später ihr Zimmer. Sie versuchte zwar wieder am Alltagsleben teilzunehmen, doch sie war nicht mehr dieselbe. Irgend etwas in ihr war zerbrochen. Erst nach und nach kehrte ihr Lächeln wieder zurück, doch ich wusste, dass dieses Lächeln oft nur aufgesetzt war. Sie suchte zwar oft meine Nähe, um mit mir zu reden, hielt aber stets einen unsichtbaren Abstand zu mir. Wir sprachen höflich miteinander, so wie es Fremde tun. Ich konnte damit nur schwerlich umgehen.

Als es mir irgendwann zu bunt wurde und ich mir nicht mehr anders zu helfen wusste, fragte ich schließlich Lisa um Rat, denn sie kannte Marie am besten. Ich fing sie am Kräutergarten ab und wir setzten uns auf eine kleine Bank. Sie machte auf mich den Eindruck, als wüsste sie bereits, warum ich sie sprechen wollte.

»Lisa, es geht um Eure Schwester. Sie weicht mir aus und behandelt mich wie einen Fremden. Ich bin ratlos.«

Sie legte ihre Hände in den Schoß und blickte mich verständnisvoll an. »Ich weiß, sie hat sich verändert. Aber ist das nicht verständlich, nachdem was ihr angetan wurde?«

»Schon, aber wie lange wird es noch so gehen? Und was kann ich tun, um ihr zu helfen?«, fragte ich. Lisa war mein leicht gereizter Unterton nicht entgangen. Sie legte ihre Hand auf meine. »Am besten gar nichts, Jesco, Ihr müsst einfach nur Geduld haben. Die Wunde in ihrer Seele braucht Zeit, um zu heilen.«

Einen ähnlichen Ratschlag hatte mir Alia auch schon gegeben.

Leider war Geduld nicht gerade eine meiner Stärken. Also entschied ich mich, Marie in Ruhe zu lassen, vielleicht würde das ja ihr Seelenheil fördern.

Von Anslin erhielt ich ein paar Tage später einen weiteren Brief. Sein Anliegen, eine friedliche Lösung zu finden, war beim Erzbischof auf taube Ohren gestoßen. Er bat mich weiterhin um meine Geduld, obwohl diese langsam aber sicher überstrapaziert war.

Zu allem Überfluss tauchten in letzter Zeit auch noch Soldaten des Rheinlohers in der Nähe des Dorfes auf. Und das immer öfter. Entweder sie wollten den Leuten nur Angst einjagen, oder sie spionierten uns aus. Auch hier war meine Geduld langsam zu Ende, am liebsten hätte ich Wulfin noch am gleichen Tag angegriffen. Diese andauernde, schwelende Gefahr, die von Wulfin ausging, nagte an meinen Nerven.

Es musste endlich etwas geschehen und es lag an mir, langsam eine Entscheidung zu treffen. Nichts von meinen Gedanken ahnend, half mir Alia dabei, als sie mich eines Tages in ihre Kräuterkammer bat.

Die Wärme des Sommers verstärkte die Gerüche der duftenden Kräuter. Ich roch es jedes Mal gerne, wenn ich in Alias Kammer war, es war für mich ein kleines Stückchen Palästina.

Sie sah mich an diesem Tag nicht so an wie sonst. Etwas Ernsthaftes, fast schon Vorwurfsvolles lag in ihren Augen.

»Jesco, du batest mich um einen Gefallen, und ich habe lange mit mir gerungen, ob ich es tue oder nicht. Ich konnte zwar kein griechisches Feuer herstellen, aber etwas Ähnliches.«

Ich hatte schon fast nicht mehr damit gerechnet, dass sie auf meine Bitte eingehen würde und war deshalb umso erstaunter.

Sie nahm ein kleines Kupferschälchen vom Tisch und hob es mir unter die Nase. Eine ölige Flüssigkeit befand sich darin, sie roch faulig und scharf zugleich. Alia nahm das Schüsselchen und stellte es auf den Steinboden vor die Hütte. Dann holte sie einen brennenden Kienspan, blieb zwei Schritte vor dem Schälchen stehen und warf ihn in die Flüssigkeit. Eine große, grelle Flamme zischte in die Höhe. Als Alia etwas Wasser daraufschüttete, verteilte sich das Feuer tröpfchenartig in alle Richtungen, wo es noch eine geraume Weile brannte, bis es dann langsam erlosch. Ich war zutiefst beeindruckt und blickte

Alia entgeistert an. »Alia, du bist eine Magierin. Wieviel kannst du davon herstellen?«

»Nicht sehr viel, vielleicht einige Kannen. Aber mir ist nicht sehr wohl dabei. Es ist eine unmenschliche Waffe, Jesco.«

»Der Krieg ist unmenschlich, Alia.«

Sie nickte. »Ich weiß, ich habe es getan, weil es notwendig ist. Und auch nur, um dir zu helfen.«

»Du hilfst damit nicht nur mir, sondern allen Menschen in Hohengreif.«

Sie wirkte nicht überzeugt, dennoch bedankte ich mich bei ihr und schickte Albert nach Pierre, welcher seinen Bogen und Brandpfeile mitbringen sollte. Dann bat ich Alia, eine geringe Menge der Flüssigkeit in ein daumengroßes, gewachstes Lederbeutelchen zu leeren und band dieses fest zu.

Als Pierre kurz darauf erschien, hatte ich bereits eine Holzkiste als Ziel am Ende des Burghofs aufgestellt. Ich erklärte Pierre was ich vorhatte, dann banden wir das kleine Beutelchen hinter die Spitze des Brandpfeils. Pierre prüfte mit seiner Hand das Gewicht des Pfeils. »Es ist etwas ungewohnt, die Flugbahn wird sich verändern, das werde ich einkalkulieren müssen. Weit schießen kann man damit auch nicht. Ich kann dir also nicht versprechen, dass ich beim ersten Mal treffe.«

Ich gab ihm einen aufmunternden Klaps auf die Schulter.

»Schon gut, versuch es einfach.«

Während Pierre seinen Bogen vorsichtig spannte, waren Struan und Bero ebenfalls neugierig in den Hof gekommen. Ich zündete den Pfeil an und gab Pierre ein Zeichen. Er zielte lange, doch dann schoss er den Pfeil treffsicher in sein Ziel.

Als der Pfeil einschlug, fauchte eine gleißende Flamme auf und die Kiste brannte lichterloh. Ich war fasziniert von dem Ergebnis, auch Bero und Struan standen die Münder offen. Pierre nickte lediglich anerkennend. Nur Alia ging mit unbewegter Miene in ihre Hütte zurück. Ich war mir sicher, mit dieser Waffe hatten wir einen entscheidenden Vorteil gegenüber Wulfin, trotz seiner vielen Krieger.

Nach fünf Tagen hatte Alia vier Kannen davon hergestellt. Laut meinen Berechnungen hatten wir somit ungefähr vier Dutzend Brandpfeile, mehr als ich erhofft hatte. Wir füllten die Brennflüssigkeit in ein kleines Fass, versiegelten es mit einem Holzpfropfen und Wachs und deponierten es in Alias Hütte.

Kurz darauf erreichte mich erneut ein Brief von Anslin, in dem er mir mitteilte, dass es seinem Vater immer noch schlecht ging. Mein Mitleid hielt sich jedoch in Grenzen. Ich hatte gar die Hoffnung, Wulfin würde der Knochenkrankheit erliegen, dann wären alle unsere Probleme gelöst. Des Weiteren stand in dem Brief, dass sich der Erzbischof gegenüber Friedensbemühungen weiterhin verwehrte - nichts anderes hatte ich erwartet.

Zumindest konnten wir uns nun in aller Ruhe der Ernte widmen, die besser ausfiel, als wir befürchtet hatten. In den letzten Wochen hatte das Wetter umgeschlagen und die Sonne schien fast täglich. Dadurch sprossen Korn und Gemüse auf den Feldern förmlich in die Höhe. Und dieses Mal würde kein Rheinloher die Kornscheune anzünden, denn ich hatte befohlen, die Scheune Tag und Nacht zu bewachen. Immer ein Mann, ausgerüstet mit einem Signalhorn, sollte Wache stehen und bei der geringsten Gefahr sofort das Horn blasen.

So gingen die Tage dahin. Wir halfen den Bauern und kümmerten uns zwischendurch um unsere Waffen und die Instandhaltung der Burgmauern. Zwischen die Zinnen zimmerten wir Holzbretter mit einem Schlitz, sodass unsere Bogenschützen in Ruhe und geschützt zielen konnten. Bei den Arbeiten stand ich tatkräftig zur Seite, was mir die Dörfler hoch anrechneten.

Ich hatte mich inzwischen zum Bauern und Handwerker gewandelt. Als Krieger wollte ich so ein Leben bisher nie führen, doch langsam gewöhnte ich mich daran und kam in meinem Inneren zur Ruhe. Selbst mein stets treuer Begleiter, mein Albtraum, hatte mich seit Wochen nicht mehr aufgesucht. Ich schlief in den Nächten tief und fest und fühlte mich ausgeruht.

Zum Gebet, oder gar zu Gott, fand ich trotzdem nicht zurück. Ich fühlte mich deshalb aber weder verloren, noch als Sünder. Ich stellte lediglich fest, dass mir dadurch nichts fehlte. Vielleicht würde mich Gott eines Tages dafür bestrafen, aber vielleicht war er auch gar nicht der strafende und strenge Gott, wie es die Priester immer predigten. Möglicherweise lächelte er mir genau in diesem Augenblick zu, trank dabei einen Becher Wein und amüsierte sich über meine wirren Gedanken.

Was mich seit einigen Tagen besonders erfreute, war die Tatsache, dass Marie langsam wieder ihre Lebensfreude zurückgewann. Sie lachte und scherzte wieder öfter, sogar ihre kecke Art loderte manchmal auf. Nur noch ganz selten hatte sie diesen traurigen Ausdruck in ihren Augen, ich vermutete, dass sie dann von ihren schlimmen Erinnerungen eingeholt wurde. Ihre und Linhardts große Sorge, sie würde vielleicht schwanger werden, bestätigte sich gottlob nicht. Auch ich musste mir eingestehen, dass ich darüber äußerst erleichtert war.

An den meisten Abenden kehrte in die Halle wieder die alte Fröhlichkeit zurück, nur Pedro und der schöne Klang seiner Laute wurden schmerzlichst vermisst. Und ich saß oft einfach nur da und beobachtete Marie, während sie in ihre Stickerei vertieft war. Ich konnte mich an ihrem Anblick einfach nicht sattsehen. In einem solchen Moment, kamen Lisa und Gilbert zur Tür herein und setzten sich an die Tafel, worauf Linhardt seiner Tochter einen strengen Blick zuwarf. Gott sei Dank konnte der Vogt von seiner Position aus nicht die Strohreste in Lisas Haar sehen, die ich sah.

Die Tage wurden kürzer und die Sonne zeigte sich immer seltener. Wir hatten einen arbeitsreichen Tag auf dem Feld hinter uns. Ich ließ mich vor der großen Scheune müde ins Stroh fallen und trank einen großen Schluck aus meinem Weinschlauch.

Die meisten machten sich bereits auf den Heimweg. Gilbert hatte beim Bündeln des Heus und beim Füllen der Kornsäcke den ganzen Tag in der Nähe von Lisa verbracht. Jetzt schmerzte ihm der Rücken.

»Verfluchte Feldarbeit, dafür bin ich nicht geschaffen, ich bin weiß Gott zu Höherem berufen ...«

»Vielleicht fühlt sich ja Lisa dazu berufen, dir den Rücken zu kneten«, flachste Bero. Gilbert grinste und sah hoffnungsvoll zu Lisa rüber, die belustigt den Kopf schüttelte. »Wenn der hohe Herr das wünscht, tue ich das gerne ...«, sie sah verstohlen zu Gilbert, der sich schon freute, »... aber bestimmt nicht vor dem Jüngsten Tag.«

Es war eine fröhliche und unbeschwerte Stimmung, als der Rest den Heimweg antrat. Ich blieb noch und streckte mich im Stroh aus. Mit hinter meinem Kopf verschränkten Armen genoss ich den wunderschönen Sonnenuntergang. Das sanfte rötliche Licht breitete sich über das ganze Tal aus und legte einen weichen, kupfernen Schimmer über die Wiesen und Felder. Es war einer dieser idyllischen Abende, an denen man nur an die schönen Dinge des Lebens denken wollte.

Ich hatte gerade meine Augen geschlossen, als es neben mir im Stroh knisterte. Ich fuhr hoch, doch es war nur Marie. Sie hatte sich neben mich gesetzt und schaute verträumt zum Horizont, wo die Sonne bereits zur Hälfte versunken war. Außer dem leisen Rascheln der Blätter in den Bäumen, war nichts zu hören. Es war ein stiller und friedlicher Moment, den wir nicht mit Worten zerstören wollten.

Als die Sonne verschwunden und nur noch das Abendrot am Himmel zu sehen war, zupfte sich Marie das Stroh vom Kleid und sprach mit leiser Stimme, ohne mich dabei anzusehen:

»Jesco, darf ich Euch etwas fragen?«

»Natürlich, was immer Ihr wollt, Marie.«

»Hattet Ihr viele Frauen in Eurem Leben?«

Ich verschluckte mich und musste husten, fand dann aber wieder meine Stimme. »Nun ... ich will ehrlich sein, in Palästina hatte ich einen ganzen Harem.«

Sie sah mich stirnrunzelnd an. »Was ist ein Harem?«

Marie war zwar sehr intelligent, aber im Frankenland wussten die Menschen nichts über arabische Sitten oder deren Lebensweise, also klärte ich sie darüber auf.

»Ein Harem ist, wenn ein Mann sich mehrere Frauen hält.«

Sie wirkte erschrocken und sah mich schockiert an, ihre Empörung belustigte mich. Ich ließ sie jedoch nur kurz in dem Glauben, dann beruhigte ich sie. »Ich habe nur gescherzt, ich hatte nie solch einen Harem ... sondern zwei.«

Sie schmiss mit Stroh nach mir und ihre Augen funkelten mich an. Ich musste lachen und hielt sie an den Handgelenken fest, während wir wie Kinder rumbalgten. Als sie mich in die Hand beißen wollte, drückte ich sie zurück und wir sanken ins Stroh. Sie lag auf dem Rücken und ich hielt sie immer noch fest. Maries fordernder Blick ging zu meinem Mund, sie atmete schwer. In diesem Moment hörte mein Kopf auf zu denken und meine Lippen näherten sich langsam den ihren.

Sie sah mir in die Augen, doch dann wirkte sie plötzlich verängstigt. »Lasst mich sofort los!«

Ihr Blick war so voller Furcht, dass ich sie losließ. Sie richtete ihren Oberkörper auf und drehte sich von mir weg.

»Marie, ich werde nichts tun, was Ihr nicht wollt. Habt bitte keine Angst. Ich könnte Euch niemals wehtun.«

Sie stand ruckartig auf und schaute mich an. Es war wieder dieser leere Blick, den ich bereits für Vergangenheit hielt. Eine Träne lief an ihrer Wange herab. »Es tut mir leid, aber ... ich muss jetzt gehen.«

Sie rannte verstört davon und ließ mich mit meiner Ratlosigkeit zurück. Ihre Seelenwunde war also doch noch nicht verheilt und mir wurde klar, dass ich ihr noch mehr Zeit geben musste. Ich erwähnte ja bereits: Geduld war nicht gerade meine herausragendste Tugend. Und schon gar nicht, wenn mir dabei die Hose spannte.

Als Marie davoneilte, hätte sie fast Struan angerempelt, der ihr entgegenkam. Er sah ihr verdutzt hinterher, dann schweifte sein Blick zu mir. Ich konnte nur ratlos mit den Schultern zucken, als er mir die Hand reichte und mir aufhalf.

»Struan, ich bin durchaus gewillt, mich zu betrinken!«

»Aye. Halte ich aber für keine gute Idee.«

Ich starrte ihn an, als stünde der Leibhaftige vor mir.

»Jesco, anstatt dich zu betrinken, solltest du besser mal deinen Kopf bemühen.«

Langsam wurde ich wirklich wütend, hatte ich nicht genügend Geduld bewiesen? Hatte ich nicht genügend Verständnis an den Tag gelegt? Und überhaupt, warum redete Struan plötzlich so viel. »Was willst du mir damit sagen, Struan?«

Er hatte wieder diese unbewegliche Miene aufgesetzt. »Dass du kein Pferd reiten kannst, das bockt.«

»Oh, wirklich? Wäre ich von selber nicht drauf gekommen. Ich danke dir für deinen Rat!«

»Gern geschehen.«

Ich stapfte wütend davon. Später betrank ich mich trotzdem, und zwar gemeinsam mit Struan. Er hatte ja recht, ich konnte nichts erzwingen, was Marie nicht wollte. Ich ertränkte meinen Frust im Wein, bis ich nichts mehr davon spürte. Ob Struan meinen Worten noch folgen konnte, bezweifle ich, denn sie verließen meinen Mund nicht mehr so deutlich, wie ich es eigentlich wollte. Am nächsten Morgen verfluchte ich den Wein und das Leben.

Die nächsten Tage mied Marie wieder meine Nähe und erst recht meinen Blick. Ich musste wohl wieder von vorne anfangen, um ihr Vertrauen zu gewinnen. Es war zweifelsohne einfacher, in einen aussichtslosen Kampf zu ziehen, als die Hingabe einer Frau zu gewinnen. Ich vermisste die Einsamkeit der Wüste.

Es war weniger meine Geduld, die sich auszahlte, sondern eher mein Desinteresse. Denn nach einer Woche sprach Marie wieder mit mir und suchte verhalten meine Nähe. Ich hütete mich trotzdem davor, sie noch einmal zu bedrängen. Ich beließ es bei Gesprächen über alltägliche Dinge und wich ihrem Blick aus. Wir hatten ein freundschaftliches Verhältnis zueinander entwickelt, wie Bruder und Schwester, mehr jedoch nicht.

Eines späten Abends war ich im Stall und striegelte Ashir, er schnaubte leise. Wie einfach so ein Pferd doch war. Ich versuchte, mit meinem Handballen einen verspannten Muskel in seinem Rücken zu lösen. Ashir gefiel das ganz und gar nicht, er stampfte wütend auf und riss seinen Kopf hoch. Erst nach einer Weile wurde er ruhiger, da ich den Schmerz in seinem Rücken etwas lindern konnte.

»Ihr habt ein Händchen für Pferde.«

Ich erschrak leicht, als ich Maries Stimme hinter mir hörte und drehte mich zu ihr um. »Ja, scheint so. Jedenfalls ein besseres Händchen, als für manche Frauen.«

Es war mir rausgerutscht und ich bereute es im selben Augenblick, als ich es ausgesprochen hatte. Ich rechnete fest damit, dass Marie sich abwenden und gehen würde. Doch sie blieb und sah mich an.

»Jesco, ich möchte mich bei Euch entschuldigen. Ich lasse Euch dafür büßen, was mir widerfahren ist. Und das ist nicht richtig von mir, bitte verzeiht.«

Ihre Worte überraschten mich und ich wusste zunächst nicht, was ich sagen sollte, also sagte ich gar nichts. Mein Schweigen schien sie zu verwirren. »Bitte seid nicht böse auf mich, das könnte ich nicht ertragen.«

Ich nahm sanft ihre Hand und sah sie an. »Ihr solltet mir vertrauen, Marie. Ich würde nie etwas tun, was Euch verletzen könnte.«

Sie kam zaghaft näher und berührte mich an meiner Wange. In diesem Moment wirkte sie plötzlich zerbrechlich und hilflos. Ich nahm sie in meine Arme, es war eine schützende Umarmung. Sie vergrub ihr Gesicht an meiner Schulter, als suche sie Geborgenheit. Nach einer Weile hob sie ihren Kopf und sah mich wieder an. Ihre Lippen näherten sich meinem Mund, während sie erregt atmete. Wir küssten uns und sie ließ es geschehen. Ich spürte wie ihre Leidenschaft erwachte und ihr Kuss immer fordernder wurde. Ich zog sie sanft mit mir zu Boden in das weiche Stroh.

Langsam und behutsam schnürte ich ihr Kleid auf, sie zitterte leicht. Ich küsste die weiße Haut ihrer Schulter, die sie mir entgegenstreckte. Sie schien bereit mich zu empfangen und spreizte ihre Schenkel. Dann ertönte das Hornsignal.

Ich richtete mich ruckartig auf, da hörte ich es zum zweiten Mal. Laut und unheilverheißend drang sein Ton durch die Nacht. Mit zwei großen Schritten war ich bei Ashir und legte ihm sein Zaumzeug an, dann sprang ich auf seinen ungesattelten Rücken. »Marie, ruf die Männer zusammen!«

Ohne zu zögern, rannte sie hinaus in den Hof, von wo ich schon aufgeregte Stimmen vernahm. Als ich aus dem Stall ritt, öffnete Ullrich bereits das Burgtor. »Schwert!«, brüllte ich ihm zu.

Als ich am Tor angelangt war, hielt mir Ullrich sein Schwert entgegen. In vollem Galopp riss ich es ihm aus der Hand und preschte weiter zur Kornscheune.

Der Schmied war an diesem Abend zur Wache eingeteilt. Er war ein stämmiger Bursche und wusste sich im Normalfall zu wehren. Als ich in die Nähe der Scheuer kam, erkannte ich mehrere Fackeln im Dunkeln. Ich zählte drei Männer auf Pferden, sie hatten wohl nicht mit einem Wachposten gerechnet.

Der Schmied lag am Boden und schützte sich mit seinen Händen vor den Hufen der Pferde. Die erste Fackel flog zur Scheune. Ohne zu überlegen, sprengte ich im Galopp in die Brandstifter und stieß mein Schwert in die Hüfte eines der Berittenen. Er schrie auf und krümmte sich im Sattel. Dann ließ ich Ashir aufbäumen, der mit seinen Vorderhufen nach einem Reiter schlug, worauf dieser kopfüber aus dem Sattel fiel.

Ich sah mich kurz um, und genau das war mein Fehler. Denn plötzlich fühlte ich einen schneidenden Schmerz in meinem Schenkel. Der letzte der Angreifer hatte sein Schwert in meinen Oberschenkel gestoßen. Er wollte mich wohl am Bauch treffen, aber durch Ashirs Aufbäumen erwischte er mich nur am Schenkel. Ich spürte warmes Blut an meinem Fuß herunterlaufen und schlug nach meinem Angreifer, der jetzt im Vorteil war. Er gewann immer mehr die Oberhand und drängte mich zurück. Ich gab Ashir mit meiner rechten Ferse Druck, sodass er mit seiner Hinterflanke das gegnerische Pferd treffen sollte. Doch mein Gegner durchschaute die Finte und wich mit seinem Ross geschickt aus. Als er mich erneut angriff, tauchte wie aus dem Nichts ein Schatten hinter ihm auf. Zugleich hörte ich ein dumpfes Knacken und mein Gegner sackte über dem Hals seines Pferdes zusammen.

Hinter ihm stand Struan, vom Blatt seiner Axt tropfte Blut. Er hatte meinem Angreifer mit einem einzigen Schlag das Rückgrat durchschlagen.

Gilbert und Raoul waren jetzt ebenfalls da und schnappten sich denjenigen, den Ashir aus dem Sattel gestoßen hatte. Der Schmied hatte sich aufgerappelt und trat die Fackel aus, die gegen die Scheunenwand geflogen war, jedoch keinen Schaden angerichtet hatte.

Gilbert hatte dem Brandstifter bereits eine blutige Nase geschlagen, als er ihn zu mir zerrte. Ich lenkte Ashir zu ihm und hielt ihm meine Schwertspitze an die Brust. Dann sah ich zu Raoul, der die am Boden Liegenden in Augenschein nahm und sich gerade über einen beugte. »Der eine ist tot, Struan hat ihn fast halbiert. Der andere lebt noch, aber macht's nicht mehr lange.«

Ich wandte mich an den einzig Verbliebenen und drückte ihm meine Klinge noch fester an die Brust. Er war noch jung, nur ein dünner Flaum spross an seinem Kinn. Voller Furcht sah er zu mir hoch. Mit vor Wut unterdrückter Stimme zischte ich ihn an: »Reite zurück zu Wulfin und richte ihm aus, dass es jedem Brandstifter so ergeht, der versucht hier Feuer zu legen. Und wenn ich dich noch Mal erwische, dann lasse ich dich aufhängen. Und das ist keine Drohung, sondern ein Versprechen!« Wir setzten ihn auf sein Pferd und jagten ihn davon.

Struan kam zu mir. »Der andere ist jetzt auch tot, hast ihn gut getroffen.« Er bemerkte, dass von meinem Fuß das Blut heruntertropfte. »Kannst du noch reiten?«

Ich nickte, aber der Schmerz wurde jetzt immer stärker. Das Blut hatte sich inzwischen in meinem Stiefel gesammelt und es fühlte sich an, als würde ich in einer warmen Pfütze stehen. Raoul und Struan blieben zur Sicherheit als Wachposten bei der Scheune, ich ritt mit Gilbert wieder hoch zur Burg. Die anderen kamen uns bereits entgegengeritten, Gilbert klärte sie über das Geschehene auf und wir kehrten gemeinsam zurück.

Im Hof half mir Bero vom Pferd und brachte mich mit Linhardt zusammen in die Halle, wo sie mich auf den Tisch legten. Mein Schenkel pochte inzwischen unerträglich und das Blut hatte meine Beinlinge durchtränkt. Ich fluchte innerlich über den kurzen Moment meiner Unachtsamkeit.

Als Alia kam, schnitt sie mir die Hose auf und sah sich die Wunde an. Sie sagte nichts, die Besorgnis in ihren Augen waren mir Antwort genug. Dann rief sie nach heißem Wasser und Wein. Frida und Lisa besorgten alles, während Marie ihren Arm um meinen Kopf legte, um mich zu stützen. Sie war etwas blass um die Nase, dennoch versuchte sie zu lächeln. »Eine weitere Narbe wird hinzukommen.«

Alia wusch die Wunde aus und band mir mit einem Gürtel den Schenkel ab, um die Blutung zu stillen.

»Jesco, die Wunde ist sehr tief. Ich muss sie nähen, oder du wirst verbluten. Trink ein paar kräftige Schluck Wein, denn es wird sehr weh tun.« Ich befolgte ihre Anweisung und Marie flößte mir ordentlich Wein ein. Alle sahen ungläubig zu Alia, die bereits ein Pferdehaar in eine gebogene Silbernadel fingerte. Bero steckte mir ein Stück dickes Leder zwischen die Zähne und grinste mich an.

»Ist ein Haar von Ashirs Mähne, ist doch ganz in deinem Sinne, oder?« Dann lehnte er sich über meinen Oberkörper, um mich festzuhalten.

Alia nähte Stich für Stich die Wunde zu, ich biss in das Leder und krallte meine Hände in Beros Rücken. Das Zunähen der Wunde schmerzte mich mehr, als der Schwertstoß. Die anderen sahen fasziniert zu, ich kam mir vor wie eine Marktattraktion. Marie strich mir mit ihren Händen immer wieder über das Gesicht und konnte nicht hinsehen. Als Alia fertig war, trug sie noch Kräuter auf die Wunde auf, um eine Entzündung zu vermeiden. Sie legte einen dicken Verband an und verabreichte mir einen bitteren Sud, worauf ich kurz danach einschlief.

Ich erwachte erst am nächsten Morgen und bekam dann leichtes Fieber. Alia wechselte mehrmals den Verband und schmierte eine Paste darauf. Ich kann sonst nicht viel darüber berichten, da ich durch den Mohn die meiste Zeit in einen tiefen Schlaf fiel und nur manchmal schweißgebadet aufwachte.

Irgendwann schlug ich die Augen auf und sah in Maries Gesicht. Sie lächelte mich an, strich mir mit einem feuchten Tuch den Schweiß von der Stirn und war sichtlich erleichtert, dass ich wieder erwacht war. »Dem Herrn sei Dank, du bist wach.«

»Wohl eher Alia sei Dank«, entgegnete ich mit heiserer Stimme. Ich war sehr erschöpft und hatte Hunger. Marie fütterte mich mit heißer Hühnersuppe und ich war ihr dankbar für ihre Fürsorge. Ich empfand sie noch schöner als sonst und genoss ihre Pflege. Sie saß die meiste Zeit an meinem Bett und kümmerte sich um mich. Manchmal las sie mir aus ihren Büchern vor oder erzählte aus ihrer Kindheit und ich war ihr ein aufmerksamer Zuhörer. Ihre Gegenwart tat mir gut.

Als es mir nach drei Tagen besser ging, saß sie wieder an meinem Bett und wollte mir vorlesen. Ich hörte eine Weile zu, dann zog ich sie von ihrem Stuhl zu mir runter und küsste sie leidenschaftlich. Sie erwiderte meinen Kuss und lachte mich an. »Es wird noch ein paar Tage dauern bis du aufstehen kannst, meint Alia. Bis dahin wirst du dich in Geduld üben müssen.«

Ich übte mich in Geduld und stand noch am gleichen Tag auf. Die Schmerzen waren im Stehen jedoch stärker, als ich erwartet hatte, aber ich biss die Zähne zusammen. Dieser Mistkerl hatte mir sein Schwert so tief in den Schenkel gestoßen, dass ich es jetzt bei jedem Schritt spürte.

Nach weiteren drei Tagen zog mir Alia das Pferdehaar wieder aus der Wunde. Sie war sehr zufrieden mit dem Heilungsverlauf und die Burgbewohner sahen sie an, als wäre sie eine Heilige. Ich nahm ihre Hand und bedankte mich bei ihr.

»Alia, dein Ruf wird dir bald im ganzen Frankenland vorauseilen. Ali wäre stolz auf dich.« Sie errötete und wurde verlegen. »Allah war mit mir, ich war nur sein verlängerter Arm.«

Ich musterte sie und bewunderte ihren festen Glauben.

»Wenn du meinst. Dennoch warst du es, die mich geheilt hat. Ich wäre sonst verblutet, oder ein Bader hätte mir den Fuß abgesägt ... ich danke dir, Alia.«

Ich humpelte noch, was aber mit jedem Tag besser wurde und so konnte ich bald wieder meinen Aufgaben nachgehen.

Das Wetter wurde kühler und regnerischer, was bewirkte, dass mich jetzt gleich zwei Narben plagten: die über meinem Auge und die neu hinzugekommene. Sie pochten und juckten als wären sie wieder aufgebrochen. Auch Alia hatte dafür keine richtige Erklärung. Sie versicherte mir aber, ich müsste mich deswegen nicht sorgen, da so etwas bei bereits verheilten Narben öfter auftrete. Doch allein die Tatsache, dass mich meine Narben so beschäftigten, war schon lächerlich genug. Es bewies mir letztendlich, dass es an der Zeit war, meinem Selbstmitleid einen ordentlichen Tritt zu verpassen und die Dinge wieder in die Hand zu nehmen.

An einem sonnigen Nachmittag führte ich Marie in den Stall.

Ich holte Ashir, nahm dann ihre Hand und sah in ihre erwartungsvollen Augen. »Ich möchte dir etwas zeigen.«

Sie war überrascht, als ich ihr in den Sattel half und mich dahinter setzte, ließ es sich aber gefallen. Ich ritt mit Marie zu einem kleinen Wäldchen in der Nähe. Es war ein schöner Spätsommertag und die bereits bräunlich verfärbten Blätter der Bäume kündigten den baldigen Herbst an.

In einer sonnigen Lichtung saßen wir ab und ließen uns im weichen Moos nieder. Eine schwache Brise ließ die Blätter der Bäume rascheln, während ein Vogelschwarm über uns hinwegzog. Wir tranken aus einem mitgebrachten Weinschlauch und waren unbekümmert. Marie legte ihren Kopf an meine Schulter und schien sich wohl zu fühlen. Das weiche Sonnenlicht, das durch die Baumwipfel schien, hob ihre Schönheit noch mehr hervor.

Ich legte meinen Arm um sie, sie hatte nichts dagegen. Dann streifte ich den Ärmel ihres Kleides hoch und küsste ihren Unterarm, auch das ließ sie sich gefallen. Ich strich mit meinen Fingern sanft durch ihre weichen Haare und biss ihr zärtlich in Nacken und Hals. Ihre Haut roch gut. Ein Frösteln durchzuckte ihren gesamten Körper, als ich sie mit meiner Zunge im Ohr kitzelte.

Sie juchzte und stöhnte vor Erregung und genoss meine Liebkosungen. Ich zog ihr das Kleid hoch und wir liebten uns. Erst zärtlich, dann stürmisch und voller gegenseitigem Verlangen, als würden wir zu einer untrennbaren Einheit verschmelzen. Ein heftiges Zittern durchlief ihren Körper, als wir gemeinsam den Gipfel der Lust erreichten.

Irgendwann schlief sie glückselig in meinen Armen ein. Ich lag wach und roch den Duft ihres Körpers, zugleich überkam mich ein wohliges Gefühl von tiefer Zufriedenheit. Als sie wieder erwachte, liebten wir uns noch einmal. Es war noch intensiver und schöner als beim ersten Mal.

Mit ihr war es anders gewesen, als mit den Frauen zuvor. Marie und mich verbindet etwas, unsere beiden Seelen hatten sich zu einer zusammengefügt. Als wir später wieder heim ritten, verspürte ich zum ersten Mal das Gefühl der Liebe. Es war eine neue und ungewohnte Erfahrung für mich, doch es fühlte sich gut an.

Zuerst dachte ich, Gilbert wäre nur schlecht gelaunt. Doch dann fing ich an, mir ernsthafte Sorgen zu machen.

Ich war mit ihm in Bingen gewesen, um Pergament und Salz zu kaufen. Die Preise für das Salz waren jedoch völlig überteuert, die einfachen Leute konnten es sich fast nicht leisten. Die Händler hingegen wurden vermögend durch das weiße Gold. Ich erwarb nur eine geringe Menge und handelte diese noch runter. Für den Winter erstanden wir noch einige dicke Felle. Gilbert war zwar die ganze Zeit an meiner Seite, wirkte aber irgendwie geistesabwesend.

Auf dem Rückweg ritt Gilbert schweigend neben mir her. Den ganzen Tag über hatte er noch keine zwei Sätze gesprochen. Schon in einer Taverne in Bingen war es mir aufgefallen. Er hatte weder einem Mädchen hinterhergesehen, noch mit einer angebandelt, was sonst so normal gewesen wäre, wie der Tag auf die Nacht folgt. Er saß nur stumm vor seinem Weinbecher und grübelte in sich hinein.

Als er auf dem Heimritt immer noch nichts sprach und wir kurz vor Hohengreif waren, wurde es mir zu dumm.

»Gilbert, was plagt dich, raus mit der Sprache!«

Er schaute mich vergrämt an und grummelte was Unverständliches, bevor er mir antwortete. »Ich glaube, mit mir stimmt was nicht ...«

»Und das wäre?«

Er gab mir keine Antwort, sondern sah nur grimmig geradeaus. Ich gab nicht nach und bohrte weiter. »Nun sag schon, was ist los mit dir? Oder plagen dich Schmerzen?«

»Ja, große Schmerzen.«

Ich zügelte Ashir abrupt und wir blieben stehen. »Und wo?«

»In meinem Kopf.«

Ich war jetzt wirklich besorgt und erinnerte mich, dass Ali mir einmal von einer seltenen Krankheit erzählte. Menschen klagten dabei über starke, stechende Schmerzen in ihrem Kopf und fielen dann ohne Vorwarnung einfach um und starben.

»Gilbert, beschreibe mir die Schmerzen, sind sie ... stechend?«

Er zögerte und sah von mir weg. »Eher nicht ...«

»Na schön, wie dann?«

Ich wusste nicht, ob ich es mir nur einbildete, aber er sah jetzt wirklich krank aus, hatte dunkle Augenränder, war bleich und wirkte müde. Er hielt sich wieder mit seiner Antwort zurück.

»Gilbert, nun rede endlich. Wie fühlen sich die Schmerzen an?«

Er wich abermals meinem Blick aus. »Na ja, sie fühlen sich nach Lisa an ...«

Ich stieß erleichtert den Atem aus, obwohl ich ihm am liebsten eine verpasst hätte. Er sah mich gequält an. »Die Weiber im Wirtshaus, die Mädchen auf dem Markt, sie interessieren mich nicht mehr. Ich habe nur noch dieses eine gottverdammte Weibstück in meinem Kopf. Und das passt mir ganz und gar nicht!«

Mein erster Schreck hatte sich gelegt und ich musste mir das Lachen verheben. »Du bist verliebt mein Freund.«

Gilbert sah mich entrüstet an, dann schnaubte er humorlos.

»Das wäre dann aber ein Umstand ohne Sinn. Warum sollte ich mich mit einer begnügen, wenn ich Dutzende haben kann? Nein, völlig ohne Sinn!«

»Ja, der Verlust für das weibliche Geschlecht wäre geradezu erschütternd. Du solltest davon Abstand nehmen und dich wieder auf deine wahren Stärken besinnen«, frotzelte ich. Er kratzte sich nachdenklich an seinem dichten Kinnbart.

»Du hast recht, das sollte ich wirklich.«

Er sinnierte eine geraume Weile über meinen Vorschlag, doch dann ballte er plötzlich die Faust. »Verfluchte Scheiße, wenn es doch nur so einfach wäre. Dieses Weib hat sich in meinem Schädel eingenistet wie ein Wespenschwarm in einem Baum!«

»Tja, dagegen ist man machtlos. Du kannst nichts dagegen tun.« Er tat mir fast schon leid, trotzdem wurde mein Grinsen immer breiter, während er zusehends wütender wurde.
»Einen besseren Rat hast du mir nicht?!«
»Doch, du könntest sie einfach töten.«
»Hm ... .Vielleicht sollte ich das tun.«
Er dachte noch eine Weile nach, dann gab er seinem Pferd wütend die Sporen und galoppierte voraus. Ich sah ihm nach und konnte jetzt endlich befreit lachen.

Gilbert hatte sich seit zwei Tagen im Weinkeller eingeschlossen. Manchmal hörte man ihn laut unflätige Lieder singen, dann hörte man wieder stundenlang gar nichts. Er machte eine schwere Zeit durch und keiner vermochte ihm zu helfen. Einmal klopfte ich an die Kellertür und bat ihn mir zu öffnen. Doch ich hörte nur ein leises Stöhnen und die Tür blieb verschlossen. Vor allem Lisa sorgte sich um ihn und stellte ihm sogar Essen vor die Tür, welches jedoch unangerührt blieb.
Während wir alle am Abend in der Halle speisten, fragte sie mich schließlich leise: »Was fehlt denn Gilbert?«
»Oh, nichts Ernstes. Er macht sich nur ein wenig Gedanken über die zwischenmenschlichen Beziehungen ... sozusagen.«
»Aha.«
»Und ein paar Blähungen plagen ihn.«

Am nächsten Morgen stand Gilbert mit zerzausten Haaren und blutunterlaufenen Augen im Hof und starrte apathisch vor sich hin. Man hätte meinen können, er wäre dem Wahnsinn verfallen. Keiner beachtete ihn, bis ihn Lisa in ihre Arme nahm und zu seinem Bett führte. Anschließend ertrug Gilbert, tapfer wie ein wahrer Krieger, sein schweres Los jetzt nur noch für eine Frau da sein zu können. Und mir blieb es erspart, ein

Bittgesuch an den Papst zu schreiben, er möge doch bitte für Gilbert die Kirchengesetze ändern, um die Vielweiberei zuzulassen.

Auch wenn wir unsere Zuneigung zu Linhardts Töchtern vor ihm verbargen, entging ihm nicht das veränderte Verhalten seiner Töchter. Argwöhnisch verfolgte er jeden ihrer Schritte und es wurde für uns immer schwieriger, unsere Geheimnisse zu bewahren. Und so kam es wie es kommen musste: Linhardt bat mich zu einem Gespräch.

Wir saßen an der Tafel im Palas und Linhardt knetete nervös seine Finger, ehe er schließlich zu sprechen begann.

»Jesco, du bist der Herr über Hohengreif, und ich maße mir nicht an, dir etwas vorzuschreiben. Es handelt sich vielmehr um eine Bitte. Mir ist nicht entgangen, dass du und Marie ... etwas füreinander empfindet. Ich spreche als besorgter Vater zu dir, der auch um den guten Ruf seiner Tochter besorgt ist ...«

»Ich liebe Marie«, unterbrach ich ihn.

Er sah mich bestürzt an und schien alles andere als glücklich darüber zu sein. »Jesco, du bist von Stand, Marie ist nur von einfacher Herkunft. Ihr könnt nicht zusammensein oder gar heiraten. Die Kirche würde es niemals ...«

»Was die Kirche billigt und was nicht, interessiert mich einen Scheißdreck! Es sind alles Gesetze, die von Menschenhand geschrieben wurden, nicht von Gott!«

Linhardt erschrak über meinen Wutausbruch, fing sich aber gleich wieder. »Mit solchen Worten solltest du vorsichtig sein. Sie haben schon so manchen das Leben gekostet. Und wie wir alle, wirst auch du dich eines Tages vor Gott rechtfertigen müssen.« Er sprach mit besonnenen Worten, ganz im Gegensatz zu mir.

»Ich muss mich für gar nichts rechtfertigen, ich bin Ihm nichts schuldig. Ich habe für Gott und die römische Kirche im

Heiligen Land gekämpft und getötet. Ob ich damit Schuld auf mich geladen oder sie abgetragen habe, das kann nur Gott entscheiden. Aber er wird nicht entscheiden, wen ich zu lieben habe und wen nicht. Und die Kirche schon gar nicht!«

Er nickte bedächtig und konnte mir nichts mehr erwidern. Ich stand auf. »Hab keine Sorge, Linhardt, ich werde Marie nicht entehren oder ihrem Ruf schaden. Aber ich liebe sie und wir gehören zusammen. Mit deiner Zustimmung wäre es mir allerdings lieber.«

Mein Vogt wirkte leicht überfordert, er fuhr sich durch die Haare und stöhnte. »Falls du einmal Kinder haben solltest, dann wünsche ich dir Söhne. Denn glaube mir, damit ersparst du dir viel Ärger.«

Ich musste über seinen Rat schmunzeln, wartete aber immer noch auf eine Antwort.

»Meinetwegen, dann soll es sein«, lächelte er mich an, »könnte mir ja auch keinen Besseren für sie vorstellen. Aber gebt bitte Acht, du weißt schon ...«

»Das werden wir, ich verspreche es dir.« Ich reichte ihm die Hand. »Soll ich dir jetzt noch Gilbert reinschicken?«, grinste ich ihn an.

»Gott behüte, für heute reicht es mir!«

Aus Sicherheitsgründen schafften wir einen Teil der Ernteerträge in die Burg, einige Säcke Korn verteilten wir unter den Bauern. In der Scheune lagerte jetzt nur noch ein kleiner Rest, ohne den wir notfalls auch durch die kalte Jahreszeit kommen würden.

Für den Winter hatten wir vorgesorgt, doch ich wollte, was Wulfin betraf, eine Entscheidung herbeiführen. Die ständige Bedrohung eines möglichen Angriffs war allgegenwärtig und belastete uns, obwohl jeder versuchte, sich nichts anmerken zu lassen. Indem wir nicht über das drohende Unheil redeten, glaubten wir, wir könnten es so von uns fernhalten.

Doch dies erschien mir trügerisch und ich wollte nicht darauf warten, bis es über uns hereinbrach. Ich grübelte nach einer Strategie, wie wir trotz Unterzahl gegen Wulfin vorgehen könnten. Ich hatte zwar eine Idee in meinem Kopf, aber die musste noch einmal gründlich überdacht werden. Allzu viele Möglichkeiten hatten wir sowieso nicht.

Der Winter stand vor der Tür und in den Nächten wurde es kühler. Tagsüber verdeckten oft dichte Wolken die Sonne und das Feuer im Kamin der Halle brannte jetzt auch am Tage. Da ich nach außen den Anstand wahren wollte, schlich ich mich in den Nächten in Maries Zimmer. Ihre Lust und Leidenschaft erblühte mit jedem Mal mehr, wenn wir uns liebten. Es erregte sie, wenn ich sie zärtlich in ihren Kniekehlen kitzelte oder meine Zunge ihren gesamten Körper erforschte. Ich liebte ihren Geruch, ihr Lächeln, ihre Brüste, einfach alles an ihr.

Oft führten wir lange Gespräche und ich schätzte ihren Geist und ihre Klugheit. Wir erlebten zusammen glückliche Tage und Nächte und wurden uns immer vertrauter. Ich verdankte Marie damals vieles, sie öffnete meine Seele und verbannte aus ihr die düsteren Gedanken von Töten und Krieg.

Als wir eines Morgens noch in ihrem Bett lagen, setzte sie sich auf mich und sah mich einfach nur an. Ihr sinnlicher Blick berauschte mich und ließ meine Leidenschaft erwachen. Sie küsste mich und streichelte mir durch die Haare. »Deine Augen sind jetzt andere wie damals, als du hier ankamst. Sie sind nun warm und freundlich.«

Ich musste über diese typisch weiblichen Gedanken grinsen.

»Ach ja? Und wie waren sie damals?«

Das Lächeln wich aus ihrem Gesicht und sie wurde ernst.

»Kalt, gefährlich und grausam. Und ein wenig verbittert.«

Ich hörte auf zu grinsen. Wie gut sie mich doch inzwischen durchschaute, denn ihre Worte trafen genau mein Empfinden. Ich war als Krieger erzogen worden und hatte Schlachten und Kriege erlebt. Ich kannte nichts anderes, als zu kämpfen und zu töten und danach zu beichten. Doch seit ich in Hohengreif war, hatte ich gelernt, dass andere Dinge das Leben bestimmen. Und Marie hatte einen wesentlichen Teil dazu beigetragen. Ich versuchte ihr mit meinen Worten zu erklären, was manchmal in meinem Inneren vorging.

»Wenn man so wie ich, grausame Dinge gesehen und getan hat, dann wird man so. Das Herz wird kalt, aber es schützte mich zu überleben und weiterzumachen. Ich tat Grauenhaftes und bereute es nicht einmal, und das alles nur wegen irgendwelcher Ränke um Macht und Politik. Erst später begann ich daran zu zweifeln. Das Kriegshandwerk ist keine Poesie, wie es in manchen hübschen Büchern dargestellt wird. Es ist ein grausames Abschlachten von Menschen, und ich wollte das nicht mehr. Doch es verfolgt mich bis hierher.«

Sie strich mit ihren Fingern sanft über meine Narbe und küsste mich. Dann sah sie mich wieder an, doch sie wirkte nachdenklich. »Und das wird nie vorbei sein. Im Moment ruht es nur, nicht wahr?«

»Du hast es zum Ruhen gebracht.«

Sie beugte sich zu mir runter und sah mir tief in die Augen.

»Für wie lange, Jesco, für wie lange?«

Ich antwortete nicht, sondern nahm sie in meine Arme und wir liebten uns.

Noch am gleichen Tag bat ich alle, sich abends in der Halle zu versammeln. Ich hatte den ganzen Tag über unsere Situation nachgedacht und war zu einem Entschluss gekommen.

Die anderen waren bereits unten und warteten auf mich. Ich saß noch in meinem Turmzimmer und hielt das Amulett meines Vaters in meiner Hand. Ich betrachtete es eine ganze Weile und spürte die Verantwortung, die ich für Hohengreif trug. Als ich das Schmuckstück wieder in meine Kiste legte, wusste ich, dass ich das Richtige vorhatte.

Jeder sah mich gespannt an, als ich den Palas betrat und mich auf meinen Stuhl setzte. Marie saß am Tisch zu meiner rechten Seite und schenkte mir Wein ein. Ich sah in erwartungsvolle Gesichter, nur ein leises Räuspern war hier und da zu hören. Ich trank einen Schluck, dann stand ich auf und stützte meine Hände auf den Tisch.

»Ich bin es leid hier rumzusitzen, während die Männer von Wulfin ständig ihr Unwesen treiben und uns eines Tages sowieso angreifen werden. Darum habe ich beschlossen, die Rheinloher zum Kampf herauszufordern und so eine Entscheidung herbeizuführen!«

Es herrschte eisiges Schweigen und ich sah mich skeptischen Mienen gegenüber. »Nicht ich bin es, der den Kampf sucht, sondern Wulfin«, bekräftigte ich meine Worte, deren Wirkung ich mir anders vorgestellt hatte. Keiner sagte etwas.

»Was ist los? Seid ihr über Nacht stumm geworden?!«, fügte ich bärbeißig hinzu.

Bruder Anselm bekreuzigte sich hastig und schaute verschüchtert zu mir rüber. »Das sollten wir nicht tun, der Herr schickte uns eine Warnung.«

Ich sah ihn verblüfft an. »Was redest du da Anselm?«

»Ich habe in der letzten Nacht einen Stern vom Himmel herabfallen sehn. Das war ein Zeichen Gottes!«

Ich versuchte Anselm zu beruhigen. »Wir haben so etwas in Palästina des öfteren gesehen. Die Gelehrten dort sagen, dass es ganz normale Naturereignisse sind, nichts weiter.«

»Sowas können nur gottlose Sarazenen behaupten«, widersprach mir Anselm aufgebracht und bekreuzigte sich erneut. Bero stand auf und ging zur Tür, ich sah ihm fragend nach.

»Wo willst du hin?!«

»Ich hab eine volle Blase, vielleicht ist das ja auch ein Zeichen Gottes!«

Gilbert kicherte und schaute Bero hinterher. »Und was will Gott dir damit sagen?« Bevor Bero die Tür hinter sich schloss, drehte er sich noch einmal um. »Na, dass ich pissen muss!«

Bis auf den bestürzten Anselm, mussten alle schmunzeln. Schließlich meldete sich Linhardt zu Wort. »Jesco, hast du dir auch überlegt, wie du gegen Wulfin ankommen willst?«

»Das habe ich und würde dazu gerne eure Meinung hören.«

Bero kam wieder rein und setzte sich, ich sprach weiter: »Ich will ehrlich zu euch sein, wir sind dem Rheinloher weit unterlegen, was die Anzahl der Krieger betrifft. Deshalb müssen wir die wenigen Vorteile, die wir haben, auch nutzen. Wir bestimmen den Zeitpunkt und den Ort. Wir haben nur eine Chance, wenn wir ihn vor unsere Mauern locken. In einer offenen Schlacht wären wir hoffnungslos unterlegen.«

Die Blicke der Männer gaben mir recht, dennoch schienen sie nicht restlos überzeugt zu sein. Ich konnte es ihnen nicht verdenken, hegte ich doch selbst leise Zweifel.

»Ich habe vor, Wulfin eine Botschaft zu übermitteln. Ich will ihn herausfordern, uns in zwei Wochen am Vollmondtag anzugreifen und uns zu belagern. Wenn er vor unseren Mauern steht, werden wir ihn mit unseren griechischen Feuerpfeilen beschießen. Die Bogenschützen werden dabei sicher hinter den Bretterverschlägen zwischen den Zinnen stehen. Der Turm ist zu hoch, um von dort sicher zielen zu können. Dadurch werden wir ihm große Verluste unter seinen Männern zufügen. Anschließend reiten wir einen Ausfall-Angriff und werden seine dezimierte Truppe attackieren. Das Wichtigste ist, dass wir nur zielsichere Bogenschützen einsetzen, denn mit den Beuteln an den Pfeilspitzen wird es ohnehin schwieriger zu treffen. Die Bauern sollen beim Gegenangriff mit Waffen kämpfen, die ihnen vertraut sind. Man kann auch mit

Mistgabeln ein Pferd aufspießen. Der Überraschungseffekt wird auf unserer Seite sein.«

»Ich denke, die Überzahl wird trotzdem zu groß sein«, warf Ullfrig seine Bedenken ein.

»Wulfin wird nicht so dumm sein, seine Mauern unbemannt zurückzulassen«, erwiderte ich. »Er wird bestimmt ein Dutzend Soldaten in der Burg lassen. Also bleiben ihm noch ungefähr vierzig Krieger. Wenn wir davon ein gutes Drittel mit unseren Pfeilen erwischen, dann haben wir die Aussicht sie zu schlagen. Wir sind dann insgesamt dreizehn Krieger und einige Bauern gegen etwa zwei Dutzend verbliebene Feinde.«

Linhardt zweifelte dennoch. »Sie werden Eisenhemden tragen, dann wären unsere Pfeile recht wirkungslos.«

Ich versuchte auch seine Zweifel zu zerstreuen. »Die Pfeile müssen ihre Kettenhemden gar nicht durchdringen. Egal wo wir sie treffen, sie werden brennen wie Fackeln. Wir haben es in Palästina leider miterlebt, wie Kameraden von uns auf diese Weise starben.«

»Das griechische Feuer ist eine unchristliche und heidnische Waffe. Gott wird uns dafür strafen!«, empörte sich Anselm.

Er fing langsam an mir auf die Nerven zu gehen. »Die Kirche missbilligt diese Waffe und schimpft sie unchristlich? Aber sind Streitäxte, Schwerter oder herkömmliche Brandpfeile etwa christlicher?! Und außerdem ist unser Feuer dem griechischen nur ähnlich«, entgegnete ich ihm etwas schärfer, als ich eigentlich wollte.

Wieder setzte beklommenes Schweigen ein, doch dann erhob sich Gilbert. »Wir haben im Heiligen Land oft gegen eine weitaus größere Übermacht gekämpft und gesiegt, das werden wir auch hier.«

»Zumindest ist alles besser, als so weiterzuleben. Gilbert und Jesco haben recht. Wir sollten uns dem Rheinloher entgegenstellen«, pflichtete ihm Ullfrig bei.

Bero erhob sich als Nächster, sein Blick war finster, während Alia besorgt zu ihm hochsah. »Es ist längst an der Zeit zu den Waffen zu greifen, ich bin dafür!«

Meine vier Wachsoldaten nickten mir zu und auch Pierre und Raoul waren einverstanden. Für Rutger war es schwierig gegen seine ehemaligen Kameraden zu kämpfen, dennoch sah er entschlossen zu mir. »Ich habe Euch einen Eid abgelegt und den halte ich auch ein«, sprach er feierlich.

Schließlich stand auch Linhardt auf. »Dann soll es so sein, bringen wir es zu einem Ende, so oder so!«

Nur eine Zustimmung fehlte noch, und derjenige trank gerade seinen Becher leer. Als er ihn abstellte, sahen mich zwei blaue Augen an. »Aye!«

Ich nickte zufrieden und hob meinen Becher in die Höhe.

»Für Hohengreif und seine Menschen!«

Vereint und mit denselben Worten, antworteten mir alle Anwesenden.

Es war abermals eine Fügung des Schicksals, als am nächsten Morgen ein Bote mit einem Brief von Anslin kam. Wir bewirteten den Boten und ich bat ihn zu warten, um ihm einen Brief für Wulfin mitzugeben.

Anslin schrieb mir, dass sein Vater das Krankenbett verlassen hatte und wir uns vorsehen sollten, da er zu allem entschlossen wäre. Diese Nachricht kam mir gelegen, denn ich hoffte, dass Wulfin mir im Kampf gegenüberstehen würde.

Jetzt musste ich es nur noch schaffen, dass die Rheinloher auch vor unsere Mauern kommen. Also entschied ich mich, Wulfin bei seiner Ehre zu packen, falls er überhaupt welche besaß. Als Zeitpunkt wählte ich den nächsten Vollmond. Wir hatten somit noch zwei Wochen, um uns vorzubereiten. Marie brachte mir Schreibzeug und Pergament. Als sie es mir in der

Halle auf den Tisch stellte, sah sie mich sorgenvoll an. »Jesco, es macht mir Angst, was du vorhast.«

Ich nahm ihr Gesicht zwischen meine Hände und sah ihr in die Augen. In Augen, die mir so viel gaben und jetzt voller Zweifel und Sorgen waren. »Es ist nicht so, dass ich keine Furcht habe. Doch wenn der Boden unserer Freiheit mit dem Blut dieses Tyrannen getränkt werden muss, dann soll es so sein.«

Ich legte meine Arme um sie, um ihr die Angst zu nehmen.

»Marie, wir müssen zuversichtlich sein. Wir werden siegen und danach in Frieden leben.«

Sie küsste mich, doch die quälende Ungewissheit in ihrem Blick blieb. Doch dann zeigte sie mir ihre Zustimmung, indem sie mir meinen Stuhl zurechtrückte und mir zärtlich durch die Haare strich. Ich setzte mich an die Tafel und legte den Pergamentbogen vor mich auf das abgegriffene Holz. Dann tauchte ich den Federkiel in das Tintenfässchen und fing an zu schreiben:

~

Von Jesco von Hohengreif an Wulfin von Rheinlohe

Es erfreut mich zutiefst von Eurer Genesung zu hören. Ihr wolltet doch den Stachel, der Euch plagt, aus Eurem Fleisch entfernen. Ich erwarte Euch zum nächsten Vollmondtag, falls Ihr genügend Ehre und Mut im Leib habt, uns gegenüberzutreten.

In Erwartung auf Euch, Jesco von Hohengreif.

~

Nachdem ich den Brief zusammengefaltet hatte, drückte ich meinen Siegelring in das noch weiche Wachs. Dann gab ich das Schreiben dem Boten, mit der Anweisung, es noch heute zu Wulfin zu bringen. Er machte sich sofort auf den Weg.

Jetzt hieß es abwarten, wie Wulfin reagieren würde. Unsere Mauern würde er natürlich als Nachteil für sich erkennen, aber ich hoffte auf seine Überheblichkeit, aufgrund seiner größeren Anzahl von Soldaten.

Der Bote war schon eine ganze Weile weg, als ich Marie zu Pedros Grab begleitete, sie wollte dort frische Blumen niederlegen. Es rührte mich, mit welcher Hingabe sich die Frauen um sein Grab kümmerten. Unser Poet hatte wohl tiefe Spuren in ihren Herzen hinterlassen. Auch meinen Gefährten und mir fehlte Pedro, er war einer dieser besonderen Menschen gewesen, von denen es leider nicht sehr viele gab. Seine Laute schmückte nun die Wand in der Halle. Von dort sah sie stumm auf uns herab und erinnerte uns an die wunderschönen Klänge, mit denen Pedro uns so oft verzauberte.

Auf dem Rückweg von seinem Grab sprachen Marie und ich nicht. Es war ähnlich, wie einst zwischen Borchwei und mir. Wir benötigten keine Worte, um uns zu verständigen. Wir wussten auch so, was der andere gerade dachte oder fühlte.

Pierre und Raoul übten gemeinsam mit den vier Wachsoldaten unermüdlich Bogenschießen. Sie hatten kleine Steine an die Pfeilspitzen gebunden, um das Gewicht der Säckchen zu simulieren. Inzwischen trafen sie mit fast jedem Schuss ihr Ziel, was uns alle sehr erfreute, schließlich würden sie der entscheidende Faktor sein. Je mehr Angreifer sie treffen würden, desto leichter wäre für uns der offene Kampf danach.

Wir überprüften nochmals die Wehrmauern und besserten an einigen Stellen nach. Haltbare Nahrungsmittel wurden in die Burg gebracht, falls es wider Erwarten zu einer längeren

Belagerung kommen sollte. Dank des Brunnens waren wir ausreichend mit frischem Wasser versorgt, was das Allerwichtigste war. Ohne Essen konnten wir eine Zeit lang überleben, ohne Wasser nicht.

Ich schärfte meine Waffen und gab dem Schmied mein Kettenhemd, um es an einigen Stellen mit neuen Eisenringen zu flicken. Große Körbe mit Wurfsteinen wurden auf der Wehrmauer platziert und ausreichend Heu für die Pferde in den Stall geschafft. Auf die Reiterlanzen wurden neue und dickere Eisenspitzen befestigt und schließlich das Burgtor mit zusätzlichen Querbalken verstärkt.

Vier Tage nachdem ich Wulfin den Brief geschickt hatte, brachte uns ein Bote seine Antwort. Ich öffnete den Brief erst, als alle in der Halle anwesend waren. Nachdem ich das Siegel mit dem Adlerkopf zerbrochen hatte, schlug ich den Brief auf und las die wenigen Zeilen. Alle sahen gespannt zu mir.

»Er schreibt, dass er meine Einladung gerne annimmt. Und, wie es die Höflichkeit gebietet, auch ein Geschenk mitbringt: Tod und Verwüstung.«

Ich rollte das Pergament wieder zusammen und schmiss es ins Kaminfeuer. »Nun, so wie es sich geziemt, halten auch wir ein Gastgeschenk für ihn bereit, sogar ein Griechisches!«

»Dieser Bastard wird noch winseln wie ein Köter«, fauchte Bero und schlug mit der Faust auf den Tisch. Die Frauen hielten sich schweigend zurück. Für sie wurde es jetzt zur bitteren Gewissheit, dass der Kampf bevorstehen würde. Zugleich wurde ihnen auch bewusst, was mit ihnen geschehen würde, falls wir unterliegen würden. Nämlich Vergewaltigung, Sklaverei und der Tod.

Ich versuchte Zuversicht zu streuen. »Wir sind gut vorbereitet auf Wulfin, die Ernte ist eingebracht und der Weinkeller voll mit Nahrungsmitteln. Also lasst uns die nächsten zehn Tage ausruhen und die letzten warmen Tage des Jahres genießen.« Ich trank aus meinem Becher. »Und ich schlage vor, dass wir die Frauen nach Mainz bringen, in die Obhut der Ordensschwestern, dort sind sie sicher aufgehoben.«

Marie und Lisa sahen überrascht auf, denn sie wussten nichts von meinem Vorhaben. Lisa trieb es die Zornesröte ins Gesicht, während Marie erstaunlich gelassen blieb. »Hier ist unser Zuhause und hier bleiben wir auch, mehr gibt es dazu nicht zu sagen!« Ihr stolz erhobenes Haupt ließ jeden Widerspruch zwecklos erscheinen. Selbst ihr Vater konnte die beiden Schwestern nicht überzeugen und erntete nur Maries beleidigten Blick. »Ihr müsstet uns schon auf den Rücken der Pferde binden, um uns von hier wegzubekommen.«

»Wenn es nötig ist, werden wir das tun«, erwiderte ich ihr.

»Wagt es nicht«, zischte sie und strafte mich mit ihrem zornigen Blick

»Jesco«, es war Alias Stimme, die vom Tischende kam, »sie können mich unterstützen, wenn ich die Verletzten versorge. Und Frida und die anderen Dorffrauen müssen die Kessel erhitzen und Wurfsteine schleppen. Du wirst jede Hilfe benötigen.« Selbst von den Männern kam jetzt zustimmendes Gemurmel. Marie warf mir einen triumphierenden Blick zu. Ich konnte über ihren Dickschädel nur den Kopf schütteln. Doch eines war sicher, hier war das letzte Wort noch nicht gesprochen.

Ich stand auf der Wehrmauer und blickte in den nächtlichen Himmel, wo nur wenige vereinzelte Sterne zu erkennen waren. Diesiger Nebel lag über dem Wald, dessen feuchte Luft sich auf den Mauern niederlegte. Ich war immer noch verstimmt über Maries Bockigkeit. Es war neu für mich, dass ich mich um eine Frau sorgte, während ich in den Kampf zog. In Palästina hatte ich während den Schlachten alles in meinem Geist ausblenden können und war dadurch in der Lage gewesen, mich auf das Wesentliche zu konzentrieren. Jetzt fühlte ich mich für Marie verantwortlich, aber zugleich durfte ich mich nicht davon ablenken lassen.

»Du wirkst nachdenklich.« Es war Gilbert, der gerade die Wehrstiege hochkam. Er gesellte sich neben mich und blickte ebenfalls in die Nacht hinaus.

»Ich sorge mich um Marie und die Frauen«, antwortete ich.

»Geht mir mit Lisa auch so. Ist jetzt alles ein wenig anders, nicht wahr?«

»Ist es wohl«, seufzte ich. »Und die Tatsache, dass mir Marie offenbarte, sie und Lisa würden sich mit ihren Dolchen das Leben nehmen, falls der Rheinloher Hohengreif einnimmt, macht es nicht gerade besser!«

»Viele Frauen tun das, bevor der Feind einfällt und sie schänden kann. Es zeugt aber auch vom Mut und Stolz dieser Frauen.« Ich konnte aus Gilberts Worten seine Bewunderung heraushören. »Versetz dich einfach mal in ihre Lage.«

»Besser nicht, sonst werde ich noch wütender.«

Gilbert wischte sich eine Haarsträhne aus dem Gesicht und sah mich an. »Auch ich sorge mich um Lisa. Aber ich habe mir abgewöhnt, Dinge verändern zu wollen, die sich einfach nicht verändern lassen.«

So unrecht hatte er nicht. So langsam wurde es auch mir klar, denn Marie würde sich niemals von mir umstimmen lassen.

»Vielleicht sollte ich einfach aufhören zu denken«, antwortete ich. Trotz der Dunkelheit konnte ich Gilberts schelmisches Grinsen erkennen. »Der Kopf ist deshalb rund, damit das Denken die Richtung ändern kann.«

Ich ging an ihm vorbei und klopfte ihm auf die Schulter. »Das Beste ist, wenn wir einfach siegen!«

Mit jedem Tag, der verging, wurde die Liebe zwischen Marie und mir inniger. Doch ihre wachsende Sorge blieb mir nicht verborgen, ihr Lächeln wirkte nicht mehr so befreit wie sonst.

Sie war oft in Gedanken vertieft. Auch die anderen schienen mit jedem Tag angespannter zu werden. Jeder war sich darüber im Klaren, wie schwer dieser Kampf werden würde. Es war eine nervliche Belastung, die jeder auf unterschiedlichste Weise mit sich herumtrug. Nur Struan saß fast täglich im Burghof und schärfte seine riesige Streitaxt. Und er schien dabei völlig in sich zu ruhen.

Ich setzte mich neben ihm auf den Steinboden und sah eine Weile dabei zu, wie er mit einem kleinen Schleifstein immer wieder gleichmäßig am Blatt seiner Axt entlangfuhr, ohne mich wirklich wahrzunehmen.

»Struan, bist doch noch auf dieser Welt?«

»Aye.«

Er pustete den Schleifstaub vom Blatt und nickte zufrieden.

»In meiner Heimat, in den Highlands, wachsen an bestimmten Stellen Pilze. Manche essen sie und befördern dadurch ihren Geist und ihre Sinne in eine andere Welt.« Er prüfte mit dem Finger die Schärfe des Axtblattes. »Für mich war das nichts.«

Ich mochte diesen seltsamen Hünen einfach, inzwischen war er mir zu einem wahren Freund geworden. »Du schleifst stattdessen lieber deine Axt und fühlst dabei Ähnliches?«

»Aye, es entspannt mich.«

Was mich entspannte, war das Wissen, im Besitz des byzantinischen Feuers zu sein.

Draußen regnete es schon den ganzen Tag. Ich saß mit Marie alleine in der Halle, sie hatte ihre Stickarbeit auf dem Schoß und fädelte gerade eine Nadel ein. Ich sah zu, wie ihre sinnlichen, schlanken Hände geschickt mit der Arbeit fortfuhren. Und es lag mir fern, dieses harmonische Bild zu zerstören.

»Marie, bitte überlege dir noch einmal, nicht doch noch in den Schutz der Klostermauern zu gehen.«

»Jesco, du kennst meine Antwort ... «, sie sah kurz von ihrer Näharbeit auf. »Und außerdem, als ich dich neulich bat, mich zum Gottesdienst zu begleiten, wolltest du auch nicht.«

Mir war nicht ganz klar, was das eine mit dem anderen zu tun hatte. »Weil ich gerade andere Dinge im Kopf habe und Gott im Moment nicht viel zu sagen habe!«

Sie hielt mit dem Sticken inne und sah mich brüsk an. »Ach, wie passt denn das zusammen? Du hast Gott gerade nichts zu sagen, willst mich aber in seinen Schutz hinter die Klostermauern geben.«

Langsam wurde ich ungehalten. »Verdammt Marie, ich will, dass du in dieses Kloster gehst, es ist doch nur für ein paar Tage!«

Sie stand auf und warf ihre Stickerei auf den Tisch. »Das werde ich nicht!«

»Warum kannst du mir nicht einfach gehorchen, wie andere Frauen ihren Männern auch!«

Ihre Wangen hatten sich vor Zorn gerötet und ihre verengten Augen funkelten mich an. »Ganz einfach, weil ich nicht deine Frau bin!« Dann rauschte sie wütend davon.

Ich blieb sitzen und raufte mir entnervt die Haare. Frauen sind wirklich seltsame und schwierige Geschöpfe, wahrscheinlich verstehen sie sich deshalb untereinander so gut. Die Tür ging auf und Bero kam rein. Er setzte sich mir gegenüber an den Tisch und musterte mich. »Was ist denn mit dir los?«

»Du hast nicht zufällig einen Schleifstein für mich?«
»Nein, aber ich kann uns einen Krug Wein holen.«
Ich lehnte dankend ab, mir war nicht nach Wein und mir war auch nicht nach Maries Widerspenstigkeit. Mir war einfach nur nach Ruhe.

Drei Tage vor dem Vollmondtag ging ich mit Marie zum Gottesdienst. Er fand in einer kleinen Holzkapelle am Ende des Dorfes statt. Durch kleine Fensteröffnungen schien die Vormittagssonne herein und tauchte den einfachen Innenraum in ein warmes, sanftes Licht. Auf dem Boden war Stroh gestreut und es roch wie in einer Scheune. Unwillkürlich musste ich an die schöne Maria Latina Kirche in Jerusalem denken und auch an die Grabeskirche mit den eingemeißelten Kreuzen der Ritter. Im Vergleich dazu, war dies hier ein Stall.
Ich saß neben Marie in der letzten Reihe auf einer schlichten Holzbank, hinter den anderen Dorfbewohnern. Als Altar diente eine Holztruhe mit einem schlichten Kreuz darauf. Dahinter stand Anselm und hielt den Gottesdienst. Ich hörte seinen Worten nicht zu, sondern betete zu Gott, er möge Marie und die anderen beschützen. Ich kam mir frevelhaft vor, hatte ich doch so lange nicht mehr zu Gott gebetet und ihn manchmal sogar angezweifelt. Ich versprach ihm, zur Wiedergutmachung eine schönere und größere Kapelle errichten zu lassen, doch mein Gewissen wurde dadurch nicht erleichtert.
Als wir nach dem Gottesdienst wieder zur Burg hochgingen, zogen am Horizont dunkelgraue Wolken auf. Die Baumkronen wiegten im immer stärker aufkommenden Wind nach allen Richtungen und erzeugten ein bedrohliches Rauschen. Als wir die Burg erreichten, war die ganze Landschaft mit einem gelblichen Gewitterlicht überzogen. Dicke Regentropfen waren die ersten Vorboten eines schweren Unwetters.

Albert rannte bereits in den Stall, um die Pferde zu beruhigen, deren lautes Gewieher man schon von draußen hörte. Kurz darauf setzte heftiger Starkregen ein und die Regentropfen verwandelten sich zu Eisklumpen in der Größe von Taubeneiern. Wir zogen uns gemeinsam in die Halle zurück und lauschten besorgt dem Sturm und dem Prasseln der Eiskörner.

Ein ohrenbetäubendes Donnergrollen ließ uns zusammenzucken. Ich hielt Maries Hand, die mich mit banger Miene ansah. Sanft strich ich ihr über die Schulter. »Wir sind hier sicher, fürchte dich nicht. Vielmehr mache ich mir Sorgen um die Holzhütten im Dorf.« Bero, der neben mir stand, hatte meine Worte trotz des tobenden Unwetters gehört. »Ob das Dorf vom Sturm zerstört wird oder in zwei Tagen vom Rheinloher, was spielt das schon für eine Rolle.«

Obwohl Marie Bero sehr mochte, hätte sie ihm in diesem Moment wohl am liebsten die Augen ausgekratzt. Doch Bero hatte nur das ausgesprochen, mit was wir sowieso alle rechneten. Wulfin würde mit sicherer Wahrscheinlichkeit als erstes das Dorf niederbrennen. Doch Holzhütten und Ställe konnte man wieder neu errichten, daher hielt sich mein Unbehagen darüber in Grenzen.

Der Wind heulte durch den Burghof und drückte den Regen in immer wiederkehrenden Wogen gegen die Mauern des Palas. Das fauchende Krachen des Donners war genau über uns, das Unwetter zeigte sich nun mit voller Wucht.

Einen Augenblick später riss der Sturm einen der Holzläden von einer Fensteröffnung. Begleitet vom zuckenden Licht eines Blitzes, peitschte der kalte Regen herein. Pierre und Rutger schnappten sich eine der Sitzbänke und lehnten sie gegen die Maueröffnung.

Ich warf Rutger einen dankenden Blick zu, er war für uns wirklich eine Bereicherung. Vor ein paar Tagen hatte ich ihn nach der Kampferfahrung der Rheinloher befragt, doch seine

Antwort hatte ich vor den Frauen für mich behalten. Es waren wohl fast ausnahmslos blutrünstige und erbarmungslose Krieger, die vor nichts Halt machten, weder vor Frauen noch vor Kindern.

Rutger war einer der wenigen gewesen, der Wulfin diente und eine ritterliche Erziehung erfahren hatte. Er hatte sich unter den anderen Rheinlohern nie wirklich wohlgefühlt und sich auch deshalb auf Anslins Seite geschlagen. Ich war froh darum, dass er hier war, denn er war ein weiterer Kämpfer, den wir gut gebrauchen konnten.

Erst als es schon dunkel wurde, ließ das Unwetter nach, es tröpfelte jetzt nur noch leicht. Ullfrig verteilte eine Handvoll Fackeln, mit denen wir nach draußen gingen. Wir wollten uns ein Bild von den Schäden des Sturms machen, die dieser zweifelsohne angerichtet hatte.

Der Burghof war übersät mit Ästen und zerbrochenen Dachschindeln. Der Fackelschein spiegelte sich in den riesigen Pfützen am Boden und wanderte hinüber zur Kräuterhütte.

Mehrere Holzbretter lagen dort verstreut herum, ein Balken ragte aus dem Dach heraus. Als ich näher hinging, erkannte ich das ganze Ausmaß des Schadens. Ein Dachbalken hatte sich gelöst und einen Teil der Außenwand zerstört. Regale und Töpfe lagen auf dem Boden und überall tropfte das Wasser herunter.

Alia trat neben mich und war untröstlich. Sie brauchte einige Momente, um sich wieder zu fangen. Die meisten Kräuter und Salbentöpfchen waren zerstört. Bero hielt sie im Arm und versuchte sie wieder aufzurichten. All ihre Mühe, wochenlange Arbeit, zerstört in wenigen Stunden.

Gilbert nahm Bero die Fackel aus der Hand und leuchtete mit ihr ins Innere der Hütte. »Was riecht hier so seltsam?«

Kaum hatte er die Worte gesprochen, riss ihm Alia die Fackel aus der Hand und schmiss sie weit von sich. Als ich in Alias vor Schreck geweitete Augen sah, verstand auch ich und schrie:

»Geht mit den Fackeln zurück!«

Sie begriffen nicht weshalb und starrten mich verdattert an. Erst als ich sie nochmals scharf dazu aufforderte, gingen sämtliche Fackelträger ein paar Schritte zurück. Innerlich flehend, ging ich vorsichtig ins Innere der Hütte. Trotz des Mondlichts konnte ich kaum etwas sehen. Mit meinen Händen tastete ich im Dunkeln nach dem Fässchen mit der Brennflüssigkeit. Die verstreut herumliegenden Eichendauben bestätigten jedoch meine dunkle Vorahnung. Der Dachbalken hatte das kleine Fass zertrümmert und in alle Einzelteile zerlegt. Als ich die Hütte wieder verließ und den anderen in ihre Gesichter sah, musste ich nichts mehr sagen. Ich schüttelte nur stumm meinen Kopf.

Alia sah mich an und kam meiner Frage zuvor, doch auch sie schüttelte nur ihren Kopf und flüsterte: »Ich bräuchte Wochen, nur um wieder die Zutaten zu bekommen.«

Ich wandte mich ab. Nur wie durch einen Nebel hörte ich Alias Stimme, als sie die anderen anwies, Erde zu holen und sie auf die nassen, öligen Lachen zu schütten. Gilbert ging leise fluchend zum Palas zurück, während Bero und Struan finster zur Hütte blickten. Die Stille der Nacht wurde nur durch das Knistern der Fackeln unterbrochen. Ich war fassungslos und brauchte einige Atemzüge, um mir vor den anderen meine Niedergeschlagenheit nicht anmerken zu lassen.

Wieder einmal rüttelte das Schicksal an meiner Tür und stieß sie weit auf. Denn wir waren unserer wichtigsten Waffe beraubt worden – unser byzantinisches Feuer versickerte gerade im Boden.

✠

Mit jeder weiteren Nacht schloss sich die Form des Mondes unausweichlich immer mehr zu einem Kreis. Es waren nur noch zwei Tage bis zum Vollmond. Die nervöse Anspannung der Bewohner war einer hoffnungslosen Erschütterung gewichen. Wir waren Wulfin jetzt auf Gedeih und Verderb ausgeliefert. Die Burg, die den Menschen hier immer ein Zufluchtsort war, glich nun einer Mausefalle, aus der wir nicht mehr entkommen konnten. Für einen kurzen Moment erwog ich Flucht, doch wohin sollten wir mit all den Leuten fliehen und wie würde es dann weitergehen? Außerdem ließ mein Stolz es nicht zu, den Besitz meiner Familie und meiner Ahnen einfach so aufzugeben.

In der Nacht hatten Marie und ich uns geliebt, als wäre es das letzte Mal gewesen. Wie zwei Ertrinkende, die nichts mehr zu verlieren haben, klammerten wir uns aneinander und ließen unserer Leidenschaft freien Lauf.

Als ich im Morgengrauen erwachte, weckte ich Marie sanft. Ich strich ihr zärtlich durch die Haare und küsste sie.

»Marie, ich werde dich und die anderen Frauen noch heute ins Kloster bringen lassen.«

Ihr verschlafener Gesichtsausdruck verwandelte sich augenblicklich in ein wütendes Augenflackern. »Wenn du das tust, dann werde ich mir das nächstbeste Pferd schnappen und auf direktem Weg wieder hierher zurückkommen.«

Sie hatte sich aufgesetzt und sah mich an. Ihre ganze Haltung zeugte von Stolz und schien durch nichts auf der Welt gebrochen werden zu können. »Jesco, falls wir hier sterben sollten, dann sterben wir gemeinsam. Ich bin dazu genauso bereit wie du es bist!«

Sie schien fest entschlossen und durch nichts davon abzubringen, ihren Willen durchzusetzen. Ich wollte etwas erwidern, doch sie ließ mich erst gar nicht zu Wort kommen.

»Es ist alles gesagt, was es zu sagen gibt. Ich denke, du solltest dich jetzt um wichtigere Dinge kümmern.« Ihr Blick glich der einer wild gewordenen Katze, schließlich gab ich es auf. Wenn man den Feind nicht besiegen kann, ist ein geordneter Rückzug oft hilfreicher. Ich musste mir eingestehen, dass sie wohl das letzte Wort gesprochen hatte, zumindest was diese Angelegenheit anging.

Ich schickte Mattis zu Pferd auf die nächste Anhöhe südlich des Waldes. Er sollte dort bleiben und nach den Truppen des Rheinlohers Ausschau halten, um uns dann rechtzeitig zu warnen.

Nach und nach kamen die Dorfbewohner hinter die schützenden Mauern der Burg. Den Sturmschaden an der Holzhütte hatten die Zimmerleute repariert und so konnten wir dort einige einquartieren, den Rest brachten wir im Nebengebäude unter. Man konnte diesen einfachen Leuten ihre große Furcht und Sorge ansehen. Auch sie hatten alles zu verlieren, nicht nur Haus und Hof, vielleicht sogar ihr Leben. Wir begrüßten jeden einzelnen freundlich und gaben ihnen zu Essen, um ihnen so ein wenig Hoffnung zu machen. Unsere Frauen kümmerten sich um die Ankömmlinge, während ich in die Halle ging.

Gilbert, Bero und Linhardt saßen schweigsam am Tisch. Ich schenkte mir einen Becher verdünnten Wein ein und setzte mich ebenfalls schweigend zu ihnen. Nach einer Weile unterbrach Bero unser stummes Beisammensein. »Bleibt es trotzdem bei unserer Strategie?«

»Ich wüsste keine andere ... außer Flucht«, antwortete ich.

Gilbert knallte wütend seinen Becher auf den Tisch. »Wäre ja noch schöner, dem Rheinloher alles kampflos zu überlassen.«

»Seh ich auch so«, presste Linhardt hervor. »Meine Töchter sind hier aufgewachsen, es ist ihr Zuhause. Ich habe sie immer gelehrt, dass man alles verlieren kann, jedoch niemals den Glauben an das Gute. Und dafür werde ich kämpfen, koste es was es wolle!«

Nach seinen Worten stand er auf und verließ die Halle. Ich sah Linhardt erstaunt hinterher, dann blickte ich zu meinen Freunden. »Also schön, ihr habt's gehört.«

Bero nickte. »Haben wir. Worauf warten wir dann noch!?«

»Machen wir's wie immer?«, fragte Gilbert.

Ich zuckte belanglos mit den Schultern. »Wie immer. Wir gehen raus und kämpfen. Fertig!«

Am nächsten Morgen hielt Anselm eine kleine Messe im Burghof. Einigen brachte sie Trost und Hoffnung, mir jedoch nicht. Denn ich wusste Kämpfe und Feinde einzuschätzen und machte mir nichts vor, mir war klar, was uns bevorstand. Wäre nur dieser verfluchte Sturm nicht über uns gekommen.

Struan saß nach wie vor im Hof und schärfte mit Seelenruhe seine Axt. Auch meine anderen Gefährten versuchten sich gleichmütig zu geben, allein schon um den anderen Mut zu spenden. Doch jedem von uns war klar, dass nur die wenigsten überleben würden, vielleicht keiner.

Gegen Mittag hatten die Frauen noch einmal ein Mahl für uns zubereitet. Wir nahmen an der Tafel Platz und aßen. Alia kam mit Lisa etwas später nach, sie hatten noch Heilkräuter und Wurzeln gesammelt, um später Verletzte versorgen zu können.

Während der Mahlzeit wurde auch nicht viel geredet, die Stille war bedrückend. Die Frauen stocherten nur in ihrem Essen, während wir Männer uns gehörig die Mägen füllten, denn es war wichtig im Kampf gut bei Kräften zu sein. Marie füllte erneut meinen Becher mit Wein und lächelte mich an. Dass sie ihren Willen durchgesetzt hatte, bereitete mir nach wie vor Sorge. Falls die Rheinloher die Burg einnehmen sollten, dann würden sie ihre Wut zuerst an den Frauen und Schwachen auslassen. Ich wollte mir dieses Szenario erst gar nicht vorstellen, also ließ ich mir nichts anmerken und erwiderte ihr Lächeln.

Die Narbe über meinem Auge pochte leicht und verursachte mir wieder mal Kopfschmerzen. Um sie zu vertreiben, nahm ich noch einen großen Schluck Wein und rieb mir mit den Fingern meine Schläfen. Zu allem Überfluss spürte ich auch noch ein unangenehmes Ziehen in meinem Schenkel, was mich schon die Tage zuvor öfters geplagt hatte. Vielleicht hätte ich mich doch länger schonen sollen, doch nun war es zu spät. Mit einem Mal wurde die Tür aufgerissen und Bertram stürmte herein. »Mattis kehrt zurück, er reitet im Galopp!«

Ich sprang von meinem Stuhl auf. »Öffnet ihm das Tor und alle an die Waffen!«

Innerhalb eines Augenblicks verbreitete sich Hektik, trotzdem wusste jeder, was zu tun war. Befehle wurden gebrüllt und Posten eingenommen. Wir eilten zum Burgtor, das gerade geöffnet wurde. Albert und Anselm verteilten bereits die Waffen, die wir in der Halle griffbereit aufbewahrt hatten. Auch die Frauen wussten um ihre Aufgaben und meisterten sie diszipliniert. Jeder Handgriff saß und ging fließend in den anderen über.

Als ich im Schatten des Torbogens stand und zum Dorf hinuntersah, entdeckte ich Mattis, der uns in gestrecktem Galopp entgegenkam. Er trieb seinen Gaul schonungslos an. Erst kurz vor dem Tor zügelte er sein verschwitztes Pferd, das bereits aus den Nüstern schäumte. »Sie kommen!«, rief er atemlos.

»Wieviele?!«, schrie ich ihn an.

»Ich sah nur die Vorhut, dann bin ich sofort losgeritten!«

Ich befahl das Tor wieder zu verschließen und konnte meinen Zorn nur schwer unterdrücken. »Hätte ich mir denken müssen, dass dieser Bastard früher kommt, um uns zu überrumpeln!«

»Ob er heute oder morgen kommt, oder am Jüngsten Tag, wir sind vorbereitet!«, brummte Bero und zog sich sein Kettenhemd an, wobei ihm Alia half. Auch wir anderen rüsteten uns eilig. Marie war mir ebenfalls bei der Schnürung meines Eisenhemdes behilflich, wobei sie mir immer wieder in die Augen sah, als suche sie darin eine Antwort.

Pfeile und Bögen wurden verteilt. Das Feuer im Hof wurde entzündet und die Frauen trugen Kessel mit Wasser herbei, um es zu erhitzen. Pferde und Waffen standen bereit. Alles verlief reibungslos, so wie wir es immer geübt hatten. Dann begann das Warten. Das Warten ist immer das Schlimmste. Man weiß nie, was auf einen zukommt, der Feind hat noch kein Gesicht und ist nur eine vage Vorstellung. Der Atem wird schneller und man hat das Gefühl, das Blut in den Adern würde kochen. Sämtliche Muskeln spannen sich an und man fühlt sich wie ein Raubtier, kurz vor dem Sprung auf sein Opfer.

Es herrschte gespenstische Ruhe, als ich mit meinen Gefährten im Hof stand, während die anderen Männer die Wehrmauern besetzten. Die Frauen standen beim Feuer und trafen die letzten Vorbereitungen. Es war soweit, der Krieg war nach Hohengreif gekommen.

Ich sah in die Mienen meiner Kameraden, der Ausdruck in ihren Gesichtern hatte sich verändert. Alle Freundlichkeit war gewichen, sie wirkten jetzt entschlossen, hart und bereit. In diesen Momenten ist man allein, allein mit seinen Gedanken und Ängsten. Wir nickten uns nur zu, so wie wir es immer vor einem Kampf taten.

Der Rauch des Feuers kroch über dem Burghof empor, als wolle er diesem Schauplatz entfliehen. Am liebsten wäre ich ihm in das Blau des Himmels und der Freiheit gefolgt. Stattdessen hörte ich das Krächzen einiger Krähen, die ihre Kreise um den Bergfried zogen und sich dann auf dem Dach des Turms niederließen. Kalte Schweißtropfen liefen an meinen Schläfen herab. Der fest zugezogene Stirnriemen meiner

Kettenhaube verschlimmerte zusätzlich meine Kopfschmerzen. Ich schüttelte noch einmal mein Kettenhemd zurecht, bis es an den Schultern richtig saß.

»Ich kann sie sehen!« Es war diesmal Ullrich, der zu uns herunterrief. »Ein starkes Dutzend!«

Ich wartete etwas ab, dann brüllte ich zu ihm hoch: »Werden es mehr?«

Er spähte noch einen kurzen Moment, dann antwortete er:

»Nein, sieht nicht so aus, aber ...«

Ullrich blickte angestrengt über die Zinnen und hielt sich eine Hand über die Augen, um sie vor der blendenden Sonne zu schützen. Dann sah er wieder zu uns herunter. »Aber sie tragen Kreuze auf ihren Waffenröcken!«

Ich blickte zu meinen Kameraden, die mich ebenso fragend ansahen. Dann eilte ich mit großen Schritten die Wehrtreppe hinauf, Gilbert und Bero folgten mir. Als wir oben ankamen und uns über die Mauerzinnen lehnten, konnten auch wir sie sehen. Sie waren noch ein gutes Stück entfernt, trotzdem konnte man erkennen, dass einige der Reiter ein rotes Kreuz auf ihrer Brust trugen. Ich witterte eine Finte des Rheinlohers und richtete meinen Blick weiterhin angestrengt auf sie.

Sie ritten jetzt gemächlich die Dorfstraße hoch und schienen es nicht eilig zu haben. An ihrer Körpersprache konnte ich erkennen, dass sie ihre Umgebung äußerst genau in Augenschein nahmen. Die beiden vorderen Reiter scherten seitlich aus der Truppe aus, wohl um ihr Vorrücken abzusichern. Sie hatten das Dorf hinter sich gelassen und kamen jetzt auf die Burg zu. Ich drehte mich kurz um und sah hinunter in den Burghof, von wo mich Dutzende angespannter Augenpaare anblickten. »Es sind wohl Kreuzritter, aber wir werden trotzdem auf der Hut sein. Haltet euch bereit!«

Ich wandte mich wieder zu meinen Freunden, die genauso verwundert dreinblickten wie ich. »Ich traue diesem Wulfin alles zu, wir werden sie auf keinen Fall in die Burg einlassen.«

Bero pflichtete mir bei. »Sehe ich auch so. Hören wir uns an, was sie wollen.« Pierre und Raoul spannten zur Probe ein paar Mal die Sehnen ihrer Bögen, die Wachsoldaten hatten bereits ihre Pfeile eingelegt.

Die Reiter waren noch etwa hundert Schritte entfernt. Es waren etwas mehr als ein Dutzend, auf die Schnelle zählte ich sechzehn. Sie trugen Helme mit Nasenschutz und Panzerhemden.

Plötzlich sah Gilbert verdutzt zu den Herankommenden. »Was zum Teufel ... ?« Er verengte seine Augen, um besser sehen zu können. »Es sind Ritter des Tempels!«, stieß er dann hervor.

Auch ich konnte jetzt deutlich ihre Kreuze erkennen. Es waren in der Tat Tempelritter, ich versuchte meine Gedanken zu ordnen. Was wollten sie hier? Waren sie womöglich nur verkleidet, um ungehindert in die Burg zu gelangen?

»Das Tor bleibt dennoch zu!«, befahl ich.

Sie zügelten ihre Rösser nur wenige Schritte vor dem Tor. Ihre Pferde waren gut genährt und schienen von edler Herkunft zu sein. Der letzte der Reiter führte noch zwei Packpferde mit sich.

Mein Blick wanderte zwischen den Rittern umher, in der Hoffnung, etwas zu finden, was mir Aufschluss geben könnte. Die meisten trugen die typisch langen Bärte des Ordens und weiße Waffenröcke, die vom Staub der Straßen stark verschmutzt waren. Ich hatte ihre Kleidung und ihr Gebaren aus Jerusalem noch gut in Erinnerung, und so sehr ich mich auch anstrengte, ich konnte nichts Auffälliges entdecken.

Der Ritter, der an ihrer Spitze geritten war, nahm seinen Helm ab. Er offenbarte sein kurzgeschorenes Haar und eine lange Narbe, die sich von seinem Ohr über seine rechte Kopfseite hinwegzog und an dieser Stelle keinen Haarwuchs mehr zuließ. Er war schon etwas älter, aber seine Augen strahlten die ganze Erfahrung und Härte aus, die einen Krieger ausmachten.

Sein forschender Blick schweifte langsam über die Mauern und Zinnen bis hoch zum Bergfried. Mir fiel auf, dass ihm unsere Kampfbereitschaft nicht entgangen war. Dann sah er zu uns hoch. »Gott mit euch.«

Ich beugte mich vor und erwiderte seinen Blick. »Auch mit Euch. Was verschafft uns die Ehre Eures Besuchs?«

Er sah kurz zu seinen Kameraden, dann wieder hoch zu mir.

»Wir sind im Auftrag unseres Ordens unterwegs nach Paris. Auf dem Weg dorthin sollen wir dem Erzbischof in Mainz Briefe übergeben.« Er tätschelte den Hals seines Pferdes, bevor er weitersprach. »Unser Ritt war lang und anstrengend. Hättet ihr etwas Brot und Wasser und vielleicht einen Schlafplatz für die Nacht?«

Ich war mir immer noch unsicher, was ich von diesen Rittern halten sollte. Irgendetwas an ihnen beunruhigte mich und ich verschaffte mir etwas Zeit, um nachzudenken. »Wartet einen Augenblick.« Ich drehte mich wieder zu meinen Freunden um.

»Was haltet ihr davon?«

»Ich traue dem Frieden nicht, wir sollten sie nicht einlassen«, antwortete mir Bero. Und auch Gilbert blieb äußerst skeptisch.

»Ich schließe mich Bero an, wir sollten vorsichtig sein. Es könnte sein, wir holen uns den Fuchs in den Bau!«

Ich stimmte den beiden zu. »Ihr habt recht, sie sehen zwar wie Tempelritter aus, aber das soll nichts heißen.«

Dann lehnte ich mich wieder über die Mauer und rief zu dem Ritter hinunter: »Wir werden euch Brot und Wasser über die Mauer herunterlassen. Jedoch bedauern wir es, euch nicht einlassen zu können.«

Die Miene des Fremden verfinsterte sich leicht, während er meinen Blick erwiderte. Er flüsterte etwas zu seinen Kameraden, das ich nicht hören konnte. Dann wandte er sich wieder zu mir. Doch in seinem Blick lag jetzt etwas Unversöhnliches.

»Das ist wirklich bedauerlich, äußerst bedauerlich. Herr von Hohengreif!«

Er kannte meinen Namen, ich wurde jetzt noch wachsamer als zuvor. Hier stimmte etwas nicht und ich wurde nervös. Hinter ihm ritt nun ein anderer Krieger vor. Auch er trug einen Helm, jedoch einen wappenlosen Waffenrock. Sein Kopf war tief nach unten geneigt, so dass ich sein Gesicht nicht richtig erkennen konnte. Seine Haltung war lässig, fast ein wenig arrogant, als er zu sprechen begann: »Nun, mir scheint, Ihr solltet Eure Entscheidung noch einmal überdenken.«

Er nahm langsam seinen Nasalhelm ab und entblößte dabei seine langen, dunkelblonden Locken. Zwei stahlblaue Augen lächelten mich an. Es waren Borchweis Augen.

Zuerst dachte ich zu träumen. Es brauchte einen kurzen Moment, um zu realisieren, dass dort unten wirklich Borchwei zu mir hochsah. Bero und Gilbert starrten in mein fassungsloses Gesicht.

»Öffnet sofort das Tor!«, schrie ich, während ich die Treppe hinuntereilte. Es dauerte seine Zeit, bis die Querbalken, die wir zur Verstärkung angebracht hatten, endlich zur Seite geschoben wurden. Dann wurde ein Flügel geöffnet und ich trat vor das Burgtor. Borchwei war von seinem Pferd gestiegen und kam auf mich zu. »Ich dachte, ich sehe mal nach dir, mein junger Freund.« Er packte mich lachend an den Schultern und umarmte mich.

»Was machst du hier, Borchwei?«, fragte ich verdattert.

»Erzähl ich dir später, willst du mich nicht reinbitten?«

»Natürlich ... verzeih. Kommt rein, kommt alle rein.«

Gilbert und Bero kamen jetzt auch hinzu und die Wiedersehensfreude war unermesslich. Es wurden Schultern geklopft und sich gegenseitig umarmt. Auch die Anspannung in den Gesichtern der Burgbewohner legte sich, als sie sahen, dass wir uns kannten.

Ich konnte es immer noch nicht glauben und starrte meinen alten Freund an, als stünde ein Geist vor mir. Erst als er mir erneut hart auf die Schulter schlug und dröhnend lachte, erwachte ich aus meiner Starre und grinste. »Du schuldest mir immer noch einen Krug Wein!«

»Und du mir ein paar Nerven«. Er streckte seinen Rücken durch und stöhnte. »Mein Arsch ist wund von diesem verfluchten Sattel!«

»Du bist eben nicht mehr der Jüngste«, frotzelte ich. Er stieß mir lachend in die Rippen. »Es reicht aber noch, um dir den Hintern zu versohlen.«

Ich legte meinen Arm um seine Schultern und führte ihn in unsere Mauern. Nachdem Borchweis Blick über den Innenhof und die Gebäude geschweift war, nickte er anerkennend. »Du hättest es wahrlich schlechter treffen können, klein aber wehrhaft.«

»Warte erst mal, bis du unseren Wein probiert hast,« lachte ich. Borchwei schmunzelte, seine Haare und sein Bart waren länger geworden, ansonsten hatte er sich nicht verändert. Er wies auf den Tempelritter, der mich um Einlass gebeten hatte.

»Jesco, ich möchte dir Francois vorstellen.«

Ich reichte ihm freundlich die Hand. »Verzeiht meine Unhöflichkeit vorhin, ich werde es euch später erklären. Doch nun kommt erst mal in unsere bescheidene Halle.«

Der Burghof schien durch die vielen Pferde und unsere Gästen aus allen Nähten zu platzen. Doch die Dorfbewohner machten den Tempelrittern respektvoll Platz und nahmen ihre Rösser entgegen. Trotz aller Freude schickte ich Mattis wieder auf seinen Beobachtungsposten, denn unsere Bedrohungslage bestand nach wie vor.

Auf dem Weg in den Palas kam uns Marie entgegen und blieb vor Borchwei und mir stehen. Ich nahm ihre Hand und stellte sie ihm voller Stolz vor. »Borchwei, das ist Marie.«

Sie machte zu meiner Überraschung einen formvollendeten höflichen Knicks und sah meinen Freund mit ihrem bezaubernden Lächeln an. Auch ihr stand die Verwunderung noch ins Gesicht geschrieben, sie hatte sich aber wieder schnell gefangen. »Jesco hat mir schon viel von Euch erzählt. Es freut mich sehr, Euch jetzt persönlich kennenzulernen. Seid willkommen.«

Borchwei verbeugte sich und sah Marie bewundernd an, während er eine Augenbraue nach oben zog. »Die Freude liegt ganz auf meiner Seite. Ich muss gestehen, solch guten Geschmack hätte ich Jesco gar nicht zugetraut.«

Anstatt zu erröten, lächelte Marie geschmeichelt und bat dann Borchwei an die Tafel. Unterwegs begrüßte er noch Struan, Pierre und Raoul. Und natürlich Alia, die ihm freudig um den Hals fiel.

»Ich soll dir Grüße von Ali bestellen, er ist äußerst besorgt um dich.«

»Habt Dank dafür, wie geht es meinem Onkel?«, fragte Alia sichtlich aufgewühlt.

»Er ist bei bester Gesundheit und hat alle Hände voll zu tun. Immer mehr Kranke kommen zu ihm und schätzen seine Heilkunst.«

Alia schien erleichtert. »Das freut mich zu hören, möge Allah ihn schützen.«

Wir gingen in die Halle. Da die Tafel nicht groß genug für alle war, ließen wir unsere Gäste daran Platz nehmen. Ich setzte mich in meinen Stuhl, alle anderen standen um den Tisch herum und wechselten gespannte Blicke. Ich stellte kurz alle Burgbewohner vor und Borchwei seine Weggefährten. Es waren sechs Ritter des Tempels und acht Krieger der Garnison.

Marie und Lisa schenkten allen Wein ein und Borchwei schien der Tropfen sichtlich zu munden. Nach dem ersten Schluck schnalzte er genüsslich mit der Zunge. Als er seinen Becher wieder abstellte, sah er versonnen auf das Hohengreifwappen an der Wand. Dann sah er wieder zu mir und lächelte.

»Es war die richtige Entscheidung, nicht wahr?«

»Das war es«, antwortete ich und sah dabei verstohlen zu Marie. »Doch nun erzähle, was treibt dich hierher?«

Borchwei nahm noch einen kräftigen Schluck und wischte sich mit dem Handrücken ein paar Tropfen aus seinem Bart.

»Nun, König Balduin wollte einige wichtige Dokumente an den Dogen von Venedig, Domenico Michiel, und den Erzbischof in Mainz schicken. Ich bot mich an und Balduin willigte ein. Und da die Tempelritter den Auftrag hatten, nach Paris zu reisen, um dort Pläne für den Bau eines Ordenshauses abzugeben und zugleich neue Mitglieder zu werben, traf es sich gut, zusammen zu reisen. Von Venedig aus, sind wir dann auf dem Landweg hierher gelangt. Und was wäre da naheliegender gewesen, als einen kleinen Abstecher nach Hohengreif zu machen.«

Ich konnte es immer noch nicht fassen, dass Borchwei hier bei uns in der Halle saß, als er weitersprach. »Ich muss mich bei den Tempelrittern bedanken, dass sie diesen Umweg in Kauf genommen haben.« Er hob seinen Becher und trank den Tempelrittern zu, die ihrerseits die mit Wasser gefüllten Becher erhoben. »Es war uns eine Freude, Borchwei diesen kleinen Wunsch zu erfüllen. Ich schätze ihn schon seit langem als ehrenhaften und aufrichtigen Mann», erwiderte Francois.

Borchweis Blick wanderte wieder zu mir. »Doch nun erzähl, was geht hier vor sich? Mir ist nicht entgangen, dass die Burg in Kampfbereitschaft ist.«

Ich bemerkte die Blicke der anderen, die mich aufmerksam beobachteten. Dann erzählte ich Borchwei in kurzen Sätzen von den Vorfällen mit den Rheinlohern und meinen fruchtlos gebliebenen Friedensbemühungen und endete damit, dass wir Wulfin am morgigen Tag vor unseren Mauern erwarteten.

Nachdem ich geendet hatte, rieb sich Borchwei lange nachdenklich sein Kinn. »Dieser Wulfin scheint wirklich uneinsichtig und unbelehrbar zu sein.«

»Mehr als das, er will den Namen Hohengreif vom Erdboden tilgen, um sich das Land unter den Nagel zu reißen«, fügte ich hinzu. Borchwei sah zu seinen Reisegefährten, ich konnte deren Blicke jedoch nicht deuten. Dann sah er wieder zu mir, nickte leicht und lächelte verschmitzt.

»Dann sollten wir diesem Wulfin wohl eine kleine Lektion erteilen, nicht wahr!?« Die anderen Ritter trommelten zustimmend mit ihren Fäusten auf den Tisch, nur die Tempelritter blieben zurückhaltend. Schließlich war es Francois, der seine Stimme erhob. »Verzeiht, wenn wir euch bei diesem Anliegen nicht unterstützen können. Die Dokumente für Paris und Mainz sind zu wichtig, als dass wir riskieren könnten, in einen Kampf zu geraten. Außerdem unterliegt es uns nicht, uns in einen Nachbarschaftsstreit einzumischen, der nichts mit unserem Orden zu tun hat.«

Es war Francois merklich unangenehm, uns nicht helfen zu können, daher äußerte ich mein Verständnis: »Ich kann Euch gut verstehen, Francois. Es wäre auch zuviel verlangt, wenn wir auf eure Hilfe zählen würden. Euer Auftrag ist zu wichtig, Ihr dürft ihn nicht gefährden.«

Er deutete mit seinem Kopf eine höfliche Verbeugung an.

»Verzeiht, wir wollen nun eure Beratungen nicht länger stören und werden uns zum Gebet zurückziehen.«

Die Tempelritter erhoben sich und gingen hinaus. Ihre Plätze nahmen jetzt meine Gefährten und Linhardt ein. Bero trank einen großen Schluck und richtete seinen Blick dann zu Borchwei. »Wie hast du diese ständige Beterei nur ausgehalten?«

»Man muss es respektieren. Es sind gute Männer und herausragende Kämpfer«, entgegnete Borchwei.

Vielleicht war es von mir vermessen gewesen, auf ihre Hilfe zu hoffen, aber die Tempelritter wären ein Garant für unseren Sieg gewesen. Borchwei blieb meine Enttäuschung nicht verborgen. »Auf mich und meine Männer könnt ihr zählen. Aber nur, wenn ihr noch mehr von diesem köstlichen Wein habt.«

Wir hatten noch reichlich Wein und hingen ein Ferkel an einem Spieß über das Feuer. Die Tempelritter hingegen begnügten sich mit Brot und etwas Gemüse, dazu tranken sie Wasser. Sie hielten ihre Ordensregeln streng ein und beteten auch nach dem Essen.

Es war für uns mehr als ein Segen, dass Borchwei mit seinen Männern so unerwartet aufgetaucht war. Allein seine Anwesenheit schien jedem Mut zu machen und bestärkte uns in dem Glauben an uns selbst. Später saß ich mit Borchwei auf der Treppe zum Palas und wir ließen uns den Wein schmecken.

Marie und Lisa verteilten am Feuer die Fleischstücke an die Anwesenden und brachten auch den Wachsoldaten auf der Wehrmauer etwas. Dabei entging mir nicht, wie Borchwei Marie aufmerksam beobachtete. »Sie ist wirklich anmutig. Eine wahre Schönheit, noch dazu mit einem freundlichen Wesen.«

»Wenn du dich mal nicht täuschst«, flachste ich, um dann aber wieder ernst zu werden. »Sie ist sehr tapfer und stolz. Sie ist etwas Besonderes.«

»Ich freue mich für dich, Jesco. Versaue es nicht!«

»Werde ich nicht, vorausgesetzt wir überleben den morgigen Tag.«

»Wir haben schon ganz andere Tage überlebt!«, ermutigte mich Borchwei lächelnd. Mein Blick schweifte zu all den Menschen im Hof, die mir so lieb und teuer geworden waren.

»Das schon, aber diese Leute hier sind mir ans Herz gewachsen. Und nicht alle von ihnen werden morgen Abend die Sonne untergehen sehen!«

Borchwei erwiderte nichts darauf. Wir hatten in all den Schlachten so viele Menschen sterben sehen, dass wir eine unsichtbare, schützende Hülle um uns aufgebaut hatten, um von Tod und Leid nicht hinweggespült zu werden. Doch hin und wieder bröckelte dieser Schutzwall und hinterließ Mitgefühl und ein nagendes Gewissen.

Ich sah in meinen Becher und schwenkte den Wein darin.

»Ich bin froh, dass du hier bist, Borchwei.«

»Das bin ich auch mein Freund, und keinen Tag zu spät, wie es scheint. Obwohl ich mit dir morgen lieber zur Jagd geritten wäre«, lachte er. Sein unerschütterlicher Optimismus gab mir wie immer Kraft.

»Wie geht es Shamsa?«, wollte ich wissen.

»Gut. Ich habe mir in Jerusalem ein kleines Häuschen gekauft. Shamsa hat ihre Tätigkeit aufgegeben und wird bei mir wohnen.« Er grinste in sich hinein. »Sie richtet es gerade ein, das war mit ein Grund auf diese Reise zu gehen.«

Wir stießen unsere Becher aneinander und tranken. Es schien, als wäre es einer der letzten lauen Abende des Jahres, bevor der Herbst dem Winter endgültig weichen würde.

»Wie sieht deine Strategie für morgen aus?«, fragte mich Borchwei. Ich stellte meinen Becher ab und weihte ihn in meine Überlegungen ein. »Ursprünglich hatten wir nur die Möglichkeit, sie von den Mauern aus zu bekämpfen. Aber jetzt wo ihr da seid ... ich schätze ihre Anzahl auf vierzig Mann in Waffen, vermutlich nicht alle beritten, wir wären jetzt mit euch zweiundzwanzig berittene Krieger.«

Borchwei überlegte einen Moment, sein Blick glitt über die Männer im Hof. »Wir sollten sie draußen auf freiem Feld empfangen, diese Art zu kämpfen liegt den Männern besser. Die Bauern sollen die Wehrgänge besetzen, die Burg dient uns dann immer noch als Rückzugspunkt.«

Ähnliche Gedanken hegte auch ich, Borchwei bestärkte sie nur. »Die Dorfhütten blieben auch verschont. Dann machen wir es so. Mattis wird uns rechtzeitig warnen, er sitzt auf dem Hügel im Süden«, beschloss ich. »Meine einzige Sorge gilt ihrer Überzahl.«

»War das nicht schon öfter so? Wir wählen einfach unsere übliche Kampfformation. Keil in der Mitte, Flankenangriffe von den Seiten.«

Ich stimmte ihm kopfnickend zu, während mein Blick zu Borchweis Kriegern wanderte, die ganz hinten in einer Ecke des Burghofs standen. Borchwei bemerkte meine einschätzende Miene. »Es sind gute Männer, die unter meinem Befehl stehen. Allesamt kampferfahren, du kannst dich auf sie verlassen. Ich gehe davon aus, dass ihr genügend Lanzen angefertigt habt, denn wir führen keine mit uns.«

»Haben wir, mit verstärkten Eisenspitzen.«

»Gut, dann ist es beschlossen«, sprach Borchwei ohne Umschweife und reichte mir die Hand, um es zu besiegeln.

Wie oft waren wir so im Heilgen Land zusammengesessen und hatten uns vor einer Schlacht beraten. Nun saßen wir auf fränkischem Boden und taten das Gleiche. Ich war dem Krieg und den ständigen Kämpfen in Palästina entflohen und doch holte mich hier beides ein. Vielleicht war es einfach mein Schicksal, dem ich nicht entrinnen konnte.

Als hätte er meine Gedanken erraten, wechselte Borchwei das Thema. »Lass uns jetzt den Abend genießen und erzähl mir, wie es dir ergangen ist.«

Er hatte gerade ausgesprochen, da kam Marie mit einem Krug Wein zu uns. Sie hatte ihr Haar zu einem langen Zopf gebunden, was ihren schlanken Hals enthüllte. Zur Bewirtung der Leute hatte sie sich umgezogen und trug nun ein einfaches, aber praktisches Wollkleid. Der Hauch eines Lächelns um ihre Lippen erwärmte mein Herz. Ich fragte mich nicht zum ersten Mal, womit ich dieses reizende Wesen verdient hatte.

Sie füllte unsere leeren Becher, während sie Borchwei ansah.

»Ich danke Euch Borchwei, dass ihr uns helft, im Namen aller auf Hohengreif.«

»Es ist mir eine Ehre und christliche Pflicht. Jesco hat mir einmal das Leben gerettet, jetzt kann ich es zurückzahlen.«

Sie sah neugierig zu mir und wartete auf eine Erklärung, doch ich winkte nur ab. Darauf wandte sie sich wieder zu Borchwei.

»Die Frauen richten euch später bequeme Schlafstätten in der Halle, ich hoffe es genügt Euren Ansprüchen.«

»Das wird es gewiss. Habt Dank dafür, Marie«, antwortete Borchwei, worauf Marie beschämt ihre Augenlider senkte.

»Bitte bedankt Euch nicht. Ihr setzt schließlich Euer Leben für uns aufs Spiel.«

Eine Spur Verlegenheit, die ich von Borchwei gar nicht gewohnt war, stahl sich in seine Miene. »Ich trage nur meinen Teil dazu bei, dass euch Gerechtigkeit widerfährt.«

Es freute mich zu sehen, dass in den Blicken der beiden gegenseitige Sympathie lag. Hinter Marie erschienen nun auch Linhardt und Ullfrig und gesellten sich zu uns. Ich klärte sie über unsere morgigen Pläne auf, denen sie kampfesmutig zustimmten. Linhardt fasste seinen Bruder Ullfrig an die Schulter und blickte wagemutig zu uns. »Wir sind zwar nicht mehr die Jüngsten und es ist lange her, dass wir in einen Kampf gezogen sind. Aber wir versprechen euch, dass wir bis zum letzten Blutstropfen kämpfen werden.«

Linhardt sah mich jetzt direkt an. »Jesco hat die lodernde Glut in uns zur Flamme entfacht. Wir fürchten den Tod nicht.«

Borchweis Miene wurde ernst und er erhob sich langsam. Dann blickte er Linhardt in die Augen. »Nun, der Tod ist eine Erfahrung, die man am besten mit seinen Feinden teilt, nicht wahr?!«

Als alle gegessen hatten und das Feuer fast heruntergebrannt war, stellte ich mich auf den Brunnenrand und erklärte allen unseren Kampfplan. Keiner erhob Einwände, vielmehr sah ich finstere Entschlossenheit in den Gesichtern. Selbst die Bauern und Dorfbewohner schienen bereit, sich von ihrem Peiniger Wulfin zu befreien. Der Rheinloher glich mehr denn je einer überreifen Frucht, die es an der Zeit war zu pflücken.

Als sich der Hof langsam leerte, saß ich mit Borchwei immer noch zusammen. Es war seltsam, aber mir kam es fast vor, als wären wir nie getrennt gewesen. Ich hörte ihm zu, während er von Palästina erzählte und das alte Gefühl der Vertrautheit schlich sich wieder ein. Wir lachten und scherzten und verbannten so die Gedanken an morgen. Noch vor Mitternacht gingen wir schlafen, um für den nächsten Tag ausgeruht zu sein.

Ich verbrachte die Nacht in Maries Zimmer. Wir liebten uns kurz, intensiv und wild, ohne jegliche Zärtlichkeit. Den Rest der Nacht kauerte sich Marie in meine Arme, als wolle sie diese schützende Geborgenheit für alle Zeiten in sich aufbewahren.

Ich schlief unruhig und wachte oft auf. Bruchstücke meines Albtraums versuchten sich zusammenzufügen, lösten sich aber wieder auf, wie Schatten im verblassenden Sonnenlicht.

Am frühen Morgen stand ich auf und zog mir Hemd und Hose an. Marie beobachtete mich eingehend dabei, bevor sie selbst aufstand. In ihrem dünnen Leinengewand und mit offenem Haar stand sie vor mir. Sie glich einem Engel, ähnlich wie auf den Heiligenbildern, die ich schon in vielen Kirchen bewundern durfte. Dann legte sie ihre Arme um meine Hüfte, lehnte ihren Kopf zurück und sah forschend zu mir hoch.

»Da ist er wieder ...«

»Was meinst du?«, fragte ich.

»Dieser Blick, es ist der gleiche wie bei deiner Ankunft. Der kalte Blick eines Kriegers.«

Ich ahnte, was sie meinte, während ich meine Hose zuschnürte. »Vielleicht muss das so sein, vielleicht ist es nötig, um zu überleben.«

Die Hülle aus Entschlossenheit und Unbarmherzigkeit hatte sich wieder um mich aufgebaut, sie schützte mich aber letztendlich. Nur einmal hatte ich in einem Kampf Mitgefühl zugelassen. Es geschah vor vielen Jahren in Palästina. Ein junger Sarazene, fast noch ein Kind, lag mitten im Kampfgetümmel entwaffnet und wehrlos vor mir. Als ich zum tödlichen Schlag ausholen wollte, sah ich in sein junges, ängstliches Gesicht und ließ mein Schwert sinken. Ich schenkte ihm Gnade und deutete ihm an, zu verschwinden. Er sah mich erst überrascht an, dann rappelte er sich auf und zog im selben Moment einen Dolch, den er mir in den Hals stoßen wollte. Er lief direkt in meine Klinge und starb.

Ich streifte Marie zärtlich eine Haarsträhne aus ihrem Gesicht.

»Mitleid ist im Kampf ein schlechter Ratgeber, es kann den eigenen Tod bedeuten. Vielleicht ist es das, was du in meinen Augen siehst.« Ich nahm sie in meine Arme und küsste sie, dann ging ich, um mich vorzubereiten.

Die meisten waren schon wach und aßen in der Halle ihren Haferbrei. Es war ein kurzes und wortkarges Frühmahl. Die Anspannung der Anwesenden war förmlich mit Händen zu greifen. Da wir nicht wussten, wann die Rheinloher auftauchen würden, wollten wir rechtzeitig gewappnet sein. Wir streiften unsere Kettenhemden über und die Pferde wurden gesattelt in den Hof geführt. Jeder suchte sich eine Lanze aus, dabei bemerkte ich die leichte Verunsicherung bei Ullfrig und Linhardt. Ich half ihnen bei der Auswahl und gab ihnen noch ein paar Ratschläge, um die Erinnerungen an ihren letzten Kampf aufzufrischen. Sie lächelten mich dankbar an und versuchten verwegen zu wirken. Für mich waren sie nicht alt, sondern erfahren.

Struans Axt war inzwischen wohl so scharf, dass sie eine Feder im Flug durchtrennt hätte. Er saß wie immer auf dem Boden im Hof, als ich ihm freundschaftlich auf die Schulter klopfte.

»Struan, alles bereit bei dir?«

»Aye. So bereit wie noch nie!« Er lächelte mich an und strich mit dem Finger über das Blatt seiner Axt. Fürwahr, ihn wollte ich nicht zum Gegner haben.

Bero und Gilbert standen vor Alias Hütte und überprüften gegenseitig ihre Rüstungen. Gilbert kaute wieder mal auf einem Strohhalm und wirkte äußerst gelassen. Er zwinkerte mir zu und grinste. »He Jesco, sollen wir die Saufeder mitnehmen?«

»Die Saufeder?«, fragte ich verwundert.

»Na ja, wenn Wulfin später quiekend wie ein Schwein davonläuft, dann könnten wir sie ihm in den Arsch rammen!«

»Könnte ihm womöglich noch gefallen«, kicherte Bero.

Wir lachten heiser, verstummten aber, als Alia aus ihrer Hütte kam und nur den Kopf über uns schütteln konnte.

Sie hatte die letzten Vorbereitungen in ihrer Hütte getroffen. Nadeln, Pferdehaar und allerlei Pasten und Verbandszeug lagen schon bereit wie in einem Hospital. Ich bewunderte ihre Routine und Weitsicht. Sie bemerkte meinen Blick auf all die Utensilien und sah mich an. »Marie und Lisa werden mich bei der Versorgung der Verletzten unterstützen. Ich hoffe, es werden nicht allzu viele sein.«

Das Lachen war uns vergangen und die Vorbereitungen vergegenwärtigten uns wieder den Ernst der Lage. Der versteinerte Gesichtsausdruck meiner Freunde bestätigte mir, dass auch sie nicht wussten, wie der heutige Tag für uns enden würde.

Aus dem Nebengebäude kamen Pierre, Raoul und Rutger auf uns zu, sie waren ebenfalls fertig gerüstet. Pierre nickte nur leicht. »Wir sind bereit.« Er blickte zum Himmel. »Ich denke, heute ist ein guter Tag zum Kämpfen.«

»Also ist es ein schlechter Tag«, brummte ich. Denn jeder Tag, an dem gekämpft und getötet wird, ist ein verlorener Tag, dachte ich für mich.

Die Ritter des Tempels saßen bereits auf ihren Pferden und waren abreisefertig. Francois verabschiedete sich gerade von Borchwei, als ich zu ihnen kam. Sie reichten sich die Hände.

»Wir werden ein paar Tage in Mainz verweilen und warten dort auf dich, bevor wir nach Paris weiterreiten.«

»Wir sehen uns in Mainz«, antwortete Borchwei selbstsicher.

Die Tempelritter bedankten sich bei mir für Unterbringung und Verpflegung. Als sie aus dem Burgtor hinausritten, wendete Francois sein Pferd und sah noch einmal zu uns.

»Möge euch Gott schützen!« Dann ritt er mit den anderen davon. Das Tor wurde mit nur einem Querbalken wieder verschlossen, da zu gegebener Zeit beim Öffnen Eile geboten war.

Schon am Morgen hatte ich gemeinsam mit Borchwei den Untergrund des Schlachtfelds in Augenschein genommen. Es hatte den Tag zuvor nicht geregnet, dadurch war der Boden einigermaßen fest. Unsere schweren Rösser würden nicht einsinken und konnten somit ihre volle Wucht entfalten. Zu meiner Zufriedenheit stellte ich fest, dass auch keine Regenwolken in Sicht waren.

Die Sonne wanderte inzwischen ihrem höchsten Stand entgegen. Diejenigen, die Kettenhemden trugen, saßen die meiste Zeit, um sich das Gewicht der Panzerung erträglicher zu machen. Wir würden unsere Kraft später noch zur Genüge benötigen. Trotzdem ging ich zwischendurch nervös auf und ab, um mich dann wieder zu setzen - das leidige Thema mit meiner Geduld.

Borchwei bemerkte meine innere Unruhe, als ich vor seinen Augen in der Halle umherwanderte. »Wulfin wird noch früh genug erscheinen. Es wird geschehen, so oder so, also setz dich wieder und trink Wein mit mir.«

Ich schnaufte aus, um meiner Ungeduld Luft zu machen und setzte mich. Wir tranken nur verdünnten Wein, um bei klaren Sinnen zu bleiben. Ich hatte früher oft Krieger erlebt, die sich vor einer Schlacht im Übermaß Mut zutranken, die meisten von ihnen hatten die Folgen tödlich zu spüren bekommen.

Die Sonne hatte ihren Zenit bereits überschritten und es war immer noch kein Mattis zu sehen. Ich schickte Bertram zu ihm auf den Hügel, um zu sehen ob alles in Ordnung ist. Wieder wanderte ich durch die Halle und erntete dafür genervte Blicke.

Während meiner Rastlosigkeit musste ich an mein Gespräch mit Marie denken. Sie hatte mich am Vortag gebeten, auf ihren Vater und Ullfrig achtzugeben, da sie schon alt waren. Ich versprach es ihr und hoffte, es auch einhalten zu können, denn im Kampf konnten jederzeit unvorhersehbare Dinge geschehen, die man oft nicht beeinflussen konnte.

Inzwischen hatte ich wieder an der Tafel Platz genommen und trommelte mit meinen Fingern fahrig auf die Tischplatte. Borchwei erduldete es eine Weile, dann rollte er mit seinen Augen und stöhnte gereizt. »Du bist wirklich schlimmer als ein Schwarm Hummeln!«

»Diese Rumsitzerei treibt mich in den Wahnsinn.«

Ich schlug mit dem Fuß gegen das Tischbein. In dem Moment kam Marie herein. Wir lächelten uns an und sie ging weiter in die Küche. Ich stand auf und folgte ihr, denn ich wollte noch einen Moment mit ihr alleine haben. Ihre Art mich anzusehen, hatte eine beruhigende Wirkung auf mich. Als ich gerade über die Türschwelle der Küche trat, ertönte ein Ruf von der Mauer.

»Mattis und Betram kommen!«

Ich stürmte sofort zurück durch die Halle, wo die anderen bereits von ihren Sitzen aufgesprungen waren. Ich war fast erleichtert, dass es endlich soweit war. Im Hof herrschte bereits Aufruhr, als ich mit schnellen Schritten zur Wehrmauer eilte. Ich befahl, das Tor zu öffnen und ging dann einige Schritte hinaus, während mein Blick über das Dorf und die Wiese schweifte. Die Landschaft lag so friedlich vor mir, als verwünsche sie diesen Tag, der bald wie ein Störenfried über dieses Idyll hereinbrechen würde.

Kurze Zeit später kamen Mattis und Bertram im gestreckten Galopp den Hang herauf und brachten ihre Pferde vor mir zum Stehen. »Sie kommen! Ungefähr zwei Dutzend Berittene und noch mal so viele Fußsoldaten!«, rief mir Mattis um Atem ringend zu.

»Was denkst du wann sie da sind?«, fragte ich ihn.

»Sie kommen durch ihre Fußsoldaten nur langsam voran, vielleicht eine Stunde.«

Ich drehte mich zu den Männern um und nickte. »Ihr habt's gehört. Aufsitzen!«

Auf dem Weg zu unseren Pferden schnappte sich jeder seine Lanze. An meinem Sattel hing bereits mein Schild und mein Helm. Ich steckte mir den Morgenstern und mein Schwert in den Gürtel und saß auf, während Anselm lauthals ein Gebet für uns sprach. Einige der Dorfbewohner bekreuzigten sich und beteten leise mit. Ich sah nur hoch zum Himmel und schloss für einen kurzen Moment meine Augen, während mir der kühle Wind ins Gesicht wehte. Dann nickte ich den Männern zu.

Begleitet von den bangen Blicken der Frauen ritten wir langsam aus dem Burghof. Als ich schon kurz vor dem Tor war, kam Marie zu mir gelaufen. Sie nahm meine Hand und sah zu mir hoch. In ihren Augen spiegelte sich die Angst, dennoch war ihr Blick tapfer und liebevoll zugleich. »Gott schütze dich!«

»Wir sehen uns später«, lächelte ich ihr zu. Ich konnte an ihren Lippen ablesen, was sie lautlos zu mir sprach. Ich beugte mich im Sattel herunter und flüsterte: »Und ich empfinde das Gleiche für dich.«

Die Männer warteten vor den Mauern bereits auf mich. Ich lenkte Ashir, der ungeduldig mit den Vorderhufen tänzelte, in die Mitte vor ihnen und sah dabei meinen Freunden in die Augen. Dann reckte ich meine Faust in die Höhe und brüllte:

»Für Hohengreif und Pedro!«

Die Männer wiederholten lauthals meinen Schlachtruf. Die Bauern bejubelten uns von der Wehrmauer aus. Mein Blut geriet in Wallung, mein Körper war wie ein Pfeil in einem gespannten Bogen, der nur darauf wartete, endlich losgelassen zu werden.

Als wir danach den Hang hinunterritten, musste ich unwillkürlich an die Kuppel des Felsendoms denken, zu der ich vor einer Schlacht so oft zurückgeblickt hatte. Diesmal ersetzte diesen Anblick unser Bergfried, auf dem die Hohengreifer Fahne flatterte, als wolle sie dem Wind die Stirn bieten. Für dieses Wappen kämpften wir, und es erfüllte mich mit Stolz.

Als wir uns auf der Wiese gesammelt hatten, nahmen die Männer die abgesprochene Kampfformation ein. Den Keil in der Mitte bildeten Borchwei mit sechs seiner Männer, Gilbert, Bero und mir. Die rechte Flanke bestand aus Struan, Pierre, Raoul, Rutger, Ullfrig und Linhardt. Für die linke Flanke verblieben unsere vier Wachsoldaten und zwei von Borchweis Männern.

Ich hatte Ullfrig und Linhardt bewusst auf die Flanke verwiesen, da sie dort in hinterer Reihe am besten geschützt waren. Der Dreieckskeil in der Mitte war der Teil, der die volle Wucht der feindlichen Reihen abbekam, dies wollte ich den beiden ersparen. Unsere Flankenteile befanden sich noch hinter unserem Keil und würden sich erst beim Angriff auf die Seiten verteilen. So konnte der Feind unsere genaue Anzahl nur schlecht einschätzen und auch unsere Angriffsstrategie erst im letzten Moment erkennen.

Wir sahen ständig zum Ende des Waldrandes. Wie eine Landzunge erstreckten sich dort die letzten Bäume, hinter denen die Rheinloher irgendwann auftauchen mussten.

Borchwei, Gilbert und Bero saßen neben mir in ihren Sätteln und hatten den Blick ebenfalls zum Ende der Wiese gerichtet. Beros Gesichtsausdruck glich dem eines wilden Bullen, seine Augen waren zu Schlitzen verengt. »Ich verspreche euch, ich werde Wulfins Leichnam die Haut abziehen und mir einen Waffenrock daraus nähen!«

»Würde auf Alia bestimmt Eindruck machen. Ihre Begeisterung wäre sicherlich grenzenlos«, grinste ich.

»Und würde mit der Zeit auch gut riechen«, kicherte Gilbert.

Borchwei schmunzelte nur in sich hinein und schüttelte den Kopf, als er zu uns herübersah. »Ihr habt euch weiß Gott nicht verändert. Ich habe euch wirklich vermisst.«

Eine große weiße Wolke schob sich vor die Sonne und überzog den Waldrand und die Wiese mit ihrem Schatten. Das leise Schnauben der Pferde vermengte sich mit den kehligen Rufen der Raben, die über uns ihre Kreise zogen. Als die Sonne wieder zum Vorschein kam, konnten wir zwischen den Baumstämmen hindurch die glänzenden Helme der Rheinloher erkennen.

Uns war klar, dass auch sie uns entdeckt haben mussten. Die ersten Reiter erschienen am Waldende, blieben stehen und sahen zu uns herüber. Mit ihren Armen gestikulierend, berieten sie sich. Es dauerte eine geraume Zeit, bis sie sich langsam zu einer Reihe formierten. Ihre Fußsoldaten blieben hinter den Reitern.

Sie waren etwa zwei Bogenschüsse von uns entfernt. Mattis hatte ihre Anzahl gut geschätzt, es waren ungefähr vierzig Krieger, die Hälfte davon beritten. In der Mitte von ihnen und leicht nach vorne versetzt, erkannte ich Wulfin. Trotz der Entfernung erahnte ich seine arrogant grinsende Fratze.

Ich wartete noch einen Augenblick und beschloss dann, ihm entgegenzureiten. »Dann will ich mal unseren Gast begrüßen, wer begleitet mich?«

Bero bewegte sein Pferd zu mir nach vorne. »Ich!«

Ich sah verblüfft zu ihm und stöhnte innerlich. »Bero, ich rede. Du wirst dich zurückhalten!«

»Nichts anderes hatte ich vor«, antwortete er gelassen.

Borchwei zog sich seinen Helm auf. »Seid auf der Hut.«

Ich nickte nur, dann ritten wir los. Nach der Hälfte der Entfernung hielten wir in der Mitte zwischen den Kampfesreihen an. In Begleitung eines Kriegers, löste sich Wulfin aus seinem Heer und ritt uns nun auch entgegen.

Ungefähr fünf Schritte vor uns zügelten sie ihre Pferde. Beide trugen Eisenhemden und Helm. Wulfins Begleiter hatte einen grauen Bart und sah uns genauso feindselig an wie sein Herr. Mit leichtem Spott sah ich dem Rheinloher in seine dämonischen Augen und deutete ein Verbeugung an.

»Ich grüße Euch Wulfin. Hattet Ihr eine angenehme Reise?«

»Spart Euch Eure Floskeln, es ist alles gesagt!«, zischte er mir entgegen.

»Nun, wir könnten immer noch zu einer friedliche Lösung kommen ...«

»Und zwar dann, wenn Ihr tot vor mir im Staub liegt. Daran wird der Haufen dreckiger Söldner, die hinter Euch stehen, auch nichts ändern!«, fiel er mir ins Wort und spuckte beleidigend vor mir aus. »Ich verspreche Euch, wir werden Eure Burg einnehmen und schleifen. Die Männer vierteilen und eure Weiber so lange schänden, bis sie um einen gnädigen Tod flehen!«

Ich blieb gelassen und wollte ihm gerade antworten, doch Bero, dessen Halsschlagader wieder bedrohlich angeschwollen war, kam mir zuvor. »Ich werde dich ausweiden wie ein Stück Wild und deine Gedärme den Hunden zum Fraß vorwerfen, du Kröte!«, brüllte er ihm entgegen.

Wulfin gab sich unbeeindruckt und lachte nur höhnisch. »Ihr seid bereits tot, Hohengreif!« Während seiner Worte waren seine Augen auf Bero gerichtet. In Wulfins Blick lag etwas Gefährliches und Unheilbringendes. Es wirkte fast wie ein Versprechen. Ohne ein weiteres Wort wendete er sein Pferd und ritt mit seinem Begleiter zurück.

Ich sah zu Bero, sein Gesicht war immer noch rot vor Zorn.

»Sieh da, der große Meister der Diplomatie hat gesprochen.«

Er zog ruckartig am Zügel. »Ach, scheiss drauf!«

Ich hätte eigentlich wissen müssen, dass sich Bero nicht unter Kontrolle haben würde. Doch es war nicht weiter von Belang, denn Wulfin wäre ohnehin auf keine Friedensgespräche eingegangen. So ritten auch wir wieder zu unseren Kameraden zurück.

Gilbert lehnte über seinem Sattelknauf und grinste breit, als wir bei ihnen eintrafen. »Ihr müsst gar nichts sagen, ich muss mir nur Beros Gesicht ansehen, dann weiß ich alles.«

Bero schäumte immer noch vor Wut. »Ich werde Wulfin einen langsamen Tod sterben lassen, einen sehr langsamen!«

Gilbert sah spitzbübisch zu mir. »Stell dir nur vor, du hättest Struan mitgenommen ...«

»Ja, womöglich wäre Wulfin dann mit gebrochenem Kiefer zu seinen Männern zurückgeritten«, spöttelte ich.

Wir lachten über unsere Sprüche, doch in Wahrheit half es uns, mit den bevorstehenden Grausamkeiten umzugehen.

»Ach, übrigens«, wandte ich mich an Borchwei, »er hält dich und deine Männer für dreckige Söldner.«

Ich bewunderte Borchwei stets für seine Beherrschung. Nur ein leichtes Zucken um seinen Mundwinkel war zu erkennen, als er seine Zähne wütend zusammenpresste. »Wir werden ihn mit Vergnügen eines Besseren belehren!«

Ich nickte meinen Freunden zu. »Na schön, dann bringen wir es hinter uns!«

Ich sah in die grimmigen, kampfentschlossenen Gesichter der Männer und hob meine Faust in die Höhe. Sie brüllten und schlugen ihre Schwerter auf die Schilde, auch von den Rheinlohern ertönte lautes Kampfgeschrei.

Ashirs Muskeln zuckten, während er wütend mit dem Vorderhuf stampfte. Ich atmete nochmals tief durch und umschloss mit der Hand meine Lanze. Aus dem Augenwinkel sah ich, wie sich die anderen Lanzen nach vorne neigten.

Noch einmal sah ich hoch zur Burg, deren Turm und Mauern in stolzer Erhabenheit im Sonnenlicht erstrahlten. Ich dachte an all die Menschen hinter diesen Mauern und die Hoffnung, die ich ihnen gegeben hatte. Wir wollten ihnen die

Fesseln der Angst nehmen, und dafür lohnte es sich zu kämpfen.

Aus Ashirs Nüstern drangen kleine weiße Wölkchen, während ich seinen Hals streichelte. Dann schloss ich meine Hand zur Faust und richtete meinen Blick wieder zum Feind.

»Angriff!«

Ich drückte Ashir meine Fersen in die Flanken, worauf er sofort losstürmte. Auch der Feind setzte sich in Bewegung, jedoch ohne feste Formation. Sie ritten wahllos auf uns zu, in ihrem Rücken die Fußsoldaten.

Ashir preschte wie entfesselt über das knöchelhohe Gras den Feinden entgegen. Borchwei ritt neben mir, wir bildeten die Spitze unseres Keils. Aus der Sicht eines Vogels mussten wir aussehen wie eine überdimensionale Pfeilspitze. Nach etwa hundert Schritten teilten sich unsere Flanken in vollem Galopp nach links und rechts. Wie der sich schließende Kopf einer Zange würden sie von beiden Seiten angreifen.

Es waren nur noch wenige Herzschläge bis zum Aufprall. Wulfin ritt genau auf mich zu und hatte mich mit seiner Lanze im Visier. Ich atmete ruhig und war konzentriert. Wulfins Miene dagegen war entstellt von Hass und Blutgier. Kurz vor dem Aufprall riss ich meine Lanze nach oben und zielte auf seine Schulter. Er duckte sich jedoch rechtzeitig und meine Lanzenspitze stieß ins Leere. Durch sein abruptes Ausweichen verfehlte auch er mich. Wir ritten aneinander vorbei, ohne uns gegenseitig berührt zu haben. Ich ritt weiter und durchbohrte mit meiner Lanze den Bauch eines Fußsoldaten, dann zog ich mein Schwert.

Ein Reiter kam seitlich mit eingelegter Lanze auf mich zu, im letzten Moment riss ich meinen Schild hoch. Der Lanzenstoß war gewaltig und durchrüttelte meinen gesamten Oberkörper. Fast hätte er mich vom Pferd befördert. Ich konnte gerade noch mein Gleichgewicht finden und mich wieder am Sattel hochziehen.

Ein Großteil der Gegner, die unserem Keilangriff seitlich ausgewichen waren, wurden nun von unseren Flankenreitern gestellt. Sie krachten von beiden Seiten zugleich in die Feinde. Pferde samt Reitern stürzten, manche wurden von der Last ihrer Rösser erdrückt. Panisch wiehernde Pferde und grässliche Schreie erfüllten die Luft.

Mitten im Kampfgeschehen fiel mein Blick auf Rutger, auch er lag am Boden und wollte sich wieder hochrappeln. Er stand schon fast, als ihm eine Lanze in den Bauch gestoßen wurde. Die Eisenspitze zerfetzte die Ringe seines Kettenhemdes und drang tief in seinen Körper ein. Der gegnerische Reiter drückte ihn mit seiner Lanze zu Boden. Es war Wulfin, der den Schaft der Waffe, die noch immer in Rutgers Unterleib steckte, mit der Faust umschlossen hielt. Aus seinem Sattel sah er hämisch grinsend zu Rutger hinunter. Dann bewegte er die Lanze wie einen Hebel vor und zurück, als würde er in einem Kessel rühren. Rutgers markerschütternde Schreie drangen über das ganze Schlachtfeld. Dann verstummte er für immer.

Wütend riss ich Ashir am Zügel und wollte zu Rutger, doch ein Berittener schlug mit seiner Kampfaxt auf mich ein. Ich hob ihm meinen Schild entgegen, die Axt blieb darin stecken.

Als mein Gegner sein Schwert ziehen wollte, stieß ich ihm meines in die Hüfte, meine Klinge prallte jedoch an seinem Beckenknochen ab. Ich legte meine ganze Wut über Rutgers Tod in den nächsten Schlag und holte erneut aus, diesmal etwas höher und trennte ihm den Oberarm ab. Er fiel schreiend vom Pferd. Ashirs Hufe beendeten seinen Todeskampf.

Wulfin war meinem Blickfeld entschwunden. Ich sah mich suchend nach ihm um, denn ich wollte nur noch eines: ihn töten. Stattdessen sah ich Struan, er stand nahe bei Ullfrig und Linhardt. Beide schienen unverletzt und bekämpften gemeinsam einen Gegner. Struan schwenkte seine riesige Streitaxt, er sah aus wie einer der alten Wikinger aus den Sagen.

Das Blatt seiner Axt fuhr von oben in die Schulter eines Angreifers bis hinunter zu seiner Hüfte. Mit einem einzigen furchtbaren Hieb hatte er den Oberkörper seines Gegners halbiert. Die anderen Feinde wichen erschrocken von ihm zurück und Struan half nun meinem Vogt und dessen Bruder. Mit einem scheinbar mühelosen Streich trennte er den Kopf ihres Gegners ab. Ein langer Blutstrahl spritzte aus seinem Halsstumpf, bevor der kopflose Körper umfiel.

Gilbert und Bero saßen noch auf ihren Pferden. Bero erstach gerade einen Fußsoldaten, während Gilbert mit seinem Streithammer den behelmten Kopf eines Reiters einschlug. Der Klang erinnerte an eine verstimmte Trommel.

Borchwei wurde in seinem Sattel von zwei Fußsoldaten zugleich angegriffen. Den einen tötete er mit einem gezielten Stich in den Hals, dem anderen schlug ich sein Schwert aus der Hand, als er gerade nach Borchwei ausholen wollte. Mit einem weiteren Hieb traf ich ihn tödlich in seinem ungeschützten Nacken.

Borchweis Männer hatten den feindlichen Reitern bereits erhebliche Verluste zugefügt, zwei der Garnisonsritter sah ich jedoch tot am Boden liegen. Zu meinem Erschrecken sah ich auch Mattis mit eingeschlagenem Schädel daliegen. Sein Gesicht war so entstellt, dass ich ihn nur an seiner Kleidung und Rüstung erkannte. Für Trauer blieb jedoch keine Zeit, stattdessen überkam mich unmenschliche Wut.

Ich roch den vertrauten Gestank von Blut, Urin und offenem Gedärm. Mein Geist war wie abgetrennt von meinem Körper, als würde ich mir selbst dabei zusehen, wie ich einen nach dem anderen tötete. Alles in mir bestand nur noch aus Reflexen und Instinkt.

Der Kampf schien ausgewogen, ohne Vorteile auf einer der beiden Seiten. Die Überzahl des Gegners war jedoch stark dezimiert, sodass zwischen den Kämpfenden jetzt mehr Platz entstand. Struan stand immer noch schützend vor Ullfrig und

Linhardt, die ihrerseits einen Reiter aus dem Sattel holten. Ich trieb Ashir in ihre Richtung, um ihnen beizustehen. Genau in dem Moment duckte sich ein Rheinloher unter Struans Axt hindurch und stieß unserem Schotten sein Schwert in den Oberschenkel. Unser Hüne schien davon unbeeindruckt und spaltete ihm mit seiner Waffe den Kopf.

Ich brüllte Struan noch eine Warnung zu, doch zu spät. Denn fast zugleich stieß ihm ein anderer Angreifer sein Schwert in die Rippen. Voller Entsetzen ließ ich meinen sperrigen Schild fallen und sprang vom Pferd, um zu ihm zu eilen. Ich duckte mich, um einem seitlichen Schwertstreich auszuweichen und rannte weiter. Der darauf folgende Anblick sollte sich für immer tief in mein Gedächtnis brennen: Struan stand wehrlos und schwer verletzt da, seine Axt hatte er zu Boden fallen lassen. Das Blut schoss aus seinen Wunden und durchtränkte seinen wollenen Waffenrock. Er sah an sich herab und betrachtete seinen Körper, wie wenn ihn dies alles nichts angehen würde. Als er seinen Blick wieder anhob, schien sein Geist nicht mehr auf dieser Welt zu verweilen. Plötzlich fing er laut an zu lachen. Er lachte seinem Gegenüber verachtend ins Gesicht und trotzte dem Tod, der seine Klauen bereits um ihn geschlungen hatte.

Sein Gegner war kurz irritiert und zögerte, doch dann holte er mit seinem Schwert zum endgültig vernichtenden Schlag aus. Im letzten Augenblick stieß ich mit voller Wucht Struans Henker mein Schwert in den Rücken, die Klinge trat an seiner Vorderseite wieder aus. Ich drückte meinen Fuß gegen seinen Rücken und zog mein Schwert mit einem schmatzenden Geräusch wieder aus ihm heraus.

Noch während der Krieger tot umkippte, ging mein Blick zu Struan. Er stand schwankend da, dann ging er langsam in die Knie. Ullfrig und Linhardt waren sofort herbeigeeilt und stützten ihn. Er musste unerträgliche Schmerzen haben, doch man konnte sie ihm nicht ansehen. Stattdessen huschte sogar ein kleines Lächeln um seinen Mund, als er mich ansah.

»Ich sagte doch, mo Charaid!«

»Du schottischer Mistkerl!« War meine Antwort.

Ich befahl den beiden Alten, Struan auf Ashir zu helfen und ihn zur Burg zu bringen. Unserem Hünen war aufgrund des inzwischen starken Blutverlustes die Farbe aus dem Gesicht gewichen. Ich half ihnen und sah Struan noch einmal ins Gesicht. Er stöhnte leise und nickte mir zu. Dann stürzte ich mich zu Fuß zurück in den Kampf und wütete mehr denn je.

Auch Gilbert und Bero saßen nicht mehr auf ihren Pferden. Bero blutete an der Hand, schlug aber dennoch wie ein Wildgewordener auf die Feinde ein. Gilbert hatte wieder sein teuflisches Grinsen im Gesicht, während er Bero unterstützte und mit einem Schwert in jeder Hand auf seinen Gegner einschlug.

Unter den Rheinlohern saß nur noch einer auf seinem Pferd, es war Wulfin. Ich kämpfte mich zu ihm durch und wollte ihn stellen, als er gerade mit seinem Schwert ausholte und es einem von uns in die Brust rammte. Es war Raoul, den er traf.

Er hielt sich die Hand auf seine Wunde und beäugte sie ungläubig, dann sah er wieder auf. Genau in diesem Moment trafen sich unsere Blicke. Seine braunen Augen strahlten etwas Friedvolles aus, als würde er völlig in sich ruhen. Er hatte mit seinem Leben abgeschlossen. Ich hörte noch das helle Nachklingen eines schneidenden Geräusches, dann fiel Raouls Kopf von seinen Schultern und sein Körper sackte zusammen.

»Wulfin!!« Ich brüllte meine ganze Wut und Ohnmacht aus mir heraus. Hätte sich in diesem Moment die Erde aufgetan und Wulfin wäre in die Flammen der Hölle geflohen, ich wäre ihm gefolgt. Er sah jetzt zu mir herüber und hielt sein Schwert, von dessen Klinge noch Raouls Blut tropfte, triumphierend in die Höhe. Ich schnappte mir ein Pferd, das nur wenige Schritte neben mir stand, und schwang mich in dessen Sattel. Dann steckte ich mein Schwert in die Scheide und zog den Morgenstern hervor. Wulfin wartete kalt lächelnd auf mich. Ich benötigte einen kurzen Augenblick, bis ich das fremde Pferd unter meiner Kontrolle hatte. Der Sattel war ungewohnt, aber das störte mich nicht weiter.

Ich gab dem Gaul die Sporen und galoppierte auf Wulfin zu. Mein Pferd war kleiner und wendiger als Ashir, was auf diese kurze Distanz kein Nachteil war. In der Sekunde, als der Rheinloher mit dem Schwert nach mir ausholte, duckte ich mich und ritt an ihm vorbei. Blitzschnell wendete ich mein Pferd, Wulfins Ross war träge und er benötigte einen Moment länger, um es zu wenden. Er war nun mit dem Rücken zu mir gewandt, während er noch sein Pferd am Zügel riss. Ich nutzte diesen kurzen Augenblick zu meinem Vorteil und schwenkte kraftvoll meinen Morgenstern. Noch bevor sich Wulfin zu mir umdrehen konnte, zerfetzten die langen Stacheln der Eisenkugel sein Kettenhemd und schlugen in seiner Wirbelsäule ein.

Ich ließ den Griff der Waffe los, die immer noch in seinem Rücken steckte. Wulfins Oberkörper sank über seinem Sattel zusammen, während er laut seinen Atem auspresste. Seine Arme hingen schlaff am Hals seines Pferdes herunter, aber er lebte noch. Mit letzter Kraft trieb er seinem Tier die Sporen in die Seiten, doch es trabte nur langsam davon, weg vom Kampfgeschehen. Aus meinem Augenwinkel nahm ich noch wahr, wie der Schlachtenlärm plötzlich abebbte und fast keiner mehr kämpfte. Seine Männer hatten mitbekommen, dass ihr Kriegsherr im Sattel gebeugt das Schlachtfeld verließ. Sämtliche Augenpaare waren nun auf uns gerichtet, als ich Wulfin langsam und in aller Ruhe folgte.

Nach etwa zehn Pferdelängen blieb sein Ross schließlich stehen. Der Rheinloher rutschte behäbig und unfreiwillig aus seinem Sattel und fiel zu Boden. Er schlug mit dem Rücken hart auf, dabei bohrten sich die Spitzen des Morgensterns noch tiefer in seinen Körper. Sein schmerzvolles Aufstöhnen berührte mich nicht im Geringsten.

Ich hielt neben ihm an und saß ab. Wulfin lag auf dem Rücken, hatte ein Bein angewinkelt und versuchte sich damit abzustoßen, um von mir wegzukriechen. Ungerührt beobachtete ich seine vergeblichen Bemühungen, mir zu entkommen. Er schien vollkommen bewegungsunfähig, ich hatte wohl allem Anschein nach genau sein Rückenmark getroffen.

Wulfins Blick war zu mir gerichtet und trotz seiner Hilflosigkeit loderte nach wie vor der Hass in seinen Augen. Mit zusammengekniffenen Augen spie er mir seine Wut entgegen.

»Du Sohn einer Hure sollst in der Hölle schmoren!«

Ich trat neben ihn und betrachtete sein hasserfülltes Gesicht. Obwohl ich das Schlagen meines Herzens vernahm, so hatte ich doch das Gefühl, es wäre vollkommen erkaltet. Ich drückte Wulfin meinen Stiefelabsatz auf den Hals. »Spürst du den Stachel in deinem Fleisch?!« Jetzt war ich derjenige, der gallig auf ihn herablächelte. »Ich sagte dir doch, durch das Herausziehen ist schon so mancher gestorben!«

Ungeachtet seiner aussichtslosen Lage, grinste er mich verschlagen an. »Ich hoffe, Marie fand Gefallen bei ihrer kleinen Begegnung im Wald.«

»Nicht so viel Gefallen wie ich gleich empfinden werde, wenn ich dich in die Hölle schicke!«

Für den Hauch eines Moments überkam mich Mitleid, doch dann tauchten vor mir Bilder auf, Bilder von Marie und ihrem geschändeten Körper. Ich konnte und durfte keine Gnade walten lassen, es musste getan werden, sonst würde es nie enden.

Wulfin versuchte sich zu bewegen, seine Stimme war nur noch ein ersticktes, wütendes Krächzen. »Sei für immer verflucht! Deine Kinder sollen als Krüppel das Licht der Welt erblicken!«

Ich schüttelte fast unmerklich meinen Kopf. »Du bist es nicht wert meine Klinge mit deinem Blut zu beschmutzen.«

Dann drückte ich meinen Fuß immer fester auf seinen Hals. Seine Pupillen weiteten sich und traten aus den Augenhöhlen hervor, während er verzweifelt nach Luft rang. Er verdiente wahrhaftig keinen ehrenvollen, ritterlichen Tod. Doch das Mitleid siegte letztendlich über meinen Zorn und ich beendete seinen Todeskampf. Ich legte mein ganzes Gewicht in meinen Stiefel, bis es in seinem Hals knirschte. Mit einem letzten Atemausstoß verließ ihn das Leben. Anschließend zog ich das Schwert meines Vaters aus der Scheide und trennte Wulfin von Rheinlohe den Kopf ab.

Sämtliche Männer, ob Freund oder Feind, hatten bei Wulfins unrühmlichem Ende zugesehen. Ich ritt gemächlich zurück zum Schlachtfeld. Mein rechter Arm hing locker seitlich vom Pferd, in meiner Faust hielt ich seinen baumelnden Kopf an den Haaren. Achtlos warf ich sein Haupt seinen Männern vor die Füße. »Diese Fehde ist für alle Zeit beendet. Reitet nach Hause und wartet bis Anslin heimkehrt, er wird euer neuer Herr sein!«

Die Männer wechselten unsichere Blicke untereinander, doch schließlich entschieden sie sich, meiner Aufforderung Folge zu leisten. Ihr Anführer war tot und somit galt auch diese Schlacht für sie als verloren. Sie packten ihre Waffen zusammen und zogen von dannen.

Ich blickte über das Schlachtfeld. All die sinnlosen Toten, all das Leid und Elend, all dies nur wegen dem Starrsinn eines einzelnen törichten Mannes. Wir hatten gesiegt, doch es erklang kein Jubelgeschrei. Ich sah weder Freude noch Erleichterung in den Mienen der Männer. Nicht einmal Genugtuung empfand ich, nur stumpfe Leere.

»Es ist vorbei, Jesco.« Es war Bero, dessen Stimme zu mir durchdrang und mich aus meiner Starre zurückholte.

»Ja, wir haben einen hohen Preis dafür bezahlt.«

Als hätten sie sich zu einem Festmahl verabredet, hatten sich Dutzende von Raben auf dem Schlachtfeld niedergelassen und pickten an den Toten. Ich konnte den Anblick nicht länger ertragen und wandte mich ab.

»Lasst uns heimgehen«, sprach Gilbert ausdruckslos und schwang sich auf sein Pferd. Ich hob Struans Axt auf, dann saß auch ich auf.

Es wurde ein schwermütiger und stummer Heimritt. Neben mir ritt Borchwei, sein blutbespritzter Waffenrock war an der Brust weit aufgeschlitzt, er war jedoch unverletzt. »Man gewöhnt sich nie daran, es ist der Krieg und die wenigsten lernen daraus!«

Ich lachte humorlos auf. »Ja, und jeden Tag stehen andere auf, die das Kriegsfeuer von neuem entfachen. Es ist erbärmlich!«

Am Burgtor kamen uns die ersten Bauern entgegen und jubelten uns zu. Als sie jedoch unsere Gesichter sahen, hielten sie verstört inne und wussten nicht, wie sie sich verhalten sollten. Marie und Lisa drängten sich durch die Leute und eilten uns entgegen. Als sie uns erblickten, erhellten sich schlagartig ihre Mienen. Lisa fiel ihrem Vater und anschließend Gilbert in die Arme. Marie rang mit den Tränen, als sie zu mir hochblickte. Sie nahm meine Hand und sah mir einfach nur in die Augen, ihr Blick war voller Erleichterung, Hoffnung und Liebe.

Ich konnte ihre Empfindungen in diesem Moment nicht erwidern. Die Nähe des Kampfes und des Todes waren noch zu gegenwärtig in meinen Gedanken. Ich konnte mir nur ein trauriges Lächeln abringen, zu mehr war ich nicht in der Lage.

Da draußen waren Männer gestorben, nicht für eine heilige Sache oder einen König. Nein, sie waren für mich gestorben und das lastete schwer auf meiner Seele. Es gab dafür keinen Weg der Wiedergutmachung, nur den der Demut und Reue.

Am Burgtor erschien jetzt auch Alia, ihre lange Schürze war blutverschmiert. Sie fiel Bero erleichtert in die Arme. Während er sie hielt, sah sie mich über seine Schulter hinweg an. Ihr Blick war ernst. Mir war bewusst, dass sie mich wegen Struan so ansah. Ich hatte die ganze Zeit an ihn denken müssen, doch nun wuchs meine Sorge.

Alia wandte sich wieder Bero zu und sah sich besorgt seine blutende Hand an, die er mit einem Fetzen Stoff verbunden hatte. Der kleine Finger seiner linken Hand fehlte, doch Bero schien es nicht zu kümmern und winkte nur ab.

Erst jetzt bemerkten einige, dass Raoul, Mattis und Rutger fehlten. Gilbert erkannte, dass ich den fragenden Blicken auswich und nahm es mir ab, über den Tod unserer Kameraden zu berichten. Ich war ihm dafür dankbar. Doch die bittere Nachricht legte sich wie ein dunkler Schatten über die Mienen aller Anwesenden und erstickte endgültig die anfängliche Freude über unseren Sieg.

Auch Marie war zutiefst betrübt. Ich berührte sie sanft an ihrer Schulter und erkundigte mich bei ihr nach Struans Zustand.

»Er liegt in der Halle, Alia hat ihn zusammengeflickt. Es geht ihm nicht sehr gut«, gab sie mir zu Antwort.

»Ich gehe zu ihm.«

Ich stieg ab, Albert nahm mir Ashir ab und brachte ihn in den Stall. Marie nahm meine Hand und sah mich an.

»Du musst stark sein ... stark für ihn.«

Ich empfand es langsam als schweres Los, ständig stark sein zu müssen. Doch ich würde es wohl sein müssen, ob ich wollte oder nicht. Langsamen Schrittes ging ich über den Burghof in Richtung Halle. Ich zögerte etwas, vielleicht nur, um mich für das zu wappnen, was jetzt auf mich zukam: möglicherweise der Tod eines weiteren Freundes.

Mein Herz pochte vor Sorge um Struan, als ich die Tür zum Palas öffnete. Die Klappläden an den Fenstern waren verschlossen, um das Licht der tiefstehenden Sonne auszusperren. Es brannten nur wenige Kerzen, plötzlich wirkte die so oft von Fröhlichkeit erfüllte Halle wie eine Gruft auf mich. Neben einer Wasserschale lagen mehrere blutige Leinentücher und Nadeln. Auf dem Fußboden waren noch die nassen Flecken zu erkennen, wo kurz zuvor das Blut aufgewischt wurde. Struan hatte soviel davon verloren, dass es einem Wunder gleich kam, dass sein Körper überhaupt noch welches enthielt.

Es roch nach Blut, Kräutern und Kerzenwachs, mir wurde plötzlich übel. Ich öffnete einen Laden am Fenster, um frische Luft hereinzulassen. Doch es war nicht der Geruch, der meine Übelkeit verursachte, sondern die Angst, dass Struan sterben könnte. Er lag wie aufgebahrt auf dem Tisch, einen dicken Verband um Hüfte und Oberschenkel. Ich musste in diesem Augenblick an unser erstes Aufeinandertreffen denken. Dieser kauzige Kerl hatte es irgendwie geschafft, meine Freundschaft zu erobern, und ich war froh darum.

Als ich nähertrat, öffnete er seine Augen. Sein Gesicht war schmerzverzerrt und zum ersten Mal erkannte ich Angst darin. Er neigte langsam seinen Kopf zur Seite und sah mich an. Trotz seiner Qualen, versuchte er sich nichts anmerken zu lassen und rang sich ein verwegenes Grinsen ab.

»Du denkst an die Münzen für den Fährmann?!«

Mir fiel der alte Bestattungsbrauch ein, von dem er einmal erzählt hatte.

»Einen Scheißdreck werde ich!«

Ein Schmunzeln schlich sich in seine Augenwinkel. »Du willst doch wohl nicht die alten Götter erzürnen?«

»Sind deine Götter, nicht meine. Mir reicht schon der eine, und selbst der gibt mir genügend Rätsel auf.«

Struan schloss kurz seine Augen und stöhnte auf, ein heftiger Schmerzschub durchzuckte seine Miene. Es dauerte einige Atemzüge, bis sich sein Gesichtsausdruck wieder entspannte. Als er seine Augen wieder öffnete, hielt ich ihm einen Becher mit Wasser an die Lippen, das er gierig trank. Ich ließ ihm etwas Zeit und stellte ihm dann eine Frage, die mich schon seit einiger Zeit beschäftigte:

»Was bedeutet eigentlich dieses Wort, das du jetzt schon zweimal zu mir gesagt hast?«

»Mo charaid?[8]«, flüsterte er geschwächt.

Ich nickte. Er richtete seinen Blick wieder zur Hallendecke, als er mir antwortete. »Nun, es heißt, was es heißt.«

»Du willst es mir nicht sagen?«

»Aye.«

»Bastard!«

»Richtig.«

Ich stutzte. »Es heißt also Bastard?«

»Aye.«

Dann schloss er seine Augen.

Als ich den Palas verließ, kamen mir Gilbert und Bero entgegen und fragten besorgt nach Struan.

»Er ist eingeschlafen«, antwortete ich. Beide waren vorerst beruhigt, wussten aber, dass es schlecht um ihn stand.

Nachdem Alia noch einmal nach Struan gesehen hatte, brachten wir ihn in Maries Bett. Er sollte es so sauber und bequem wie nur möglich haben. Wir konnten jetzt nur noch für ihn beten.

Am Abend bestatteten wir die Toten am See, neben Pedros Grab. Um Rutger, diesen jungen, ehrenhaften Ritter, tat es mir leid. Ich bedauerte seinen Tod sehr. Aber viel mehr traf mich

---

8 ~ Mo charaid - mein Freund ~

der Tod von Raoul und Mattis. Vor allem Raoul, der mir so lange Zeit ein treuer Gefährte war, vermisste ich schon jetzt.

Am liebsten hätte ich es wütend von Ihm gefordert, doch stattdessen bat ich Gott im Geiste darum, er möge uns nicht auch noch Struan nehmen.

Raouls Tod traf Pierre wohl am schlimmsten. Er ließ sich seine Trauer zwar nicht ansehen, doch wir wussten alle, wie sehr er darunter litt. Auch für Borchweis Männer sprachen wir ein Gebet. Borchwei konnte mit dem Tod nahestehender Männer besser umgehen als ich, zumindest wirkte er nach außen hin so. Wahrscheinlich lag es daran, dass er älter war und noch mehr Tod und Leid in seinem Leben gesehen hatte, als ich. Auf dem Rückweg zur Burg nahm er mich zur Seite.

»Jesco, ich sehe wie der Tod der Männer dir nahegeht.«

»Das tut es, denn sie sind für meine Sache gestorben.«

»Eben, denn es war für eine gute Sache. Du hast die Menschen hier von Wulfins Joch befreit. Jeder ist dir dankbar dafür.«

Ich sagte nichts darauf. Er mochte recht haben, doch es änderte nichts an dem Verlust und dem bitteren Schmerz. Borchwei hielt mich am Arm fest, als ich weitergehen wollte.

Er sah mir ins Gesicht, als er weitersprach: »In einem Kampf wird es immer Opfer geben, das weißt du so gut wie ich. Hör auf, dir Vorwürfe zu machen.«

Ich versprach ihm, seine Worte zu beherzigen, doch ich wusste, dass ich mein Schuldgefühl nicht so einfach würde abschütteln können.

Nachdem wir am Abend noch einmal nach Struan gesehen hatten, um den sich Alia und die Frauen hingebungsvoll kümmerten, gingen wir früh zu Bett. Marie schlief bei mir im Turmzimmer, Gilbert war in Lisas Zimmer gezogen.

Wir liebten uns in dieser Nacht nicht, zu frisch waren die Erinnerungen an die Toten, um sie einfach aus unseren

Gedanken zu verbannen. Marie lag in meinem Arm, als wollte sie Schutz suchen. Ihre Nähe und ihr Geruch taten mir gut und hielten meine düsteren Gedanken im Zaum.

Ein leichtes Zucken durchlief ihren Körper, als sie kurz aufschluchzte. »Wir konnten den Kampflärm bis hoch zur Burg hören«, sie wischte sich eine Träne weg. »All die entsetzlichen Schreie und das Waffenklirren. Ich hatte furchtbare Angst um dich und die anderen.«

Ich nahm sie fester in meinen Arm und küsste sie auf die Stirn. »Ich hatte auch Angst. Angst, dass wir verlieren ... und was danach mit dir geschehen würde. Ich wusste um den Dolch an deinem Gürtel.«

Sie antwortete nicht, sondern schmiegte sich noch enger an mich, bis ihr Atem langsam flacher wurde und sie einschlief. Ich lag noch lange wach und sah vor meinem inneren Auge die Gesichter von Raoul, Rutger und Mattis, als würden sie mich aus dem Totenreich grüßen. Als ich endlich einschlief, nahm ich sie mit in meine Träume.

Ich wachte schon im Morgengrauen auf und zog meinen Arm behutsam unter Maries Kopf hervor, um sie nicht zu wecken. Auf leisen Sohlen machte ich mich auf den Weg zu Maries Zimmer. Obwohl ich die Tür zu ihrem Gemach ganz vorsichtig und leise öffnete, erwachte Alia, die auf einem Stuhl neben Struans Bett eingenickt war.

»Wie geht es ihm?«, flüsterte ich besorgt.

»Er schläft, manchmal verliert er auch das Bewusstsein. Ich habe seine Verbände erneuert und die Wunden nochmals gereinigt.«

»Wird er überleben?«

Sie zögerte mit der Antwort und sah auf den blutigen Verband in ihren Händen, den sie vom Boden aufgehoben hatte.

»Ich weiß es nicht. Er sollte kein Fieber bekommen, dafür wäre sein Körper zu geschwächt, es würde ihn töten.« Sie legte die Verbände in eine Schüssel. »Er hat wieder etwas Farbe im Gesicht. Das ist ein gutes Zeichen, er hat den hohen Blutverlust gut verkraftet.«

Sie richtete ihren Blick von Struan wieder zu mir. »Ich weiß nicht, zu welchem Gott er betet, jedenfalls muss Struan hoch in seiner Gunst stehen. Es sind keine inneren Organe verletzt. Ich habe mir Sorgen gemacht, dass er innerlich verbluten könnte. Wenn jetzt noch das Fieber fernbleibt, könnte er es schaffen.«

Ihre Antwort flößte mir noch größere Sorgen ein. Ich musste an Borchwei denken, als er damals vom Fieber geschüttelt wurde. Alia holte mich wieder aus meinen Gedanken. »Ich weiß um deine Zweifel und dass du nicht oft betest, doch jetzt solltest du es tun.«

»Alia, ohne dich wäre er bereits gestorben.«

Sie lächelte müde. »Du solltest wirklich beten, dass er kein Fieber bekommt!«

»Das werde ich.«

Etwas später ging ich hinunter in die Halle, wo bereits Ullfrig und Linhardt ihren Haferbrei schlürften. Ich setzte mich zu ihnen. Obwohl ich keinen Hunger verspürte, zwängte ich ein paar Löffel Brei hinunter. Linhardt beobachtete mich eine Weile schweigend, bevor er mich ansprach: »Eigentlich sollten Ullfrig und ich dort oben liegen und mit dem Tode ringen ... Wir haben Struan unser Leben zu verdanken, er hat uns im Kampf geschützt.«

Ich sah nachdenklich auf meinen Teller. Ich hatte von den beiden vielleicht zu viel gefordert. Ihre alten Knochen waren nicht mehr in der Lage eine Schlacht zu schlagen, dennoch hatten sie ihr Bestes gegeben und wacker gekämpft.

»Ihr könnt nichts dafür, dass Struan verletzt wurde. Keiner kann etwas dafür, außer Wulfin! Ihr habt großen Mut bewiesen, also grämt euch bitte nicht.«

Ullfrig schob seinen Teller von sich und sah mich väterlich an.

»Danke für deine Worte, Jesco, aber wir wissen es besser. Wir beten für Struan.« Ich nickte und stand auf.

Auf dem Weg zum Stall begegnete mir Lisa. Sie blieb vor mir stehen und legte ihre Hand auf meinen Unterarm. Ihre Augen sahen mich mitfühlend und zugleich dankbar an. Dann ging sie weiter, ohne ein Wort zu sagen. Ihre Geste tat mir gut und spendete mir Trost.

Im Stall sattelte ich Ashir und ritt anschließend zum See hinunter. Der Morgen war frisch und leichter Nebel bedeckte die Wiese, nur das Rauschen des Schilfs im Wind war zu hören. An den Gräbern saß ich ab und setzte mich ins Gras, das vom Morgentau noch nass war. Ich hockte einfach nur da und ließ meinen Gedanken freien Lauf. Die Bilder meiner verstorbenen Kameraden zogen an meinen Augen vorüber, immer und immer wieder. Sie fehlten mir und sie würden in meinen Erinnerungen für immer unauslöschlich bleiben.

Nach einer Weile hörte ich Pferdehufe hinter mir. Ich drehte mich um.

»Dachte ich mir, dass ich dich hier finde«, sagte Borchwei und stieg von seinem Pferd. Er setzte sich neben mich. Eine Weile sprachen wir nichts und sahen nur auf die Gräber.

»Du betest für Struan?«, fragte er mich schließlich.

»Ja, so was Ähnliches.«

Er nickte, sah zum See und lächelte.

»Das ist gut. Lass mich dir dabei Gesellschaft leisten, zu zweit betet es sich besser.«

Am Abend bekam Struan hohes Fieber, sein Zustand verschlechterte sich stündlich. Alia und die Frauen taten alles, um sein Fieber zu senken. Sie wickelten ihn in nasse Tücher und versuchten ihm kaltes Wasser aus dem Brunnen einzuflößen. Frida, die mollige Magd, rannte ununterbrochen zwischen Maries Zimmer und dem Brunnen hin und her. Als sie mir mit nassen Leinen entgegenkam, bemerkte ich Tränen auf ihrer Wange. Sie blieb vor mir stehen und sah mich flehend an.

»Herr, er wird nicht sterben, nicht wahr!?«

Struan musste wirklich großen Eindruck bei ihr hinterlassen haben. »Das hoffen wir alle, aber es liegt wohl nicht mehr in unserer Hand«, sprach ich. Sie schluckte schwer und eilte dann weiter. Ich hätte ihr gerne etwas mehr Hoffnung geschenkt, doch wie sollte ich, hatte ich doch selbst kaum welche.

In der Nacht bekam Struan heftige Schüttelkrämpfe. Alia fächelte ihm Kräuterdämpfe zu und rieb seinen Körper mit einer Salbe ein. Anselm saß in der Ecke des Zimmers und betete seit Stunden für ihn. Keiner von uns ging zu Bett. Wir wollten da sein, falls er seinen letzten Atemzug tat.

Alia war nicht ansprechbar, als sie kurzzeitig in der Halle saß und in ihren Büchern nach Mixturen suchte, die Struan helfen könnten. Früher war es ihr Onkel Ali gewesen, den sie stets um Rat fragen konnte und der ihr neuen Mut gab, wenn sie an ihren Fähigkeiten zweifelte. Ich wollte ihr etwas Last von den Schultern nehmen. Als sie ihr Buch zuschlug, sprach ich sie an:

»Alia, du bist die beste Heilerin, die ich kenne. Aber du kannst das Schicksal eines Menschen nicht ändern.«

Sie sah mich mit großen Augen an. »Das vielleicht nicht, aber ich kann es in andere Bahnen lenken.« Sie ließ mich stehen und ging wieder zu Struan.

Die Frauen waren erschöpft. Marie hatte dunkle Augenränder vor Müdigkeit, wohl auch aus Verzweiflung. Sie taten alles Erdenkliche, aber ihre Fürsorge und Pflege schienen vergebens zu sein.

Bero und Gilbert saßen mit mir am Tisch, wir fühlten uns machtlos und ausgehöhlt. Unsere Becher waren mit Wein gefüllt, doch keiner von uns trank davon. Irgendwann kam Pierre herein und setzte sich zu uns. Er hatte seit Raouls Tod kaum etwas gesprochen. Es war äußerst verwunderlich, dass ausgerechnet er es war, der uns aus unserer Lethargie erweckte. Er füllte sich einen Becher und hielt ihn uns entgegen.

»Na kommt schon, trinken wir auf unseren Schotten.«

Wir nahmen unsere Becher und stießen auf Struan an. Nachdem Gilbert seinen wieder absetzte, schmunzelte er.

»Ich würde gerne wieder dieses verfluchte »Aye« hören.«

»Dieser verlauste Schotte soll sich gefälligst Mühe geben!«, entgegnete Bero und brachte uns zu einem freudlosen Lachen.

Als die Nacht sich dem Morgen näherte, hatten die Frauen es geschafft, dass Struans Fieber gesunken war. Dennoch war sein Zustand kritisch, wir bangten weiterhin um sein Leben.

Noch in der Nacht hatte ich einen langen Brief an Anslin geschrieben und ihn gebeten, nach Rheinlohe zurückzukehren, um sein Erbe anzutreten. Ich war mir sicher, dass er durch seine Umsicht und Klugheit die Geschicke der Ländereien in die richtigen Bahnen lenken würde. Ich schickte Bertram und Ulrich mit dem Brief nach Mainz und hoffte, dass Anslin meiner Bitte nachkommen würde.

Am Abend des darauffolgenden Tages fielen kleine Schneeflocken vom Himmel herab, verflüchtigten sich jedoch, bevor sie am Boden liegen blieben. Obwohl die Fensteröffnungen mit Tierhäuten bespannt und die Klappläden verschlossen waren, kroch die Kälte in die Mauern und nistete sich ein. Wir saßen dicht am wärmenden Kaminfeuer und schlürften heiße Suppe, um uns wenigstens von innen zu wärmen.

Am Treppenaufgang erschien Alia und ich forderte sie auf, sich zu uns zu setzen. Doch sie stand einfach nur da und sah uns mit regungsloser Miene an. Eine Träne stahl sich aus ihrem Auge und kullerte an ihrer Wange herab. Jeder von uns ließ seinen Löffel sinken und sah gebannt zu ihr. Sie wischte sich mit ihrem Handrücken die Träne weg. »Er ist erwacht.«

Unsere Erleichterung war grenzenlos. Wir herzten Alia und überschütteten sie mit Zuneigung, bis es ihr zuviel wurde und sie uns lachend wegstieß. Alia hatte vollbracht, was fast keiner mehr von uns für möglich gehalten hatte. Mit der guten Nachricht schien das Leben auch wieder in uns zurückzukehren. Wir konnten wieder herzlich lachen und scherzen, neckten dabei auch Bruder Anselm, der Struan schon die letzte Beichte abnehmen wollte.

Struan hatte das Fieber überstanden und später in der Nacht auch schon etwas Suppe gegessen. Als die meisten schlafengingen, füllte ich am Kamin einen Becher mit heißem Gewürzwein, der nach Honig und Nelken duftete. Dann ging ich in Maries Zimmer. Ich trat leise ein und setzte mich auf einen Hocker neben Struans Bett. Sein muskulöser Brustkorb hob und senkte sich gleichmäßig. Er hatte seine Augen geschlossen und bemerkte mich nicht. Ich wusste nicht, ob er schlief und so wartete ich. Er sah geschwächt aus, seine Wangen waren eingefallen und er hatte dunkle Schatten unter den Augen. Seine langen Haare hingen ihm verschwitzt an den Seiten herunter.

Die Situation erinnerte mich an die schmutzige Taverne auf unserer Reise, als ich im Fieber lag und Struan mir zu trinken brachte.

Als die einzige Kerze im Raum fast heruntergebrannt war, öffnete er seine geröteten Augen und sah mich an. Ich lächelte und hielt ihm den Becher mit dem, inzwischen erkalteten,

Gewürzwein an die Lippen. Er trank gierig und ließ dann seinen Kopf wieder zurücksinken. Er war immer noch erschöpft und seine Augen wollten ihm wieder zufallen. Ich beugte mich zu ihm und legte meine Hand auf seine Schulter.

»Bastard.«

Er grinste. »Aye.«

Am nächsten Morgen verabschiedete sich Borchwei bei Marie und mir. Wir waren in meinem Turmzimmer, als er uns Lebewohl sagte.

Die Pferde standen bereits gesattelt im Burghof, wo auch seine Männer warteten. Ein wenig beneidete ich ihn um seine Reise nach Paris, vielleicht sogar um seine Rückkehr nach Jerusalem. Doch diesmal war es kein trauriger Abschied, denn aus irgendeinem Grund fühlte ich, ihn eines Tages wiederzusehen.

Borchwei umarmte Marie herzlich und flüsterte ihr etwas ins Ohr, worauf sie zu mir sah und lächelte. Ich weiß bis heute nicht, was er ihr zugeraunt hat. Dann schlug er mir hart auf die Schulter und umarmte mich ebenfalls. »Du weißt, König Balduin würde dich mit offenen Armen wieder nehmen. In meinem Haus ist Platz für euch alle. Ihr seid mir immer willkommen.«

Ich sah ihn an und nickte. »Pass auf dich auf, alter Halunke!«

An der Türschwelle drehte er sich noch einmal grinsend um und zwinkerte mir zu, dann ging er.

Ich stieg hinauf in den Turm und sah ihnen nach, wie sie sich langsam entfernten. Auf dem kleinen Hügel hinter dem Dorf zügelte Borchwei sein Pferd und blickte noch einmal zurück. Ich wusste nicht, ob er mich aus dieser Entfernung erkennen konnte, trotzdem hatte ich das Gefühl, dass er mich sah. Dann wendete er sein Pferd und entschwand meinem Blickfeld.

Als ich wieder in unser Zimmer zurückkehrte, wartete Marie bereits auf mich. Sie stand vor mir, hielt ihre Hände hinter dem Rücken und sah mich geheimnisvoll an.

»Borchwei bat mich, dir etwas zu geben, wenn er weg ist.«

Während ich sie noch verwundert ansah, zog sie langsam eine Hand hervor und überreichte mir ein kleines Säckchen. Ich nahm es entgegen und öffnete die Schnürung. Es befanden sich funkelnde Edelsteine darin. Jetzt erst dämmerte es mir: Es war das Säckchen, das ich Borchwei bei unserem Abschied in Jerusalem zugeworfen hatte.

Zwei Tage später konnte Struan schon für kurze Zeit aufstehen, obwohl er humpelte und Schmerzen hatte. Frida schien sich besonders darüber zu freuen. Jedes Mal, wenn sie ihm Essen brachte und danach wieder sein Zimmer verließ, hatte sie auffallend gerötete Wangen und kicherte vor sich hin.

Anslin hatte mir einen Brief zukommen lassen und darin mitgeteilt, dass er in den nächsten Tagen nach Rheinlohe zurückkehren würde, um seine Angelegenheiten in die Hand zu nehmen. Ich war darüber sehr erfreut, denn endlich würden die Menschen hier in Frieden und ohne Angst leben können.

Es kam mir vor, als wäre ich am Ende eines langen Weges angekommen. Dennoch verbarg sich in meinem tiefsten Inneren das Gefühl, als würde mein Weg erst hier beginnen.

Ich beschloss, am Abend unseren Sieg zu feiern. Die Menschen hier hatten sich das durch ihren Mut und ihr Vertrauen zu mir mehr als verdient. Ich scheute keine Kosten, denn ich wollte jeden mit einem festlichen Mahl belohnen. Den Dorfbewohnern gingen am Abend fast die Augen über, als ihnen im Burghof die erlesensten Speisen und Wein aufgetragen wurden.

Auch in der Halle gab es einen reichlich gedeckten Tisch mit gegartem Fisch und gebratenem Fleisch. Alia hatte die Speisen mit allerhand Gewürzen und Kräutern noch verfeinert, schon allein der Essensduft ließ unsere Mägen knurren. Nach dem ausgiebigen Mahl wurde ein Fass in die Halle gerollt und geöffnet. Struan ließ es sich nicht nehmen, an dem Fest teilzunehmen. Die Frauen machten es ihm mit dicken Fellen auf der Bank bequem, sodass er sich an der Rückwand anlehnen konnte.

Frida saß neben ihm und lachte den ganzen Abend. Im Grunde genommen mochte ich lachende Menschen, doch bei Frida ähnelte dies eher dem Zähnefletschen einer Stute. Trotz allem war sie eine gute Seele und ich mochte sie - wenn sie nicht gerade lachte. Zu meiner großen Freude konnte auch Pierre zum ersten Mal seit Tagen wieder fröhlich sein und schien den geselligen Abend mit uns zu genießen. Bruder Anselm faselte den ganzen Abend von irgendwelchen Zeichen Gottes, doch keiner schenkte ihm wirklich Gehör. Alle wollten in dieser Nacht einfach nur feiern und den Ernst des Lebens in eine dunkle Ecke verbannen.

Alia lehnte glücklich ihren Kopf an Beros Schulter. Sie hatte vielen Menschen ihre Qualen gelindert, einigen sogar das Leben gerettet. Die anfangs voreingenommenen, skeptischen Blicke ihr gegenüber, hatten sich schnell gelegt und waren in Respekt umgeschlagen. Trotz ihrer Andersgläubigkeit hatte sie die Menschen nicht nur wegen ihrer Heilkunst überzeugt, sondern auch wegen ihrer freundlichen und warmherzigen Art. Von manchem Dörfler wurde sie inzwischen wie eine Heilige verehrt, was ihr jedoch sichtlich unangenehm war. Ich war froh darüber, dass Bero mich damals dazu überredet hatte, sie mitzunehmen. Alia war für mich wie zu einer Schwester geworden.

Gilbert hielt Lisa zärtlich im Arm und küsste sie. Ich musste schmunzeln, hatte er doch all den anderen Frauen dieser Welt abgeschworen und sein schweres Schicksal ohne Hadern angenommen. Aus diesem Holz werden fürwahr Legenden und ihre Helden geschnitzt.

Linhardt und Ullfrig sahen zufrieden drein. Ich denke, dass sie einfach nur glücklich waren, ihre alten Tage in Frieden verbringen zu können. Während ich die beiden so beobachtete, kamen mir Alis Worte in den Sinn, die er einmal über das Altwerden sagte: Manche Menschen sind ihr ganzes Leben auf der Flucht und rennen vor ihrer eigenen inneren Unruhe davon. Wenn sie dann alt und gebrechlich sind, stellen sie fest, dass sie an den schönsten Dingen des Lebens vorbeigerannt sind.

Ich war mir sicher, dass dies auf Linhardt und Ullfrig nicht zutreffen würde. Sie hatten bisher ein gutes Leben geführt und schienen mit sich und dem Leben im Reinen zu sein. Und als würde sie über uns schweben, blickte Pedros Laute von der Wand herab, um uns durch den Zauber ihrer wunderschönen Klänge stets in Erinnerung zu bleiben.

Der Abend verlief fröhlich und es wurde nicht zu knapp mit Ruhmestaten und Geschichten aus der Vergangenheit geprahlt. So manch einer meinte, noch einen obendrauf setzen zu müssen, bis so übertrieben wurde, dass man nur noch die Hälfte glauben konnte. Der junge Albert jedoch lauschte wie verzaubert den Kriegsgeschichten der Männer und konnte gar nicht genug davon hören. Er war zwar etwas begriffsstutzig, hatte aber ein gutes Herz und ein geschicktes Händchen für Pferde.

Marie saß neben mir und bemerkte, wie ich den Jungen schon eine ganze Weile beobachtete.

»An was denkst du?«, fragte sie mich.

Mit gönnerhafter Miene kratzte ich mich am Bart.

»Ich überlege, ihn zu meinem Knappen auszubilden.«

»Kein schlechter Gedanke«, antwortete sie. Ich runzelte etwas skeptisch meine Stirn, als ich noch einmal zu Albert sah.

»Ja, aber vielleicht ein zu tollkühner Gedanke ... außer wir lassen Lesen und Schreiben einfach weg!«

Marie sah mich gespielt belehrend an. »Das werde ich ihm beibringen. Aber vielleicht solltest du ihn erst mal vorsichtig fragen, ob er überhaupt dein Knappe werden will.«

»Du hast recht, ich werde das gleich tun.«

Ich pfiff laut durch die Zähne. »He Albert, komm mal her!«

Der Junge sah überrascht auf, kam dann aber sofort rüber und blieb folgsam vor mir stehen. Ich räusperte mich kurz.

»Du wirst mein Knappe werden, klar?!«

Albert starrte mich mit offenem Mund ungläubig an, doch dann nickte er eifrig und schien vor lauter Freude zu platzen.

»Da das geklärt wäre, kannst du mir einen neuen Krug Wein bringen, und schenk dir auch gleich einen Becher ein.« Er wäre fast über seine eigenen Füße gestolpert, als er davoneilte.

Marie lachte laut auf. »Ich dachte, du wolltest ihn fragen.«

»Hab ich doch«, brummte ich und trank einen Schluck.

Kurz danach kam Albert mit einem randgefüllten Krug zurück. Ich nickte ihm auffordernd zu und er schenkte mir ein. Allerdings tat er dies so überhastet, dass der Wein über meine Hand und den Ärmel meiner Tunika schwappte. Ich schnaufte genervt aus und rollte mit den Augen, während Albert beschämt zu Boden blickte. Nachdem ich ihm mitteilte, dass ich seine Dienste für diesen Abend nicht mehr benötige, strich Marie mir belustigt durch die Haare und küsste mich.

»Du wirst viel Geduld aufbringen müssen.«

»Geduld ...!? Es wird Jahrzehnte dauern, bis er ein Schwert halten kann, ohne sich dabei selbst zu verletzen!«, erwiderte ich gequält. Sie lächelte und stand auf, um Lisa und Alia zu helfen, Struan ins Bett zu bringen. Der Wein hatte seinem geschwächten Körper gehörig zugesetzt, er torkelte und humpelte zugleich. Dennoch grinste er uns zu, als die Frauen ihn stützten und gemeinsam ins Bett brachten. Struan war mir zu einem wertvollen Freund geworden, den ich nicht mehr missen wollte.

Als Marie aufgestanden war, rutschte Bero zu mir auf und wir stießen an. »Jesco, hast du dir schon mal Gedanken gemacht, wie es weitergeht?«

Ich wusste nicht, was er meinte und sah ihn fragend an. »Ich verstehe nicht ganz ...«

»Na ja, ... ich meine, die Felder zu bestellen und Frau und Herd zu behüten, für den Rest unseres Lebens?«

Ich hatte mir über unsere Zukunft noch keine Gedanken gemacht und jetzt da er es erwähnte, wusste ich ihm auch keine Antwort darauf. Dafür aber Gilbert, der mir schräg gegenübersaß. »Es ist so lange gut, wie es gut ist. Ist es nicht mehr gut, dann ist es schlecht. Dann sollten wir uns etwas überlegen, aber bis dahin ist alles gut.«

Bero und ich sahen verdutzt zu Gilbert, dessen einfache Logik mich immer wieder von Neuem verblüffte. Er grinste, nahm Lisa in den Arm und küsste sie. Vielleicht war es das Beste, den Lauf der Dinge einfach dem Schicksal zu überlassen. Ich hatte auch keine Lust, weiter darüber nachzudenken, zumindest vorerst nicht.

Als die ersten am Tisch einschliefen, verabschiedete ich mich mit Marie. Ich hatte schon den ganzen Abend Verlangen nach ihr, jetzt wollte ich es stillen. Als wir wenig später in unserer Kammer waren, liebten wir uns erst wild, dann zärtlich. Ich konnte von ihr einfach nicht genug kriegen, von ihrem Geist und ihrem Körper. Irgendwann schliefen wir erschöpft, aber zufrieden ein. Als ich wieder erwachte, war es immer noch Nacht. Ich konnte nicht mehr schlafen, also erhob ich mich leise von unserer Schlafstatt, legte mir meinen Umhang um und ging nach draußen.

Die Nacht war frostig und roch nach Schnee. Über die Stufen der Turmtreppe ging ich hinauf zum Wehrgang und lehnte mich auf die Mauerbrüstung, die von gefrorenem Tau überzogen war. Der nächtliche Himmel war sternenklar, nur der ferne Ruf eines Kauzes war zu hören.

Ich atmete tief durch und füllte meine Lungen mit der frischen Luft. All die Menschen, die bisher meinen Lebensweg gekreuzt hatten, die Toten wie die Lebenden, wanderten durch meine Gedanken. Manche erzeugten in mir Wehmut und Trauer, andere nur Wut und Zorn.

Während ich so in meinen Erinnerungen schwelgte, hörte ich plötzlich leise Schritte neben mir – es war Marie. Sie hatte sich über ihr dünnes Leinengewand einen dicken Wollumhang mit Kapuze gestreift. Trotzdem zitterte sie ein wenig aufgrund der Kälte. Sie lehnte ihren Kopf an meine Schulter und blickte mit mir gemeinsam in den Sternenhimmel, der vom abnehmenden Mond noch leicht erhellt wurde.

Nach einer geraumen Weile drehte sie sich zu mir und sah mir nachdenklich in die Augen. »Du denkst über Borchweis Angebot nach, nicht wahr?«

Es überraschte mich immer wieder aufs Neue, wie gut sie mich kannte. Doch statt ihr zu antworten, legte ich meinen Arm um sie, um ihr etwas Körperwärme zu spenden und ihre Nähe zu spüren. Erneut ertönte der Ruf des Kauzes, der sich über das ganze Tal hinwegzog. Marie legte ihre Hand sanft auf meine und gab mir einen zärtlichen Kuss, dann ging sie wieder.

Ich zog meinen Umhang enger um mich und sah noch eine Weile in die dunkle Nacht hinaus, die sich friedvoll dem neuen Tag zuneigte. Mit einem Mal sah ich am fernen Horizont einen grellen Punkt, er fiel vom Himmel herab und zog einen hell leuchtenden Schweif hinter sich her. Genauso unerwartet wie er aufgetaucht war, erlosch er kurz darauf wieder in der Schwärze der Nacht, wie der Funke eines Feuers.

Wer weiß, vielleicht war es ein Zeichen Gottes. Vielleicht aber auch nicht.

Anmerkung

Die historischen Personen, Daten und Fakten beruhen auf Tatsachen. Ebenso die große Schlacht bei Azaz, wo dreitausend christliche Ritter gegen eine weitaus größere Übermacht siegten, Chronisten berichten von fünftausend Seldschuken. Frei erfunden sind dagegen die Protagonisten, um die es in meiner Geschichte geht, sowie Hohengreif und Rheinlohe.

Die Ausbildung zum Ritter begann oft schon ab dem siebten Lebensjahr als Page. Sie umfasste höfischen Umgang, Pferdepflege und den Umgang mit Waffen. Mit 21 Jahren wurden die jungen Männer dann zum Ritter geschlagen. Die Knappenausbildung in Palästina ist nicht genau überliefert, ich glaube jedoch, dass sie nicht so umfangreich ablief wie damals in Europa. Da der Nachschub an Kämpfern aus Europa oft nicht ausreichte, wurden ständig neue Krieger benötigt, um die Stellungen zu sichern. Junge Männer, die im Heiligen Land geboren wurden, bildete man daher schnellstmöglich zu Kämpfern aus.

Manchmal beschäftigt mich die Frage, wie die Menschen damals wirklich dachten, denn oft waren sie wegen ihrer Unkenntnis nur ein Spielball der Mächtigen. Wie gingen sie mit ihren Ängsten, Zweifeln und Nöten um, In einer strenggläubigen Zeit, die von Glaubenskriegen, Verfolgungen und Kreuzzügen geprägt war?

Vor vielen Jahren entflammte in mir die Leidenschaft für das Mittelalter, speziell für die Zeit der Kreuzzüge. Auf meinen Reisen besuchte ich in ganz Europa Kreuzritterburgen, darüber hinaus auch in Syrien und Israel. Überaus beeindruckt war ich in Syrien von Aleppo und der Burg Krak des Chevaliers, die aufgrund ihrer Ausstrahlung und Größe zum Unesco Weltkulturerbe zählt. Nicht weniger faszinierend ist der Hafen und die Templerfestung Akkon in Israel, die noch in weiten Teilen gut erhalten ist. Einen ganz besonderen Zauber hinterließ in mir jedoch die Altstadt von Jerusalem, die so von Geschichte und Glauben geprägt ist, wie wohl kaum ein Ort auf dieser Welt.

Mit diesem Buch möchte ich den Lesern die Faszination dieser Epoche ein Stück näherbringen. Ich würde mich glücklich schätzen, wenn es mir ein klein wenig gelungen wäre.

~

Zeittafel der Kreuzzüge

1. Kreuzzug 1096 - 1099
Führer: Gottfried von Bouillon und Einnahme Jerusalems.

2. Kreuzzug 1147 - 1149
Führer: Konrad III., Ludwig VII.

3. Kreuzzug 1189 - 1192
Führer: Richard Löwenherz, Philippe II.

4. Kreuzzug 1202 - 1204
Führer: Bonifaz von Montferrat

5. Kreuzzug 1228 - 1229
Führer: Friedrich II.

Printed in Germany
by Amazon Distribution
GmbH, Leipzig

16786093R00289